ARTHUR HAILEY

Der Ermittler

Buch

Im letzten Moment versucht ein zum Tode verurteilter Serienmörder dem Detective Malcolm Ainslie von der Mordkommission in Miami klarzumachen, daß er zwar viele Menschen getötet hat, aber nicht das Ehepaar Ernst, dessen Mord ihm ebenfalls angelastet wird. Eine prekäre Situation, wenn man bedenkt, daß die Tochter der Ermordeten, Cynthia Ernst, eine hochrangige Kriminalbeamtin ist – und die ehemalige Geliebte von Detective Ainslie. Widerwillig erinnert Ainslie sich, daß ihm als ehemaligem Priester einst aufgefallen ist, daß die Morde des psychopathischen Killers alle mit dem Text der Apokalypse zusammenhingen. Nur der Doppelmord an Stadtrat Gustav Ernst und seiner Frau Eleanor wies leichte Abweichungen von diesem Muster auf. Der Fall Ernst läßt Ainslie keine Ruhe mehr. Erneut nimmt er die Ermittlungen auf, stößt prompt auf eine heiße Spur und auf die Frage, welche zwielichtige Rolle die intelligente und schöne Cynthia Ernst damals spielte – und heute …

Autorin

Arthur Hailey ist einer der erfolgreichsten Thriller-Autoren aller Zeiten. Seine legendären Romane »Airport« und »Hotel« erreichten Auflagen in Millionenhöhe und wurden weltweit in dreißig Ländern verlegt. Der Autor, 1920 in England geboren, lebt heute auf den Bahamas.

Von Arthur Hailey ist außerdem lieferbar

Reporter. Roman (41331)

ARTHUR
HAILEY

Der Ermittler

Roman

Aus dem Amerikanischen
von Wulf Bergner

BLANVALET

Die Originalausgabe erschien 1997
unter dem Titel »Detective«
bei Crown Publishers, New York

Umwelthinweis:
Alle bedruckten Materialien dieses Taschenbuches
sind chlorfrei und umweltschonend.
Das Papier enthält Recycling-Anteile.

Blanvalet Taschenbücher erscheinen im Goldmann Verlag,
einem Unternehmen der Verlagsgruppe Bertelsmann

Taschenbuchausgabe Januar 2000

Umschlaggestaltung: Design Team München
Umschlagfoto: Photonica/Koralic
Druck: Elsnerdruck, Berlin
Verlagsnummer: 35211
MD · Herstellung: Heidrun Nawrot
Made in Germany
ISBN 3-442-35211-8

1 3 5 7 9 10 8 6 4 2

Zum Gedenken an
STEPHEN L. (STEVE) VINSON,
ehemals Detective-Sergeant (Mordkommission),
Miami Police Department,
Berater und guter Freund,
der kurz vor Vollendung dieses Buchs
mit zweiundfünfzig Jahren gestorben ist.

Das Leben gleicht dem Gastmahl
des Damokles,
das Schwert hängt stets über uns.

VOLTAIRE

Erster Teil

1

Am 27. Januar um 22.35 Uhr war Malcolm Ainslie schon auf halbem Weg zur äußeren Tür des Morddezernats, als hinter ihm ein Telefon klingelte. Er blieb automatisch stehen und sah sich um. Später wünschte er sich, er hätte es nicht getan.

Detective Jorge Rodriguez trat rasch an einen unbesetzten Schreibtisch, nahm den Hörer ab, meldete sich, hörte kurz zu und rief: »Für Sie, Sergeant!«

Ainslie ging an seinen Schreibtisch zurück, um diesen Anruf entgegenzunehmen. Seine Bewegungen waren ruhig und flüssig. Mit einundvierzig war Detective-Sergeant Ainslie muskulös, etwas über einsachtzig groß und sah nicht viel anders aus als in der High-School, wo er Fullback in der Footballmannschaft gewesen war. Nur ein leichter Bauchansatz zeugte von häufigen Mahlzeiten in Schnellrestaurants: die Standardverpflegung für viele Kriminalbeamte, die praktisch im Gehen essen mußten.

Heute abend war es in den Büros der Mordkommission im vierten Stock des Hauptgebäudes des Miami Police Departments ruhig. Insgesamt arbeiteten hier sieben Ermittlerteams mit jeweils einem Sergeant als Leiter und drei Detectives. Aber alle Mitglieder des Teams, das diese Nacht Dienst hatte, waren unterwegs, um wegen der drei Morde zu ermitteln, die in den letzten Stunden gemeldet worden waren.

Offiziell dauerte eine Schicht in der Mordkommission zehn Stunden; in der Praxis war sie wegen laufender Ermittlungen oft länger. Auch Malcolm Ainslie und Jorge Rodriguez, die eigentlich seit Stunden dienstfrei hatten, waren bis vor wenigen Augenblicken noch beschäftigt gewesen.

Ainslie vermutete, daß seine Frau Karen am Telefon war. Sie würde wissen wollen, wann er heimkam, damit ihr lange geplanter Urlaub endlich beginnen konnte. Nun, ausnahmsweise würde er antworten können, er sei mit der Arbeit fertig, habe alles erledigt und sei nach Hause unterwegs. Morgen früh würden Karen, Jason und er mit der ersten Maschine der Air Canada von Miami nach Toronto fliegen.

Ainslie fühlte sich urlaubsreif. Obwohl er körperlich fit war, fehlte ihm die unerschöpfliche Energie, die er besessen hatte, als er vor einem Jahrzehnt zur Polizei gegangen war. Gestern war ihm beim Rasieren aufgefallen, daß sein schütteres braunes Haar rasch grauer wurde. Auch ein paar neue Falten hatte er entdeckt; daran war bestimmt sein dienstlicher Streß schuld. Und sein Blick – wachsam und forschend – verriet Skepsis und Desillusionierung, nachdem er über Jahre hinweg die Abgründe der *Condition humaine* studiert hatte.

In diesem Augenblick war Karen hinter ihm aufgetaucht, hatte wie so oft seine Gedanken erraten, war ihm mit fünf Fingern durchs Haar gefahren und hatte ihm versichert: »Mir gefällt noch immer, was ich sehe.«

Er hatte Karen an sich gezogen und umarmt. Sie reichte ihm nur bis zu den Schultern, und er genoß den Duft ihres seidigweichen kastanienbraunen Haars, während dieser Körperkontakt sie beide noch immer erregte. Er legte einen Finger unter ihr Kinn und hob ihr Gesicht hoch, um sie zu küssen.

»Ich bin eine Kleinpackung«, hatte Karen ihm bald nach ihrer Verlobung erklärt. »Aber sie enthält viel Liebe – und alles andere, was du brauchen wirst.« Und so war es gewesen.

Ainslie lächelte, weil er Karens Stimme zu hören erwartete, und nickte Jorge zu, er könne das Gespräch durchstellen.

Eine tiefe, volltönende Stimme verkündete: »Hier ist Pater Ray Uxbridge. Ich bin der Anstaltsgeistliche im Florida State Prison.«

»Ja, ich weiß.« Ainslie war Uxbridge mehrmals begegnet und mochte ihn nicht. Trotzdem fragte er höflich: »Was kann ich für Sie tun, Pater?«

»Einer unserer Häftlinge soll morgen früh um sieben hingerichtet werden. Sein Name ist Elroy Doil. Er behauptet, Sie zu kennen.«

»Natürlich kennt er mich«, bestätigte Ainslie knapp. »Ich habe mitgeholfen, Animal nach Raiford zu bringen.«

Die Telefonstimme klang steifer. »Der Häftling, von dem wir sprechen, ist ein menschliches Wesen, Sergeant. Ich ziehe es vor, diesen Namen nicht zu verwenden.«

Diese Reaktion erinnerte Ainslie daran, warum er Uxbridge nicht mochte. Der Mann war ein wichtigtuerischer Esel.

»Jeder nennt ihn Animal«, antwortete Ainslie. »Er verwendet diesen Namen sogar selbst. Außerdem haben seine scheußlichen Morde bewiesen, daß er schlimmer als ein Tier ist.«

Tatsächlich hatte Dr. Sandra Sanchez, eine Gerichtsmedizinerin aus Dade County, beim Anblick der beiden ersten verstümmelten Mordopfer Elroy Doils ausgerufen: »Barmherziger Gott! Ich habe schon schreckliche Dinge gesehen, aber hier ist eine Bestie, ein menschliches Tier am Werk gewesen!«

Ihr Ausruf war oft wiederholt worden.

Am Telefon sprach Uxbridge weiter. »Mr. Doil hat mich gebeten, Ihnen mitzuteilen, daß er Sie sprechen möchte, bevor er stirbt.« Eine Pause, in der Ainslie sich vorstellte, wie der Geistliche auf die Uhr sah. »Das ist in etwas über acht Stunden.«

»Hat Doil gesagt, warum er mich sprechen will?«

»Er ist sich bewußt, daß Sie mehr als jeder andere zu seiner Verhaftung und Verurteilung beigetragen haben.«

»Was heißt das?« fragte Ainslie ungeduldig. »Will er mich anspucken, bevor er stirbt?«

Ein kurzes Zögern. »Der Häftling und ich haben miteinander diskutiert. Aber ich erinnere Sie daran, daß alles, was zwischen einem Geistlichen und einem zum Tode Verurteilten gesprochen wird, dem Beichtgeheimnis unterliegt und…«

Ainslie unterbrach ihn. »Das weiß ich, Pater, aber ich erinnere *Sie* daran, daß ich in Miami bin – vierhundert Meilen entfernt – und nicht die ganze Nacht durchfahre, nur weil's diesem

Spinner plötzlich einfällt, es wäre nett, noch mal mit mir zu reden.«

Ainslie wartete. Dann schien der Geistliche eine Entscheidung zu treffen. »Er will gestehen, sagt er.«

Das war ein Schock für Ainslie, der alles andere erwartet hätte. Er fühlte sein Herz rascher schlagen. »Was gestehen? Meinen Sie alle Morde?«

Das waren logische Fragen. Vor dem Schwurgericht, das Elroy Doil wegen eines bestialischen Doppelmords schuldig gesprochen und zum Tod verurteilt hatte, hatte er trotz erdrückender Schuldbeweise hartnäckig seine Unschuld beteuert. Ebenso nachdrücklich hatte er geleugnet, zehn weitere Morde – ganz eindeutig Serienmorde – verübt zu haben, derentwegen er nicht angeklagt worden war, die aber nach Überzeugung der Ermittler ebenfalls auf sein Konto gingen.

»Ich habe keine Ahnung, was er gestehen will. Das müssen Sie schon selbst herausfinden.«

»Scheiße!«

»Wie bitte?«

»Ich habe Scheiße gesagt, Pater. Ein Wort, das Sie bestimmt auch schon ein- bis zweimal benutzt haben.«

»Grobheiten sind überflüssig, Sergeant.«

Ainslie ächzte vernehmlich, weil er plötzlich in einem Dilemma steckte.

War Animal zu diesem späten Zeitpunkt bereit, nicht nur einen, sondern alle von ihm verübten Serienmorde zu gestehen, *mußte* seine Aussage zu Protokoll genommen werden. Das hatte vor allem einen Grund: Einige lautstarke Protestierer, darunter eine Initiative zur Abschaffung der Todesstrafe, glaubten noch jetzt an Doils Unschuldsbeteuerungen und behaupteten, das Verfahren gegen ihn sei durchgepeitscht worden, weil die aufgebrachte Öffentlichkeit die Aburteilung irgendeines Täters gefordert habe – und das so schnell wie möglich. Ein Geständnis Doils würde dieses Argument widerlegen.

Unklar blieb natürlich, was Doil meinte, wenn er von »gestehen« sprach. Dachte er an ein schlichtes juristisches Geständnis, oder würde es die Form einer verwickelten religiösen Beichte annehmen? Vor Gericht war Doil von einem Zeugen als religiöser Fanatiker beschrieben worden, der »verrücktes, unverständliches Zeug brabbelt«.

Unabhängig davon, was Doil zu sagen hatte, würde es Fragen geben, die Ainslie, der mit dem Fall vertraut war, besser als jeder andere stellen konnte. Deshalb *mußte* er unbedingt nach Raiford.

Er lehnte sich müde in den Schreibtischsessel zurück. Diese Sache hätte zu keinem ungünstigeren Zeitpunkt kommen können. Karen würde vor Wut schäumen, das wußte er. Erst letzte Woche hatte sie ihn um ein Uhr morgens hinter der Haustür abgefangen, als er nach Ermittlungen in einem gräßlichen Mordfall im Gangstermilieu, derentwegen er ihr Dinner am Hochzeitstag versäumt hatte, nach Hause kam. Karen, die ein rosa Nachthemd trug, hatte ihm den Zutritt verwehrt und in bestimmten Tonfall gesagt: »Malcolm, so kann unser Leben nicht weitergehen. Wir bekommen dich kaum noch zu sehen. Auf dich ist kein Verlaß mehr. Und wenn du heimkommst, bist du nach einem sechzehnstündigen Arbeitstag so verdammt müde, daß du nur noch schläfst. Ich sage dir, das muß sich ändern! Du mußt dich entscheiden, was dir wichtiger ist.« Karen sah weg. Dann fügte sie leise hinzu. »Das ist mein Ernst, Malcolm. Ich bluffe nicht.«

Er wußte genau, was Karen meinte. Und er verstand ihre Empörung. Aber nichts war so einfach, wie es aussah.

»Sergeant, sind Sie noch da?« fragte Uxbridge ungeduldig.

»Ja, leider.«

»Also, kommen Sie oder nicht?«

Ainslie zögerte. »Pater, dieses Geständnis, das Doil ablegen will – wäre das im weitesten Sinn eine Beichte?«

»Wie meinen Sie das?«

»Ich bin auf der Suche nach einem Kompromiß, um nicht eigens nach Raiford fahren zu müssen. Könnte Doil nicht in

Anwesenheit eines Gefängnisbeamten bei Ihnen beichten? Dann wäre sein Geständnis protokolliert und somit amtlich.«

Eine abwegige Idee, das wußte Ainslie, deshalb überraschte ihn Uxbridges Reaktion nicht. »Um Himmels willen, nein! Ihr Vorschlag ist empörend! Was in der Beichte gesagt wird, ist nicht für Dritte bestimmt. Das müßten Sie doch besser wissen als jeder andere.«

»Ja, natürlich. Entschuldigung.« Wenigstens soviel war er Uxbridge schuldig. Das war ein letzter Versuch gewesen, diese Fahrt irgendwie zu vermeiden. Jetzt schien es keine Alternative mehr zu geben.

Ins Staatsgefängnis kam man am schnellsten, indem man nach Jacksonville oder Gainesville flog und das letzte kurze Stück mit dem Auto fuhr. Aber Linienflüge dorthin gab es nur tagsüber. Nachts konnte er Raiford vor Doils Hinrichtung nur mit dem Auto erreichen. Ainslie sah auf seine Uhr. Acht Stunden. Knapp, aber gerade noch zu schaffen.

Er winkte Rodriguez heran, der aufmerksam zugehört hatte, bedeckte die Sprechmuschel mit einer Hand und erklärte ihm: »Sie müssen mich nach Raiford fahren – gleich jetzt. Lassen Sie sich einen Streifenwagen zuteilen. Sehen Sie nach, ob der Tank voll ist, und warten Sie dann vor der Fahrbereitschaft auf mich. Und besorgen Sie sich ein Mobiltelefon.«

»Wird gemacht, Sergeant.« Jorge trabte davon.

Der Geistliche, dessen Stimme jetzt schärfer klang, sprach weiter. »Lassen Sie mich eines klarstellen, Ainslie: Mir widerstrebt es, überhaupt mit Ihnen zu reden. Ich tue es gegen meine Überzeugung, weil dieser arme Mann, der nun bald sterben wird, mich darum gebeten hat. Tatsächlich weiß Doil, daß Sie ein ehemaliger Geistlicher sind. Er will nicht bei mir beichten; das hat er mir gesagt. In seinem Wahn hat er sich in den Kopf gesetzt, bei Ihnen zu beichten. Diese Vorstellung ist mir gänzlich widerwärtig, aber ich muß seinen Wunsch respektieren.«

Nun war es also heraus.

Damit hatte Ainslie gerechnet, seit er Ray Uxbridges Stimme

am Telefon gehört hatte. Aus Erfahrung wußte er zweierlei. Erstens: Seine Vergangenheit tauchte oft ganz unerwartet auf, und Uxbridge kannte sie offenbar. Zweitens: Niemand begegnete einem ehemaligen katholischen Priester verbitterter oder mit mehr Vorurteilen als ein katholischer Priester. Andere waren toleranter – selbst katholische Laien oder Geistliche anderer Konfessionen. Aber niemals katholische Kleriker. Manchmal vermutete Ainslie dahinter Neid – die vierte Todsünde.

Ainslie hatte den Priesterberuf schon vor zehn Jahren aufgegeben. Jetzt sagte er ins Telefon: »Hören Sie, Pater, mich als Polizeibeamten interessiert nur, was Animal über das oder die von ihm verübten Verbrechen zu sagen hat. Will er mir die Wahrheit darüber mitteilen, bevor er stirbt, höre ich zu und habe natürlich auch einige Fragen zu stellen.«

»Ein Verhör?« fragte Uxbridge. »Wozu ist das noch notwendig? Mr. Doil ist kein Verdächtiger mehr.«

»Er wird verdächtigt, noch andere Verbrechen verübt zu haben; außerdem sind wir im öffentlichen Interesse verpflichtet, alles festzustellen, was möglich ist.«

»Im öffentlichen Interesse«, wollte Uxbridge skeptisch wissen, »oder um Ihren persönlichen Ehrgeiz zu befriedigen, Sergeant?«

»Was Animal Doil betrifft, ist mein Ehrgeiz seit dem Tag befriedigt, an dem er schuldig gesprochen und verurteilt worden ist. Aber ich bin dienstlich verpflichtet, alle Fakten herauszufinden, die sich in Erfahrung bringen lassen.«

»Und mir geht's mehr um die Seele dieses Menschen.«

Ainslie lächelte schwach. »In Ordnung, Pater. Ich bin für Fakten, Sie für Seelen zuständig. Was halten Sie davon, sich mit Doils Seele zu beschäftigen, solange ich unterwegs bin, und ihn mir zu überlassen, sobald ich da bin?«

Uxbridges Stimme wurde tiefer. »Ich muß nachdrücklich darauf bestehen, Ainslie, daß Sie sich dazu verpflichten, sich im Gespräch mit Doil keinerlei pastorale Befugnisse anzumaßen. Außerdem...«

»Pater, Sie können mir keine Anweisungen geben.«

»Ich handle im Auftrag Gottes!« dröhnte Uxbridge.

Ainslie ignorierte seinen Theaterdonner. »Hören Sie, damit vergeuden wir nur Zeit. Richten Sie Animal aus, daß ich komme, bevor er auscheckt. Und ich versichere Ihnen, daß ich in keiner anderen Rolle als meiner eigenen auftreten werde.«

»Geben Sie mir darauf Ihr Wort?«

»Du lieber Gott, natürlich gebe ich Ihnen mein Wort. Wollte ich als Geistlicher herumstolzieren, hätte ich mein Priestergewand nie ausgezogen, oder?«

Ainslie legte auf.

Er nahm rasch wieder den Hörer ab und drückte die Kurzwahltaste, um Lieutenant Leo Newbold anzurufen. Der Chef der Mordkommission hatte dienstfrei und war zu Hause. Eine angenehme Frauenstimme, die mit jamaikanischem Akzent sprach, meldete sich.

»Hallo, Devina. Hier ist Malcolm. Kann ich den Boß sprechen?«

»Er schläft, Malcolm. Soll ich ihn wecken?«

»Muß leider sein, Devina. Sorry.«

Ainslie wartete ungeduldig, sah wieder auf die Uhr, überschlug die Fahrtstrecke und rechnete aus, wie lange sie brauchen würden. Wenn *nichts* dazwischenkam, konnten sie's schaffen. Aber nur ganz knapp.

Er hörte ein Klicken, dann eine verschlafene Stimme. »Hi, Malcolm. Was zum Teufel soll das? Ich dachte, Sie haben Urlaub?« Leo Newbold sprach mit dem gleichen jamaikanischen Akzent wie seine Frau.

»Eigentlich schon, Sir. Aber jetzt ist etwas dazwischengekommen.«

»Ist das nicht immer so? Schießen Sie los.«

Ainslie berichtete, was er von Pater Uxbridge gehört hatte, und betonte, er müsse sofort losfahren. »Ich rufe an, um Ihre Genehmigung einzuholen.«

»Die ist erteilt. Wer fährt Sie?«

»Ich nehme Rodriguez mit.«

»Gut. Aber Vorsicht, Malcolm. Der Kerl fährt wie ein verrückter Kubaner.«

Ainslie lächelte. »Genau so einen brauche ich jetzt.«

»Bringt das Ihren Familienurlaub durcheinander?«

»Wahrscheinlich. Ich habe Karen noch nicht angerufen. Das mache ich von unterwegs.«

»Scheiße! Das tut mir wirklich leid.«

Ainslie hatte Newbold erzählt, daß sie morgen den achten Geburtstag seines Sohns Jason und zugleich dem fünfundsiebzigsten von Karens Vater, den pensionierten kanadischen Brigadegeneral George Grundy, feiern wollten. Die Grundys wohnten in einem Vorort von Toronto. Dieser Doppelgeburtstag war als großes Familientreffen geplant.

»Wann müßten Sie morgen fliegen?« fragte Newbold.

»Fünf nach neun.«

»Und wann kommt Animal auf den Stuhl?«

»Sieben.«

»Also können Sie um acht draußen sein. Zu spät, um hierher zurückzufliegen. Haben Sie sich schon nach Flügen nach Toronto von Jacksonville oder Gainesville aus erkundigt?«

»Noch nicht.«

»Überlassen Sie das mir, Malcolm. Rufen Sie mich in ungefähr einer Stunde vom Auto aus an.«

»Danke. Wird gemacht.«

Beim Hinausgehen nahm Ainslie ein Tonbandgerät mit, das er verdeckt unter seiner Jacke tragen konnte. Unabhängig davon, was Doil im Angesicht des Todes zu sagen hatte, würden seine Worte ihn überdauern.

Im Erdgeschoß des Police Buildings wartete Jorge Rodriguez in der Einsatzzentrale des Streifendienstes.

»Für den Wagen ist unterschrieben. Und ich habe das Mobiltelefon.« Jorge war der jüngste Detective des Morddezernats und in vielerlei Hinsicht ein Schützling Ainslies, der seinen Diensteifer jetzt zu schätzen wußte.

»Dann los.«

Sie trabten auf den Parkplatz hinaus und spürten sofort die drückende Schwüle, unter der Miami seit Tagen litt. Wenige Minuten später schoß der Streifenwagen mit Jorge am Steuer auf die Northwest Third Avenue hinaus. Zwei Häuserblocks weiter bogen sie auf die Interstate 95 ab, auf der sie zehn Meilen nach Norden fahren würden, bis sie den Florida's Turnpike erreichten, auf dem noch gute vierhundertfünfzig Kilometer vor ihnen lagen.

Es war 23.10 Uhr.

Der Streifenwagen, den Ainslie verlangt hatte, war ein blauweißer Chevrolet Impala der Miami Police mit voller Ausstattung – eindeutig ein Dienstfahrzeug.

»Mit Blinklicht und Sirene?« fragte Jorge.

»Noch nicht. Erst mal sehen, wie's läuft.«

Da nur wenig Verkehr war, fuhren sie bereits hundertzwanzig Stundenkilometer, weil sie wußten, daß ein Streifenwagen selbst außerhalb ihres Einsatzbereichs nicht wegen Geschwindigkeitsüberschreitung angehalten werden würde.

Malcolm lehnte sich zurück. Dann griff er nach dem Mobiltelefon und tippte seine Privatnummer ein.

2

»Ich kann's nicht glauben, Malcolm! Ich kann's einfach nicht glauben!«

Kurz zuvor war Karens erste Frage gewesen: »Darling, wann kommst du heim?«

Als er antwortete, er werde gar nicht nach Hause kommen, ging ihr Temperament mit ihr durch.

Er bemühte sich vergebens, ihr alles zu erklären und sich zu rechtfertigen.

Jetzt sprach sie erregt weiter: »Du willst's also vermeiden, diesen Schweinehund zu kränken, der's zehnmal verdient hat, morgen früh auf den elektrischen Stuhl zu kommen! Aber es macht dir nichts aus, deinen Sohn an seinem Geburtstag zu enttäuschen. Deinen *Sohn*, Malcolm, der sich so auf morgen gefreut, der die Tage gezählt und mit dir gerechnet hat...«

Ainslies Stimme wurde schärfer. »Karen, ich *muß* dort hin«, unterbrach er sie. »Mir bleibt keine andere Wahl. Keine!«

Als sie daraufhin schwieg, fuhr er fort: »Hör zu, ich versuche, von Jacksonville oder Gainesville aus nach Toronto zu fliegen. Du kannst meinen Koffer mitnehmen.«

»Du solltest mit *uns* reisen – wir drei zusammen! Du, Jason und ich – deine Familie! Oder hast du die *ganz* vergessen?«

»Karen, das reicht!«

»Ebenso unwichtig ist natürlich der fünfundsiebzigste Geburtstag *meines* Vaters. Aber wir alle zählen nicht im Vergleich zu einem Massenmörder. Diese Bestie ist dir offenbar viel wichtiger als deine Familie.«

»Natürlich nicht«, protestierte er.

»Dann beweis es uns! Wo bist du jetzt?«

Ainslie sah nach vorn; sie waren auf der I-95. »Karen, ich kann unmöglich umkehren. Tut mir leid, daß du das nicht verstehst, aber die Entscheidung ist unwiderruflich.«

Seine Frau schwieg einen Augenblick. Als sie weitersprach, klang ihre Stimme gepreßt, und er wußte, daß sie den Tränen nahe war. »Ist dir klar, was du uns antust, Malcolm?«

Als er nicht antwortete, hörte er das Klicken, mit dem sie auflegte.

Ainslie schaltete bedrückt das Mobiltelefon aus. Er hatte ein schlechtes Gewissen, wenn er daran dachte, wie oft er Karen enttäuscht hatte, weil ihm der Dienst wichtiger als sein Familienleben gewesen war. Ihm fiel ein, was Karen erst vorige Woche gesagt hatte: *Malcolm, so kann unser Leben nicht weitergehen.* Er konnte nur hoffen, daß das nicht ihr Ernst gewesen war.

Jorge war vernünftig genug, um das nun folgende Schweigen

nicht zu unterbrechen. Schließlich sagte Ainslie trübselig: »Meiner Frau macht's richtig Spaß, mit einem Cop verheiratet zu sein.«

»Ziemlich sauer, was?« fragte Jorge verständnisvoll.

»Kann mir gar nicht denken, weshalb«, sagte Ainslie mißmutig. »Dabei hab' ich bloß wegen eines Schwätzchens mit einem Killer, der morgen hingerichtet wird, unseren Urlaub platzen lassen. Hätte nicht jeder gute Ehemann das gleiche getan?«

Jorge zuckte mit den Schultern. »Sie gehören zu Mordkommission. Manche Sachen muß man einfach tun. Kann man Außenstehenden nicht immer erklären.« Er fügte hinzu: »Ich heirate bestimmt nie.«

Ainslie dachte an die schönen, eleganten Frauen, die Jorge überallhin begleiteten und ihn zu bewundern schienen, bis sie aus unerfindlichen Gründen in periodischen Abständen durch neue ersetzt wurden.

»Wozu *sollten* Sie heiraten, wenn Sie auch so keinen Mangel leiden?« fragte Ainslie. »Ich brauche bloß an gestern zu denken – sogar Ernestine ist Ihrem kubanischen Charme erlegen.«

»Sergeant, Ernestine ist 'ne Nutte. Ihr gefällt jeder Kerl mit Geld in der Tasche.«

»Ich habe fünfundvierzig Dollar in der Brieftasche gehabt, aber an mich hat sie sich nicht rangemacht.«

»Nun das liegt daran, daß... die Leute haben Respekt vor Ihnen. Diese Mädchen hätten das Gefühl, ihrem eigenen Onkel einen unsittlichen Antrag zu machen.«

Ainslie lächelte verständnisvoll. »Sie haben gestern gute Arbeit geleistet, Jorge. Ich bin stolz auf Sie gewesen.«

Und er lehnte sich in seinen Sitz zurück...

Werner Niehaus, ein ältlicher Tourist, war mit seinem gemieteten Cadillac unterwegs, als er sich in Miami in dem Labyrinth aus numerierten Straßen verfuhr. Zu seinem Pech geriet er in das berüchtigte Overtown-Viertel, in dem er angehalten, beraubt und erschossen wurde, worauf die Straßenräuber seine

Leiche aus dem Wagen warfen, mit dem sie davonfuhren. Das war ein mutwilliger, unnötiger Mord gewesen, denn die Täter hätten sich damit begnügen können, Niehaus einfach nur zu berauben und seinen Cadillac zu stehlen.

Sofort ging eine Suchmeldung mit dem Kennzeichen des Wagens an alle Polizeidienststellen Floridas.

Da Morde an ausländischen Touristen bereits ein negatives Presseecho ausgelöst hatten, machten der Oberbürgermeister, die City Commissioners – die städtischen Referenten – und der Polizeipräsident Druck und verlangten die rasche Aufklärung dieses neuen Mordfalls. An der schlechten Publicity für Miami war nichts mehr zu ändern, aber rasche Festnahmen konnten die Negativschlagzeilen vielleicht etwas abmildern.

Am nächsten Morgen fuhr Jorge Rodriguez gemeinsam mit Malcolm Ainslie auf der Suche nach Tatzeugen in einem neutralen Dienstwagen durch Overtown. Auf der Northwest Third Avenue sah Jorge in der Nähe der Fourteenth Street zwei Drogenhändler, die er unter ihren Straßennamen Big Nick und Shorty Spudman kannte. Gegen Shorty lag ein Haftbefehl wegen schwerer Körperverletzung vor.

Die beiden Kriminalbeamten stiegen rasch aus. Als sie sich von zwei Seiten näherten, um den Dealern den Fluchtweg abzuschneiden, stopfte Nick etwas in seine Hose. Er hob lässig den Blick. Jorge gab die Richtung des Gesprächs vor. »Hey, Nick, wie geht's?«

Nicks Antwort klang mißtrauisch. »Okay, was gibt's, Mann?

Dealer und Cops starrten einander an. Alle vier wußten, daß eine Leibesvisitation Drogen, vielleicht auch Waffen zutage gefördert und den beiden erheblich vorbestraften Drogenhändlern lange Haftstrafen eingebracht hätte.

Jorge fragte den pockennarbigen Shorty Spudman, der nicht mal einssechzig groß war: »Hast du von dem deutschen Touristen gehört, der gestern ermordet worden ist?«

»Hab's im Fernsehen gesehen: Diese Punks, die Touristen abknallen, das sind echt üble Typen.«

»Auf der Straße wird also darüber geredet?«

»Nicht viel.«

Ainslie mischte sich ein. »Ihr tut euch selbst einen Gefallen, Jungs, wenn ihr uns ein paar Namen nennt.«

Seine Aufforderung war klar: *Schließen wir einen Handel ab*. Aus der Sicht der Kriminalbeamten war die Aufklärung eines Mordes wichtiger als vieles andere. Als Gegenleistung für Informationen konnten geringfügigere Straftaten übersehen werden – sogar ein Haftbefehl.

Aber Big Nick behauptete: »Wir kennen keine gottverdammten Namen.«

Jorge zeigte auf seinen Dienstwagen. »Dann nehmen wir euch am besten aufs Revier mit.« Wie Nick und Shorty wußten, war im Polizeipräsidium eine Leibesvisitation unvermeidlich, und der Haftbefehl würde dort nicht ausbleiben.

»Augenblick!« sagte Shorty hastig. »Hab' gestern abend von ein paar Nutten gehört, daß zwei Kerle 'nen Weißen erschossen haben und mit seinem Wagen abgehauen sind.«

Jorge: »Haben die Mädchen gesehen, wie's passiert ist?«

Shorty zuckte mit den Schultern. »Vielleicht.«

»Her mit den Namen.«

»Ernestine Smart und 'ne andere, die sich Flame nennt.«

»Wo können wir sie finden?«

»Ernestine schläft in River und Three. Von Flame weiß ich nichts.«

»Du redest von der Obdachlosensiedlung zwischen Third und North River?« fragte Jorge.

»Yeah.«

»Habt ihr uns Scheiß erzählt«, erklärte Jorge den beiden, »kommen wir zurück und finden euch. Taugt die Auskunft was, habt ihr bei uns was gut.«

Jorge und Ainslie gingen zu ihrem Dienstwagen zurück. Bis sie eine der Prostituierten gefunden hatten, verstrich eine weitere Stunde.

Die Obdachlosensiedlung in der Third Street lag unter der

I-95 am Miami River. Da sie ursprünglich ein Parkplatz gewesen war, standen absurderweise noch immer Dutzende von Parkuhren zwischen unzähligen Behelfsunterkünften aus Karton und Plastikfolie. In dieser an ein Elendsquartier in irgendeinem unterentwickelten Land erinnernden Umgebung führten Menschen ein verzweifeltes, elendes Dasein. Überall in und um die Siedlung türmten sich Abfallberge. Jorge und Ainslie stiegen vorsichtig aus, denn sie wußten, daß sie hier jederzeit in Exkremente treten konnten.

Sie erfuhren, daß Ernestine Smart und Flame gemeinsam eine Sperrholzkiste bewohnten, deren Beschriftung zeigte, daß sie früher Lastwagenreifen enthalten hatte. Jetzt stand sie auf dem ehemaligen Parkplatz am Fluß. In die Rückwand der Kiste war eine Tür gesägt worden, die von außen mit einem Vorhängeschloß gesichert werden konnte. Nun stand die Tür offen.

Jorge streckte seinen Kopf ins dunkle Innere der Sperrholzkiste. »Hey, Ernestine. Ich bin's, dein freundlicher Kontaktbeamter. Wie geht das Geschäft?«

Eine leicht heisere Frauenstimme antwortete: »Wenn's besser ginge, bräucht' ich nicht in diesem Schweinestall zu leben. Willst du ficken, Copper? Du zahlst bloß die Hälfte.«

»Verdammt! Hab' gerade keine Zeit; muß 'nen Mord aufklären. Auf der Straße heißt's, daß Flame und du ihn gesehen haben.«

Jorge, dessen Augen sich an die Dunkelheit gewöhnt hatten, musterte Ernestine. Die ungefähr zwanzigjährige Schwarze war früher schön gewesen, aber jetzt war ihr Gesicht aufgedunsen und von Falten durchzogen. Ihre Figur war allerdings gut. In ihrem weißen Overall steckte ein schlanker Körper mit festem Busen. Ernestine sah Jorges Blick und lächelte amüsiert.

»Wir sehen alle viel«, erklärte sie ihm. »Nur erinnern kann man sich nicht immer.«

»Aber du erinnerst dich, wenn ich dir helfe?«

Ernestine lächelte geheimnisvoll. Jorge wußte, daß das Zustimmung signalisierte.

»Hast du gestern abend zufällig auf der Northwest Third an der Twelfth Street gestanden?« fragte er weiter.

»Weiß ich nicht. Vielleicht.«

»Nun, ich frage mich, ob du gesehen hast, wie zwei Jitterbugs zu einem älteren Weißen ins Auto gesprungen sind und ihn erschossen und aus dem Wagen geworfen haben.«

»Nein, aber ich hab' gesehen, wie ein Bruder und seine billig aussehende Mieze den alten Knacker zum Anhalten gebracht und dann getan haben, was du sagst.«

Jorge sah zu Ainslie hinüber, der ihm zunickte. »Jetzt mal im Klartext«, sagte Jorge. »Du hast einen Schwarzen und eine Weiße gesehen?«

»Yeah.« Ernestine starrte ihn an. »Bevor ich mehr sage... was ist für mich drin, Mann?«

»Erzählst du uns keinen Scheiß, kriegst du 'nen Hunderter.«

»Cool, Mann.« Sie wirkte zufrieden.

»Weißt du die Namen?«

»Der schwarze Kerl ist Kermit der Frosch. Sieht mit seinen komischen Glupschaugen wie'n Frosch aus. Er ist gefährlich, zieht immer gleich seine Knarre.«

»Und die Frau?«

»Die heißt Maggie, ist immer mit Kermit zusammen. Die beiden sind oft im Diner in der Eight Street, und ich hab' mitgekriegt, wie sie wegen Heroinbesitz verhaftet worden sind.«

»Würdest du sie identifizieren, wenn ich mit ein paar Fotos vorbeikomme?«

»Klar, Süßer, für dich tu' ich alles.« Ernestine berührte seine Wange. »Irgendwie gefällst du mir.«

Jorge lächelte, dann fragte er weiter. »Was ist mit Flame? Hilft die uns auch?«

»Das mußt du ihn selbst fragen.«

Jorge war verblüfft. *»Ihn?«*

»Flame ist ein Kerl«, sagte Ernestine. »Heißt in Wirklichkeit Jimmy McRae.«

Ainslie ächzte. »Nicht als Zeuge. Ausgeschlossen!«

Jorge nickte. Transsexuelle, die vor einer Geschlechtsumwandlung als Frau lebten, waren in der sexorientierten Unterwelt häufig, aber Flame schien außerdem als Prostituierte zu arbeiten. Einen schrägen Vogel wie ihn konnte man unmöglich in den Zeugenstand rufen, weil er die Geschworenen nur verstört hätte; deshalb kam Flame nicht in Frage. Ernestine würde eine gute Zeugin sein, und vielleicht fanden sich noch weitere.

»Stellt sich alles als richtig heraus«, erklärte Jorge Ernestine, »bringen wir in ein paar Tagen das Geld vorbei.«

Für solche Zahlungen an Informanten stand Kriminalbeamten ein Spesenkonto zur Verfügung.

In diesem Augenblick hörte Ainslie in seinem Sprechgerät seine Dienstnummer: 1910.

»QSK«, sagte er nur. Das war die Q-Gruppe für »Fahren Sie mit der Sendung fort«.

»Rufen Sie Ihren Lieutenant an.«

Das Gerät war auch ein Mobiltelefon, so daß Ainslie nur Leo Newbolds Kurzwahlnummer einzutippen brauchte.

»Im Fall Niehaus tut sich was«, sagte Newbold. »Die State Police hat den geklauten Wagen sichergestellt und zwei Verdächtige festgenommen. Die beiden werden jetzt hergebracht.«

»Augenblick, Sir«, sagte Ainslie und sah rasch in seine Notizen. »Ein Schwarzer namens Kermit und eine Weiße, die Maggie heißt?«

»Richtig! Das sind sie. Woher wissen Sie das?«

»Jorge Rodriguez hat eine Zeugin – eine Prostituierte. Sie ist bereit, die beiden zu identifizieren.«

»Sagen Sie Jorge, daß er das gut gemacht hat. Und seht zu, daß ihr schnell zurückkommt. Wir müssen die Ermittlungen vorantreiben.«

Allmählich kam Licht in die Sache. Ein aufmerksamer State Trooper, der sich das in der Fahndungsmeldung der Miami Police vom Vortag genannte Autokennzeichen gemerkt hatte, hatte den Cadillac angehalten und die beiden Insassen festgenommen:

einen Schwarzen, Kermit Kaprum, neunzehn, und eine Weiße, Maggie Thorne, dreiundzwanzig. Beide waren mit je einem Revolver Kaliber 38 bewaffnet, die zur Untersuchung ins Ballistiklabor geschickt wurden.

Sie erklärten den Uniformierten, sie hätten den Wagen erst vor einigen Minuten leer und mit dem Zündschlüssel im Schloß aufgefunden und zu einer Spritztour benutzt. Das war offensichtlich gelogen, aber die State Police vernahm sie nicht weiter, weil das eigentliche Verhör von Beamten der Mordkommission durchgeführt werden würde.

Als Ainslie und Rodriguez in die Dienststelle zurückkamen, warteten Kaprum und Thorne bereits in getrennten Vernehmungsräumen. Eine Überprüfung per Computer hatte ergeben, daß beide seit ihrem achtzehnten Lebensjahr aktenkundig waren. Die junge Frau hatte wegen Diebstahls gesessen und war mehrmals als Prostituierte aufgegriffen worden. Kaprum war wegen Einbruchs und Erregung öffentlichen Ärgernisses vorbestraft. Vermutlich waren beide schon als Jugendliche straffällig geworden.

Die Büros der Mordkommission in Miami hatten keine Änlichkeit mit vergleichbaren Dienststellen im Fernsehen, in denen stets laute, hektische Betriebsamkeit herrschte. Sie lagen im vierten Stock des festungsartigen Polizeipräsidiums und waren von der Eingangshalle aus mit dem Aufzug zu erreichen. Aber die Tür zum vierten Stock ließ sich nur mit einer speziellen Magnetkarte öffnen, die lediglich die dort Beschäftigten und einige ihrer Vorgesetzten besaßen. Jeder andere Polizeibeamte sowie gelegentliche Besucher mußten von einem Kartenbesitzer begleitet werden.

Festgenommene und Verdächtige wurden mit einem Aufzug direkt aus der Tiefgarage in den vierten Stock hinaufgebracht. Das Ergebnis war eine normalerweise ruhige, unaufgeregte Arbeitsatmosphäre.

Jorge Rodriguez und Malcolm Ainslie beobachteten durch

von innen verspiegelte Scheiben die Verdächtigen, die in getrennten Vernehmungsräumen saßen.

»Wir brauchen wenigstens ein Geständnis«, sagte Ainslie.

»Überlassen Sie das mir«, schlug Jorge vor.

»Sie wollen beide vernehmen?«

»Yeah. Zuerst die junge Frau. Was dagegen, wenn ich allein zu ihr reingehe?« Normalerweise wurden Verdächtige von zwei Kriminalbeamten vernommen, aber Jorge hatte sich bei Einzelvernehmungen als Überredungskünstler erwiesen.

Ainslie nickte ihm zu. »Also los!«

Er verfolgte das Verhör der dreiundzwanzigjährigen Maggie Thorne durch das verspiegelte Beobachtungsfenster. Die Festgenommene, die zerrissene Jeans und ein schmuddeliges Sweatshirt trug, war blaß und wirkte viel jünger. Würde sie sich das Gesicht waschen, dachte Ainslie, wäre sie ganz hübsch. So erschien sie hart und nervös, während sie auf dem Metallstuhl herumrutschte, an den sie gefesselt war. Als Jorge hereinkam, riß sie an ihren Handschellen, daß sie klirrten, und kreischte: »Scheiße, warum muß ich die tragen?«

Jorge lächelte freundlich und nahm sie ihr ab. »Wie geht's Ihnen überhaupt? Ich bin Detective Rodriguez. Möchten Sie einen Kaffee oder eine Zigarette?«

Thorne rieb sich die Handgelenke und murmelte etwas von Milch und Zucker. Sie wirkte etwas entspannter, aber weiter mißtrauisch. Eine harte Nuß, dachte Ainslie.

Jorge hatte wie üblich eine Thermoskanne, zwei Plastikbecher und Zigaretten mitgebracht. Während er den Kaffee eingoß, redete er wie ein Wasserfall weiter.

Sie rauchen also nicht, was? Ich auch nicht. Tabak ist mir zu gefährlich... Sorry, leider müssen Sie ihn schwarz trinken... Hey, darf ich Sie Maggie nennen? Ich bin Jorge... Wissen Sie, ich möchte Ihnen gern helfen. Ich glaube sogar, daß wir uns gegenseitig helfen können... Nein, das ist kein großer Scheiß. Tatsache ist, daß Sie in der Klemme stecken, Maggie, während ich versuche, Ihnen die Sache so leicht wie möglich zu machen...

Am Beobachtungsfenster trat Ainslie von einem Fuß auf den anderen. Bring es hinter dich, dachte er, denn Jorge durfte erst weiterfragen, nachdem Thorne über ihre Rechte – auch auf einen Anwalt – belehrt war. Natürlich wollten Ermittler in diesem kritischen Stadium nicht von einem Anwalt behindert werden, deshalb versuchten sie, ihre Belehrung so vorzubringen, daß die Antwort »Nein!« lautete.

Jorges Begabung dafür war sagenhaft.

Er begann völlig legal mit einem Vorgespräch, um sich Angaben zur Person der Verdächtigen zu notieren: Name, Geburtsdatum, Anschrift, Beruf, Sozialversicherungsnummer... Aber Jorge ging bewußt langsam vor und nahm sich Zeit für Kommentare. *Sie sind also im August geboren, Maggie? Hey, ich auch. Dann sind wir Löwen, aber ich glaub eigentlich nicht an diesen Tierkreisscheiß. Und Sie?«*

Weil die junge Frau trotzdem mißtrauisch blieb, schwatzte Jorge weiter, ohne die ihr vorgeworfene Straftat bisher auch nur erwähnt zu haben.

Noch ein paar Angaben zur Person, Maggie. Sind Sie verheiratet?... Nein? Ich auch nicht. Vielleicht irgendwann später. Aber Sie haben einen Freund?... Kermit? Nun, der sitzt jetzt auch in der Klemme, fürchte ich, und kann Ihnen nicht viel helfen. Vielleicht ist er schuld daran, daß Sie in diese Sache reingeraten sind... Was ist mit Ihrer Mutter?... Wow! Die haben Sie nie gesehen?... Und Ihr Vater?... Okay, okay, keine Fragen mehr nach den beiden.

Jorge machte seine Sache gut, aber ein Vorgespräch durfte nicht ewig dauern.

Gibt's jemand, den ich in Ihrem Auftrag verständigen soll, Maggie?... Nun, falls Sie sich die Sache anders überlegen, brauchen Sie's mir nur zu sagen.

Draußen wartete Ainslie nervös auf die Belehrung der Verdächtigen. In der Zwischenzeit beobachtete er die junge Frau. Ihr Gesicht kam ihm irgendwie bekannt vor, aber er wußte nicht, wo er es einordnen sollte.

Okay, Maggie, wir haben noch viel zu bereden, aber vorher muß ich Sie etwas fragen: Sind Sie bereit, mit mir zu reden, wie wir's jetzt tun, ohne daß ein Anwalt dabei ist?

Die Verdächtige nickte kaum merklich.

Gut, denn ich möchte auch mit Ihnen reden. Aber zuerst müssen wir noch was erledigen – Sie wissen ja, wie Vorschriften sind. Der Form halber muß ich Ihnen folgendes erzählen, Maggie: Sie haben das Recht zu schweigen…

Ainslie hörte aufmerksam zu. Die verspiegelte Scheibe vor ihm war nicht schalldicht, so daß er, falls notwendig, hätte bezeugen können, daß Thorne über ihre Rechte belehrt worden war. Daß sie kaum auf den von Jorge heruntergeleierten Text achtete, war nicht entscheidend.

Nun wurde es Zeit für Jorges zweites kalkuliertes Risiko.

Wir können jetzt weiterreden, Maggie, oder ich gehe an meinen Schreibtisch zurück, und Sie bekommen mich nie wieder zu sehen…

Zweifel auf dem Gesicht der jungen Frau: *Was ist, wenn der Kerl verschwindet?*

Jorge kannte die Anzeichen. Der Erfolg war greifbar nahe.

Maggie, verstehen Sie, was ich eben gesagt habe?… Ganz bestimmt?… Okay, das wäre erledigt… Oh, noch was! Sie müßten diesen Vordruck hier unterschreiben. Als Bestätigung für alles, was ich gesagt habe.

Thorne setzte ihre gekritzelte Unterschrift unter den amtlichen Vordruck, der bestätigte, sie habe sich nach einer Belehrung über ihre Rechte dafür entschieden, ohne Anwesenheit eines Rechtsanwaltes mit Detective Rodriguez zu reden.

Ainslie steckte seine Notizen ein. Jorge konnte nichts mehr passieren, und Ainslie, der bereits von der Schuld des Paars überzeugt war, rechnete mit mindestens einem vollen Geständnis innerhalb der nächsten halben Stunde.

Wie sich zeigen sollte, gab es sogar zwei.

Als Jorge die Verhöre in getrennten Räumen fortsetzte, zeigte sich, daß Thorne und Kaprum planlos vorgegangen waren und so statt eines einfachen Raubs ein Kapitalverbrechen verübt hatten. Nach der Tat hatten sie ernstlich geglaubt, sich durch ein kompliziertes Lügengebilde retten zu können, das ihnen vermutlich raffiniert erschien, aber auf jeden erfahrenen Kriminalbeamten lächerlich wirken mußte.

Jorge zu Thorne: *Jetzt zu dem Wagen, in dem Sie mit Kermit gesessen haben, Maggie. Dem Trooper haben Sie erzählt, Sie hätten ihn vor einigen Minuten leer und mit Zündschlüssel gefunden und eine Spritztour damit gemacht... Nun, was sagen Sie, wenn ich Ihnen erzähle, daß wir eine Zeugin haben, die gestern abend den Überfall beobachtet und Sie beide in dem Cadillac gesehen hat?... Außerdem sind hinten im Wagen über ein Dutzend Getränkedosen gefunden worden. Die werden eben auf Fingerabdrücke untersucht. Was ist, wenn Kermits und Ihre Abdrücke sich darauf befinden?... Doch, das beweist schon etwas, Maggie, weil es zeigt, daß Sie viel länger als nur »ein paar Minuten« in dem Auto gesessen haben.*

Jorge trank einen Schluck Kaffee und wartete. Thorne tat dasselbe.

Noch was, Maggie. Bei Ihrer Festnahme haben Sie eine Menge Geld bei sich gehabt – über siebenhundert Dollar. Können Sie mir das erklären?... Bei wem und als was haben Sie gearbeitet?... Wirklich? Für soviel Geld muß man lange jobben. Wer sind Ihre Arbeitgeber gewesen?... Nun, nennen Sie mir wenigstens ein paar, bei denen wir nachfragen können... Sie wissen keine mehr? Maggie, damit tun Sie sich keinen Gefallen.

Also gut, machen wir weiter. Man hat bei Ihnen auch einen größeren Markbetrag gefunden. Wo haben Sie den hergehabt?... Deutsches Geld, Maggie. Sie sind wohl in letzter Zeit mal in Deutschland gewesen?... Unsinn, Maggie! Wie hätten Sie das vergessen können? Stammt dieses Geld von Mr. Niehaus?... Er ist der Gentleman, der umgebracht wurde. Haben

Sie ihn mit Ihrem Revolver erschossen, Maggie? Eure Waffen werden jetzt untersucht. Dann wissen wir, ob Sie's getan haben.

Maggie, ich rede als Freund mit Ihnen. Sie sitzen echt in der Scheiße, und das wissen Sie bestimmt auch. Ich möchte Ihnen helfen, aber das kann ich erst, wenn Sie die Wahrheit sagen... Hier trinken Sie noch einen Kaffee... Denken Sie darüber nach, Maggie. Die Wahrheit macht alles leicht – vor allem für Sie. Sobald ich die Wahrheit weiß, kann ich Ihnen raten, was Sie tun sollten...

Beim Verhör des jüngeren Schwarzen, der wirklich Glupschaugen wie ein Frosch hatte, war der Umgangston rauher. *Okay, Kermit, ich hab' mir jetzt 'ne halbe Stunde lang Ihre Antworten angehört, und wir wissen beide, daß Sie völligen Scheiß erzählt haben. Jetzt müssen Tatsachen auf den Tisch. Sie und Ihre Freundin Maggie haben den Wagen entführt und den Alten beraubt und dann erschossen. Das hat Maggie Thorne schon gestanden. In Ihrem schriftlichen Geständnis steht, daß diese Sache Ihre Idee gewesen ist und daß Sie die tödlichen Schüsse auf Mr. Niehaus abgefeuert haben...*

Der neunzehnjährige Kaprum sprang auf und brüllte empört: »Die Schlampe lügt! Sie hat's getan, das ist ihre Idee gewesen, nicht meine! Ich hab' nur...«

Geschafft! dachte Jorge befriedigt. Kaprum, der auf Maggie Thornes vermeintlichen Verrat reagierte, war geradezu darauf versessen, seine eigene Version der Ereignisse zu erzählen. Ainslie, der wieder zuhörte, hätte beinahe gelächelt, aber er mußte an den toten Deutschen denken.

Sie wollen mir also erzählen, was wirklich passiert ist, Kermit – und diesmal die Wahrheit sagen? Damit täten Sie sich selbst einen Gefallen... Okay, fangen wir damit an, wie Sie und Thorne den Wagen geraubt haben... Also gut, wir stellen Thornes Namen voraus, wenn Ihnen das lieber ist... Wo sind Sie beide gewesen, als...

Jorge schrieb mit, während Kaprum hastig Tatsachen heraussprudelte, ohne die Folgen zu bedenken, weil er nicht erkannte, daß es kaum einen Unterschied machte, wer was getan hatte, solange feststand, daß die beiden gemeinsam das Verbrechen begangen hatten. Als Jorge ihn fragte, warum überhaupt geschossen worden sei, antwortete Kaprum: »Der alte Furzer hat uns beschimpft. Hat dauernd was gebrüllt, das wir nicht verstanden haben. Er hätt' seine gottverdammte Klappe halten sollen, Mann.«

Kaprum zeichnete jede Seite des Protokolls mit dem Kugelschreiber ab, den Jorge ihm gab, und unterschrieb dann sein Geständnis.

Einige Stunden später lag das Ergebnis der ballistischen Untersuchung vor. Von den drei in der Leiche gefundenen Kugeln stammte eine aus Kaprums Revolver, zwei waren aus Maggie Thornes Waffe abgefeuert worden. Der Gerichtsmediziner berichtete, Kaprums Schuß habe den Überfallenen nur verletzt, aber beide Schüsse Thornes seien sofort tödlich gewesen.

Ainslie wurde weggerufen, kam aber gegen Ende der zweiten Vernehmung Thornes durch Jorge zurück. Zum Schluß fragte die junge Frau mit ernster Miene: »Was passiert jetzt? Kriegen wir Bewährung?«

Jorge gab keine Antwort, und Ainslie wußte, warum.

Wie hätte er einer jungen Frau erklären können: *Nein, Sie haben nicht die geringste Chance, auf Bewährung freizukommen, auch nur vorläufig gegen Kaution entlassen zu werden oder überhaupt jemals wieder einen Fuß vor die Gefängnistür zu setzen. Im Gegenteil, es ist jetzt schon fast sicher, daß Sie und Ihr Komplize von einem Schwurgericht schuldig gesprochen und zum Tod auf dem elektrischen Stuhl verurteilt werden.*

Als Ainslie sich an die Geständnisse Thornes und Kaprums erinnerte, mußte er wieder an Elroy Doil und den Grund für diese nächtliche Fahrt ins Ungewisse denken. Er fragte sich, wie schon während des Anrufs aus Raiford: Was für ein Geständnis werde ich zu hören bekommen?

Er sah nach vorn, wo beleuchtete Wegweiser auftauchten. Sie hatten die I-95 verlassen und befanden sich auf dem Florida's Turnpike, auf dem Orlando – ihr erstes Etappenziel – etwa dreihundert Kilometer entfernt war.

3

Malcolm Ainslie, der kurz hinter Fort Lauderdale eingenickt war, schreckte durch einen dumpfen Schlag hoch – vielleicht von einem überfahrenen Waschbären, deren Kadaver häufig auf der Fahrbahn lagen. Er reckte sich, setzte sich auf und sah auf die Uhr: zehn Minuten nach Mitternacht. Vor sich erblickte er die Ausfahrt West Palm Beach, was bedeutete, daß sie ungefähr ein Drittel der Strecke nach Orlando zurückgelegt hatten.

Ainslie griff nach dem Telefon und tippte Lieutenant Newbolds Nummer ein. Als er sich meldete, sagte Ainslie: »Guten Abend, Sir. Hier sind Miamis Beste.«

»Hey, Malcolm. Alles in Ordnung?«

Ainslie sah nach links. »Der verrückte Kubaner hat uns noch nicht umgebracht.«

Newbold lachte halblaut. »Ich habe mich nach Flügen erkundigt und einen Platz für Sie reservieren lassen. Ich glaube, Sie können morgen nachmittag in Toronto sein.«

»Wunderbar, Lieutenant. Danke!« Er notierte sich die Einzelheiten: Um 10.05 Uhr mit Delta Airlines von Jacksonville nach Atlanta, von dort mit Air Canada weiter nach Toronto.

Ainslie war erleichtert, denn auf diese Weise würde er nur knapp zwei Stunden später als geplant in Toronto eintreffen. Ideal war das nicht, weil Karens Eltern, die über eine Autostunde vom Pearson Airport entfernt wohnten, schon zum Mittagessen eingeladen hatten. Das würde er versäumen, aber wenigstens war er abends zum großen Familiendinner da.

Newbold fuhr fort: »Rodriguez soll Sie morgen nach Jacksonville fahren. Dorthin sind's nur sechzig Meilen; die schaffen Sie leicht. Und wenn Sie zurückkommen, sehen wir uns Ihre zusätzlichen Reisekosten an und finden eine Lösung.«

»Vielleicht beschwichtigt das Karen.«

»Sie ist wütend gewesen, was?« fragte Newbold.

»Das könnte man sagen.«

Der Lieutenant seufzte. »Devina ist auch sauer, wenn mein Dienst uns einen Strich durch private Pläne macht, und ich kann's ihr nicht mal verübeln.« Newbold wechselte das Thema. »Ich habe das Staatsgefängnis angerufen. Sie haben zugesagt, auf alle Besucherformalitäten zu verzichten, damit Sie möglichst schnell zu Animal kommen.«

»Danke.«

»Sie sollen sich nur vorher anmelden. Wenn Sie noch ungefähr zwanzig Minuten bis Raiford haben, rufen Sie Lieutenant Neil Hambrick an. Hier ist seine Durchwahlnummer.«

Ainslie schrieb sich die Telefonnummer auf. »Wird gemacht, Lieutenant. Noch mal vielen Dank.«

»Gute Reise und viel Spaß in Toronto.«

Als Ainslie das Mobiltelefon ausschaltete, dachte er über das ausgezeichnete Verhältnis zwischen Leo Newbold und seinen weißen Untergebenen nach. Wie die meisten Kollegen mochte und respektierte er Newbold, der seit vierundzwanzig Jahren bei der Polizei war, nachdem er als Fünfzehnjähriger mit seinen Eltern aus Jamaika eingewandert war. Leo Newbold hatte an der University of Miami Kriminologie studiert und war als Zweiundzwanzigjähriger zur Polizei gegangen. Als Schwarzer war er in den achtziger Jahren bevorzugt befördert worden, aber im Gegensatz zu ähnlichen Fällen erregte das wegen seiner offenkundigen Fähigkeiten nicht den Neid seiner weißen Kollegen. Jetzt war Newbold im achten Dienstjahr als Chef der Mordkommission tätig.

Zu Malcolms Überraschung schlief Karen, als er anrief, um ihr zu erzählen, wie er nach Toronto kommen würde. »Wir sehen uns also morgen nachmittag gegen vier Uhr«, fügte er hinzu.

»Das glaube ich erst, wenn du vor mir stehst«, murmelte sie verschlafen, aber offenbar wieder besänftigt.

Als Ainslie das Telefon ausschaltete und sich zurücklehnte, unterbrach Jorge seine Gedanken.

»Sergeant, sind Sie noch immer katholisch?«

Diese Frage kam unerwartet. »Wie bitte?«

Jorge überholte eben einen der vielen Sattelschlepper, die sich auf dem Turnpike befanden. Als sie daran vorbei waren, fuhr er fort: »Sie sind Geistlicher gewesen, aber jetzt sind Sie's nicht mehr. Deshalb bin ich neugierig – sind Sie noch immer Katholik?«

»Nein.«

»Nun, ich habe mich gefragt, wie einem als Katholiken oder ehemaligem Katholiken bei dieser Fahrt zumute sein muß – Todesstrafe, ein letzter Besuch bei Animal Doil, bevor er auf den Stuhl kommt, das Bewußtsein, daß vor allem Sie ihn dorthin gebracht haben?«

»Das ist so spät nachts eine schwierige Frage.«

Jorge zuckte mit den Schultern. »Wenn Sie nicht darüber reden möchten... Okay, das verstehe ich.«

Ainslie zögerte. Er hatte den Priesterberuf nach Seminarausbildung, Philosophiestudium mit Promotion und fünf Jahren als Gemeindepfarrer mit dreißig an den Nagel gehängt, und damit auch seinen Glauben. Um niemanden zu beeinflussen, hatte er anfangs nur mit engen Freunden über seine Motive gesprochen. Aber ein Jahrzehnt später war er eher bereit, Fragen zu beantworten.

»Cops und Priester sind sich in vieler Beziehung ähnlich«, erklärte er Jorge. »Ein Geistlicher versucht Menschen zu helfen, strebt nach Ausgleich und Gerechtigkeit – oder sollte es zumindest tun. In unserem Beruf will man, daß Mörder gefaßt werden und ihre gerechte Strafe erhalten.«

»Yeah, natürlich. Aber ganz so einfach ist die Sache nicht. Ich bin ein Cop. Wie viele Cops in Amerika sind wirklich gegen die Todesstrafe? Zwei? Vielleicht drei? Aber ich bin auch katholisch. Und die Kirche ist gegen die Todesstrafe.«

»Da wäre ich mir nicht so sicher, Jorge. Die meisten Religionen sind unter der Oberfläche heuchlerisch, weil sie die Tötung von Menschen billigen, wenn sie einem bestimmten Zweck dient – beispielsweise im Krieg. Und jedes Land, das in den Krieg zieht, glaubt Gott auf seiner Seite zu haben.«

Jorge lachte. »Na, hoffentlich steht er auf *meiner* Seite.«

»Bei Ihrem Lebenswandel ist das höchst unwahrscheinlich.«

»Wieso?« fragte Jorge. »Sie haben Ihren Priesterkragen abgelegt, nicht ich. Kann mir nicht vorstellen, daß Sie auf der Topten-Liste des Papstes stehen.«

Ainslie lächelte. »Nun, dafür stehen auf meiner nicht allzu viele Päpste.« Er wurde wieder ernst. »Was Ihre ursprüngliche Frage betrifft: Mir ist die Tötung von Menschen schon als Priester zuwider gewesen, und daran hat sich nichts geändert. Aber ich bin gesetzestreu, und solange das Gesetz die Todesstrafe vorsieht, finde ich mich mit ihr ab.«

Während er das sagte, erinnerte er sich an die wenigen – nach Ansicht der Staatsanwaltschaft lauter Spinner –, die darauf beharrten, daß Elroy Doil aufgrund seiner hartnäckigen Unschuldsbeteuerungen als nicht überführt zu gelten habe. Ainslie war anderer Meinung. Seiner Überzeugung nach war Doils Schuld *bewiesen*, aber er fragte sich wieder, was der Todeskandidat noch gestehen wollte.

»Bleiben Sie dort, um bei Animals Hinrichtung dabeizusein?« fragte Jorge.

»Hoffentlich nicht. Warten wir ab, was passiert.«

Nach kurzer Pause sagte Jorge: »Die Kollegen erzählen, Sie hätten ein Buch geschrieben, ein theologisches Standardwerk, ist millionenfach verkauft worden, hab' ich gehört. Hoffentlich hat's Ihnen auch Millionen eingebracht.«

Ainslie lachte. »Als Mitverfasser eines Buches über vergleichende Religionswissenschaft wird man nicht reich. Ich habe keine Ahnung, wie viele Exemplare der Verlag davon verkauft hat, obwohl es in mehrere Sprachen übersetzt worden ist und noch heute in den meisten Bibliotheken steht.«

Die Uhr am Armaturenbrett zeigte 2.15 Uhr an. »Wo sind wir?« fragte Ainslie, der erneut eingenickt war.

»Eben an Orlando vorbei, Sergeant.«

Ainslie erinnerte sich an andere, geruhsamere Fahrten auf diesem Streckenabschnitt. Auf den achtzig Kilometern von Orlando bis Wildwood war der Turnpike offiziell die Panoramastraße. Dort draußen im Dunkel lagen sanfte Hügel mit Wildblumen, hohen Tannenhainen und stillen Seen, riesige Weideflächen mit grasenden Kühen, Orangenplantagen, deren Bäume um diese Jahreszeit voller Früchte hingen.

»Sind Sie müde?« fragte er Jorge. »Soll ich Sie ablösen?«

»Nein, ich bin noch ganz frisch.«

Sie waren seit gut drei Stunden unterwegs, rechnete Ainslie sich aus, und hatten schon etwas über die Hälfte der Strecke zurückgelegt. Berücksichtigte man, daß die Straßen ab der Interstate 75, auf die sie bald abbiegen würden, schlechter waren, konnten sie Raiford gegen 5.30 Uhr erreichen.

Da die Hinrichtung für 7.00 Uhr angesetzt war, blieb kaum noch Zeit für ein Gespräch. Nur eine Begnadigung in letzter Minute – in Doils Fall wenig wahrscheinlich – konnte eine Hinrichtung hinauszögern.

Ainslie lehnte sich zurück, um zu versuchen, seine Gedanken zu ordnen. Seine Erinnerungen an Elroy Doil und alle mit ihm zusammenhängenden Ereignisse glichen einem Aktenordner voller ungeordnet abgehefteter Notizen und Protokolle.

Er erinnerte sich daran, den Namen Doil erstmals gelesen zu haben, als er auf einer Computerliste potentieller Verdächtiger aufgetaucht war. Als Doil später zu den Hauptverdächtigen zählte, hatte die Mordkommission umfangreiche Ermittlungen bis in seine Kindheit zurück angestellt.

Elroy Doil war zweiunddreißig, als die Morde begannen. Er war in dem Wynwood genannten und von »armen Weißen« bewohnten Stadtviertel Miamis aufgewachsen. Obwohl dieser Name in keinem Stadtplan erscheint, besteht Wynwood aus sechzig Häuserblocks auf hundertdreißig Hektar Fläche mitten in Miami, mit überwiegend unterprivilegierter weißer Bevölkerung, die in schlimmen, von hoher Straffälligkeit, Unruhen, Plünderungen und Polizeibrutalität geprägten Verhältnissen lebt.

Unmittelbar südwestlich von Wynwood liegt Overtown – ebenfalls auf keinem Stadtplan verzeichnet – mit überwiegend unterprivilegierter schwarzer Bevölkerung, die in vergleichbar schlechten Verhältnissen lebt.

Elroy Doils Mutter, die Prostituierte Beulah, war drogensüchtig und alkoholkrank. Freunden erklärte sie, der Vater ihres Sohnes »hätt' jeder von hundert Fickern sein können«, aber Elroy erzählte sie später, sein wahrscheinlichster Vater sitze lebenslänglich im Staatsgefängnis Belle Glade. Der Junge wuchs in Gesellschaft vieler verschiedener Männer auf, die unterschiedlich lange mit seiner Mutter zusammenlebten, und erinnerte sich an manche vor allem deshalb, weil sie ihn im Suff verprügelt oder sexuell mißbraucht hatten.

Weshalb Beulah Doil, die schon mehrere Abtreibungen hinter sich hatte, überhaupt ein Kind bekam, blieb unklar. Ihre Erklärung lautete, sie sei »bloß nie dazugekommen, sich den Balg wegmachen zu lassen«.

Später unterwies Beulah, eine gerissene, praktisch veranlagte Frau, ihren Sohn in Kleinkriminalität und wie man es vermied, dabei geschnappt zu werden. Elroy lernte schnell. Als Zehnjähriger stahl er Lebensmittel für seine Mutter und sich und klaute alles, was ihm in die Finger kam. Er beraubte auch seine Mitschüler. Dabei war es von Vorteil, daß er für sein Alter groß und ein brutaler Schläger war.

Unter Beulahs Anleitung lernte der Heranwachsende, das Jugendstrafrecht zu seinem Vorteil zu nutzen. Trotz mehrerer Festnahmen wegen Körperverletzung, Einbruch und Ladendiebstahl wurde er nach strengen Ermahnungen jedesmal wieder in die Obhut seiner Mutter entlassen.

Mit siebzehn Jahren – aber das erfuhr Malcolm Ainslie erst

viel später – wurde Elroy Doil erstmals wegen Mordes verdächtigt. Er war bei der Flucht aus der Umgebung des Tatorts gestellt worden und sollte vernommen werden. Da er noch unter das Jugendstrafrecht fiel, wurde seine Mutter aufs Polizeirevier bestellt, wo Elroy in ihrer Anwesenheit von Kriminalbeamten verhört wurde.

Bei eindeutiger Beweislage wäre er nach Erwachsenenstrafrecht wegen Mordes in Untersuchungshaft gekommen. Beulah war im Umgang mit der Polizei erfahren und verweigerte jegliche Zusammenarbeit. Sie erlaubte nicht, daß ihrem Sohn die Fingerabdrücke zum Vergleich mit einem in der Nähe des Tatorts gefundenen Messer abgenommen wurden. Aus Mangel an Beweisen mußte die Polizei Doil schließlich entlassen, und der Mordfall blieb ungelöst.

Als er dann Jahre später als Serienmörder verdächtigt wurde, blieb seine Jugendstrafakte geschlossen, und seine Fingerabdrücke waren nicht registriert.

Nachdem Doil mit achtzehn Jahren volljährig geworden war, setzte er die Gerissenheit, die er sich als Jugendlicher auf der Straße erworben hatte, ein, um weitere Straftaten zu verüben. Da er nie geschnappt wurde, schien er keine Vorstrafen zu haben. Erst als das Police Department sich später gründlich mit seinem Vorleben beschäftigte, tauchten wichtige Informationen auf, die unterschlagen oder vergessen worden waren.

Jorge sagte plötzlich: »Wir müssen tanken, Sergeant. Am besten dort vorn in Wildwood.« Es war fast drei Uhr.

»Okay, aber beeilen Sie sich wie bei einem Boxenstopp. Ich hole uns inzwischen Kaffee.«

»Und Kartoffelchips. Nein, lieber Kekse. Wir brauchen Kekse.«

Auf der Abbiegespur zur Ausfahrt waren bereits die Leuchtreklamen mehrerer Tankstellen zu sehen. Wildwood war ein traditioneller Rastplatz – tagsüber eine unordentliche Ansammlung von Touristenläden, die von Schund überquollen, nachts ein Tankhalt für Fernfahrer.

Jorge steuerte die erste Tankstelle an. Dahinter stand ein auch nachts geöffnetes Waffle House, in dessen Nähe mehrere Autos parkten. Um zwei dieser Fahrzeuge herum standen fünf oder sechs schemenhafte Gestalten. Als der Streifenwagen heranrollte, schossen Köpfe hoch, und Gesichter wandten sich den näher kommenden Scheinwerfern zu.

Dann geschah alles blitzschnell. Die Männer, die vor Sekunden noch eine dichtgedrängte Gruppe gebildet hatten, stoben auseinander. Die Türen geparkter Wagen wurden aufgerissen, Gestalten warfen sich hinein, und während die Türen noch offenstanden, sprangen bereits die Motoren an. Die Autos rasten davon, mieden die Interstate und kamen auf Nebenstraßen rasch außer Sicht.

Jorge und Ainslie lachten.

»Auch wenn wir heute nacht sonst nichts erreichen«, stellte Ainslie fest, »haben wir zumindest einen Drogendeal platzen lassen.«

Beide wußten, daß die I-75 so spät nachts eine gefährliche Route war. Außer Drogenhändlern waren hier auch Diebe, Prostituierte und Straßenräuber unterwegs.

Aber der Anblick eines Streifenwagens hatte sie alle verschreckt.

Ainslie gab Jorge Geld für Benzin und kam aus dem Waffle House mit Kaffee und Keksen zurück. Als Jorge wieder auf die I-75 hinauffuhr, schlürften sie ihren Kaffee durch die Aussparungen in den Plastikdeckeln der Pappbecher.

4

Ainslie und Jorge befanden sich jetzt vierhundertdreißig Kilometer nördlich von Miami und hatten noch gut hundertsechzig vor sich. Zwischen den Lastwagen, die um diese Zeit die Interstate für sich allein hatten, kamen sie gut voran. Es war 3.30 Uhr.

»Wir schaffen's, Sergeant«, stellte Jorge fest. »Kein Problem.«

Ainslie fühlte sich erstmals seit ihrer Abfahrt aus Miami etwas weniger verkrampft. Er starrte durchs Seitenfenster in die Dunkelheit hinaus und murmelte: »Ich will nur hören, wie er's sagt.«

Er sprach wieder von Doil und mußte sich eingestehen, daß Karen in gewisser Weise recht hatte. Sein Interesse an Doil ging tatsächlich über das Berufliche hinaus. Nachdem er das an jedem Tatort angerichtete Blutbad gesehen, monatelang nach dem Killer gefahndet und Doils schrecklichen Mangel an Reue beobachtet hatte, war Ainslie der ehrlichen Überzeugung, die Welt müsse von diesem Mann befreit werden. Er wollte hören, wie Doil die Morde gestand, und dann – auch wenn er Jorge zuvor etwas anderes erzählt hatte – wollte er ihn sterben sehen. Das würde er voraussichtlich schaffen.

»Verdammt!« rief Jorge im nächsten Augenblick. »Dort vorn muß etwas passiert sein!«

Der auf der Interstate nach Norden fließende Verkehr wurde plötzlich dichter und geriet ins Stocken. Auf allen Fahrbahnen vor ihnen leuchteten Bremslichter auf. Jenseits des Mittelstreifens der I-75 war kein einziges Fahrzeug in Richtung Süden unterwegs.

»Scheiße! Scheiße!« Ainslie schlug mit der Faust aufs Handschuhfach. Der Streifenwagen schob sich im Kriechtempo an die lange Schlange roter Bremslichter heran. In der Ferne waren die Blinklichter von Rettungsfahrzeugen auszumachen.

»Auf der Standspur weiter«, wies er Jorge an. »Mit Blinklicht.«

Jorge schaltete die blauen, roten und weißen Blinklichter ein und schlängelte sich durch Lücken auf die rechte Standspur hinüber. Sie fuhren gleichmäßig, aber vorsichtig an den jetzt stehenden Fahrzeugen vorbei. Überall wurden Türen geöffnet, als Beifahrer ausstiegen und herauszufinden versuchten, warum die Interstate blockiert war.

»Schneller!« drängte Ainslie. »Wir haben's eilig!«

Wenig später hatten sie mehrere Wagen der Florida Highway

Patrol vor sich, die mit eingeschalteten Blinklichtern alle Fahrbahnen blockierten – auch die Standspur, die der Streifenwagen aus Miami benutzte.

Ein Lieutenant der Highway Patrol hob die rechte Hand, um sie zum Anhalten zu veranlassen, und kam auf den Wagen zu. Ainslie stieg aus.

»Hier ist wirklich nicht Miami, Jungs«, sagte der Lieutenant. »Habt ihr euch verfahren?«

»Nein, Sir.« Ainslie wies seine Plakette vor, die der andere inspizierte. »Wir müssen nach Raiford und haben's sehr eilig.«

»Dann haben Sie leider Pech, Sergeant. Die Interstate ist total gesperrt. Dort vorn ist ein schwerer Unfall passiert. Ein Tankzug ist ins Schleudern geraten und umgestürzt.«

»Lieutenant, wir müssen trotzdem durch!«

Die Stimme des Uniformierten wurde schärfer. »Ausgeschlossen! Der Fahrer und vermutlich auch die beiden Insassen des Wagens, den der Sattelzug überrollt hat, sind tot. Die Tanks sind aufgerissen, und Tausende Liter Superbenzin laufen über den Asphalt. Wir versuchen den Verkehr umzuleiten, bevor irgendein Idiot ein brennendes Zündholz aus dem Fenster wirft. Wir haben die Feuerwehr mit Löschschaum angefordert, aber die ist noch unterwegs. Also nein! Sie können unmöglich vorbei. Das ist mein letztes Wort.«

Der Lieutenant wandte sich ab, als einer seiner Leute seinen Namen rief.

Ainslie beherrschte sich mühsam. »Wir brauchen eine andere Route!«

Jorge, der schon eine Straßenkarte auf der Motorhaube ausgebreitet hatte, schüttelte zweifelnd den Kopf. »Dafür reicht die Zeit nicht, Sergeant. Wir müßten die Interstate zurückfahren und uns auf Nebenstraßen durchschlagen. Dabei kann man sich leicht verfahren. Können wir nicht doch…«

»Nein«, unterbrach Ainslie ihn, »wir müssen umkehren. Los, los, wir haben's eilig!«

Als sie wieder einstiegen, kam der Lieutenant zurückgelaufen.

»Wir tun unser Bestes, um Ihnen zu helfen«, sagte er hastig. »Ich habe eben mit der Leitstelle gesprochen. Sie weiß von Ihnen und warum Sie nach Raiford müssen. Ich erkläre Ihnen jetzt die kürzeste Strecke.«

Jorge machte sich Notizen, während der Lieutenant die Ausweichroute beschrieb.

»Von hier aus fahren Sie nach Micanopy zurück – zur Ausfahrt dreiundsiebzig. Dort nehmen Sie den Weg nach Westen zum Highway 441, den Sie fast sofort erreichen. Sie biegen links ab und fahren nach Norden in Richtung Gainesville; die Straße ist nicht schlecht, und Sie müßten gut vorankommen. Kurz vor Gainesville biegen Sie an einer Ampel rechts auf den Highway 331 ab. Dort wartet einer unserer Streifenwagen auf Sie. Der Fahrer ist Trooper Sequiera. Folgen Sie ihm. Er begleitet Sie auf dem kürzesten Weg nach Raiford.«

Ainslie nickte. »Danke, Lieutenant. In Ordnung, wenn wir mit Blinklicht und Sirene fahren?«

»Benutzen Sie alles, was Sie haben. Und noch was: Wir wissen natürlich alle von Doil. Sorgen Sie dafür, daß der Hundesohn auf den Stuhl kommt.«

Jorge fuhr bereits an. Er ließ den Streifenwagen zwischen Büschen hindurch über den grasbewachsenen Mittelstreifen rollen und raste nach Süden davon – mit eingeschaltetem Blinklicht, heulender Sirene und durchgetretenem Gaspedal.

Jetzt wurde die Zeit verdammt knapp, das wußte Ainslie. Auch Jorge war sich darüber im klaren.

Der erzwungene Umweg würde sie mindestens eine halbe Stunde Zeit kosten, vielleicht sogar mehr.

Die Uhr am Armaturenbrett zeigte 5.34 Uhr an. Animal würde in weniger als eineinhalb Stunden hingerichtet werden. Klappte wirklich alles, konnten sie in ungefähr vierzig Minuten in Raiford sein – gegen 6.15 Uhr. Zog man die Zeit ab, die Ainslie benötigte, um ins Gefängnis eingelassen und zu Doil gebracht zu werden, und berücksichtigte man, daß der Todeskandidat früher weggebracht werden würde, um auf dem elektrischen Stuhl festgeschnallt zu werden, konnte Ainslie auf bestenfalls eine halbe Stunde für das Gespräch mit Doil hoffen.

Nicht genug! Nicht annähernd genug.

Aber die Zeit würde reichen müssen.

»Scheiße!« murmelte Ainslie. Er mußte sich beherrschen, um Jorge nicht zu drängen, schneller zu fahren. Aber das hätte niemand gekonnt. Jorge, der sehr gut fuhr, hatte die Wegbeschreibung Ainslie überlassen, der sie mit der Taschenlampe las, wenn sie gebraucht wurde. Der Highway 441, auf dem sie jetzt fuhren, war nicht kreuzungsfrei wie die I-75; außerdem waren hier langsamere Lastwagen unterwegs, die Jorge nacheinander überholte, um kostbare Sekunden zu gewinnen. Mit Blinklicht und Sirene war das kein Problem, aber inzwischen hatte Nieselregen eingesetzt, und in Bodensenken lagen Nebelbänke, in denen sie die Geschwindigkeit drosseln mußten.

»Verdammt!« knurrte Ainslie. »Wir schaffen's nicht.«

»Wir haben noch eine Chance.« Jorge saß nach vorn gebeugt am Steuer und konzentrierte sich ganz auf die Straße; jetzt trat er das Gaspedal weiter durch. »Verlassen Sie sich auf mich!«

Was bleibt mir anderes übrig? dachte Ainslie. *Jetzt ist Jorge am Zug; ich bin später dran – vielleicht! Bloß nicht verkrampfen,* sagte er sich. *Am besten denkst du an etwas anderes. Zum Beispiel an Doil. Hat er irgendwelche Überraschungen parat? Sagt er endlich die Wahrheit, wie er's vor Gericht* nicht *getan hat?*

Der sensationelle Mordprozeß gegen Elroy Doil machte Schlagzeilen in fast allen amerikanischen Zeitungen und wurde von den großen Fernsehsendern täglich kommentiert. Vor dem Gerichtsgebäude hatte sich eine Handvoll Demonstranten mit Schriftbändern versammelt, auf denen die Todesstrafe gefordert wurde. Journalisten drängelten sich – viele vergebens –, um einen der wenigen Plätze im Medienbereich des Verhandlungssaals zu ergattern.

Die Empörung der Öffentlichkeit wurde durch die Entscheidung der Staatsanwältin geschürt, Doil nur wegen der letzten Straftat anzuklagen – wegen des Mordes an Kingsley und Nellie Tempone, einem älteren, reichen und geachteten schwarzen Ehepaar aus Miami, das in seinem Haus im exklusiven Vorort Bay Heights grausam gefoltert und erstochen worden war.

Wurde Doil wegen der Ermordung des Ehepaars Tempone schuldig gesprochen und hingerichtet, würden die anderen zehn Morde, die er vermutlich ebenfalls begangen hatte, für immer ungeklärt bleiben.

Die kontroverse Entscheidung, die die Staatsanwältin Adele Montesino auf Anraten ihrer erfahrensten Strafverfolger getroffen hatte, bewirkte einen Aufschrei der Familien der übrigen Mordopfer, die im Namen ihrer Angehörigen, die sie verloren hatten, lautstark Gerechtigkeit forderten. Die Medien berichteten über ihre Empörung und nutzten diese Gelegenheit, Doil öffentlich mit den früheren Morden in Verbindung zu bringen, ohne Schadensersatzklagen befürchten zu müssen.

Dadurch wurde die Öffentlichkeit sensibilisiert und zunehmend kritischer.

Auch der Polizeipräsident von Miami hatte die Staatsanwältin gedrängt, Doil zumindest wegen eines weiteren Doppelmords anzuklagen.

Aber Adele Montesino, eine kleine, mollige Vierundfünfzigjährige mit dem Spitznahmen »Pitbull«, ließ sich nicht beeinflussen. Sie befand sich in ihrer dritten vierjährigen Amtsperiode, hatte bereits erklärt, nicht wieder kandidieren zu wollen, und konnte es sich deshalb leisten, ihre Unabhängigkeit zu demonstrieren.

Auch Sergeant Malcolm Ainslie hatte an einer Strategiebesprechung vor der Verhandlung teilgenommen, bei der Adele Montesino gesagt hatte: »Im Fall Tempone steht die Anklage felsenfest.«

Sie zählte die wichtigsten Punkte an ihren Fingern auf. »Doil ist am Tatort festgenommen worden – mit dem Blut beider

Opfer an seiner Kleidung. Wir haben das in seinem Besitz befindliche Messer, das die Gerichtsmedizinerin als Tatwaffe identifiziert hat und an dem ebenfalls Blutspuren der Opfer festgestellt worden sind. Und wir haben einen glaubwürdigen Augenzeugen, mit dem alle Geschworenen Mitleid haben werden. Kaum jemand auf dieser Welt würde Elroy Doil unter diesen Umständen freisprechen.«

Der von ihr erwähnte Augenzeuge war der Enkel des Ehepaars Tempone, der zwölfjährige Ivan. Der Junge hatte seine Großeltern besucht und war außer ihnen als einziger im Haus gewesen, als Doil dort eingedrungen und das ältere Paar überfallen hatte.

Ivan befand sich im Nebenzimmer, wo er zunächst wie gelähmt und stumm vor Entsetzen durch einen Türspalt beobachtete, wie seine Großeltern durch unzählige Schnitte und Stiche tödlich verletzt wurden. Trotz seiner Angst, daß der Täter auch ihn ermorden könnte, war der Junge mutig und vernünftig genug gewesen, um ans Telefon zu schleichen und 911 anzurufen.

Obwohl die Polizei Kingsley und Nellie Tempone nicht mehr retten konnte, war sie rechtzeitig da, um Elroy Doil festzunehmen, der sich noch auf dem Grundstück aufhielt und auf dessen Latexhandschuhen und Kleidung sich das Blut der beiden befand. Nachdem Ivan wegen eines Schocks behandelt worden war, schilderte er den Überfall so nüchtern und gefaßt, daß Adele Montesino davon überzeugt war, daß der Junge auch im Zeugenstand glaubwürdig wirken würde.

»Klagen wir ihn auch wegen dieser anderen Fälle an«, fuhr die Staatsanwältin fort, »haben wir in keinem einzigen ähnlich eindeutige, unwiderlegbare Beweise. Gut, es gibt Indizienbeweise. Wir können nachweisen, daß Doil als Täter in Frage kommt, weil er sich zu den Tatzeitpunkten in der Nähe der Tatorte befunden hat. Am ersten Tatort ist ein Handflächenabdruck gefunden worden, der ziemlich sicher von Doil stammt, aber unsere Fingerabdruckexperten weisen darauf hin, daß nur sieben übereinstimmende Merkmale festzustellen sind, während wir für eine eindeutige Identifizierung neun oder zehn brauchen. Außerden wissen wir von Dr. Sanchez, daß das im Fall Tempone sichergestellte Bowiemesser *nicht* die bei den früheren Morden benutzte Waffe ist. Doil kann natürlich mehrere Messer besessen haben, was sogar wahrscheinlich ist, aber die Polizei hat kein weiteres gefunden.

Wir müßten also damit rechnen, daß jeder Strafverteidiger sich auf diese Schwachstellen konzentrieren würde. Und sobald es der Verteidigung gelingt, Zweifel an Doils Täterschaft in den früheren Fällen zu wecken, fangen die Geschworenen logischerweise an, sich zu fragen, ob unser angeblich unwiderlegbarer Fall Tempone nicht vielleicht auch zweifelhaft ist.

Also konzentrieren wir uns auf einen Schuldspruch im Fall Tempone, der Doil auf den elektrischen Stuhl bringt. Schließlich können wir den Mann nur einmal hinrichten, oder?«

Trotz aller Proteste war die Staatsanwältin nicht bereit, ihre Taktik zu ändern. Was Montesino dabei nicht voraussah, war die Tatsache, daß dieser Verzicht auf eine Anklageerhebung in mindestens einem weiteren Fall vor allem bei Gegnern der Todesstrafe den Eindruck erwecken mußte, die sechs Doil angelasteten Doppelmorde seien alle zweifelhaft – selbst der eine, für den er zum Tod verurteilt worden war.

Der Prozeß gegen Doil wegen Mordes an dem Ehepaar Tempone hatte zu Auseinandersetzungen, heftiger Polemik und sogar Gewalttätigkeiten geführt.

Da der Angeklagte mittellos war, bestellte Richter Rudy Olivadotti den erfahrenen Strafverteidiger Willard Steltzer zu seinem Pflichtverteidiger.

Steltzer war einer der bekanntesten Anwälte Miamis, teils wegen seiner Brillanz vor Gericht, teils wegen seines exzentrischen Auftretens. Auch mit vierzig dachte er nicht daran, sich konservativ wie seine Kollegen zu kleiden, sondern bevorzugte Anzüge und Krawatten aus den fünfziger Jahren, die er in darauf spezialisierten Läden kaufte. Außerdem trug er sein langes pechschwarzes Haar zu einem Zopf geflochten.

In typischer Manier verärgerte Steltzer schon mit dem ersten Antrag als Doils Verteidiger die Staatsanwaltschaft und Richter Olivadotti. Er unterstellte, wegen der umfangreichen Medienberichterstattung sei es im Dade County nicht möglich, die Geschworenenbank unparteiisch zu besetzen, und beantragte daher, den Verhandlungsort zu verlegen.

Trotz seiner Irritation entschied sich der Richter für diesen Antrag, und der Mordprozeß fand in Jacksonville statt – fast vierhundert Meilen nördlich von Miami.

Als nächstes versuchte Steltzer seinen Mandanten für unzurechnungsfähig erklären zu lassen. Dafür nannte er mehrere Gründe: Doils Wutanfälle, die Tatsache, daß er als Kind mißbraucht worden war, seine rohe Gewalttätigkeit Mithäftlingen gegenüber und seinen krankhaften Drang zum Lügen, der sich darin äußerte, daß Doil abstritt, jemals in der Nähe des Hauses der Tempones gewesen zu sein, obwohl selbst sein Verteidiger zugeben mußte, daß das außer Zweifel stand.

Steltzer fand, dieses Verhalten lasse auf Unzurechnungsfähigkeit schließen, und Richter Olivadotti mußte ihm widerstrebend zustimmen. Er ordnete an, Doil von drei Psychiatern untersuchen zu lassen. Die Untersuchung dauerte vier Monate.

In ihrem Gutachten stellten die Psychiater fest, der Verteidiger habe Elroy Doils Charakter und Gewohnheiten richtig dargestellt, aber trotzdem sei Doil nicht unzurechnungsfähig. Entscheidend sei, daß er den Unterschied zwischen Recht und Unrecht erkenne. Daraufhin erklärte der Richter Doil für zurechnungsfähig und eröffnete das Verfahren gegen ihn.

Doils Auftritte im Gerichtssaal mußten jedem im Gedächtnis bleiben, der sie miterlebt hatte. Er war eine Riesengestalt: über einsneunzig groß und hundertdreißig Kilo schwer. Sein Gesicht war großflächig, seine Brust breit und muskulös, seine Hände riesig. Alles an Elroy Doil war überdimensioniert – auch sein Ego. Er betrat den Gerichtssaal jedesmal in überlegener, bedrohlicher Haltung und einem Grinsen. Seine Auftritte waren so provozierend, daß ein Reporter zusammenfassend schrieb:

»Elroy Doil hättte ebensogut seine eigene Verurteilung beantragen können.«

Was ihm wie schon früher hätte nutzen können, wäre die Anwesenheit seiner Mutter gewesen, die alle juristischen Tricks gekannt hätte. Aber Beulah Doil war schon vor einigen Jahren an AIDS gestorben.

Ohne sie war Doil feindselig und verletzend. Sogar bei der Auswahl der Geschworenen gab er seine bissigen Kommentare ab. »Nicht diesen dreckigen Schrauber!« verlangte er und meinte damit einen Automechaniker, den Steltzer gerade als Geschworenen hatte akzeptieren wollen. Da der Wunsch seines Mandanten vorging, mußte Steltzer seine Entscheidung rückgängig und von seinem kostbaren Einspruchsrecht Gebrauch machen, um den Mann als Geschworenen auszuschließen.

Als dann eine würdevolle schwarze Matrone gewisses Mitgefühl für Doil erkennen ließ, brüllte er: »Dieses blöde Niggerweib würd' die Wahrheit nicht erkennen, wenn sie von ihr überfahren würde!« Auch die Frau schied als Geschworene aus.

Daraufhin warnte der Richter, der sich bisher nicht eingemischt hatte, den Angeklagten: »Mr. Doil, ich möchte Ihnen raten, sich zu beherrschen und zu schweigen.«

In der folgenden Pause sprach Willard Steltzer, der sichtlich erregt den Arm seines Mandanten umklammerte, flüsternd auf Doil ein. Danach hörten die Störungen während der Auswahl der Geschworenen auf, um während des eigentlichen Verfahrens rasch wieder aufzuleben.

Dr. Sandra Sanchez, eine Gerichtsmedizinerin aus dem Dade County, befand sich im Zeugenstand. Sie hatte ausgesagt, das bei Elroy Doil gefundene Bowiemesser mit Blutspuren der beiden Mordopfer sei die Waffe, mit der Kingsley und Nellie Tempone erstochen worden seien.

Daraufhin sprang Doil mit wutverzerrtem Gesicht vom Verteidigertisch auf und brüllte: »Warum erzählst du hier Lügen, du gottverdammte Schlampe? Lauter Lügen! Das ist nicht mein Messer. Ich bin nicht mal dort gewesen!«

Richter Olivadotti, der Anwälten nichts durchgehen ließ, aber Angeklagten gegenüber sehr tolerant war, verwarnte ihn jetzt streng: »Mr. Doil, wenn Sie nicht still sind, muß ich zu extremen Maßnahmen greifen, um Sie zum Schweigen zu bringen. Ich warne Sie nachdrücklich!«

»Reden Sie keinen Scheiß, Richter«, wehrte Doil ab. »Ich hab' die Schnauze voll von diesem ganzen Bockmist. Vor diesem Gericht gibt's keine Gerechtigkeit für mich. Ihre Entscheidung steht doch längst fest, also richten Sie mich hin, verdammt noch mal! Bringen Sie's hinter sich!«

Der Richter wandte sich mit zornrotem Gesicht an Willard Steltzer: »Counsel, ich weise Sie an, mit Ihrem Mandanten zu reden und ihn zur Vernunft zu bringen. Dies ist meine letzte Warnung. Die Verhandlung ist für eine Viertelstunde unterbrochen.«

Nach der Pause verfolgte Doil unruhig, aber schweigend die Aussagen zweier Beamter von der Spurensicherung. Aber als dann Ainslie in den Zeugenstand trat und die Festnahme des Verdächtigen vor dem Haus des Ehepaars Tempone schilderte, explodierte Doil förmlich. Er sprang von seinem Platz auf, stürmte durch den Saal, griff Ainslie tätlich an und beschimpfte ihn mit wüsten Ausdrücken. »Verfluchter, lügnerischer Cop... Ich bin nicht mal dort gewesen... Scheißpriester, niederträchtiger. Gott haßt dich!... Hurensohn, Lügner...«

Während Doil auf ihn einprügelte, hob Ainslie nur schützend die Arme, ohne zurückzuschlagen. Im nächsten Augenblick stürzten sich zwei Gerichtsdiener und ein Gefängniswärter auf den Tobenden. Sie zerrten Doil von Ainslie weg, drehten ihm gewaltsam die Arme auf den Rücken, legten ihm Handschellen an und warfen ihn auf den Bauch.

Richter Olivadotti vertagte die Verhandlung erneut.

Als sie wieder aufgenommen wurde, saß Elroy Doil gefesselt und geknebelt in einem massiven Lehnstuhl. Der Richter sprach ihn streng an.

»Mr. Doil, Sie sind der erste Angeklagte, den ich so habe ruhigstellen lassen, und ich bedaure diese Maßnahme sehr. Aber ihr ungebührliches Verhalten und Ihre verbalen Ausfälle lassen mir keine andere Wahl. Kommt Ihr Anwalt jedoch morgen früh vor der Verhandlung zu mir und bringt mir Ihr feierliches Versprechen, daß Sie sich bis zum Ende des Verfahrens anständig benehmen werden, überlege ich mir, auf solche Zwangsmaßnahmen zu verzichten. Aber lassen Sie sich warnen! Sie werden keine zweite Chance bekommen, falls Sie Ihr Versprechen nicht halten; dann bleiben diese Zwangsmaßnahmen bis zum Abschluß des Verfahrens bestehen.«

Am nächten Tag überbrachte Steltzer das Versprechen seines Mandanten, und der Knebel wurde aus Doils Mund entfernt, während seine Hände gefesselt blieben. Aber nach kaum einer Stunde sprang der Angeklagte erneut auf und brüllte den Richter an: »Fick dich ins Knie, Arschloch!« Daraufhin wurde der Knebel wieder in Doils Mund gesteckt und blieb bis zum Ende des Verfahrens dort.

In beiden Fällen belehrte Richter Olivadotti die Geschworenen, nachdem er diese Maßnahmen angeordnet hatte: »Die von mir veranlaßten Zwangsmaßnahmen gegen den Angeklagten dürfen sich nicht auf Ihren Urteilsspruch auswirken. Sie haben hier nur die vorgelegten Beweise zu würdigen.«

Ainslie erinnerte sich daran, der Meinung gewesen zu sein, es sei fast unmöglich, daß die Geschworenen Doils Auftreten vor Gericht ignorierten. Jedenfalls gelangten sie nach sechs Verhandlungstagen und knapp fünfstündiger Beratung zu dem einstimmigen Urteil: »Schuldig wegen Mordes.«

Darauf folgte das unvermeidliche Todesurteil. Nach dem Prozeß gegen ihn beharrte Doil weiter darauf, unschuldig zu sein, verweigerte aber die Mitwirkung an einem Revisionsverfahren und erteilt auch anderen keine Vollmacht, in seinem Namen in Revision zu gehen. Trotzdem waren noch unzählige bürokratische Formalitäten zu erledigen, bevor schließlich ein Hinrichtungsdatum festgelegt wurde. Dieses langwierige Verfahren zwischen Urteilsspruch und Hinrichtung dauerte ein Jahr und sieben Monate.

Aber nun war unaufhaltsam der Exekutionstermin gekommen – und mit ihm eine quälende Frage: Was wollte Doil Ainslie im Angesicht des Todes mitteilen?

Falls Sie's rechtzeitig schafften...

Jorge raste weiter durch Regen und Nebel auf dem Highway 441 nach Norden.

Ainslie sah auf die Uhr am Armaturenbrett: 5.48 Uhr.

Er griff nach Notizblock und Mobiltelefon, dann tippte er eine Nummer ein. Gleich nach dem ersten Klingeln meldete sich eine Männerstimme.

»Staatsgefängnis.«

»Lieutenant Hambrick, bitte.«

»Am Apparat, sind Sie Sergeant Ainslie?«

»Ja, Sir. Ungefähr zwanzig Minuten entfernt.«

»Nun, Sie sind spät dran, aber wir tun unser Bestes, sobald Sie eintreffen. Aber Sie verstehen, daß nichts verschoben werden kann?«

»Das weiß ich, Sir.«

»Sind Sie schon bei Ihrem Begleitfahrzeug?«

»Nein... Augenblick! Vor uns sehe ich eine Ampel.«

Jorge nickte heftig, als zwei grüne Leuchten in Sicht kamen.

»An der Ampel biegen Sie rechts ab«, sagte Hambrick. »Der Streifenwagen steht um die Ecke. Trooper Sequiera wird eben verständigt. Er fährt los, sobald Sie abbiegen.«

»Danke, Lieutenant.«

»Okay, passen Sie auf. Bleiben Sie dicht hinter Sequiera. Sie können unser äußeres Tor, das Haupttor und die beiden Kontrollstellen dahinter ohne Halt passieren. Ein Wachturm richtet seinen Scheinwerfer auf Sie, aber Sie fahren trotzdem weiter und halten erst vor dem Eingang des Verwaltungsgebäudes an. Dort warte ich auf Sie. Haben Sie das alles?«

»Ich hab's.«

»Sie sind vermutlich bewaffnet, Sergeant?«

»Ja, das bin ich.«

»Dann gehen wir sofort in die Sicherheitszentrale, wo Sie Ihre Dienstwaffe mit Munition und Ihre Polizeiplakette abgeben. Wer ist Ihr Fahrer?«

»Detective Jorge Rodriguez.«

»Er bekommt seine Anweisungen, sobald Sie hier sind. Noch etwas, Sergeant: Sie müssen sich verdammt beeilen, okay?«

»Das weiß ich, Lieutenant. Danke.«

Ainslie sah zu Jorge hinüber. »Haben Sie das alles mitgekriegt?«

»Jedes Wort, Sergeant.«

Die Ampel vor Ihnen sprang auf Rot um, aber Jorge achtete nicht darauf. Er bremste kaum, als er mit quietschenden Reifen rechts abbog. Vor ihnen fuhr bereits ein schwarz-gelber Mercury Marquis der Highway Patrol mit eingeschaltetem Blinklicht an. Der blau-weiße Streifenwagen aus Miami setzte sich dahinter, und beide Fahrzeuge verschmolzen in Sekundenschnelle zu einer einzigen grell aufblitzenden Lichterscheinung, die in die Nacht davonraste.

Als Ainslie später versuchte, dieses letzte Teilstück ihrer Sechshundertfünfzig-Kilometer-Fahrt zu rekonstruieren, stellte er fest, daß er sich nur an vage Momentaufnahmen erinnern konnte. Seiner Einschätzung nach legten sie die letzten fünfunddreißig Kilometer auf engen, kurvenreichen Straßen in weniger als vierzehn Minuten zurück. Einmal, das sah er zufällig, zeigte der Tachometer über hundertvierzig Stundenkilometer an.

Einige markante Punkte kannte Ainslie von früheren Besuchen. Erst die Kleinstadt Waldo, danach der Gainsville Airport rechts auf der Straße; beide schienen sie so rasch passiert zu haben, daß er sie übersehen hatte. Dann kam Starke, die graue Schlafstadt von Raiford. Er wußte, daß es hier bescheidene Häuser, einfache Läden, billige Motels und heruntergekommene Tankstellen gab, aber er sah nichts davon. Hinter Starke ein dunkles Straßenstück... vorbeiflitzende Bäume... alles in rasendem Tempo verschwimmend.

»Wir sind da«, sagte Jorge.« Dort vorn ist Raiford.«

5

Das Florida State Prison erinnerte an eine gewaltige Festung – und das war es auch. Ebenso wie die beiden anderen Gefängnisse unmittelbar dahinter.

Eigentümlicherweise lag das Staatsgefängnis offiziell in Starke, nicht in Raiford. Die beiden anderen, die tatsächlich in Raiford lagen, waren das Raiford Prison und das Union Correctional Institute. Aber im Florida State Prison befand sich die Death Row, und dort fanden alle Hinrichtungen statt.

Vor Ainslie und Jorge türmte sich eine gigantische Aneinanderreihung hoher, abweisend nüchterner Stahlbetonbauten auf: ein anderthalb Kilometer langer Komplex mit endlosen Reihen schmaler, massiv vergitterter Zellenfenster. In dem funktionalen eingeschossigen Gebäude, das aus der Baumasse herausragte, war die Gefängnisverwaltung untergebracht. Ein weiterer alleinstehender Stahlbetonbau – zwei Stockwerke hoch und fensterlos – enthielt die Gefängniswerkstätten.

Der Komplex war von drei massiven Maschendrahtzäunen umgeben: jeder zehn Meter hoch und oben mit Stacheldrahtrollen versehen und von unter Strom stehenden Drähten gesichert. Entlang der Zäune standen in regelmäßigen Abständen insgesamt neun Wachtürme aus Stahlbeton, auf denen Posten, mit Gewehren, Maschinengewehren, Tränengas und Scheinwerfern ausgerüstet, Wache hielten. Von den Türmen aus konnten sie das ganze Gefängnis überblicken. Durch die beiden Korridore zwischen den Zäunen streiften freilaufende Wachhunde, darunter Schäferhunde und Pitbulls.

Als das Staatsgefängnis vor ihnen auftauchte, fuhren beide Streifenwagen langsamer, und Jorge, der den Komplex zum erstenmal sah, stieß einen halblauten Pfiff aus.

»Kaum zu glauben«, sagte Ainslie, »aber ein paar Kerle haben's tatsächlich geschafft, hier auszubrechen. Die meisten sind allerdings nicht sehr weit gekommen.« Ein Blick auf die Uhr am

Armaturenbrett – 6.02 Uhr – erinnerte ihn daran, daß Elroy Doil das Staatsgefängnis in weniger als einer Stunde auf dem schlimmsten Weg verlassen würde.

Jorge schüttelte den Kopf. »Wäre ich hier zu Hause, würde ich todsicher auszubrechen versuchen.«

Das äußere Tor und der angrenzende Parkplatz waren in grelles Scheinwerferlicht getaucht. Auf dem Parkplatz herrschte reger Betrieb – für diese Tageszeit sehr ungewöhnlich, aber das Interesse der Öffentlichkeit an Doils Hinrichtung hatte zahlreiche Reporter angelockt. Mindestens hundert weitere Zaungäste hatten sich dort versammelt und hofften auf irgendeine sensationelle Entwicklung. In der Nähe befanden sich mehrere Übertragungswagen von Fernsehstationen.

Wie gewohnt standen Demonstranten in kleinen Gruppen beisammen und skandierten Parolen. Manche trugen an Stangen befestigte Schilder, auf denen die heutige Hinrichtung und die Todesstrafe ganz allgemein angeprangert wurden; andere hielten brennende Kerzen in den Händen. Ainslie fragte sich, wie häufig die Demonstranten – falls überhaupt – an diejenigen dachten, die selbst keine Stimme mehr hatten: die Mordopfer.

Ainslie und Jorge fuhren am Parkplatz vorbei zum Haupttor, einer zweispurigen Ein- und Ausfahrt, an der uniformierte Wachen standen. Normalerweise mußten sich hier alle Besucher ausweisen und ihren Besuchszweck angeben. Aber diesmal winkten die Posten, die weiße Hemden und auffällige giftgrüne Hosen trugen, die beiden Streifenwagen durch. Gleichzeitig erfaßte ein Turmscheinwerfer die Fahrzeuge und geleitete sie in Richtung Verwaltungsgebäude. Ainslie und Jorge schirmten die Augen ab, um nicht geblendet zu werden.

Die Fahrzeuge wurden auch an den beiden inneren Kontrollstellen durchgewinkt und rollten bereits auf das Verwaltungsgebäude zu. Ainslie war schon mehrmals im Staatsgefängnis gewesen, um Häftlinge zu vernehmen, die als Zeugen benannt worden waren, aber bei keinem dieser Besuche war er so schnell in die innere Zone gelangt.

Der Streifenwagen der Highway Patrol hielt vor dem Eingang des Verwaltungsgebäudes an, und Jorge parkte mit dem blauweißen Fahrzeug dicht daneben.

Als Ainslie ausstieg, sah er einen großen, schlanken Mann in der Uniform eines Gefängniswärters mit den Rangabzeichen eines Lieutenant auf sich zukommen. Er war schätzungsweise Mitte Vierzig, trug eine Lesebrille und hatte auf der rechten Wange eine lange Narbe. Seine Stimme klang energisch und selbstbewußt, als er die Rechte ausstreckte und sagte: »Sergeant Ainslie, ich bin Hambrick.«

»Guten Morgen, Lieutenant. Danke für die Vorarbeit.«

»Kein Problem, aber kommen Sie gleich mit.« Der Lieutenant ging voraus und trabte einen hell beleuchteten Korridor entlang – die streng bewachte Verbindung zwischen den äußeren Sicherheitseinrichtungen und den gewaltigen Zellenblocks vor ihnen. Die beiden Männer blieben kurz stehen, um zwei elektrisch betätigte Stahlgitter und dann eine massive Stahltür zu passieren. Diese führte in den Hauptkorridor, der so breit wie eine vierspurige Schnellstraße war und durch alle sieben Zellenblocks des Staatsgefängnisses verlief.

Hambrick und Ainslie blieben vor der mit Stahlplatten und Panzerglas armierten Sicherheitszentrale stehen, in der zwei Wachen und ein weiblicher Lieutenant Dienst taten. Die Uniformierte schob ein Metallfach durch die Wand nach draußen; Ainslie legte seine Glock, eine 9-mm-Pistole, das Magazin mit fünfzehn Schuß und seine Polizeiplakette hinein. Die Schublade wurde zurückgezogen, um ihren Inhalt in einem Safe zu deponieren, bis er Ainslie wieder ausgehändigt werden konnte. Niemand fragte nach dem Tonbandgerät unter seiner Jacke, das er während der Fahrt umgeschnallt hatte. Er beschloß, es nicht ungefragt zu erwähnen.

»Los, wir müssen weiter«, drängte Hambrick, aber in diesem Augenblick tauchte eine Gruppe von etwa zwanzig Menschen im Korridor auf und blockierte sie. Diese Neuankömmlinge waren gutgekleidete Besucher; alle wirkten ernst und konzentriert, während sie von Aufsehern eilig durch die Gänge geführt wurden. Hambrick sah zu Ainslie hinüber und formte mit den Lippen das Wort »Zeugen«.

Ainslie erkannte, daß die Gruppe zum Hinrichtungsraum unterwegs war: »zwölf angesehene Bürger«, wie es das Gesetz befahl, und weitere Personen, deren Anwesenheit der Gefängnisdirektor genehmigt hatte, wobei es immer mehr Bewerber als Sitzplätze gab. Die Höchstgrenze lag bei vierundzwanzig Personen. Die Zeugen würden sich irgendwo in der Nähe versammelt haben, um mit einem Bus ins Gefängnis gebracht zu werden. Ihre Anwesenheit war ein Zeichen dafür, daß die Vorbereitungen für 7.00 Uhr planmäßig liefen.

In dieser Gruppe erkannte Ainslie eine Senatorin und zwei Abgeordnete aus dem hiesigen Kongreß. Politiker konkurrierten darum, Hinrichtungen beiwohnen zu dürfen, weil sie hofften, ihre Anwesenheit bei solch bedeutsamen Demonstrationen des rechtsstaatlichen Systems werde ihnen Wählerstimmen einbringen. Dann verblüffte ihn der Anblick einer weiteren Zeugin: Commissioner Cynthia Ernst aus Miami, die einst eine wichtige Rolle in seinem Leben gespielt hatte. Aber eigentlich war klar, weshalb sie bei Animal Doils Hinrichtung dabei sein wollte.

Ihre Blicke trafen sich sekundenlang, und Ainslie fühlte, daß er unwillkürlich Luft holte. Diese Wirkung hatte sie jedesmal auf ihn. Und er spürte, daß sie sich seiner Gegenwart ebenfalls bewußt war, obwohl sie sich äußerlich nichts anmerken ließ. Als sie an ihm vorbeiging, blieb ihr Gesichtsausdruck kühl und gelassen.

In der nächsten Sekunde waren die Zeugen an ihnen vorbei, und Lieutenant Hambrick und Ainslie hasteten weiter.

»Der Superintendent stellt uns für das Gespräch mit Doil sein Büro im Todestrakt zur Verfügung«, sagte Hambrick. »Wir bringen ihn dorthin zu Ihnen. Er hat die Vorbereitungen schon hinter sich.« Der Lieutenant sah auf seine Armbanduhr. »Sie haben ungefähr eine halbe Stunde Zeit, nicht viel mehr. Waren Sie übrigens schon mal bei einer Hinrichtung dabei?«

»Ja, einmal.« Das war drei Jahre her. Auf Bitten der Hinterbliebenen hatte Ainslie ein junges Ehepaar begleitet, das sich dafür entschieden hatte, bei der Hinrichtung eines Gewohnheitsverbrechers dabeizusein, der die achtjährige Tochter der beiden vergewaltigt und dann ermordet hatte. Ainslie, der den Täter gefaßt hatte, war damit einer dienstlichen Verpflichtung nachgekommen, die ihm jedoch noch lange danach zu schaffen machte.

»Heute sehen Sie eine weitere«, sagte Hambrick. »Doil hat Sie als Zeugen benannt, und das Gesuch ist genehmigt worden.«

»Mich hat keiner gefragt«, wandte Ainslie ein. »Aber darauf kommt's vermutlich nicht an.«

Hambrick zuckte mit den Schultern. »Ich habe mit Doil gesprochen. Er scheint ein besonderes Verhältnis zu Ihnen zu haben. Ich weiß nicht, ob Bewunderung das richtige Wort ist; Respekt wäre wohl besser. Sind Sie ihm irgendwie nähergekommen?«

»Niemals!« stellte Ainslie nachdrücklich fest. »Ich habe den Hundesohn wegen Mordes verhaftet – das war alles. Außerdem haßt er mich. Während der Verhandlung hat er mich tätlich angegriffen und wüst beschimpft.«

»Spinner wie Doil wechseln ihre Einstellung wie Sie und ich die Gänge im Auto. Er denkt jetzt ganz anders von Ihnen.«

»Macht keinen Unterschied. Ich bin nur hier, um ein paar Antworten zu hören, bevor er stirbt. Ansonsten empfinde ich null für den Kerl.«

Sie gingen weiter, während Hambrick das Gehörte verarbeitete. Dann fragte er: »Stimmt es, daß Sie früher Geistlicher gewesen sind?«

»Ja. Hat Doil Ihnen das erzählt?«

Der Lieutenant nickte. »Aus seiner Sicht sind Sie das noch immer. Ich bin dabeigewesen, als er gestern abend nach Ihnen verlangt hat. Er hat dabei aus der Bibel zitiert – irgendwas mit Rache und Vergeltung.«

»Ja«, bestätigte Ainslie, »das ist aus dem Brief des Paulus an die Römer: ›Gebet Raum dem Zorn Gottes; denn es steht geschrieben: Die Rache ist mein; ich will vergelten, spricht der Herr.‹«

»Genau! Danach hat Doil Sie als ›Gottes rächenden Engel‹ bezeichnet, und da wurde mir bewußt, daß Sie ihm mehr bedeuten als ein Geistlicher. Hat Pater Uxbridge Ihnen das alles am Telefon erzählt?«

Ainslie schüttelte den Kopf; er fand diese Umgebung deprimierend und wünschte sich, er säße mit Karen und Jason daheim beim Frühstück. Nun, immerhin hatte er jetzt eine Erklärung für Ray Uxbridges Feindseligkeit am Telefon und seine Ermahnung, ja nicht aus der Rolle zu fallen.

Unterdessen hatten sie den allgemein als Death House bezeichneten Todestrakt erreicht. Er umfaßte drei Geschosse eines Zellenblocks und enthielt die Death Row, in der zum Tode Verurteilte lebten, solange ihr Fall durch die Instanzen ging, und später auf ihre Hinrichtung warteten. Ainslie kannte auch die übrigen Einrichtungen: die spartanische »Bereitschaftszelle«, in der jeder Todeskandidat die letzten fünfundsechzig Stunden seines Lebens unter ständiger Beobachtung verbrachte; den Vorbereitungsraum, in dem sein Kopf und das rechte Bein rasiert wurden, damit sie elektrisch besser leiteten; und schließlich den Hinrichtungsraum mit dem elektrischen Stuhl, mehreren Sitzreihen für die Zeugen und der von außen nicht einsehbaren Scharfrichterkabine.

Im Hinrichtungsraum, das wußte Ainslie, liefen seit einigen Stunden die letzten Vorbereitungen. Als erster würde der Chefelektriker eingetroffen sein, um den elektrischen Stuhl an die Stromversorgung anzuschließen und die Spannung, die Sicherungen und den Schalter zu überprüfen, mit dem der Scharfrichter, der eine schwarze Robe mit Kopfhaube trug, zweitausend Volt in automatischen Achtsekundenstößen in den Kopf des Verurteilten schickte. Die starken Stromstöße führten innerhalb von zwei Minuten den Tod herbei – nach angeblich sofort und schmerzlos eintretender Bewußtlosigkeit. Ob der Vorgang wirklich schmerzlos war, stand nicht fest, aber diese Zweifel ließen sich nicht ausräumen, weil noch niemand auf dem elektrischen Stuhl überlebt hatte, um darüber Auskunft zu geben.

Ebenfalls im Hinrichtungsraum, in Sichtweite des elektrischen Stuhls, befand sich ein rotes Telefon. Unmittelbar vor der Hinrichtung sprach der Gefängnisdirektor an diesem Telefon mit dem Gouverneur des Bundesstaates Florida, um seine Genehmigung für die bevorstehende Hinrichtung einzuholen. Der Gouverneur konnte seinerseits den Direktor noch Sekunden vor der Betätigung des Todesschalters anrufen und einen Aufschub der Exekution anordnen – vielleicht wegen in letzter Minute aufgetauchter neuer Beweise, einer Entscheidung des Obersten Gerichts oder sonstiger juristischer Gründe. Das hatte es schon früher gegeben, und es konnte auch heute passieren.

Eine ungeschriebene und inoffizielle Regel besagte, daß jede Hinrichtung um eine Minute hinausgezögert wurde – eine Vorsichtsmaßnahme für den Fall, daß das rote Telefon einige Sekunden zu spät klingelte. Daher würde die für 7.00 Uhr angesetzte Hinrichtung Doils in Wirklichkeit erst um 7.01 Uhr stattfinden.

»Wir sind da«, kündigte Hambrick an. Sie standen vor einer massiven Holztür, die er aufsperrte, bevor er den Lichtschalter betätigte. Aufflammende Leuchtstoffröhren erhellten einen fensterlosen quadratischen Raum mit etwa sieben Meter Seitenlänge. Die Einrichtung bestand aus einem schmucklosen Holzschreibtisch, hinter dem ein Drehstuhl mit hoher Rückenlehne stand, einem schweren Metallstuhl, der vor dem Schreibtisch auf dem Fußboden festgeschraubt war, und einem kleinen Beistelltisch. Das war alles.

»Der Super benutzt dieses Büro nicht oft«, sagte Hambrick. »Nur vor Hinrichtungen.« Er deutete auf den Drehstuhl hinter dem Schreibtisch. »Dort sitzen Sie, Sergeant. Ich bin gleich wieder da.«

Sobald der Lieutenant hinausgegangen war, stellte Ainslie das unter seiner Jacke verborgene Tonbandgerät an.

Hambrick war in weniger als fünf Minuten zurück. Begleitet wurde er von zwei Gefängniswärtern, die eine Gestalt, die Ainslie erkannte, halb führten und halb stützten. Doil trug eine Fußkette und Handschellen, die an einem straff angezogenen Ledergurt befestigt waren. Hinter diesem Trio tauchte Pater Uxbridge auf.

Ainslie hatte Elroy Doil seit fast einem Jahr nicht mehr gesehen – seit der Urteilsverkündung durch Richter Olivadotti. In der Zwischenzeit war in Doil eine dramatische Veränderung vor sich gegangen. Vor Gericht war er körperlich robust, groß und kräftig erschienen und entsprechend aggressiv aufgetreten, aber jetzt schien sein Zustand sich ins Gegenteil verkehrt zu haben. Sein Rücken war krumm, die Schultern hingen herab, sein Körper war abgemagert, sein Gesicht hager und eingefallen. Aus seinem unstet flackernden Blick sprach nicht mehr Aggressivität, sondern nervöse Unsicherheit. Sein Kopf war für die Hinrichtung kahlrasiert worden, und diese unnatürliche rosa Vollglatze verstärkte sein elendes Aussehen.

Der Anstaltsgeistliche trat vor; er trug eine Soutane und hielt ein Brevier in der Hand. Pater Uxbridge war ein großer, breitschultriger Mann mit edlen Gesichtszügen und einer Ausstrahlung, an die Ainslie sich von früheren Begegnungen her erinnerte. Er wandte sich an Doil, ohne Ainslie eines Blickes zu würdigen.

»Mr. Doil, ich bin bereit, mit Ihnen auszuharren, um Ihnen Gottes Trost zu spenden, solange es die Umstände gestatten. Ich möchte Sie nochmals daran erinnern, daß Sie nicht verpflichtet sind, irgendeine Aussage zu machen oder Fragen zu beantworten.«

»Augenblick!« sagte Ainslie, sprang aus dem Drehstuhl auf und kam um den Schreibtisch herum. »Doil, ich bin acht Stunden lang aus Miami hergefahren, weil Sie mich sprechen wollten. Pater Uxbridge hat gesagt, Sie hätten mir etwas mitzuteilen.«

Ainslie fiel auf, daß Doils Hände ineinanderverkrampft und seine Handgelenke von den engen Handschellen aufgeschürft waren. Er sah zu Hambrick hinüber und zeigte auf die Handschellen. »Können Sie ihm die nicht abnehmen lassen, während wir miteinander reden?«

Der Lieutenant schüttelte den Kopf. »Sorry, Sergeant, das geht nicht. Seit Doil hier ist, hat er drei unserer Leute zusammengeschlagen. Einer war sogar krankenhausreif.«

Ainslie nickte. »Okay, dann lieber nicht.«

Doil hob den Kopf, als Ainslie sprach. Vielleicht lag es an seinem humanen Vorschlag, ihm die Handschellen abzunehmen, oder am Tonfall von Ainslies Stimme... jedenfalls sank Doil plötzlich auf die Knie und wäre nach vorn gefallen, wenn die Wärter ihn nicht gestützt hätten. Im nächsten Augenblick schob er sein Gesicht an eine Hand Ainslies heran und bemühte sich vergeblich, sie zu küssen. Zugleich murmelte er undeutlich: »Vergeben Sie mir, Pater, denn ich habe gesündigt...«

Pater Uxbridge wollte sich mit zornrotem Gesicht zwischen die beiden drängen. »Nein, nein, nein!« schrie er Ainslie an. »Das ist Gotteslästerung!« An Doil gewandt fügte er eindringlich hinzu: »Dieser Mann ist kein...«

»Klappe halten!« knurrte Ainslie ihn an. Zu Doil sagte er ruhiger: »Ich bin kein Geistlicher mehr. Das wissen Sie. Aber wenn Sie mir etwas gestehen wollen, bin ich bereit, Ihnen als Mensch zuzuhören.«

»Sie dürfen ihm keine Beichte abnehmen!« protestierte Uxbridge erneut. »Dazu haben Sie kein Recht!«

Doil wandte sich wieder an Ainslie. »Pater, ich habe...«

»Ich habe Ihnen doch gesagt, daß er kein Pater ist!« rief Uxbridge erregt.

Doil murmelte etwas, und Ainslie verstand die Worte: »Er ist Gottes rächender Engel...«

»Das ist Gotteslästerung!« wiederholte Uxbridge. »Das lasse ich nicht zu!«

Doil sah sich plötzlich nach ihm um. »Verpiß dich!« fauchte er Uxbridge an. Dann rief er Hambrick und den beiden Wärtern zu: »Schafft dieses Arschloch hier raus!«

Der Lieutenant wandte sich an Uxbridge. »Sie müssen leider gehen, Pater. Wenn er Sie nicht dabeihaben will, ist das sein gutes Recht.«

»Ich gehe nicht!«

Hambricks Stimme klang schärfer. »Bitte, Pater. Ich möchte Sie nicht gewaltsam entfernen lassen müssen.«

Auf sein Zeichen hin ließ einer der beiden Wärter Doil los und ergriff Uxbridges Arm.

Der Pater riß sich los. »Fassen Sie mich nicht an! Ich bin ein Priester, ein Mann Gottes!« Während der Gefängniswärter unsicher zögerte, baute Uxbridge sich vor Hambrick auf. »Das werden Sie noch bereuen! Ich werde den Gouverneur persönlich von Ihrem unmöglichen Verhalten in Kenntnis setzen.« Ainslie fauchte er an: »Die Kirche kann froh sein, Sie losgeworden zu sein.« Nach einem aufgebrachten letzten Blick in die Runde verließ er endlich den Raum

Elroy Doil, der weiter vor Ainslie auf den Knien lag, begann erneut: »Vergeben Sie mir, Pater, denn ich habe gesündigt. Zuletzt gebeichtet hab' ich vor… Scheiße, das weiß ich nicht mehr.«

Unter anderen Umständen hätte Ainslie wahrscheinlich gelächelt, aber jetzt war er hin- und hergerissen. Er hatte ein schlechtes Gewissen. Er wollte hören, was Doil zu sagen hatte – aber nicht als Hochstapler.

Dann machte Hambrick nach einem Blick auf seine Uhr einen Vorschlag, aus dem gesunder Menschenverstand sprach. »Wollen Sie alles hören, sollten Sie ihn reden lassen, wie er will.«

Ainslie zögerte noch immer und wünschte sich, dieser Augenblick wäre unter anderen Umständen eingetreten.

Aber er wollte es *wissen*; er wollte Erkenntnisse und Einsichten in bezug auf so viele Ereignisse, die vor so langer Zeit begonnen hatten.

Angefangen hatte alles vor zwei Jahren in Coconut Grove, einem Stadtteil von Miami – an einem kühlen Januarmorgen kurz nach sieben Uhr.

Zweiter Teil
Die Vergangenheit

1

Orlando Cobo, ein fünfzigjähriger Wachmann des Hotels Royal Colonial in Coconut Grove, war müde. Er war froh, bald nach Hause fahren zu können, als er bei seinem Routinerundgang kurz vor sieben Uhr den achten Stock betrat. Hinter ihm lag eine verhältnismäßig ruhige Nacht mit nur drei unbedeutenden Vorfällen während seiner Achtstundenschicht.

Sicherheitsprobleme, die mit Jugend, Sex oder Drogen zusammenhingen, gab es im Royal Colonial nur sehr selten. Seine Klientel bestand hauptsächlich aus gesetzten, wohlhabenden Gästen mittleren Alters, denen die altmodisch ruhige Hotelhalle, die massenhaft herumstehenden tropischen Pflanzen und der Zuckerbäckerstil des alten Gebäudes gefielen.

In gewisser Weise war das Hotel ein Spiegelbild des Stadtteils Coconut Grove, in dem es stand – eine manchmal disharmonische Mischung aus Vergangenheit und Gegenwart. Hier drängten sich baufällige Holzhäuser neben einst exklusiven, eleganten Stadthäusern; winzige Secondhandshops befanden sich unmittelbar neben teuren Galerien und Boutiquen; Schnellimbißbuden mit Straßenverkauf befanden sich in Nachbarschaft von Luxusrestaurants; überall lebten Arm und Reich auf Tuchfühlung nebeneinander. Coconut Grove, Floridas älteste Siedlung – zwanzig Jahre älter als Miami –, schien nicht nur einen Charakter, sondern viele zu haben, die alle undiszipliniert miteinander konkurrierten.

Das alles kümmerte Cobo nicht, als er aus dem Aufzug trat und den Flur im achten Stock entlangging. Er war weder Philosoph noch Einwohner von Coconut Grove, sondern kam jeden

Tag aus North Miami zur Arbeit. Bis jetzt schien hier alles in bester Ordnung zu sein, und er begann schon, sich auf die geruhsame Heimfahrt zu freuen.

Als er sich dann der Feuertreppe am Ende des Korridors näherte, fiel ihm auf, daß die Tür von Zimmer 805 nur angelehnt war. Aus dem Zimmer drang laute Musik, als sei das Radio oder der Fernseher eingeschaltet. Er klopfte an die Tür, und als niemand antwortete, stieß er sie weit genug auf, um den Kopf ins Zimmer strecken zu können, und würgte angewidert, weil ihm grausiger Gestank entgegenschlug. Cobo bedeckte seinen Mund mit einer Hand, betrat Zimmer 805 und bekam bei dem Anblick, der sich ihm dort bot, ganz weiche Knie. Unmittelbar vor sich sah er in einer großen Blutlache die Leichen eines Mannes und einer Frau – beide von abgetrennten Gliedmaßen umgeben.

Cobo schloß hastig die Tür, atmete mehrmals tief durch und griff dann nach dem Telefon in der Halterung an seinem Gürtel. Er tippte die 911 ein.

In der Notrufzentrale der Miami Police hörte eine Sachbearbeiterin zu, wie Orlando Cobo einen mutmaßlichen Doppelmord im Hotel Royal Colonial meldete.

»Sie sind dort Wachmann, sagen Sie?«

»Ja, Ma'am.«

»Wo sind Sie jetzt?«

»Draußen vor dem Zimmer. Nummer acht-null-fünf.« Während die Beamtin zuhörte, gab sie alle Informationen ihrem Computer ein, so daß sie im nächsten Augenblick von einem Dispatcher in einer anderen Abteilung gelesen werden konnten.

»Bleiben Sie dort«, wies sie den Anrufer an. »Bewachen Sie das Zimmer. Lassen Sie keinen hinein, bis unsere Beamten eintreffen.«

Eineinhalb Meilen vom Hotel entfernt war Tomas Ceballos, ein junger Streifenpolizist, mit Wagen 164 auf dem South Dixie Highway unterwegs, als er den dringenden Anruf eines Dispatchers empfing. Er wendete sofort mit quietschenden Reifen und raste mit Blinklicht und Sirene zum Royal Colonial.

Wenige Minuten später traf Officer Ceballos vor Zimmer 805 mit dem Wachmann zusammen.

»Ich hab' eben bei der Rezeption nachgefragt«, sagte Cobo und sah auf einen Notizzettel. »Als Gäste haben sich Mr. und Mrs. Homer Frost aus Indiana eingetragen; die Lady heißt mit Vornamen Blanche.« Er übergab dem Beamten den Zettel und eine Magnetkarte für die Zimmertür.

Ceballos steckte die Karte ins Schloß und betrat vorsichtig Zimmer 805. Er schrak instinktiv zurück, zwang sich dann jedoch, den Tatort genau zu inspizieren, weil er wußte, daß er ihn später würde beschreiben müssen.

Der junge Beamte sah die Leichen eines älteren Mannes und einer Frau, die sich gefesselt und geknebelt gegenübersaßen, als seien beide Zeugen des Todes des jeweils anderen gewesen. Die Gesichter beider Toten waren entstellt; Augen und Gesicht des Mannes waren verbrannt. Die Leichen wiesen unzählige Messerstiche auf. Im Hintergrund spielte ein Radio harten Rock.

Tomas Ceballos hatte genug gesehen. Er trat auf den Korridor hinaus und schaltete sein Handfunkgerät ein, um die Zentrale zu rufen; seine Dienstnummer würde automatisch auf dem Bildschirm des Dispatchers erscheinen. Seine Stimme schwankte. »Ich brauche ein Ermittlungsteam auf Tac One.«

Tactical One war ein für die Mordkommission reservierter Funkkanal. Detective-Sergeant Malcolm Ainslie, Dienstnummer 1910, war mit einem neutralen Dienstwagen ins Büro unterwegs und hatte sich schon bei dem Dispatcher gemeldet. Heute hatten Ainslie und sein Team Bereitschaftsdienst.

Der Dispatcher alarmierte Ainslie, der sofort auf Tac One umschaltete. »Eins-sechs-vier hier neunzehn-zehn. QSK?«

»Zwei Leichen im Hotel Royal Colonial«, meldete Ceballos. »Zimmer acht-null-fünf. Vermute einunddreißig.« Er schluckte und sprach dann ruhiger weiter. »Nein, bestimmt einunddreißig. Eine schlimme Sache, ganz schlimm.«

Die Codeziffer 31 bezeichnete einen Mord. »Okay, bin unterwegs«, bestätigte Ainslie. »Sichern Sie den Tatort. Dort darf niemand rein – auch Sie selbst nicht.«

Ainslie wendete auf der Straße und gab sofort wieder Gas. Gleichzeitig rief er über Funk Detective Bernard Quinn, der zu seinem Team gehörte, und wies ihn an, ebenfalls ins Royal Colonial zu kommen.

Seine übrigen Beamten ermittelten wegen anderer Morde und waren im Augenblick nicht verfügbar. Da sich in den vergangenen Monaten besonders viele Morde ereignet hatten, war ein Ermittlungsstau entstanden. Auch heute schien sich diese schlimme Serie fortzusetzen.

Ainslie und Quinn erreichten das Hotel fast gleichzeitig und gingen miteinander zu den Aufzügen. Quinn, der grauhaarig war und ein runzliges, von Wind und Wetter gegerbtes Gesicht hatte, war wie immer untadelig gekleidet: blaues Sportsakko, graue Hose, weißes Hemd und gestreifte Krawatte. Der gebürtige Engländer und eingebürgerte Amerikaner, ein Veteran der Mordkommission, würde schon bald als Sechzigjähriger pensioniert werden.

Quinn war bei den Kollegen beliebt und geachtet, was damit zusammenhing, daß er für deren Karriere keine Gefahr darstellte; denn nachdem er Detective geworden war und sich in diesem Job bewährt hatte, verzichtete er auf jede weitere Beförderung. Er wollte einfach nicht für andere verantwortlich sein und hatte nie die Sergeantprüfung abgelegt, die er mühelos bestanden hätte. Aber Quinn war als leitender Ermittler an jedem Tatort ein guter Mann.

»Das ist Ihr Fall, Bernie«, sagte Ainslie. »Aber ich helfe Ihnen noch, bis die Ermittlungen in Gang gekommen sind.«

Auf ihrem Weg durch die weitläufige, üppig bepflanzte Hotelhalle entdeckte Ainslie zwei Reporterinnen, die an der Rezeption standen. Es war erstaunlich, wie schnell Leute von den Medien, die durch die Stadt fuhren und den Polizeifunk abhörten, sich am Tatort einfanden. Eine der beiden, die Ainslie erkannte, hastete auf die Kabine des Aufzugs zu, in der die Kriminalbeamten standen, aber die Tür schloß sich vor ihr.

Quinn seufzte, während sie nach oben fuhren. »Man sollte einen Tag auch besser beginnen können.«

»Sie werden's bald erfahren«, meinte Ainslie. »Aber vielleicht geht Ihnen die Aufregung im Ruhestand sogar ab.«

Als sie im achten Stock ausstiegen, verstellte Wachmann Cobo ihnen den Weg. »Gentlemen, hier darf niemand...« Er sprach nicht weiter, als er die Dienstausweise an Ainslies und Quinns Jacken sah.

»Leider«, sagte Quinn, »müssen wir hier durch.«

»Sorry, Leute! Bin echt froh, euch zu sehen. Ich hab' jeden aufgehalten, der hier nichts zu...«

»Weitermachen«, wies Ainslie ihn an. »Von uns kommen noch mehr Leute, aber lassen Sie niemanden durch, der sich nicht ausweisen kann. Wir wollen, daß dieser Korridor *frei* bleibt.«

»Ja, Sir.« Cobo dachte nicht ans Heimfahren, solange hier alles so aufregend war.

Auf dem Flur kam ihnen Officer Ceballos entgegen, der die Kriminalbeamten respektvoll behandelte. Da er wie viele andere junge Polizeibeamten den Ehrgeiz hatte, eines Tages die Uniform abzulegen und Detective zu werden, konnte es nicht schaden, einen guten Eindruck zu machen. Ceballos übergab den Zettel mit den Namen der Gäste in Zimmer 805 und meldete, abgesehen von zwei flüchtigen Besichtigungen durch Cobo und ihn befinde der Tatort sich im ursprünglichen Zustand.

»Gut«, antwortete Ainslie. »Sie bleiben hier, und ich fordere zwei Mann Verstärkung für Sie an. Die Presse ist schon im Hotel und wird sich bald überall rumtreiben. Ich will hier oben keine Reporter sehen, und Sie dürfen keine Auskunft geben; sagen Sie einfach, daß später ein PI-Beamter zur Verfügung stehen wird. Ohne meine oder Detective Quinns Erlaubnis darf vorläufig niemand auch nur in die Nähe von Zimmer acht-null-fünf. Haben Sie das verstanden?«

»Ja, Sergeant.«

»Okay, sehen wir uns mal an, was wir hier haben.«

Als Ceballos die Tür von Zimmer 805 öffnete, rümpfte Bernard Quinn angewidert die Nase. »Und Sie glauben, daß mir das fehlen wird?«

Ainslie schüttelte melancholisch den Kopf. Der Geruch des Todes war ein ekelerregender, widerwärtiger Gestank, der sich nach jedem Mord, vor allem bei offenen Wunden und austretenden Körperflüssigkeiten, am Tatort ausbreitete.

Die beiden Kriminalbeamten hielten in ihren Notizbüchern fest, wann sie Zimmer 805 betreten hatten. Sie würden sich weitere Notizen machen, bis dieser Fall irgendwann einmal abgeschlossen war. Das war lästig, aber sie würden ihre Aufzeichnungen brauchen, falls sie später vor Gericht aussagen mußten.

Zunächst blieben sie stehen und betrachteten die grausige Szene vor ihnen – die beiden teilweise schon eingetrockneten Blutlachen und die verstümmelten, schon leicht in Verwesung übergegangenen Toten. Das Zimmer 805 selbst, befand sich in wilder Unordnung: Sessel waren umgestürzt, die Betten zerwühlt und Kleidungsstücke der Ermordeten im ganzen Raum verstreut. Aus dem Radio auf einem der Nachttische drang weiter laute Rockmusik.

Quinn wandte sich an Ceballos. »Ist das Radio eingeschaltet gewesen, als Sie reingekommen sind?«

»Ja – und als der Wachmann im Zimmer gewesen ist. Der Sender klingt nach ›HOT 105‹.«

»Danke.« Quinn machte sich eine Notiz. »Den hört mein Sohn auch. Ich kann den Lärm nicht ausstehen.«

Ainslie benutzte die Kombination aus Handfunkgerät und Mobiltelefon, um mehrere Telefongespräche zu führen. Das Telefon in Zimmer 805 durfte erst angefaßt werden, wenn es auf Fingerabdrücke untersucht worden war.

Als erstes forderte er ein Spezialistenteam zur Spurensicherung an. Die Fachleute würden den Tatort und alles Beweismaterial fotografieren – auch winzige Einzelheiten, die ein ungeübtes Auge leicht übersehen konnte. Sie würden nach Fingerabdrücken suchen, Blutproben sicherstellen und sonstige Untersuchungen vornehmen, die den Ermittlern zweckmäßig erschienen. Bis die Spurensicherung eintraf, blieb am Tatort »die Zeit eingefroren« – er blieb in genau dem Zustand, in dem er vorgefunden worden war.

Schon ein einziger Ahnungsloser, der durch den Raum ging oder Gegenstände berührte, konnte eine wichtige Spur vernichten und so den Ausschlag dafür geben, daß eine Straftat nicht aufgeklärt wurde und ein Verbrecher straffrei ausging. Selbst Vorgesetzte, die einen Tatort aus Neugier besichtigten, konnten unwissentlich Beweismaterial zerstören; deshalb hatte der Kriminalbeamte, der die Ermittlungen leitete, unabhängig von seinem Dienstgrad die alleinige Befehlsgewalt am Tatort.

Ainslie telefonierte weiter: Er informierte Lieutenant Newbold, den Chef der Mordkommission, der bereits unterwegs war, forderte einen Staatsanwalt an und bat im Präsidium um Entsendung eines PI-Beamten, der sich um die Reporter kümmern sollte.

Sobald die Spurensicherung mit den Ermordeten fertig war, würde Ainslie einen Gerichtsmediziner anfordern, dessen Erstuntersuchung möglichst früh nach Eintritt des Todes stattfinden sollte. Aber Gerichtsmediziner mochten es nicht, zu früh verständigt zu werden und dann warten zu müssen, bis die Spurensicherung ihre Arbeit beendet hatte.

Noch später – nach der Erstuntersuchung und der Überführung der Toten ins Leichenschauhaus von Dade County – würde eine Autopsie in Anwesenheit von Bernard Quinn stattfinden.

Während Ainslie telefonierte, streifte Quinn einen Latexhandschuh über, um den Stecker des lauten Radios herauszuziehen. Als nächstes nahm er die Leichen der Ermordeten in Augenschein: ihre Verletzungen, welche Kleidungsstücke sie noch trugen, welche Gegenstände in ihrer Nähe lagen – und machte sich dabei wieder Notizen. Auf dem anderen Nachttisch sah er einige Schmuckstücke liegen, die ziemlich teuer aussahen. Dann drehte er den Kopf zur Seite und rief verblüfft: »Hey, sehen Sie sich das an!«

Ainslie trat neben ihn. Von dort aus bot sich ihm ein bizarrer, rätselhafter Anblick: hinter den Leichen, wo sie anfangs nicht zu sehen gewesen waren, lagen vier tote Katzen.

Die Kriminalbeamten betrachteten die Tierkadaver.

»Die sollen uns etwas sagen«, stellte Ainslie schließlich fest. »Irgendwelche Ideen?«

Quinn schüttelte den Kopf. »Nicht sofort. Darüber muß ich erst nachdenken.«

In den kommenden Wochen und Monaten würde die ganze Mordkommission sich Erklärungen für die toten Katzen zurechtlegen. Obwohl zahlreiche exotische Theorien vorgebracht wurden, stand letztlich fest, daß keine sinnvoll zu sein schien. Erst viel später würde erkannt werden, daß am Tatort im Mordfall Frost ein weiterer wichtiger Hinweis vorhanden gewesen war – gar nicht weit von den Katzen entfernt.

Jetzt beugte Quinn sich über die grob abgetrennten Gliedmaßen, um sie genauer zu betrachten. Ainslie, der ein Würgen hörte, sah zu ihm hinüber. »Alles in Ordnung, Bernie?«

»Bin gleich wieder da«, brachte Quinn noch heraus, bevor er zur Tür stürzte.

Draußen zeigte Cobo hilfsbereit den Flur entlang. »Gleich da vorn, Chief!«

Sekunden später übergab Quinn sich in die Toilettenschüssel. Nachdem er sich Gesicht und Hände gewaschen und einen Schluck Wasser getrunken hatte, kehrte er an den Tatort zurück. »So was ist mir schon lange nicht mehr passiert«, sagte er geknickt.

Ainslie nickte verständnisvoll. Das kam in ihrem Beruf gelegentlich vor und wurde nie kritisiert. Unverzeihlich wäre es gewesen, sich am Tatort zu übergeben und damit vielleicht Spuren zu vernichten.

Stimmen auf dem Korridor kündigten das Eintreffen der Spurensicherung an. Julio Verona, der Teamchef, trat mit Sylvia Walden, einer Technikerin, ins Zimmer 805. Verona, ein kleiner, untersetzter Mann mit Stirnglatze, blieb an der Tür stehen und suchte den Tatort methodisch mit seinen undurchdringlichen schwarzen Augen ab. Walden, eine junge, langbeinige Blondine, die auf Fingerabdrücke spezialisiert war, trug einen schwarzen Gerätekoffer von der Größe eines Wochenendkoffers.

Niemand sprach, während die beiden den Raum inspizierten. Zuletzt schüttelte Verona seufzend den Kopf. »Ich habe zwei Enkel. Heute morgen haben wir gemeinsam gefrühstückt und im Fernsehen einen Bericht über zwei Teenager gesehen, die den Freund ihrer Mutter ermordet haben. Ich habe zu den Kids gesagt: ›Diese Welt, die wir euch hinterlassen, ist ein grausiger Ort geworden‹ – und im nächsten Augenblick kommt dieser Anruf.« Er nickte zu den verstümmelten Leichen hinüber. »Das wird täglich schlimmer.«

»Die Welt ist schon immer ein grausiger Ort gewesen, Julio«, meinte Ainslie nachdenklich. »Der Unterschied ist nur, daß es jetzt viel mehr Menschen gibt, die man umbringen kann, und viel mehr potentielle Täter. Und die Schreckensbotschaften werden viel schneller verbreitet; manchmal können wir das Entsetzliche sogar miterleben, während es passiert.«

Verona zuckte mit den Schultern. »Typisch Malcolm – immer der wissenschaftliche Standpunkt. Trotzdem bleibt's deprimierend.«

Er begann die Toten zu fotografieren und machte aus jedem Blickwinkel drei Aufnahmen: eine Übersichtsaufnahme, eine aus mittlerer Entfernung und eine Nahaufnahme. Sobald er die Leichen aufgenommen hatte, würde er weiterfotografieren: sämtliche Aspekte von Zimmer 805, den Korridor, die Feuertreppe, die Aufzüge und zuletzt das Hotel von außen – mit allen Ein- und Ausgängen, die der oder die Täter hätten benutzen können. Solche Aufnahmen lieferten oft Hinweise, die zuvor übersehen worden waren.

Außerdem würde Verona einen detaillierten Plan des Tatorts

zeichnen, der später in einen speziellen, ausschließlich dafür bestimmten Computer übernommen werden würde.

Sylvia Walden war inzwischen auf der Suche nach verborgenen Fingerabdrücken, wobei sie mit Zimmertür und Rahmen begann, weil dort am ehesten Abdrücke zu finden waren. Eindringlinge waren beim Hereinkommen oft nervös oder leichtsinnig; etwaige Vorsichtsmaßnahmen, um keine Fingerabdrücke zu hinterlassen, wurden im allgemeinen erst später ergriffen.

Walden bestrich die Holzflächen mit schwarzem Graphitpulver, dem winzige Eisenfeilspäne beigemischt waren und das mit einem Magnetpinsel aufgetragen wurde; diese Mischung haftete an Feuchtigkeit, Lipoiden, Aminosäuren, Salzen und weiteren chemischen Verbindungen, aus denen Fingerabdrücke bestanden.

Auf glatteren Oberflächen – Glas oder Metall – wurde ein nichtmagnetisches Pulver benutzt, das es je nach Untergrund in verschiedenen Farben gab. Bei der Arbeit verwendete Walden abwechselnd beide Pulversorten, weil Fingerabdrücke je nach Hautstruktur, Temperatur oder Verunreinigung der Hände unterschiedlich ausfallen konnten.

Officer Ceballos war wieder hereingekommen und beobachtete Walden interessiert. Sie sah zu ihm hinüber und sagte lächelnd: »Gute Fingerabdrücke sind schwieriger zu finden, als die meisten Leute glauben.«

Ceballos erwiderte ihr Lächeln. Walden war ihm sofort aufgefallen, als sie aus dem Aufzug getreten war. »Im Fernsehen sieht's ganz leicht aus.«

»Ist das nicht immer so?« fragte sie. »Im richtigen Leben hängt alles vom Untergrund ab. Glatte Flächen wie Glas sind am besten – aber nur, wenn sie sauber und trocken sind; auf staubigem Untergrund verwischen die Abdrücke und sind wertlos. Türknöpfe sind nahezu aussichtslos: Ihre gewölbte Oberfläche ist für brauchbare Abdrücke zu klein, und jede Drehbewegung verwischt die Spuren.« Walden fand offenbar Gefallen an dem jungen Polizeibeamten. »Wissen Sie übrigens, daß Fingerabdrücke durch das beeinflußt werden können, was man zuletzt gegessen hat?«

»Soll das ein Witz sein?«

»Keineswegs.« Sie lächelte erneut, bevor sie weiterarbeitete. »Säurehaltige Speisen erhöhen die Hautfeuchtigkeit und bewirken deutlichere Abdrücke. Sollten Sie also ein Verbrechen vorhaben, dürfen Sie keine Zitrusfrüchte essen – keine Orangen, Grapefruits, Zitronen oder Limonen, auch keine Tomaten. Und vor allem keinen Essig! Der ist am schlimmsten.«

»Oder aus unserer Sicht am besten«, stellte Julio Verona richtig.

»Ich werd' daran denken, wenn ich später Kriminalbeamter bin«, sagte Ceballos. Dann fragte er Walden: »Geben Sie auch Privatunterricht?«

»Eigentlich nicht.« Sie lächelte wieder. »Aber ich könnte eine Ausnahme machen.«

»Gut. Ich laß von mir hören.« Officer Ceballos ging sichtlich zufrieden hinaus.

»Sogar am Tatort eines Doppelmordes geht das Leben weiter«, lautete Ainslies leicht ironischer Kommentar.

Walden sah zu den verstümmelten Leichen hinüber und verzog das Gesicht. »Wär's anders, würde man bald durchdrehen.«

Sie hatte schon mehrere Fingerabdrücke gefunden, aber ob sie dem oder den Tätern, dem ermordeten Ehepaar oder jemandem vom Hotelpersonal zuzuordnen waren, würde sich erst später herausstellen. Im Augenblick bestand der nächste Schritt darin, jeden Abdruck mit durchsichtigem Klebeband abzunehmen, das auf eine Karte für nicht sofort sichtbare Fingerabdrücke geklebt wurde. Mit Datum, Fundort und Unterschrift wurde die Karte zu einem Beweisstück.

Julio Verona fragte Ainslie: »Haben Sie schon von unserem Experiment im Zoo gehört?«

Ainslie schüttelte den Kopf.

»Wir sind im MetroZoo gewesen und haben mit Erlaubnis des Direktors von Schimpansen und anderen Affen Fingerabdrücke genommen, um sie zu untersuchen.« Er nickte Walden zu. »Erzählen Sie ihm den Rest.«

»Sie sind hundertprozentig menschenähnlich gewesen«, sagte sie. »Alle charakteristischen Merkmale – Rillen, Erhebungen, Schlingen, Wirbel, Bogen – haben übereingestimmt.«

»Darwin hat recht gehabt«, fügte Verona hinzu. »Jeder von uns hat Affen in seinem Stammbaum, was, Malcolm?« Das sagte er absichtlich, weil er von Ainslies Vergangenheit als Priester wußte.

Obwohl Ainslie nie ein Fundamentalist gewesen war, hatte er früher die katholischen Zweifel an Darwins Hauptwerk *Der Ursprung der Arten* geteilt. Schließlich hatte Darwin den Schöpfungsakt Gottes geleugnet und dem Menschen seine Überlegenheit über den Rest der Tierwelt abgesprochen. Aber diese Zeiten lagen weit zurück, so daß Ainslie jetzt antwortete: »Ja, das denke ich auch.«

Er war sich darüber im klaren, daß sie alle – Walden, Verona, Ceballos, Quinn und sogar er selbst – nur versuchten, sich für einige Augenblicke von der grausigen Szene abzulenken, die sie vor sich hatten. Außenstehende hätten ihr Verhalten vielleicht als herzlos empfunden; in Wirklichkeit war es genau das Gegenteil. Die menschliche Psyche – selbst die konditionierte von Polizeibeamten – konnte nicht unbegrenzt solche erschütternden Eindrücke verkraften.

Inzwischen war ein weiterer Mann der Spurensicherung eingetroffen, der Blutproben nahm. Er füllte kleine Glasröhrchen mit Proben aus den Blutlachen, die sich um die Leichen herum angesammelt hatten. Die Proben würden später mit dem bei der Autopsie entnommenen Blut der Opfer verglichen werden. Waren die Blutgruppen verschieden, konnte ein Teil des Blutes hier von dem oder den Tätern stammen. Aber das war offenbar wenig wahrscheinlich.

Für den Fall, daß eines der Opfer den Täter gekratzt hatte, wobei winzige Spuren von Haut, Haaren, Stoff oder anderen Materialien zurückgeblieben sein konnten, kratzte der Techniker die Fingernägel der Frosts aus. Diese Proben kamen in kleine Behälter, um später im Labor untersucht zu werden. Danach wurden die Hände der Ermordeten mit schützenden Plastikbeuteln umhüllt, damit vor der Autopsie Fingerabdrücke genommen werden konnten. Bei dieser Gelegenheit würde der gesamte Körper der Leichen auf fremde Fingerabdrücke untersucht werden.

Auch die Kleidung der Frosts wurde sorgfältig begutachtet, obwohl sie an Ort und Stelle bleiben würde, bis die Toten im Leichenschauhaus waren.

Durch die zusätzlichen Leute, die durcheinanderredeten und ständig telefonierten, war Zimmer 805 jetzt überfüllt, laut und womöglich noch übelriechender.

Ainslie sah auf seine Armbanduhr. Es war 9.45 Uhr, und er mußte plötzlich an Jason denken, der jetzt mit seiner dritten Klasse in der Aula saß und auf den Beginn eines Vorlesewettbewerbs wartete. Karen würde wie andere Eltern auch nervös und stolz im Publikum sitzen. Ainslie hatte gehofft, kurz vorbeischauen zu können, aber das hatte nicht geklappt. Es klappte selten.

Er konzentrierte sich wieder auf den Tatort, fragte sich, ob dieser Fall wohl rasch zu lösen war. Aber im Verlauf der nächsten Stunden stellte sich heraus, worin das größte Problem bestand: Obwohl im Hotel ständig viele Menschen unterwegs waren, hatte niemand auch nur einen möglichen Verdächtigen gesehen. Irgendwie hatten der oder die Täter es geschafft, Zimmer 805 und vermutlich auch das Hotel unbemerkt zu betreten und auch wieder zu verlassen. Ainslie ließ alle Gäste im siebten, achten und neunten Stock befragen. Niemand hatte etwas gesehen.

In den zwölf Stunden, die Ainslie an diesem ersten Tag am Tatort verbrachte, überlegte er mit Quinn, was das Tatmotiv gewesen sein könnte. Möglicherweise Raub, weil bei den Ermordeten kein Geld gefunden worden war. Andererseits würde kein Raubmörder den am Tatort gefundenen Schmuck, der später auf zwanzigtausend Dollar geschätzt wurde, zurückgelassen haben.

Und um Bargeld zu rauben, hätte man nicht zwei Menschen ermorden müssen. Auch die Grausamkeit der Tat und das Rätsel der vier toten Katzen blieben vorerst ungeklärt. Also gab es weder ein schlüssiges Tatmotiv noch eine Täterbeschreibung.

Erste Auskünfte über Homer und Blanche Frost – telefonisch von der Polizei ihrer Heimatstadt South Bend, Indiana, eingeholt – beschrieben sie als wohlhabendes, unauffälliges Ehepaar ohne erkennbare Laster, Familienprobleme oder verdächtige Bekanntschaften. Trotzdem würde Bernie Quinn in den nächsten Tagen nach South Bend fliegen, um dort weitere Erkundigungen einzuziehen.

Verschiedene Tatsachen und Vermutungen ergaben sich, als die Gerichtsmedizinerin Sandra Sanchez, die später auch die Autopsie vornehmen würde, die Leichen der Frosts am Tatort untersuchte.

Ihrer Ansicht nach waren die beiden Opfer überwältigt, gefesselt, geknebelt und dann so plaziert worden, daß sie einander sehen konnten. »Sie sind bei vollem Bewußtsein gefoltert worden«, vermutete Sanchez. Sie glaubte, die Mißhandlungen seien »langsam und methodisch« vorgenommen worden.

Am Tatort war keine Waffe gefunden worden, aber diese erste Untersuchung zeigte, daß beide Leichen tiefe Schnittwunden aufwiesen, die im Fleisch und an den Knochen charakteristische Spuren hinterlassen hatten. Und ein grausiges Detail: In Mr. Frosts Augen war eine brennbare Flüssigkeit geschüttet und angezündet worden, so daß in seinen rauchgeschwärzten Augenhöhlen nur verkohlte Überreste zurückgeblieben waren. Unter Mrs. Frosts Knebel war ihre Zungenspitze fast abgebissen – vermutlich eine Reaktion auf die erlittenen Folterqualen.

Dr. Sanchez, eine Frau Ende Vierzig, war wegen ihrer direkten Art und scharfen Zunge bekannt. Sie bevorzugte konservative dunkelblaue oder braune Kostüme und trug ihr graumeliertes Haar zu einem Nackenknoten verschlungen. Wie Bernard Quinn wußte, interessierte sie sich als Wissenschaftlerin für Santería, einen afro-kubanischen religiösen Kult, der im Dade

County, Florida, schätzungsweise siebzigtausend Anhänger hatte.

Quinn hatte Sandra Sanchez einmal sagen gehört: »Okay, ich behaupte nicht, an die Orishas – die Götter – der Santería zu glauben. Aber wenn man ähnlich unwahrscheinliche Geschichten glaubt – den Zug der Kinder Israels durchs Rote Meer, die Unbefleckte Empfängnis, die Speisung der fünftausend und Jonas' Errettung aus einem Walfischbauch –, ist die Santería mindestens ebenso logisch. Und sie bietet beruhigenden Voodoozauber für sorgenvolle Gemüter.«

Weil Quinn wußte, daß zu manchen Santería-Ritualen Tieropfer gehörten, fragte er Sanchez, ob die vier toten Katzen darauf hinwiesen.

»Bestimmt nicht«, erklärte sie ihm. »Ich habe mir diese Katzen angesehen; sie sind mit bloßen Händen umgebracht worden – anscheinend ziemlich brutal. Santería-Opfertiere werden mit einem Messer getötet, ehrfürchtig behandelt und niemals wie diese Katzen achtlos liegengelassen. Sie werden oft bei einem Festmahl verzehrt, aber Katzen sind niemals darunter.«

Ainslie und Quinn fanden beide, ihre ersten Erkenntnisse seien durchaus nicht ermutigend. »Ein klassisch rätselhafter Fall«, berichtete Ainslie Leo Newbold.

Solche Fälle, die nur Rätsel aufgaben, weil nicht der geringste Hinweis auf die Identität des Täters – manchmal auch des Opfers – existierte, waren bei den Teams der Mordkommission am unbeliebtesten. Im Gegensatz dazu gab es problemlose Mordfälle, in denen bald ein Verdächtiger gefaßt und überzeugendes Belastungsmaterial sichergestellt wurde. Und am einfachsten waren die Fälle, in denen der Mörder sich mit noch rauchender Pistole in der Hand am Tatort aufhielt, wenn die Polizei eintraf.

Lange nach dem grausamen Tod von Homer und Blanche Frost würde schließlich ein Mord, bei dem der Mörder auf frischer Tat geschnappt wurde, scheinbar auch diesen Fall lösen, so daß die Akte Frost geschlossen werden konnte.

2

Am Freitagmorgen, drei Tage nach dem Doppelmord im Hotel Royal Colonial, ging Bernard Quinn kurz vor acht Uhr von der Mordkommission in die Indentifizierungsstelle, die ebenfalls im vierten Stock des Polizeipräsidiums lag. Dort arbeitete ein halbes Dutzend ID-Techniker an Computern, neben denen sich Ausdrucke türmten. Quinn ging zu Sylvia Walden, der jungen Fingerabdrucksspezialistin, die Zimmer 805 nach verborgenen Abdrücken abgesucht hatte. Sie saß vor einem großen Computermonitor und hob den Kopf, als er näher kam. Er sah, daß ihre langen Haare feucht waren – vermutlich von dem Platzregen, der auch Quinn auf dem Weg zur Arbeit überrascht hatte.

»Guten Morgen, Bernard«, sagte sie lächelnd.

»Bisher ist er nicht allzugut«, antwortete er mürrisch. »Aber vielleicht können Sie ihn verbessern.«

»Wenig Hinweise auf den Fall vom Dienstag?« Waldens Stimme klang mitfühlend.

»Eher gar keine. Deshalb bin ich hier, um zu fragen, warum zum Teufel eine Fingerabdrucksanalyse so lange dauert.«

»Drei Tage ist nicht lang«, widersprach sie scharf. »Vor allem nicht, wenn ich mehrere Fingerabdrücke überprüfen und identifizieren muß. Das sollten Sie eigentlich wissen.«

»Entschuldigung, Sylvia«, sagte er geknickt. »Dieser Fall macht mich ganz fertig. Da bleiben die guten Manieren leicht auf der Strecke.«

»Schon gut«, beruhigte sie ihn. »Uns geht's auch nicht viel besser.«

»Was haben Sie bisher?«

»Heute morgen sind ein paar Abdrücke aus New York gekommen. Sie stammen von dem Mann, der das Hotelzimmer unmittelbar vor den Frosts bewohnt hat.«

»Sind sie dort gespeichert gewesen?«

»Nein, nein. Er hat sich vom NYPD die Fingerabdrücke abnehmen lassen, um uns die Fahndung zu erleichtern. Ich vergleiche sie gerade mit denen, die wir gefunden haben.«

Der Computer, an dem Walden saß, war das neueste AFIS-Modell – die Abkürzung für Automated Fingerprint Identification System. Wurde dem Gerät ein Fingerabdruck vom Tatort eingegeben, schaffte es in weniger als zwei Stunden, wozu ein Mensch ungefähr hundertsechzig Jahre gebraucht hätte: Es verglich ihn mit Hunderttausenden von Abdrücken, die in den Vereinigten Staaten gespeichert waren, und identifizierte ihn, falls er bereits existierte. Das AFIS konnte viele Straftaten fast augenblicklich aufklären; seit seiner Einführung waren auch zahlreiche Fälle wiederaufgerollt, alte Fingerabdrücke identifiziert und Straftäter angeklagt und verurteilt worden. Heute war Waldens Aufgabe jedoch einfacher: Sie verglich die aus New York übermittelten Fingerabdrücke mit den im Hotel Royal Colonial in Zimmer 805 gefundenen.

Der Computer brauchte nicht lange, um zu melden, die New Yorker Abdrücke seien mit denen aus Zimmer 805 identisch.

Sylvia Walden seufzte. »Keine guten Nachrichten, fürchte ich, Bernie.« Sie erklärte ihm, die einzigen am Tatort gefundenen Fingerabdrücke stammten von den Toten, einem Zimmermädchen und nun von dem Gast, der das Zimmer vor den Frosts bewohnt hatte.

Quinn fuhr sich mit einer Hand durch sein zerzaustes Haar und machte ein unglückliches Gesicht. Es gab Tage, an denen er das Gefühl hatte, nicht früh genug in den Ruhestand treten zu können.

»Das mit den Abdrücken wundert mich nicht sehr«, fuhr Walden fort. »An einigen Stellen, wo ich Fingerabdrücke erwartet hätte, sind mir verwischte Flecken aufgefallen – wie von Latexhandschuhen. Ich bin mir ziemlich sicher, daß der Mörder welche getragen hat. Aber ich habe immerhin etwas gefunden.«

Quinn zog die Augenbrauen hoch. »Und das wäre?«

»Einen noch nicht identifizierten Handflächenabdruck. Er ist nicht vollständig, aber er stammt von keinem der Leute, deren

Fingerabdrücke wir identifiziert haben – ich habe auch ihre Handflächenabdrücke angefordert. Auch wir haben solche Abdrücke gespeichert, aber dieser eine ist nicht dabei.« Walden stand auf, trat an einen anderen Schreibtisch und blätterte in einem Stapel Computerausdrucken. Sie hielt Quinn ein einzelnes Blatt mit einem schwarz-weißen Handflächenabdruck hin.

»Das ist er.«

»Interessant.« Er betrachtete den Abdruck von beiden Seiten und auf dem Kopf stehend, dann gab er ihr das Blatt zurück. »Niemand, den ich kenne«, sagte er lakonisch. »Was können *Sie* damit anfangen?«

»Ganz einfach, Bernie: Sobald Sie einen Verdächtigen aufgespürt haben und mir seine Handflächenabdrücke beschaffen, kann ich Ihnen fast hundertprozentig zuverlässig sagen, ob er am Tatort gewesen ist.«

»Sollten wir jemals so weit kommen«, versicherte Quinn ihr, »bin ich sofort wieder hier.«

Als Quinn durch die Flure des vierten Stocks zur Mordkommission zurückging, fühlte er sich ein wenig ermutigt. Immerhin war dieser Handflächenabdruck ein gewisser Anfang.

Im Mordfall Frost hatte es von Anfang an einen ungewöhnlichen Mangel an Beweismaterial gegeben. Am Tag nach der Auffindung der Leichen war Quinn mit einer längeren Fragenliste ins Hotel Royal Colonial zurückgefahren. Als erstes besichtigte er nochmals eingehend den Tatort; dann besprach er mit Julio Verona den Wert des sichergestellten Beweismaterials, zu dem ein zerrissener Briefumschlag der First Union Bank gehörte. Später an diesem Tag klapperte Quinn die Filialen dieser Bank in der näheren Umgebung ab und stellte fest, daß die Frosts am Morgen vor ihrem Tod in der First Union Bank in der Southwest Twenty-seventh Avenue Reiseschecks für achthundert Dollar eingelöst hatten. Der Kassierer, der ihnen den Betrag ausgezahlt hatte, konnte sich gut an das Ehepaar erinnern und war sich sicher, daß niemand die beiden begleitet hatte.

Quinn ordnete eine weitere Suche nach Fingerabdrücken mit

fluoreszierendem Pulver und Laserlicht an, für die Zimmer 805 abgedunkelt werden mußte. Mit dieser Methode entdeckte man hin und wieder Fingerabdrücke, die das Standardverfahren nicht zum Vorschein bringen konnte. Aber diesmal hatte man damit keinen Erfolg.

Der Hoteldirektor stellte ihm zwei Listen zur Verfügung: eine mit den Gästen, die zur Tatzeit im Royal Colonial gewohnt hatten, und eine mit allen Hotelgästen des Vormonats. Jeder Gast würde persönlich oder telefonisch von der Polizei befragt werden. Wirkte jemand verdächtig oder auffällig abweisend, würde ein Polizeibeamter oder vielleicht sogar Quinn selbst nachhaken.

Die Aussage des Wachmanns Cobo wurde protokolliert. Quinn bedrängte ihn mit Fragen, weil er hoffte, Orlando Cobo werde sich unter Druck an irgendeine wichtige Kleinigkeit erinnern, die bisher übersehen worden war. Auch Angehörige des Hotelpersonals, die mit dem Ehepaar Frost in Berührung gekommen waren, gaben Aussagen zu Protokoll, ohne daß sich etwas Neues ergeben hätte.

Die Polizei überprüfte alle Telefongespräche, die während des Aufenthalts der Opfer aus und mit Zimmer 805 geführt worden waren. Das Hotel hatte eine Computerliste der von Gästen geführten Gespräche; die Telefongesellschaft wurde durch eine richterliche Anordnung dazu verpflichtet, eine Liste der eingegangenen Gespräche zur Verfügung zu stellen. Auch diese Überprüfung blieb ergebnislos.

Quinn sprach mehrere ihm bekannte Polizeispitzel an, weil er hoffte, auf der Straße gebe es Gerüchte über den Doppelmord. Obwohl er Geld für sachdienliche Hinweise bot, gingen keine ein.

Er flog nach South Bend, Indiana, und fragte im dortigen Polizeipräsidium nach, ob die Frosts in irgendeiner Weise polizeibekannt seien; das war nicht der Fall. Quinn sprach den Angehörigen der Opfer sein Beileid aus und stellte ihnen gezielte Fragen nach Homer und Blanche Frost. Vor allem interessierte ihn, ob die Frosts Feinde gehabt hatten, die ihnen vielleicht hätten schaden wollen. Aber das war offenbar nicht der Fall.

Nach seiner Rückkehr nach Miami wunderte Quinn sich ebenso wie Ainslie darüber, daß trotz der ausführlichen Medienberichterstattung über den Doppelmord keinerlei telefonische Hinweise eingegangen waren. Die wesentlichen Tatsachen waren durch die Pressestelle verbreitet worden, aber wie in allen Mordfällen waren bestimmte Einzelheiten zurückgehalten worden, um sicherzustellen, daß sie nur den Ermittlern und dem Täter bekannt waren. Erwähnte ein Verdächtiger sie dann unabsichtlich oder in einem Geständnis, stärkte das die Position der Staatsanwaltschaft vor Gericht.

Zu den nicht bekanntgegebenen Tatsachen gehörten die Auffindung der vier toten Katzen und die verbrannten Augen Homer Frosts.

Als immer mehr Zeit verstrich – eine Woche, zwei Wochen, drei –, schien eine Lösung dieses Falls immer unwahrscheinlicher zu werden. Bei Ermittlungen wegen Mordes sind die ersten zwölf Stunden entscheidend. Ist bis dahin keine eindeutige Spur oder ein Verdächtiger gefunden, werden die Erfolgsaussichten von Tag zu Tag geringer.

Für die Aufklärung eines Mordes gibt es drei essentielle Voraussetzungen: Zeugen, Beweismaterial und ein Geständnis. Ohne die beiden ersten ist die dritte unwahrscheinlich. Aber im Mordfall Frost fehlten alle drei.

Weil sich ständig neue Morde ereigneten, verlor der Fall Frost unvermeidlich an Bedeutung.

Monate verstrichen, während die Verbrechensflut in Florida weiter anstieg. Alle Polizeibehörden des Staates, auch die Mordkommissionen, waren mit Arbeit überlastet und ihre Beamten bis zur Erschöpfung beansprucht. Weiter verstärkt wurde dieser Druck noch durch eine nie endende Papierflut: Briefe, interner Schriftverkehr, Fernschreiben, Faxmitteilungen, Meldungen örtlicher Polizeidienststellen, Anzeigen, Vernehmungsprotokolle, Ergebnisse von Laboruntersuchungen, Anfragen und Berichte auswärtiger Dienststellen, Fahndungsmeldungen... die Liste schien endlos zu sein.

Rein aus Notwendigkeit ergaben sich Prioritäten. Dringende eigene Fälle wurden vorgezogen, sonstige Anfragen und Meldungen je nach Wichtigkeit bearbeitet. Oft genug blieben sie jedoch liegen. Manche Schriftstücke wurden nur überflogen und beiseite gelegt, so daß der Stapel unerledigter Akten ständig anwuchs. Es konnte drei, sechs oder sogar neun Monate dauern, bis bestimmte Unterlagen bearbeitet wurden – falls überhaupt.

Bernard Quinn hatte diese Akten einmal als Morgen-Stapel bezeichnet, und der Name war ihnen geblieben. Charakteristischerweise hatte er aus Macbeth zitiert:

> *»Morgen, und morgen, und dann wieder morgen,*
> *Kriecht so mit kleinen Schritten von Tag zu Tag...«*

Deshalb wurde ein Fernschreiben, das die Polizei in Clearwater, Florida, am 15. März an alle Polizeidienststellen Floridas geschickt hatte, bei der Mordkommission in Miami nur flüchtig zur Kenntnis genommen und schlummerte dann im Morgen-Stapel... volle fünf Monate lang.

Das Fernschreiben kam von Detective Nelson Abreu, der wegen eines besonders brutalen Doppelmords ermittelte und anfragte, ob irgendwo eine ähnliche Tat verübt worden sei. Mitgeteilt wurde auch, am Tatort im Haus der Opfer seien »ungewöhnliche Gegenstände« zurückgelassen worden. Sie wurden jedoch nicht beschrieben, weil die Mordkommission in Clearwater aus demselben Grund Informationen zurückhielt, aus dem die Mordkommission in Miami Informationen über den Fall Frost zurückgehalten hatte.

In Clearwater lebten viele Senioren, und die Ermordeten waren Hal und Mabel Larsen, ein Ehepaar in den Siebzigern. Sie waren geknebelt und gefesselt, einander gegenübergesetzt und gefoltert worden, bis sie schließlich verblutet waren. Der oder die Täter hatten sie mit Schlägen und Messerstichen traktiert.

Obwohl die Larsens erst vor einigen Tagen tausend Dollar von ihrem Bankkonto abgehoben hatten, wurde am Tatort kein Geld gefunden. Es gab keine Zeugen, keine fremden Fingerabdrücke, keine Tatwaffe, keine Verdächtigen.

Obwohl Detective Abreu auf sein Fernschreiben mehrere Zuschriften erhielt, half ihm keine weiter, und der Fall Larsen blieb ungelöst.

Zweieinhalb Monate später ein weiterer Tatort.

Fort Lauderdale, 23. Mai.

Wieder ein Ehepaar – Irving und Suzanne Hennenfeld, beide Mitte Sechzig –, das am Ocean Boulevard in der Nähe der Twenty-first Street wohnte. Wieder wurden die Ermordeten gefesselt, geknebelt und einander gegenübersitzend aufgefunden. Beide waren durch Schläge und Messerstiche getötet worden, aber die Leichen wurden erst schätzungsweise vier Tage nach der Tat entdeckt.

An diesem Tag rief ein Nachbar, dem der aus ihrer Wohnung dringende Gestank auffiel, die Polizei, die die Wohnungstür aufbrach. Sheriff-Detective Benito Montes, der dort als erster eindrang, überkam beim Anblick der Leichen und wegen des Gestanks Übelkeit.

An diesem Tatort waren keine »ungewöhnlichen Gegenstände« zurückgelassen worden. Allerdings war ein Heizlüfter mit zwei Heizstäben mit Draht an Irving Hennenfelds bloßen Füßen befestigt und eingeschaltet worden. Die Heizspiralen waren durchgebrannt, als die Ermordeten aufgefunden wurden, aber zuvor hatten sie die Füße des Ermordeten verkohlen lassen. Auch in diesem Fall schien ein größerer Geldbetrag entwendet worden zu sein.

Wieder keine Zeugen, keine Fingerabdrücke, keine Tatwaffe.

Sheriff-Detective Montes erinnerte sich jedoch an Meldungen über den Mord an einem älteren Ehepaar in Coconut Grove, das vor ungefähr einem Vierteljahr unter ähnlichen Umständen zu Tode gekommen war. Nach einem Telefongespräch mit der dortigen Mordkommission fuhr Montes am nächsten Tag nach Miami, wo er mit Bernard Quinn zusammentraf.

Im Gegensatz zu dem Veteranen Quinn war Montes jung, Mitte Zwanzig, und hatte eine modische Kurzhaarfrisur. Wie die meisten Kriminalbeamten kleidete er sich gut – an diesem Tag trug er einen dunkelblauen Anzug mit gestreifter Seidenkrawatte. Während ihrer zweistündigen Diskussion erörterten die Beamten ihre Ermittlungsergebnisse in den Mordfällen Frost und Hennenfeld und sahen sich Fotos beider Tatorte an. Sie stimmten darin überein, daß die Opfer auf identische Weise ermordet worden sein mußten. Auch weitere Faktoren wie die Position der Ermordeten und die Grausamkeit des Täters stimmten überein.

Ein weiteres kleines Detail: Als die Leichen aufgefunden wurden, lief das offenbar von dem Mörder eingeschaltete Radio noch immer in voller Lautstärke.

»Wissen Sie noch, was für Musik es gespielt hat?« fragte Quinn.

»Natürlich. So gottverdammt laute Rockmusik, daß man sein eigenes Wort kaum verstehen konnte.«

»Bei den Frosts auch.« Quinn machte sich eine Notiz.

»Das ist der gleiche Kerl gewesen«, stellte Montes nachdrücklich fest. »Hundertprozentig.«

Quinn zog die Augenbrauen hoch. »Sie rechnen mit nur einem Mann – einem Einzeltäter?«

»Genau. Und der Hundesohn ist groß, stark wie ein Bär und clever.«

»Gebildet clever?«

»Instinktiv würde ich nein sagen.«

Quinn nickte zustimmend. »Ich auch.«

»Der Kerl geilt sich daran auf, suhlt sich darin, sabbert dabei«, fuhr Montes fort. »Wir fahnden nach einem Sadisten.«

»Irgendwelche Ideen in bezug auf die toten Katzen an unserem Tatort?«

Montes schüttelte den Kopf. »Dieser Dreckskerl mordet einfach gern. Vielleicht hat er die Katzen als Zeitvertreib umgebracht und nur so zum Spaß hingelegt.«

»Ich glaube weiterhin, daß sie eine Botschaft übermitteln sollen«, sagte Quinn. »In einem Code, den wir noch nicht entschlüsselt haben.«

Bevor Sheriff-Detective Montes ging, entschuldigte Quinn seinen abwesenden Sergeant. Da Malcolm Ainslie an den Ermittlungen beteiligt gewesen war, hätte er gern an ihrer Besprechung teilgenommen. Aber heute war er zu einem Tagesseminar über moderne Polizeiführung abbeordert, das in einem anderen Stadtteil stattfand.

»Okay, dann sehen wir uns ein andermal«, sagte Benito Montes. »Ich glaube, daß das erst der Auftakt war.«

3

Im Frühjahr und Sommer dieses Jahres litten die Bewohner Südfloridas unter extremer Hitze und hoher Luftfeuchtigkeit, die zu täglichen Gewittern mit starken Regenfällen führten. In Miami stürzten durch Überlastung des Stromnetzes hervorgerufene wiederholte Stromausfälle die Besitzer von Klimaanlagen in die verschwitzte Welt derer, die keine besaßen. Ein weiteres Problem, das durch hitzebedingte Reizbarkeit und Unbeherrschtheit verstärkt wurde, waren Gewalttaten. Bandenkriege, Verbrechen aus Leidenschaft und häusliche Gewalt nahmen ständig zu. Sogar an sich friedliche Menschen wurden ungeduldig und reizbar; auf Straßen und Parkplätzen arteten Meinungsverschiedenheiten wegen Bagatellen in Schlägereien aus. War mehr Grund zum Streit vorhanden, verwandelte Ärger sich in Wut, die bis zum Mord gehen konnte.

Bei der Mordkommission im vierten Stock des Polizeipräsidiums hing eine große, weißlackierte Wandtafel, auf der in ordentlichen Zeilen und Spalten die Namen aller Mordopfer des laufenden und des vergangenen Jahres verzeichnet waren. Auch die Namen aller Tatverdächtigen standen dort. Verhaftungen waren rot gekennzeichnet.

Im Vorjahr hatten dort Mitte Juli siebzig Morde gestanden, von denen fünfundzwanzig nicht aufgeklärt waren. Im laufenden Jahr waren es Mitte Juli sechsundneunzig Morde, und die Zahl der nicht aufgeklärten Fälle lag mit fünfundsiebzig unbefriedigend hoch.

Diese ansteigende Tendenz wies auf eine Zunahme an Morden bei so alltäglichen Straftaten wie Einbruch, Autodiebstahl und Raubüberfällen hin. Immer häufiger schienen Verbrecher ihre Opfer ohne erkennbaren Grund zu töten.

Weil der Anstieg dieser Delikte die Öffentlichkeit zunehmend beunruhigte, hatte Major Manolo Yanes, der als Leiter des Dezernats Verbrechen gegen Personen die Aufklärung von Morden und Raubüberfällen koordinierte, Lieutenant Leo Newbold, den Chef der Mordkommission, schon mehrmals zu sich zitiert.

Bei der letzten Besprechung hatte Major Yanes, ein stämmiger Mann mit buschigem Haarschopf und der Stimme eines Rekrutenausbilders, keine Zeit verloren, ihn zur Rede zu stellen, als seine Sekretärin Newbold hereinführte.

»Lieutenant, was zum Teufel tun Sie und Ihre Leute eigentlich? Oder sollte ich *nicht* tun sagen?«

Normalerweise hätte der Major ihn mit dem Vornamen angesprochen und ihn gebeten, Platz zu nehmen. Aber diesmal tat er nichts dergleichen, sondern funkelte ihn nur über seinen Schreibtisch hinweg an. Newbold, der sich denken konnte, daß Yanes seinerseits einen Anpfiff bekommen hatte, den er jetzt weitergab, ließ sich mit seiner Antwort Zeit.

Das Dienstzimmer des Majors lag wie die der Mordkommission im vierten Stock und hatte ein großes Fenster mit Blick auf die in strahlendem Sonnenschein liegende Innenstadt Miamis. Auf der weißen Kunststoffplatte seines grauen Metallschreibtischs lagen militärisch ausgerichtet Akten, Bleistifte und Kugelschreiber. In einer Ecke des Raums stand ein Konferenztisch mit acht Stühlen. Aufgelockert wurde die für Polizeidienstzimmer typische Strenge nur durch einige Fotos von Yanes' Enkeln auf einem Beistelltisch.

»Sie kennen die Situation, Major«, antwortete Newbold ruhig. »Wir sind mit Arbeit überlastet. Jeder meiner Leute arbeitet bis zu sechzehn Stunden täglich, um jede Spur zu verfolgen. Die Jungs sind völlig ausgepowert.«

Yanes machte eine irritierte Handbewegung. »Na los, setzen Sie sich schon!«

Als Newbold Platz genommen hatte, fuhr Yanes fort: »Lange Arbeitszeiten bis zur Erschöpfung gehören zu diesem Job, das wissen Sie. Ich bestehe darauf, daß Sie Ihre Leute noch mehr antreiben. Und denken Sie daran: Müde Leute übersehen leicht etwas, und Sie sind dafür verantwortlich, daß das nicht passiert. Ich rate Ihnen dringend, Newbold, sich jeden einzelnen Fall genau anzusehen! Sorgen Sie dafür, daß nichts unterbleibt, was hätte getan werden müssen – und achten Sie besonders auf Zusammenhänge zwischen einzelnen Fällen. Sollte sich später herausstellen, daß etwas Wichtiges übersehen worden ist, werden Sie's bereuen, mir erzählt zu haben, daß Ihre Leute müde sind. Müde! Großer Gott!«

Newbold seufzte innerlich, hielt aber den Mund.

»Das war's, Lieutenant«, sagte Yanes abschließend.

»Ja, Sir.« Newbold stand auf, machte zackig kehrt, verließ den Raum und überlegte sich dabei, daß er genau das tun würde, was Manolo Yanes ihm dringend geraten hatte.

Kaum einen Monat nach dieser Konfrontation »fiel das ganze verdammte Dach ein«, wie Leo Newbold es später ausdrücken sollte.

Die Ereignisse begannen am 14. August kurz nach elf Uhr, als die Temperatur in Miami sechsunddreißig Grad Celsius bei fünfundachtzig Prozent Luftfeuchtigkeit betrug. Detective-Sergeant Pablo Greene, dessen Team an diesem Tag Bereitschaft hatte, erhielt über Funk die Meldung eines Streifenpolizisten namens Frankel, der einen Doppelmord in den Pine Terrace Condominiums am Biskayne Boulevard auf Höhe der Sixty-ninth Street meldete.

Die Mordopfer waren Hispanics: das Ehepaar Lazaro und Luisa Urbina, beide Anfang Sechzig. Ein Nachbar, der zu ihnen wollte und auf sein Klopfen keine Antwort bekam, hatte durch ein Fenster zwei gefesselte Gestalten entdeckt. Er hatte die Wohnungstür aufgebrochen und Sekunden später das Telefon der Urbinas benutzt, um 911 anzurufen.

Die Ermordeten waren im Wohnzimmer ihrer Vierzimmer-Eigentumswohnung durch Schläge mißhandelt und mit einem Messer grausam verstümmelt aufgefunden worden. Unter ihnen auf dem Fußboden breiteten sich große Blutlachen aus.

Sergeant Greene, ein Veteran mit zwanzig Dienstjahren bei der Miami Police – groß, hager, mit buschigem Schnauzbart –, wies Officer Frankel an, den Tatort zu sichern, und suchte dann dringend jemanden, den er hinschicken konnte.

Als Greene aufstand, um das Großraumbüro der Mordkommission überblicken zu können, mußte er feststellen, daß sämtliche Schreibtische unbesetzt waren. Außer ihm hielten sich nur noch zwei überlastete Sekretärinnen im Büro auf, die einen Anruf nach dem anderen entgegennahmen. Wie jeden Tag, waren die Anrufer Kollegen von anderen Dienststellen, hartnäckige Reporter, Angehörige von Ermordeten, die nach dem Stand der Ermittlungen fragten, Politiker, die eine Erklärung für die plötzlich angestiegene Zahl von Gewaltverbrechen suchten, und unzählige andere Personen, nicht selten auch Spinner.

Im Augenblick waren alle verfügbaren Kriminalbeamten unterwegs, und im Großraumbüro der Mordkommission hatte es in diesem Sommer meist so ausgesehen wie jetzt. Greenes eigenes Viererteam ermittelte in acht Mordfällen, und die anderen Teams standen unter ähnlichem Druck.

Also würde Greene selbst nach Pine Terrace fahren müssen. Allein und möglichst sofort.

Er betrachtete den Aktenstapel auf seinem Schreibtisch – Ermittlungs- und andere Berichte von zwei Wochen, die Lieutenant Newbold immer dringender einforderte – und wußte, daß er die Arbeit wieder liegenlassen mußte. Er schlüpfte in seine Jacke, kontrollierte Schulterhalfter, Pistole und Munition und hastete zum Aufzug. Unterwegs würde er von seinem neutralen Dienstwagen aus über Funk seine Leute verständigen, damit jemand zu ihm an den Tatort kam, aber da er wußte, wie beschäftigt alle waren, würde das einige Zeit dauern.

Was den lästigen, niemals endenden Papierkram betraf, war Greene sich darüber im klaren, daß er heute abend zurückkommen mußte, um noch etwas davon aufzuarbeiten.

Ungefähr eine Viertelstunde später erreichte Detective-Sergeant Greene die Wohnanlage Pine Terrace, wo die Nummer 18 und ihre nähere Umgebung mit gelbem Markierband mit dem Aufdruck POLICE LINE – DO NOT CROSS abgeriegelt war. Greene ging auf den Streifenpolizisten zu, der zwischen der Wohnungstür und einer kleinen Ansammlung Neugieriger Wache hielt.

»Officer Frankel? Ich bin Sergeant Greene. Was haben Sie für mich?«

»Mein Partner und ich sind zuerst hiergewesen, Sergeant«, berichtete Frankel. »Wir haben nichts angefaßt.« Er nickte zu einem dicken vollbärtigen Mann hinüber, der in seiner Nähe stand. »Das ist Mr. Xavier. Er ist der Nachbar, der neun-eins-eins angerufen hat.«

Der Bärtige war herangekommen. »Als ich die beiden durchs Fenster gesehen hab', hab' ich einfach die Tür aufgebrochen. Vielleicht hätt' ich das nicht tun sollen.«

»Nein, das ist in Ordnung. Schließlich hätte noch jemand leben können.«

»Die Urbinas jedenfalls nicht. Ich hab' sie nicht besonders gut gekannt, aber ich werd' nie vergessen, wie sie…«

Frankel unterbrach ihn. »Mr. Xavier hat zwei Dinge getan – er hat aus dieser Wohnung telefoniert und das Radio abgestellt.«

»Es ist so laut gewesen«, sagte Xavier. »Ich hab' am Telefon nichts verstanden.«

»Haben Sie sonst noch was gemacht – vielleicht den Sender verstellt?« fragte Greene. »Oder irgendwas angefaßt?«

»Nein, Sir«, sagte Xavier bedrückt. »Glauben Sie, daß ich Fingerabdrücke verwischt hab'?«

Heutzutage ist jeder ein Kriminalist, dachte Greene. »Das muß sich erst zeigen, aber wir wären Ihnen dankbar, wenn Sie sich zu Vergleichszwecken die Fingerabdrücke abnehmen ließen. Die Unterlagen mit Ihren Abdrücken erhalten Sie anschließend zurück.« Zu Frankel gewandt sagte er: »Halten Sie Verbindung zu Mr. Xavier. Wir brauchen ihn heute nachmittag bestimmt noch mal.«

Als Sergeant Greene die Eigentumswohnung der Urbinas betrat, wußte er gleich, daß dies kein gewöhnlicher Mord, sondern eine weitere grausige Tat des bisher nicht gefaßten Serienmörders war. Wie die meisten Teamleiter der Mordkommission hielt Greene sich über die Fälle der anderen Teams auf dem laufenden und wußte von Homer und Blanche Frost, die im Januar in Coconut Grove ermordet worden waren. Ebenso war er über den grausigen Fall Hennenfeld vor fast drei Monaten in Fort Lauderdale informiert, der ganz ähnlich gewesen war. Und jetzt hatte er unverkennbar eine dritte Greueltat in dieser Serie vor sich.

Der Sergeant reagierte sofort, griff nach dem Handfunkgerät mit Mobiltelefon an seinem Gürtel und führte mehrere Telefongespräche.

Als erstes forderte er die Spurensicherung an, weil sie in diesem Fall, da der Serienmörder jederzeit erneut zuschlagen konnte, am wichtigsten war. Das Beweismaterial mußte möglichst schnell gesammelt, untersucht und ausgewertet werden. Aber ein Dispatcher teilte ihm mit, alle Teams seien anderswo im Einsatz, so daß er frühestens in einer Stunde eines zu ihm schicken könne. Pablo Greene war wütend, weil er wußte, daß durch diese Verzögerung Spuren verlorengehen konnten. Er wußte jedoch auch, daß es zwecklos gewesen wäre, den Dispatcher zu beschimpfen, deshalb hielt er den Mund.

Seine Geduld war fast erschöpft, als er nochmals telefonierte, um einen Gerichtsmediziner anzufordern, der die Leichen untersuchen sollte. Im Augenblick sei keiner verfügbar, lautete die Auskunft, aber einer werde »möglichst bald« zum Tatort entsandt.

»Das genügt nicht«, sagte er und mußte sich beherrschen, um nicht loszubrüllen, obwohl er genau wußte, daß sich dagegen nichts machen ließ. Der nächste Anruf brachte ein ähnliches Ergebnis: kein Staatsanwalt verfügbar, aber einer, der noch bei Gericht war, würde in etwa einer Stunde am Tatort sein.

Für Ermittler hat sich viel geändert, dachte er mürrisch. Noch vor nicht allzulanger Zeit hätte der Ruf an einen Tatort hektische Aktivitäten ausgelöst, aber das war offenbar nicht mehr der Fall. Vermutlich hing das mit dem zunehmenden Werteverfall innerhalb der Gesellschaft zusammen, während andererseits die Zahl der Morde ständig anstieg.

Greene gelang es, Lieutenant Newbold über Funk zu erreichen. Obwohl er sich vorsichtig ausdrücken mußte, weil andere zuhörten, konnte er Newbold davon überzeugen, daß die Ermittlungen am Tatort Pine Terrace schnell aufgenommen werden mußten. Der Lieutenant versprach ihm, sofort seinerseits ein paar Telefongespräche zu führen.

Außerdem schlug Greene vor, Sergeant Ainslie und Detective Quinn zu benachrichtigen. Das übernahm Newbold, der hinzufügte, er werde in ungefähr einer halben Stunde selbst zum Tatort kommen.

Dann konzentrierte Greene sich wieder auf die beiden sadistisch verstümmelten Leichen und führte dabei seine Notizen fort, die er sich seit Betreten des Gebäudes gemacht hatte. Wie in den beiden anderen Fällen, von denen er wußte, saßen der Mann und die Frau einander gefesselt und geknebelt gegenüber. Beide waren offenbar gezwungen worden, in stummem Entsetzen zuzusehen, wie ihr Ehepartner gefoltert wurde.

Sergeant Greene skizzierte ihre Positionen, ohne etwas zu verändern, bevor die Spurensicherung eintraf. Auf einem Beistelltisch sah er einen Umschlag liegen, auf dem ein an das Ehepaar Urbina gerichteter Brief lag. Um ihn nicht anfassen zu müssen, schob er den Brief vorsichtig mit der Klinge seines Taschenmessers zur Seite; nun konnte er die Vornamen der beiden auf dem Umschlag lesen und notierte sie.

Auf einem Schränkchen in der Nähe der Leichen sah er ein tragbares Radio stehen – offenbar das Gerät, das Xavier ausgeschaltet hatte. Greene bemerkte, daß es auf 105,9 MHz eingestellt war. Diesen Sender kannte er: HOT 105. Ein Sender, der ausschließlich harte Rockmusik spielte.

Als nächstes machte er einen langsamen Rundgang durch die übrigen Räume der Wohnung. In den beiden Schlafzimmern waren alle Schubladen aufgerissen – vermutlich von dem Eindringling – und so zurückgelassen worden. Der Inhalt einer Damenhandtasche und einer Männergeldbörse lag ausgekippt auf einem Bett. Der Täter schien alles Geld mitgenommen zu haben, hatte aber einige nicht allzu teure Schmuckstücke unberührt gelassen.

Zu jedem Schlafzimmer gehörte ein eigenes Bad mit Toilette. Die Spurensicherung würde beide Räume genau unter die Lupe nehmen, aber Greene sah dort auf den ersten Blick nichts Auffälliges. In einem Bad war der Klodeckel hochgeklappt, und im WC stand Urin. Greene notierte sich diese Einzelheiten, obwohl er wußte, daß weder Kot noch Urin zur Identifizierung eines Verdächtigen beitragen konnten.

Er ging zurück ins Wohnzimmer und nahm dort einen anderen Gestank wahr, der sich von dem Leichengeruch abhob. Als er sich den Ermordeten näherte, wurde dieser Gestank durchdringender. Dann sah Greene, woher er kam. Neben einer Hand der toten Frau stand eine Bronzeschale, die offenbar menschliche Exkremente enthielt, die teilweise mit Urin bedeckt zu sein schienen. Dies war einer der Momente, in denen Pablo Greene sich wünschte, er hätte einen anderen Beruf gewählt.

Während er zurückwich, erinnerte er sich daran, daß es gelegentlich vorkam, daß ein Krimineller am Tatort seine Notdurft verrichtete – meist bei Villeneinbrüchen, vermutlich als Geste der Verachtung gegenüber den abwesenden Besitzern. Aber er konnte sich an keinen Mord erinnern, vor allem an keine so grausame Tat wie die Ermordung dieses alten Ehepaars, in dem das der Fall gewesen war. Greene, ein anständiger Kerl und guter Familienvater, fuhr den Mörder in Gedanken angewidert an: *Was für ein widerliches Stück Dreck bist du eigentlich?*

»Was war das, Pablo?« fragte eine Stimme von der Wohnungstür her. Sie gehörte Lieutenant Newbold, der eben angekommen war, und Greene merkte, daß er laut gesprochen hatte.

In heftiger Erregung, wie er sie selten spürte oder sich anmerken ließ, deutete Greene stumm auf die beiden Toten und zeigte dann auf die Schale, die er gerade entdeckt hatte.

Leo Newbold kam näher und sah sich alles genau an.

Dann sagte er ruhig: »Keine Angst, wir schnappen den Hundesohn. Und wenn's soweit ist, haben wir so gottverdammt gute Beweise, daß er auf den Stuhl kommt.«

Newbold dachte daran, wie Major Yanes ihn erst vor kurzem ermahnt hatte: *Sorgen Sie dafür, daß nichts unterbleibt, was hätte getan werden müssen – und achten Sie besonders auf Zusammenhänge zwischen einzelnen Fällen.*

Die Mordkommission vermutete natürlich einen Zusammenhang zwischen den Fällen Frost in Miami und Hennenfeld in Fort Lauderdale, aber nach diesem dritten Doppelmord, der offensichtlich mit den ersten zusammenhing, würde unweigerlich gefragt werden: Wäre mehr zu erreichen gewesen, wenn die Ermittlungen zusammengelegt, wenn die Taten von Anfang an als Serienmorde behandelt worden wären? Hätte dann vielleicht schon ein Verdächtiger gefaßt werden können?

Newbold bezweifelte es. Trotzdem würden bestimmte Leute – vor allem Journalisten – nachträglich wieder einmal schlauer sein und so das Police Department und vor allem die Mordkommission unter noch stärkeren Druck bringen.

Aber jetzt kam es darauf an, sich auf diesen letzten Fall zu konzentrieren und zugleich die beiden ersten nochmals unter die Lupe zu nehmen. Für Newbold stand außer Zweifel, daß die Mordkommission Jagd auf einen Serienmörder machen mußte.

»Haben Sie Ainslie und Quinn erreicht?« fragte Greene.

Der Lieutenant nickte. »Beide sind hierher unterwegs. Und ich habe Quinn angewiesen, seinen Kontaktmann in Lauderdale zu informieren.«

Wenige Minuten später traf ein vierköpfiges Team zur Spurensicherung ein, und im nächsten Augenblick tauchte auch Sandra Sanchez, die Gerichtsmedizinerin, auf. Nach Greenes dringendem Anruf vom Tatort aus hatte Newbold offensichtlich alle Hebel in Bewegung gesetzt, um diese Leute loszueisen.

In den folgenden fünf Stunden ging die Arbeit rasch voran. Danach wurden die sterblichen Überreste von Lazaro und Luisa Urbina in Leichensäcken abtransportiert, damit die Gerichtsmedizinerin abends die Autopsie vornehmen konnte. Greene würde als Zeuge anwesend sein müssen, was bedeutete, daß der Papierkram auf seinem Schreibtisch einen Tag länger unerledigt liegenbleiben und noch neuer hinzukommen würde.

Obwohl das von der Spurensicherung gesammelte Beweismaterial erst untersucht und ausgewertet werden mußte, stand eine enttäuschende Tatsache schon frühzeitig fest.

»Der Täter hat ziemlich sicher Handschuhe getragen«, erklärte Sylvia Walden, die nach Fingerabdrücken suchte, Sergeant Greene. »Ich habe mehrere verwischte Spuren gefunden, die von Latexhandschuhen stammen dürften – wie im Royal Colonial. Und ich glaube, daß er clever genug gewesen ist, zwei Paar Handschuhe zu tragen, weil sich Fingerabdrücke mit der Zeit durchdrücken. Natürlich habe ich auch gute Abdrücke gefunden, die wir überprüfen werden, aber ich glaube nicht, daß sie vom Täter stammen.«

Greene schüttelte den Kopf. »Danke«, murmelte er.

»Tut mir leid, aber ich kann's nicht ändern«, sagte Walden noch, bevor sie weiterarbeitete.

Ainslie und Quinn, die erst Stunden später in der Wohnanlage Pine Terrace eingetroffen waren, stimmten mit Newbold und Greene überein, hier sei offenbar ein einzelner Serienmörder am Werk gewesen.

Bevor Ainslie den Tatort verließ, machte er einen weiteren Rundgang und betrachtete dabei nochmals eingehend die Bronzeschale in der Nähe einer Hand der ermordeten Frau. Irgend etwas an diesem Gefäß und seinem Inhalt weckte in ihm einen Gedanken, eine vage Erinnerung, eine verschwommene Vorstellung. Ainslie kam noch zweimal zurück, um das Objekt zu betrachten, weil er auf einen Anstoß hoffte, der seine Erinnerung auffrischen würde.

Aber vielleicht steckte doch nichts dahinter, überlegte er sich, außer seinem Überdruß an Szenen tragischer Tode – oder dem heimlichen Wunsch nach neuen Spuren. Bestimmt konnte er nichts Besseres tun, als nach Hause fahren und den Abend mit seiner Familie zu verbringen... beim Abendessen lachen... Jason bei den Hausaufgaben helfen... seine Frau lieben... und morgens vielleicht mit der im Unterbewußtsein gefundenen Lösung dieses Rätsels aufwachen.

Wie sich dann zeigte, war Ainslie auch am nächsten Morgen nicht schlauer. Sein Gedächtnis brauchte vier Tage, um zu einem völlig unerwarteten Zeitpunkt zu einer dramatischen, schockierend eindeutigen Erkenntnis zu gelangen.

4

Vier Tage nach dem Doppelmord in der Wohnanlage Pine Terrace lud Lieutenant Leo Newbold zu einer offiziellen Besprechung der Mordkommission ein. Teilnehmer waren alle mit den Serienmorden befaßten Teamleiter, ihre Ermittler, die Spurensicherung, eine Gerichtsmedizinerin und ein Staatsanwalt. Auch die Führungsspitze des Präsidiums war informiert worden; zwei Vorgesetzte Newbolds nahmen daran teil. Bei dieser Besprechung, so sah es Ainslie später, hatte sich das Drama erweitert – wie bei einem Szenenwechsel nach dem Vorbild Shakespeares hatten neue Personen die Bühne betreten.

Zu den neuen Personen der Handlung – aber nicht der Mordkommission – gehörte Detective Ruby Bowe aus Ainslies Ermittlerteam. Ruby, eine zierliche achtundzwanzigjährige Schwarze mit einer Vorliebe für glitzernde Ohrringe und modische Kleidung, war allgemein beliebt und geachtet, arbeitete so fleißig wie ihre Kollegen, oft fleißiger, und erwartete keinerlei Konzessionen wegen ihres Geschlechts. Sie konnte hartnäckig und zäh, sogar skrupellos sein. Aber bei anderen Gelegenheiten bewies sie wieder ausgeprägten Sinn für Humor, den ihre Kollegen zu schätzen wußten.

Als jüngstes Kind des Ehepaars Erskine und Allyssa Bowe war Ruby mit ihren acht Geschwistern in Overtown aufgewachsen – in dem wegen seiner hohen Kriminalität berüchtigten Schwarzengetto Miamis. Der Polizeibeamte Erskine Bowe war von einem fünfzehnjährigen Nachbarsjungen, der unter Drogeneinfluß einen dortigen 7-Eleven-Laden überfallen hatte, angeschossen und tödlich verletzt worden. Ruby war damals zwölf gewesen: schrecklich jung, um ihren Vater zu verlieren, aber alt genug, um ihr besonders inniges Verhältnis zu ihm in Erinnerung zu behalten.

Erskine Bowe hatte seine jüngste Tochter stets für etwas Besonderes gehalten und allen Freunden erklärt: »Ruby macht später mal was ganz Wichtiges. Ihr werdet schon sehen!«

Ruby hatte die Edison High-School besucht, war eine gute Schülerin gewesen und hatte sich schon dort freiwillig im sozialen Bereich engagiert. Sie hatte vor allem gegen Drogenmißbrauch gekämpft, weil sie wußte, daß er der wahre Mörder ihres Vaters gewesen war.

Mit Hilfe eines Stipendiums hatte Ruby an der Florida A & M University Psychologie und Soziologie studiert und war nach dem mit Auszeichnung bestandenen Examen sofort zum Miami Police Department gegangen. Ihr Vater war siebzehn Jahre lang bei der Polizei gewesen; vielleicht konnte sie seinen Tod wiedergutmachen, indem sie »die Welt veränderte«. Und wenn nicht gleich die Welt, so wenigstens ihre unmittelbare Umgebung.

Niemand war sonderlich überrascht, als Ruby Bowe die Polizeiakademie als eine der Jahrgangsbesten verließ. Hochgezogene Augenbrauen gab es jedoch wegen Lieutenant Newbolds Entscheidung, Ruby sofort als Kriminalbeamtin in die Mordkommission aufzunehmen. Das hatte es noch nie gegeben.

Wie bei jeder Polizei stellte die Mordkommission im Miami Police Department eine Elite dar. Ihre Beamten standen in dem Ruf, besonders intelligent und gewieft zu sein, und ihr Prestige machte die meisten Kollegen neidisch. Deshalb bewirkte Rubys Ernennung, daß einige ältere Kriminalbeamte, die auf einen Posten in der Mordkommission gehofft hatten, enttäuscht und verbittert waren. Aber Newbold wußte instinktiv, daß seine Entscheidung richtig gewesen war. »Manchmal«, vertraute er Malcolm Ainslie an, »wittert man einen guten Cop geradezu.«

Ruby Bowe gehörte seit nunmehr vier Jahren der Mordkommission an und war dienstlich nie anders als »überragend« beurteilt worden.

Als Angehörige von Sergeant Ainslies Team würde Ruby automatisch an der für acht Uhr angesetzten Besprechung teilnehmen, aber während die anderen sich bereits im Konferenzraum versammelten, saß sie noch zwischen Aktenstapeln am Telefon. Newbold rief ihr im Vorbeigehen zu: »Machen Sie Schluß, Ruby. Wir brauchen Sie dort drinnen.«

»Ja, Sir«, antwortete Ruby. Sekunden später stand sie auf und folgte ihm, während sie den großen goldenen Ohrclip, den sie zum Telefonieren abgenommen hatte, wieder anbrachte.

An das Großraumbüro der Mordkommission schlossen sich Vernehmungsräume für Zeugen und Verdächtige, ein mit Sofas und Sesseln behaglich möblierter Raum, in dem manchmal die Angehörigen Ermordeter befragt wurden, ein großes Archiv mit den Fallakten der vergangenen zehn Jahre und zuletzt der Konferenzraum an.

An dem großen rechteckigen Konferenztisch saßen außer Malcolm Ainslie zwei weitere Teamleiter – die Sergeants Pablo Greene und Hank Brewmaster – und die Kriminalbeamten Bernard Quinn, Esteban Kralik, José Garcia und Ruby Bowe.

Garcia, ein gebürtiger Kubaner, war seit zwölf Jahren bei der Polizei in Miami und gehörte seit acht Jahren der Mordkommission an. Mit stämmiger Figur und weit fortgeschrittener Glatze wirkte der dreiunddreißigjährige Garcia gut zehn Jahre älter, was ihm bei seinen Kollegen den Spitznamen »Pop« eingebracht hatte.

Mit am Konferenztisch saß der jugendliche Sheriff-Detective Benito Montes, der auf Quinns telefonische Einladung aus Fort Lauderdale nach Miami gekommen war. Bei den Ermittlungen im Fall des Doppelmords an dem Ehepaar Hennenfeld, berichtete Montes, habe es seit seinem letzten Besuch in Miami keine Fortschritte gegeben.

Zu den übrigen Teilnehmern gehörten die Gerichtsmedizinerin Dr. Sanchez, Julio Verona und Sylvia Walden von der Spurensicherung und der stellvertretende Staatsanwalt Curzon Knowles.

Knowles, der in Adele Montesinos Behörde das Morddezernat leitete, hatte einen ausgezeichneten Ruf als Strafverfolger. Dieser zurückhaltende, fast schüchterne Mann, der immer unauffällige Anzüge von der Stange und Strickkrawatten trug, war einmal mit einem unscheinbaren Schuhverkäufer verglichen worden. Nahm er vor Gericht widerspenstige Zeugen ins Kreuzverhör, wirkte er oft linkisch und unsicher, was er durchaus nicht war. Viele solcher Zeugen, die sich einbildeten, diesen unscheinbaren Staatsanwalt ungestraft belügen zu können, mußten plötzlich feststellen, daß sie in ein Spinnennetz gelockt worden waren, in dem sie sich verfangen und dabei selbst belastet hatten, ohne es zu merken.

Seiner entwaffnenden Art und einem messerscharfen Verstand verdankte es Knowles, daß er in fünfzehn Dienstjahren als Anklagevertreter bei Mordprozessen bemerkenswerte zweiundachtzig Prozent Verurteilungen erreicht hatte. Die Kriminalbeamten der Mordkommission waren immer froh, wenn Curzon Knowles ihre Fälle bearbeitete, genau wie Newbold und die anderen es begrüßten, daß er diesen Termin wahrgenommen hatte.

Ebenfalls anwesend waren Major Yanes und Assistant Chief Otero Serrano, dessen Teilnahme die Wichtigkeit der laufenden Ermittlungen unterstrich.

Lieutenant Newbold, der oben am Konferenztisch saß, eröffnete die Besprechung mit einer knappen Einführung: »Wie wir alle wissen, sind zwei unserer ungelösten Fälle und ein dritter in Ford Lauderdale jetzt als Doppelmorde eines Serientäters erkennbar. Unter Umständen wird uns später vorgeworfen, wir hätten schon vor der dritten Tat zu dieser Schlußfolgerung gelangen sollen. Aber damit befassen wir uns, wenn's soweit ist. Im Augenblick haben wir Wichtigeres zu tun.

Was ich will, hier und jetzt, ist eine vollständige Rekapitulation aller drei Doppelmorde, bei der nicht die geringste Kleinigkeit ausgelassen wird. Wir müssen *irgendeinen Zusammenhang* finden, der uns zu...«

Ruby Bowe hob eine Hand. Newbold brach mitten im Satz ab und runzelte unwillig die Stirn. »Was immer es ist, Ruby, aber kann das nicht warten, bis ich fertig bin?«

»Nein, Sir. Ich glaube nicht«, antwortete Detective Bowe. Ihre Stimme klang nervös, aber beherrscht. Vor sich hatte sie ein Blatt Papier liegen.

»Na, hoffentlich haben Sie was Vernünftiges.« Newbolds Gereiztheit war unüberhörbar.

»Sie haben von drei Doppelmorden gesprochen, Sir.«

»Und? Zweifeln Sie an meinen Rechenkünsten?«

»Nicht direkt, Sir.« Ruby nahm das Blatt in die Hand, sah sich am Tisch um. »Das wird niemandem gefallen, aber tatsächlich sind's wohl vier.«

»Vier! Was soll das heißen?«

Malcolm Ainslie, der ihr gegenübersaß, fragte ruhig: »Was haben Sie gefunden, Ruby?«

Sie warf ihm einen dankbaren Blick zu, bevor sie sich erneut an Newbold wandte. »Vor ein paar Tagen, Sir, haben Sie sich Sorgen wegen der Größe des Morgen-Stapels gemacht. Sie haben mir den Auftrag gegeben, ihn wenigstens teilweise aufzuarbeiten.«

Am Tisch wurde gelächelt, als Ruby den Morgen-Stapel erwähnte: Quinns spaßige Bezeichnung für unbearbeitet liegengebliebenen Papierkram.

Der Lieutenant nickte. »Ja, das stimmt. Und Sie haben offenbar etwas entdeckt.«

»Erst heute morgen, Sir. Ein Fahndungsersuchen aus Clearwater.«

»Lesen Sie's vor.«

Alle schwiegen gespannt, als Ruby Bowe den Text vorlas.

»*An alle Polizeidienststellen Floridas:* Doppelmord an älterem Ehepaar in Clearwater am 12. März. Ungewöhnlich brutales Vorgehen. Opfer gefesselt und geknebelt. Schwere Stichwunden und Gewalteinwirkung an Kopf und Oberkörper. Teilweise verstümmelt. Vermutlich Geldraub, Höhe unbekannt. Keine Fingerabdrücke oder sonstige Spuren. Ungewöhnliche Gegenstände von dem oder den Tätern zurückgelassen. Sollten ähnliche Straftaten bekannt sein, erbittet dringend ausführliche Nachricht: Detective N. Abreu, Clearwater Police Department, Mordkommission.«

Major Yanes räusperte sich. »Wie war das Datum gleich wieder, Detective?«

Bowe sah auf das Blatt in ihrer Hand. »Der Doppelmord hat sich am zwölften März ereignet, Sir. Dieser Fahndungsaufruf trägt den Stempel: ›Eingegangen 15. März‹.«

Ein kollektives Stöhnen ging durch den Raum. »Jesus!« sagte Hank Brewmaster. »Vor fünf Monaten!«

Alle wußten, daß so etwas passieren konnte – daß es nicht vorkommen durfte, aber trotzdem passierte. Manchmal rutschten

Schriftstücke im Morgen-Stapel immer tiefer und blieben längere Zeit unbemerkt. Aber das hier war die größte denkbare Katastrophe.

Auch ohne polizeiliche Hinweise wurden die Medien in Florida oft auf Übereinstimmungen zwischen an verschiedenen Orten verübten Straftaten aufmerksam und berichteten darüber. Meldungen über solche Gemeinsamkeiten hatten den Ermittlern gelegentlich weitergeholfen. Aber da überall so viele Verbrechen verübt wurden, gingen manche Übereinstimmungen im allgemeinen Chaos unter.

Leo Newbold, der sichtbar litt, schlug die Hände vors Gesicht. Alle wußten, daß der Lieutenant die Verantwortung für diese Schlamperei, die verhindert hatte, daß die Mordkommission prompt auf das Fahndungsersuchen aus Clearwater reagierte, würde tragen müssen.

»Ich schlage vor«, sagte Yanes finster, »daß wir zunächst weitermachen, Lieutenant.« Sein Tonfall verriet, daß die Sache später eingehend besprochen werden würde – vermutlich unter vier Augen.

»Ich habe noch etwas mehr, Sir«, warf Bowe ein.

Newbold nickte ihr zu. »Bitte weiter.«

»Ich habe vorhin mit Detective Abreu in Clearwater telefoniert. Ich habe erwähnt, daß wir wegen ähnlicher Fälle ermitteln. Sein Sergeant und er wollen morgen herfliegen und alles mitbringen, was sie haben.«

»Einverstanden.« Newbold hatte seine Fassung wiedergewonnen. »Lassen Sie sich die Ankunftszeit sagen, und schicken Sie einen Wagen hin, der sie abholt.«

»Lieutenant«, warf Ainslie ein, »ich möchte Ruby eine Frage stellen.«

»Bitte.«

Ainslie sah zu ihr hinüber. »Hat Abreu irgend etwas über die in Clearwater am Tatort zurückgelassenen Gegenstände gesagt?«

»Ich habe mich danach erkundigt. Der eine war eine verbeulte alte Trompete, der andere ein Stück Pappkarton.« Sie warf einen Blick auf ihre Notizen. »Der Karton war halbmondförmig zugeschnitten und rot bemalt.«

Ainslie runzelte die Stirn, konzentrierte sich, überlegte angestrengt und dachte an die Bronzeschale in Pine Terrace. Ohne jemanden direkt anzusprechen, fragte er in die Runde: »Sind an jedem Tatort Gegenstände zurückgelassen worden? Ich erinnere mich an vier tote Katzen im Hotelzimmer des Ehepaars Frost.«

Er wartete keine Antwort ab, sondern wandte sich an Bernard Quinn. »Ist bei den Hennenfelds etwas am Tatort zurückgelassen worden?«

Quinn schüttelte den Kopf. »Nicht, daß ich wüßte.« Er sah den Sheriff-Detective fragend an. »Das stimmt doch, Benito?«

Als Besucher hatte Montes bisher nur schweigend zugehört, aber jetzt antwortete er auf Quinns Frage: »Na ja, der Täter hat anscheinend nichts mitgebracht. Auffällig ist nur die Sache mit dem Heizlüfter gewesen, der aber den Hennenfelds gehört hat. Das haben wir überprüft.«

»Welcher Heizlüfter?« fragte Ainslie. »Was war damit?«

»Er war mit Draht an Mr. Hennenfelds Füßen befestigt, Sergeant, und ist dann eingeschaltet worden. Als wir ihn aufgefunden haben, waren die Heizstäbe durchgebrannt, aber seine Füße sind völlig verkohlt gewesen.«

An Quinn gewandt sagte Ainslie scharf: »Das haben Sie mir nicht erzählt!«

Quinn machte ein verlegenes Gesicht. »Tut mir leid, aber das muß ich vergessen haben.«

Ainslie ließ es dabei bewenden. Er wandte sich an Newbold und fragte: »Lieutenant, darf ich weitermachen?«

»Bitte sehr, Malcolm.«

»Ruby«, fragte Ainslie, »können wir eine Liste sämtlicher an den Tatorten gefundenen Gegenstände aufstellen?«

»Klar. Wollen Sie eine Computerliste?«

»Ja, das wäre gut«, warf Newbold ein.

Ruby stand auf und setzte sich an den Bildschirmarbeitsplatz in einer Ecke des Besprechungsraums. Seit sie bei der Mordkommission arbeitete, bezeichneten ihre Kollegen sie als »unser Computergenie«, und auch andere Teams nahmen häufig ihre besonderen Fertigkeiten auf diesem Gebiet in Anspruch. Während Ainslie und die anderen am Konferenztisch warteten, schaltete sie den Computer ein und ließ ihre Finger über die Tasten fliegen. »Okay, schießen Sie los, Sergeant.«

Mit einem Blick in die vor ihm liegenden Fahndungsakte diktierte Ainslie ihr: »Siebzehnter Januar, Coconut Grove. Homer und Blanche Frost. Vier tote Katzen.«

Rubys Finger tippten rasend schnell. Als sie nickte, fuhr Ainslie fort: »Zwölfter März, Clearwater.«

»Augenblick!« Das war Quinns Stimme. Die anderen sahen zu ihm hinüber. »In Coconut Grove hat's außerdem Mr. Frosts Augen gegeben. Der Täter hat eine brennbare Flüssigkeit reingekippt und sie angezündet. Wenn wir Mr. Hennenfelds verbrannte Füße aufnehmen…«

»Ja, Mr. Frosts Augen gehören in die Liste«, sagte Ainslie zu Ruby. Er lächelte schwach, als er zu Quinn hinübersah. »Danke, Bernie. Die hätte ich glatt vergessen. Das kann jedem mal passieren.«

Sie ergänzten die Liste mit der in Clearwater gefundenen alten Trompete und dem Halbmond aus Pappkarton, fügten Fort Lauderdale mit dem Heizlüfter und den verbrannten Füßen des Ermordeten hinzu und kamen zuletzt zur Nummer achtzehn der Wohnanlage Pine Terrace.

»Eine Bronzeschale«, diktierte Ainslie Ruby weiter.

Ihre Finger blieben auf der Tastatur. »Hat sie etwas enthalten?«

»Yeah, Pisse und Scheiße«, warf Sergeant Greene von seinem Platz aus angewidert ein.

Ruby sah sich um und fragte harmlos: »In Ordnung, wenn ich dafür ›Kot und Urin‹ schreibe?«

Ihre Frage löste schallendes Gelächter aus. Sogar Newbold, Yanes und der Assistant Chief lachten mit. In einer Atmosphäre, in der grausige Tode alltäglich waren, wirkte unerwarteter Humor wie ein reinigender Regenguß.

Und dann... als das Lachen verklang... in diesem Augenblick wurde Ainslie auf einmal alles klar.

Er hatte es plötzlich. *Alle Teile des Puzzles paßten zusammen.*

Es war, als habe eine unvollständige Hypothese, die langsam und vage in seinem Gehirn entstanden war, jäh greifbare Formen angenommen. Er konnte seine Erregung kaum im Zaum halten.

»Ich brauche eine Bibel«, sagte Ainslie.

Die anderen starrten ihn an.

»Eine Bibel«, wiederholte er lauter, fast befehlend. *»Ich brauche eine Bibel!«*

Newbold nickte Quinn zu, der gleich neben der Tür saß. »In meinem Schreibtisch liegt eine. Rechts, zweite Schublade von oben.« Quinn ging hinaus, um sie zu holen.

Die Mordkommission hatte stets mehrere Bibeln zur Verfügung. Es kam immer wieder vor, daß Festgenommene, die vernommen werden sollten, eine Bibel verlangten, um darin zu lesen – manche aus einem echten Bedürfnis heraus, andere auch nur, weil sie hofften, ihre demonstrative Frömmigkeit werde ihnen später zu einer milderen Strafe verhelfen. Diese Hoffnung war nicht ganz unbegründet; bestimmte Straftäter, vor allem solche aus dem Bereich der Wirtschaft, hatten durch angebliche religiöse »Bekehrung« und ihre Behauptung, »wiedergeboren« zu sein, mildere Urteile erwirkt. Aber im Ermittlungsstadium waren die Kriminalbeamten, auch wenn sie skeptisch blieben, gern bereit, eine Bibel zur Verfügung zu stellen, wenn dadurch ein rascheres Geständnis zu erwarten war.

Quinn kam mit der Bibel in der Hand zurück. Er beugte sich über den Tisch und legte sie vor Ainslie, der das letzte Buch des Neuen Testaments aufschlug – die Katholiken als Apokalypse bekannte Offenbarung des Johannes.

Newbold schien ein Licht aufzugehen. »Alles hängt mit der Offenbarung zusammen, was?« fragte er.

Der Sergeant nickte. »Jeder dieser Gegenstände soll eine Botschaft übermitteln.«

Ainslie deutete zu Ruby, die noch am Computer saß. »Fangen wir gleich mit dem ersten Punkt an.« Er sah sich am Konferenztisch um, dann las er aus der Bibel vor: »Offenbarung, Kapitel vier, Vers sechs: ›Und vor dem Thron war es wie ein gläsernes Meer, gleich dem Kristall, und mitten am Thron und um den Thron vier himmlische Gestalten...‹« Ainslie machte eine Pause. »Für ›himmlische Gestalten‹ könnte man auch ›Tiere‹ setzen«, fügte er erklärend hinzu.

»Die Katzen!« rief Quinn aus.

Ainslie blätterte zwei Seiten zurück, suchte mit dem Zeigefinger und las erneut vor: »Kapitel eins, Vers vierzehn: ›Sein Haupt aber und sein Haar waren weiß wie Wolle, wie der Schnee, und seine Augen wie eine Feuerflamme...‹« Er sah zu Quinn hinüber. »Mr. Frost, stimmt's?«

Quinn nickte. »Diese beiden Hinweise – die Katzen und Frosts verbrannte Augen – sind unübersehbar gewesen. Aber wir haben sie nie miteinander verknüpft... jedenfalls nicht richtig.«

Am Tisch herrschte Schweigen. Assistant Chief Serrano saß nach vorn gebeugt da und hörte gespannt zu. Major Yanes hatte sich Notizen gemacht, aber jetzt legte er den Kugelschreiber beiseite. Alle warteten gespannt, während Ainslie weiterblätterte. Er fragte Ruby: »In Clearwater ist's eine Trompete gewesen, nicht wahr?«

Sie sah auf den Bildschirm. »Eine Trompete und ein rot bemalter Halbmond aus Pappe.«

»Fangen mir mit der Trompete an. Kapitel eins, Vers zehn: ›Der Geist kam über mich an des Herrn Tag, und ich hörte hinter mir eine große Stimme wie von einer Posaune...«

Ainslie blätterte weiter. »Irgendwo kommt auch ein roter Mond vor... Ah, da haben wir ihn! Kapitel sechs, Vers zwölf: ›Und ich sah: als es das sechste Siegel auftat, da ward ein großes Erdbeben, und die Sonne ward finster wie ein schwarzer Sack, und der Mond ward wie Blut...«

Er sah zu Benito Montes hinüber. »Hören Sie sich das an. Kapitel eins, Vers fünfzehn: ›Und seine Füße waren gleich wie goldenes Erz, das im Ofen glüht…‹«

»Mr. Hennenfelds Füße!« sagte der junge Beamte hörbar beeindruckt.

Sergeant Greene ergriff das Wort. »Was ist mit den Urbinas, Malcolm?«

Ainslie blätterte weiter. »Natürlich, ich hab's! Die Tote hat diese Schale in der Hand gehabt oder fast berührt, nicht wahr, Pablo?«

»Fast berührt, ja.«

»Das steht hier.« Ainslie las wieder aus der Offenbarung vor. »Kapitel siebzehn, Vers vier: ›Und das Weib war bekleidet mit Purpur und Scharlach und übergoldet mit Gold und edlen Steinen und Perlen und hatte einen goldenen Becher in der Hand, voll Greuel und Unflat…‹«

Am Tisch kam beifälliges Gemurmel auf. Ainslie winkte ab und protestierte: »Nein, nein!« Während die anderen ihn beobachteten, bedeckte er sein Gesicht einige Sekunden lang mit den Händen. Als er sie wieder wegnahm, wirkte er nicht mehr erregt, sondern bekümmert. Dann sagte er mit gepreßter Stimme: »Darauf hätte ich früher kommen müssen, ich hätte diese Symbole gleich anfangs erkennen müssen. Dann könnten einige dieser Leute vielleicht noch leben.«

»Wie hättest du sie früher erkennen können?« fragte Sergeant Brewmaster. »Wir anderen haben überhaupt nichts damit anfangen können.«

Ainslie wollte erwidern: *Weil ich ein promovierter Theologe bin! Weil ich zwölf endlos lange Jahre die Bibel studiert habe. Weil alle diese Symbole mich an meine Vergangenheit erinnert haben, aber ich so langsam und begriffsstutzig gewesen bin, daß ich erst jetzt…* Dann entschied er sich dafür, diese Worte unausgesprochen zu lassen. Was hätten sie jetzt noch genutzt? Aber Scham und Reue saßen tief in seinem Herzen.

Leo Newbold nahm sie wahr. Und verstand sie gut. Er suchte

Ainslies Blick. »Für uns ist wichtig, Malcolm«, sagte der Lieutenant gelassen, »daß Sie uns den ersten Hinweis geliefert haben – einen sehr wichtigen Hinweis. Mich würde interessieren, wie Sie ihn deuten.«

Ainslie nickte dankend. »Erstens ist damit der Täterkreis eingeschränkt. Zweitens wissen wir jetzt ungefähr, nach welch einem Menschen wir fahnden.«

»Nämlich?« fragte Yanes.

»Nach einem religiösen Fanatiker, Major. Er sieht sich unter anderem als einen von Gott entsandten Rächer.«

»Ist das die ›Botschaft‹, die Sie erwähnt haben, Sergeant? Ist das die Bedeutung dieser Symbole?«

»Ganz recht – wenn wir berücksichtigen, daß zu jedem Symbol ein Doppelmord gehört. Der Täter glaubt vermutlich, eine Botschaft Gottes zu überbringen und zugleich die Rache Gottes zu vollziehen.«

»Rache wofür?«

»Das wissen wir besser, Major, wenn wir einen Verdächtigen haben, den wir vernehmen können.«

Yanes nickte anerkennend. »Ihr Hinweis scheint uns wirklich weiterzuhelfen. Gut gemacht, Sergeant.«

Assistant Chief Serrano fügte hinzu: »Richtig, das finde ich auch.«

Newbold ergriff wieder das Wort. »Malcolm, Sie verstehen besser als wir alle zusammen, was diese Stellen aus der Offenbarung bedeuten. Können Sie uns erläutern, was wir sonst noch wissen sollten?«

Ainslie überlegte, bevor er sprach, denn er war sich darüber im klaren, daß er auf unterschiedliche Ideen und Erfahrungen zurückgreifen mußte – seine Vergangenheit als Priester, seine Einstellung seither und seine Rolle als Kriminalbeamter. Selten, vielleicht noch nie hatten sich diese Bereiche so überschnitten.

Er bemühte sich um eine möglichst einfache Erklärung.

»Die Offenbarung ist in einer Art Code mit vielen symbolischen Wörtern geschrieben, die nur Bibelforscher verstehen. Für viele Leute ist sie ein wirres Durcheinander aus Visionen, Symbolen, Allegorien und Prophezeiungen – überwiegend nebulös. Aber die Tatsache, daß die Offenbarung dazu dienen kann, alles zu beweisen oder zu widerlegen, hat sie für Fanatiker und Verrückte schon immer attraktiv gemacht. Aus der Sicht dieser Leute stellt sie eine gebrauchsfertige Beschreibung aller nur denkbaren Übel dar. Deshalb müssen wir feststellen, wie der Mann, nach dem wir fahnden, zur Offenbarung gekommen ist und sie seinen Zwecken angepaßt hat. Wissen wir das, können wir losziehen und ihn verhaften.«

Lieutenant Newbold sah sich am Konferenztisch um. »Möchte jemand etwas hinzufügen?«

Julio Verona hob eine Hand. Vielleicht um seinen Mangel an Körpergröße auszugleichen, saß der Leiter der Spurensicherung kerzengerade auf seinem Stuhl. Als der Lieutenant ihm zunickte, sagte er: »Daß wir jetzt wissen, was für ein Kerl diese Verbrechen begeht, ist gut, und ich gratuliere Malcolm dazu. Aber ich möchte daran erinnern, daß das Beweismaterial – selbst wenn wir einen Verdächtigen hätten – sehr dürftig ist und bestimmt nicht für eine Verurteilung ausreichen würde.« Er sah zu Staatsanwalt Curzon Knowles hinüber.

»Mr. Verona hat recht«, bestätigte Knowles. »Um sicherzugehen, daß nichts übersehen oder falsch interpretiert worden ist, müssen wir das gesamte Beweismaterial noch mal überprüfen. Da wir's offenbar mit einem Psychopathen zu tun haben, kann die winzigste übersehene Kleinigkeit der entscheidende Hinweis sein, den wir brauchen.«

»Im Fall Frost haben wir einen teilweisen Handflächenabdruck«, stellte Sylvia Walden fest.

Der Staatsanwalt nickte. »Aber meines Wissens reicht das nicht aus für eine eindeutige Identifizierung.«

»Unser Abdruck weist sechs Bestimmungskriterien auf. Eine eindeutige Identifizierung ist erst bei neun möglich. Zehn wären besser.«

»Also wäre der Abdruck nur ein Indizienbeweis, Sylvia.«

»Richtig«, gab Walden zu.

Dr. Sanchez meldete sich zu Wort. Sie trug wie üblich eines ihrer dunkelblauen Kostüme und hatte ihr graumeliertes Haar zu einem Nackenknoten verschlungen. »Wie schon in den Autopsieberichten steht, lassen sich die Stichwunden der Ehepaare Frost und Urbina eindeutig identifizieren«, stellte sie fest. »Sie stammen alle von einem Bowiemesser mit zwölf Zentimeter langer Klinge, die charakteristische Einkerbungen und Scharten aufweist. Ich habe Fotos der Wunden, die deutliche Schnittspuren an Knorpel und Knochen zeigen.«

»Dr. Sanchez«, fragte Knowles, »könnten Sie diese Verletzungen einem bestimmten Bowiemesser zuordnen?«

»Wenn jemand das richtige Messer findet, ja.«

»Und das würden Sie vor Gericht aussagen?«

»Wenn ich's Ihnen jetzt erzähle, würde ich natürlich auch vor Gericht aussagen.« Sanchez fügte scharf hinzu: »Solche Beweise sind schon mehrfach zugelassen worden.«

»Ja, ich weiß. Trotzdem...« Knowles wirkte unentschlossen. Wer ihn kannte, wußte genau, daß er jetzt die Rolle des Zögernden, Unsicheren spielte, in der er oft vor Gericht auftrat. »Nehmen wir mal an, ich sei der Verteidiger, der Ihnen folgende Frage stellt: ›Doktor, mir liegt eine Bestätigung vor, daß Messer dieses Typs in Partien von mehreren hundert Stück hergestellt werden. Wissen Sie ganz sicher, daß die von Ihnen beschriebenen Verletzungen nur von diesem einen Bowiemesser unter Hunderten – vielleicht sogar Tausenden – ähnlichen Messern stammen können? Und wenn Sie meine Frage beantworten, Doktor, bedenken Sie bitte, daß hier das Leben eines Mannes auf dem Spiel steht.‹«

Während Sanchez zögerte, betrachtete Knowles versonnen seine Hände.

Sie begann: »Nun...«

Der Staatsanwalt sah wieder auf. Er schüttelte den Kopf. »Schon gut«, sagte er abwehrend.

Sanchez wurde rot und preßte die Lippen zusammen, als ihr klarwurde, wie geschickt Knowles sein Argument vorgebracht hatte. Statt wie üblich selbstbewußt zu antworten, hatte sie gezögert und damit zugegeben, daß gewisse Zweifel möglich waren – ein Schwachpunkt, der den Geschworenen aufgefallen wäre und den jeder Strafverteidiger durch Anschlußfragen ausgeschlachtet hätte.

Sanchez funkelte Knowles an, der beschwichtigend lächelte. »Entschuldigung, Doktor. Nur ein Probelauf, aber lieber hier als im Zeugenstand.«

»Für einen Augenblick«, sagte sie bedauernd, »bin ich mir wie vor Gericht vorgekommen.«

Der Staatsanwalt wandte sich an Julio Verona. »Das heißt natürlich keineswegs, daß wir die Messerspuren nicht anführen, falls sich dazu Gelegenheit bietet. Aber ich befürchte, da sind uns ziemlich enge Grenzen gesetzt.«

»Wir haben das Messer natürlich nicht«, stellte der Leiter der Spurensicherung fest, »und ob wir's jemals bekommen, hängt von Ihnen ab.« Seine Handbewegung schloß die Kriminalbeamten samt Newbold ein. »Nachdem Sylvia und ich jetzt wissen, daß zwei der Fälle zusammenhängen, sehen wir uns das Beweismaterial noch mal auf Gemeinsamkeiten hin an.«

»Und ich sehe in unseren Unterlagen nach«, sagte Dr. Sanchez. »Vielleicht finde ich einen nicht aufgeklärten Mord mit ähnlichen Verletzungen oder irgendeinem religiösen Zusammenhang.« Sie fügte nachdenklich hinzu: »Möglicherweise haben wir's mit einem Wiederholungstäter zu tun, dessen erste Straftaten längst in Vergessenheit geraten sind. Aus der Literatur kenne ich einen vergleichbaren Fall, in dem ein Serienmörder erst nach einer Pause von fünfzehn Jahren wieder zu morden begonnen hat.«

»Gut, vielleicht kommen wir damit weiter«, sagte Newbold. »Und jetzt...« Er sah zu seinem Vorgesetzten Manolo Yanes, dem Leiter des Dezernats Verbrechen gegen Personen, hinüber. »Major, möchten Sie noch etwas hinzufügen?«

»Ja.« Yanes hielt sich wie üblich nicht mit langen Vorreden auf. »Ich verlange, daß alle, die an diesem Tisch sitzen, sich noch mehr anstrengen – sich bis zum äußersten anstrengen. Wir *müssen* diese Serie stoppen, bevor weitere Morde passieren.«

Yanes suchte Newbolds Blick. »Fürs Protokoll, Lieutenant: Sie und Ihre Leute haben jetzt freie Hand für alle notwendig erscheinenden Maßnahmen – auch für die Bildung einer Sonderkommission. Sobald Sie wissen, was Sie brauchen und wie diese Kommission aussehen soll, stelle ich zusätzliche Leute aus dem Raubdezernat dafür ab. Was die Kosten betrifft, haben Sie meine Genehmigung, so viele Überstunden wie nötig anzuordnen.«

Yanes sah sich am Tisch um, dann fügte er hinzu: »Nachdem die logistische Seite geklärt ist, haben Sie alle einen klaren Auftrag: Finden Sie diesen Kerl! Ich will Ergebnisse sehen. Und halten Sie mich auf dem laufenden.«

»Wird gemacht, Sir. Wie alle gehört haben, bilden wir sofort eine Sonderkommission, die nur diese Fälle bearbeitet. Ihre Mitglieder werden von allen sonstigen Aufgaben entbunden. Ich habe Sergeant Ainslie bereits gebeten, die Leitung zu übernehmen.«

Alle sahen zu Ainslie hinüber, als Newbold ihm erklärte: »Sergeant, Sie arbeiten mit zwei Teams aus je sechs Beamten. Ich überlasse es Ihnen, einen weiteren Sergeant als Leiter des zweiten Teams zu benennen.«

»Sergeant Greene«, sagte Ainslie sofort. »Wenn er einverstanden ist.«

Pablo Greene machte eine großzügige Handbewegung. »Worauf du wetten kannst!«

Newbold nickte Greene zu. »Sie sind Sergeant Ainslie unterstellt. Ist das klar?«

»QSL. Sir.«

Ainslie fuhr fort: »Für mein Team möchte ich schon jetzt die Detectives Quinn, Bowe, Kralik und Garcia. Die verbleibenden Posten besetzen Pablo und ich im Lauf des Tages.« Er wandte sich an Major Yanes. »Wir stehen vor sehr umfangreichen Ermittlungen, Sir. Deshalb brauche ich mindestens zwei Detectives aus dem Raubdezernat, vielleicht sogar vier.«

Der Major nickte. »Sagen Sie Lieutenant Newbold, wen Sie brauchen, dann bekommen Sie die Leute.«

Curzon Knowles warf ein: »Sollte das nicht genügen, kann ich einige unserer Ermittler abstellen. Wir möchten jedenfalls beteiligt bleiben.«

»Das sollen Sie auch, Counselor«, sagte Ainslie.

»Die Sonderkommission arbeitet selbstverständlich eng mit Fort Lauderdale und Clearwater zusammen«, stellte der Lieutenant abschließend fest. »Ich möchte, daß die dortigen Kollegen auf dem laufenden gehalten werden.« Er wandte sich an Assistant Chief Serrano. »Chief, möchten Sie noch etwas hinzufügen?«

Serrano, ein ehemaliger Kriminalbeamter, der im Miami Police Department eine glänzende Karriere gemacht hatte, sprach mit ruhiger, klarer Stimme: »Ich will nur sagen, daß das gesamte Police Department in dieser Sache hinter Ihnen steht. Sobald diese Serienmorde in die Öffentlichkeit dringen, wird die Medienberichterstattung sich überschlagen und viel öffentlichen und politischen Druck ausüben. Wir werden versuchen, Sie davor in Schutz zu nehmen, damit Sie weiterhin alles tun können, was notwendig ist, um diesen Verrückten zu fassen. Trotzdem ist Eile geboten. *Und vergessen Sie dabei nie das Denken.* Ich wünsche uns allen viel Erfolg!«

5

Gleich nach der Besprechung versammelte die neue Sonderkommission sich um Ainslie. Auch Staatsanwalt Knowles blieb noch da. Vor zwanzig Jahren war Curzon Knowles selbst Polizeibeamter gewesen – der jüngste Sergeant der New Yorker Polizei. Später war er als Lieutenant ausgeschieden, um in Florida Jura zu studieren. Knowles fühlte sich in Gesellschaft von Kriminalbeamten wohl und war bei ihnen stets willkommen.

Jetzt fragte er Ainslie: »Da wir zusammenarbeiten werden,

Sergeant, darf ich wohl erfahren, was Ihr erster Schritt sein wird?«

»Ein kurzer, Counselor – zum Computer. Sie können gern mitkommen.« Ainslie sah sich um. »Wo ist Ruby?«

»Wo immer Sie sie brauchen«, antwortete Detective Bowe aus einer Gruppe heraus.

»Ich brauche Ihre flinken Finger.« Ainslie zeigte auf den Computer, an dem sie vorhin gesessen hatte. »Wir wollen ein paar Informationen einholen.«

Ruby setzte sich an den Computer, schaltete das Gerät ein und tippte LOGON.

Auf dem Bildschirm erschien: BENUTZERNUMMER EINGEBEN. Ruby fragte Ainslie: »Ihre oder meine?«

Er diktierte ihr: »Acht-vier-drei-neun.«

Nun erschien die Aufforderung: PASSWORT EINGEBEN.

Ainslie streckte die rechte Hand aus und tippte mit einem Finger CUPCAKE – ein Kosename, mit dem er Karen manchmal ansprach. Das Paßwort erschien nicht auf dem Bildschirm, aber dafür stand dort jetzt CIC, die Abkürzung für Criminal Investigation Center.

Während die anderen Kriminalbeamten und Knowles stumm zusahen, sagte Ruby: »Schön, jetzt sind wir im Wunderland. *Domine, quo vadis?*«

»Was zum Teufel heißt das?« murmelte jemand.

»›Herr, wohin gehst du?‹« übersetzte Bernard Quinn.

»Latein hab' ich schon im Kindergarten gehabt«, behauptete Ruby. »Wir Gettokinder sind schlauer, als viele denken.«

»Das können Sie gleich beweisen«, sagte Ainslie. »Suchen Sie ›Vorstrafen‹. Danach die Kategorie ›Auffälligkeiten‹.«

Ruby tippte einige Befehle ein, bis der Dateiname AUFFÄLLIGKEITEN auf dem Bildschirm erschien. »Da gibt's jede Menge Unterdateien«, kündigte sie an. »Irgendwelche Ideen?«

»Suchen Sie ›Religion‹ oder ›religiös‹.«

Ihre Finger flogen über die Tasten. »Hey, da gibt's eine, die ›Religiöse Fanatiker‹ heißt.«

Ainslie zog die Augenbrauen hoch. »Schön, die müßte passen.«

Falls jemand eine ellenlange Namenliste erwartet hatte, war das Ergebnis enttäuschend. Nur sieben Namen erschienen – jeder mit einer Kurzbiographie und Angaben zu Verfahren und Verurteilungen. Ainslie und Ruby lasen die Eintragungen; die anderen sahen ihnen dabei über die Schultern.

»Virgil könnt ihr streichen, weil er sitzt«, sagte Quinn. »Ich hab' ihn selbst hinter Gitter gebracht.« Die Eintragung zeigte, daß Francis Virgil erst knapp drei Jahre einer achtjährigen Haftstrafe verbüßt hatte. Auch zwei weitere Männer befanden sich derzeit in Haft, so daß nur vier übrigblieben.

»Orneus können wir auch streichen«, stellte Ainslie fest. »Hier steht, daß er tot ist.« Wie die Kriminalbeamten wußten, wurden Vorstrafen erst zwei Jahre nach dem Tod des Betreffenden gelöscht.

»Hector Longo ebenfalls«, schlug Ruby vor. Die Eintragung zeigte, daß Longo zweiundachtzig, fast blind und halbseitig gelähmt war.

»Erstaunlich, was Behinderte heutzutage alles fertigbringen«, meinte Ainslie. »Okay, löschen.«

Damit waren zwei potentielle Täter übriggeblieben, aber die Suche hatte viel weniger Namen zutage gefördert als erhofft.

»Wie wär's mit dem Stichwort ›Arbeitsweise‹?« schlug Knowles vor.

»Damit haben wir's bereits bei den jeweiligen Fällen versucht«, antwortete Ainslie. »Beide Male erfolglos.« Er fügte nachdenklich hinzu: »Je länger wir ermitteln, desto stärker wird mein Verdacht, daß wir hinter einem Mann her sind, der nicht vorbestraft ist.«

»Soll ich's mal mit FIVOs versuchen?« fragte Ruby.

Ainslie war wenig begeistert, aber er antwortete: »Warum nicht? Wir haben schließlich nichts zu verlieren.«

FIVOs – die Abkürzung für Field Intelligence and Vehicle Occurrence – waren Meldungen von Polizeibeamten, die in der

Öffentlichkeit ungewöhnliches, provozierendes oder exzentrisches Verhalten beobachteten, das jedoch nicht strafbar war. Meldung wurde auch erstattet, wenn jemand – vor allem spät nachts – unter verdächtigen Umständen beobachtet wurde, ohne sich jedoch strafbar gemacht zu haben.

Jede FIVO-Meldung war am Ort des Geschehens auf eine vorgedruckte Karte zu schreiben. Die Polizeibeamten waren angewiesen, möglichst viele Einzelheiten anzugeben: vollständiger Name, Anschrift, Beruf und Personenbeschreibung des Beobachteten, Autotyp und -kennzeichen, falls vorhanden, und die näheren Umstände der Beobachtung. Die meisten Befragten erwiesen sich als überraschend kooperativ, wenn sie erfuhren, daß sie nicht verhaftet werden oder einen Strafzettel bekommen sollten. Aber wer vorbestraft war, verschwieg diese Tatsache im allgemeinen.

Die FIVO-Karten wurden ans Polizeipräsidium weitergeleitet und dort in den Computer eingespeichert; dabei sorgte der automatische Datenabgleich dafür, daß jede FIVO-Meldung durch polizeibekannte Vorstrafen ergänzt wurde.

Eine Zeitlang hatten FIVO-Meldungen in Miami keinen guten Ruf gehabt. Schuld daran waren Streifenpolizisten, die massenhaft erfundene Meldungen abgegeben hatten, um Aufmerksamkeit zu erregen und vielleicht befördert zu werden. Auf manchen FIVO-Karten standen sogar von Grabsteinen abgeschriebene Namen. Nachdem einige Streifenpolizisten Disziplinarstrafen erhalten hatten, hörte der Schwindel auf. Aber viele Kriminalbeamte, darunter auch Ainslie, waren FIVOs gegenüber noch immer mißtrauisch.

Das Zugangsverfahren zu FIVOs war ähnlich wie zuvor beim CIC, und Ruby ging schnell zu AUFFÄLLIGKEITEN und danach zu RELIGIÖSE FANATIKER weiter. Plötzlich füllte sich der Bildschirm mit Namen, Daten und anderen Angaben. Ainslie beugte sich gespannt nach vorn. »Hey, seht euch das an!« sagte eine Stimme hinter ihm. Jemand anders stieß überrascht einen langgezogenen Pfiff aus.

Auch diesmal gingen sie die Namen gemeinsam durch, schieden einige aus und nahmen die restlichen in eine neue Datei auf, die schon die beiden Verdächtigen aus dem CIC enthielt. Zuletzt druckte Ruby ein halbes Dutzend Exemplare der kombinierten Liste aus und verteilte sie.

Der Ausdruck enthielt sechs Namen:

JAMES CALHOUN, w/m, alias »Little Jesus«. Geburtsdatum: 10. 10. 67. 1,81 m, 90 kg. Letzte bekannte Anschrift: 271 NW 10 St, Miami. Tätowiertes Kreuz auf der linken Brustseite. Spricht vom bevorstehenden Ende der Welt und behauptet, der wiedergekehrte Heiland zu sein. Vorstrafen: Totschlag, Raubüberfall und bewaffneter Einbruch.

CARLOS QUINONES, l/m, alias »Diablo Kid«. Geburtsdatum: 17. 11. 69. 1,67 m, 80 kg, untersetzt. Letzte bekannte Anschrift: 2640 SW 22 ST, Miami. Gibt sich als der einzige Messias aus und predigt das Wort Gottes. Zahlreiche Vorstrafen: Körperverletzung, Vergewaltigung und Raubüberfall mit Gewaltanwendung.

EARL ROBINSON, b/m, alias »Rächer«. Geburtsdatum: 02. 08. 64. 1,83 m, 85 kg. Letzte bekannte Anschrift: 1310 NW 65 St, Miami. Schlank, ehemaliger Profiboxer, sehr aggressiv. Predigt an Straßenecken, zitiert aus der Bibel, immer aus der Offenbarung des Johannes, und behauptet, der rächende Engel Gottes zu sein. Mehrfache Vorstrafen: fahrlässige Tötung, bewaffneter Raubüberfall und Körperverletzung (Messerstecher).

ALEC POLITE, h/m, alias »Messias«. Geburtsdatum: 12. 12. 69. 1,80 m, 85 kg. Letzte bekannte Anschrift: 265 NE 65 St., Miami. Redet mit jedem, der ihm zuhören will, über die Heilige Schrift und behauptet, mit Gott zu sprechen. Wird aggressiv, wenn er Zweifel spürt oder befragt wird.

Könnte gewalttätig sein, hat aber keine Vorstrafen. Seit 1993 in den USA.

ELROY DOIL, w/m, alias »Kreuzfahrer«. Geburtsdatum: 12. 09. 64. 1,94 m, 120 kg. Letzte bekannte Anschrift: 189 NE 35 St, Miami. Behauptet, ein Apostel Gottes zu sein und Gottes Wünsche zu kennen. Predigt öffentlich. Anscheinend nicht gewalttätig. Arbeitet zeitweise als Fernfahrer. Vorstrafen: Keine.

EDELBERTO MONTOYA, l/m, alias »Prediger«. Geburtsdatum: 01. 11. 62. 1,79 m, 70 kg. Letzte bekannte Anschrift: 861 NW 1 St, Miami. Trägt buschigen schwarzen Vollbart. Bezeichnet sich als wiedergeborenen Christen, zitiert aus der Bibel und betet für ein baldiges Ende der Welt. Vorstrafen: Vergewaltigung, schwere Körperverletzung und sexuelle Belästigung.

Während Ainslie, Knowles und die Kriminalbeamten die Namen und Personenbeschreibungen studierten, machte sich Erregung breit.

Sergeant Greene brachte sie zum Ausdruck. »Malcolm, da haben wir was, glaube ich!«

Detective Garcia nickte eifrig. »Robinson ist unser Mann! Er muß es sein. Seht euch nur den Passus mit der Offenbarung an! Und er ist als ›Rächer‹ bekannt – das paßt genau. Außerdem ist er als ehemaliger Boxer bestimmt recht kräftig.«

»Abgesehen davon ist er als Messerstecher bekannt«, fügte Ruby Bowe hinzu.

»Okay, okay«, sagte Ainslie. »Keine voreiligen Schlußfolgerungen! Wir sehen sie uns alle an.«

Sheriff-Detective Montes fragte: »Haben Sie vor, jemanden festnehmen zu lassen?«

Ainslie schüttelte den Kopf. »Dafür sind die Hinweise zu dürftig. Nein, wir überwachen erst mal alle.«

»Sergeant«, sagte Knowles warnend, »das muß äußerst vorsichtig geschehen, damit diese Leute nichts merken.« Er sah einen Kriminalbeamten nach dem anderen an. »Denken Sie bitte alle daran, daß wir bisher praktisch keine Beweise haben. Ist einer dieser sechs unser Mann und wird er durch unsere Überwachung gewarnt, könnte er völlig inaktiv werden, so daß wir nichts gegen ihn in der Hand hätten.«

»Ein bißchen Untätigkeit könnte allerdings nicht schaden«, stellte Pablo Greene fest. »Wir wollen schließlich nicht, daß er weitermordet.«

»Funktioniert die Überwachung, kann das nicht passieren.« Knowles machte eine nachdenkliche Pause. »Ideal wär's natürlich, ihn auf frischer Tat zu ertappen.«

»Ideal für den Staatsanwalt«, sagte Ruby Bowe. »Riskant für das Opfer.«

Ainslie stimmte in das Gelächter der anderen mit ein, bevor er es mit einer Handbewegung beendete.

»Ruby hat trotzdem recht«, stellte Quinn fest. »Die Überwachung ist riskant. Wir wissen, daß dieser Kerl clever ist, und er weiß natürlich, daß wir nach ihm fahnden.«

Ainslie wandte sich an Leo Newbold, der sich vor einigen Minuten zu der Gruppe gesellt hatte. »Was denken Sie, Lieutenant?«

Newbold zuckte mit den Schultern. »Das ist Ihre Entscheidung, Malcolm. Sie leiten diese Sonderkommission.«

»Dann gehen wir das Risiko ein«, sagte Ainslie. »Und ich versichere Ihnen, Counselor, daß kein Verdächtiger etwas von unserer Überwachung mitbekommen wird.« Er wandte sich an Greene. »Pablo, am besten arbeiten wir gleich einen Plan aus.«

Sie einigten sich darauf, daß Sergeant Ainslies Team zunächst Earl Robinson, James Calhoun und Carlos Quiñones überwachen würde. Sergeant Greenes Team sollte Alec Polite, Elroy Doil und Edelberto Montoya übernehmen. Alle sechs Männer würden Tag und Nacht observiert werden.

Ainslie teilte Newbold mit: »Wir brauchen sofort Verstärkung aus dem Raubdezernat, Sir – für den Anfang erst mal zwei Kollegen, die ich gleich einplanen möchte.«

Der Lieutenant nickte. »Gut, ich rede mit Major Yanes.«

Die Gruppe wollte sich eben trennen, als plötzlich die Tür des Konferenzraums aufgestoßen wurde. Sergeant Hank Brewmaster, der gleich nach der Besprechung gegangen war, stand atemlos und vor Entsetzen bleich auf der Schwelle. Da Brewmasters Team an diesem Tag Bereitschaftsdienst hatte, wußten alle, was kommen würde.

Newbold trat vor. »Ein schlimmer Fall, Hank?«

»Schlimmer geht's kaum, Sir.« Brewmaster holte tief Luft. »City Commissioner Gustav Ernst. Und seine Frau. Beide tot, ermordet. Die Meldung ist gerade reingekommen. Der Beschreibung nach deutet alles auf einen dieser...«

»O Gott!« sagte Ainslie betroffen. »Nicht schon wieder einer unserer...«

Er brauchte nicht weiterzusprechen, denn Brewmaster nickte nachdrücklich. »Offenbar hat unser Serienmörder wieder zugeschlagen.«

Der Sergeant wandte sich wieder an Newbold. »Meine Leute sind zum Tatort unterwegs, Sir. Das wollte ich Ihnen nur melden.« Sein Blick schloß die anderen mit ein. »Ich dachte, das solltet ihr alle wissen, denn die Medien sind bereits am Tatort, und soviel ich gehört habe, ist dort die Hölle los.«

In den Tagen danach erfaßte die von den Medien geschürte Empörung der Öffentlichkeit die City wie ein Flächenbrand: Der Mordfall Ernst war zu einer *Cause célèbre* geworden.

Für das Police Department war der grausame Mord an einem City Commissioner und seiner Frau schlimm genug – Commissioner Ernst war einer der drei Referenten gewesen, die gemeinsam mit dem Oberbürgermeister, seinem Stellvertreter und dem City Manager die Verwaltungsspitze der Stadt bildeten. Aber Ainslie, Newbold und ihre Kollegen traf das Verbrechen noch schwerer, denn die Tochter des ermordeten Ehepaars war Major Cynthia Ernst, eine hohe Polizeibeamtin in Miami.

Zum Tatzeitpunkt war Cynthia Ernst halb dienstlich, halb privat in Los Angeles. Sie wurde vom L.A. Police Department benachrichtigt und flog sofort »schmerzlich betroffen und zutiefst trauernd«, wie es in den Abendnachrichten hieß, nach Miami zurück, wo sie im Brennpunkt des öffentlichen Interesses stand.

6

Die hastige erste Meldung, der Doppelmord an Miami City Commissioner Ernst und seiner Frau sei offenbar identisch mit der grausamen Ermordung dreier älterer Ehepaare – der Frosts in Coconut Grove, der Hennenfelds in Fort Lauderdale und der Urbinas in Miami –, erwies sich als beunruhigend zutreffend. Inzwischen setzten die Medien auch den Mord an Hal und Mabel Larsen in Clearwater – den Gegenstand des von Ruby Bowe entdeckten fünf Monate alten Fahndungsaufrufs – auf ihre Liste.

Die mit Hochdruck betriebenen Ermittlungen konzentrierten sich auf das Landhaus im mediterranen Stil, in dem das Ehepaar Ernst in dem exklusiven Villenviertel Bay Point – eingezäunt und ständig bewacht – an der Westküste der Biscayne Bay gewohnt hatte.

Dort waren die übel zugerichteten, blutigen Leichen Gustav und Eleanor Ernsts von ihrem Dienstmädchen entdeckt worden. Sie war früh am Morgen ins Haus gekommen und hatte wie immer den Morgentee zubereitet, den sie auf einem Tablett ins Schlafzimmer des Ehepaars brachte. Beim Anblick der beiden, die gefesselt und in einer Blutlache einander gegenübersaßen, stieß sie gellende Schreie aus, ließ das Tablett fallen und kippte vor Schreck um.

Ihre Schreie hörte Theo Palacio, der schon ältere Butler der Ernsts, der mit seiner Frau Maria, die Köchin war, den Haushalt führte. Theo und Maria schliefen an diesem Morgen etwas länger, weil sie – mit Billigung ihrer Arbeitgeber – ausgegangen und erst nach ein Uhr morgens heimgekommen waren.

Auf die Schreckensszene im Schlafzimmer reagierte Palacio rasch: Er lief ans nächste Telefon.

Als Sergeant Brewmaster eintraf, hielt uniformierte Polizei vor dem Haus Wache, während drinnen das Dienstmädchen von einem Notarzt versorgt wurde.

Dion Jacobo und Seth Wightman, zwei Detectives aus Brewmasters Ermittlerteam, waren bereits am Tatort. Brewmaster hatte Jacobo zu seinem Stellvertreter ernannt, was Jacobo etwas zusätzliche Autorität verschaffte, die er angesichts der Bedeutung dieses Falls bestimmt brauchen würde.

Jacobo, ein muskulöser, stämmiger Mann mit zwölfjähriger Berufserfahrung in der Mordkommission, hatte die Uniformierten bereits angewiesen, das gesamte Grundstück mit gelbem Absperrband als Sperrzone zu kennzeichnen.

Nur wenig später trafen Julio Verona und Dr. Sandra Sanchez ein. Verona hatte gleich einen Gerätewagen und drei seiner besten Leute von der Spurensicherung mitgebracht. Wie es hieß, war auch der Polizeipräsident zum Tatort unterwegs.

Scharen von Reportern, die der aufgeregte Polizeifunkverkehr alarmiert hatte, drängten sich vor dem Haupttor von Bay Point, aber das Wachpersonal, das Detective Jacobos Anweisungen befolgte, verwehrte ihnen den Zutritt. Die Reporter spekulierten bereits eifrig darüber, wie der oder die Täter das Sicherheitssystem von Bay Point hatten überwinden und in die Villa der Ernsts eindringen können.

Bei manchen Polizeibehörden löste die Ermordung einer prominenten Persönlichkeit des öffentlichen Lebens »Alarmstufe eins« aus oder wurde weniger offiziell als »Katastrophenfall« eingeordnet. Fiel ein Mordfall in diese Kategorie, hatten die jeweiligen Ermittlungen absoluten Vorrang. In Miami gab es diese Kategorie angeblich nicht; hier galten alle Morde und Mörder als »vor dem Gesetz gleich«. Aber der Mord an Commissioner Ernst und seiner Frau widerlegte diese Theorie bereits.

Einer der Gegenbeweise war das Eintreffen des Chief of Police Farrell W. Ketledge jr. in seinem Dienstwagen, mit einem Sergeant am Steuer. An der Uniform des Chiefs glänzten die vier Sterne, die seinen Dienstgrad bezeichneten, der dem eines Viersternegenerals der U.S. Army entsprach. Bei seinem Eintreffen erklärte Detective Wightman einem der Streifenpolizisten halblaut: »Die Zahl der Morde pro Jahr, bei denen der Chief am Tatort aufkreuzt, kann man an den Fingern *einer* Hand abzählen.«

Lieutenant Newbold, der einige Minuten vor ihm angekommen war, empfing den Chief gemeinsam mit Brewmaster am Haupteingang des Hauses.

»Zeigen Sie mir den Tatort, Lieutenant«, befahl der Chief ihm energisch.

»Ja, Sir. Bitte kommen Sie mit.«

Unter Newbolds Führung stiegen die drei Männer eine breite Treppe hinauf, folgten der Galerie nach rechts und kamen zur Schlafzimmertür, die offenstand. Drinnen blieben sie stehen, während der Chief sich umsah.

Die Spurensicherung war bereits am Werk. Dr. Sanchez stand im Hintergrund und wartete darauf, daß ein Fotograf seine Arbeit beendete. Detective Jacobo und Sylvia Walden sprachen darüber, wo Fingerabdrücke zu finden sein könnten.

»Wer hat die Leichen gefunden?« fragte der Chief. »Was wissen wir bisher?«

Newbold nickte Brewmaster zu, der die Ankunft des Dienstmädchens, ihre morgendliche Teezubereitung und ihre Schreckensschreie beschrieb – alles Informationen, die er dem Butler verdankte. Theo Palacio hatte ausgesagt, seine Frau Maria und er seien vom späten Nachmittag des Vortags bis zum frühen Morgen außer Haus gewesen, um seine schwerbehinderte Schwägerin in West Palm Beach zu besuchen, was sie regelmäßig einmal pro Woche taten. Auch das Dienstmädchen hatte das Haus gestern um siebzehn Uhr verlassen.

»Der Todeszeitpunkt steht noch nicht fest«, fügte Newbold

hinzu, »aber bestimmt ist die Tat verübt worden, als Mr. und Mrs. Ernst sich allein im Haus befanden.«

Brewmaster erklärte dem Chief: »Wir prüfen selbstverständlich genau nach, wo sich die Palacios aufgehalten haben, Sir.«

Der Chief nickte. »Als Täter kommt also jemand in Frage, der mit den Zeitabläufen hier im Haus vertraut ist.«

Diese Schlußfolgerung war so offensichtlich, daß Newbold und Brewmaster sich nicht dazu äußerten. Wie sie beide wußten, war Chief Ketledge nie Kriminalbeamter gewesen, sondern war aus der Polizeiverwaltung, in der er sich ausgezeichnet hatte, in die Spitzenposition gelangt. Wie vielen hohen Polizeibeamten machte es dem Chief jedoch Spaß, gelegentlich Detektiv zu spielen.

Der Chief ging weiter ins Zimmer hinein, um einen besseren Überblick zu bekommen. Er trat zuerst neben, dann hinter die beiden leblosen Gestalten, mit denen die Spurensicherung beschäftigt war. Als er sich dann wieder in Bewegung setzen wollte, entfuhr es Dion Jacobo scharf:

»Halt! Nicht dorthin!«

Der Chief drehte sich ruckartig um und starrte Jacobo ungläubig und wütend an, bevor er mit eisiger Stimme fragte: »Und wer…«

Jacobo unterbrach ihn, indem er zackig meldete: »Sir! Detective Jacobo, Chief. Ich leite hier mit Sergeant Brewmaster die Ermittlungen.«

Die beiden standen sich gegenüber. Beide waren Schwarze. Jacobo erwiderte Ketledges Blick unerschrocken.

»Entschuldigen Sie die Lautstärke, Sir«, fügte der Kriminalbeamte hinzu, »aber es ist dringend gewesen.«

Der Chief funkelte ihn weiter an und schien zu überlegen, was er als nächstes tun sollte.

Theoretisch hatte Jacobo das Recht gehabt, diesen Befehl zu geben. Als mitverantwortlicher Ermittler am Tatort konnte er jedem dort Anwesenden ohne Rücksicht auf dessen Dienstgrad Befehle erteilen. Aber dieses Recht wurde nur selten eingefordert – vor allem dann nicht, wenn der Befehlsempfänger sieben Dienstgrade über dem Detective stand.

Während die anderen zusahen, schluckte Jacobo trocken. Er war sich darüber im klaren, daß er vermutlich – auch wenn er im Recht gewesen war – zu undiplomatisch vorgegangen war und morgen um diese Zeit vielleicht schon wieder in Uniform Streife gehen mußte.

Im nächsten Augenblick hüstelte Julio Verona diskret und sprach den Chief an. »Entschuldigen Sie, Sir, aber ich glaube, der Detective hat nur zu schützen versucht, was hier auf dem Boden liegt.« Er zeigte auf eine Stelle hinter den beiden Ermordeten.

»Und was ist das?« fragte Lieutenant Newbold.

»Ein totes Kaninchen«, antwortete Verona und sah zu Boden. »Es könnte wichtig sein.«

Brewmaster starrte ihn an. »Sogar verdammt wichtig! Wieder eines dieser Symbole. Wir brauchen Malcolm Ainslie.«

Der Chief fragte Verona skeptisch: »Soll das heißen, daß Detective Jacobo gewußt hat, daß dort ein Tier liegt?«

»Das weiß ich nicht, Sir«, antwortete der Leiter der Spurensicherung gelassen. »Aber bis wir hier fertig sind, müssen wir überall Beweismaterial vermuten.«

Der Chief zögerte, als ringe er um Selbstbeherrschung. Er stand in dem Ruf, streng auf Disziplin zu achten, aber auch fair zu sein.

»Nun gut.« Er wirkte gelassener, als er sich jetzt umsah. »Ich bin hergekommen, um zu unterstreichen, wie wichtig dieser Fall ist. Die Augen der Öffentlichkeit sind auf uns gerichtet. Ich verlasse mich auf Sie, Gentlemen. Der Fall muß schnellstens aufgeklärt werden.«

Beim Hinausgehen blieb Chief Ketledge vor Newbold stehen. »Lieutenant, ich möchte, daß in Detective Jacobos Personalakte eine Belobigung eingetragen wird.« Er lächelte schwach. »Sagen wir ›wegen pflichtbewußter Sicherung von Beweismaterial unter schwierigen Umständen‹.«

Im nächsten Augenblick war der Chief verschwunden.

Ungefähr eine Stunde später, als noch Beweismaterial gesammelt wurde, kam Verona zu Sergeant Brewmaster und berichtete: »Bei Mr. Ernsts Sachen haben wir eine Brieftasche mit Führerschein und Kreditkarten gefunden. Ohne Geld, aber der Form nach dürfte sie immer welches enthalten haben.«

Brewmaster fragte sofort bei Theo Palacio nach, der mit seiner Frau in der Küche bleiben und im Haus alles so lassen sollte, wie es war. Der Butler war den Tränen nahe und konnte kaum sprechen. Seine am Küchentisch sitzende Frau hatte verweinte Augen. »Mr. Ernsts Brieftasche ist immer voll Geld gewesen«, sagte Palacio. »Meistens große Scheine, Fünfziger und Hunderter. Er hat gern Bargeld in der Tasche gehabt.«

»Wissen Sie, ob er sich die Nummern dieser großen Scheine aufgeschrieben hat?«

Palacio schüttelte den Kopf. »Das bezweifle ich.«

Brewmaster machte eine Pause, bis der Butler die Fassung zurückgewonnen hatte. »Noch eine andere Frage.« Er blätterte in seinem Notizbuch zurück. »Ihrer Aussage nach sind Sie heute morgen ins Schlafzimmer der Ernsts gekommen, haben gleich erkannt, daß Mr. und Mrs. Ernst nicht mehr zu helfen war, und sind sofort ans Telefon gelaufen.«

»Ganz recht, Sir. Ich habe neun-eins-eins angerufen.«

»Aber haben Sie im Schlafzimmer etwas angefaßt? Irgend etwas?«

Palacio schüttelte den Kopf. »Ich habe gewußt, daß nichts verändert werden darf, bis die Polizei kommt.« Der Butler zögerte.

»Ja?« fragte Brewmaster.

»Nun, ich habe etwas zu erwähnen vergessen. Das Radio hat sehr laut gespielt. Ich habe es ausgeschaltet. Tut mir leid, wenn das…«

»Schon gut. Kommen Sie, wir sehen uns das Radio mal an.«

Im Schlafzimmer blieben die beiden vor dem Radio auf einem der Nachttische stehen. »Haben Sie beim Ausschalten die Sendereinstellung verändert?« fragte Brewmaster.

»Nein, Sir.«

»Ist das Radio seitdem benutzt worden?«

»Das glaube ich nicht.«

Brewmaster zog sich einen Latexhandschuh über die rechte Hand und schaltete das Radio ein. Der Song »Oh, What a Beautiful Mornin'« aus dem Musical *Oklahoma!* erfüllte den Raum. Der Kriminalbeamte bückte sich und stellte fest, daß das Gerät auf 93,1 MHz eingestellt war.

»Das ist WTMI«, sagte Palacio. »Mrs. Ernsts liebster Sender. Sie hat ihn oft gehört.«

Wenig später ging Brewmaster mit Maria Palacio nach oben, um auch sie etwas zu fragen. »Sehen Sie sich die Toten lieber nicht an«, warnte er sie. »Ich stelle mich vor sie. Aber ich möchte Ihnen etwas anderes zeigen.«

Er zeigte ihr Schmuck – einen Ring mit Saphiren und Brillanten, dazu passende Ohrringe, einen weiteren Goldring, ein Perlenkollier mit rosa Turmalinschließe und ein Brillantarmband. Lauter kostbare Stücke, die deutlich sichtbar auf dem Toilettentisch lagen.

»Ja, der Schmuck gehört Mrs. Ernst«, bestätigte Maria Palacio. »Sie hat ihn abends nie weggesperrt, sondern einfach so hingeworfen und erst morgens in den Safe zurückgelegt. Ich hab' sie oft gewarnt, daß...« Ihre Stimme brach.

»Danke, das war's schon, Mrs. Palacio«, sagte Brewmaster. »Ich weiß jetzt, was ich wissen wollte.«

Später antwortete Dr. Sanchez auf eine weitere Frage Brewmasters: »Ja, die Spuren von Gewaltanwendung an Kopf und Oberkörper von Mr. und Mrs. Ernst entsprechen weitgehend den Fällen Frost und Urbina – und, soviel ich aus Berichten weiß, vermutlich auch denen in Clearwater und Fort Lauderdale.«

»Und die Messerstiche, Doktor?«

»Sicher weiß ich das erst nach der Autopsie. Aber auf den ersten Blick könnten sie wie in den anderen Fällen von einem Bowiemesser stammen.«

Wegen des toten Kaninchens bat Dr. Sanchez ihre Bekannte Heather Ubens, an den Tatort zu kommen. Mrs. Ubens, die sich als Besitzerin eines Tiergeschäfts mit Kleintieren auskannte, bezeichnete das Tier mit seinem Handelsnamen als Schlappohrkaninchen. Die Tiere würden massenhaft als Haustiere verkauft, sagte sie. Da das Kaninchen keine äußeren Verletzungen aufwies, vermutete Mrs. Ubens, daß es durch Ersticken getötet worden sei.

Nachdem das Kaninchen fotografiert worden war, ließ Dr. Sanchez es in ihre Dienststelle bringen, damit es in Formaldehyd aufbewahrt werden konnte.

Sergeant Brewmaster fragte Theo Palacio, ob das Kaninchen ein Haustier der Ernsts gewesen sei. »Absolut nicht. Mr. und Mrs. Ernst haben Tiere nicht gemocht«, erklärte ihm der Butler. Dann fügte er hinzu: »Ich wollte, daß sie sich wegen der vielen Verbrecher einen Wachhund anschaffen; ich habe ihnen sogar angeboten, ihn selbst zu versorgen. Aber Mr. Ernst hat gesagt, nein, er könne sich als City Commissioner darauf verlassen, daß die Polizei für seine Sicherheit sorgen werde. Aber das hat sie nicht getan, nicht wahr?«

Darauf antwortete Brewmaster lieber nicht.

Später fragte die Polizei in allen Tiergeschäften Miamis nach und legte Tatortfotos vor, um zu versuchen, den Käufer des Kaninchens zu ermitteln. Aber da so viele Kaninchen verkauft wurden – manchmal ganze Würfe mit sieben oder acht Jungen – und nur wenige Geschäfte die Namen der Käufer notierten, verlief die Suche ergebnislos.

Brewmaster erzählte Malcolm Ainslie von dem toten Kaninchen und fragte ihn: »Steht in der Offenbarung irgend etwas, das dazu paßt – wie bei allen bisherigen Gegenständen?«

»Weder in der Offenbarung noch sonstwo in der Bibel kommt ein Kaninchen vor, das weiß ich bestimmt«, antwortete Ainslie. »Trotzdem könnte es ein Symbol sein. Kaninchen sind eine schon sehr alte Tierart.«

»Irgendeine religiöse Bedeutung?«

»Weiß ich nicht sicher.« Ainslie zögerte, weil er sich an die Vortragsreihe *Ursprünge des Lebens und geologische Zeitalter* erinnerte, die er einmal gehört hatte. »Kaninchen gehören zur Ordnung Lagomorpha – mit den Unterarten Hase, Kaninchen und Pika. Sie hat sich im ausgehenden Paläozän in Nordasien entwickelt.« Er lächelte. »Also fünfundfünfzig Millionen Jahre vor der Bibelversion der Schöpfungsgeschichte.«

»Glaubst du, daß unser Mann, den du selbst als besessenen religiösen Fanatiker bezeichnet hast, das alles weiß?« fragte Brewmaster.

»Eher nicht. Aber wer weiß, was er denkt – oder warum?«

Abends setzte Ainslie sich zu Hause an Karens PC, auf dessen Festplatte er die komplette King-James-Bibel gespeichert hatte. Am nächsten Morgen teilte er Brewmaster mit: »Ich habe die Bibel von einem Computer nach den Stichworten ›Kaninchen‹, ›Hase‹ und ›Pika‹ durchsuchen lassen. ›Kaninchen‹ und ›Pika‹ kommen nicht vor, aber ›Hase‹ erscheint zweimal – einmal im Dritten Buch und einmal im Fünften Buch Mose, nicht dagegen in der Offenbarung des Johannes.«

»Hältst du's für möglich, daß unser Kaninchen als Hase und damit als biblisches Symbol gedacht war?«

»Nein, das glaube ich nicht.« Ainslie zögerte, dann fügte er hinzu: »Aber ich will dir sagen, *was* ich glaube, nachdem ich gestern lange darüber nachgedacht habe. Ich glaube nicht, daß unser Kaninchen überhaupt ein Symbol aus der Offenbarung ist. Es paßt nicht rein. Ich halte es für einen Schwindel.«

Als Brewmaster zweifelnd die Augenbrauen hochzog, fuhr er fort: »Für alle bisher an den Tatorten zurückgelassenen Symbole hat es ziemlich genaue Entsprechungen gegeben. Natürlich könnte dieses Kaninchen irgendein Tier sein – die Offenbarung ist voller Tiere.« Ainslie schüttelte den Kopf. »Aber irgendwie glaube ich das nicht.«

»Was willst du damit sagen?«

»Was ich nur instinktiv vermute, kann ich nicht beweisen, Hank. Trotzdem sollten wir unvoreingenommen an die Frage herangehen, ob das Ehepaar Ernst wirklich unserem Serienmörder zum Opfer gefallen ist oder ob ein Nachahmungstäter versucht hat, seine Tat als zu dieser Serie gehörend zu tarnen.«

»Hast du vergessen, daß wir in den ersten Fällen keine näheren Einzelheiten bekanntgegeben haben?«

»Trotzdem sind einige veröffentlicht worden. Reporter haben ihre Quellen; das läßt sich nicht verhindern.«

»Nun, das klingt recht verblüffend, Malcolm, und ich werde versuchen, es zu berücksichtigen. Aber da ich den Tatort im Fall Ernst kenne, halte ich deine Theorie für ziemlich abwegig.«

So verblieben sie vorerst.

Wenig später gab Dr. Sandra Sanchez das Ergebnis der Autopsie der beiden Leichen bekannt. Wie sie schon bei der ersten Untersuchung vermutet hatte, war die Tatwaffe ein Bowiemesser gewesen. Doch die Wundmerkmale unterschieden sich von denen der früheren Mordopfer – folglich war ein anderes Messer benutzt worden. Aber das bewies nichts, denn Bowiemesser gab es überall zu kaufen, und ein Serienmörder konnte ohne weiteres mehrere besitzen.

Nach ein paar Tagen schien trotz Malcolm Ainslies Zweifeln immer sicherer festzustehen, daß die Ernsts vom selben Täter wie die ersten acht Opfer ermordet worden waren. Nicht nur die grundlegenden Umstände, sondern auch die ergänzenden waren identisch: das tote Kaninchen, das möglicherweise doch ein Symbol aus der Offenbarung war; der Bargeldraub; der unberührt liegengebliebene Schmuck; das laut aufgedrehte Radio. Und wie in allen früheren Fällen waren keine Fingerabdrücke gefunden worden.

Sorgen machte den Ermittlern jedoch die kurze Zeitspanne – nur drei Tage – zwischen der Ermordung der Urbinas in Pine Terrace und dem Mord an dem Ehepaar Ernst. Bis dahin hatten jeweils zwei bis drei Monate zwischen den Doppelmorden gelegen. Medien und Öffentlichkeit beschäftigten sich mit dieser Tatsache und stellten bohrende Fragen: Hatte der Killer seine tödliche Mission, was immer sie sein mochte, etwa beschleunigt? Hatte er das Gefühl, unbesiegbar zu sein, auf einer Erfolgswoge zu schwimmen? Lag eine besondere Bedeutung in der Tatsache, daß diesmal ein Miami City Commissioner ermordet worden war? Waren auch andere Commissioners oder Personen aus der Führungsspitze der Stadt gefährdet? Und was unternahm die Polizei, um dem Killer beim nächstenmal zuvorzukommen? Tat sie überhaupt etwas?

Die letzte Frage konnte nicht öffentlich beantwortet werden, aber die Sonderkommission unter Sergeant Ainslies Leitung hatte inzwischen mit der Überwachung der sechs Verdächtigen begonnen.

Auch der Mordfall Ernst wurde rasch der Sonderkommission übergeben. Sergeant Brewmaster, der in dieser Sache weiterermittelte, wurde Mitglied der Sonderkommission und unterstand Malcolm Ainslie ebenso wie die Detectives aus Brewmasters Team – Dion Jacobo und Seth Wightman.

Aber noch bevor der Dienstplan der Sonderkommission sich richtig eingespielt hatte, fand eine Besprechung statt, die Ainslie als unvermeidlich vorausgesehen hatte.

7

Zwei Tage nach der Auffindung der verstümmelten Leichen von Gustav und Eleanor Ernst erschien Malcolm um 8.15 Uhr zum Dienst, nachdem er sich zuvor mit Sergeant Brewmaster am Tatort getroffen hatte, um sich über den Stand der Ermittlungen informieren zu lassen. Zu seiner Enttäuschung waren seit dem Vortag keine neuen Hinweise aufgetaucht. Das Ergebnis einer Befragung aller Nachbarn, ob sich in letzter Zeit in Bay Point unbekannte Personen herumgetrieben hatten, faßte Brewmaster mit einem einzigen Wort zusammen: »Nada.«

Im vierten Stock stand Lieutenant Newbold neben Ainslies Schreibtisch. Er nickte zu seinem Dienstzimmer hinüber. »Dort drinnen wartet jemand auf Sie, Malcolm. Beeilen Sie sich!«

Sekunden später stand Ainslie an der Tür des Dienstzimmers seines Chefs und sah Cynthia Ernst an Newbolds Schreibtisch sitzen.

Sie trug eine gutsitzende Polizeiuniform und sah blendend aus. Eigentlich verrückt, sagte Ainslie sich, daß strenggeschnittene Männerkleidung auf dem Körper einer Frau so sexy wirken konnte. Die maßgeschneiderte Uniformjacke mit geraden Schultern und den goldenen Eichenblättern, die ihren Majorsrang bezeichneten, schien die vollkommenen Proportionen ihrer Figur noch zu unterstreichen. Ihr dunkelbraunes kurzes Haar, das vorschriftsmäßig drei Zentimeter oberhalb des Kragens endete, umrahmte ein schmales Gesicht mit makellos hellem Teint und smaragdgrünen Augen, deren Blick durchdringend war. Ainslie nahm den zarten Duft eines vertrauten Parfüms wahr und wurde plötzlich von Erinnerungen überwältigt.

Cynthia, die ein vor ihr liegendes einzelnes Blatt Papier überflogen hatte, sah jetzt mit ausdrucksloser Miene auf.

»Kommen Sie rein«, sagte sie. »Machen Sie die Tür zu.«

Ainslie trat näher und stellte dabei fest, daß ihre Augen gerötet waren. Offenbar hatte sie geweint.

Vor dem Schreibtisch stehend begann er: »Ich möchte Ihnen mein tiefempfundenes Beileid...«

»Danke«, unterbrach Major Ernst ihn rasch. Dann fuhr sie in geschäftsmäßigem Ton fort: »Ich bin hier, weil ich Ihnen ein paar Fragen zu stellen habe, Sergeant.«

Er paßte sich ihrem Tonfall an. »Ich werde versuchen, sie zu beantworten.«

Obwohl Cynthia Ernst ihm jetzt die kalte Schulter zeigte, erregten ihr Anblick und ihre Stimme ihn noch so wie früher, als sie seine Geliebte gewesen war. Aber dieses erotische, aufregende, provokante Zwischenspiel schien jetzt lange zurückzuliegen.

Ihre Affäre hatte vor fünf Jahren begonnen, als sie beide Detectives im Morddezernat gewesen waren. Als Dreiunddreißigjährige – drei Jahre jünger als Malcolm – war Cynthia schön und begehrenswert gewesen. Jetzt erschien sie ihm noch reizvoller. Und auf seltsame Weise machte Cynthias Kälte, mit der sie ihm begegnete, seit sie sich nach ihrer einjährigen Beziehung getrennt hatten, sie noch anziehender als früher. Cynthias erotische Ausstrahlung war so stark, daß Ainslie selbst in dieser gänzlich unromantischen Umgebung eine beginnende Erektion spürte.

Sie deutete auf den Stuhl vor dem Schreibtisch und sagte, ohne zu lächeln: »Sie können Platz nehmen.«

Ainslie gestattete sich ein ganz schwaches Lächeln. »Danke, Major.«

Als er sich setzte, war ihm bewußt, daß Cynthia ihre Grenzen im Verhältnis zu ihm sehr klar abgesteckt hatte – auf die Frage unterschiedlicher Dienstgrade reduziert, wobei ihrer jetzt viel höher als seiner war. Nun, das war in Ordnung. Es konnte nie schaden, genau zu wissen, wo man stand. Trotzdem bedauerte er, daß sie ihm keine Gelegenheit gegeben hatte, ihr sein Beileid auszudrücken. Aber Cynthia sah wieder auf das Blatt Papier, das sie gelesen hatte; sie ließ sich Zeit damit, bevor sie es weglegte und ihn ansah.

»Wie ich höre, leiten Sie die Ermittlungen wegen des Mordes an meinen Eltern.«

»Ja, das stimmt.« Er wollte ihr die Bildung der Sonderkommission und die Gründe dafür erklären, aber sie schnitt ihm das Wort ab.

»Das weiß ich alles.«

Ainslie wartete schweigend ab, worauf Cynthia hinauswollte. Eines stand für ihn fest: ihre Trauer war tief und echt. Das verrieten ihre geröteten Augen, und er wußte aus persönlicher Kenntnis, daß die Beziehung zwischen Gustav und Eleanor Ernst und Cynthia, ihrem einzigen Kind, ungewöhnlich eng gewesen war.

Unter anderen Umständen hätte er sie tröstend in die Arme genommen oder auch nur ihre Hand berührt, aber jetzt hütete er sich davor, so etwas zu tun. Abgesehen davon, daß sie seit vier

Jahren ihre eigenen Wege gegangen waren, wußte er auch, daß Cynthia sofort ihren undurchdringlichen Schutzschild hervorholen würde, den sie so häufig benutzte, um private Dinge abzublocken, während sie der unduldsame, auf Leistung fixierte Profi wurde, den er so gut gekannt hatte.

In ihrer Zeit als Ainslies Kollegin hatte Cynthia jedoch auch weniger erfreuliche Charakterzüge erkennen lassen. Ihre kompromißlose Geradlinigkeit ließ sie subtile Methoden verachten, obwohl Subtilität ein nützliches Ermittlungsinstrument sein konnte. Sie war bestrebt, Ermittlungen möglichst abzukürzen, auch wenn dadurch die Grenze zwischen legal und illegal überschritten wurde – etwa durch Absprachen mit Kriminellen oder untergeschobenes Beweismaterial, um eine Straftat zu »beweisen«. Als ihr Vorgesetzter hatte Ainslie Cynthias Methoden manchmal beanstandet, obwohl niemand ihre Erfolge kritisieren konnte, die damals auch ein gutes Licht auf ihn geworfen hatten.

Dann hatte es die völlig unprofessionelle, zärtliche, hingebungsvolle, wild sinnliche Cynthia gegeben – eine Seite ihrer Persönlichkeit, die er wohl niemals wieder erleben würde. Er schob diesen Gedanken beiseite.

Sie beugte sich über den Schreibtisch und sagte: »Kommen Sie zur Sache. Ich will hören, was Sie wirklich unternehmen, und erwarte, daß Sie nichts zurückhalten.«

Diese Szene, dachte Ainslie, war eine Wiederholung vieler Dinge, die sich früher ereignet hatten.

Cynthia Ernst war mit siebenundzwanzig Jahren ins Miami Police Department eingetreten. Sie hatte rasch Karriere gemacht – weil ihr Vater City Commissioner war, behaupteten böse Zungen. Jedenfalls hatte ihr das ebensowenig geschadet wie die Tatsache, daß Minderheiten- und Frauenrechte neue Prioritäten und Möglichkeiten schufen. Aber wie alle, die sie besser kannten, zugeben mußten, basierte Cynthias Erfolg in Wahrheit auf angeborenen Fähigkeiten, Ehrgeiz und der Bereitschaft zu harter Arbeit, ohne dabei auf die Uhr zu sehen.

Gleich von Anfang an, schon bei dem zehnwöchigen Pflichtlehrgang an der Polizeiakademie, hatte Cynthia sich mit ihrem ausgezeichneten Gedächtnis und ihrer geistigen Beweglichkeit im Umgang mit Problemen hervorgetan. Auch bei der Schießausbildung hatte sie die Trainer durch glänzende Leistungen verblüfft. Nach vier Wochen konnte sie ihre Waffe blitzschnell zerlegen und wieder zusammensetzen, schoß in allen Lagen wie eine Scharfschützin und erzielte nie weniger als zweihundertachtundneunzig von dreihundert möglichen Ringen.

Nach der Ausbildung erwies Cynthia sich als höchst kompetente Polizeibeamtin, an der Vorgesetzte ihre Einsatzbereitschaft, ihre Intelligenz und ihre Fähigkeit zu raschen Entschlüssen schätzten. Diesen Eigenschaften und ihrem Talent, nur angenehm aufzufallen, hatte Cynthia es zu verdanken, daß sie bereits nach nur zwei Jahren im uniformierten Streifendienst zur Mordkommission versetzt wurde.

In der Mordkommission war sie weiter erfolgreich, und dort begegnete sie Malcolm Ainslie, damals ebenfalls noch Detective, der dabei war, seinen guten Ruf als hervorragender Ermittler zu begründen.

Cynthia wurde Ainslies Ermittlerteam zugeteilt, das damals von Detective-Sergeant Felix Foster, einem erfahrenen Kriminalbeamten, geleitet wurde. Nur wenig später wurde Foster zum Lieutenant befördert und in eine andere Abteilung versetzt. Als frischgebackener Sergeant trat Ainslie an seine Stelle.

Aber schon vorher hatten Cynthia und er zusammengearbeitet und fühlten sich zueinander hingezogen – eine gegenseitige Anziehung, die sich nur für kurze Zeit unterdrücken ließ.

Cynthia leitete die Ermittlungen in einem Dreifachmordfall und wurde dabei gelegentlich von Malcolm unterstützt. Um vielversprechenden Hinweisen nachzugehen, flogen die beiden für zwei Tage nach Atlanta. Die Hinweise erwiesen sich tatsächlich als lohnend, und am Abend des ersten anstrengenden, aber erfolgreichen Tages quartierten die beiden sich in einem Motel am Stadtrand ein.

Beim Abendessen in einer kleinen, aber überraschend guten Trattoria sah Malcolm über den Tisch hinweg Cynthia an und fragte mit instinktivem Gespür für den richtigen Augenblick: »Bist du sehr müde?«

»Verdammt müde«, antwortete sie. Dann griff sie nach seiner Hand. »Aber nicht zu müde für das, was wir beide am meisten wollen – und ich meine nicht die Nachspeise.«

Als sie in ihr Motel zurückfuhren, lehnte Cynthia sich zu Malcolm hinüber und kitzelte ihn mit der Zungenspitze am Ohr. »Ich weiß nicht, ob ich so lange warten kann«, gurrte sie dabei. »Kannst du's?« Dann reizte sie ihn mit der Hand, bis er stöhnend in Schlangenlinien die Straße entlangfuhr.

Vor seiner Zimmertür zog er Cynthia an sich und küßte sie zart. »Ich nehme an, daß du mit reinkommen willst.«

»Genauso dringend, wie du willst, daß ich's tue«, antwortete sie neckend.

Das hatte Malcolm hören wollen. Er sperrte auf und schob Cynthia vor sich her. Als die Tür hinter ihnen zufiel, wurde das Zimmer durch von außen hereinfallendes Licht nur schwach erhellt. Malcolm drängte sich mit seinem ganzen Gewicht gegen Cynthia, die an der Wand neben der Tür stand. Er spürte, wie ihr Atem schneller ging, ihr Körper vor Lust pulsierte. Er atmete den Duft ihres Haars ein und küßte ihren Nacken, während seine rechte Hand über ihre Hüften glitt und in ihrem Slip verschwand.

»O Gott«, flüsterte Cynthia, »ich will dich jetzt!«

»Pst«, sagte Malcolm, dessen Finger feucht und aufreizend war. »Nicht reden. Kein Wort.«

Daraufhin drehte sie sich um – schnell und überraschend –, so daß sie ihm mit dem Rücken zur Wand gegenüberstand. »Hol dich der Teufel, Sergeant«, sagte sie atemlos, bevor sie ihn leidenschaftlich küßte.

Während sie in fliegender Eile ihre Kleidung abstreiften, wurden ihre Küsse drängender. »Wie schön du bist!« flüsterte Malcolm mehrmals. »Gott, wie schön du bist!«

Plötzlich stieß Cynthia ihn rückwärts aufs Bett und schob sich über ihn. »Ich brauch' dich jetzt, Liebster. Laß mich keine Sekunde länger warten.«

Danach ruhten sie sich aus, liebten sich wieder und machten so die ganze Nacht weiter. Obwohl in seinem Kopf ziemliches Chaos herrschte, fiel Malcolm auf, daß Cynthia im Bett die Initiative ergriffen und ihm – ganz überraschend – das Gefühl vermittelt hatte, beherrscht und vereinnahmt zu werden; aber das störte ihn nicht wirklich.

Als Detective-Sergeant hatte Ainslie es in den folgenden Monaten in der Hand, den Dienstplan so zu gestalten, daß Cynthia und er häufig zusammen waren – nicht nur in Miami, sondern gelegentlich auch mit Übernachtungen an anderen Orten. So blieben sie weiter ein heimliches Liebespaar.

Es gab viele Augenblicke, in denen Ainslie sich mit einem Anflug von Schuldbewußtsein an seine Ehe mit Karen erinnerte. Aber Cynthias unersättlicher sexueller Hunger und die Befriedigung, die sie ihm verschaffte, erschienen wichtiger als alles andere.

Wie in Atlanta begann jedes ihrer heimlichen Treffen mit einem endlos langen Kuß, während sie einander auszogen. Dabei entdeckte Malcolm eines Tages Cynthias zweite Pistole in einem Knöchelhalfter unter der langen Hose, die sie wie die meisten Kriminalbeamtinnen im Dienst trug. Ihre normale Dienstwaffe war eine Glock, eine 9-mm-Pistole, deren Magazin fünfzehn Schuß Hohlspitzenmunition faßte. Aber diese Waffe, eine winzige verchromte Smith & Wesson, hatte Cynthia sich selbst gekauft.

»Die ist für jeden Angreifer außer dir, Darling«, murmelte sie. Dann steckte sie ihm ihre Zungenspitze ins Ohr. »Im Augenblick ist deine Waffe die einzige, die mich interessiert.«

Eine zusätzliche Pistole – bei der Polizei als »Wegwerfwaffe« bezeichnet – durften Polizeibeamte tragen, wenn sie registriert war und ihr Besitzer sich auf dem Schießstand mit ihr qualifiziert hatte. In Cynthias Fall waren beide Voraussetzungen erfüllt.

Tatsächlich sollte ihre kleine Smith & Wesson sich schon bald auf eine Art nützlich erweisen, an die Malcolm Ainslie sich dankbar erinnerte.

Detective Cynthia Ernst leitete unter Aufsicht von Sergeant Ainslie die Ermittlungen in einem Mordfall, in dem ein Bankangestellter in Miami verdächtigt wurde, er habe die Tat beobachtet, sich aber nicht als Zeuge zur Verfügung gestellt. Cynthia und Ainslie fuhren zu der Großbankfiliale in der Innenstadt, um den potentiellen Zeugen zu befragen. Beim Hineingehen sahen sie, daß dort gerade ein Bankraub mit Geiselnahme stattfand.

Es war kurz vor Mittag; die Schalterhalle war voller Menschen.

Vor kaum drei Minuten hatte der Bankräuber, ein mit einer MP Uzi bewaffneter großer, muskulöser Weißer, einer Kassiererin befohlen, ihren gesamten Bargeldbestand in die Baumwolltasche zu packen, die er ihr über den Schalter zuschob. Nur wenige Leute hatten davon etwas mitbekommen, bis ein Wachmann den Bankräuber bemerkte, seinen Revolver zog und auf ihn zulief. »Sie an der Kasse!« rief er laut. »Weg mit der Waffe!«

Statt zu gehorchen, warf der Bankräuber sich herum und gab einen Feuerstoß aus seiner Uzi ab. Der Wachmann brach zusammen. In der entstehenden Panik brüllte der Bewaffnete: »Dies ist ein Überfall! Niemand bewegt sich, dann passiert keinem was!« Dann griff er über den Schalter, bekam die Kassiererin zu fassen, zerrte sie zu sich heran und klemmte sich ihren Kopf unter den Arm.

In der atemlosen Stille, die nach diesem Ausbruch eintrat, betraten Cynthia und Ainslie die Bank.

Ainslie griff sofort nach dem Schulterhalfter unter seiner Jacke und zog seine 9-mm-Glock. Er hielt sie mit beiden Händen umklammert, zielte auf den Bankräuber und rief laut: »Halt, Polizei! Lassen Sie die Frau los! Weg mit der Waffe und Hände hoch, oder ich schieße!«

Gleichzeitig setzte Cynthia sich unauffällig von Ainslie ab, ohne den Mann durch hastige Bewegungen auf sich aufmerksam zu machen. Ihre Hände umklammerten eine kleine, unauffällige Handtasche.

Der Bankräuber hielt die Kassiererin noch fester gepackt und zielte mit der MP auf ihren Kopf. »Weg mit *deiner* Waffe, Drecksack, sonst erledige ich sie zuerst«, knurrte er Ainslie an. »Los, mach schon! Weg damit! Ich zähl' bis zehn. Eins, zwei...«

Die Kassiererin flehte mit schriller, erstickter Stimme: »Bitte tun Sie, was er sagt! Ich will nicht...« Ihre Stimme erstarb, als der Mann ihr die Kehle zudrückte.

Der Bankräuber zählte weiter: »Drei... vier...«

»Seien Sie vernünftig!« rief Ainslie. »Legen Sie die verdammte Waffe weg! Geben Sie auf!«

»Niemals! Fünf... sechs... Weg mit *deiner* Waffe, Scheißkerl, sonst knall' ich diese Schlampe bei zehn ab!«

Cynthia, die abseits stand und logisch kühl überlegte, schätzte ihr Schußfeld ab. Sie wußte, daß Ainslie erraten haben mußte, was sie plante, und jetzt mit geringen Erfolgschancen versuchte, Zeit zu gewinnen. Der Geiselnehmer wußte, daß seine Lage aussichtslos war; er würde nicht flüchten können, deshalb war es ihm egal, ob...

Der Mann zählte weiter: »Sieben...«

Ainslie behielt seine Schußposition stur bei. Cynthia wußte, daß er sich jetzt ganz auf sie verließ. In der Schalterhalle herrschte atemlose, gespannte Stille. Natürlich war inzwischen längst stummer Alarm ausgelöst worden. Aber es würde einige Minuten dauern, bis weitere Polizisten eintrafen – und was hätten sie dann tun sollen?

Unmittelbar hinter dem Geiselnehmer war niemand zu sehen. Er stand Cynthia jetzt fast Auge in Auge gegenüber, ohne jedoch auf sie zu achten, weil er sich völlig auf Ainslie konzentrierte. Seine MP war weiter auf den Kopf der Kassiererin gerichtet; das war eine verdammt gefährliche Situation, aber Cynthia blieb keine andere Wahl. Sie wußte, daß sie nur einen Schuß hatte, der sofort tödlich sein mußte...

»Acht...«

Mit einer schnellen Bewegung öffnete Cynthia den Aufreißsaum ihrer speziell angefertigten Handtasche – ein wirkungsvoller Ersatz für ein Knöchelhalfter. Sie ließ die Ledertasche achtlos fallen, hielt jetzt ihre kleine Pistole in der Hand und riß die chromblitzende Smith & Wesson hoch.

»Neun...«

Sie zielte rasch, hielt den Atem an und drückte ab.

Der scharfe Schußknall ließ alle zusammenzucken. Cynthia ignorierte die Leute, die sie anstarrten; sie hatte nur Augen für den Mann, der jetzt zusammenbrach, während aus einer roten Schußwunde fast genau in der Stirnmitte langsam Blut zu quellen begann.

Ainslie, dessen Waffe auf den Bankräuber gerichtet blieb, ging auf ihn zu, betrachtete die leblose Gestalt und steckte dann seine Pistole weg. Als Cynthia herankam, sagte er grinsend: »Du hast dir verdammt viel Zeit gelassen. Aber trotzdem vielen Dank.«

In der Schalterhalle wurde aufgeregtes Stimmengewirr laut; als die Menschen erkannten, daß die Gefahr vorüber war, brandete Beifall auf, der rasch in spontane Hochrufe auf Cynthia überging. Sie lehnte sich lächelnd an Malcolm, seufzte erleichtert und flüsterte ihm zu: »Ich glaube, dafür schuldest du mir mindestens eine Woche im Bett.«

Ainslie nickte. »Aber wir müssen vorsichtig sein. Du wirst jetzt berühmt.« Und das war sie in den Tagen danach als eine von den Medien groß herausgestellte Heldin tatsächlich.

Erstaunlicherweise liebte Malcolm Ainslie seine Frau Karen in dieser ganzen Zeit mit Cynthia nicht weniger. Es war, als habe er zwei Privatleben: sein Eheleben, das Sicherheit und Beständigkeit darstellte, und ein wildes Abenteuerleben, das unweigerlich irgendwann enden würde. Ainslie dachte nie ernstlich daran, Karen und seinen dreijährigen Sohn Jason zu verlassen.

In dieser Zeit gab es Augenblicke, in denen Ainslie sich fragte, ob Karen etwas von seinem Verhältnis mit Cynthia ahnte oder sogar davon wußte. Irgendein Wort, eine Geste von ihr konnte bewirken, daß er glaubte, sie müsse zumindest einen Verdacht hegen.

Im Verlauf von »Cynthias Jahr« zeigten sich einige Facetten ihres Charakters, die Ainslie unangenehm berührten, ihm manchmal sogar beruflich Unbehagen bereiteten. Sie neigte zu plötzlichem Stimmungswechsel – von heiterer, liebevoller Wärme zu abrupter, eisiger Kälte. In solchen Augenblicken fragte Ainslie sich, was um Himmels willen passiert sein mochte; nach mehreren Erlebnissen dieser Art erkannte er jedoch, daß das nur Cynthias Art war – ein Aspekt ihres Charakters, der immer häufiger und deutlicher hervortrat.

Trotzdem konnte er sich mit solchen Stimmungsschwankungen eher abfinden als mit den beruflichen Bedenken, die ihr Verhalten in ihm weckte.

In seiner Laufbahn als Polizeibeamter hatte Ainslie stets an seinen ethischen Grundsätzen festgehalten – auch im Umgang mit völlig amoralischen Gewohnheitsverbrechern. Manchmal waren gewisse Zugeständnisse denkbar, um Informationen zu erhalten, aber damit war für ihn das Limit schon erreicht. Auf der anderen Seite gab es Kollegen, die mit Straftätern illegale Absprachen trafen, bei ihren Zeugenaussagen logen oder Verdächtigen belastendes Material unterschoben, um eine anders nicht mögliche Verurteilung zu erwirken. Ainslie lehnte solche Winkelzüge für sich selbst und seine Untergebenen strikt ab.

Cynthia schien keine derartigen Skrupel zu haben.

Als Cynthias Vorgesetzter hatte Ainslie den Verdacht, manche ihrer Ermittlungserfolge könnten auf moralisch fragwürdige Weise zustande gekommen sein. Aber er hatte selbst keine Kenntnis davon, und seine Fragen nach ihren angeblich oft rüden Methoden bewirkten nur, daß Cynthia sie nachdrücklich, einmal sogar empört leugnete. Auf einen Fall wurde er jedoch so aufmerksam gemacht, daß er ihn nicht übersehen konnte.

Dieser Fall betraf einen Dieb und Betrüger namens Val Castellon, der erst vor kurzem auf Bewährung aus der Haft entlassen worden war. Cynthia leitete die Ermittlung wegen eines Mordes, und obwohl Castellon nicht als Täter verdächtigt wurde, sollte er Auskunft über einen ehemaligen Mithäftling geben, der als Täter in Frage kam. Bei seiner ersten Vernehmung bestritt Castellon, solche Informationen zu besitzen, und Ainslie neigte dazu, ihm zu glauben. Cynthia war jedoch anderer Meinung.

Bei einer weiteren Vernehmung, die Cynthia allein durchführte, drohte sie Castellon, falls er sich weigerte, die gewünschte Aussage zu machen, werde sie dafür sorgen, daß er mit Drogen in der Tasche aufgegriffen werde. Für Castellon lagen die Folgen auf der Hand: Widerruf seiner Entlassung auf Bewährung, Fortdauer der Haft und erneute Verurteilung wegen Verstoßes gegen seine Bewährungsauflagen. Einem Verdächtigen Drogen in die Tasche zu schmuggeln und sie dann angeblich bei ihm zu finden, war ein simpler Polizeitrick, der nur allzu häufig angewandt wurde.

Ainslie erfuhr von Cynthias Erpressungsversuch durch Sergeant Hank Brewmaster, der diese Geschichte von einem seiner Spitzel gehört hatte, der mit Castellon befreundet war. Als er Cynthia fragte, ob das wahr sei, gestand sie ihre allerdings noch nicht wahrgemachte Drohung ein.

»Und dazu kommt's auch nicht«, erklärte er ihr. »Ich wäre dafür verantwortlich, und ich lasse so etwas nicht zu.«

»Unsinn, Malcolm!« sagte Cynthia. »Der Kerl landet sowieso wieder hinter Gittern. Ich beschleunige diesen Vorgang nur ein bißchen.«

»Begreifst du das denn nicht?« fragte er ungläubig. »Die Gesetze, denen wir Geltung verschaffen müssen, sind auch von uns einzuhalten.«

»Und du bist muffig wie dieses alte Kissen.« In dem Motelzimmer, das sie sich an diesem verregneten Nachmittag genommen hatten, warf Cynthia vom Bett aus eines nach ihm. Gleichzeitig ließ sie sich zurücksinken, spreizte aufreizend ihre Beine und fragte: »Ist deine Begierde etwa legal? Schließlich sind wir beide im Dienst.«

Sein Gesichtsausdruck veränderte sich. Er trat ans Bett, ließ seine Jacke von den Schultern gleiten und riß sich die Krawatte vom Hals. Cynthia drängte plötzlich: »Schnell, beeil dich! Steck deinen herrlich großen illegalen Schwanz in mich rein!«

Wie schon so oft, fühlte Ainslie sich willenlos, als er mit ihr verschmolz, und zugleich verlegen und von Cynthias derber Ausdrucksweise sogar abgestoßen. Aber auch das gehörte zu ihrer sexuellen Aggressivität, die ihre heimlichen Zusammenkünfte von Mal zu Mal aufregender machte.

Unterdessen war nicht mehr von Val Castellon die Rede, obwohl Ainslie dieses Thema später erneut anschneiden wollte, was er allerdings nie tat. Er erfuhr auch nie, wie die fehlenden Informationen letztlich doch beschafft worden waren, sondern nur, daß Cynthia – und damit auch er selbst – einen weiteren Triumph als Ermittlerin verzeichnen konnte.

Ainslie überzeugte sich jedoch davon, daß Castellon nicht wegen Drogenbesitzes angeklagt und seine Entlassung auf Bewährung nicht widerrufen wurde. Irgendwie schien Cynthia sich seine Warnung also doch zu Herzen genommen zu haben.

Auch etwas anderes bereitete Ainslie Unbehagen. Im Gegensatz zu den meisten Polizeibeamten schien Cynthia sich in Gesellschaft von Kriminellen wohl zu fühlen und verkehrte in Bars unbefangen, geradezu freundschaftlich mit ihnen. Auch ihre Einstellung gegenüber Gesetzesbrechern unterschied sich von der Ainslies. Während er seine Arbeit – vor allem die Aufklärung von Morden – für moralisch hochwertig hielt, war Cynthia anderer Meinung und forderte ihn einmal auf: »Sieh der Realität doch ins Auge, Malcolm! Hier konkurrieren Straftäter, Polizei und Anwälte. Wer zuletzt gewinnt, hängt davon ab, wie clever der Anwalt und wie reich sein Mandant ist. In diesem Spiel sind deine sogenannten moralischen Prinzipien chancenlos.«

Ainslie war keineswegs beeindruckt. Ausgesprochen unglücklich war er, als er später erfuhr, wer Cynthias regelmäßiger Begleiter bei ihren Bar- und Restaurantbesuchen war: Patrick Jensen, ein erfolgreicher Romanautor und Lebemann aus Miami, der jedoch einen denkbar schlechten Ruf hatte – vor allem bei der Polizei.

Jensen, ein ehemaliger Fernsehjournalist, hatte zahlreiche Kriminalromane geschrieben, die weltweit zu Bestsellern wurden, und damit bis zu seinem neununddreißigsten Lebensjahr angeblich zwölf Millionen Dollar verdient. Manche Leute behaupteten, der Erfolg sei ihm zu Kopf gestiegen, und Jensen habe sich in einen frechen, arroganten, oft gewalttätigen Schürzenjäger verwandelt. Seine zweite Frau Naomi, von der er längst wieder geschieden war, hatte ihn mehrfach angezeigt, weil er sie verprügelt hatte, aber alle Anzeigen wieder zurückgezogen, bevor Anklage erhoben werden konnte. Nach der Scheidung hatte Jensen mehrmals versucht, sich wieder mit ihr zu versöhnen, aber seine Exfrau hatte sich nicht darauf eingelassen.

Dann wurde Naomi Jensen ermordet aufgefunden – mit einem Geschoß Kaliber 38 in der Kehle. Neben ihr lag ihr Liebhaber, der junge Musiker Kilburn Holmes; er war mit derselben Waffe erschossen worden. Nach Zeugenaussagen war es am Morgen vor der Tat vor Naomis Haus zu einem erbitterten Streit zwischen den geschiedenen Ehepartnern gekommen, bei dem Naomi verlangt hatte, Jensen solle sie in Ruhe lassen, und angekündigt hatte, sie werde bald wieder heiraten.

Patrick Jensen wurde natürlich verdächtigt, und die Ermittlungen der Mordkommission ergaben, daß er Gelegenheit zur Tat gehabt und kein Alibi hatte. Ein in der Nähe der Ermordeten gefundenes Taschentuch war mit anderen aus Jensens Besitz identisch; daß es wirklich ihm gehörte, ließ sich jedoch nicht beweisen. Aber ein winziges Stück Papier in Holmes' Hand paßte zu einem anderen Stück Papier, das in Jensens Garage sichergestellt wurde. Und dann entdeckten die Ermittler, daß Jensen zwei Wochen vor der Tat einen Revolver Smith & Wesson Kaliber 38 gekauft hatte. Aber der Revolver war angeblich verlorengegangen, und die Tatwaffe blieb verschwunden.

Trotz intensivster Bemühungen fand Sergeant Pablo Greenes

Ermittlerteam kein weiteres Belastungsmaterial, und das vorliegende reichte für eine Anklageerhebung nicht aus.

Das wußte auch Patrick Jensen.

Detective Charlie Thurston, der die Ermittlungen leitete, berichtete den Sergeants Greene und Ainslie: »Ich bin heute bei diesem arroganten Scheißer Jensen gewesen, um ihm weitere Fragen zu stellen, aber der Dreckskerl hat nur gelacht und mich aufgefordert, ich solle verschwinden.« Thurston, ein erfahrener Kriminalbeamter, war sonst zurückhaltend und geduldig, aber nach dieser Abfuhr kochte er noch immer vor Wut.

»Der Schweinehund weiß, daß wir wissen, daß er's gewesen ist«, fuhr er fort, »und sagt praktisch: ›Na wenn schon, beweisen könnt ihr's mir nie!‹«

»Soll er nur lachen«, sagte Greene. »Vielleicht lachen wir zuletzt.«

Aber Thurston schüttelte den Kopf. »Ich glaub's nicht. Er schreibt bestimmt ein Buch darüber und kassiert dafür wieder 'ne Million.«

In gewisser Beziehung behielt Thurston recht. Jensen konnte nicht nachgewiesen werden, daß er Naomi und ihren Liebhaber ermordet hatte, und er schrieb einen Kriminalroman, in dem die Beamten einer Mordkommission als unfähige Tölpel hingestellt wurden. Aber das Buch wurde kein Erfolg, und als auch das nächste beim Publikum durchfiel, schienen Patrick Jensens Tage als Bestsellerautor gezählt zu sein. Gleichzeitig tauchten Gerüchte auf, Jensen habe durch riskante Geldanlagen den größten Teil seiner Millionen verloren und sei auf der Suche nach anderen Einnahmequellen. Ein weiteres Gerücht besagte, Patrick Jensen habe seit langem ein Verhältnis mit Detective Cynthia Ernst.

Ainslie schenkte dem zweiten Gerücht keinen Glauben. Erstens konnte er sich nicht vorstellen, daß Cynthia angesichts der Tatsache, daß Patrick Jensen als Mörder verdächtigt wurde, so töricht sein würde, und zweitens fand er es unvorstellbar, daß Cynthia gleichzeitig zwei Affären haben könnte, zumal ihre intensive Beziehung sie völlig in Anspruch nahm.

Trotzdem sprach er sie auf Patrick Jensen an, als er glaubte, seinen Namen wie beiläufig erwähnen zu können. Aber Cynthia ließ sich wie üblich nicht täuschen.

»Bist du eifersüchtig?« fragte sie.

»Auf Patrick Jensen? Darauf kannst du lange warten!« Er zögerte, bevor er hinzufügte: »Müßte ich's denn sein?«

»Patrick bedeutet mir nichts«, versicherte sie ihm. »Dich will ich, Malcolm – und ich will dich für mich allein haben. Ganz für mich allein! Ich hab' keine Lust mehr, dich mit jemandem teilen zu müssen.« Die beiden saßen in einem neutralen Dienstwagen, den Cynthia fuhr. Ihre letzten Worte klangen wie ein Befehl.

Ainslie war so verblüfft, daß er impulsiv fragte: »Willst du damit sagen, wir sollten heiraten?«

»Malcolm, darüber reden wir, wenn du frei bist. Dann überleg' ich's mir.«

Typisch Cynthia, dachte er, denn im vergangenen Jahr hatte er sie gründlich kennengelernt. Wäre er frei gewesen, hätte sie ihn wahrscheinlich benutzt, bis zum letzten ausgepreßt und dann weggeworfen. Für Cynthia gab es keine auf Dauer angelegte Beziehung; das hatte sie von Anfang an unmißverständlich klargemacht.

Nun war es soweit. Ainslie wußte, daß in diesem entscheidenden Augenblick eine Auseinandersetzung unvermeidlich war. Er wußte, daß seine Antwort Cynthia nicht gefallen würde, und ahnte, daß sich ihr Zorn wie ein Vulkan entladen würde. Trotzdem hatte er nicht vor, sich von Karen zu trennen, um vielleicht Cynthia heiraten zu können.

Sie waren auf einer ruhigen Wohnstraße unterwegs. Als ahne Cynthia, was kommen würde, hielt sie am Bordstein an.

Sie sah zu ihm hinüber. »Also?«

Er griff nach ihrer Hand und sagte zärtlich: »Mein Liebling, was wir erlebt haben, ist zauberhaft, einfach herrlich gewesen, und ich werde dir dafür immer dankbar sein. Aber ich muß dir etwas sagen... Ich kann nicht so weitermachen, wir müssen uns trennen.«

Er hatte einen wütenden Ausbruch erwartet. Aber der blieb aus. Statt dessen lachte sie. »Das soll wohl ein Witz sein?«

»Nein«, antwortete er nachdrücklich.

Sie saß eine Zeitlang stumm neben ihm und starrte aus ihrem Seitenfenster. Dann sagte sie mit eisiger Ruhe, ohne zu ihm hinüberzusehen: »Das wirst du bereuen, Malcolm, das verspreche ich dir – du wirst's für den Rest deines jämmerlichen Lebens bereuen.«

Er seufzte. »Vielleicht hast du recht. Das muß ich leider riskieren.«

Plötzlich starrte sie ihn mit vor Wut funkelnden Augen, in denen Tränen standen, an. Ihre geballten Fäuste zitterten. »Du Schwein!« kreischte sie.

Danach sahen sie sich nur noch selten. Das lag auch daran, daß Cynthia wenige Tage später zum Sergeant befördert wurde. Sie hatte vor einigen Wochen die Prüfung für den höheren Dienst abgelegt und von sechshundert Kandidaten das drittbeste Ergebnis erzielt.

Nach ihrer Beförderung wurde sie aus der Mordkommission als Teamleiterin zum Sittendezernat versetzt. Dort leitete sie ein Team aus fünf Kriminalbeamten, das Vergewaltigungen, Vergewaltigungsversuche, sexuelle Belästigungen und Belästigungen durch Spanner aufzuklären hatte; das war ein weites Feld, auf dem Cynthia überragend erfolgreich war. Wie in der Mordkommission entwickelte sie ein besonderes Talent dafür, Ermittlungen mit Hilfe eines Netzwerks aus Kontaktleuten und Spitzeln voranzutreiben. Als geborene Führungspersönlichkeit schonte sie weder ihre Leute noch sich selbst und konnte mit der Verhaftung eines wegen fünfzehn Vergewaltigungen gesuchten Triebtäters, der Miami zwei Jahre lang terrorisiert hatte, frühzeitig einen großen Erfolg verbuchen.

Auch aus diesem Grund und wegen einer glanzvoll bestandenen weiteren Laufbahnprüfung wurde Cynthia zwei Jahre später zum Lieutenant befördert und wechselte als Stellvertreterin des Leiters in die Abteilung Öffentlichkeitsarbeit über. In dieser

Funktion verfaßte sie Pressemitteilungen, nahm an Bürgerversammlungen teil, hielt Vorträge vor kommunalen Vereinigungen und verbreitete insgesamt ein überzeugend positives Image des Miami Police Departments.

Das alles machte Polizeipräsident Farrell Ketledge auf sie aufmerksam, und als Cynthias Vorgesetzter unerwartet starb, ernannte der Chief sie zu seinem Nachfolger. Und da gute Öffentlichkeitsarbeit zunehmend wichtiger wurde, beschloß Chief Ketledge, sie solle in Zukunft von einem Polizeimajor geleitet werden. So erreichte Cynthia diesen hohen Dienstposten, ohne jemals Captain gewesen zu sein.

Unterdessen war Ainslie noch immer Sergeant, was teilweise auch auf das Karrierehindernis zurückzuführen war, daß er zu einer Zeit, in der Frauen und Angehörige von Minderheiten bevorzugt befördert wurden, ein Mann und ein Weißer war. Aber er hatte die Laufbahnprüfung zum Lieutenant mit Auszeichnung bestanden und rechnete damit, demnächst befördert zu werden. Aus praktischer Sicht würde sein Jahresgehalt von zweiundfünfzigtausend Dollar, das er als Sergeant bezog, dadurch um willkommene zehntausendvierhundert Dollar steigen.

Ließ der finanzielle Druck etwas nach, konnten Karen und er mehr reisen, öfter Jazz- und Kammerkonzerte besuchen, häufiger zum Essen ausgehen und ganz allgemein ihre Lebensqualität verbessern. Seit Ainslie sein Verhältnis mit Cynthia beendet hatte, war er entschlossener denn je, ein treusorgender Ehemann zu sein.

Dann bekam er einen Anruf von Captain Ralph Leon aus der Personalabteilung. Ainslie und Leon kannten sich von der Polizeiakademie her, wo sie gemeinsam gelernt hatten und gute Freunde geworden waren. Leon war ein Schwarzer und gut qualifiziert – daher hatte die Minderheitenförderung seinen Aufstieg nicht beeinträchtigen können.

Am Telefon hatte Leon nur gesagt: »Malcolm, wir müssen uns auf einen Kaffee treffen.« Er nannte einen Tag, eine Uhrzeit und als Treffpunkt ein Café in Little Havana – weit vom Polizeipräsidium entfernt.

Vor dem Café lächelten sie sich zu und begrüßten sich mit kräftigem Händedruck. Leon, der statt seiner gewohnten Uniform ein Sportsakko und eine Gabardinehose trug, öffnete die Tür und ging zu einer ruhigen Sitznische voraus. Er war ein schlanker Mann, gewissenhaft und methodisch, und wählte seine Worte sorgfältig, bevor er zu sprechen begann. »Malcolm, dieses Gespräch hat nie stattgefunden.«

Sein Blick stellte eine Frage, die Ainslie mit einem Nicken beantwortete. »Okay, ich verstehe.«

»In der Personalabteilung hört man vieles, was…« Leon machte eine Pause. »Hol's der Teufel, Malcolm, ich will dir reinen Wein einschenken. Bleibst du Cop in Miami, wirst du dein Leben lang nicht mehr befördert. Du wirst niemals Lieutenant oder erreichst irgendeinen Dienstgrad, der höher als dein jetziger ist. Das ist unfair, und ich find's empörend, aber aus alter Freundschaft wollte ich's dich wissen lassen.«

Ainslie, der wie vor den Kopf geschlagen war, saß schweigend da.

Leons Stimme klang emotionaler. »Schuld daran ist Major Ernst. Sie macht dich überall schlecht, blockiert deine Beförderung. Ich weiß nicht, warum, Malcolm; vielleicht weißt du mehr. Aber wenn du's weißt, behalt's bitte für dich.«

»Mit welcher Begründung blockiert sie meine Beförderung? Meine Personalakte ist einwandfrei, meine Beurteilungen sind immer sehr gut gewesen.«

»Ihre Gründe sind trivial, das weiß jeder. Aber als Major – vor allem in ihrer Stellung – hat sie viel Einfluß, und wer in unserem Laden einen mächtigen Feind hat, zieht immer den kürzeren. Du weißt ja, wie das ist.«

Das wußte Ainslie, aber aus Neugier fragte er doch: »Was wirft man mir vor?«

»Pflichtversäumnisse, Faulheit, schlampige Arbeit.«

Unter anderen Umständen hätte Ainslie vermutlich gelacht.

»Sie muß sämtliche gottverdammten Akten durchforstet haben«, berichtete Leon. Er erwähnte einige Punkte. Beispielsweise auch die Tatsache, daß Ainslie einmal einen angesetzten Verhandlungstermin versäumt hatte.

»Daran erinnere ich mich noch gut. Auf der Fahrt zum Gericht ist über Funk ein Mord auf dem Freeway gemeldet worden. Wir haben den Täter verfolgt und geschnappt; er ist später verurteilt worden. Am selben Tag habe ich den Richter aufgesucht, ihm die Umstände geschildert und mich für mein Nichterscheinen entschuldigt. Er ist so nett gewesen, die Verhandlung neu anzusetzen.«

»Leider ist im Protokoll nur dein Fehlen vermerkt. Das habe ich kontrolliert.« Leon zog einen zusammengefalteten Zettel aus der Hemdtasche. »Du bist mehrmals zu spät zum Dienst gekommen, hast Besprechungen versäumt.«

»Jesus, das passiert doch jedem mal! Bei uns gibt's keinen, der das nicht kennt – ein Notruf, auf den man reagiert, während das Büro warten muß. Ich kann mich nicht mal an einzelne Fälle erinnern.«

»Ernst hat sich daran erinnert *und* die entsprechenden Unterlagen gefunden.« Leon sah auf seinen Zettel. »Ich hab' dir gesagt, daß ihre Gründe trivial sind. Willst du noch mehr hören?«

Ainslie schüttelte den Kopf. Beweglichkeit, schnelle Entscheidungen und flexible Reaktionen auf das Unerwartete gehörten zum Dienstalltag der Polizei, vor allem der Mordkommission. Vom Verwaltungsstandpunkt aus waren die Ergebnisse nicht immer vorschriftsmäßig, aber das gehörte zu diesem Job. Das wußte jeder, natürlich auch Cynthia.

Aber auch Ainslie wußte etwas – nämlich daß er nichts dagegen unternehmen konnte. Cynthia hatte den Dienstgrad und vor allem den nötigen Einfluß; sie hielt alle Trümpfe in der Hand. Er erinnerte sich an ihre Drohung beim Abschied. Nun, sie hatte ihr Versprechen gehalten.

»Verdammt«, murmelte Ainslie und starrte trübsinnig auf die Straße hinaus.

»Tut mir leid, Malcolm. Das ist wirklich Pech.«

Ainslie nickte. »Ich bin dir dankbar, daß du's mir erzählt hast, Ralph. Von diesem Gespräch erfährt niemand etwas.«

Leon betrachtete die karierte Tischdecke. »Das kommt mir jetzt nicht mehr so wichtig vor.« Er hob den Kopf. »Bleibst du trotzdem dabei?«

»Ich denke schon.« Vor allem wegen der fehlenden Alternativen, sagte er sich.

Und letztlich blieb er auch dabei.

Nach diesem Gespräch mit Ralph Leon fiel Ainslie eine andere Unterhaltung ein: Er erinnerte sich an ein kurzes, unerwartetes Gespräch, das Mrs. Eleanor Ernst, Cynthias Mutter, vor einigen Monaten mit ihm geführt hatte.

Im allgemeinen verkehren Polizeisergeants nicht in Kreisen, in denen sie den Spitzen der Stadtverwaltung oder ihren Ehepartnern begegnen; zu dieser Begegnung kam es jedoch, als ein Vorgesetzter Ainslies, der in den Ruhestand trat, ein Abschiedsessen gab, an dem auch Commissioner Ernst mit seiner Frau teilnahm. Ainslie kannte Mrs. Ernst vom Sehen; sie war ihm immer als sehr zurückhaltend erschienen – sehr elegant, aber etwas schüchtern. Deshalb war er überrascht, als sie beim Stehempfang vor dem Dinner mit einem Weinglas in der Hand auf ihn zukam.

Sie fragte mit leiser Stimme: »Sie sind Sergeant Ainslie, nicht wahr?«

»Ja, der bin ich, Ma'am.«

»Soviel ich weiß, sind Sie und meine Tochter nicht mehr – wie soll ich's ausdrücken? – miteinander befreundet. Ist das richtig?« Als sie sah, daß Ainslie zögerte, fügte sie hinzu: »Oh, keine Angst, ich erzähle nichts weiter. Aber Cynthia ist manchmal nicht sehr verschwiegen.«

Er wußte nicht recht, was er sagen sollte. »Ich sehe Cynthia praktisch gar nicht mehr.«

»Aus dem Mund einer Mutter mag das ungewöhnlich klingen, Sergeant, aber es hat mir leid getan, das zu hören. Ich glaube, Sie haben einen guten Einfluß auf Cynthia gehabt. Sagen Sie, haben Sie sich freundschaftlich oder anders getrennt?«

»Anders.«

»Schade.« Mrs. Ernst sprach noch leiser. »Ich sollte das vermutlich nicht sagen, aber ich möchte Ihnen etwas erzählen, Sergeant Ainslie. Glaubt Cynthia, ihr sei Unrecht geschehen, vergißt sie niemals, verzeiht niemals. Nur eine Warnung, die Sie beherzigen sollten. Guten Abend.«

Mrs. Ernst verschwand mit ihrem Weinglas in der Hand zwischen den anderen Gästen.

Nun hatten Eleanor Ernsts prophetische Worte ihre Bestätigung gefunden. Captain Ralph Leon war der Unglücksbote gewesen, und Ainslie würde – anscheinend für immer – Cynthias Preis bezahlen müssen.

Nach so langer Zeit, so vielen Ereignissen, so vielen Intrigen und so vielen Veränderungen für sie beide saßen Malcolm Ainslie und Cynthia Ernst sich jetzt in Lieutenant Newbolds Büro gegenüber.

»Kommen Sie zur Sache«, hatte Cynthia in bezug auf die Ermordung ihrer Eltern verlangt. »Ich will hören, was Sie wirklich tun, und erwarte, daß Sie nichts zurückhalten.«

»Wir haben eine Liste der Verdächtigen zusammengestellt, die überwacht werden sollen. Ich sorge dafür, daß Ihnen ein Exemplar...«

»Ich habe sie bereits.« Cynthias Hand berührte einen vor ihr auf dem Schreibtisch liegenden Ordner. »Steht auf dieser Liste ein Hauptverdächtiger?«

»Robinson könnte in Frage kommen. Verschiedene Aspekte scheinen zu passen, aber für einen konkreten Verdacht ist's noch zu früh. Die Überwachung müßte uns weitere Hinweise liefern.«

»Sind Sie der Überzeugung, daß diese Morde von einem einzigen Täter verübt worden sind?«

»Davon sind eigentlich alle überzeugt.« Ainslie hielt seine eigenen Zweifel für zu unwichtig, um sie zu erwähnen.

Weitere Fragen folgten, und Ainslie bemühte sich, so gut es eben ging, Cynthia trotz ihrer Unnahbarkeit durch seine Antworten sein Mitgefühl auszudrücken. Gleichzeitig war er sehr auf der Hut. Daran war Cynthia schuld, denn er wußte aus leidvoller Erfahrung, daß sie jegliche Informationen so verwendete, wie es ihr gerade paßte.

Gegen Ende dieser Befragung sagte sie: »Wie ich höre, haben Sie mehrere an den Tatorten aufgefundene Gegenstände mit Bibelzitaten in Verbindung gebracht.«

»Ja, überwiegend aus der Offenbarung.«

»Überwiegend?«

»Exakte Hinweise gibt es nicht. Es ist schwierig, sich in die Überlegungen eines Täters hineinzuversetzen, die widersprüchlich sein können. Aber diese Hinweise haben uns auf die Spur der Leute gebracht, die wir jetzt überwachen.«

»Ich wünsche, daß Sie mich über alle neuen Entwicklungen auf dem laufenden halten. Sie erstatten mir täglich telefonisch Bericht.«

»Entschuldigung, Major, aber das müßten Sie erst mit Lieutenant Newbold klären.«

»Das habe ich bereits getan. Er hat meine Anweisungen. Sie haben jetzt Ihre. Halten Sie sich bitte daran.«

Nun, sagte er sich, mit ihrem Dienstgrad kann Major Cynthia Ernst solche Anweisungen geben, auch wenn sie sich damit strenggenommen außerhalb ihres Zuständigkeitsbereichs bewegt.

Aber daraus folgt noch längst nicht, daß sie absolut lückenlos informiert werden muß, nicht einmal über die Morde an ihren Eltern.

Ainslie stand auf, trat näher an den Schreibtisch und sah auf Cynthia herab. »Major, ich werde mein Bestes tun, um Sie auf dem laufenden zu halten, aber als Leiter der Sonderkommission habe ich vor allem die Pflicht, diese Mordserie aufzuklären.« Er wartete, bis sie zu ihm aufsah, bevor er hinzufügte: »*Nichts* ist mir wichtiger als dieser Auftrag.«

Sie schien etwas sagen zu wollen, schwieg dann aber doch. Ainslie trat wieder einen Schritt zurück. Ja, Cynthia stand im Dienstgrad hoch über ihm und konnte ihm dienstlich praktisch alles befehlen. Aber auf persönlicher Ebene, das hatte er sich fest vorgenommen, würde er sich nicht von ihr herumkommandieren lassen. Niemals.

Tatsache war, daß er Cynthia nicht traute und sie eigentlich kaum noch mochte. Er ahnte die Existenz von Dingen, die sie nicht preisgab, hatte aber keine Vorstellung davon, worum es sich dabei handelte und wie sie mit seinen Ermittlungen in bezug auf die Serienmorde zusammenhängen könnten. Aus zuverlässiger Quelle in ihrer Abteilung wußte er, daß Cynthia wie früher mit zweifelhaften Methoden arbeitete und mit dubiosen Gestalten verkehrte, vor allem mit dem Schriftsteller Patrick Jensen.

Jensen wurde weiterhin von der Miami Police überwacht. Gerüchte wollten von einer Verbindung zwischen Jensen und einer Drogenhändlerbande wissen, gegen die im Zusammenhang mit dem sogenannten Rollstuhlmord ermittelt wurde. Der Ermordete, ein Querschnittsgelähmter, dem die Polizei wertvolle Hinweise verdankte, war eines Nachts gefesselt und geknebelt in das einsame Wattengebiet südlich von Homestead geschoben worden. Sein Rollstuhl war mit Ketten und Gewichten auf dem Meeresboden verankert worden, so daß der Mann bei hereinkommender Flut ertrunken war.

Das alles hatte natürlich nichts mit Major Cynthia Ernst zu tun...

Sie nickte leicht. »Das war's vorerst, Sergeant. Sie können gehen.«

8

»Von allen Einsätzen für uns Cops«, meinte Detective Charlie Thurston, »sind Observationen garantiert die beschissensten.«

»Ich steh' auch nicht drauf«, bestätigte Bradford Andrews. »Und dieser verdammte Regen macht's nicht besser.«

Thurston von der Mordkommission und Andrews aus dem Raubdezernat saßen zur Tarnung in einem Servicewagen des Stromkonzerns Florida Power & Light. Sie hatten den Auftrag, Carlos Quiñones zu überwachen – einen der insgesamt sechs wegen der Serienmorde verdächtigten Männer, deren Namen der Computer ausgespuckt hatte.

Die Polizei besaß zahlreiche Fahrzeuge für Überwachungszwecke. Dazu gehörten Taxis, Servicewagen von Telefongesellschaften, Werkstattfahrzeuge von Gas-, Wasser- und Stromversorgern, Lieferwagen und sogar Paketwagen. Manche hatte sie den jeweiligen Betreibern abgekauft oder von ihnen gespendet bekommen. Andere Fahrzeuge, die bei Razzien gegen Drogenhändler beschlagnahmt worden waren, hatten Gerichte ihr zugesprochen. Der bei Überwachungen wie im Fall Quiñones eingesetzte Fahrzeugtyp wechselte täglich.

Die beiden Kriminalbeamten, beide Anfang Dreißig, parkten seit fast drei Stunden vor Quiñones' Apartment in einem heruntergekommenen Wohnblock in dem inoffiziell als Liberty City bekannten Stadtteil.

Es war schon fast neunzehn Uhr, und Brad Andrews gähnte vor Langeweile. Andrews hatte eine Vorliebe für Action, aber Observationen boten häufig genau das Gegenteil. Man mußte stundenlang in geparkten Wagen herumhocken und aus dem Fenster starren, ohne daß etwas passierte. Auch bei gutem Wetter war es schwer, sich auf den Auftrag zu konzentrieren, ohne in Gedanken bei anderen Dingen zu sein: was es heute zum Abendessen geben würde, Sport, Sex, eine überfällige Hypothekenzahlung...

Starker Regen, der vor einer Stunde eingesetzt hatte, erschwerte es den Kriminalbeamten, deutlich zu sehen, was draußen vor sich ging, aber das Einschalten der Scheibenwischer hätte nur verraten, daß hier jemand beobachtet wurde. Auch das monotone Geräusch der Regentropfen auf dem Wagendach war nicht gerade motivierend; es war ein einschläferndes Trommeln, das die Männer sanft einlullte.

»Wach auf, Mann!« sagte Thurston warnend, als er Andrews' Gähnen sah.

»Ich versuch's schon«, sagte Brad Andrews und setzte sich auf. Als erfahrener Kriminalbeamter gehörte er zu den Leuten, die das Raubdezernat für Observationen abgestellt hatte. Um sein Familienleben etwas zu stabilisieren, hatte Andrews, der früher bei der Mordkommission gewesen war, sich zum Raubdezernat versetzen lassen, wo weniger Überstunden anfielen. Jetzt arbeitete er vorübergehend wieder mit den alten Kollegen zusammen.

Die Sonderkommission bestand aus vierundzwanzig Personen: den Sergeants Ainslie und Greene, ihren beiden Teams aus je vier Kriminalbeamten und zwölf weiteren Beamten aus dem Raubdezernat. Dazu kamen zwei Ermittler der Staatsanwaltschaft, die sich ebenfalls an Observationen beteiligten.

»Hey, da ist unser Mann!« sagte Andrews. »Kaum zu glauben, aber er kämmt sich schon wieder.«

Quiñones, ein stämmiger Hispanic mit dunklem Teint, hatte ein breites Grinsen und dichtes, gewelltes Haar, das er sich in den zweieinhalb Tagen, in denen Thurston und Andrews ihn nun schon beobachteten, mindestens drei Dutzend Male gekämmt haben mußte. Sein Strafregister enthielt zahlreiche Vorstrafen wegen Körperverletzung, Vergewaltigung und Raubüberfällen mit Gewaltanwendung.

Jetzt stieg er mit einem vollbärtigen Unbekannten in seinen verbeulten gelben 78er Chevrolet und fuhr davon. Die beiden Kriminalbeamten folgten ihnen mit ihrem Werkstattwagen der Florida P & L, in dem Andrews am Steuer saß.

Quiñones fuhr ohne Umweg zum Highway 836, einer verkehrsreichen Schnellstraße. Auf dem nach Westen in Richtung Miami International Airport führenden Streckenteil rammte er nacheinander mehrere Wagen von hinten – offenbar mit der Absicht, ihre Fahrer zum Anhalten zu provozieren, um sie dann auszurauben.

»Scheiße!« sagte Thurston unwillig, während sie das beobachteten. »Am liebsten würd' ich die beiden Dreckskerle verhaften.«

Andrews nickte. »Yeah, vielleicht müssen wir das sowieso noch.«

Die beiden Kriminalbeamten steckten in einem Dilemma. Sie sollten Quiñones als möglichen Serienmörder beschatten, aber falls eines der gerammten Autos stehenblieb, waren sie verpflichtet, zum Schutz der Insassen einzugreifen. Allerdings hielt keiner der Fahrer an – zweifellos wegen der vielen von der Polizei und den Medien verbreiteten Warnungen vor genau dieser Gefahr.

Zur Erleichterung der Kriminalbeamten hörten diese Rammversuche nach einiger Zeit wieder auf, als habe Quiñones sein Vorhaben aufgegeben.

Der gelbe Chevy fuhr an der Northwest 57th Avenue von der Schnellstraße ab, bog in den Westen von Little Havana ab und hielt vor einem 7-Eleven Store, wo der Vollbärtige ausstieg. Danach fuhr Quiñones allein zum Miami-Dade Community College zwischen Southwest 107th Avenue und 104th Street weiter. Das war eine lange, eintönige Fahrt, die fast eine Stunde dauerte, und Andrews, der weiter am Steuer ihres getarnten Wagens saß, blieb so weit zurück, wie es möglich war, ohne den Chevy aus den Augen zu verlieren.

Inzwischen war es 20.30 Uhr. Quiñones stand in Sichtweite der jungen Männer und Frauen, die aus Abendvorlesungen kamen oder zu welchen gingen, auf dem Collegeparkplatz. Die Kriminalbeamten beobachteten, wie einige Studentinnen sich abrupt umdrehten, als sie an dem gelben Chevy vorbeikamen.

Quiñones hatte ihnen offenbar etwas zugerufen, aber keine der Frauen blieb stehen.

Thurston beugte sich nach vorn und murmelte: »Dieser Kerl hat Vorstrafen wegen Körperverletzung und Vergewaltigung. Ob er hier…«

Während er das sagte, stieg Quiñones aus und folgte einer jungen Blondine in einen anderen Teil des Parkplatzes.

»Los, hinterher!« Thurston und Andrews sprangen aus ihrem Wagen.

Quiñones war bis auf sieben, acht Meter an die junge Frau herangekommen, als sie ihren roten Honda erreichte, hineinsprang, den Motor anließ und davonfuhr. Quiñones lief zu seinem eigenen Wagen zurück, ohne die Kriminalbeamten zu sehen, die ebenfalls zu ihrem Fahrzeug zurückrannten.

Als die Blondine mit ihrem Auto an Quiñones Chevy vorbeikam, fuhr er ebenfalls an. Die Kriminalbeamten folgten jetzt beiden Wagen.

»Paß bloß auf, daß der Hundesohn uns nicht abhängt«, warnte Thurston seinen Kollegen. »Falls er unser Mann ist, darf er nicht wieder zuschlagen.«

Andrews nickte wortlos. Er blieb jetzt dichter hinter dem gelben Chevy, weil er vermutete, daß Quiñone sich bestimmt auf den roten Honda vor ihm konzentrierte. Die drei Fahrzeuge waren bei schwachem Verkehr auf der Southwest 107th Avenue nach Norden unterwegs, als der Honda plötzlich ohne Blinker nach rechts auf die Southwest Eighth Street, den Tamiami Trail, abbog. Quiñones, den dieses Abbiegemanöver überraschte, bremste scharf, rutschte weit in die Kreuzung hinein und nahm mit quietschenden Reifen die Verfolgung auf.

»Sie weiß, daß der Kerl sie verfolgt«, sagte Thurston.

Quiñones wurde erneut aufgehalten, als ein anderer Wagen vor ihm auf die Eighth Street einbog. Er mußte bremsen, gab dann sofort wieder Gas und raste weiter. Andrews, der inzwischen ebenfalls abgebogen war, blieb hinter ihm.

Dann sahen die Kriminalbeamten die Blondine aus ihrem

Honda steigen, der jetzt auf dem Parkplatz eines Apartmenthochhauses stand. Sie lief zum Haupteingang, dessen Tür sie mit ihrem Schlüssel öffnete. Im nächsten Augenblick trat sie in die Eingangshalle, und die Glastür fiel hinter ihr zu.

Fast gleichzeitig hielt Quiñones' gelber Chevy in der Nähe des Hondas. Andrews bog auf den Parkplatz ab und hielt an einer Stelle, von der aus die Kriminalbeamten Quiñones, der weiter in seinem Auto saß, und das Apartmentgebäude beobachten konnten. Nach einigen Minuten sahen sie in einer Wohnung in einem der unteren Stockwerke Licht aufflammen, das ihnen die Blondine an einem Fenster zeigte. Jedoch nur kurz, weil sie dabei war, die Vorhänge zu schließen.

»Sie weiß, daß er hier draußen lauert«, stellte Thurston fest.

»Yeah, und vielleicht hat er sie schon mal verfolgt. Vielleicht weiß er, in welchem Apartment sie wohnt.«

»Scheiße!« rief Thurston plötzlich. »Er ist weg!« Während sie zu dem Fenster hinaufgesehen hatten, war Quiñones ausgestiegen und hatte den Haupteingang erreicht, dessen Tür er jetzt hinter einem Hausbewohner passierte.

Die Kriminalbeamten sprangen aus dem Auto und spurteten zum Haupteingang. Andrews rüttelte an der Glastür, die aber nicht nachgab. In der Eingangshalle war niemand mehr zu sehen. Thurston drückte sofort auf sämtliche erreichbaren Klingelknöpfe. »Polizei!« rief er in den Türlautsprecher. »Wir verfolgen einen Verdächtigen! Machen Sie uns bitte auf!«

Die meisten Mieter würden mißtrauisch sein, das wußte er, aber vielleicht fand sich doch jemand, der...

Der Türöffner summte laut. »Sie ist offen!« rief Andrews von der Tür aus. Sie stürmten in die Eingangshalle.

»In welchem Stock wohnt sie?« fragte Andrews. »Ich tippe auf den zweiten.«

Thurston nickte. »Los, weiter!«

In der Eingangshalle gab es zwei Aufzüge, die beide unterwegs waren. Andrews drückte auf den Rufknopf. Im nächsten Augenblick öffnete sich der linke Aufzug, und eine alte Dame, die ihren

Pekinesen an der Leine führte, trat langsam heraus. Als der Hund keine Lust verspürte, die Kabine zu verlassen, half Thurston nach, indem er ihn an der Leine herauszerrte. Bevor die alte Dame protestieren konnte, standen die beiden Kriminalbeamten schon im Aufzug. Andrews drückte auf den dritten Knopf und zugleich auf einen anderen, damit die Kabinentür sich schloß. Aber die Automatik ließ sich viel Zeit, bis die Schiebetür endlich zuging und die Männer vor Wut kochten.

Im zweiten Stock liefen sie sofort nach rechts, weil sie vermuteten, die Blondine dort an einem Fenster ihrer Wohnung gesehen zu haben. Aber auf dem Flur war es still, und sie sahen nirgends eine aufgebrochene Tür. Thurston klopfte an zwei Wohnungstüren, ohne daß jemand öffnete.

»Hier nicht!« sagte er keuchend. »Also im dritten Stock! Los, wir nehmen die Treppe!« Andrews blieb dicht hinter ihm, als er zum Notausgang am Ende des Korridors rannte. Sie hetzten die Betontreppe hinauf, öffneten die Tür und standen dann in einem identischen Flur, vor einer teilweise zersplitterten Wohnungstür. Im nächsten Augenblick hallte der Knall zweier Schüsse aus dem Apartment. Während die Kriminalbeamten stehenblieben und ihre Dienstwaffe zogen, hörten sie rasch nacheinander vier weitere Schüsse fallen.

Thurston schob sich, mit grimmiger Miene an die Korridorwand gepreßt, näher an die offene Wohnungstür heran. Er machte Andrews ein Zeichen, hinter ihm zu bleiben, und flüsterte: »Ich geh' zuerst rein. Du gibst mir Feuerschutz.«

Während sie sich vorsichtig weiter der Tür näherten, kamen aus der offenen Tür halblaute Geräusche: einige leichte Schritte, danach ein mehrmaliges undefinierbares dumpfes Poltern. Thurston, der seine Pistole schußbereit hielt, streckte langsam den Kopf durch die Tür. Sekunden später ließ er die Waffe sinken und betrat die kleine Diele.

Im Wohnzimmer lag Quiñones, der bewußtlos zu sein schien, in einer Blutlache auf dem Bauch. Neben seiner ausgestreckten rechten Hand lag ein Messer mit blitzender Klinge – ein Klappmesser mit Perlmuttgriff, wie Thurston feststellte. Die Blondine, die aus der Nähe älter aussah, war benommen in einem Sessel zusammengesunken. Sie hielt eine zu Boden gerichtete Pistole in der Hand.

Thurston trat auf sie zu. »Ich bin Polizeibeamter«, sagte er. »Geben Sie mir die Waffe.« Er sah, daß die Pistole eine sechsschüssige Rohn Kaliber 22 war. Die Blondine hielt sie ihm bereitwillig hin. Um keine Fingerabdrücke zu verwischen, steckte Thurston einen Kugelschreiber aus seiner Hemdtasche durch den Abzugbügel und legte die Waffe vorläufig auf einem Beistelltisch ab.

Andrews, der neben Quiñones kniete, hob den Kopf. »Er ist hinüber«, stellte er fest. Dann drehte er den Toten etwas zur Seite und fragte Thurston: »Hast du das gesehen, Charlie?« Er deutete auf Quiñones offene Hose, aus der sein Glied heraushing.

»Nein, aber das wundert mich nicht.« Sittlichkeitsverbrecher entblößen sich oft, weil sie glauben, dieser Anblick errege Frauen. »Laß lieber einen Notarzt kommen, der uns bestätigt, daß er tot ist.«

Andrews sprach in sein Handfunkgerät. »Dispatcher, hier Neunzehn-einundvierzig.«

»QSK.«

»Schicken Sie einen Notarzt zur sieben-zwo-null-eins Tamiami Canal Road, Apartment drei-zwo-drei, wo ein möglicher Fünfundvierziger vorliegt. Außerdem brauchen wir zwei Mann, um Neugierige fernzuhalten, und ein Spurensicherungsteam.«

»QSL.«

Als nächstes sprach Thurston über Funk mit Sergeant Malcolm Ainslie und berichtete dem Leiter der Sonderkommission von diesem Vorfall.

»Ich bin in der Nähe«, sagte Ainslie. »Bin in zehn Minuten da.«

Andrews hatte inzwischen angefangen, sich Notizen zu machen und die vor ihnen sitzende Frau zu befragen.

»Sagen Sie mir bitte Ihren Namen, Miss?«

Sie schien sich von ihrem Schock erholt zu haben, obwohl ihre Hände noch immer zitterten. »Dulce Gomez.«

Sie sei ledig, sagte sie aus, sechsunddreißig und Mieterin dieser Wohnung. Sie lebe seit zehn Jahren in Miami. Sie war attraktiv, fand Andrews, aber wirkte irgendwie hart.

Gomez berichtete, sie arbeite als Servicetechnikerin bei Southern Bell. Am Miami-Dade Community College studiere sie in Abendkursen Telekommunikation. »Um später einen besseren Job zu kriegen.«

Thurston, der dazugekommen war, zeigte auf Quiñones' Leiche. »Kennen Sie diesen Mann, Dulce? Haben Sie ihn schon mal gesehen, bevor er Sie heute verfolgt hat?«

Sie schüttelte sich. »Niemals!«

»Wir haben ihn beobachtet. Vielleicht hat er Sie verfolgt, ohne daß Sie's gemerkt haben.«

»Hmmm, ich hab' ein paarmal das Gefühl gehabt, als ob jemand...« Dann fiel ihr etwas ein. »Der Scheißer hat gewußt, wo ich wohne; er ist direkt raufgekommen.«

Andrews fragte weiter: »Und hat die Tür aufgebrochen?«

Sie nickte. »Er ist wie ein tollwütiger Hund hereingestürmt – mit raushängendem Pimmel und gezücktem Messer.«

»Und dann haben Sie ihn erschossen?« fragte Thurston.

»Nein. Ich hatte meine Pistole nicht zur Hand, also hab' ich mich mit Karate gewehrt. Er hat das Messer verloren.«

»Sie beherrschen Karate?«

»Schwarzer Gürtel. Nach Kopf- und Körpertreffern ist er zu Boden gegangen. Dann hab' ich die Pistole geholt und ihn erschossen.«

»Wo hat die Waffe gelegen?«

»Im Schlafzimmer, in meinem Nachttisch.«

Thurston starrte sie an. »Der Mann ist außer Gefecht gewesen – aber Sie haben trotzdem Ihre Pistole geholt und ihm alle sechs Kugeln verpaßt?«

Die Frau zögerte. »Na ja, ich wollte, daß der Scheißkerl

liegenbleibt. Er hat sich mit dem Messer in der Hand auf dem Boden rumgewunden. Darum hat er von mir noch ein paar Tritte gegen den Kopf gekriegt.«

Das war die Erklärung für die Geräusche, die zuletzt aus der Wohnung gedrungen waren. »Aber nach sechs Schüssen hat er sich nicht mehr rumgewunden«, stellte Andrews fest.

Gomez zuckte mit den Schultern. »Das wohl nicht. Aber ich hab' trotzdem ziemlich Angst gehabt.«

Inzwischen war der Notarzt gekommen, der keine halbe Minute brauchte, um Quiñones für tot zu erklären. Auf dem Flur hielten jetzt zwei uniformierte Polizisten Wache. Sie hatten das Apartment 323 mit gelbem POLICE-LINE-Band abgesperrt und taten ihr Bestes, um die aufgeregten Nachbarn zu beruhigen.

Auch Malcolm Ainslie war eingetroffen und hatte die letzten Antworten gehört. »Ich möchte etwas klarstellen, Ms. Gomez. Sie haben den Mann mit Karate außer Gefecht gesetzt, und er hat noch auf dem Boden gelegen, als Sie zurückgekommen sind und ihm sechs Kugeln verpaßt haben?«

»Das hab' ich schon gesagt.«

»Zeigen Sie mir bitte Ihren Waffenschein?«

Die Blondine wirkte erstmals unsicher. »Ich hab' keinen. Mein Freund hat mir die Pistole letztes Jahr zu Weihnachten geschenkt. Ich hab' nicht gewußt, daß man für so kleine...«

»Wie heißt Ihr Freund, Dulce?« fragte Brad Andrews.

»Justo Ortega. Aber er ist nicht mehr mein Freund.«

Ainslie berührte Andrews' Arm. »Die Sache wird allmählich kompliziert. Ich glaube, Sie sollten die Lady über ihre Rechte belehren.«

»Daran hab' ich gerade gedacht, Sergeant.« Er wandte sich an die Blondine. »Dulce, ich bin verpflichtet, Sie über Ihre Rechte zu belehren. Sie haben das Recht...«

»Ich kenne meine Rechte genau«, unterbrach Gomez ihn gereizt. »Aber davon trifft nichts zu, weil der Scheißkerl bei mir eingedrungen ist und ich in Notwehr gehandelt habe.«

»Trotzdem muß ich Sie darüber belehren. Hören Sie mir also bitte zu.«

Als Andrews fertig war, fügte Ainslie hinzu: »Das tun wir im allgemeinen nicht, Ms. Gomez, aber ich möchte Ihnen dringend raten, jetzt Ihren Anwalt anzurufen.«

»Warum?«

»Ich sage nicht, daß das passieren muß, aber jemand könnte behaupten, Sie hätten diesen bereits kampfunfähig gemachten Mann nicht erschießen müssen...«

»Bockmist!« wehrte Gomez ab. Dann wurde sie nachdenklich. »Ich verstehe, was Sie meinen, obwohl...«

»Ich rate Ihnen nur, einen Anwalt hinzuzuziehen.«

»Hören Sie, ich arbeite für mein Geld, da kann ich keine großen Anwaltsrechnungen brauchen. Lassen Sie mich einen Augenblick in Ruhe, damit ich darüber nachdenken kann.«

Ainslie fragte Thurston leise: »Haben Sie einen Staatsanwalt angefordert?«

»Noch nicht.«

»Fordern Sie einen an. Wir brauchen in dieser Sache eine Entscheidung.«

Thurston nickte und griff nach seinem Funkgerät.

Die Spurensicherung traf ein. Während sie mit der Arbeit begannen und als erstes die bei Dulce Gomez sichergestellte Pistole in einem Klarsichtbeutel verstauten, zog Ainslie sich mit seinen beiden Kriminalbeamten in eine Ecke des Wohnzimmers zurück. Er deutete auf den toten Quiñones, der jetzt mit einem Laken bedeckt war. »Was haltet ihr davon, die Blondine mitzunehmen, Jungs?«

»Persönlich würde ich mich ungern mit ihr anlegen«, sagte Thurston. »Die ist zäh wie Leder. Trotzdem fände ich's ungerecht, wenn sie wegen Mordes an Quiñones angeklagt würde. Der Schweinehund hat's nicht anders verdient.«

Brad Andrews nickte. »Das finde ich auch.«

»Im Prinzip bin ich der gleichen Meinung«, stimmte Ainslie zu, »aber wir müssen bedenken, daß die Hände und Füße von

Karatekämpfern juristisch als tödliche Waffe eingestuft werden. Daher könnte die Staatsanwaltschaft Anklage wegen fahrlässiger Tötung erheben. Aber das stellt sich gleich heraus.« Er nickte zur Wohnungstür hinüber, wo eine zierliche kleine Frau aufgetaucht war, die jetzt den Tatort inspizierte.

Die Frau in dem blauen Leinenkostüm mit knallgelber Bluse war Staatsanwältin Mattie Beason. Ainslie schätzte ihr engagiertes Eintreten für Polizeibeamte, die nach guter Ermittlungsarbeit vor Gericht aussagen mußten. Andererseits konnte sie im Vorfeld eines Prozesses grausam streng zu Kriminalbeamten sein, deren Beweismaterial schlampig zusammengestellt oder unvollständig war.

»Also, was haben wir hier?« fragte Beason.

Thurston berichtete, wie Andrews und er Quiñones beschattet, wie der Verdächtige Dulce Gomez verfolgt, wie sie diese Wohnung gesucht und Quiñones in Apartment 323 tot aufgefunden hatten.

»Hat ganz schön lange gedauert, bis ihr hier raufgekommen seid, was?« Mit ihrem berühmten Scharfblick hatte Beason sofort die schwache Stelle von Thurstons Bericht ausgemacht.

Er verzog das Gesicht. »Ja, das stimmt leider.«

»Wenigstens eine ehrliche Antwort. Und zu Ihrem Glück kommen Sie nicht vor Gericht.«

»Kommt überhaupt jemand vor Gericht?« fragte Andrews.

Die Staatsanwältin ignorierte seine Frage und sah zu Dulce Gomez hinüber, bevor sie sich an Ainslie wandte. »Sie haben sicher schon daran gedacht, daß die Hände und Füße von Karatekämpfern tödliche Waffen sein können.«

»Darüber haben wir diskutiert, als Sie gekommen sind.«

»Immer so gründlich, Malcolm!« Sie nickte Andrews zu. »Bevor ich Ihre Frage beantworte, Detective, müssen Sie mir eine andere beantworten. Was spricht Ihrer Ansicht nach für Ms. Gomez, wenn ich sie als Karatekämpferin wegen Totschlags anklage?«

»Okay, Counselor.« Andrews zählte die Punkte an den Fingern auf. »Sie hat einen Job und belegt Abendkurse, um voranzukommen – eine strebsame Bürgerin. Sie ist nichtsahnend von einem Ganoven verfolgt worden, der wegen Körperverletzung und Vergewaltigung vorbestraft war. Er ist hier eingedrungen und hat ihre Wohnungstür aufgebrochen; dann hat er sich entblößt und wollte sich mit einem Messer bewaffnet auf sie stürzen. Sie ist in Panik geraten und hat in berechtigter Notwehr etwas zuviel getan. Aber bei dieser Sachlage würde jedes Geschworenengericht sie sofort freisprechen.«

Die Staatsanwältin lächelte schwach. »Nicht schlecht, Detective. Vielleicht sollten Sie Jura studieren.« Sie wandte sich an Ainslie. »Sind Sie der gleichen Meinung?«

Er nickte. »Klingt vernünftig.«

»Das finde ich auch. Mit einem Wort, Malcolm: Abhaken! Und fürs Protokoll – entschuldbare Notwehrüberschreitung.«

Zu Carlos Quiñones' Tod gab es ein kleines Nachspiel.

Die polizeiliche Durchsuchung seiner Sozialwohnung ergab, daß er nicht der Serienmörder gewesen sein konnte: Quiñones war zum Zeitpunkt dreier Morde gar nicht in Miami gewesen; auch sonst wies nichts auf eine mögliche Täterschaft hin.

So war Quiñones der erste, der von der Überwachungsliste gestrichen wurde.

Detective-Sergeant Teresa Dannelly und Detective José Garcia überwachten in der zweiten Woche den Haitianer Alec Polite, der in Little Haiti in der Northeast 65th Street wohnte.

Sergeant Dannelly, eine vom Raubdezernat abgestellte Kriminalbeamtin, war eine stattliche fünfunddreißigjährige Brünette mit zehn Dienstjahren. Ihr großer Busen hatte ihr den Spitznamen »Big Mamma« eingebracht, den sie sogar selbst benutzte. Dannelly und José »Pop« Garcia von der Mordkommission kannten sich seit acht Jahren und hatten schon oft zusammengearbeitet.

Alec Polite wurde auf seiner FIVO-Karte als Bibelzitierer mit

Missionarseifer geschildert, der behauptete, mit Gott zu sprechen. Obwohl er nicht vorbestraft war, galt er als aggressiv und möglicherweise gewalttätig. In seinem einstöckigen Haus aus unverputzten Hohlblocksteinen lebten vier Familien mit sechs oder sieben Kindern.

Heute hatten Dannelly und Garcia erstmals Polite zu überwachen. Davor hatten sie Edelberto Montoya observiert, ohne etwas Verdächtiges feststellen zu können. Jetzt saßen sie in ihrem Fahrzeug in der Nähe von Polites Haus in der Northeast 65th Street. Zum Ärger der beiden Kriminalbeamten hatte ihr Wagen bereits die Aufmerksamkeit von Passanten erregt und Kinder angelockt, die sich in seiner Nähe herumtrieben.

Als »unauffälliges« Überwachungsfahrzeug hatten Dannelly und Garcia heute einen metallicblauen GM Lumina-Minivan mit luxuriöser Innenausstattung zugeteilt bekommen. Seine Scheiben waren dunkel getönt, so daß niemand von außen ins Wageninnere sehen konnte. Für Überwachungszwecke war ein so auffälliges Fahrzeug an sich nicht geeignet, aber an diesem Tag stand kein anderer Wagen zur Verfügung.

Der blaue Lumina erregte jetzt die Aufmerksamkeit zweier Männer, die aus dem zu beobachtenden Haus gekommen waren.

»Wir müssen abhauen«, sagte Garcia. »Diese Scheißkiste ist einfach zu auffällig.«

»Vielleicht läßt sich dagegen was machen.« Dannelly schaltete ihr Handfunkgerät ein, rief das Polizeipräsidium und gab ihre Dienstnummer an.

Eine Dispatcherin meldete sich. »QSK.«

»Schicken Sie einen Streifenwagen zu zwo-sechs-fünf Northeast Sixty-fifth Street. Er soll ohne Blinklicht und Sirene kommen, aber die kleine Menschenansammlung vor dem Haus auflösen. Der in der Nähe geparkte blaue Lumina-Van ist dabei zu ignorieren.«

»QSL.« Wenig später meldete die Dispatcherin: »Ich schicke Wagen zwei-zwo-vier zu Ihrem Standort.«

Zwei Männer aus dem Haus versuchten, ins Innere des Vans

zu sehen, konnten aber offenbar nichts erkennen. Nun gesellte sich ein großer, muskulöser Mann mit Stirnglatze zu ihnen. Nach einem Blick auf ein zur Identifizierung dienendes Foto sagte Dannelly: »Der mit der Stirnglatze ist unser Mann.«

»Blöd ist nur, daß er *uns* überwacht«, murmelte Garcia.

Der erste Mann versuchte, die Schiebetür des Vans zu öffnen. Als ihm das nicht gelang, zog er einen großen Schraubenzieher aus der Tasche. Im Wageninnern war undeutlich zu hören, wie er sagte: »Da is' keiner drin.« Die drei Männer verstellten die Autotür; die Kinder waren etwas zurückgewichen.

»Ich kann's nicht glauben!« flüsterte Garcia. »Die wollen die Tür aufbrechen.«

»Das gibt 'ne Überraschung«, sagte Dannelly mit der rechten Hand an ihrer Dienstwaffe.

Aber als der Mann mit dem Schraubenzieher sich durch einen raschen Blick in die Runde vergewissern wollte, daß sie nicht beobachtet wurden, sah er ein näher kommendes Polizeifahrzeug.

»Mein Streifenwagen!« sagte Dannelly triumphierend.

Die drei Männer wichen sofort zurück und verschwanden hastig. Der Neuankömmling, den Dannelly als Alec Polite identifiziert hatte, rutschte aus, als er um den Minivan herumging, und konnte sich gerade noch auf der Motorhaube abstützen. Dann verschwand auch er.

Der Streifenwagen hielt, und Fahrer und Beifahrer stiegen zu einem kurzen Rundgang aus. Wie immer in Little Haiti war die Straße beim Erscheinen der Polizei plötzlich wie leergefegt. Einer der Uniformierten sah kurz zu dem blauen Lumina hinüber, dann stiegen die beiden wieder ein und fuhren weg.

»Fahren wir auch?« fragte Garcia.

»Augenblick noch.« Diesmal benutzte Dannelly ihr Kombigerät, um zu telefonieren. Als Sergeant Ainslie sich meldete, sagte sie: »Teresa Dannelly. Ich habe eine Frage…«

»Schießen Sie los, Terry.«

»Ist am ersten Tatort – im Royal Colonial – nicht ein unidentifizierter Handflächenabdruck sichergestellt worden?«

»Yeah, und wir haben bisher noch keinen gefunden, der dazu paßt.«

»Wir haben einen Abdruck von Alec Polite. Er ist auf unserem Van, und ich fürchte, daß es hier bald regnen wird. Können Sie dafür sorgen, daß er überprüft wird, wenn wir schnell irgendwo hinfahren?«

»Klar kann ich das«, antwortete Ainslie. »Fahrt zum Parkplatz für sichergestellte Wagen und stellt den Van unter dem Dach ab. Ich schicke einen von der Spurensicherung los, der sich dort mit euch trifft.«

»QSL. Danke, Malcolm.« Sie nickte José Garcia zu, der wieder am Steuer saß. »Los, wir hauen ab!«

Eine Stunde später wurde Malcolm Ainslie angerufen.

»Hier ist Sylvia Walden. Ich habe den Abdruck von Sergeant Dannellys Van mit unserem Teilabdruck aus dem Royal Colonial verglichen. Die beiden sind sich nicht im geringsten ähnlich. Sorry.«

»Schon in Ordnung«, sagte Ainslie. »Jeder Verdächtige weniger kann uns nur recht sein.«

Die Kriminalbeamten Hector Fleites und Ogden Jolly erwartete ein Erlebnis ganz anderer Art. Beide waren vom Raubdezernat abkommandiert. Fleites, jung und ehrgeizig, wollte einen privaten Sicherheitsdienst gründen, sobald er ein paar Jahre Erfahrung im Polizeidienst gesammelt hatte. Jolly war kompetent, aber gelassener und humorvoller als Fleites.

Die beiden hatten James Calhoun zu überwachen, der seinen Spitznamen »Little Jesus« dem auf seiner Brust eintätowierten Kreuz und seiner Behauptung verdankte, der wiedergekehrte Jesus zu sein, der bald gen Himmel auffahren werde.

»Inzwischen ist er hier unten fleißig gewesen«, hatte Detective Jolly gescherzt. Calhoun war wegen Totschlag, Raubüberfall und bewaffnetem Einbruch vorbestraft und hatte zweimal gesessen. Jetzt war er auf Bewährung entlassen und wohnte in den

Brownsville Projects – ein weiterer inoffizieller Name für eine vor allem von Hispanics und Schwarzen bewohnte Siedlung hinter dem Northside Shopping Center. Von dort aus waren Fleites und Jolly in einem Werkstattwagen der Southern Bell hinter ihm her zu der beliebten Disko Kampala Stereophonic gefahren.

Dies war nun schon der dritte Abend, an dem Calhoun sich im Kampala vollaufen ließ. Um einundzwanzig Uhr hatten die Kriminalbeamten die mitgebrachten Sandwiches mit mehreren Bechern Kaffee hinuntergespült, waren müde und fingen an, sich zu langweilen.

Dann sahen sie mehrere Nutten, die wie zufällig die Straße entlangschlenderten und sich herausfordernd umsahen, bevor sie das Kampala betraten. Diese Frauen kannten die beiden Kriminalbeamten aus der Zeit, als sie noch Streifenpolizisten gewesen waren. Und der Cadillac, der jetzt in der Nähe auf einem schwachbeleuchteten Parkplatz stand, gehörte bestimmt einem Zuhälter, der seine Pferdchen im Auge behielt, während er sie anschaffen ließ.

Die potentiellen Freier waren offenbar verständigt worden, denn bald fuhr ein Auto nach dem anderen vor. Ihre Fahrer betraten die Disko, kamen dann mit einer der Nutten heraus und verzogen sich mit ihr in den nächsten dunklen Winkel, wo ihre Schatten miteinander verschmolzen – allerdings nicht lange. Mit einem Luxuspuff war dieses Unternehmen nicht zu vergleichen.

»Scheiße!« sagte Fleites. »Erkennen uns die Weiber, gehen sie rein und verpfeifen uns.«

»Lehn dich ganz zurück«, riet Jolly ihm. »Dann sieht uns niemand.«

»Muß unbedingt mal raus«, murmelte Fleites. »Zuviel Kaffee, kann's nicht länger halten.« Er wartete einen Augenblick ab, in dem keine Paare zu sehen waren, stieg aus dem Wagen und verschwand in einem unbeleuchteten Durchgang zwischen zwei Häusern. Als er fertig war, zog er seinen Reißverschluß hoch und wollte zurückgehen, als er eine Nutte, die ihn erkennen würde, mit ihrem Freier auf sich zukommen sah. Er machte sofort kehrt, aber der Durchgang endete schon nach wenigen Metern als Sackgasse vor einer hohen Mauer.

Obwohl es hier ziemlich dunkel war, sah er an der Mauer einen Müllcontainer stehen. Fleites steuerte sofort darauf zu, zog sich hoch und wälzte sich über den Rand. Im nächsten Augenblick mußte er angewidert feststellen, daß der offene Abfallbehälter halb mit einer klebrigen, übelriechenden Masse gefüllt war. Während draußen das Paar neben dem Müllcontainer stehenblieb, versuchte Fleites, nasse Kartoffelschalen, Hühnerknochen, Bananenschalen, faule Tomaten und eine ranzige, schmierige undefinierbare Substanz von sich abzukratzen.

Im Gegensatz zu den anderen Paaren ließ dieses hier sich viel Zeit, bis es nach ungefähr zwanzig Minuten endlich verschwand. Jolly sah auf, als Fleites die Autotür öffnete und wieder einstieg, und hielt sich die Nase zu. »Jesus, Mann – du stinkst!« Er musterte seinen Kollegen genauer, sah lauter Küchenabfälle an ihm kleben und brach in schallendes Gelächter aus.

Hector Fleites nickte unglücklich – wegen seines Zustands und weil er wußte, daß zwei Dinge sich nicht ändern ließen. Erstens würde er noch sechs Stunden Überwachungseinsatz ertragen müssen. Und zweitens würde Ogden Jolly den Kollegen bis in alle Ewigkeit die Story erzählen, wie Fleites einmal wirklich abgetaucht war.

Am Montag der dritten Überwachungswoche kamen die Detectives Ruby Bowe und Bernard Quinn mit Malcolm Ainslie zu einer Besprechung zusammen. Bowe und Qinn hatten gemeinsam mit zwei Kollegen aus dem Raubdezernat Earl Robinson beschattet.

Earl Robinson war von Anfang an der Hauptverdächtige gewesen. Auf seiner FIVO-Karte wurde er als »sehr aggressiv« bezeichnet. Er war ein ehemaliger Profiboxer, der an Straßenecken predigte – immer aus der Offenbarung – und der rächende Engel Gottes zu sein behauptete. Er hieß der »Rächer« und war vorbestraft wegen fahrlässiger Tötung, bewaffneten Raubüberfalls und Körperverletzung mit einem Messer.

Deshalb war Ainslie überrascht, als Ruby Bowe ihm erklärte: »Wir vier sind alle dafür, Robinson von unserer Liste zu streichen. Unserer Überzeugung nach ist er harmlos. In seiner Freizeit arbeitet er als freiwilliger Helfer im Camillus House, einem Obdachlosenheim.«

»Ja, das stimmt«, bestätigte Bernard Quinn.

Nach Bowes Darstellung war Robinson straffrei geblieben, seit er vor einem Jahr Gott gefunden hatte. Seit damals war er ein friedlicher Bürger, arbeitete regelmäßig und betreute in seiner Freizeit Obdachlose.

»Die meisten ›Bekehrungen‹ dieser Art sind ein Schwindel«, fügte Quinn hinzu. »Aber seine ist echt, glaube ich.«

»Wir haben mit David Daxman, dem Heimleiter, gesprochen«, berichtete Ruby Bowe.

»Den kenne ich«, sagte Ainslie. »Ein guter Mann.«

»Daxman bestätigt, daß Robinson, den er seit Jahren kennt, sich völlig verändert hat.« Ruby warf einen Blick in ihr Notizbuch. »›Ein sanfter Mensch, der anderen helfen will‹ – so beschreibt er ihn. Er sagt, daß Robinson bei den Obdachlosen sehr beliebt ist.«

»Okay, Robinson brauchen wir nicht weiter zu observieren«, entschied Ainslie. »Streicht ihn von unserer Liste.« Er lehnte sich in seinen Schreibtischstuhl zurück und seufzte.

9

Zwei Tage nach der feierlichen Beisetzung des Ehepaars Ernst erschien eine Bekanntmachung der Miami City Commission, die seit Gustav Ernsts Tod aus dem Oberbürgermeister, dem Bürgermeister, dem Stadtmanager und zwei Referenten bestand. Satzungsgemäß hatte die Kommission nach dem Tod eines City Commissioners innerhalb von zehn Tagen einen Nachfolger zu wählen, der den Rest seiner Amtszeit übernehmen würde. In diesem Fall waren das zwei Jahre – die Hälfte von Gustav Ernsts Wahlperiode.

Weiterhin wurde bekanntgegeben, die Kommission habe sich einstimmig für Cynthia Ernst, die Tochter des Verstorbenen, als seine Nachfolgerin entschieden. Major Ernst habe die Nominierung angenommen und scheide mit sofortiger Wirkung aus dem Miami Police Department aus.

Nach Ablauf der Amtszeit ihres Vaters würde Ms. Ernst sich natürlich – falls sie weitermachen wollte – zur Wahl stellen müssen. Aber wie Bernard Quinn sagte, als in der Mordkommission darüber diskutiert wurde: »Natürlich kandidiert sie. Und wie sollte sie verlieren können?«

Ainslie betrachtete Cynthias Rollenwechsel mit gemischten Gefühlen. Einerseits war er erleichtert, daß sie keinen Polizeidienstgrad mehr besaß, mit dem sie ihm Befehle erteilen und Berichte über die Mordserie von ihm anfordern konnte. Andererseits sagte sein Instinkt ihm, daß ihr Einfluß im Police Department nun gewaltig zunehmen würde.

In der darauffolgenden Woche entstanden gewisse Zweifel daran, ob Elroy Doil weiter als verdächtig gelten müsse. Die Detectives Dan Zagaki und Luis Linares konnten bestätigen, was auf seiner FIVO-Karte stand: Doil arbeitete ziemlich regelmäßig als Fernfahrer; deshalb wurde es immer unwahrscheinlicher, daß er der Serienmörder war. Zagaki hatte sogar vorgeschlagen, die Überwachung Doils einzustellen, aber damit war Ainslie nicht einverstanden gewesen.

Außerdem gab es noch James Calhoun und Edelberto Montoya, die weiter observiert wurden, obwohl der Verdacht gegen sie sich bisher nicht konkretisiert hatte. Bei den zunehmend gelangweilten Kriminalbeamten rief die Überwachungsaktion erhebliche Zweifel hervor, die Ainslie insgeheim teilte. War die

Computersuche nach Verdächtigen, die ihm ursprünglich als glänzende Idee erschienen war, in Wirklichkeit nur Zeitverschwendung gewesen? Darüber sprach er mit Lieutenant Newbold, wobei er hinzufügte: »Es wäre leicht, jetzt aufzugeben – möglicherweise zu leicht. Ich denke, wir sollten noch eine Woche weitermachen und die Sache dann abblasen, wenn sich bis dahin nichts Neues ergibt.«

Der Lieutenant kippte seinen Schreibtischstuhl gefährlich weit nach hinten, wie er's oft tat. »Ich stehe hinter Ihnen, Malcolm, weil ich auf Ihr Urteil vertraue. Sie wissen, daß ich Sie unterstütze, wenn Sie finden, wir sollten weitermachen. Aber das Raubdezernat setzt mich unter Druck, weil in der Vorweihnachtszeit seine Leute zurückhaben will.«

Zuletzt einigten Ainslie und Newbold sich auf einen Kompromiß: Die dritte Observationswoche würde weitergehen, aber da inzwischen drei Verdächtige ausgeschieden waren, konnten zwei Detectives und die beiden Sergeants ins Raubdezernat zurückkehren. Nach dieser dritten Woche sollte Ainslie entscheiden, ob eine vierte erforderlich war, und Newbold würde seine Entscheidung mittragen.

Diese Vereinbarung hatte zwei weitere Tage Bestand. Dann passierte etwas, das alle Planungen über den Haufen warf.

Der Vorfall ereignete sich am Donnerstag kurz vor Mittag.

An der Kreuzung Coral Way und 32nd Avenue hielt ein Geldtransporter der Firma Wells Fargo auf dem Parkplatz einer Filiale der Barnett Bank, um Bargeld anzuliefern. Als einer der beiden Transportbegleiter vom Wageninnern aus die Seitentür öffnete, sah er sich drei Männern – einem Schwarzen und zwei Hispanics – gegenüber, die mit Schnellfeuergewehren bewaffnet waren.

In diesem Augenblick bog ein Streifenwagen der Miami Police um die Ecke und fuhr direkt auf den Tatort zu. Die Geldräuber sahen die Polizei zuerst und eröffneten das Feuer, bevor die Polizeibeamten begriffen, daß hier ein Raubüberfall stattfand. Ein Polizist starb sofort im Kugelhagel; der andere, der seinen Revolver noch nicht ganz gezogen hatte, wurde verletzt, als er aussteigen wollte. Die Männer erschossen den Transportbegleiter und entrissen ihm den Geldsack, den er gehalten hatte. Sie rannten damit zu ihrem Fluchtfahrzeug und rasten davon. Der ganze Überfall hatte weniger als eine Minute gedauert.

Als die Geldräuber flüchteten, lief ein Augenzeuge namens Tomas Ramirez – ein großer, athletischer Neunzehnjähriger – zu dem nun bewußtlosen Polizeibeamten. Ramirez sah, daß der Verletzte ein Funkgerät am Gürtel trug, schnappte es sich und drückte auf die seitlich angebrachte Sprechtaste.

»Hallo, hallo! Hier ist Tom Ramirez. Hört mich jemand?«

»Ja, ich höre Sie«, antwortete eine Dispatcherin mit ruhiger Stimme. »Wo haben Sie das Polizeifunkgerät her? Ist alles in Ordnung?«

»Nein, um Himmels willen, nein! Hier vor der Bank ist ein Überfall, eine Schießerei passiert. Zwei Polizisten sind angeschossen. Schicken Sie bitte Hilfe!«

»Okay, Sir. Nicht auf die Taste drücken, solange ich spreche. Wo sind Sie? Sagen Sie mir bitte Ihren Standort.« Während die Dispatcherin sprach, schrieb sie bereits eine Alarmmeldung, die automatisch auf den Bildschirmen sechs weiterer Dispatcher erschien.

»Äh, ich bin an der Kreuzung Coral Way und Thirty-second Avenue auf dem Parkplatz der Barnett Bank. Der eine Polizist und der Wachmann aus dem Geldtransporter sehen tot aus. Der andere Polizist stirbt, glaub' ich. Beeilen Sie sich bitte!«

Andere Dispatcher, auf deren Bildschirmen die Alarmmeldung erschien, forderten bereits Hilfe an.

Die erste Dispatcherin antwortete: »Sir, wir sind unterwegs. Sind die Täter geflüchtet?«

»Ja, sie sind mit ihrem Wagen weggefahren – einem grauen Buick Century. Sie sind zu dritt gewesen. Alle drei sind bewaffnet. Sie haben die Polizisten schwer getroffen. Die beiden sind tot, glaub' ich.«

»Okay, Sir. Versuchen Sie, Ruhe zu bewahren. Wir brauchen Ihre Hilfe.«

Ein weiterer Dispatcher gab über Funk Alarm: »Achtung, an alle Fahrzeuge! Ein Drei-zwo-neun an der Kreuzung Coral Way und Thirty-second Avenue, Barnett Bank. Vermutlich zwei unserer Leute verletzt oder tot. Die Täter sind mit einem grauen Buick Century geflüchtet.«

»Drei« bezeichnete einen Notfall, während »zwo-neun« der Code für einen Raubüberfall war.

Aus allen Stadtteilen rasten jetzt Streifenwagen zur Barnett Bank am Coral Way.

Inzwischen hatte ein weiterer Dispatcher mehrere Notarztwagen angefordert.

Die erste Dispatcherin: »Mr. Ramirez, sind Sie noch da?«

»Ja. Ich kann jetzt Sirenen hören. Gott sei Dank, daß jemand kommt.«

»Mr. Ramirez, können Sie mir etwas über die Täter sagen?«

»Ich hab' mir das Kennzeichen gemerkt. NZD sechs-zwo-eins, ein Nummernschild aus Florida.«

»Ausgezeichnet, Sir.« Die Dispatcherin tippte die Angaben ein, damit sie sofort an alle Fahrzeuge weitergegeben werden konnten.

»Mr. Ramirez, können Sie die Täter beschreiben?«

»Ich hab' sie ziemlich gut gesehen. Ja, ich kann sie beschreiben.«

»Sehr gut, Sir. Bleiben Sie bitte dort, bis ein Fahrzeug kommt, und geben Sie unseren Beamten diese Informationen.«

»Ich sehe schon die ersten kommen. Gott sei Dank!«

Lieutenant Leo Newbold, der sein Funkgerät im Auto auf Kanal drei eingestellt hatte, hörte Ramirez' Hilferuf. Er schaltete sofort auf den Überwachungskanal um und rief Ainslie, der sich ebenfalls aus seinem Dienstwagen meldete.

»QSK, Lieutenant.«

»Malcolm, lassen Sie die Überwachungen sofort einstellen. Schicken Sie alle Ihre Leute zur Kreuzung Coral Way und Thirty-second Avenue. Bei einem Überfall auf einen Geldtransporter sind zwei Cops und ein Wachmann angeschossen worden; ein Cop und der Wachmann sollen tot sein. Ich möchte, daß Sie den Fall übernehmen. Wer die Ermittlungen leiten soll, bestimmen Sie selbst.«

Verdammt! dachte Ainslie, dem sofort klar war, daß dieser unerwartete Notfall das Ende des Überwachungsprogramms bedeutete. Ins Mikrofon sagte er: »Okay, Lieutenant. Ich verständige meine Leute.«

Da die Überwachungsteams auf diesem Kanal empfangsbereit waren, mußten sie das Gespräch mitgehört haben, aber Ainslie funkte trotzdem: »An alle, hier dreizehn-zehn. Habt ihr das mitbekommen?«

»Dreizehn-zehn, hier dreizehn-elf, verstanden.« Von seinen übrigen Teams kamen ähnliche Bestätigungen.

»Dann fahrt zur Kreuzung Coral Way und Thirty-second, Leute. Wir treffen uns dort.«

Ainslie schaltete auf einen anderen Kanal um. »Dispatcher, hier dreizehn-zehn. Irgend jemand am Tatort soll auf Tac One umschalten und mich rufen.« Tac One war der Kanal der Mordkommission.

Vom Tatort aus meldete sich eine vertraut klingende Stimme: »Dreizehn-zehn, hier eins-sieben-null. QSK.«

»Sind Sie's, Bart?« fragte Ainslie. Bartolo Esposito war ein uniformierter Sergeant, aber im Funk wurden keine Nachnamen genannt – vor allem der immer mithörenden Reporter wegen.

»Genau, Malcolm. Hier sieht's schlimm aus. Was sollen wir tun, bis Sie kommen?«

»Den Tatort möglichst weiträumig absperren und alle Unbefugten von ihm fernhalten.«

»Ich lasse ihn gerade räumen – bis auf Notärzte und Sanitäter. Sie versuchen, den Zustand des Verletzten zu stabilisieren, damit er abtransportiert werden kann.«

»Danke, Bart. Ich bin bald da.«

Ainslie schaltete auf Kanal drei zurück und forderte ein Team zur Spurensicherung an.

»Schon veranlaßt, dreizehn-zehn«, antwortete die Dispatcherin.

Auf einem anderen Kanal forderte Ainslie einen Staatsanwalt an.

Auf dem Parkplatz der Barnett Bank übertrug er Detective Ruby Bowe die Leitung der Ermittlungen. Sie begann sofort mit der Befragung von Tatzeugen, darunter Tomas Ramirez, der die drei bewaffneten Männer überraschend gut beschreiben konnte. Obwohl eine Beschreibung des Fluchtfahrzeugs und sogar sein Kennzeichen frühzeitig verbreitet worden waren, hatte es niemand gesehen. Das legte den Schluß nahe, die Täter seien in einem vorbereiteten Versteck untergetaucht – wahrscheinlich irgendwo in der Nähe.

Wenige Minuten nach Lieutenant Newbold traf auch Lieutenant Daniel Huerta, der Leiter des Raubdezernats, am Tatort ein. »Ich weiß, daß ihr jetzt hier zuständig seid, Leo«, erklärte er seinem Kollegen, »aber ich brauche meine Leute sofort wieder selbst.«

»Klar«, sagte Newbold nur.

Sie waren sich darüber einig, das Raubdezernat werde voraussichtlich bei der Identifizierung der Täter helfen können, die vermutlich einschlägig vorbestraft waren.

Als allen Spuren nachgegangen wurde, kamen weitere Informationen und Hinweise zusammen. Entscheidend wichtig war die eindeutige Identifizierung der drei Killer durch mehrere Tatzeugen anhand vorgelegter Verbrecheralben. Da der schwerverletzte Polizeibeamte inzwischen gestorben war, würde die Anklage jetzt auf Mord in drei Fällen lauten.

Hinweise aus der Bevölkerung auf mögliche Verstecke lösten Razzien aus, die erfolglos blieben – bis zwei der Täter gesehen wurden, als sie in Deep Grove, einem etwas heruntergekommenen Randbezirk von Coconut Grove, ein baufälliges Apartmentgebäude betraten. Anwohner, die sie beobachtet hatten, verständigten die Polizei.

Am dritten Tag nach dem Überfall auf den Geldtransporter stürmte ein SWAT-Team kurz vor Tagesanbruch die Wohnung, in der alle drei Täter schliefen. Die schwerbewaffneten Männer wurden im Schlaf überrascht, ohne Gegenwehr festgenommen und in Handschellen abgeführt. Das geraubte Geld wurde sichergestellt und der zur Flucht benutzte Buick Century zwei Straßen weiter aufgefunden.

Malcolm Ainslie wußte jetzt, daß die Überwachung nicht wieder aufgenommen werden konnte, was angesichts der bisher enttäuschenden Ergebnisse vielleicht sogar gut war. Statt dessen konzentrierte er sich darauf, alle Serienmorde nochmals unter die Lupe zu nehmen. Aber zu seiner Enttäuschung ergaben sich dabei keine neuen Hinweise oder Ideen.

Dann passierte das Unerwartete.

Drei Tage nach der Verhaftung der Geldräuber, als in der Mordkommission längst wieder die gewohnte Routine eingekehrt war, bekam Ainslie einen Anruf von Dr. Sanchez, der Gerichtsmedizinerin im Dade County.

»Malcolm, ich hatte Ihnen neulich versprochen, unsere alten Autopsieberichte nach unaufgeklärten Mordfällen mit ähnlichen Stichwunden durchzusehen«, sagte sie. »Nun, das habe ich getan, aber es hat leider länger gedauert, weil ich einen Haufen Akten sichten mußte, die wir nicht im Computer haben...«

»Schon gut«, unterbrach Ainslie sie. »Haben Sie etwas gefunden?«

»Ja, ich glaube schon. Der Bericht gehört zu einer umfangreichen Akte, mit der ich einen Boten zu Ihnen geschickt habe. Es geht dabei um einen schon siebzehn Jahre zurückliegenden Doppelmord an einem alten Ehepaar – Clarence und Florentina Esperanza.«

»Sind irgendwelche Tatverdächtigen benannt?«

»Nur einer. Aber mehr möchte ich Ihnen jetzt nicht sagen, weil Sie diese Akte selbst lesen müssen. Rufen Sie mich an, wenn Sie damit fertig sind.«

Wenig später brachte ein Bote die Akte. Wie Sanchez angedeutet hatte, enthielt sie eine Menge Papier. Ohne sich allzuviel davon zu erwarten, schlug Ainslie den schon verblaßten Aktendeckel auf und begann zu lesen.

Die Esperanzas, beide Anfang Siebzig, lebten im Happy Haven Trailer Park, einer Wohnwagensiedlung in West Dade. Als ein Nachbar ihre Leichen entdeckte, saßen sie sich gefesselt und geknebelt gegenüber. Beide wiesen Verletzungen durch brutale Schläge und tiefe Messerstiche auf. Wie der Autopsiebericht zeigte, waren die Esperanzas verblutet.

Ainslie überflog die Laborbefunde und las den in Fotokopie beigefügten polizeilichen Ermittlungsbericht, aus dem hervorging, daß die Esperanzas gutsituiert, aber nicht reich gewesen waren. Laut Aussage ihres in der Nähe wohnenden Neffen hatten sie dreitausend Dollar auf der Bank und für alle Fälle immer ein paar hundert Dollar Bargeld in Reserve. Nach ihrer Ermordung war im Wohnwagen jedoch kein Geld aufgefunden worden.

Ganz hinten in der Akte stieß Ainslie auf den vertrauten Vordruck 301 für Ermittlungsberichte in Mordfällen. Er betraf einen jugendlichen Verdächtigen, der in der Mordsache Esperanza vernommen und dann wegen Mangels an Beweisen freigelassen worden war.

Der Name auf dem Vordruck 301 sprang ihn förmlich an: Elroy Doil.

10

Wie in Florida gesetzlich vorgeschrieben, war Elroy Doils Jugendstrafakte an seinem achtzehnten Geburtstag unter Verschluß genommen worden. Seit damals konnten Ermittler sie nur aufgrund einer richterlichen Anordnung einsehen, die selten gewährt wurde. In den meisten anderen Bundesstaaten existierten ähnliche Gesetze.

Wie viele seiner Kollegen hielt Malcolm Ainslie diese Bestimmung für einen juristischen Anachronismus: völlig überholt und einseitig zum Nachteil gesetzestreuer Bürger. Als er am Morgen nach der Entdeckung des Namens Elroy Doil auf einem alten Vordruck 301 in Lieutenant Newbolds Büro kam, breitete er seine mitgebrachten Unterlagen mit kaum unterdrücktem Zorn auf dem Schreibtisch des Lieutenants aus.

»Das ist Wahnsinn! Hier drin stehen Sachen, die wir schon letztes Jahr hätten wissen müssen!«

Vor einer Stunde hatte er im Archiv die alte Ermittlungsakte Esperanza ausgegraben. Sie war nicht vollständig, weil das Verbrechen außerhalb Miamis im Bezirk Metro-Dade verübt worden war. Aber die Ermittlungen waren grenzüberschreitend geführt worden, und die Mordkommission in Miami hatte eine eigene Akte Esperanza angelegt. Darin hatte Ainslie Hinweise auf die Vernehmung Doils gefunden, auf die Sandra Sanchez ihn aufmerksam gemacht hatte. Aber ohne ihren Tip hätte es keinen Grund gegeben, diese längst archivierte Akte auszugraben.

»Doil ist natürlich nie verhaftet oder angeklagt worden«, stellte Newbold fest.

»Weil seine Mutter clever genug gewesen ist, Elroy keine Fingerabdrücke abnehmen zu lassen. In der Nähe des Tatorts ist ein Bowiemesser mit Blutspuren beider Opfer und Fingerabdrücken gefunden worden. Die Kollegen in Metro-Dade wollten die Abdrücke mit denen Doils vergleichen und sind sich ziemlich sicher gewesen, daß sie übereinstimmen würden. Aber weil die Beweise nicht für eine Verhaftung ausgereicht haben und Elroy noch Jugendlicher war, ist's nie dazu gekommen.«

»Erstaunliche Zufälle«, bestätigte Newbold.

»Zufälle? Die Tatmethode im Fall Esperanza entspricht genau den jetzigen Morden. Hätten wir Doils Jugendstrafakte gehabt, wäre uns die Übereinstimmung aufgefallen, und wir hätten ihn längst aus dem Verkehr gezogen.« Ainslie beugte sich nach vorn und starrte seinen Vorgesetzten an. »Ist Ihnen klar, wie viele Menschenleben wir hätten retten können?«

Newbold schlug mit der Faust auf die Schreibtischplatte.

»Hey, Sergeant, das sind nicht *meine* Gesetze! Machen Sie *mir* gefälligst keine Vorwürfe!«

Ainslie ließ sich seufzend in den Besuchersessel sinken. »Entschuldigung, Leo. Aber unser ganzes Jugendstrafrecht ist wirklich verrückt. Es gibt einfach keine Jugendkriminalität mehr, sondern nur noch ganz gewöhnliche Verbrechen – das wissen Sie so gut wie ich. Und trotzdem legt uns dieses lächerliche, veraltete System, das bereits vor Jahren hätte abgeschafft werden müssen, weiterhin Beschränkungen auf.«

»Schlagen Sie vor, Jugendstrafakten überhaupt nicht mehr zu schließen?«

»Genau! Jede Straftat muß registriert werden, in den Akten bleiben und bei späteren Ermittlungen herangezogen werden können. Paßt Eltern und Bürgerrechtlern das nicht, sollen sie sich zum Teufel scheren! Wer Straftaten verübt, findet sie in seiner Akte wieder. Das ist der Preis dafür, der unabhängig vom Lebensalter zu zahlen ist – der zu zahlen sein *sollte*.«

»Was haben Sie als nächstes vor?« fragte Newbold. »Beantragen Sie eine richterliche Anordnung, um Doils Jugendstrafakte einsehen zu dürfen?«

»Daran arbeite ich bereits. Ich habe Curzon Knowles angerufen; er setzt die eidesstattliche Erklärung auf. Damit gehe ich zu Richter Powell. Wir wollen diese Sache vorerst für uns behalten, und er stellt keine überflüssigen Fragen.«

»Ihr alter Freund Phelan Powell?« Newbold lächelte. »Seine Ehren ist Ihnen schon oft gefällig gewesen. Würde ich Sie fragen, womit Sie ihn in der Hand haben, würden Sie's mir natürlich nicht verraten.«

»Ich bin sein unehelicher Sohn«, behauptete Ainslie, ohne eine Miene zu verziehen.

Newbold lachte. »Wie alt wäre er dann gewesen, als er Ihre Mutter geschwängert hat? Zwölf? Also ist's irgendwas anderes, aber das ist in Ordnung. In unserem Beruf sammelt jeder seine Guthaben und Schulden an.«

Damit hatte der Lieutenant natürlich recht.

Vor vielen Jahren, als Detective Ainslie zur Kriminalpolizei gegangen war, sahen sein Partner Ian Deane und er eines Nachts in einer dunklen Sackgasse einen blauen Cadillac stehen. Als sie hinter dem Wagen hielten, stieg auf der Fahrerseite ein nur teilweise bekleideter Weißer aus, der hastig seine Hose hochzog; und auf der rechten Seite tauchte eine spärlich bekleidete junge Schwarze auf. Die Kriminalbeamten erkannten beide. Die Frau war eine Prostituierte namens Wanda; der Mann war Bezirksrichter Phelan Powell, vor dem sie beide schon oft als Zeugen ausgesagt hatten. Powell, ein großer, athletisch gebauter Mann wirkte, anders als sonst, alles andere als gebieterisch.

Wanda und er hielten sich eine Hand über die Augen, blinzelten ins Schweinwerferlicht und bemühten sich verzweifelt, die Neuankömmlinge zu erkennen.

Als Ainslie und Deane ins Scheinwerferlicht traten, sagte Wanda resigniert: »O Scheiße!« Im Gegensatz zu ihr wirkte der Richter leicht benommen. Aber dann begriff er allmählich den Ernst der Lage.

»O Gott! Polizei!« Seine Stimme war vor Verzweiflung heiser. »Ich flehe Sie an… Bitte, bitte übersehen Sie diesen Vorfall! Ich bin ein Idiot gewesen… habe einer plötzlichen Versuchung nachgegeben. Das ist sonst nicht meine Art, aber wenn Sie mich anzeigen, bin ich kompromittiert, erledigt!« Er machte eine Pause, und die drei Männer wechselten verlegene Blicke. »Officers, bitte lassen Sie mich dieses eine Mal laufen! Das vergesse ich Ihnen nie… und was ich für Sie tun kann, das tue ich.«

Ainslie überlegte flüchtig, wie der Richter wohl auf sein eigenes Ansinnen reagieren würde.

Hätten die beiden Kriminalbeamten Powell angezeigt, hätte er sich wegen »Ansprechens einer Prostituierten« und »Herumtreiberei« verantworten müssen. Beides waren leichte Vergehen, die bei Ersttätern schlimmstenfalls mit einer Geldstrafe belegt wurden; das Verfahren hätte sogar eingestellt werden können. Aber Richter Powells Laufbahn wäre damit abrupt beendet gewesen.

Ainslie, der Dienstältere der beiden, zögerte unschlüssig. Er wußte, daß die Justiz blind zu sein hatte, daß sie keine Unterschiede machen durfte. Andererseits...

Ohne den Fall weiter zu analysieren oder bewußt eine Entscheidung zu treffen, sagte Ainslie zu Deane: »Wir sind über Funk gerufen worden, glaube ich. Komm, wir müssen zum Wagen zurück.«

Dann fuhren die Kriminalbeamten weg.

In den folgenden Jahren wurde dieser Vorfall nie mehr erwähnt – weder von Malcolm Ainslie noch von Richter Powell. Ainslie erzählte niemandem davon, und Detective Ian Deane kam wenig später bei einer Schießerei während einer Drogenrazzia in Overtown ums Leben.

Aber der Richter hielt Wort. Erschien Ainslie als Polizeibeamter, der die Verhaftung vorgenommen hatte, oder als Zeuge vor ihm, wurde er immer höflich und rücksichtsvoll behandelt. Gelegentlich war Ainslie auch zu Richter Powell gegangen, um aus Ermittlungsgründen eine rasche richterliche Entscheidung zu erwirken, und hatte sie jedesmal erhalten – wie hoffentlich auch diesmal.

Aber bevor Ainslie losfuhr, telefonierte er mit dem Büro des Richters. Phelan Powell hatte im Lauf der Jahre Karriere gemacht und gehörte jetzt dem Berufungsgericht des Dritten Bezirks an. Ainslie erklärte einer Sekretärin, worum es ging, und erfuhr nach kurzem Warten: »Der Richter beginnt eben eine Verhandlung. Aber wenn Sie ins Gerichtsgebäude kommen, ordnet er eine Verhandlungspause an und empfängt Sie im Richterzimmer.«

Unterwegs fuhr Ainslie bei der Staatsanwaltschaft vorbei, um den von Curzon Knowles vorbereiteten Antrag abzuholen. Erst durch Richter Powells Unterschrift wurde er der Schlüssel zu Elroy Doils Jugendstrafakte. Dieses Verfahren war mühsam und zeitraubend – ein weiterer Grund dafür, daß es nur selten angewandt wurde.

Der Gerichtsdiener hatte offenbar Anweisung, auf sein Kommen zu achten, denn sobald Ainslie den Gerichtssaal betrat, wurde er zu einem Sitz in der ersten Reihe geleitet. Richter Powell sah auf, nickte kaum merklich und kündigte wenig später an: »Wir machen jetzt eine Viertelstunde Pause. Ich habe etwas Dringendes zu erledigen.«

Im Saal standen alle auf, und der Richter zog sich durch die Tür hinter seinem Tisch zurück. Dann kam der Gerichtsdiener und begleitete Ainslie ins Richterzimmer.

Richter Powell, der bereits am Schreibtisch saß, sah ihm lächelnd entgegen. »Herein mit Ihnen! Ich freue mich, Sie zu sehen, Sergeant.« Er bot Ainslie mit einer Handbewegung einen Sessel an. »Lassen Sie mich raten. Die Mordkommission ist nach wie vor im Geschäft.«

»Bis in alle Ewigkeit… danach sieht's jedenfalls aus, Euer Ehren.« Ainslie schilderte Phelan Powell, was ihn hergeführt hatte. Der Richter war noch immer eine imposante Erscheinung, obwohl er im Lauf der Jahre erheblich zugenommen hatte und fast weißhaarig geworden war.

Powell nickte, nachdem Ainslie sein Anliegen vorgetragen hatte. »Okay, Sergeant, ich bin Ihnen gern behilflich. Aber damit alles seine Richtigkeit hat, muß ich Sie fragen, warum Sie Zugang zu dieser Jugendstrafakte beantragen.«

»Sie ist vor zwölf Jahren versiegelt worden, Euer Ehren. Mr. Doil wird jetzt verdächtigt, ein schweres Verbrechen begangen zu haben, und wir glauben, daß bestimmte Informationen aus seiner Jugendzeit unsere Ermittlungen erleichtern könnten.«

»Gut, das genügt mir. Sie sollen Zugang erhalten. Wie ich sehe, haben Sie die Papiere mitgebracht.«

Jeder andere Richter, das wußte Ainslie, hätte seine Antwort auf die vorige Frage als ungenügend abgetan. Und er hätte weitergefragt – eindringlich, vielleicht sogar feindselig. Richter liebten ihre Vorrechte; viele bestanden auf einem regelrechten Wortgefecht, bevor sie irgend etwas genehmigten. Aber Ainslie wollte, daß möglichst wenig Leute erfuhren, daß Elroy Doil jetzt ihr Hauptverdächtiger war. Daß er keine weiteren Erklärungen hatte abgeben müssen, erhöhte die Chancen, daß nicht viel über die Öffnung von Doils Jugendstrafakte gesprochen und spekuliert wurde.

»Scheint alles in Ordnung zu sein«, sagte Richter Powell. »Eigentlich müßte ich Sie jetzt vereidigen, aber da wir uns schon so lange kennen, will ich darauf verzichten. Sie kennen die Eidesformel, und ich habe Sie vereidigt. Okay?«

»Ich bin vorschriftsmäßig vereidigt, Euer Ehren.«

Powell unterschrieb und gab ihm die Papiere zurück.

»Ich würde mich gern etwas länger mit Ihnen unterhalten«, sagte der Richter, »aber im Saal warten sie auf mich, und die Anwälte stehen immer unter Zeitdruck. Sie wissen ja, wie das ist.«

»Ja, Richter. Und vielen Dank.«

Sie schüttelten sich die Hand. An der Saaltür blieb Powell noch einmal stehen.

»Sollten Sie wieder mal Hilfe brauchen, können Sie jederzeit zu mir kommen. Sie wissen, daß das mein Ernst ist – jederzeit.«

Als Richter Powell in den Saal zurückkehrte, hörte Ainslie den Gerichtsdiener rufen: »Alles aufstehen!«

Alle Strafakten wurden im Metro-Dade Police Department Building westlich des Flughafens Miami International aufbewahrt. Nachdem Ainslie dort weitere Vordrucke ausgefüllt und unterschrieben hatte, kam Elroy Doils Jugendstrafakte aus dem Archiv und wurde in seiner Gegenwart geöffnet. Dann konnte er sie in einem zur Verfügung gestellten Raum einsehen. Er durfte auch beliebig viele Fotokopien daraus machen, aber nichts aus der Akte mitnehmen.

Die Akte war umfangreicher als erwartet. Als er sie studierte, wurde rasch klar, daß Doil wesentlich öfter mit dem Gesetz in Konflikt geraten war, als selbst Ainslie vermutet hatte.

Er zählte zweiunddreißig Festnahmen (bei Jugendlichen wurde das Wort Verhaftung nicht benutzt), die zu zwanzig Verurteilungen wegen geringfügiger Vergehen geführt hatten –

zweifellos nur ein Bruchteil der Straftaten, die Doil in seinem jungen Leben verübt hatte.

Die Eintragungen begannen mit einem Ladendiebstahl, nachdem Elroy im Alter von zehn Jahren eine Timex-Armbanduhr gestohlen hatte. Mit elf Jahren bettelte er auf Anweisung seiner Mutter an einer Straßenecke um Geld und wurde von der Polizei aufgegriffen und nach Hause gebracht. Mit zwölf griff er eine Lehrerin an, deren aufgeplatzte Lippe genäht werden mußte. Nach einer polizeilichen Vernehmung wurde Elroy der Obhut seiner Mutter Beulah Doil übergeben – ein bei jugendlichen Straftätern üblicher Vorgang, der sich über Jahre hinweg wiederholen sollte. Einige Monate später wurde Elroy als Mitglied einer auf Handtaschenraub spezialisierten Jugendbande festgenommen und wieder seiner Mutter übergeben. Als Dreizehnjähriger verletzte er bei einem weiteren Handtaschenraub eine ältere Frau – und kam erneut frei.

Ainslie schüttelte den Kopf. Doils Strafakte bewies wieder einmal, daß Jugendkriminalität von Polizei und Justiz einfach nicht ernstgenommen wurde. Wie er aus eigener Erfahrung wußte, konnte ein Jugendlicher, den ein Polizeibeamter um neun Uhr »festnahm«, wieder auf der Straße sein, bevor dieser Beamte um drei Uhr Dienstschluß hatte. In der Zwischenzeit waren die Eltern ins Polizeipräsidium bestellt und der Jugendliche in ihre Obhut übergeben worden – Fall erledigt.

Selbst wenn Jugendliche vor Gericht kamen, waren die Strafen mild – meistens ein paar Tage Arrest in der Youth Hall, einem nicht unangenehmen Aufenthaltsort, wo die Kids verhältnismäßig bequem untergebracht waren und sich die Zeit mit Videospielen und vor dem Fernseher vertrieben.

Nach Ansicht vieler züchtete dieses System Gewohnheitsverbrecher heran, die als Jugendliche die Überzeugung gewannen, es sei unglaublich leicht, mit Straftaten davonzukommen. Sogar die straffälligen Jugendlichen zugewiesenen Berater teilten diese pessimistische Auffassung und brachten sie auch in ihren Berichten zum Ausdruck.

War ein Jugendlicher zum zweitenmal festgenommen worden, wurde ihm ein Berater zur Seite gestellt. Das waren überlastete, unterbezahlte Leute, die nur wenig oder gar keine Spezialausbildung hatten und kein Collegestudium nachweisen mußten. Jeder dieser Berater, der unrealistisch viele Fälle zu betreuen hatte, sollte den Jugendlichen und ihren Eltern mit Ratschlägen beistehen – auch wenn sein Rat meist ignoriert wurde.

In seiner Zeit als straffälliger Jugendlicher hatte Elroy Doil anscheinend immer den gleichen Berater – einen gewissen Herbert Elders – gehabt. Die Akte enthielt mehrere Kurzbeurteilungen des Jugendlichen, die Ainslie zeigten, daß Elders unter schwierigen Bedingungen sein Bestes getan hatte. Eine dieser Beurteilungen schilderte den Dreizehnjährigen als »für sein Alter recht groß und sehr kräftig« und warnte vor seinem »ausgeprägten Hang zu Gewalttätigkeiten«. Im selben Bericht klagte Elders auch über Mrs. Doils »Gleichgültigkeit«, wenn er versuchte, sie auf dieses Problem anzusprechen.

In einer weiteren von Elders verfaßten Beurteilung wurde erwähnt, Elroy Doil habe ab seinem zwölften Lebensjahr an der Operation Guidance, einem städtischen Programm für unterprivilegierte Jugendliche, teilgenommen. Dieses Programm wurde von Pater Kevin O'Brien von der Gesu Church in Miami geleitet; es bestand aus sonntäglichen Treffen auf dem Kirchengelände mit gemeinsamen Mahlzeiten, Sport und Bibelstudium. Elders äußerte sich hoffnungsvoll über Elroys »wachsendes Interesse für Religion und die Bibel«.

Eineinhalb Jahre später hielt ein weiterer Bericht jedoch die enttäuschende Tatsache fest, auch sein Glaubenseifer, den Pater O'Brien als »irrig und sprunghaft« bezeichnete, halte Doil keineswegs von weiteren Straftaten ab.

Ainslie notierte sich Pater O'Briens Adresse und Telefonnummer.

Bis zu Doils Volljährigkeit wies seine Strafakte zahlreiche weitere Vergehen auf, die jedoch nie dazu geführt hatten, daß ihm die Fingerabdrücke abgenommen worden waren. Bei Jugendlichen setzte das eine Verhaftung wegen eines Kapitalverbrechens oder das Einverständnis eines Erziehungsberechtigten voraus, das Beulah Doil stets verweigert hatte, wie die Protokolle zeigten.

Doils fehlende Fingerabdrücke hatten die Ermittler behindert, als er in dem Fall, mit dem seine Akte schloß, in den dringenden Verdacht geraten war, Clarence und Florentina Esperanza ermordet zu haben. Ohne Fingerabdrücke oder sonstige Beweise war es nicht möglich gewesen, Anklage gegen Elroy Doil zu erheben.

Wie frustriert seine hiesigen Kollegen damals gewesen sein mußten, konnte Ainslie sich gut vorstellen, als er die Akte Doil zuklappte und sich auf den Weg zum nächsten Kopiergerät machte.

Vom Metro-Dade Police Department aus rief Ainslie die Nummer Pater O'Briens an, der selbst am Apparat war. Der Geistliche bestätigte, er erinnere sich noch gut an Elroy Doil und sei bereit, über ihn zu reden. Wenn der Sergeant gleich zur Gesu Church fahren wolle, stehe er ihm in seinem Büro für ein Gespräch zur Verfügung.

Pater Kevin O'Brien, ein lebhafter Ire, jetzt ein Sechziger mit beginnender Glatze, bot seinem Besucher mit einer einladenden Handbewegung den Stuhl vor seinem Schreibtisch an.

Ainslie nahm Platz, bedankte sich dafür, daß der Geistliche sich Zeit für ihn nahm, schilderte ihm kurz, weshalb er sich für Doil interessierte, und fügte hinzu: »Ich bin nicht hier, um Beweise zu finden, Pater. Ich habe mich nur gefragt, ob Sie mir ein bißchen etwas über ihn erzählen könnten.«

O'Brien nickte nachdenklich. »Ich erinnere mich an Elroy, als hätte ich ihn erst gestern gesehen. Ursprünglich hat er an unserem Programm teilgenommen, weil er die Mahlzeiten brauchte, vermute ich. Aber nach einigen Wochen hat ihn die Bibel förmlich hypnotisiert – viel mehr als die übrigen Jugendlichen.«

»Ist er intelligent?«

»Sogar sehr. Und ein eifriger Leser, was mich wegen seiner marginalen Schulbildung überrascht hat. Ich weiß noch gut, wie fasziniert er von Gewalt und Verbrechen gewesen ist – erst in der Zeitung, dann in der Bibel.« O'Brien lächelte. »Das Alte Testament mit seinen ›heiligen Kriegen‹, dem Zorn Gottes, Verfolgungen, Rache und Morden hatte es ihm angetan. Sie wissen, welche Stellen ich meine, Sergeant?«

Ainslie nickte. »Ja, die kenne ich.« Tatsächlich hätte er aus dem Gedächtnis die Stellen nennen können, die Doil interessiert haben mußten.

»Ich habe große Hoffnungen in den Jungen gesetzt«, fuhr O'Brien fort, »und anfangs geglaubt, wir verstünden uns gut. Aber das hat sich als Irrtum erwiesen. Bei unseren Gesprächen über die Bibel hat er nur das gelten lassen, was zu seinen Vorstellungen paßte. Er wollte ein Rächer im Auftrag Gottes werden – bestimmt auch, um vermeintliche Ungerechtigkeiten in seinem Leben zu vergelten. Ich habe versucht, ihm die Augen für Gottes Liebe und Barmherzigkeit zu öffnen, aber seine Ideen sind ständig wirrer geworden. Ich wollte, ich hätte mehr erreicht.«

»Ich denke, Sie haben getan, was Sie konnten, Pater«, sagte Ainslie. »Glauben Sie, daß Doil irgendwie geistig gestört ist? Halten Sie ihn für unzurechnungsfähig?«

»Das will ich nicht behaupten.« Der Geistliche überlegte. »Eines weiß ich bestimmt: Elroy ist ein pathologischer Lügner. Er hat auch gelogen, wenn er nicht hätte lügen müssen. Und er hat mich sogar in Fällen belogen, in denen er wissen mußte, daß ich die Wahrheit kannte. Man hätte glauben können, Elroy habe eine grundsätzliche Aversion gegen die Wahrheit in jeglicher, selbst in harmloser Form.«

O'Brien fügte hinzu: »Das ist so ziemlich alles, was ich Ihnen über Elroy erzählen kann. Er ist einfach ein Junge auf dem falschen Weg gewesen, und aus der Tatsache, daß Sie mich aufgesucht haben, schließe ich, daß er seinen Kurs nicht geändert hat.«

»Anscheinend nicht«, bestätigte Ainslie. »Noch eine letzte Frage, Pater. Haben Sie jemals den Verdacht gehabt, Doil trage eine Schußwaffe? Oder irgendeine Waffe?«

»Ja«, sagte O'Brien sofort. »Daran erinnere ich mich gut. Die meisten Jugendlichen haben ständig über Schußwaffen geredet, obwohl ich ihnen verboten hatte, welche in die Kirche mitzubringen. Aber Elroy hat Schußwaffen abgelehnt, hat nichts von ihnen wissen wollen. Die anderen haben erzählt, er trage ein Messer bei sich – ein großes Messer, mit dem er vor seinen Freunden angegeben hat.«

»Haben Sie dieses Messer jemals gesehen?«

»Natürlich nicht. Sonst hätte ich's konfisziert.«

Ainslie schüttelte O'Brien zum Abschied die Hand und sagte: »Vielen Dank für Ihre Hilfe, Pater. Elroy Doil bleibt ein Rätsel, aber Sie haben mir geholfen, ihn etwas besser kennenzulernen.«

Ainslie kam am frühen Nachmittag in die Dienststelle zurück und setzte für sechzehn Uhr eine Besprechung mit ausgewählten Mitgliedern der Sonderkommission an. Auf der Liste, die er einer Sekretärin gab, standen die Sergeants Pablo Greene und Hank Brewmaster sowie die Detectives Bernard Quinn, Ruby Bowe, Esteban Kralik, José Garcia, Dion Jacobo, Charlie Thurston, Seth Wightman, Gus Janek und Luis Linares. Sie alle waren an der Überwachungsaktion beteiligt gewesen.

Detective Dan Zagaki, der ebenfalls dabei war, stand nicht auf der Liste. Als der junge Kriminalbeamte nachmittags in der Dienststelle erschien, ging Ainslie mit ihm zu einem privaten Gespräch in ein freies Büro. Zagaki fühlte sich sichtlich unbehaglich, als er Platz nahm.

Zagaki war erst vor einem Vierteljahr zur Mordkommission versetzt worden, nachdem er zwei Jahre Streifendienst gemacht und immer sehr gute Beurteilungen erhalten hatte. Er stammte aus einer alten Offiziersfamilie: Sein Vater war General in der U.S. Army, sein älterer Bruder Oberstleutnant im Marine Corps. In der Mordkommission hatte Zagaki stets Diensteifer und Einsatzbereitschaft bewiesen – vielleicht von beidem zuviel, überlegte Ainslie sich jetzt.

»Während Ihrer Überwachungstätigkeit«, sagte Ainslie, »haben Sie mir gemeldet, Elroy Doil sei wahrscheinlich nicht unser Mörder. Sie haben empfohlen, ihn nicht weiter zu observieren. Stimmt das?«

»Ja, das stimmt, Sergeant. Aber mein Partner Luis Linares ist der gleichen Meinung gewesen.«

»Nicht ganz. Als ich mit Linares gesprochen habe, hat er gesagt, auch er halte Doil für einen unwahrscheinlichen Kandidaten. Aber er hat nicht dafür plädiert, seine Überwachung einzustellen. ›Soweit würde ich nicht gehen‹, hat er mir erklärt.«

Zagaki war sichtlich geknickt. »Ich hab' mich getäuscht, was? Das wollen Sie mir doch sagen, oder?«

Ainslies Tonfall wurde schärfer. »Ja, Sie haben sich getäuscht, sogar gefährlich getäuscht. Empfehlungen von Detectives werden ernstgenommen, obwohl ich Ihre zum Glück nicht beachtet habe. Hier, lesen Sie selbst!« Er legte Zagaki mehrere Fotokopien hin: den Vordruck 301, auf den Sandra Sanchez gestoßen war, eine Zusammenfassung der Ermittlungen im Mordfall Esperanza, in dem Elroy Doil vor siebzehn Jahren als Hauptverdächtiger benannt worden war, und drei Seiten aus Doils Jugendstrafakte.

Als der junge Detective wieder aufsah, machte er ein zerknirschtes Gesicht. »Mann, da hab' ich echt danebengelegen! Was haben Sie mit mir vor, Sergeant – fliege ich raus?«

Ainslie schüttelte den Kopf. »Nein, die Sache bleibt unter uns. Aber wenn Sie ihren Dienst weiter in der Mordkommission machen wollen, müssen Sie daraus eine Lehre ziehen. Lassen Sie sich bei solchen Entscheidungen Zeit; urteilen Sie nicht nur nach äußeren Eindrücken. Seien Sie immer skeptisch. Denken Sie daran, daß im richtigen Leben selten etwas so ist, wie's auf den ersten Blick aussieht.«

»Ich werd's mir merken, Sergeant. Und vielen Dank dafür, daß die Sache unter uns bleibt.«

Ainslie nickte. »Noch etwas, das Sie wissen sollten: Ich habe für heute nachmittag eine Besprechung über Elroy Doils weitere Beobachtung angesetzt. Sie werden wahrscheinlich davon hören, aber ich habe Sie von der Liste gestrichen.«

Zagaki war sichtlich niedergeschlagen. »Sergeant, mir ist klar, daß ich das verdient habe. Aber kann ich Sie nicht irgendwie dazu überreden, mir noch eine Chance zu geben? Diesmal mache ich keinen Scheiß, das verspreche ich Ihnen.«

Ainslie zögerte. Sein Instinkt riet ihm, bei seiner Entscheidung zu bleiben. Er traute Zagaki einfach nicht so recht. Dann erinnerte er sich daran, wie er früher selbst Anfängerfehler gemacht und darauf gehofft hatte, seine Vorgesetzten würden Verständnis dafür aufbringen.

»Also gut«, sagte er. »Seien Sie um sechzehn Uhr da.«

11

»Über den Hauptverdächtigen sind wir uns vermutlich alle einig«, sagte Ainslie.

Die in Newbolds Dienstzimmer zusammengedrängten zwölf anderen Mitglieder der Sonderkommission murmelten zustimmend. Der Lieutenant stand ganz hinten in der Nähe der Tür; er hatte Ainslie seinen Schreibtisch überlassen.

Die drei Sergeants und zehn Detectives der Sonderkommission saßen auf Stühlen, hockten auf Tischkanten und Fensterbänken oder lehnten einfach an der Wand. Im Verlauf der Besprechung spürte Ainslie, wie die allgemeine Spannung wuchs, als er vortrug, was Sandra Sanchez entdeckt hatte, und wichtige Einzelheiten aus Elroy Doils Jugendstrafakte vorlas.

»Vor allem müssen wir Doil sofort wieder überwachen«, erklärte Ainslie seinen Leuten. »Pablo und Hank, ihr stellt einen Dienstplan auf. Ich schlage vor, daß ihr die ersten achtundvierzig Stunden gleich einteilt, damit jeder Bescheid weiß, bevor wir nachher auseinandergehen. Mich dürft ihr natürlich nicht vergessen. Spannt mich mit Zagaki zusammen.«

Brewmaster nickte. »Wird gemacht, Malcolm.«

»Bei dieser Observation kommt's auf zwei Dinge an«, fuhr Ainslie fort. »Erstens müssen wir verdammt aufpassen, damit Doil nicht merkt, daß er beschattet wird. Und zweitens müssen wir dicht an ihm dranbleiben, damit er uns nicht entwischt. Das ist ein schwieriger Balanceakt, aber wir wissen alle, was hier auf dem Spiel steht.

Oh, noch etwas«, sagte Ainslie zu den beiden Sergeants. »Setzt Detective Bowe nicht auf den Dienstplan. Für sie habe ich einen anderen Auftrag.«

Er wandte sich an Ruby Bowe. »Ich möchte, daß Sie Informationen über Elroy Doils Arbeitsverhältnisse einholen, Ruby. Wir wissen, daß er als Lastwagenfahrer bei verschiedenen Firmen arbeitet. Stellen Sie fest, um welche Firmen es sich handelt und was er an den Tagen der jeweiligen Morde gemacht hat. Aber Sie müssen behutsam vorgehen, damit ihm nicht irgend jemand steckt, daß wir uns nach ihm erkundigt haben.«

»Dafür brauche ich alles, was wir über Doil wissen«, sagte Ruby, »auch die Berichte über die bisherige Überwachung.«

»Ich lasse Ihnen anschließend alles kopieren«, versprach Ainslie. Sein Blick glitt über die versammelten Kriminalbeamten. »Noch Diskussionsbeiträge? Noch Fragen?«

Als sich niemand meldete, sagte er: »Gut, dann an die Arbeit.«

Die Überwachung Elroy Doils dauerte drei Wochen und zwei Tage. Für die Kriminalbeamten war die Tag und Nacht andauernde Observation wie üblich größtenteils eintönig und sogar langweilig. Aber es gab auch spannende Augenblicke, wenn es darauf ankam, nicht entdeckt zu werden. Und ausgerechnet in diese Zeit fiel die längste Schlechtwetterperiode des Jahres. Stürmische Winde und häufige Regenfälle machten die Beschattung Doils, der häufig mit Lastwagen unterwegs war, ungewöhnlich schwierig. Blieb das Überwachungsfahrzeug zu lange dicht hinter ihm, konnte Doil es im Rückspiegel bemerken. Andererseits bestand Gefahr, daß er seine Verfolger abhängte, wenn sie den Abstand bei starkem Regen mit schlechter Sicht allzugroß werden ließen.

Gelöst wurde dieses Problem zumindest teilweise durch den Einsatz zweier, manchmal sogar dreier Überwachungsfahrzeuge, die Funkverbindung miteinander hatten. Nachdem ein Wagen eine Zeitlang hinter Doil geblieben war, ließ er sich zurückfallen und wurde von dem anderen Fahrzeug abgelöst. Das verhinderte, daß Doil mißtrauisch wurde.

Die Kombination aus drei Fahrzeugen – im allgemeinen ein Lieferwagen und zwei unauffällige Personenwagen – wurde eingesetzt, wenn Doil wieder einmal mit einem Lastwagen im Fernverkehr unterwegs war. Bei einer Fahrt nach Orlando verloren die sechs Kriminalbeamten – je zwei in drei Wagen – Doil an der Stadtgrenze bei strömendem Regen aus den Augen. Die Beamten fuhren kreuz und quer durch Orlando und verfluchten die schlechte Sicht. Charlie Thurston und Luis Linares, die mit einem Postauto unterwegs waren, entdeckten den Gesuchten zuletzt in einer Pizzabar. Sein Lastwagen war in der Nähe geparkt.

Nachdem Thurston die anderen über Funk benachrichtigt hatte, knurrte Linares: »Verdammt, die Überwachung bringt nichts! Die kann jahrelang so weitergehen.«

»Ich mach' dir 'nen Vorschlag, Luis«, antwortete Thurston. »Du gehst einfach zu ihm hin und erzählst ihm das. Du sagst: ›Hey, Blödmann, wir haben diesen Scheiß satt. Zieh schon los und leg die nächsten Leute um.‹«

»Witzig, witzig«, wehrte Linares ab. »Du solltest im ausgeschalteten Fernsehen auftreten.«

War Elroy Doil nicht mit einem Lastwagen unterwegs, fand die Überwachung hauptsächlich in der Nähe seiner Unterkunft statt, was ebenfalls Probleme aufwarf.

Gemeinsam mit seiner Mutter Beulah hatte Doil in Wynwood an den Bahngleisen in einer Holzhütte auf dem Grundstück 23 Northeast 35th Terrace gehaust. Jetzt bewohnte er die baufällige Zweizimmerhütte allein und hatte davor einen klapprigen Pickup stehen, mit dem er herumfuhr.

Da ein unbekanntes Fahrzeug auffallen konnte, wenn es zu lange in der Nähe geparkt stand, wechselten die Überwachungswagen häufig – nach Einbruch der Dunkelheit und bei schlechtem Wetter jedoch seltener. Alle hatten getönte Scheiben, so daß die Detectives nicht befürchten mußten, sie könnten gesehen werden.

An manchen Abenden verbrachten die Überwachungsteams lange Stunden vor Doils Stammlokalen. Das eine war das Pussycat Theatre, eine Bar mit Stripteasevorführungen, das andere der Harlem Niteclub. Beide waren der Polizei gut als Stammlokale von Drogendealern und Prostituierten bekannt.

»Jesus!« sagte Dion Jacobo nach der dritten Regennacht in einem gegenüber dem Pussycat geparkten Überwachungsfahrzeug. »Kann der Kerl nicht wenigstens einmal ins *Kino* gehen? Dann könnte einer von uns ein paar Reihen hinter ihm sitzen.« Die Detectives folgten Doil nie in Bars oder an sonstige beleuchtete Orte, denn sie mußten damit rechnen, daß ihre Gesichter bekannt waren.

Selbst nach fast drei Wochen ununterbrochener Überwachung hatte keiner der Detectives etwas Verdächtiges oder auch nur Ungewöhnliches feststellen können. Ainslie, der die wachsende Frustration seiner gelangweilten Leute spürte, versuchte immer wieder, sie mit neuen Informationen aufzumuntern, die hauptsächlich von Detective Ruby Bowe stammten.

Bowe begann ihre Nachforschungen beim Social Security Office in Miami, wo sie Elroy Doils Sozialversicherungsunterlagen einsehen konnte. Sie beschränkte sich auf die beiden letzten Jahre und stellte fest, daß Doil bei fünf Firmen in Miami und Umgebung gearbeitet hatte: Overland Trucking, Prieto Fast Delivery, Superfine Transport, Porky's Trucking und Suarez Motors & Equipment. Doil, der seine Arbeitgeber häufig wechselte, hatte bei jedem mehrmals für kurze Zeit gearbeitet. Bowe suchte diese Fimen nacheinander auf.

Als besonders hilfsbereit erwies sich Alvin Travino, der Chef der Spedition Overland Trucking. Mr. Alvino, ein kleiner, weißhaariger Mann Ende Sechzig, entschuldigte sich mehrmals für seine »schlampige Buchführung«, die in Wirklichkeit tadellos war. Er hatte keine Mühe, alle Fahrten Elroy Doils in den vergangenen zwei Jahren mit Datum, Zeit, Strecke und Spesenabrechnung zu belegen. Damit Ruby Bowe sich nicht mühsam Notizen machen mußte, ließ er ihr die Unterlagen von seiner Sekretärin kopieren.

Travino sprach bereitwillig über Elroy Doil. »Soviel ich weiß, hat er früher Schwierigkeiten mit der Polizei gehabt, aber das hat mich nicht gestört, solange er hier keine Dummheiten machte – und das hat er nie getan. Okay, es hat ein paar Vorfälle gegeben, aber die haben sich nie auf seine Arbeit ausgewirkt. Entscheidend war immer, daß er ein verdammt guter Fahrer ist. Er rangiert mit seinem Sattelschlepper zügig wie kein anderer, was wirklich nicht einfach ist. Und er ist ein sicherer Fahrer. Hat nie einen Unfall gebaut, hat nie ein Fahrzeug beschädigt zurückgebracht.«

»Diese ›Vorfälle‹, die Sie erwähnt haben«, sagte die Kriminalbeamtin. »Worum ist es dabei gegangen?«

Alvin Travino schmunzelte. »Lauter verrückte Sachen; mir tut's fast leid, daß ich sie erwähnt habe. Nun, manchmal haben wir in den Fahrerkabinen seiner Wagen nach der Rückgabe seltsame Dinge entdeckt – zum Beispiel sechs oder sieben tote Vögel, einmal einen Hund, ein andermal zwei tote Katzen.«

Ruby machte große Augen. »Wow, das *ist* seltsam! Haben Sie Doil darauf angesprochen?«

»Nun...« Der kleine Spediteur zögerte. »Einmal haben wir deswegen richtig Streit bekommen.«

»Wirklich? Was ist passiert?«

»Anfangs habe ich vermutet, die toten Tiere hätten irgendeine religiöse Bedeutung. Sie wissen schon – wie Ziegen bei Haitianern. Aber dann hab' ich mir überlegt, daß ich solchen Scheiß nicht in meinen Fahrzeugen haben will, und Elroy entsprechend belehrt.«

»Und?«

Travino seufzte. »Mir wär's lieber, ich bräuchte Ihnen das nicht zu erzählen, denn ich kann mir denken, worauf Sie hinauswollen. Tatsächlich hat der Hundesohn einen Wutanfall gekriegt. Ist rot angelaufen, hat sein riesiges Messer gezogen und hat mich wüst beschimpft. Ich hab' richtig Angst vor ihm gehabt, das gebe ich ehrlich zu.

»Wissen Sie noch, wie das Messer ausgesehen hat?« fragte Ruby weiter.

Der Spediteur nickte. »Lang, scharf, mit leicht gekrümmter Klinge.«

»Hat er Sie angegriffen?«

»Nein. Ich habe mich nicht einschüchtern lassen, sondern ihm ins Gesicht gesehen und ihm gesagt, daß er entlassen ist. ›Verschwinde und laß dich hier nie wieder blicken‹, hab' ich gesagt. Er hat sein Messer weggesteckt und ist gegangen.«

»Aber er ist zurückgekommen!«

»Richtig. Nach zwei, drei Wochen hat er angerufen und gesagt, er möchte wieder als Aushilfsfahrer arbeiten. Ich habe ihn weiterbeschäftigt. Danach hat's nie mehr Schwierigkeiten gegeben. Er ist wie gesagt ein guter Fahrer.«

Die Sekretärin kam mit einem Stoß Fotokopien aus Fahrtenbüchern zurück. Travino blätterte sie durch, bevor er sie Detective Bowe gab.

»Sie haben mir wirklich weitergeholfen«, sagte sie. »Ich wäre Ihnen dankbar, wenn Sie Doil nicht erzählen würden, daß ich bei Ihnen gewesen bin.«

Travino schmunzelte erneut. »Nein, nein, ich halte dicht. Sonst zieht er vielleicht wieder sein Messer.«

Bei der Spedition Superfine Transport sprach Ruby Bowe nicht nur mit dem Geschäftsführer, sondern auch mit zwei Angestellten, die Elroy Doil kannten. Wie bei den übrigen Firmen erhielt sie bereitwillig alle gewünschten Auskünfte, weil niemand Scherereien mit der Polizei wollte.

Der Disponent Lloyd Swayze, ein aufgeweckter, redegewandter Schwarzer, brachte die allgemeine Meinung über Doil auf den Punkt: »Der Kerl ist ein Einzelgänger. Er will gar keine Freunde haben. Aber läßt man ihn in Ruhe seine Arbeit tun – und darauf versteht er sich –, ist alles in Ordnung. Allerdings ist er verdammt cholerisch; das hab' ich einmal erlebt, als ein anderer Fahrer ihn aufziehen wollte. Glauben Sie mir, Doil hätte ihn am liebsten umgebracht.«

»Hat's eine Schlägerei gegeben?«

»Es hätte eine gegeben, aber wir dulden so was nicht. Ich habe den anderen Mann weggeschickt und Doil erklärt, daß er sich seine Papiere holen kann, wenn er sich nicht gleich abregt. Ich hab' schon gedacht, er würde mich angreifen, aber dann hat er sich die Sache doch anders überlegt. Jedenfalls kann der Kerl echt gefährlich sein, falls Sie darauf hinauswollen.«

»Danke«, sagte Bowe. »Sie haben mir eine Frage erspart.«

Mick Lebo, ein stämmiger, rauhbeiniger Fahrer, bestätigte, was Swayze über Doil gesagt hatte, und fügte hinzu: »Der Kerl ist 'ne Ratte. Ich würd' ihm keine gottverdammte Sekunde lang trauen.«

»Gibt's hier einen anderen Fahrer, mit dem Doil geredet, dem er sich vielleicht anvertraut hat?« fragte Bowe. Das war eine Standardfrage, weil viele Mörder gefaßt wurden, nachdem sie mit vermeintlichen Freunden, die sie später anzeigten oder als Zeugen gegen sie aussagten, über ihre Verbrechen gesprochen hatten.

»Der Dreckskerl redet nie!« sagte Lebo verächtlich. »Mit keinem von uns. Steht man beim Pissen neben ihm, würd' er einem nicht mal zunicken – aber einem auf den Fuß pissen, das tät' er vielleicht.« Lebo lachte schallend über seinen eigenen Witz und stieß Ruby mit dem Ellbogen an.

Auch die Spedition Overland Trucking verließ Detective Ruby Bowe mit Fotokopien der Fahrtenbücher Elroy Doils aus den vergangenen zwei Jahren und der Zusage ihrer Informanten, ihr Gespräch vertraulich zu behandeln.

Im Gegensatz zu den anderen Firmen auf der Liste war Suarez Motors & Equipment keine Spedition, sondern reparierte Personenwagen und Kleinlaster und verkaufte Ersatzteile. Elroy Doil hatte dort gelegentlich als Mechaniker gearbeitet. Aber vor ungefähr einem Monat hatte er plötzlich gekündigt und war nicht einmal zurückgekommen, um sich bei Pedro Suarez, dem jungen Firmeninhaber, den letzten Lohnscheck abzuholen. Bowe bat um eine Fotokopie, als er ihr den Scheck zeigte.

»Ist er ein guter Mechaniker?« fragte sie Suarez.

»Er arbeitet gut und schnell – aber er ist ein unverbesserlicher Unruhestifter. Fängt mit jedem Streit an. Ich wollte ihn rausschmeißen, aber er hat selbst gekündigt.«

»Halten Sie Elroy Doil für clever?«

»Yeah. Er ist clever, weil er schnell lernt. Man braucht ihm bloß was zu erklären oder zu zeigen, dann hat er's schon begriffen. Aber er kann sich nicht beherrschen.«

Suarez erläuterte Bowe, seine Firme sei nicht nur ein Reparaturbetrieb, sondern auch im Großhandel mit Ersatzteilen tätig. Als sie danach fragte, erfuhr sie, bei Suarez Motors gebe es für Lieferungen an Wiederverkäufer zwei Kastenwagen.

»Hat Doil jemals Teile ausgefahren?« fragte sie weiter.

»Klar, wenn einer unserer Fahrer verhindert war.«

»Haben Sie Aufzeichnungen darüber?«

Suarez verzog das Gesicht. »Ich hab' schon befürchtet, daß Sie danach fragen würden. Bestimmt haben wir welche, aber die müßten erst ausgegraben werden.«

Er führte Bowe in den kleinen, staubigen Abstellraum hinter seinem Büro mit überquellenden Regalen, einem halben Dutzend Aktenschränken und einem Kopiergerät. Suarez zeigte auf einen der Aktenschränke. »Sie interessieren sich für die beiden letzten Jahre? Dort finden Sie alles. Aber Sie müssen die Unterlagen selbst durchsehen, fürchte ich.«

»Das macht nichts. Darf ich den Fotokopierer benutzen?«

»Bedienen Sie sich.« Suarez grinste. »Soll ich Doil reinbringen, falls er vorbeikommt, um seinen Scheck abzuholen?«

»Bitte nicht.« Bowe wiederholte rasch, dieser Besuch müsse unbedingt vertraulich bleiben.

Ihre Suche, bei der sie Kundenrechnungen, Lieferscheine, Fahrtenbücher und Lohnlisten miteinander vergleichen mußte, dauerte bis zum Spätnachmittag. Aber als sie ging, hatte sie Elroy Doils Tätigkeit bei Suarez Motors & Equipment gründlich recherchiert.

Die Speditionen Prieto Fast Delivery und Porky's Trucking waren ähnlich kooperativ, und die vier Besuche gaben Aufschluß über weitere Facetten von Doils Charakter, darunter die Tatsache, daß er regelmäßige Arbeit verabscheute. Hatte er das Bedürfnis, mal wieder zu arbeiten – vermutlich aus Geldmangel –, rief er eine der fünf Firmen an und wurde bei Bedarf als Aushilfsfahrer eingestellt. Er war offenbar clever genug, um dort nicht zu klauen oder zu betrügen, konnte seine Aggressivität aber nie ganz zügeln.

Für Ruby Bowe bestand der nächste Schritt darin, die gesammelten Informationen mit den Daten der einzelnen Morde zu vergleichen.

An ihrem Schreibtisch nahm Bowe sich als erstes die Morde außerhalb Miamis vor. Am 12. März waren Hal und Mabel Larsen in Clearwater – etwa vierhundert Kilometer nordwestlich von Miami – ermordet worden. An diesem Tag hatte Elroy Doil einen Sattelschlepper der Overland Trucking mit einer Ladung Möbel von Miami nach Clearwater gefahren, wo er laut Fahrtenbuch und Spesenabrechnung am Spätnachmittag angekommen war und im Motel Home Away From Home übernachtet hatte. Bowe, die eine heiße Spur witterte, rief das Motel an und erfuhr, daß es vier Blocks von der Adresse der Mordopfer entfernt war. Doil war am nächsten Tag mit einer Ladung Plastikröhren nach Miami zurückgefahren.

Außerdem war Doil erst zwei Wochen zuvor mit einem Overland-Fahrzeug in Clearwater gewesen und hatte im selben Motel übernachtet. Beim ersten Trip, überlegte Bowe, konnte er seinen Opfern nachspioniert haben, um sie dann beim zweiten zu ermorden.

Der nächste Fall war der Doppelmord in Fort Lauderdale, wo Irving und Rachel Hennenfeld am 23. Mai tot aufgefunden worden waren, die man vermutlich bereits am 19. Mai ermordet hatte.

Im Mai war Doil zweimal in Fort Lauderdale gewesen, diesmal für Porky's Trucking – erst am 2. Mai, dann nochmals am 19. Mai. Der Fahrtenbucheintrag für die zweite Fahrt bewies, daß er um 15.30 Uhr in Miami abgefahren war, in Fort Lauderdale drei Sendungen ausgeliefert hatte und kurz vor Mitternacht zurückgekommen war. Da die Entfernung zwischen den beiden Städten nur vierzig Kilometer betrug, war eine achteinhalbstündige Abwesenheit nicht recht erklärlich. Für die erste Fahrt am 2. Mai mit vier Auslieferungen in Fort Lauderdale hatte er nur fünf Stunden gebraucht. Offenbar, überlegte Bowe, dauerte die Suche nach geeigneten Opfern weniger lange als ihre grausige Ermordung.

Obwohl es bei den drei Doppelmorden in Miami keine so genauen Übereinstimmungen gab, wies jeder mögliche Zusammenhänge auf, die zu auffällig waren, um ignoriert zu werden.

Am Vormittag vor dem Mord an dem Ehepaar Homer und Blanche Frost im Hotel Royal Colonial hatte Doil in Coral Gables im Auftrag von Prieto Fast Delivery acht Sendungen ausgeliefert und vier abgeholt. Zwei Sendungen waren für Geschäfte in der Southwest 27th Avenue bestimmt gewesen, wo auch die Filiale der First Union Bank lag, in der die Frosts an diesem Vormittag Reiseschecks im Wert von achthundert Dollar eingelöst hatten.

Es war durchaus möglich, dachte Bowe – sogar wahrscheinlich –, daß Elroy Doil das ältere Ehepaar beobachtet hatte, vielleicht sogar in der Bank, und ihm ins Hotel gefolgt war. Dann wäre es kinderleicht gewesen, als angeblicher Hotelgast mit den Frosts in ihre Etage hinaufzufahren, sich ihre Zimmernummer zu merken und nachts wiederzukommen. Natürlich waren das alles Vermutungen, aber in Kombination mit den früheren Doppelmorden und den auffälligen Übereinstimmungen waren sie zu plausibel, um ignoriert zu werden.

Als nächstes kamen die beiden weiteren in Miami verübten Doppelmorde an Lazaro und Luisa Urbina in der Wohnanlage Pine Terrace und an Commissioner Gustav Ernst und seiner Frau Eleanor in ihrer Villa in Bay Point. In beiden Fällen zeigten die Unterlagen der Firmen Suarez Motors & Equipment und Prieto Fast Delivery, daß Doil Sendungen in der Nähe der Tatorte ausgeliefert hatte.

Die von Bowe bei Suarez Motors kopierten Unterlagen zeigten, daß Doil in den drei Wochen vor der Ermordung der Urbinas an zwei verschiedenen Tagen in der Nähe ihrer Wohnung gewesen war. Was das eingezäunte und ständig bewachte Villenviertel Bay Point betraf, hatte er dort nur zweimal Sendungen ausgeliefert – nicht bei den Ernsts, sondern in anderen Häusern. Und das letzte Mal war er fast fünf Wochen vor der Ermordung der Ernsts dortgewesen. Aber bei den beiden Zustellungen in Bay Point konnte Doil die Besucherkontrollen beobachtet und festgestellt haben, wie sie sich mit gefälschten Lieferpapieren überlisten ließen.

Bowe fiel noch etwas auf: Die Fotokopie des Lohnschecks, den Elroy Doil nicht bei Suarez Motors abgeholt hatte, zeigte, daß er einen Tag nach der Ermordung von Gustav und Eleanor Ernst plötzlich gekündigt hatte.

Hatte Doil dies getan, fragte Bowe sich, weil er fürchtete, inzwischen als Serienmörder verdächtigt zu werden, und daher untertauchen wollte?

Sobald Detective Bowe die Ergebnisse ihrer Nachforschungen ausgewertet hatte, trug sie das Resultat erwartungsvoll Sergeant Ainslie vor. Er fand ihre Mitteilung so ermutigend, daß er die meisten Informationen an die Kriminalbeamten seiner Sonderkommission weitergab und hinzufügte: »Doil ist unser Mann, das steht fest. Seid also geduldig und bleibt trotz des Hundewetters dran. Irgendwann macht er einen Fehler – und dann sind wir da und schnappen ihn uns.«

Er hielt auch Staatsanwalt Curzon Knowles auf dem laufenden, aber der reagierte nicht gerade begeistert.

»Klar, Ruby hat sich als findig erwiesen, als sie dieses Zeug zusammengetragen hat. Und natürlich zeigt es, daß Doil Gelegenheit hatte, alle diese Leute zu ermorden, und es vermutlich auch getan hat. Aber das müssen wir ihm erst nachweisen, und der ganze Schmonzes enthält keinen einzigen brauchbaren Beweis. Sie haben nicht mal genug in der Hand, um einen Haftbefehl beantragen zu können.«

»Das weiß ich, Counselor, aber ich wollte Sie nur auf dem laufenden halten. Einen positiven Aspekt hat die Sache allerdings. Unser Verdacht gegen Doil hat sich so verdichtet, daß wir keine Zeit mit anderen Leuten vergeuden müssen.«

»Ja, das sehe ich.«

»Deshalb bleiben wir dran«, sagte Ainslie. »Irgendwann – vielleicht schon bald – geht er uns ins Netz. Das ist meine feste Überzeugung.«

Der Staatsanwalt schmunzelte. »Wie ich sehe, Malcolm, sind Sie im Grunde noch immer in der Glaubensbranche.«

12

Zu dem miserablen Wetter, das die mehr als dreiwöchige Überwachung Elroy Doils behinderte, kam eine Darmgrippewelle, die ganz Miami erfaßte. Auch das Police Department blieb nicht davon verschont; allein in Ainslies Sonderkommission fielen die Detectives José Garcia und Seth Wightman aus. Beide Männer wurden krankgeschrieben und heimgeschickt, was die ständige Überwachung Doils weiter erschwerte.

Deshalb hatten Malcolm Ainslie und Dan Zagaki jetzt eine Doppelschicht übernommen. Die beiden waren seit neun Stunden im Dienst, weitere fünfzehn lagen vor ihnen. Es war 16.20 Uhr, und sie saßen einen halben Straßenblock von Elroy Doils Holzhütte entfernt in einem auf der Northeast 35 Terrace geparkten Lieferwagen mit der Aufschrift Burdines Department Store.

Auch heute hatte es wieder fast den ganzen Tag geregnet. Jetzt wurde es bei wolkenverhangenem Himmel rasch dunkel.

Ab sieben Uhr morgens war Doil mit einem Sattelschlepper der Spedition Overland Trucking von Miami aus unterwegs gewesen: erst nach West Palm Beach, dann weiter nach Boca Raton und gegen fünfzehn Uhr nach Miami zurück – insgesamt rund zweihundertdreißig Kilometer bei scheußlichem Regenwetter. Drei Observierungsteams, darunter auch Ainslie und Zagaki, hatten ihn unterwegs beschattet. Tagsüber hatte sich nichts Außergewöhnliches ereignet – bis auf die Tatsache, die Zagaki auf der Fahrt festgestellt hatte: »Doil verhält sich heute irgendwie anders, Sergeant. Ich weiß nicht, was er hat…«

»Er ist angespannt«, stimmte Ainslie ihm zu. »Man merkt's an seiner Fahrweise, und wenn er irgendwo hält, wirkt er ruhelos, als müsse er ständig in Bewegung bleiben.«

»Hat das etwas zu bedeuten, Sergeant?«

Ainslie zuckte mit den Schultern. »Könnte von Drogen kommen, obwohl Doil anscheinend nie welche genommen hat. Vielleicht ist er nervös. Das weiß nur er.«

»Vielleicht kriegen wir's noch raus.«

»Vielleicht.« Ainslie beließ es dabei, spürte aber selbst eine gewisse Anspannung und das vertraute Gefühl, daß die Dinge sich auf eine Entscheidung zubewegten.

Nachdem sie Doil auf der Heimfahrt vom Firmengelände der Overland Trucking beschattet hatten, warteten Ainslie und Zagaki darauf, was als nächstes passieren würde.

»Was dagegen, wenn ich ein Nickerchen mache, Sergeant?« fragte Zagaki.

»Nein, nur zu.« Es war vernünftig, während einer langen Doppelschicht jede Möglichkeit zu einer Ruhepause zu nutzen, zumal Doil nach seiner achtstündigen Fahrt zu Hause war und vermutlich schlief.

»Danke, Sergeant«, sagte Zagaki, als er sich zurücklehnte und die Augen schloß.

Ainslie hatte jedoch nicht vor, in dieser Nacht zu schlafen. Er traute dem jungen Kriminalbeamten noch immer nicht recht und hatte sich vor allem deshalb mit Zagaki zusammenspannen lassen, um ihn während der Überwachung im Auge behalten zu können. Fairerweise mußte er allerdings zugeben, daß Zagakis Leistung bisher tadellos gewesen war. Er hatte klaglos alles ausgeführt, was Ainslie ihm aufgetragen hatte, und war vor allem viel gefahren. Aber trotzdem...

Zagakis Verhalten verunsicherte ihn, und obwohl er Mühe gehabt hätte, fundierte Kritik vorzubringen, sagte Ainslies Instinkt ihm, daß sich hinter Zagakis übertrieben respektvoller Art, seinem ständigen »Sergeant«, unaufrichtige Schmeichelei verbarg.

Oder bin ich selbst übertrieben kritisch? fragte Ainslie sich.

»Dreizehn-zehn, hier dreizehnhundert.« Dieser knappe Anruf kam aus seinem Handfunkgerät.

Das war Lieutenant Leo Newbold.

»Dreizehn-zehn«, antwortete Ainslie. »QSK.«

Um auszuhelfen, während die Sonderkommission personell unterbesetzt war, hatte Newbold gemeinsam mit Dion Jacobo mehrere Schichten übernommen. Um Ainslie und Zagaki notfalls unterstützen zu können, saßen die beiden jetzt einige Wohnblocks entfernt in einem acht Jahre alten Ford mit eingebeulten Kotflügeln, abblätterndem Lack und einem Motor mit Turbolader, mit dem die Klapperkiste es mit jedem Sportwagen aufnehmen konnte.

»Ist bei euch irgendwas los?« fragte Newbold.

»Negativ«, antwortete Ainslie. »Unser Mann ist...« Aber er brachte den Satz nicht zu Ende. »Augenblick! Er kommt gerade aus dem Haus, geht zu seinem Pickup.« Er rüttelte Zagaki wach, der die Augen öffnete, sich aufsetzte und den Motor ihres Lieferwagens anließ.

Draußen schlurfte Doil mit gesenktem Kopf und tief in

den Taschen seiner Jeans vergrabenen Händen zu seinem Pickup.

Kurze Zeit später berichtete Ainslie: »Er sitzt im Wagen, fährt an, fährt rasch weg. Wir folgen ihm.«

Daß Doil wegfuhr, kam unerwartet. Aber Zagaki ließ ihren Lieferwagen bereits anrollen, lenkte ihn auf die Straße hinaus und behielt den klapprigen Pickup im Auge.

»Wir fahren auch«, bestätigte Newbold. »Wir bleiben hinter euch. Haltet uns auf dem laufenden, wohin er fährt.«

»Er hat die North Miami Avenue erreicht«, meldete Ainslie, »biegt jetzt nach Süden ab.« Wenig später folgte die Meldung: »Er überquert die Twenty-ninth Street.«

Aus dem Lautsprecher drang Newbolds Stimme: »Wir sind parallel zu euch auf der Second Avenue. Meldet weiter, welche Straßen er überquert. Wir können jederzeit rüberwechseln und euch ablösen.«

Daß zwei Überwachungsfahrzeuge Parallelstraßen benutzten und zwischendurch immer wieder die Position wechselten, war eine bewährte, aber manchmal etwas riskante Taktik.

Bei stärker werdendem Regen frischte jetzt auch der Wind auf.

»Sie entscheiden, was zu tun ist, Malcolm«, sagte Newbold über Funk. »Aber meinen Sie nicht, daß wir ein drittes Team anfordern sollten?«

»Noch nicht«, antwortete Ainslie. »Ich glaube nicht, daß er die Stadt verläßt... Er fährt gerade über die Eleventh Street; wir sind einen Block hinter ihm. Ich schlage vor, an der Flagler Street zu wechseln.«

»QSL.«

Wieder Ainslie: »Wir sind kurz vor der Flagler Street. Er fährt weiter nach Süden. Übernehmen Sie ihn, Lieutenant. Wir bleiben zurück.«

»Wir fahren auf der Flagler Street nach Westen«, berichtete Newbold, »biegen nach Süden auf die Miami Avenue ab... Ja, wir sehen ihn. Er ist hinter uns... hat uns jetzt überholt... zwei

Fahrzeuge zwischen uns; diesen Abstand behalten wir bei.« Einige Minuten später meldete sich Newbold: »Er überquert gerade den Tamiami Trail, scheint zu wissen, wohin er will, wahrscheinlich nach Westen. Ich schlage vor, am Bayshore Drive erneut zu wechseln.«

»QSL. Wir schließen zu Ihnen auf.«

So waren Ainslie und Zagaki im vorderen Überwachungsfahrzeug, als Elroy Doils Pickup auf dem vielbefahrenen Bayshore Drive eine kurze Strecke nach Westen fuhr, am Mercy Hospital langsamer wurde und dann nach rechts in das Villenviertel Bay Heights abbog.

Ainslie berichtete: »Unser Mann ist vom Bayshore Drive abgebogen, fährt auf der Halissee Street nach Norden, Verkehr sehr schwach.« Zagaki wies er an: »Halten Sie reichlich Abstand, aber passen Sie auf, damit er uns nicht abhängt.« Die Sichtverhältnisse hatten sich weiter verschlechtert. Der Regen hatte zwar nachgelassen, aber dafür war es inzwischen fast dunkel.

Wie die meisten Wohnstraßen in Bay Heights war die Halissee Street eine Straße mit großen, eleganten Villen auf parkartigen Grundstücken mit dichtem Baumbestand. Vor ihnen erschien eine Querstraße; Ainslie wußte, daß das die Tigertail Avenue mit ähnlichen Villen war. Aber bevor der Pickup diese Straße erreichte, hielt er plötzlich am rechten Straßenrand unter einem großen überhängenden Feigenbaum an. Die Scheinwerfer des Pickups erloschen, als Zagaki den Lieferwagen zum Stehen brachte und ebenfalls die Scheinwerfer ausschaltete. Sie standen etwa hundert Meter hinter dem Pickup und hatten mehrere geparkte Wagen zwischen Doil und sich. Aber sie saßen so hoch, daß sie im Licht einer Straßenlampe über die Autodächer hinweg Elroy Doils Kopf und Schultern in seinem Pickup sehen konnten.

»Unser Mann parkt auf der Halissee Street vor der Tigertail Avenue«, berichtete Ainslie. »Er sitzt weiter in seinem Wagen. Bisher ist nicht zu erkennen, ob er aussteigen wird.«

Newbold antwortete: »Sind eine Querstraße hinter euch. Wir parken ebenfalls.«

Sie warteten.

Zehn Minuten vergingen, ohne daß Doil sich bewegte.

»Er wirkt nicht mehr so ruhelos, Sergeant«, stellte Zagaki fest.

Wieder einige Minuten später fragte Newbold über Funk an: »Gibt's was Neues?«

»Negativ. Der Pickup steht, unser Mann sitzt darin.«

»Bei mir ist eine Nachricht eingegangen, Malcolm. Ich muß mit Ihnen reden. Können Sie zu Fuß herkommen? Notfalls können wir Sie schnell wieder zurückbringen.«

Ainslie zögerte. Ihm war nicht wohl bei dem Gedanken, Zagaki allein zurückzulassen, damit er Doil überwachte. Er wäre lieber dageblieben, aber er wußte, daß der Lieutenant etwas Wichtiges zu besprechen haben mußte.

»Gut, ich komme jetzt«, antwortete er. Zu Detective Zagaki sagte er: »Ich bin so schnell wie möglich zurück. Sie lassen Doil nicht aus den Augen und rufen mich über Funk, falls er aussteigt, wegfährt oder sonst irgendwas macht. Sollte er aussteigen oder wegfahren, bleiben Sie dran – und halten Sie vor allem Verbindung mit mir.«

»Seien Sie unbesorgt, Sergeant«, sagte Zagaki eifrig, »ich lasse ihn keine Sekunde aus den Augen.«

Ainslie stieg aus dem Lieferwagen und stellte dabei fest, daß es zu regnen aufgehört hatte. Er ging im Dunkel die Straße entlang zurück.

Dan Zagaki beobachtete ihn im Rückspiegel und dachte dabei: *Gott, was für ein verfluchter Langweiler du bist, Sergeant, komm bloß nicht so schnell zurück!*

Zagaki hatte sich von Anfang an gewünscht, mit einem flotteren, interessanteren Kollegen Dienst tun zu können. Ainslie war seiner Ansicht nach ein übervorsichtiger, nicht sonderlich intelligenter Pedant. Hätte er wirklich Grips, wäre er längst Lieutenant, vielleicht schon Captain gewesen – beides Dienstgrade, die Zagaki anvisierte. Er wußte, daß er clever genug war, um die Spitzenposition erreichen zu können. Das bewies schon die Tatsache, wie schnell er's vom Streifenpolizisten zum Kriminalbeamten gebracht hatte. Wie beim Militär kam es bei der Polizei darauf an, ständig *Beförderung, Beförderung, Beförderung, Beförderung* zu denken. Karriere machte man nicht von selbst, sondern man mußte ihr *nachhelfen* – am besten dadurch, daß man bei Vorgesetzten häufig angenehm *auffiel.*

Diese Taktik hatte Dan Zagaki seinem Vater abgeschaut, der in der U.S. Army ein ums andere Mal befördert worden war, und sie hatte auch bei seinem älteren Bruder Cedric funktioniert, der damit im Marine Corps Karriere gemacht hatte. Wie ihr Vater würde auch Cedric eines Tages General werden – das stand für ihn fest. Cedric hatte sich verächtlich darüber geäußert, daß Dan zur Miami Police, die er als eine »Scheißtruppe« bezeichnete, gegangen war. Der General hatte sich zurückhaltender ausgedrückt, aber Dan spürte, daß er über seine Entscheidung enttäuscht war. Nun, er würde es beiden zeigen!

Er grinste, als er daran dachte, wie geschickt er Ainslie in den vergangenen drei Wochen um den Bart gegangen war und ihn bei jeder passenden Gelegenheit mit »Sergeant« angesprochen hatte, ohne daß der Schwachkopf etwas gemerkt hatte. Es war ihm sogar gelungen, in der Sonderkommission zu bleiben, indem er den Reumütigen gespielt hatte. Und Ainslie hatte ihm das abgenommen. Trottel.

»Verdammt«, murmelte Zagaki, der noch immer am Steuer des Lieferwagens saß. »Ich muß schon wieder. Das wievielte Mal ist das heute?«

Wie viele hundert andere Einwohner Miamis, auch die krankgeschriebenen Detectives Wightman und Garcia, so litt auch Dan Zagaki unter der Darmgrippe. Gewiß, er hatte kein hohes Fieber, aber die sonstigen Symptome wie Magenschmerzen und Durchfall machten sich unangenehm bemerkbar. Im Gegensatz zu anderen hatte er seine Erkrankung jedoch verschwiegen, weil er entschlossen war, unbedingt durchzuhalten. Zagaki wollte sich nicht um die Riesenchance bringen, an der Lösung dieses Falls beteiligt zu sein. Bisher hatte sich sein Problem bei mehreren Stopps lösen lassen, aber jetzt *mußte* er irgendwo einen Ort finden – zum Beispiel die Buschgruppe im Garten rechts neben ihm –, wo er der Natur ihren Lauf lassen konnte.

Ein Blick nach vorn durch die Windschutzscheibe des Lieferwagens zeigte ihm weiterhin Doils Silhouette. Nachdem der Hundesohn so lange stillgesessen hatte, würde er nicht ausgerechnet in den wenigen Sekunden abhauen, die Zagaki jetzt brauchte – *jetzt gleich!*

Sollte er Ainslie über Funk verständigen? Unsinn! Dan Zagaki traf seine Entscheidungen selbständig.

Er stieg rasch aus, drückte die Fahrertür hinter sich ins Schloß und verschwand in den Büschen. Sekunden später: *Welche Erleichterung! Aber beeil dich! Du hast nicht ewig Zeit.*

»Ich will's schnell machen, Malcolm«, sagte Leo Newbold. Ainslie hatte eben das zweite Überwachungsfahrzeug erreicht und war hinten eingestiegen. »Vorhin haben mich die Kollegen von der Mordkommission in Philadelphia angerufen. Wir haben einen gewissen Dudley Rickins in ganz Amerika zur Verhaftung ausgeschrieben. Richtig?«

»Ja, Sir, das habe ich genehmigt. Bernie Quinn bearbeitet den Fall, und Rickins ist dringend tatverdächtig. Mit seiner Vernehmung könnten wir die Ermittlungen vermutlich abschließen.«

»Nun, sie haben Rickins in Philadelphia verhaftet und können ihn zweiundsiebzig Stunden lang festhalten, aber irgendein Trottel hat uns nicht rechtzeitig benachrichtigt. Jetzt müssen sie ihn in zwölf Stunden laufenlassen. Ich weiß, daß Sie alle Ihre Leute brauchen...«

»Trotzdem sollte Bernie sofort hinfliegen.«

Newbold seufzte. »Das denke ich auch.«

Wie sie beide wußten, konnten sie einen weiteren Mann nur schlecht entbehren, aber sie würden irgendwie auch ohne ihn auskommen müssen.

»Okay, Malcolm, ich lasse Bernie benachrichtigen, damit er gleich hinfliegt. Danke. Jetzt sehen Sie lieber zu, daß Sie auf Ihren Posten zurückkommen. Doil hat sich noch nicht vom Fleck gerührt?«

»Bisher nicht. Hätte er's getan, hätte Zagaki sich gemeldet.«

Ainslie stieg aus und ging wieder nach vorn zu seinem Lieferwagen.

Verdammt, dachte Zagaki, als er seinen Reißverschluß hochzog, das hat gottverdammt zu lange gedauert! Er hastete zum Fahrzeug zurück.

In diesem Augenblick erschien auch Malcolm Ainslie.

»Wo zum Teufel sind Sie gewesen?« fragte Ainslie ungläubig.

»Na ja, Sergeant, ich hab' dringend...«

Ainslies Gesicht war weiß vor Zorn, als er ihn anknurrte: »Erzählen Sie mir keinen Scheiß! Denken Sie, ich lasse mich von Ihnen täuschen? Habe ich Ihnen nicht befohlen, Doil keine Sekunde aus den Augen zu lassen und sich über Funk zu melden, wenn *irgendwas* passiert?«

»Ja, Sergeant, aber...«

»Nichts aber! Ab morgen früh ist für Sie Schluß mit dieser Sonderkommission.«

»Sergeant, lassen Sie's mich doch erklären«, sagte Zagaki bittend. »Ich hab' dringend austreten müssen und ich...«

Ainslie hörte nicht zu, sondern sah an den geparkten Wagen vorbei nach vorn, wo der Pickup stand. Dann rief er entsetzt: »O Gott, er ist weg!«

Aus der Fahrerkabine des Pickups war Elroy Doils Silhouette verschwunden.

Zunächst herrschte völliges Durcheinander. Ainslie rannte nach vorn zu dem Pickup und sah sich in der Dunkelheit nach Doil um. Nirgends eine Spur von ihm – und auch keine anderen Fußgänger in Sicht. Von Doils Fahrzeug aus lief er das kurze Stück zur Tigertail Avenue weiter. Aber die Wohnstraßen dieses Viertels waren nur schwach beleuchtet. Ainslie war sich darüber im klaren, daß Doil irgendwo ganz in der Nähe hinter Büschen und Bäumen versteckt lauern konnte.

Dan Zagaki kam keuchend heran: »Sergeant, ich bin...«

Ainslie fuhr herum: »Schnauze, verdammt noch mal!«

fauchte er ihn wütend an. »Wie lange sind Sie nicht im Wagen gewesen?«

»Bloß ein bis zwei Minuten, Ehrenwort.«

»Lügen Sie nicht, Sie kleiner Hundesohn!« Ainslie packte den jungen Mann an seiner Jacke und schüttelte ihn kräftig. »Los, los, wie lange?« Er zog ihn zu sich heran, bis er Zagakis Gesicht dicht vor sich hatte. »Die ganze Zeit – solange ich weggewesen bin?«

Zagaki, der den Tränen nahe war, gestand ein: »Ja, ziemlich von Anfang an.«

Ainslie, der ihn angewidert wegstieß, rechnete sich aus, daß Doil mindestens zehn bis zwölf Minuten Vorsprung hatte. Selbst wenn er in der Nähe geblieben war, konnte er überall versteckt sein, und es war aussichtslos, ihn allein aufspüren zu wollen. Deshalb blieb ihm keine andere Wahl. Er griff nach seinem Funkgerät.

»Dispatcher, hier dreizehn-zehn.«

Eine Frauenstimme antwortete ruhig: »Dreizehn-zehn, QSK.«

»Schicken Sie mir mehrere Streifenwagen zur Tigertail Avenue...« Ainslie machte eine Pause, um die nächste Hausnummer abzulesen. »Nummer sechzehn-elf. Wir haben einen Weißen, der unter Überwachung gestanden hat, aus den Augen verloren. Einsvierundneuzig groß, wiegt ungefähr hundertzwanzig Kilo, trägt ein rotes Hemd und eine dunkle Hose. Er ist bewaffnet und gefährlich.«

»QSL.«

Kurze Zeit später hörte Ainslie bereits die erste Sirene, als eine Streifenwagenbesatzung auf den rasch gesendeten Code 315 reagierte: 3 für »Notfall« und 15 für »Polizeibeamter braucht Hilfe«.

Newbold und Jacobo würden seinen Funkspruch mitgehört haben und schon zu ihm unterwegs sein. Vorerst konnte Ainslie nur warten.

Dann bekam er über sein Kombigerät einen Anruf des Wachleiters in der Nachrichtenzentrale. Der Sergeant sprach ruhig, aber schnell.

»Malcolm, ich hab' eben deinen Funkspruch mitgehört. Ich habe einen Jungen am Telefon, der meldet, daß ein großer Mann seine Großeltern in ihrem Haus überfallen hat und sie schlägt und mit einem Messer massakriert.«

»Das ist Doil, Harry! Gib mir schnell die Adresse.«

»Augenblick, die krieg' ich gerade. Der Junge muß ins Telefon flüstern.« Ainslie hörte, wie der Wachleiter dem Anrufer, den er »Ivan« nannte, geduldig Fragen stellte. »Er sagt, daß seine Großeltern Tempone heißen und in der Tigertail Avenue wohnen... Nummer sechzehn-dreiundvierzig! Ich habe einen Notarzt alarmiert, Malcolm, und ändere die drei-fünfzehn in drei-einunddreißig um.« Das bedeutete »Notfall – Mord wird verübt«.

Ainslie hörte kaum noch hin. Er rannte bereits die Tigertail Avenue entlang. Dan Zagaki hielt mit ihm Schritt, aber Ainslie beachtete ihn nicht weiter.

Als sie herankamen, sahen sie die Hausnummer 1643 am Torpfosten einer großen zweigeschossigen Villa mit gepflasterter Auffahrt, Säulenvordach und schwerer geschnitzter Haustür. Ein Zaun aus Eisenstäben, hinter dem als Sichtschutz hohe Büsche gepflanzt waren, umgab das gesamte Grundstück. Ein zweiflügliges schmiedeeisernes Tor sicherte die Einfahrt, aber ein Flügel war nur angelehnt.

Als Ainslie und Zagaki das Gittertor erreichten, hielten dort zwei Streifenwagen mit Blinklichtern, verklingenden Sirenen und quietschenden Reifen. Vier uniformierte Polizisten sprangen mit gezogenen Waffen heraus. Zwei weitere Streifenwagen kamen aus beiden Richtungen die Tigertail Avenue entlanggerast.

Ainslie wies seine Polizeiplakette vor und beschrieb ihnen rasch den Gesuchten. »Wir glauben, daß er drinnen ist – vielleicht in diesem Augenblick mordet.« Er deutete auf zwei der Beamten. »Ihr beide kommt mit mir.« Zu den anderen sagte er: »Gendry, Sie übernehmen den Befehl und sperren die Tigertail

Avenue weiträumig ab. Keiner darf rein oder raus, bevor Sie von mir hören.«

Plötzlich rief einer der Beamten: »Sergeant, dort drüben!« Er zeigte auf die Ostseite des Hauses, wo eine schemenhafte Gestalt einen Fußweg entlangschlich. Ein anderer Streifenpolizist richtete seine starke Stabtaschenlampe auf sie. Sie erhellte den Rücken eines großen Mannes, der ein rotes Hemd und eine dunkle Hose trug.

»Das ist er!« rief Ainslie. Die anderen folgten dichtauf, als er mit schußbereiter Pistole durchs Tor und über den Rasen stürmte. Doil hörte sie kommen und rannte davon. »Halt, stehenbleiben, Doil«, rief Ainslie, »sonst puste ich Ihnen Ihr verdammtes Gehirn weg!«

Der Mann blieb stehen, drehte sich um. *»Fuck you!«* knurrte Doil.

Als Ainslie näher herankam, sah er, daß Doil ein Messer in der rechten Hand hielt – und daß seine beiden Hände in Latexhandschuhen steckten.

»Lassen Sie das Messer fallen!« befahl Ainslie ihm scharf. Als Doil zögerte, fügte er hinzu: »Und runter mit den Handschuhen! Lassen Sie sie neben das Messer fallen.«

Doil gehorchte langsam. Dann blaffte Ainslie ihn an: »Hinlegen, Hundesohn, und Hände auf den Rücken! *Los, Beeilung!«*

Auch diesem Befehl gehorchte Doil, betont langsam, während Ainslie ihn weiter mit seiner Pistole in Schach hielt. Zagaki trat vor, packte Doils Handgelenke und legte ihm Handschellen an. In diesem Augenblick erhellte ein hinter ihnen aufflammendes Blitzlicht die Szene.

Ainslie warf sich instinktiv mit noch schußbereiter Waffe herum, aber dann hörte er eine Frauenstimme: »Sorry, Chief. Aber dafür werde ich von den Zeitungen bezahlt.«

»Verdammt«, murmelte Ainslie und ließ die Pistole sinken. Obwohl er wußte, daß Fotografen, Kamerateams und Reporter den Polizeifunk abhörten und rasch zur Stelle waren, wenn sie eine Story witterten, ärgerte er sich darüber, sie so rasch zu sehen. Er wandte sich an die Streifenpolizisten. »Sperrt die Umgebung des Hauses mit Band ab und sorgt dafür, daß niemand näher als zwanzig Meter herankommt.«

Prompt wurde das gelbe Kunststoffband mit dem Aufdruck POLICE LINE – DO NOT CROSS, das zur Ausrüstung aller Streifenwagen gehörte, um alle irgendwie geeigneten Gegenstände geschlungen – Bäume, Laternenpfähle, Zaunpfosten und die Außenspiegel zweier Streifenwagen –, so daß es eine visuelle Barriere zwischen den Kriminalbeamten und der rasch anwachsenden Menge aus Neugierigen und Reportern bildete.

Zagaki, der neben Elroy Doil kniete, rief laut: »Der Kerl ist über und über mit Blut verschmiert! Das Messer und die Handschuhe sind auch blutig.«

»Nein!« ächzte Ainslie, weil er instinktiv wußte, daß seine schlimmsten Befürchtungen eingetroffen waren. Er riß sich zusammen, um den neu hinzugekommenen Streifenpolizisten Anweisungen zu geben. »Zwei von euch ziehen diesen Kerl bis auf die Unterwäsche aus – auch Schuhe und Socken. Laßt seine Sachen nicht auf den Boden fallen, verwischt keine Blutspuren und steckt alles möglichst schnell in Plastikbeutel – vor allem sein Messer und die Handschuhe. Und bleibt wachsam; laßt ihn keine Sekunde aus den Augen. Der Kerl ist gewalttätig und gefährlich.«

Elroy Doil sollte ausgezogen werden, um die Blutspuren an seiner Kleidung im jetzigen Zustand zu konservieren. Zeigte ein DNA-Test, daß das Blut von seinen Opfern stammte, war eine Verurteilung so gut wie sicher.

Inzwischen waren auch Leo Newbold und Dion Jacobo eingetroffen. Der Lieutenant fragte Ainslie: »Sind Sie schon drinnen gewesen?«

»Nein, Sir. Bin gerade unterwegs.«

»Wir kommen mit, okay?«

»Natürlich.«

Ainslie nickte dem Streifenpolizisten zu, der als erster am Tatort gewesen war. »Sie kommen mit uns. Bleiben Sie in unserer

Nähe, und fassen Sie nichts an, verstanden?« Zu Zagaki sagte er nur: »Sie bleiben hier und rühren sich nicht von der Stelle.«

Dann gingen die vier unter Ainslies Führung auf das Haus zu.

Eine Seitentür stand offen – vermutlich weil Doil auf diesem Weg das Haus verlassen hatte. Der Flur dahinter war nur schwach beleuchtet. Ainslie knipste das Licht an. Der Korridor führte in eine holzgetäfelte Eingangshalle mit einer elegant geschwungenen breiten Treppe. Auf der untersten Stufe saß ein kleiner Junge – Ainslie schätzte ihn auf zehn, höchstens zwölf Jahre –, der blicklos ins Leere starrte und heftig zitterte.

Ainslie kniete sich zu ihm nieder, legte einen Arm um seine Schultern und fragte freundlich: »Bist du Ivan?« Den anderen erklärte er: »Er hat neun-eins-eins angerufen.« Der Junge nickte kaum merklich.

»Kannst du uns sagen, wo…«

Der Junge schien noch kleiner zu werden, drehte sich aber um, sah die Treppe hinauf und zitterte dann noch mehr.

»Entschuldigung, Sergeant«, warf der Streifenpolizist ein, »er hat einen Schock. Die Anzeichen kenne ich. Wir sollten ihn ins Krankenhaus bringen.«

»Können Sie ihn raustragen?«

»Klar kann ich das.«

»Der Notarzt ist alarmiert«, erklärte Ainslie ihm. »Er ist bestimmt schon draußen. Wird der Junge ins Jackson Memorial gebracht, fahren Sie mit und melden sich von dort aus. Lassen Sie den Jungen unter keinen Umständen allein; wir brauchen seine Aussage noch. Ist das klar?«

»Alles klar, Sergeant.« Der Uniformierte hob den Kleinen mühelos hoch. »Komm, wir gehen, Ivan.« Beim Hinausgehen hörte Ainslie ihn tröstend sagen: »Das wird schon wieder, Sohn. Halt dich nur gut an mir fest.«

Ainslie, Newbold und Jacobo stiegen die Treppe hinauf. Im ersten Stock fanden sie eine offene Tür, aus der Licht drang. Die drei Männer traten über die Schwelle und blieben stehen, um den Tatort in Augenschein zu nehmen.

Dion Jacobo, der als Veteran schon viele Mordopfer gesehen hatte, stieß einen erstickten Laut aus, bevor er stöhnend die Worte herauswürgte: »O mein Gott! O mein Gott!«

Wie Ainslie befürchtet hatte, als er Doils blutbefleckte Kleidung sah, standen sie vor einer Wiederholung der früheren Doppelmorde, diesmal an einem älteren schwarzen Ehepaar. Der einzige Unterschied bestand darin, daß Doil offenbar hastiger und weniger präzise vorgegangen war – vermutlich hatte er die rasch näher kommenden Polizeisirenen gehört.

Die beiden Toten saßen sich gefesselt und geknebelt gegenüber; sie waren durch Schläge auf Kopf und Oberkörper brutal mißhandelt worden. Ein Arm der Frau war verdreht und gebrochen, das rechte Auge des Mannes ausgestochen. Im Vergleich zu den früheren Morden waren die Stichwunden offenbar willkürlicher und tiefer. Alles schien in höchster Eile geschehen zu sein, als habe der Killer geahnt, daß ihm diesmal nicht viel Zeit bleiben würde.

Ainslie stand wie versteinert da, bemühte sich, seine abgrundtiefe Verzweiflung unter Kontrolle zu halten, und war sich bewußt, daß er diese Szene und sein eigenes Schuldbewußtsein niemals würde vergessen können. Nachdem er fast eine Minute bewegungslos dagestanden hatte, holte Leo Newbolds Stimme ihn in die Realität zurück. »Malcolm, alles in Ordnung mit Ihnen?«

Er nickte mühsam. »Ja, Sir.«

»Ich weiß, was Sie denken«, sagte Newbold halblaut, »und habe nicht vor, Sie diese Last allein tragen zu lassen. Wir reden darüber, aber wie wär's, wenn Sie jetzt heimfahren und sich ausruhen würden? Sie sind übermüdet, das sieht man Ihnen an. Dion kann die weiteren Ermittlungen leiten.«

Ainslie schüttelte den Kopf. »Ich bring' die Sache zu Ende, Lieutenant, aber es wäre gut, wenn Dion mir dabei helfen würde. Trotzdem vielen Dank.«

Er griff nach seinem Handfunkgerät, um das Standardverfahren einzuleiten.

Es war kurz nach ein Uhr morgens, als Malcolm Ainslie endlich nach Hause kam, wo Karen, die er vor mehreren Stunden hatte anrufen können, in einem blaßgrünen Morgenrock auf ihn wartete. Als sie ihn sah, breitete sie die Arme aus und drückte ihn fest an sich. Nach einiger Zeit ließ sie ihn los, sah zu ihm auf und berührte sein Gesicht.

»War's schlimm?«

Er nickte langsam. »Ziemlich.«

»Oh, Liebling, wieviel mehr kannst du noch ertragen?«

Ainslie seufzte. »Von der Art wie heute abend nicht mehr viel.«

Sie schmiegte sich an ihn. »Ich bin froh, daß du wieder da bist. Möchtest du darüber reden?«

»Vielleicht morgen. Nicht jetzt.«

»Malcolm, Liebster, geh jetzt ins Bett. Ich bringe dir noch etwas.«

Dieses »Etwas« war heiße Ovomaltine, ein Getränk aus seiner Kindheit, das er vor dem Einschlafen gern zu sich nahm. Als er den Becher geleert hatte und sich auf sein Kopfkissen zurücksinken ließ, meinte Karen: »Das müßte dir helfen einzuschlafen.«

»Und die Alpträume verscheuchen?«

Sie schlüpfte zu ihm unter die Bettdecke und drückte ihn nochmals an sich. »Die halte ich von dir fern.«

Aber während Malcolm erschöpft in den Schlaf fiel, lag Karen noch lange sorgenvoll wach. Wie lange, fragte sie sich, konnten sie dieses Leben durchhalten? Früher oder später würde Malcolm sich zwischen seiner Familie und den Dämonen seiner Arbeit entscheiden müssen. Wie so viele Ehefrauen von Kriminalbeamten in Vergangenheit und Gegenwart konnte Karen sich nicht vorstellen, daß ihre Ehe auf Dauer mit der jetzigen beruflichen Laufbahn ihres Mannes unter einen Hut zu bringen war.

Der nächste Tag brachte ein Postskriptum, das geradezu eine Ironie des Schicksals war.

Eine Berufsfotografin mit Verbindungen zu Bildagenturen

wohnte in Bay Heights ganz in der Nähe der Villa des ermordeten Ehepaars Tempone. Deshalb war sie so rasch am Tatort gewesen und hatte ein Blitzlichtfoto gemacht, als Doil überwältigt wurde.

Der dramatische Schnappschuß zeigte Doil auf dem Bauch im Gras liegend, während Detective Dan Zagaki dem sich Wehrenden Handschellen anlegte. Diese von Associated Press verbreitete Aufnahme erschien in allen großen amerikanischen Zeitungen mit der Bildunterschrift:

Ein heldenhafter Polizist

Nach dramatischer Verfolgungsjagd überwältigt Detective Dan Zagaki von der Miami Police den Verdächtigen Elroy Doil, der ein schwarzes Ehepaar ermordet haben soll und wegen einer Mordserie verhört wird. Auf die Frage nach seiner Arbeit und ihren Gefahren antwortet Zagaki: »Sie ist manchmal riskant. Man tut einfach nur sein Bestes.« Er ist Sohn von General Thaddeus Zagaki, Kommandeur der First Army Division in Fort Stewart, Georgia.

13

Nach der Verhaftung kam Elroy Doil unter der Beschuldigung, Kingsley und Nellie Tempone ermordet zu haben, im Dade-County-Gefängnis in Untersuchungshaft. Wie gesetzlich vorgeschrieben war, fand im benachbarten Metro Justice Building innerhalb von vierundzwanzig Stunden nach der Verhaftung ein Haftprüfungstermin statt. Dabei brauchte Doil sich nicht zur Schuldfrage zu äußern; dafür würde in zwei bis drei Wochen ein Anhörungstermin festgesetzt werden. Statt dessen beantragte ein Pflichtverteidiger routinemäßig seine Freilassung gegen Kaution, die ebenso routinemäßig abgelehnt wurde.

Doil interessierte sich kaum für diesen Vorgang, weigerte

sich, mit seinem Pflichtverteidiger zu sprechen, und gähnte dem Richter ins Gesicht. Aber als ein Gerichtsdiener ihn am Arm packte, um ihn hinauszuführen, versetzte Doil ihm einen Schlag in den Magen, so daß der Mann zusammenklappte. Sofort stürzten sich zwei weitere Gerichtsdiener und ein Gefängniswärter auf Doil, überwältigten ihn, legten ihn in Ketten und schleiften ihn aus dem Saal. Draußen in der Zelle für Untersuchungshäftlinge schlugen sie weiter mit ihren Fäusten auf ihn ein, bis der Widerstandswille des hilflos Keuchenden gebrochen war.

Während die amtlichen Entscheidungen über den Fortgang des Verfahrens jetzt bei der Staatsanwaltschaft lagen, trug ein Team aus Leuten von der Spurensicherung und Kriminalbeamten der Mordkommission weiter Belastungsmaterial zusammen.

An Griff und Klinge des Bowiemessers, das Elroy Doil bei seiner Verhaftung in der Hand gehalten hatte, wurde Blut gefunden, das mit dem der beiden Ermordeten identisch war. Außerdem war Dr. Sanchez bereit, vor Gericht auszusagen, daß dieses durch charakteristische Rillen und Scharten identifizierbare Messer die Waffe sei, mit der Kingsley und Nellie Tempone ermordet worden waren.

Nach Auskunft von Dr. Sanchez war es jedoch nicht das Bowiemesser, mit dem die Ehepaare Frost, Urbina und Ernst getötet worden waren. Genauere Untersuchungen der Einstichwunden aus Clearwater und Fort Lauderdale lagen noch nicht vor, so daß bisher kein Vergleich möglich war.

Bei einer Besprechung mit Kriminalbeamten der Sonderkommission fügte die Gerichtsmedizinerin hinzu: »Das soll keineswegs heißen, Doil habe diese anderen Morde nicht verübt. Die Tatausführung läßt im Gegenteil auf ihn schließen. Aber er kann sich mehrere Bowiemesser gekauft haben, die Sie vielleicht finden, wenn Sie seinen Besitz durchsuchen.«

Zur Enttäuschung von Kriminalbeamten und Staatsanwälten, die gehofft hatten, jetzt auch alle früheren Fälle lösen zu können, fanden sich unter Doils spärlichen Besitztümern weder weitere Messer noch sonstiges Belastungsmaterial.

Im Fall Tempone wurde die Beweislage jedoch mit jedem Tag besser. Das Blut an Doils Kleidung und seinen Schuhen stammte von den beiden Ermordeten; auch das Blut an seinen Latexhandschuhen, die er offenbar getragen hatte, um keine Fingerabdrücke zu hinterlassen, stimmte mit dem der Opfer überein. Die am Tatort sichergestellten Schuhabdrücke – einige mit Spuren des Blutes der Ermordeten – entsprachen den Sportschuhen, die Doil getragen hatte.

Und zu diesen Beweisen kam die Aussage des zwölfjährigen Ivan Tempone. Sobald er sich von seinem Schock erholt hatte, erwies der Junge sich als ruhiger, glaubwürdiger Augenzeuge. Er schilderte erst Detective Jacobo und dann einem Staatsanwalt, wie er durch eine halboffene Tür beobachten konnte, wie Doil seine Großeltern gefoltert und ermordet hatte.

»Wir haben einfach noch keinen Fall mit besserer Beweislage gehabt«, stellte Staatsanwältin Adele Montesino fest, als sie ihre umstrittene Entscheidung bekanntgab, Doil nur wegen des Doppelmords an dem Ehepaar Tempone anzuklagen.

Während die Staatsanwaltschaft über ein halbes Jahr brauchte, um das Beweismaterial auszuwerten und die Anklage vorzubereiten, lag das Ergebnis der internen Untersuchung im Miami Police Department wesentlich schneller vor. Dabei ging es um die verpatzte Überwachung Elroy Doils, die das Ehepaar Tempone überflüssigerweise das Leben gekostet hatte. Sämtliche Einzelheiten kannten allerdings nur einige Führungskräfte; die Beamten der Mordkommission hatten Anweisung, mit niemandem über diese Sache zu reden – nicht mit Angehörigen, erst recht nicht mit den Medienvertretern.

Tatsächlich hielt das Police Department nach dem Doppelmord an dem Ehepaar Tempone tagelang den Atem an und fragte sich, ob irgendein cleverer Reporter unter der Oberfläche der ohnehin schon sensationellen Story weiterschürfen würde. Erschwerend kam hinzu, daß Kingsley und Nellie Tempone Schwarze gewesen waren. Obwohl diese Fahndungspanne keinen rassistischen Hintergrund gehabt hatte – die Opfer hätten ebensogut Weiße sein können –, gab es immer Aktivisten, die jede Gelegenheit nutzten, um einen Rassenkonflikt zu schüren.

Aber das Befürchtete trat bemerkenswerterweise – fast unglaublicherweise – doch *nicht* ein, weil keine der Informationen nach draußen drang. In ihrer Berichterstattung über das grausame Verbrechen konzentrierten sich die Medien, auch überregionale Zeitungen und die großen Fernsehgesellschaften, auf die Tatsache, daß ein mutmaßlicher Serienmörder endlich gefaßt worden war. Dazu trug noch ein weiterer Faktor bei: Der kleine Ivan Tempone, der »trotz der Gefahr, von dem Killer entdeckt und ebenfalls ermordet zu werden, mutig die Polizei alarmiert hat«, wie ein Journalist bewundernd schrieb, stieg über Nacht zum Volkshelden auf.

Für wesentlich mehr war weder im Fernsehen noch in den Zeitungen Platz.

Hinter den Kulissen liefen unterdessen ohne großes Aufsehen Disziplinarverfahren gegen die beiden Polizeibeamten, die diese Fahndungspanne zu verantworten hatten. Wegen der möglichen schädlichen PR-Auswirkungen für den Fall, daß die Wahrheit in die Öffentlichkeit gelangte, wurde sogar der Polizeipräsident mit dieser Sache befaßt. Die letzte Entscheidung blieb jedoch Major Figueras überlassen, dem als Leiter der Abteilung Verbrechensbekämpfung die gesamte Kriminalpolizei unterstand.

Figueras machte unmißverständlich klar, was er erwartete: »Ich will alles wissen, alle Einzelheiten bis hin zum kleinsten Fliegendreck.« Diese Anweisung erreichte Lieutenant Newbold, der Malcolm Ainslie und Dan Zagaki einzeln befragte, wobei ein Tonbandgerät mitlief.

Ainslie, der Zagakis Verhalten scharf verurteilte, machte sich weiter Vorwürfe, weil er seine ursprüngliche Meinung über den jungen Kriminalbeamten geändert hatte. »Ich habe einen Fehler gemacht«, erklärte er Newbold. »Die Verantwortung liegt bei mir, und ich übernehme sie. Ausreden gibt's dafür keine.«

Zagaki dagegen bemühte sich, sein Verhalten wortreich zu

rechtfertigen; er beschuldigte Ainslie sogar, ihm keine klaren Anweisungen erteilt zu haben – eine Behauptung, die Lieutenant Newbold ihm nicht glaubte, wie er in seinem Abschlußbericht festhielt.

Seinen Bericht und die Tonbandaufzeichnungen übergab Newbold Major Manolo Yanes, dem Leiter des Referats Verbrechen gegen Personen, der sie nach oben an Major Figueras weiterleitete. Einige Tage später wurden die Entscheidungen intern bekanntgegeben.

Detective Dan Zagaki sollte wegen »Pflichtversäumnis« einen Verweis erhalten, mit dem Abzug von sechzig Stundenlöhnen bestraft und zur uniformierten Polizei zurückversetzt werden. »Am liebsten hätte ich den Hundesohn ganz rausgeschmissen«, vertraute Figueras Yanes an. »Aber Pflichtversäumnis gehört leider nicht zu den Dienstvergehen, die automatisch zur Entlassung führen.«

Sergeant Malcolm Ainslie sollte wegen »fehlerhaften Ermessens« einen Verweis erhalten. Ainslie akzeptierte das als gebührende Strafe, obwohl der Verweis seine Personalakte bis zu seinem Ausscheiden aus dem Polizeidienst verunzieren würde.

Lieutenant Newbold war jedoch anderer Meinung.

Er ging zu Major Yanes und bat um ein sofortiges Gespräch mit Yanes und Figueras.

Yanes sah von seinem Schreibtisch auf. »Das klingt ziemlich förmlich, Leo.«

»Das *ist* förmlich, Sir.«

»Thema?«

»Sergeant Ainslie.«

Yanes musterte ihn neugierig. Dann griff er nach dem Telefonhörer, sprach mit Figueras und nickte Newbold zu. »Okay, wir sollen gleich rüberkommen.«

Die beiden gingen schweigend den Korridor entlang und wurden in Major Figueras' Dienstzimmer geführt.

»Ich bin beschäftigt, Lieutenant«, sagte Figueras scharf. »Fassen Sie sich also bitte kurz.«

»Ich möchte Sie bitten, Sir, sich die Sache mit dem Sergeant Ainslie erteilten Verweis noch mal zu überlegen.«

»Hat Ainslie Sie gebeten, sich für ihn einzusetzen?«

»Nein, Sir. Er weiß nicht, daß ich hier bin.«

»Ich sehe keinen Grund, meine Entscheidung zu revidieren. Ainslie hat einen Fehler gemacht.«

»Das weiß er selbst am besten.«

»Warum zum Teufel sind Sie dann hier?«

»Weil Sergeant Ainslie zu unseren besten Beamten gehört, Major. Seine Führung ist vorbildlich, seine Aufklärungsquote hervorragend. Aber das wissen Sie bestimmt selbst. Major Yanes weiß es auch. Und...« Newbold zögerte.

»Los, reden Sie schon weiter!« knurrte Figueras.

Der Lieutenant erwiderte seinen Blick. »Wie praktisch jeder im PD weiß, ist Ainslie in letzter Zeit verdammt unfair behandelt worden. Wir sind ihm was schuldig, glaube ich.«

Danach folgte eine Pause, während Figueras und Yanes einen Blick wechselten. Beide wußten genau, was Newbold meinte. Dann sagte Yanes ruhig: »Ich stimme dem Lieutenant zu, Sir.«

Figueras starrte Newbold an. »Was wollen Sie?«

»Einen Neunzigtageverweis«, antwortete der Lieutenant.

Figueras zögerte, dann sagte er: »Einverstanden. Und jetzt raus mit Ihnen!«

Newbold machte, daß er hinauskam.

Ainslie würde jetzt einen Verweis erhalten, der für neunzig Tage in seiner Personalakte blieb, um danach für immer zu verschwinden.

In den folgenden Wochen und Monaten gehörten Elroy Doil und seine mutmaßlichen Verbrechen nicht mehr zu den dringendsten Angelegenheiten der Mordkommission oder den Themen, die das Interesse der Öffentlichkeit erregten. Während des Verfahrens gegen ihn richtete sich die Aufmerksamkeit noch einmal auf diesen Fall, als Sergeant Ainslie, Dr. Sanchez, Ivan Tempone und andere als Zeugen aussagten, bevor die Geschworenen ihn schuldig sprachen und Richter Olivadotti das Todesurteil verkündete. Einige Monate später wurde gerade noch zur Kenntnis genommen, daß Doils automatisch eingelegte Berufung verworfen worden war. Danach kam die Meldung, daß Doil selbst auf weitere Einspruchsmöglichkeiten verzichtet habe, und das Hinrichtungsdatum wurde festgesetzt.

Dann geriet Doil erneut fast in Vergessenheit – bis zu dem Abend, an dem Sergeant Malcolm Ainslie von Pater Ray Uxbridge aus dem Florida-State-Gefängnis angerufen wurde.

Seine Nachricht war verwirrend. Elroy Doil, der in nunmehr acht Stunden auf den elektrischen Stuhl kommen würde, wollte vor seinem Tod noch einmal mit Malcolm Ainslie sprechen.

Dritter Teil

1

In dem karg möblierten, fensterlosen Raum, in den Elroy Doil gebracht worden war, kehrten Malcolm Ainslies Gedanken jetzt aus der Vergangenheit zu der bleichen, ausgezehrten Gestalt zurück, die auf einem festgeschraubten Metallstuhl vor ihm saß, eine Fußkette und an einem Ledergurt befestigte Handschellen trug und von Gefängniswärtern bewacht wurde. Dieser Mann unterschied sich so auffällig von dem kräftigen und aggressiven Doil von früher, daß Ainslie kaum glauben konnte, daß dies wirklich der Todeskandidat war. Aber Doils Benehmen zerstreute rasch alle Zweifel.

In dem Büro herrschte Stille, seit Pater Ray Uxbridge den Raum nach Doils erregter Forderung »Schafft dieses Arschloch hier raus!« unter Protest verlassen hatte.

Und Lieutenant Hambricks vernünftiger Ratschlag – *Wollen Sie alles hören, sollten Sie ihn reden lassen, wie er will* – schien noch in der Luft zu hängen.

»Wann Sie zum letztenmal gebeichtet haben«, sagte Ainslie zu Doil, »spielt jetzt keine Rolle.«

Doil nickte, dann wartete er schweigend. Ainslie, der nur allzugut wußte, worauf er wartete, rezitierte widerstrebend und mit dem peinlichen Gefühl, ein Hochstapler zu sein: »Möge der Herr in deinem Herzen und auf deinen Lippen sein, damit du deine Sünden aufrichtig bekennen kannst.«

Doil begann sofort: »Ich hab' ein paar Leute umgebracht, Pater.«

Ainslie beugte sich nach vorn. »Welche Leute? Wie viele?«

»Vierzehn sind's gewesen.«

Ainslie fühlte instinktiv eine Woge der Erleichterung in sich aufsteigen. Die eben gemachte Aussage würde die kleine, aber lautstarke Gruppe, die weiter behauptete, Doil sei unschuldig verurteilt worden, zum Schweigen bringen. Ainslie sah zu Hambrick hinüber, der als Zeuge aussagen konnte, und dachte auch an sein verstecktes Tonbandgerät, das längst mitlief.

Die Mordkommission in Miami, die wegen vier Doppelmorden ermittelt und mit ihren Kollegen in Clearwater und Fort Lauderdale zusammengearbeitet hatte, um zwei weitere aufzuklären, konnte sich in ihrer Einschätzung bestätigt fühlen. Dann fiel Ainslie etwas ein. »Wen haben Sie zuerst umgebracht?«

»Die Ikeis – zwei Japse in Tampa.«

»*Wen?*« fragte Ainslie erstaunt. Diesen Namen hatte er noch nie gehört.

»Zwei alte Furzer, I-k-e-i.« Unverständlicherweise kicherte Doil, als er diesen Namen buchstabierte.

»Sie haben sie umgebracht? Wann?«

»Weiß ich nicht mehr... Oh, ungefähr ein bis zwei Monate, bevor ich die Spics im Wohnwagen abgemurkst hab'.«

»Die Esperanzas?«

»Yeah, die.«

Als Doil vierzehn Morde gestanden hatte, war Ainslie davon ausgegangen, zu diesen Opfern gehörten auch Clarence und Florentina Esperanza, die vor siebzehn Jahren im Happy Haven Trailer Park in West Dade ermordet worden waren. Obwohl spätere Ermittlungen seine mittlerweile eingestandene Schuld bewiesen hatten, war Doil als Jugendlicher nicht wegen dieser Tat angeklagt worden.

Rechnete man die Ikeis jedoch dazu – ein Verbrechen, von dem die Mordkommission in Miami nach Ainslies Informationen nie gehört hatte –, stimmte etwas mit den Zahlen nicht.

Ainslies Verstand arbeitete auf Hochtouren. Würde Doil besonders jetzt, wo er den Tod vor Augen hatte, einen Mord gestehen, den er *nicht* verübt hatte? *Unvorstellbar.* Hatte er jedoch die Ikeis ermordet und behauptete, vierzehn Opfer auf dem Gewissen zu haben, blieben zwei Morde ungeklärt.

Aber alle – Polizei, Staatsanwaltschaft, Medien, Öffentlichkeit – waren der Überzeugung, Doil habe *vierzehn* Morde begangen: an den Ehepaaren Esperanza, Frost, Larsen, Hennenfeld, Urbina, Ernst und Tempone.

War ein Doppelmord von einem anderen Täter verübt worden, wenn Doil die Wahrheit sagte? Aber welcher?

Ainslie dachte unweigerlich an seinen Sergeant Brewmaster gegenüber geäußerten instinktiven Verdacht, der Mord an den Ernsts sei vielleicht nicht das Werk des Serienmörders, nach dem sie fahndeten. Vorläufig schob er diesen Gedanken jedoch beiseite; dies war nicht der richtige Zeitpunkt, um persönliche Theorien aufzustellen. Zuvor waren alle seine Kollegen anderer Meinung gewesen, und er hatte sich der Mehrheit gebeugt. Aber jetzt mußte er's irgendwie schaffen – als Vertreter aller Standpunkte, auch seines eigenen –, Doil die Wahrheit zu entlocken.

Ainslie sah auf seine Uhr. *So wenig Zeit!* Weniger als eine halbe Stunde bis zu Doils Hinrichtung, und er würde schon vorher abgeholt werden... Er gab sich einen Ruck und stählte seine Stimme, um Doil unter Druck zu setzen, wobei er an Pater Kevin O'Briens Worte dachte: *Elroy ist ein pathologischer Lügner gewesen. Er hat sogar ohne Zwang gelogen.*

Ainslie hatte die Priesterrolle nie spielen wollen; jetzt wurde es Zeit, sie wieder aufzugeben: »Das mit den Ikeis und den Esperanzas ist doch lauter Scheiß!« sagte er verächtlich. »Warum sollte ich Ihnen das glauben? Wo sind die Beweise?«

Doil überlegte kurz. »Im Wohnwagen der Esperanzas muß ich 'ne goldene Geldscheinklammer verloren haben. Mit den eingravierten Buchstaben ›HB‹. Die hab' ich bei 'nem Raubüberfall erbeutet – ein paar Monate, bevor ich die Schlitzaugen umgelegt hab'. Daß ich sie verloren hatte, hab' ich erst später gemerkt.«

»Und die Leute in Tampa? Welchen Beweis gibt's da?«

Doil verzog sein Gesicht zu einer Grimasse, die ein Grinsen sein sollte. »Gleich neben dem Haus der Ikeis liegt ein Friedhof.

Ich hab' das Messer loswerden wollen, hab's in einem Grab verbuddelt. Wissen Sie, was auf dem Grabstein gestanden hat? Derselbe Familienname wie meiner! Ich hab' ihn gesehen und gewußt, daß ich mich daran erinnern würde, wenn ich das Scheißmesser mal zurückhaben wollte. Aber ich hab's mir nie mehr geholt.«

»Sie haben das Messer in einem Grab versteckt? Tief vergraben?«

»Nein, nicht tief.«

»Warum haben Sie immer alte Leute umgebracht?«

»Die haben's lange gut gehabt, sind voller Sünde gewesen, Pater. Ich hab's für Gott getan. Aber ich hab' sie immer erst beobachtet. Lauter reiche Bonzen.«

Ainslie äußerte sich nicht dazu. Diese Antworten waren so verständlich – oder unverständlich – wie alle sonstigen wirren Gedankengänge Doils. Aber sagte er wenigstens teilweise die Wahrheit? Vermutlich, aber Ainslie nahm ihm die Geschichte mit dem vergrabenen Messer nicht ab, und die Sache mit der Geldscheinklammer erschien ihm ebenfalls zweifelhaft. Und das Zahlenproblem war auch noch nicht gelöst. Er sprach die einzelnen Fälle an.

»Haben Sie Mr. und Mrs. Frost im Hotel Royal Colonial ermordet?«

Doil nickte mehrmals.

»Sie haben genickt. Wenn das ja heißen soll, sagen Sie's bitte.«

Doil starrte Ainslie prüfend an. »Sie haben ein Tonbandgerät unter der Jacke, stimmt's?«

»Ja«, bestätigte Ainslie, der sich darüber ärgerte, daß er sich verraten hatte.

»Spielt keine Rolle. Yeah, die beiden hab' ich auch umgelegt.«

Als das Tonbandgerät erwähnt wurde, sah Ainslie zu Lieutenant Hambrick hinüber, der mit den Schultern zuckte. Jetzt fuhr Ainslie fort.

»Ich möchte Sie nach weiteren Namen fragen.«

»Okay.«

Ainslie ging weiter die Liste durch – Larsen, Hennenfeld, Urbina. In allen Fällen gestand Doil die Morde.

»Comissioner und Mrs. Ernst.«

»Nein, die beiden hab' ich nicht umgebracht. Darum wollte ich…«

»Augenblick!« unterbrach Ainslie ihn scharf. Er dachte an den möglichen gegenteiligen Standpunkt, den er ebenfalls vertreten mußte, und fuhr fort: »Elroy, angesichts dessen, was bald passieren wird, *müssen* Sie mir die Wahrheit sagen. Die Ernsts sind wie die anderen umgebracht worden – genau wie alle anderen Ehepaare. Und Sie haben sich in Bay Point, wo sie gewohnt haben, ausgekannt. Sie haben dort Waren ausgeliefert; Sie haben das Sicherheitssystem gekannt und gewußt, wie man dort reinkommt. Und am Tag nach dem Doppelmord haben Sie Ihren Job bei Suarez Motors aufgegeben und sind nicht einmal mehr zurückgekommen, um sich Ihren Lohnscheck zu holen.«

Doil war sichtbar erregt. »Ich hab' von diesen Morden gehört, hab' sie im Scheißfernsehen gesehen und mir ausgerechnet, daß man sie mir wegen der anderen in die Schuhe schieben würde. Aber ich bin's nicht gewesen. Ich schwör's Ihnen, Pater! Dafür will ich Vergebung. *Ich bin's nicht gewesen!*«

Ainslie ließ nicht locker. »Oder sagen Sie das, weil die Ernsts wichtige Leute gewesen sind, die…«

»Nein, nein, nein!« kreischte Doil mit hochrotem Kopf und sich überschlagender Stimme. »Scheiße, das stimmt nicht! Ich hab' die anderen umgelegt, aber ich will mir nichts anhängen lassen, was ich nicht getan hab'!«

Lüge oder Wahrheit? Dem äußeren Eindruck nach wirkte Doil überzeugend, fand Ainslie. Aber er hätte ebensogut mit einem Geldstück Kopf oder Zahl spielen können.

Er drängte weiter. »Gut, klären wir etwas anderes. Gestehen Sie, das Ehepaar Tempone ermordet zu haben?«

»Yeah, yeah, das hab' ich getan.«

Trotz erdrückender Beweislast hatte Doil diese Tat vor Gericht hartnäckig geleugnet.

»Alle diese Morde – diese vierzehn, die Sie zugeben –, bereuen Sie die?«

»Zum Teufel mit denen! Die sind mir scheißegal! Die haben mir Spaß gemacht, wenn Sie's genau wissen wollen. Sie sollen mir die anderen vergeben, an denen ich nicht schuldig bin!«

Diese Forderung war so unsinnig, daß Ainslie sich fragte, ob es nicht richtiger gewesen wäre, Doil vor dem Prozeß gegen ihn für unzurechnungsfähig zu erklären.

Ainslie versuchte weiter, ihm mit logischen Argumenten beizukommen, indem er sagte: »Haben Sie Mr. und Mrs. Ernst nicht ermordet – wie Sie behaupten –, brauchen Sie keine Vergebung. Außerdem könnte ein Geistlicher Ihnen keine Absolution erteilen, bevor Sie *alles* bereuen, was Sie getan haben, und Ihre Buße auf sich nehmen – und ich bin kein Priester.«

Noch bevor Ainslie ausgesprochen hatte, starrte Doil ihn flehend an. »Ich muß sterben!« sagte er mit vor Angst fast erstickter Stimme. »Tun Sie was für mich! Geben Sie mir irgendwas!«

Lieutenant Hambrick reagierte zuerst. Der junge schwarze Vollzugsbeamte funkelte Ainslie an. »In weniger als fünf Minuten wird er abgeführt. Was Sie gewesen sind oder nicht, was Sie jetzt sind, spielt keine Rolle. Sie wissen noch immer genug, um etwas für ihn zu tun. Stecken Sie Ihren gottverdammten Stolz weg und *tun* Sie's!«

Ein guter Mann, dieser Hambrick, fand Ainslie. Und er kam zu dem Schluß, daß Doil sich zu diesem Zeitpunkt durch nichts mehr von seiner Geschichte würde abbringen lassen.

Er konzentrierte sich, um die Erinnerung heraufzubeschwören, und sagte dann: »Sprich mir nach: ›Vater, ich gebe mich in deine Hände; tue mit mir, was dir gefällt.‹«

Doil streckte seine Hände aus, soweit es die an dem Ledergurt befestigten Handschellen zuließen. Ainslie trat vor ihn hin, und Doil legte seine Hände auf Ainslies. Doil erwiderte Ainslies Blick, während er seine Worte mit klarer Stimme wiederholte.

Ainslie sprach weiter: »›Was du auch tun magst, ich danke dir dafür: Ich bin zu allem bereit, ich nehme alles an.‹«

Das war Foucaulds *Gebet der Hingabe* – ein Geschenk an alle Sünder als Hinterlassenschaft des Vicomte Charles Eugène de Foucauld, eines französischen Adligen, der erst Offizier, dann ein bescheidener Geistlicher gewesen war, den sein mit Studium und Gebet in der Sahara verbrachtes Leben unvergeßlich gemacht hatte.

Ainslie konnte nur hoffen, daß sein Gedächtnis ihn nicht im Stich lassen würde. Er sprach langsam Zeile für Zeile:

»Nur dein Wille soll an mir geschehen
und an allen deinen Geschöpfen –
Nichts anderes begehre ich, o Herr,
in deine Hände befehle ich meine Seele.«

Dann herrschte eine Sekunde lang Schweigen, bevor Hambrick verkündete: »Es ist soweit. Zu Ainslie gewandt sagte er: »Mr. Bethel wartet draußen. Er bringt Sie zu Ihrem Zeugensitz. Wir müssen uns beeilen.«

Die beiden Gefängniswärter hatten Elroy Doil bereits hochgezogen. Im Gegensatz zu seiner anfänglichen Erregung wirkte er eigenartig gefaßt, als er sich, durch seine Fußkette in der Bewegung eingeschränkt, willenlos zur Tür führen ließ.

Ainslie ging vor ihm hinaus. Ein Gefängniswärter mit dem Namensschild BETHEL auf der linken Brustseite wandte sich an ihn: »Kommen Sie bitte mit, Sir.« Sie gingen rasch den Weg zurück, auf dem Ainslie gekommen war, hasteten durch kahle Betonkorridore, umgingen den Hinrichtungsraum und erreichten eine schmucklose Stahltür. Dort stand ein uniformierter Sergeant mit einem Schreibbrett in der Hand.

»Ihr Name, bitte?«

»Ainslie, Malcolm.«

Der Sergeant hakte den Namen auf einer Liste ab. »Sie sind der letzte Zeuge. Wir haben einen heißen Sitz für Sie reserviert.«

Hinter ihm sagte Bethel: »Sie machen den Mann nervös, Sarge. Das ist nicht *der* heiße Sitz, Mr. Ainslie.«

»Nein, der natürlich nicht«, bestätigte der Sergeant. »Der bleibt für Doil reserviert, aber er wollte, daß Sie alles genau sehen können.« Er musterte Ainslie neugierig. »Und er hat Sie als Gottes rächenden Engel bezeichnet. Sind Sie das wirklich?«

»Vielleicht glaubt er das, weil ich mitgeholfen habe, ihn vor Gericht zu bringen.« Ainslie mißfiel diese Unterhaltung, aber er vermutete, daß man eine so bedrückende Umgebung nur ertragen konnte, wenn man manches auf die leichte Schulter nahm.

Der Sergeant öffnete die Stahltür; Ainslie folgte ihm in den Raum. Die Szene vor ihm unterschied sich nur unwesentlich von der, an die Ainslie sich von seinem letzten Besuch vor drei Jahren erinnerte. Sie befanden sich im Hintergrund des Zeugenraums und sahen vor sich fünf Reihen Metallklappstühle, von denen die meisten besetzt waren. Wie Ainslie wußte, kamen zu den zwölf amtlichen Zeugen, die er heute kurz nach seiner Ankunft gesehen hatte, ungefähr ein Dutzend Journalisten und darüber hinaus, mit Genehmigung des Gouverneurs, einige wenige spezielle Gäste.

Drei der Wände des Zeugenraums bestanden aus schalldichtem Panzerglas, das ungehinderten Durchblick gewährte. Genau vor den Stuhlreihen lag die Hinrichtungskammer, deren Mittelpunkt der elektrische Stuhl bildete – ein nur dreibeiniger Stuhl aus massiver Eiche, der »sich aufbäumt wie ein bockendes Pferd«, wie ein Hinrichtungszeuge ihn einmal beschrieben hatte. Der Eichenstuhl, den Häftlinge gebaut hatten, nachdem Florida im Jahr 1924 den Galgen durch den elektrischen Stuhl ersetzt hatte, war am Fußboden festgeschraubt. Er hatte eine hohe Rückenlehne und eine dick mit schwarzem Gummi überzogene breite Sitzfläche. Zwei starke senkrechte Holzstreben bildeten eine Kopfstütze. Sechs breite Lederriemen sollten den zum Tode Verurteilten so fixieren, daß er sich nicht mehr bewegen konnte.

Eineinhalb Meter vom elektrischen Stuhl entfernt und ebenfalls durch das Panzerglas sichtbar, befand sich die Scharfrichterkabine mit einem rechteckigen Sehschlitz für den Exekutor.

Zu diesem Zeitpunkt hielt er sich bereits darin auf – in Robe und Kapuze, seine Identität ein strenggehütetes Geheimnis. Sobald der Scharfrichter von außen ein Zeichen bekam, betätigte er in seiner Kabine den roten Schalter, der Strom mit zweitausend Volt Spannung durch den elektrischen Stuhl und den Todeskandidaten schickte.

In der Hinrichtungskammer liefen einige Leute durcheinander. Ein Lieutenant warf einen Blick auf seine Armbanduhr und dann auf die Wanduhr mit dem großen Sekundenzeiger. Es war 6.53 Uhr.

Die halblauten Gespräche im Zeugenraum verstummten, weil die meisten Anwesenden neugierig beobachteten, wie der Sergeant vom Dienst Ainslie nach vorn in die erste Reihe führte und auf den freien Mittelsitz zeigte. »Das ist Ihrer.«

Ainslie hatte sofort bemerkt, daß Cynthia Ernst unmittelbar links neben ihm saß, obwohl sie seine Anwesenheit ignorierte und ihn nicht einmal ansah, sondern starr nach vorn blickte. Links neben Cynthia erkannte Ainslie zu seiner Verblüffung Patrick Jensen, der seinen Blick erwiderte und dabei sogar schwach lächelte.

2

Plötzlich hörte das Durcheinanderlaufen in der Hinrichtungskammer auf. Fünf der Männer, die sich darin aufhielten, bildeten eine Reihe. Angeführt wurde sie von dem diensthabenden Lieutenant; hinter ihm standen zwei Aufseher, ein praktischer Arzt mit einer kleinen ledernen Arzttasche und ein Staatsanwalt als Vertreter der Anklagebehörde. Der Gefängniselektriker stand mit den dicken, schweren Elektrokabeln, die er bald anschließen würde, hinter dem elektrischen Stuhl.

Im Zeugenraum rief ein Aufseher: »Ruhe, bitte! Redeverbot beachten.« Die wenigen halblaut geführten Gespräche verstummten schlagartig.

Sekunden später wurde der Seiteneingang der Hinrichtungskammer geöffnet, und ein großer Mann mit strengem Gesichtsausdruck und kurzgeschnittenem, graumeliertem Haar trat ein. Ainslie erkannte Stuart Fox, den Gefängnisdirektor.

Unmittelbar hinter Fox erschien Elroy Doil, der hartnäckig zu Boden starrte, als wolle er nicht wahrhaben, was sich vor ihm befand.

Ainslie fiel auf, daß Patrick Jensen die rechte Hand ausgestreckt hatte und Cynthias Hand in seiner hielt. Vermutlich wollte er sie mit dieser Geste über den Verlust ihrer Eltern hinwegtrösten.

Dann beobachtete Ainslie wieder Doil und staunte erneut über den Unterschied zwischen dem früher so robusten, kraftstrotzenden Mann und der erbärmlichen, zitternden Gestalt, in die er sich seither verwandelt hatte.

Doil trug noch die Fußkette, mit der er nur kleine, unbeholfene Schritte machen konnte. Zwei Gefängniswärter hatten ihn zwischen sich genommen, ein dritter ging hinter ihm. Die Hände Doils steckten in »Eisenkrallen« – einzelne Handschellen mit einer waagrechten Metallstange, die auf je einer Seite von einem Wärter gehalten wurde, so daß jeglicher Widerstand unmöglich war.

Doil trug ein sauberes weißes Hemd und eine schwarze Hose. Die dazugehörige Jacke würde ihm vor der Beerdigung angezogen werden. Sein glattrasierter Schädel glänzte von dem kurz zuvor aufgetragenen elektrisch leitenden Gel.

Die kleine Prozession war durch den mit zwei Panzerstahltüren gesicherten »Totenuhrkorridor« hereingekommen, und sowie Doil aufblickte, würde er erstmals den elektrischen Stuhl und das Publikum sehen, das sich hier versammelt hatte, um ihn sterben zu sehen.

Schließlich hob er den Kopf. Beim Anblick des elektrischen Stuhls weiteten sich seine Augen, sein Gesicht wurde schreckensstarr. Er blieb impulsiv stehen und wandte Kopf und Körper wie zur Flucht ab, aber es blieb bei dieser kurzen Geste.

Die Gefängniswärter rechts und links von ihm drehten sofort an den Eisenkrallen, so daß Doil vor Schmerz aufschrie. Dann schoben die drei Wärter ihn gemeinsam weiter und hoben Doil, der sich vergeblich sträubte, auf den elektrischen Stuhl.

In seiner Hilflosigkeit starrte Doil das rote Telefon an der Wand rechts neben dem elektrischen Stuhl an. Wie jeder zum Tode Verurteilte wußte er, daß es die einzige Chance auf einen Hinrichtungsaufschub in letzter Minute durch den Gouverneur bot. Doils Blick fixierte das Telefon, als flehe er es an, endlich zu klingeln.

Plötzlich wandte er sich der Glastrennwand zum Zeugenraum zu und begann hysterisch zu kreischen. Wegen der schalldichten Verglasung hörten Ainslie und die anderen jedoch nichts. Sie konnten nur Doils wutverzerrtes Gesicht sehen.

Bestimmt geifert er irgendwas aus der Offenbarung des Johannes, dachte Ainslie grimmig.

Früher hatten Mikrofone und Lautsprecher jeden Ton aus der Hinrichtungskammer in den Zeugenraum übertragen. Jetzt hörten die Zeugen nur noch, wie der Gefängnisdirektor den Vollstreckungsbefehl verlas, seine Aufforderung, der Todeskandidat möge ein letztes Wort sprechen, und die kurzen Abschiedsworte, falls es welche gab.

Dann verstummte Doil für einen Augenblick. Sein suchender Blick glitt über die Gesichter im Zeugenraum, was einige der Anwesenden dazu brachte, unbehaglich hin und her zu rutschen. Als er Ainslie sah, nahm Doils Gesicht einen bittenden Ausdruck an, und seine Lippen formten Wörter, die Ainslie ablesen konnte: »Helfen Sie mir! Helfen Sie mir!«

Malcolm Ainslie spürte, daß ihm plötzlich große Schweißperlen auf der Stirn standen. *Was mache ich hier?* fragte er sich. *Mit dieser Sache will ich nichts zu tun haben. Was er auch verbrochen hat, es ist nicht recht, jemand so umzubringen.* Aber er konnte nicht mehr weg. Auf bizarre Weise waren die übrigen Zeugen und er ebenfalls Gefangene, bis Doils Hinrichtung vorüber war. Als dann einer der Gefängniswärter im Hinrichtungsraum Doil den Blick auf ihn verstellte, fühlte Ainslie, wie ihn eine Woge der Erleichterung durchflutete, während er sich zugleich daran erinnerte, daß Doil erst vor ein paar Minuten vierzehn grausame Morde gestanden hatte.

Für einige Augenblicke, das erkannte er jetzt, war er in dieselbe irrationale Falle wie die sentimentalen Demonstranten draußen vor dem Gefängnis getappt: Er hatte Mitleid mit dem Mörder gehabt und dabei seine toten, verstümmelten Opfer vergessen. Aber wenn Grausamkeit eine Rolle spielte, überlegte Ainslie sich, waren diese letzten Minuten vermutlich die grausamsten. Sosehr das Gefängnispersonal sich auch beeilte, dauerten die abschließenden Vorbereitungen doch ihre Zeit.

Als erstes drückten zwei Gefängniswärter, die rechts und links neben dem Verurteilten standen, Doil gegen die Stuhllehne und hielten ihn so fest, während ein breiter Brustgurt straff angezogen und zugeschnallt wurde. Nun konnte der Verurteilte seinen Körper nicht mehr bewegen. Als nächstes wurden seine Füße ergriffen, in T-förmige Holzhalterungen heruntergezogen und so mit Knöchelriemen fixiert, daß sie unbeweglich waren. Nun wurde wieder leitfähiges Gel aufgetragen – diesmal auf sein zuvor rasiertes rechtes Bein – und danach eine mit Blei gefütterte, lederne Erdungsmanschette zehn Zentimeter über dem rechten Knöchel festgezogen. Inzwischen hatte man die übrigen Gurte angezogen, auch den Kinnriemen, der Doils Hinterkopf unbeweglich gegen die Kopfstütze drückte. Der an einen alten Wikingerhelm erinnernde braune Lederhelm, in den die kupferne Kontaktplatte eingelegt werden würde, hing wie ein dräuendes Damoklesschwert über dem Todeskandidaten…

Ainslie fragte sich, ob die Hinrichtung auf dem elektrischen Stuhl wirklich so grausam und barbarisch war, wie viele behaupteten. Was er jetzt hier sah, schien diese Auffassung zu bestätigen, und es gab andere Fälle, die sie ebenfalls untermauerten.

Manche Leute argumentierten, darüber war er sich im klaren,

als Sühne für verübte Verbrechen *solle* die Hinrichtung barbarisch sein. In der Gaskammer, die es in manchen Bundesstaaten noch gab, starb der zum Tode Verurteilte durch Ersticken an Zyanidgas, und Augenzeugen berichteten, dies sei ein qualvoller, oft langsamer Tod. Nach allgemeiner Ansicht schien die Hinrichtung mit der Giftspritze humaner zu sein – jedoch nicht bei ehemaligen Fixern, bei denen die Suche nach einer Vene zur Aufnahme der tödlichen Dosis eine Stunde dauern konnte. Der in China übliche Genickschuß war vermutlich die schnellste Methode, aber die vorhergehende Folter und Erniedrigung machten daraus zweifellos die bestialischste der Welt.

Ob Florida sich irgendwann für eine andere Hinrichtungsmethode, vielleicht für die Giftspritze entscheidet? fragte Ainslie sich. Angesichts der allgemeinen Stimmung in bezug auf Verbrechen und des weitverbreiteten Zorns darüber, daß die hohe Kriminalität den Sunshine State international in Verruf brachte und so die für Floridas Wohlstand lebenswichtigen Touristen abschreckte, erschien ihm das eher unwahrscheinlich.

Was seine persönliche Einstellung zur Todesstrafe betraf, hatte er sie als Geistlicher abgelehnt und war auch jetzt gegen sie – allerdings aus unterschiedlichen Gründen.

Früher war er davon überzeugt, alles menschliche Leben sei von Gott inspiriert. Aber das glaubte er nicht mehr. Heute fand er, Tötungen von Staats wegen setzten alle daran Beteiligten moralisch herab, auch das Volk, in dessen Namen die Hinrichtungen stattfanden. Außerdem war der Tod, unabhängig von der Hinrichtungsmethode, eine Erlösung; lebenslängliche Haft ohne die Chance, auf Bewährung entlassen zu werden, war eine viel schlimmere Strafe...

Die Stimme des Gefängnisdirektors, die jetzt in den Zeugenraum übertragen wurde, als er den vom Gouverneur unterzeichneten, schwarzumrandeten Vollstreckungsbefehl laut verlas, ließ Ainslie aus seinen Gedanken aufschrecken.

»›In Anbetracht dessen, daß... Elroy Selby Doil wegen eines

Verbrechens des Mordes schuldig gesprochen worden ist, den Tod zu erleiden, indem ein elektrischer Strom durch seinen Körper geschickt wird... bis der Tod eintritt...

Sie, der besagte Direktor unseres staatlichen Hochsicherheitsgefängnisses, oder ein von Ihnen zu benennender Vertreter wohnen dieser Hinrichtung bei... in Anwesenheit eines Kollegiums aus zwölf angesehenen Bürgern, die zur Teilnahme aufgefordert werden, um selbige zu bezeugen; und Sie sorgen für die Anwesenheit eines kompetenten praktischen Arztes...

Wobei unter Strafandrohung sicherzustellen ist, daß...‹«

Das mit pompösen juristischen Floskeln überfrachtete Dokument war lang, und der Gefängnisdirektor leierte es monoton herunter.

Als er geendet hatte, hielt ein Gefängniswärter Doil ein Mikrofon hin, und der Direktor fragte: »Möchten Sie noch etwas sagen?«

Doil wollte sich bewegen, aber die Gurte lagen zu straff an. Als er sprach, klang seine heisere Stimme gepreßt. »Ich hab' nie...« Dann geriet er ins Stottern, bemühte sich vergeblich, den Kopf zu bewegen, und brachte nur ein schwaches »*Fuck you!*« heraus.

Das Mikrofon wurde entfernt, und die Vorbereitungen zur Hinrichtung gingen sofort weiter. Ainslie wünschte sich wieder, er müßte ihr nicht beiwohnen, aber dieser Vorgang war geradezu hypnotisch; keiner der Zeugen konnte sich davon abwenden.

Zwischen Doils Zähne wurde ein Knebel gezwängt, so daß er nicht mehr sprechen konnte. Neben dem Stuhl griff der Gefängniselektriker in einen großen Eimer mit einer starken Kochsalzlösung und holte die kupferne Kontaktplatte und einen Naturschwamm heraus. Platte und Schwamm legte er in den Lederhelm über Doils kahlrasiertem Schädel. Die Kupferplatte war ein ausgezeichneter elektrischer Leiter; der mit Salzwasser getränkte Schwamm, ebenfalls ein guter Leiter, sollte das Versengen von Doils Kopfhaut und den widerlichen Gestank nach verbranntem Fleisch verhindern, über den früher viele Zeugen geklagt hatten. In den meisten Fällen erfüllte der nasse Naturschwamm seinen Zweck; gelegentlich aber auch nicht.

Der braune Lederhelm wurde über Doils Kopf gestülpt und befestigt. Ein vorn angebrachter schwarzer Lederstreifen diente als Maske, so daß Doils Gesicht nun verborgen war.

Ainslie nahm ein kollektives erleichtertes Aufseufzen der Zeugen um ihn herum wahr. War das Zusehen jetzt leichter, fragte er sich, seit der Verurteilte in gewisser Weise anonym geworden war?

Nicht anonym war er jedoch für Cynthia Ernst auf dem Platz neben Ainslie. Sie hielt Patrick Jensens Hand so fest umklammert, daß ihre Fingerknöchel weiß hervortraten. Sie muß Doil erbittert hassen, sagte er sich; in gewisser Weise konnte er verstehen, daß sie hergekommen war, obwohl er bezweifelte, daß das Schauspiel von Doils Tod ihren Schmerz lindern würde. Und sollte er ihr sagen, fragte er sich, daß Doil zwar vierzehn Morde gestanden, aber geleugnet hatte, Gustav und Eleanor Ernst umgebracht zu haben – eine Aussage, die Ainslie selbst für möglicherweise wahr hielt? Vielleicht war er Cynthia als ehemaliger Kollegin und Polizeibeamtin diese Mitteilung schuldig. Er wußte es nicht.

In der Hinrichtungskammer mußten jetzt nur noch zwei dicke Stromkabel angeschlossen werden: das eine an den Lederhelm mit der Kontaktplatte, das andere an die bleigefütterte Erdungsmanschette an Doils rechtem Bein. Beide wurden rasch angebracht und mit schweren Flügelmuttern gesichert.

Danach traten die Gefängniswärter und der Elektriker sofort von dem Stuhl zurück, wobei sie darauf achteten, dem Gefängnisdirektor nicht die Sicht zu versperren.

Im Zeugenraum machten sich die Journalisten handschriftliche Notizen. Eine Zeugin war blaß geworden und bedeckte ihren Mund mit einer Hand, als müsse sie sich gleich übergeben. Ein Mann schüttelte sichtlich deprimiert und angewidert den Kopf. Ainslie, der genau wußte, wie begehrt die wenigen Plätze im Zeugenraum waren, fragte sich, aus welchen Motiven sich

Menschen danach drängten, an einer Hinrichtung teilzunehmen. Vermutlich lag das an der universellen Faszination des Todes in allen seinen Formen.

Ainslie konzentrierte sich wieder auf den Gefängnisdirektor, der den Vollstreckungsbefehl zusammengerollt hatte und ihn jetzt wie einen Taktstock in der rechten Hand hielt. Er sah zur Exekutionskabine hinüber, hinter deren Sehschlitz ein Augenpaar sichtbar war. Nach einem Blick auf die Wanduhr senkte der Direktor die Papierrolle und nickte dabei.

Das Augenpaar verschwand. Sekunden später hallte ein dumpfer Schlag durch die Hinrichtungskammer, als der rote Todesschalter umgelegt wurde und schwere Relais ansprechen ließ. Obwohl die Mikrofone und Lautsprecher ausgeschaltet blieben, war dieser dumpfe Schlag in der Zeugenkammer deutlich zu hören. Gleichzeitig wurden alle Lichter dunkler.

Trotz der straff anliegenden Ledergurte zuckte Doil, als zweitausend Volt Spannung durch seinen Körper jagten. Dieser Vorgang, bei dem die Spannung auf fünfhundert Volt abfiel, um dann wieder auf zweitausend Volt anzusteigen, wiederholte sich insgesamt achtmal, solange der automatische Zweiminutenzyklus lief. Bei manchen Hinrichtungen gab der Direktor dem Exekutor ein Zeichen, den Tötungszyklus vorzeitig abzubrechen, wenn er glaubte, der erste Stromstoß habe bereits den Tod herbeigeführt. Diesmal ließ er ihn jedoch ganz ablaufen, und Ainslie roch plötzlich den widerlichen Gestank von verbranntem Fleisch, der trotz der Klimaanlage in den Zeugenraum drang. Um ihn herum verzogen einige Leute angewidert das Gesicht.

Als der Hingerichtete zur Untersuchung freigegeben wurde, trat der Arzt an den elektrischen Stuhl, knöpfte Doils Hemd auf, setzte ihm sein Stethoskop auf die Brust, um festzustellen, ob das Herz noch schlug. Nach etwa einer Minute nickte er dem Gefängnisdirektor zu. Elroy Doil war tot.

Der Rest war Routine. Elektrokabel, Gurte und andere Befestigungsmittel wurden rasch gelöst. Der losgebundene Leichnam sackte nach vorn in die Arme der bereitstehenden Gefängniswärter, die ihn sofort in einen Leichensack aus schwarzem Gummi legten. Der Reißverschluß des Sacks wurde so schnell zugezogen, daß vom Zeugenraum aus nicht zu erkennen war, ob die Leiche Brandspuren aufwies. Dann verschwanden die sterblichen Überreste Elroy Doils auf einer fahrbaren Krankentrage durch dieselbe Tür, durch die er vor wenigen Minuten noch lebend hereingekommen war.

Unterdessen hatten sich die meisten Zeugen erhoben, um zu gehen. Ainslie wandte sich rasch an Cynthia und sagte halblaut: »Commissioner, ich fühle mich verpflichtet, Ihnen mitzuteilen, daß ich kurz vor seiner Hinrichtung mit Doil über Ihre Eltern gesprochen habe. Er hat behauptet…«

Sie drehte sich sofort mit ausdrucksloser Miene zu ihm um. »Bitte, davon möchte ich nichts hören. Ich bin hergekommen, um ihn leiden zu sehen. Ich hoffe, daß er einen schweren Tod gehabt hat.«

»Den hat er gehabt«, bestätigte Ainslie.

»Dann bin ich zufrieden, Sergeant.«

»Ich verstehe, Commissioner.«

Aber was hast du verstanden? Das fragte Ainslie sich, als er den anderen aus dem Zeugenraum folgte.

Im Korridor, auf dem die Zeugen beisammenstanden und darauf warteten, aus dem Gefängnis geleitet zu werden, verließ Jensen die Gruppe und trat auf Ainslie zu.

»Ich wollte mich Ihnen nur mal vorstellen. Ich bin…«

»Ich weiß, wer Sie sind«, wehrte Ainslie kühl ab. »Ich habe mich gefragt, was Sie hergeführt haben mag.«

Der Schriftsteller lächelte. »In meinem neuen Roman kommt eine Hinrichtung vor, deshalb wollte ich selbst eine erleben. Commissioner Ernst hat mir einen Platz besorgt.«

In diesem Augenblick tauchte Lieutenant Hambrick auf. »Sie brauchen nicht hier zu warten«, erklärte er Ainslie. »Kommen Sie, wir holen Ihre Dienstwaffe ab, und ich bringe Sie zu Ihrem Wagen zurück.«

Ainslie nickte Jensen flüchtig zu und ging.

3

»Ich hab' gesehen, wie alle Lichter dunkler geworden sind«, sagte Jorge, »und mir gedacht, daß Animal jetzt wohl seine Ladung abkriegt.«

»Stimmt«, bestätigte Ainslie einsilbig.

Das waren die ersten Worte, die sie wechselten, seit sie vor zehn Minuten das Gefängnis verlassen hatten. Jorge fuhr den blau-weißen Streifenwagen der Miami Police und lotste sie durch die Ausfahrtskontrollen beim Verlassen des Gefängnisses. Draußen kamen sie an den unvermeidlichen Demonstranten vorbei; einige wenige hielten noch immer brennende Kerzen in den Händen, aber die meisten verliefen sich bereits. Ainslie hatte bisher geschwiegen.

Das erbarmungslose Verfahren, durch das Doil zu Tode gekommen war, hatte ihn ziemlich mitgenommen. Andererseits war nicht zu leugnen, daß Doil eine gerechte Strafe erhalten hatte, da er, obwohl das nur Ainslie wußte, nicht nur die beiden Morde verübt hatte, für die er zum Tode verurteilt worden war, sondern mindestens zwölf weitere.

Ainslies Hand berührte seine Jackentasche, in die er die Kassette mit Doils Geständnis gesteckt hatte. Ob und wann die Tonbandinformationen freigegeben wurden, falls dies überhaupt der Fall war, mußten andere entscheiden. Ainslie würde seine Kassette Lieutenant Newbold übergeben; Police Department und Staatsanwaltschaft würden dann gemeinsam entscheiden, was mit ihr geschehen sollte.

»Ist Animal eigentlich…«, begann Jorge.

Ainslie unterbrach ihn. »Ich weiß nicht, ob wir ihn weiter Animal nennen sollten. Tiere töten nur aus Notwendigkeit. Doil hat aus…« Er machte eine Pause. *Warum* hatte Doil gemordet? Aus Vergnügen, in religiösem Wahn, aus innerem Zwang? Schulterzuckend sagte er: »Aus Gründen, die wir nie erfahren werden.«

Jorge sah zu ihm herüber. »Haben Sie etwas rausgekriegt, Sergeant? Irgendwas, das Sie mir erzählen können?«

Ainslie schüttelte den Kopf. »Ich muß erst mit dem Lieutenant sprechen.«

Er sah auf die Uhr am Armaturenbrett: 7.50 Uhr. Leo Newbold war vermutlich noch zu Hause. Ainslie griff nach dem Mobiltelefon und tippte die Nummer ein. Newbold meldete sich nach dem zweiten Klingeln.

»Ich hab' mir gedacht, daß Sie's sind«, sagte er im nächsten Augenblick. »Jetzt ist wohl alles vorbei, was?«

»Nun, Doil ist tot. Aber ich bezweifle sehr, daß damit alles vorbei ist.«

»Hat er eine Aussage gemacht?«

»Sie hat bestätigt, daß seine Hinrichtung gerechtfertigt war.«

»Das haben wir schon immer gewußt, aber diese Bestätigung erleichtert einen doch. Er hat also ein Geständnis abgelegt?«

Ainslie zögerte. »Ich habe einiges zu berichten, Sir. Aber was ich zu sagen habe, soll nicht morgen in der Zeitung stehen.«

»Da haben Sie recht«, gab der Lieutenant zu. »So vorsichtig sollten wir alle sein. Okay, nicht übers Mobiltelefon.«

»Falls mir genügend Zeit bleibt«, sagte Ainslie, »rufe ich Sie aus Jacksonville an.«

»Kann's kaum erwarten. Bis später, Malcolm.«

Ainslie schaltete das Mobiltelefon aus.

»Sie haben reichlich Zeit, zum Flughafen sind's nur knapp hundert Kilometer«, stellte Jorge fest. »Vielleicht können wir sogar noch frühstücken.«

Ainslie verzog das Gesicht. »Mir ist der Appetit gründlich vergangen.«

»Ich weiß, daß Sie mir nicht alles erzählen dürfen. Aber Doil hat mindestens einen Mord gestanden, nicht wahr?«

»Ja.«

»Hat er Sie als Geistlichen behandelt?«

»Er wollt's tun. Und ich hab's bis zu einem gewissen Grad zugelassen.«

Jorge machte eine Pause, bevor er weitersprach. »Glauben Sie, daß Doil jetzt im Himmel ist? Oder gibt's wirklich eine Hölle mitsamt Fegefeuer, in der Satan regiert?«

»Dieser Gedanke macht Ihnen wohl Sorgen?« fragte Ainslie schmunzelnd.

»Nein. Mich interessiert nur Ihre Meinung – *gibt* es Himmel und Hölle?«

Man läßt seine Vergangenheit nie ganz hinter sich, dachte Ainslie. Er erinnerte sich an ähnliche Fragen von Gemeindemitgliedern, die ihn oft in ziemliche Verlegenheit gebracht hatten. Jetzt erklärte er Jorge: »Nein, ich glaube nicht mehr ans Paradies, und ich habe nie an die Hölle geglaubt.«

»Auch nicht an Satan?«

»Satan ist ebenso eine Fiktion wie Mickymaus – eine erfundene Gestalt aus dem Alten Testament. Bei Hiob ist er noch relativ harmlos, aber im zweiten Jahrhundert vor Christus haben die Essäer, eine jüdische Ordensgemeinschaft, ihn dämonisiert. Den können Sie vergessen.«

Nach seinem Ausscheiden aus dem Kirchendienst war Malcolm Ainslie jahrelang jeder Diskussion über Glaubensfragen ausgewichen, obwohl er wegen seines Buchs über vergleichende Religionswissenschaft manchmal als Experte um Rat gebeten wurde. Wie er wußte, galt *Die Evolution des menschlichen Glaubens* noch immer als Standardwerk. In letzter Zeit konnte er jedoch offener und ehrlicher über Religion sprechen, und hier saß Jorge neben ihm, der offenbar Rat suchte.

Raiford lag längst hinter ihnen; sie fuhren übers Land und hatten das bedrückende Gefängnis und seine Schlafstädte hinter sich gelassen. Heller Sonnenschein kündigte einen herrlichen Tag an. Unmittelbar vor ihnen begann eine vierspurige Fernstraße, die Interstate 10, die nach Jacksonville führte, wo Ainslie sein Flugzeug erreichen würde. Er freute sich bereits auf das Wiedersehen mit Karen und Jason und die bevorstehende Familienfeier.

»Darf ich Sie noch was fragen?« fragte Jorge.

»Schießen Sie los.«

»Ich habe mich immer gefragt, wie Sie ursprünglich Priester geworden sind.«

»Ich hatte nie damit gerechnet, einer zu werden«, antwortete Ainslie. »Mein Bruder wollte Priester werden. Dann ist er erschossen worden.«

»Oh...« Jorge war sichtlich betroffen. »Er ist ermordet worden?«

»So hat's die Justiz gesehen. Aber die tödliche Kugel ist für einen anderen bestimmt gewesen.«

»Wie ist das gekommen?«

»Das Ganze hat sich in einer Kleinstadt nicht weit nördlich von Philadelphia abgespielt. Dort sind Gregory und ich aufgewachsen...«

New Berlinville war Ende des vorigen Jahrhunderts zur Stadt erhoben worden. Außer mehreren Stahl- und Walzwerken gab es dort Erzbergwerke. Diese Kombination verschaffte den meisten Einheimischen Arbeit – auch Idris Ainslie, Gregorys und Malcolms Vater, der Bergmann war. Aber er verunglückte tödlich, als die Jungen noch sehr klein waren.

Gregory war nur ein Jahr älter als Malcolm, und die beiden waren unzertrennlich. Gregory, der für sein Alter recht kräftig war, hatte Spaß daran, seinen kleinen Bruder zu beschützen. Ihre Mutter Victoria heiratete nicht wieder, sondern zog ihre Söhne allein auf. Sie arbeitete als Hilfskraft, um ihre kleine Witwenrente aufzubessern, und verbrachte möglichst viel Zeit mit Gregory und Malcolm. Sie waren ihr ganzer Lebensinhalt, und ihre Söhne liebten sie.

Victoria Ainslie war eine tugendhafte Frau, eine gute Mutter und eine fromme Katholikin. Im Lauf der Jahre hatte sie keinen sehnlicheren Wunsch, als einen ihrer Söhne als Geistlichen zu sehen. Gregory, der als Erstgeborener den Vortritt hatte, wurde mit seinem Einverständnis für den Priesterberuf bestimmt.

Mit acht Jahren war Gregory wie Russell Sheldon, sein bester

Freund, Ministrant in der St. Columbkill Church. In vieler Beziehung stellten Gregory und Russell eine unwahrscheinliche, widersprüchliche Kombination dar. Als Gregory heranwuchs, war er ein großer, blonder, sportlicher, gutaussehender Junge, der von Natur aus warmherzig und offen war und die Kirche liebte – vor allem ihre prunkvollen Rituale. Russell war ein kleiner, stämmiger Bulldozer von einem Jungen mit einer Vorliebe für allerlei Streiche. Einmal versetzte er Gregorys Shampoo mit einem Haarfärbemittel, so daß sein Freund vorübergehend brünett war. Bei anderer Gelegenheit gab er eine Verkaufsanzeige für Malcolms geliebtes neues Fahrrad auf. Und er brachte in Gregorys und Malcolms Zimmern *Playboy*-Pin-ups an, wo sie ihre Mutter entdecken mußte.

Russells Mutter war Lehrerin, sein Vater Kriminalbeamter im Sheriff's Department in Berks County.

Ein Jahr nach Gregory und Russell wurde auch Malcolm Ministrant, und in den folgenden Jahren waren die drei Jungen unzertrennlich. Und so verschieden Gregory und Russell waren, so auffällig unterschied Malcolm sich von den beiden anderen. Er war ein ungewöhnlich nachdenklicher Junge, der allen Dingen auf den Grund gehen wollte. »Du stellst dauernd Fragen«, sagte Gregory einmal irritiert, um dann zuzugeben: »Aber du kriegst auch Antworten darauf.« Malcolms intellektuelle Neugier und seine Entschlußkraft ließen ihm oft eine Führungsrolle zufallen, obwohl er jünger als die beiden anderen war.

Was die Kirche betraf, waren die drei gläubige Katholiken, die jede Woche ihre kleinen Sünden beichteten – vor allem unkeusche Gedanken.

Außerdem waren sie gute Sportler und spielten im Footballteam der South Webster High-School, das Kermit Sheldon, Russells Vater, in seiner Freizeit trainierte.

Gegen Ende ihres zweiten Jahrs im Footballteam zogen jedoch dunkle Wolken am Horizont auf. Von der Schulleitung unbemerkt, verschafften einige der älteren Spieler sich *Cannabis sativa L.* und rauchten es. Danach dauerte es nicht mehr lange, bis weitere Spieler die durch Marihuana hervorgerufenen angenehmen Highs schätzen lernten, so daß bald das ganze Footballteam Haschisch rauchte. In gewisser Weise war das ein Vorgeschmack auf die achtziger und neunziger Jahre, in denen sich der viel schlimmere Kokainmißbrauch ausbreiten sollte.

Die Brüder Ainslie und Russell Sheldon kamen spät zu Cannabis: Sie nahmen das »Gras«, wie die Spieler es nannten, erst unter Druck ihrer Schulfreunde. Malcolm rauchte es einmal und stellte dann unzählige Fragen – wo die Droge herkam, woraus sie bestand, welche Dauerwirkung sie hatte. Die Antworten zeigten ihm, daß Cannabis nichts für ihn war, und er ließ die Finger davon. Aber Russell rauchte es gelegentlich, und Gregory wurde ein regelmäßiger Haschischraucher, nachdem er sich eingeredet hatte, daß dies keine Sünde sei, die er beichten müsse.

Malcolm stand Gregorys wachsender Sucht anfangs kritisch gegenüber, tolerierte sie dann aber doch, weil er glaubte, sein Bruder folge lediglich einer Mode, die bald wieder verschwinden werde. Das war eine Fehleinschätzung, die Malcolm sein Leben lang bereuen würde.

Das Marihuana wurde meist in »Nickel Bags« vertrieben: in Plastikbeuteln mit einer kleinen Menge Haschisch, die auf der Straße, in diesem Fall in der Umgebung der South Webster High-School, für fünf Dollar zu haben waren. Aber die Gesamtmenge, die das Footballteam und dann auch andere Schüler konsumierten, nahm ständig zu und lockte weitere Dealer an, die sich gegenseitig Konkurrenz machten.

Schon damals begannen sich Drogenbanden auszubreiten, von denen ursprünglich eine, die Skin Heads aus Allentown, die Schüler in New Berlinville mit Stoff versorgte. Als mit der Nachfrage auch Umsätze und Gewinne stiegen, warfen die Krypto-Ricans, eine Bande aus dem benachbarten Reading, begehrliche Blicke auf dieses Gebiet. Eines Tages beschlossen sie, es selbst zu übernehmen.

An diesem Nachmittag verließen Gregory und Russell frühzeitig die Schule und machten sich auf den Weg in ein heruntergekommenes Stadtviertel. Gregory, der schon mehrmals dort gewesen war, wußte genau, wohin sie zu gehen hatten.

Am Eingang eines leerstehenden Hauses vertrat ein stämmiger Weißer mit kahlrasiertem Schädel ihm den Weg. »Hey, wohin willst du, Mann?«

»Hast du vier Beutel Gras?«

»Wenn du's Grün dafür hast, Mann.«

Gregory hielt einen Zwanzigdollarschein hoch, den der andere ihm aus der Hand riß, um ihn auf den dicken Packen Geldscheine zu legen, den er kurz aus der Hosentasche holte. Ein zweiter Mann reichte über seine Schulter hinweg vier Nickel Bags nach vorn, die Gregory unter sein Hemd stopfte.

Im selben Augenblick fuhr draußen ein Wagen vor, und drei Mitglieder der Krypto-Ricans sprangen mit schußbereiten Revolvern heraus. Die Skin Heads sahen die anderen kommen und griffen ebenfalls nach ihren Waffen. Als Gregory und Russell auf die Straße flüchteten, begann eine wilde Schießerei.

Beide liefen weiter, bis Russell merkte, daß Gregory nicht mehr neben ihm war. Er sah sich um. Gregory lag auf der Fahrbahn. Aber die Schießerei hatte aufgehört, und die Mitglieder beider Banden verdrückten sich. Wenig später wurden Polizei und Notarzt alarmiert. Der Notarzt traf zuerst ein und stellte fest, daß Gregory tot war – nach einem Treffer in die linke Rückenseite verblutet.

Durch Zufall traf Detective Kermit Sheldon, der in der Nähe unterwegs gewesen war und die Funkmeldung des Dispatchers gehört hatte, als erster Polizeibeamter am Tatort ein. Er nahm seinen Sohn beiseite und sagte streng: »Schnell, erzähl mir alles. Und ich meine *alles,* genau wie's passiert ist.«

Russell, der einen Schock erlitten hatte, gehorchte weinend und fügte hinzu: »Dad, das gibt Gregs Mutter den Rest – nicht nur sein Tod, sondern das Marihuana. Sie hat nichts davon gewußt.«

»Wo ist der Stoff, den ihr gekauft habt?« fragte sein Vater scharf.

»Den hat Greg unter sein Hemd gesteckt.«

»Hast du auch welchen?«

»Nein.«

Kermit Sheldon setzte Russell in seinen Dienstwagen, dann ging er zu Gregory. Die Sanitäter hatten den Toten mit einem Laken zugedeckt. Die uniformierte Polizei war noch nicht da. Detective Sheldon sah sich um, hob das Laken hoch, griff unter Gregorys Hemd und ertastete die Plastikbeutel. Er holte sie heraus und steckte sie ein. Später würde er sie auf der Toilette hinunterspülen.

Im Auto erteilte er Russell genaue Anweisungen. »Hör mir gut zu! Du erzählst folgende Geschichte: Ihr beide seid hier vorbeigegangen, als plötzlich Schüsse gefallen sind und ihr wegzulaufen versucht habt. Hast du jemanden gesehen, der geschossen hat, beschreibst du ihn. Aber kein Wort mehr! Bleib bei dieser Darstellung, ohne sie abzuändern. Später«, fügte Russells Vater hinzu, »setzen wir beide uns zu einem ernsten Gespräch zusammen, das dir keinen Spaß machen wird.«

Da Russell sich an diese Anweisungen hielt, wurde Gregory Ainslie von Polizei und Presse als unschuldiges Opfer einer Schießerei zwischen zwei auswärtigen Banden geschildert. Einige Monate nach Gregorys Tod konnte nachgewiesen werden, daß die tödliche Kugel aus der Waffe Manny »Mad Dog« Mendendez', einem Mitglied der Krypto-Ricans, stammte. Aber zu diesem Zeitpunkt war Menendez nach einer weiteren Schießerei – diesmal mit der Polizei – ebenfalls tot.

Russell Sheldon rührte Marihuana nie wieder an, was verständlich war. Er vertraute sich jedoch Malcolm an, der die Wahrheit schon geahnt hatte. Dieses gemeinsame Geheimnis, aber auch ihre Trauer und die Vorwürfe, die beide sich machten, festigte ihre Freundschaft, die dann über Jahre hinweg dauerte.

Victoria Ainslie litt schrecklich unter Gregorys Tod. Aber die von Detective Sheldon erfundene Geschichte ließ ihr die tröstliche Gewißheit, Gregory sei unschuldig gewesen, und ihr starker Glaube tröstete sie. »Er ist ein so wundervoller Junge gewesen, daß Gott ihn bei sich haben wollte«, erklärte sie Freunden. »Wer bin ich, daß ich Gottes Entscheidung in Frage stellen könnte?«

Malcolm imponierte, was Russells Vater riskiert hatte, um das Andenken Gregorys bei seiner Mutter reinzuhalten. Zuvor war ihm nie bewußt gewesen, daß Polizeibeamte nicht nur Gesetzeshüter waren, sondern auch Menschenschicksale wohltuend beeinflussen konnten.

Kurz nach Gregorys Beerdigung fragte Victoria ihren Sohn: »Ob Gott wohl gewußt hat, daß Gregory Priester werden wollte? Vielleicht hätte er ihn dann nicht zu sich genommen.«

Malcolm nahm ihre Hände. »Mom, vielleicht hat Gott gewußt, daß ich Gregory nachfolgen würde.«

Als Victoria überrascht aufsah, nickte Malcolm. »Russell und ich haben beschlossen, ins St. Vladimir Seminary zu gehen. Wir haben lange darüber diskutiert. Ich werde Gregorys Platz einnehmen.«

Und so geschah es.

Das Priesterseminar in Philadelphia, in dem Malcolm Ainslie und Russell Sheldon die folgenden sieben Jahre verbrachten, war ein alter, aber renovierter Bau aus der Zeit um die Jahrhundertwende, der heitere Gelassenheit und Gelehrsamkeit ausstrahlte – eine Atmosphäre, in der die beiden jungen Männer sich sofort heimisch fühlten.

Malcolms Entschluß, die Priesterweihe anzustreben, bedeutete nie ein Opfer für ihn. Als er ihn faßte, war er zufrieden und ausgeglichen. Malcolm glaubte an Gott, die Göttlichkeit Jesu und die katholische Kirche, die Ordnung und Disziplin in diese anderen Überzeugungen brachte – in dieser Reihenfolge. Erst viele Jahre später sollte er feststellen, daß von einem geweihten Priester erwartet wurde, daß er diese Reihenfolge subtil veränderte, bis man mit Matthäus 19,30 sprechen konnte: »Aber viele, die da sind die Ersten, werden die Letzten, und die Letzten werden die Ersten sein.«

Die Seminarausbildung, deren Schwerpunkte Philosophie

und Theologie waren, entsprach einem Collegestudium, an das sich ein dreijähriges Theologiestudium anschloß, das zur Promotion führte. Nachdem die Patres Malcolm Ainslie und Russel Sheldon ihre Ausbildung mit fünfundzwanzig beziehungsweise sechsundzwanzig Jahren abgeschlossen hatten, bekamen sie die ersten Vikarstellen zugewiesen – Malcolm in der St. Augustus Church in Pottstown, Pennsylvania, und Russel in der St. Peter's Catholic Church in Reading. Die beiden Pfarreien gehörten zur selben Erzdiözese und lagen nur dreißig Kilometer auseinander.

»Wir besuchen uns sicher ständig«, sagte Malcolm unbekümmert, und Russell stimmte ihm zu. Aber wegen der Arbeitsüberlastung aller katholischen Geistlichen, die weltweit zunahm, trafen sie sich nur selten und hatten es immer eilig, wieder wegzukommen. Jedenfalls bis zu dem Tag, an dem eine Art Naturkatastrophe sie nach einigen Jahren erneut eng zusammenbrachte.

»Und das«, erklärte Ainslie Jorge, »ist so ziemlich die ganze Geschichte, wie ich Priester geworden bin.«

Vor einigen Minuten war der blau-weiße Streifenwagen aus Miami durch Jacksonville gerollt. Jetzt lag der Flughafen direkt vor ihnen.

»Aber wie kommt's, daß Sie die Kirche verlassen haben und ein Cop geworden sind?« fragte Jorge.

»Das ist nicht kompliziert«, antwortete Ainslie. »Ich habe meinen Glauben verloren.«

»Aber wie haben Sie ihn verloren?« faßte Jorge nach.

Ainslie lachte. »Das *ist* kompliziert. Und ich muß zusehen, daß ich mein Flugzeug erreiche.«

4

»Ich glaube kein Wort davon«, sagte Leo Newbold. »Der Hundesohn hat sich vermutlich für besonders schlau gehalten, wenn er einen falschen Hinweis hinterläßt, an dem wir uns die Zähne ausbeißen.«

Das war die Reaktion des Lieutenant, als Malcolm Ainslie ihm an einem Kartentelefon auf dem Jacksonville Airport stehend berichtete, Elroy Doil habe zwar sieben Doppelmorde gestanden, aber den Mord an Commissioner Gustav Ernst und seiner Frau Eleanor strikt geleugnet.

»Die Beweislast gegen Doil ist erdrückend«, fuhr Newbold fort. »Im Mordfall Ernst hat praktisch alles mit den früheren Morden übereingestimmt, und weil wir viele Informationen zurückgehalten haben, wäre außer Doil niemand imstande gewesen, eine in seine Serie passende Tat zu verüben. Okay, ich weiß, daß Sie gewisse Zweifel hegen, Malcolm, und respektiere sie, aber diesmal täuschen Sie sich, glaube ich.«

Ainslie gab sich nicht so rasch geschlagen. »Das verdammte Kaninchen, das der oder die Täter neben den Ernsts zurückgelassen haben, hat mich von Anfang an gestört. Es hat nicht zu den übrigen Hinweisen auf die Offenbarung gepaßt. Es paßt weiterhin nicht dazu.«

»Aber das ist *alles*, was Sie haben«, stellte Newbold fest. »Richtig?«

»Das ist alles«, bestätigte Ainslie seufzend.

»Nun, wenn Sie zurückkommen, sollten Sie sich mit den ersten Morden befassen, die Doil gestanden hat. Wie haben die Leute gleich wieder geheißen?«

»Ikei – aus Tampa.«

»Yeah, und die Esperanzas sind auch einen weiteren Blick wert. Aber das darf nicht lange dauern, denn wir haben schon wieder zwei neue Morde aufzuklären. Aus meiner Sicht ist der Mordfall Ernst abgeschlossen.«

»Was ist mit der Kassette mit Doils Aussage? Soll ich sie Ihnen aus Toronto schicken?«

»Nein, bringen Sie sie selbst mit. Wir lassen Kopien und eine Abschrift anfertigen und entscheiden dann, was damit geschehen soll. Und jetzt wünsche ich Ihnen eine schöne Reise mit ihrer Familie, Malcolm. Die haben Sie sich ehrlich verdient.«

Ainslie hatte reichlich Zeit, um bei Delta Airlines für seinen Flug nach Atlanta zum Weiterflug nach Toronto einzuchecken. Da die Maschine nicht voll besetzt war, hatte er in der Economy-Klasse drei Sitze für sich allein, lehnte sich entspannt zurück und genoß den Luxus, ungestört zu sein.

Während er versuchte, ein Nickerchen zu machen, beschäftigten seine Gedanken sich weiter mit Jorges Frage: *Aber wie haben Sie Ihren Glauben verloren?*

Es war unmöglich, darauf eine einfache Antwort zu geben, denn dieser Prozeß war fast unmerklich abgelaufen, weil verschiedene Einflüsse ihn über einen längeren Zeitraum hinweg subtil auf einen anderen Kurs gebracht hatten.

Angefangen hatte alles während seines siebenjährigen Studiums im St. Vladimir Seminary. Pater Irwin Pandolfo, ein Jesuit und einer seiner Professoren, hatte den zweiundzwanzigjährigen Malcolm gebeten, ihm bei den Recherchen für sein Buch über die großen Weltreligionen zu helfen. Malcolm hatte bereitwillig zugesagt und zwei Jahre lang jede freie Minute für das Buchprojekt geopfert. Als *Die Evolution des menschlichen Glaubens* erscheinen sollte, ließ sich kaum mehr feststellen, was Pandolfo und was Ainslie dazu beigetragen hatten, so daß der Professor sich fairerweise zu einem ungewöhnlichen Schritt entschloß. »Sie haben ausgezeichnete Arbeit geleistet, Malcolm, und werden als Mitverfasser genannt. Keine Diskussion. Beide Namen in gleicher Schriftgröße, aber meiner kommt als erster. Einverstanden?«

Malcolm war so überwältigt, daß ihm ausnahmsweise die Worte fehlten.

Das Buch brachte beiden Verfassern viel Lob ein. Aber es bewirkte auch, daß Malcolm, der jetzt eine Autorität in bezug auf die Ursprünge aller Religionen war, gewisse Aspekte der einen Religion, der er sein Leben widmen wollte, in Frage zu stellen begann.

Ainslie erinnerte sich an eine Gelegenheit – an ein Gespräch mit Russell Sheldon gegen Ende ihrer Seminarausbildung. Malcolm hatte von einem Skriptum aufgesehen und gefragt: »Wer hat einmal geschrieben: ›Ein wenig Gelehrsamkeit ist eine gefährliche Sache‹?«

»Papst Alexander.«

»Er hätte auch schreiben können: ›*Viel* Gelehrsamkeit ist eine gefährliche Sache, vor allem für zukünftige Priester.‹«

Russell brauchte nicht zu fragen, was Malcolm meinte. Im Rahmen ihres Theologiestudiums hatten sie sich auch mit der Geschichte des Alten und des Neuen Testaments beschäftigt. In neuerer Zeit – vor allem seit den dreißiger Jahren – hatten Historiker und Theologen neue Erkenntnisse über die Bibel gewonnen.

»Die Bibel ist keine ›Heilige Schrift‹ oder das ›Wort Gottes‹, wie religiöse Eiferer behaupten. Wer das glaubt, versteht einfach nicht – oder will es einfach nicht wissen –, wie die Bibel entstanden ist.«

»Vermindert das etwa deinen Glauben?«

»Nein, weil wahrer Glaube nicht auf der Bibel basiert. Er beruht auf unserem Instinkt, daß alles um uns herum nicht zufällig, sondern durch einen Akt Gottes entstanden ist – allerdings nicht unbedingt des in unserer Bibel geschilderten Gottes.«

Die beiden diskutierten über eine weitere allen Theologen bekannte Tatsache – daß die ersten bekannten Aufzeichnungen über Jesus fünfzig Jahre nach seinem Tod entstanden waren: im ersten Brief des Paulus an die Thessalonicher, dem ältesten Buch des Neuen Testaments. Selbst die vier Evangelien – das des Markus war das älteste – waren erst in den Jahren siebzig bis hundertzehn nach Christus niedergeschrieben worden.

»Wir wissen das«, stellte Malcolm fest, »aber Laien werden diese Tatsachen über die Bibel von den Kirchen noch immer vorenthalten. Natürlich steht außer Frage, daß Jesus gelebt hat und gekreuzigt worden ist; das gehört zur römischen Geschichte. Aber alle Geschichten über ihn – die jungfräuliche Geburt, der Stern von Bethlehem, die Hirten und der Engel des Herrn, die Weisen aus dem Morgenland, die Wunder, das letzte Abendmahl und sogar die Auferstehung – sind nur Legenden, die fünfzig Jahre lang mündlich überliefert worden sind. Was ihre Genauigkeit betrifft...«

Malcolm machte eine Pause. »Überleg mal: Wie lange ist's her, daß Präsident Kennedy in Dallas ermordet worden ist?«

»Fast zwanzig Jahre.«

»Und die ganze Welt ist Zeuge gewesen – Fernsehen, Radio, Presse, das Zapruder-Tonband, unzählige Wiederholungen, dann die Warren-Kommission.«

Russell nickte. »Aber trotzdem herrscht Uneinigkeit darüber, wie's passiert ist und wer's getan hat.«

»Genau! Stell dir neutestamentarische Zeiten *ohne* Kommunikationssysteme, offenbar auch ohne schriftliche Aufzeichnungen vor, dann kannst du dir ausmalen, welche Ausschmückungen und Verfälschungen es über *fünfzig* Jahre hinweg gegeben haben muß.«

»Du glaubst diese Geschichten über Jesus also nicht?«

»Ich habe meine Zweifel daran, aber das spielt keine Rolle. Jesus hat – ob durch Legenden oder Tatsachen – die Weltgeschichte mehr als jeder andere beeinflußt und die reinste, weiseste Lehre aller Zeiten hinterlassen.«

»Aber ist er Gottes Sohn gewesen?« fragte Russell weiter. »Ist er göttlich gewesen?«

»Ich bin bereit, daran zu glauben. Ja, daran glaube ich noch immer.«

»Ich auch.«

Aber glaubten sie das wirklich? Schon damals hegte zumindest Malcolm leichte Zweifel.

Kurze Zeit später stand Malcolm bei einer Diskussion über Grundsätze der katholischen Lehre anläßlich einer Visite des Erzbischofs auf und wollte wissen: »Wie kommt es, Euer Eminenz, daß unsere Kirche ihre Gemeindemitglieder niemals über neue Erkenntnisse der Bibelforschung und das neue Licht aufklärt, das sie auf Leben und Zeit Jesu werfen?«

»Weil das den Glauben vieler Katholiken untergraben könnte«, antwortete der Erzbischof rasch. »Theologische Debatten sollten wir Menschen mit den nötigen intellektuellen Voraussetzungen überlassen.«

»Sie halten also nichts von Johannes 8, 32?« fragte Malcolm ihn. »›Ihr werdet die Wahrheit erkennen, und die Wahrheit wird euch frei machen.‹«

Der Erzbischof antwortete leicht gereizt: »Mir wär's lieber, junge Priester würden sich auf Römer 5, 19 konzentrieren: ›So werden durch *eines* Gehorsam viele zu Gerechten.‹«

»Oder vielleicht auf Epheser 6, 5, Euer Eminenz«, antwortete Malcolm schlagfertig. »›Ihr Knechte, seid gehorsam euren leiblichen Herren.‹«

Schallendes Gelächter erfüllte die Aula. Sogar der Erzbischof lächelte.

Nach ihrer Seminarausbildung gingen Malcolm und Russell als Vikare ihre eigenen Wege – auch in bezug auf ihre Ansichten über Religion und Alltagsprobleme, die sich im Lauf der Zeit wandelten.

In der St. Augustus Church in Pottstown war Malcolm der Vertreter von Pater André Quale, der siebenundsechzig Jahre alt war, an einem Lungenemphysem litt, das Pfarrhaus nur selten verließ und seine Mahlzeiten oft allein einnahm.

»Also schmeißt eigentlich du den Laden«, stellte Russell einmal fest, als er bei seinem Freund zum Abendessen eingeladen war.

»Ich genieße weniger Freiheiten, als du glaubst«, antwortete Malcolm. »Der alte Eisenarsch hat mir schon zwei Verweise erteilt.«

»Unser Herr und Meister, Bischof Sanford?«

Malcolm nickte. »Einige Leute aus der hiesigen alten Garde haben sich über zwei meiner Predigten beschwert. Sanford ist stinksauer gewesen.«

»Worüber hast du gepredigt?«

»Einmal über Übervölkerung und Geburtenkontrolle, ein andermal über Homosexualität, Kondome und AIDS.«

Russell lachte schallend. »Damit hast du allerdings einen empfindlichen Nerv getroffen.«

»Offenbar. Aber manche der bekannten Tatsachen, die unsere Kirche hartnäckig ignoriert, regen mich auf. Gut, persönlich kann ich mit Homosexualität nichts anfangen, aber nach Überzeugung bekannter Mediziner und Wissenschaftler ist Homosexualität hauptsächlich genbedingt, und diese Leute könnten sich nicht ändern, selbst wenn sie es wollten.«

Russell nickte verständnisvoll. »Also fragst du: ›Wer hat sie so erschaffen?‹ Und wenn Gott uns alle erschaffen hat – hat er dann nicht auch die Homosexuellen gemacht? Vielleicht sogar für einen Zweck, den wir nicht verstehen?«

»Unser Standpunkt in bezug auf Kondome macht mich noch wütender«, sagte Malcolm. »Wie soll ich vor meine Gemeinde treten und ihr verbieten, etwas zu gebrauchen, das dazu beitragen kann, die Auswirkungen von AIDS zu verhindern? Aber die Kirche will nicht hören, was ich denke. Sie will nur, daß ich den Mund halte.«

»Hast du vor, ihn zu halten?«

Malcolm schüttelte langsam den Kopf. »Wart nur ab, worüber ich kommenden Sonntag predigen werde.«

Die Sonntagsmesse um 10.30 Uhr begann mit einer Überraschung. Wenige Minuten zuvor trat Bischof Sanford unangemeldet ein. Der weißhaarige Kirchenfürst, der sich auf einen Stock stützte, wurde von seinem Sekretär begleitet. Er stand in dem Ruf, strikt auf Disziplin zu achten und ein linientreuer Anhänger des Vatikans zu sein.

Vom Altar aus hieß Malcolm den Bischof öffentlich willkommen. Innerlich empfand er zunehmende Beklemmung. Dieser überfallartige Besuch erschreckte ihn, weil er wußte, daß seine Predigt Sanford mißfallen würde. Malcolm hatte damit gerechnet, daß der Bischof nachträglich davon erfahren würde, und war auf einen Rüffel gefaßt, aber Sanford als Zuhörer zu haben, war etwas völlig anderes. Trotzdem konnte und wollte er seine kritische Predigt über das Thema »Die Bibel als unerschütterliches Fundament unseres Glaubens: Wahn oder Wirklichkeit?« nicht mehr abändern.

Als die Geistlichen nach der Messe am Kirchenportal standen, um die Gemeindemitglieder mit einem Händedruck zu verabschieden, hörte Malcolm viel Lob über seine couragiert bibelkritische Predigt. »Höchst interessant, Pater«... »Das habe ich alles zum erstenmal gehört«... »Sie haben recht, das sollte öfter angesprochen werden.«

Bischof Sanford lächelte liebenswürdig, während Gemeindemitglieder ihm die Hand schüttelten. Aber sobald alle gegangen waren, machte er eine gebieterische Bewegung mit seinem Stock und nahm Malcolm beiseite.

Die Stimme des Bischofs klang eisig und schneidend scharf, als er anordnete: »Pater Ainslie, in dieser Kirche haben Sie ab sofort Predigtverbot. Ich erteile Ihnen einen neuerlichen Verweis, und Sie erhalten demnächst Anweisungen über Ihre Zukunft. Bis dahin rate ich Ihnen, um Demut, Klugheit und Gehorsam zu beten – Eigenschaften, die Ihnen offenbar fehlen und die Sie dringend benötigen.« Dann erteilte er Malcolm mit strenger Miene seinen Segen. »Möge der Herr deine Buße leiten und dich auf tugendhaftere Pfade führen.«

Als Malcolm abends mit Russell telefonierte, schilderte er ihm diesen Vorfall und fügte hinzu: »Wir werden von zu vielen säuerlichen alten Männern regiert.«

»Die sexuell völlig ausgehungert sind. Was ist von denen schon anderes zu erwarten?«

Malcolm seufzte. »Sexuell ausgehungert sind wir alle. Unser Leben ist pervers.«

»Du denkst wohl schon an die nächste Predigt?«

»Diesmal nicht. Sanford hat mir einen Maulkorb verpaßt. Er hält mich für einen Rebellen, Russell.«

»Hat er vergessen, daß auch Jesus ein Rebell gewesen ist? Er hat ähnliche Fragen wie du gestellt.«

»Erzähl das mal Eisenarsch.«

»Welche Buße wird er sich für dich einfallen lassen?«

»Keine Ahnung«, sagte Malcolm. »Das ist mir ehrlich gesagt ziemlich egal.«

Aber er brauchte nicht lange zu warten.

Bischof Sanfords Entscheidung wurde Malcolm zwei Tage später von Pater André Quale mitgeteilt, der ein Schreiben der Erzdiözese erhalten hatte. Malcolm sollte sich sofort in ein Trappistenkloster in den Pocono Mountains im Norden Pennsylvanias begeben. Sein Aufenthalt in dieser Einsamkeit war vorläufig unbefristet.

»Ich bin zum Schweigen in der Äußeren Mongolei verurteilt worden«, berichtete Malcolm Russell. »Du weißt über die Trappisten Bescheid?«

»Sie leben enthaltsam und reden niemals.« Russell erinnerte sich an einen Artikel, den er gelesen hatte. Die Lebensweise des »Katholischen Ordens der Zisterzienser strikter Observanz«, so die offizielle Bezeichnung der Trappisten, war asketisch genügsam: wenig Essen, kein Fleisch, harte körperliche Arbeit und striktes Schweigen. Weltweit hatte dieser 1664 in Frankreich gegründete Orden siebzig Klöster.

»Der alte Sanford hat mir Buße versprochen«, fuhr Malcolm fort, »und er hält Wort. Ich soll dort ausharren und beten – natürlich schweigend –, bis ich bereit bin, mich an die Linie des Vatikans zu halten.«

»Gehst du hin?«

»Ich muß. Tu' ich's nicht, werde ich meines Priesteramts enthoben.«

»Was für uns beide vielleicht nicht das Schlechteste wäre«, sagte Russell zu seiner eigenen Verblüffung impulsiv.

»Vielleicht nicht«, stimmte Malcolm zu.

Malcolm begab sich ins Kloster und fand dort zu seiner Überraschung inneren Frieden. Die Entbehrungen ertrug er gelassen. Die Schweigepflicht war keineswegs so belastend, wie er geglaubt hatte, und als er später in die Welt zurückkehrte, fand er sie voll sinnlosem Geschwätz. Gegen eine Regel in seiner Verbannung verstieß er jedoch: Er betete nicht. Während die Mönche um ihn herum vermutlich schweigend beteten, nutzte Malcolm diese Zeit, um über seine Vergangenheit und Zukunft nachzudenken.

Nachdem er einen Monat in sich gegangen war, gelangte er zu drei Schlußfolgerungen: Er glaubte nicht mehr an irgendeinen Gott, die Göttlichkeit Jesu oder die Sendung der katholischen Kirche. Dafür gab es verschiedene Gründe, von denen der wichtigste die Tatsache war, daß selbst die ältesten Religionen höchstens fünftausend Jahre alt waren. Im Vergleich zu den unzähligen Äonen seit der Entstehung des Universums, in dem die Erde kaum ein Stecknadelkopf war, entsprach die Dauer der Existenz menschlicher Religionen vielleicht einem einzelnen Sandkorn der Sahara.

Deshalb waren die vielen Götter und Religionen lediglich Erfindungen der *Neuzeit.*

Sollten die Menschen deshalb von jeglicher Religionsausübung abgehalten werden? Keineswegs! Wer in ihr Trost fand, sollte in Ruhe gelassen und notfalls geschützt werden. Malcolm schwor sich, immer die Glaubensgrundsätze anderer zu achten.

Aber was kam für ihn als nächstes? Natürlich würde er das Priesteramt aufgeben. Nachträglich erkannte er seine Berufswahl als von Anfang an falsch – eine Realität, die er sich um so leichter eingestehen konnte, als seine Mutter im Jahr zuvor gestorben war. Auf dem Totenbett hatte Victoria Ainslie seine Hand gehalten und geflüstert: »Du bist Priester geworden, weil ich's wollte. Ich weiß nicht, ob das wirklich dein Wunsch war, aber ich bin voller Stolz gewesen und habe meinen Willen durchgesetzt. Ich frage mich, ob Gott mir das als Sünde ankreiden wird.« Malcolm hatte ihr versichert, das werde Gott nicht tun, und er bereue seine Berufswahl keineswegs. Seine Mutter war friedlich gestorben. Aber ohne sie fühlte er sich berechtigt, andere Entscheidungen zu treffen.

Die Stimme einer Stewardess aus der Bordsprechanlage unterbrach Malcolms Gedanken. Sie kündigte die baldige Landung in Atlanta an und bat die Fluggäste, sich wieder anzuschnallen, die Tischchen hochzuklappen und die Rückenlehnen gerade zu stellen.

Malcolm blendete diese bekannten Anweisungen aus und kehrte in Gedanken in die Vergangenheit zurück.

Er blieb noch einen weiteren Monat im Kloster, um Zeit zu haben, seinen Entschluß zu revidieren. Aber seine Überzeugung verfestigte sich, und am Ende dieses zweiten Monats schrieb er einen Brief, in dem er auf die Priesterwürde verzichtete, und ging einfach.

Nach mehreren Meilen Fußmarsch, auf dem er alles, was er aus seiner Vergangenheit mitnehmen wollte, in einem Handkoffer bei sich trug, nahm ihn ein Lastwagenfahrer nach Philadelphia mit. Dort fuhr er mit einem Bus zum Flughafen, und da er nicht wußte, wohin er sollte, kaufte er sich spontan ein Ticket für den nächsten Flug – einen Nonstopflug nach Miami. Dort begann sein neues Leben.

Kurz nach seiner Ankunft lernte er Karen Grundy kennen – eine Kanadierin, die in Miami Urlaub machte.

Sie stand in einer Reinigungsannahme hinter ihm. Malcolm, der ein paar Hemden waschen lassen wollte, war von der Angestellten gefragt worden, ob er sie zusammengelegt oder auf Bügeln haben wolle. Als er zögerte, sagte eine Stimme hinter ihm: »Wenn Sie viel reisen – zusammengelegt. Sonst sind Bügel praktischer.«

»Mit meiner Herumreiserei ist's vorbei«, sagte er, indem er sich nach der attraktiven jungen Frau umdrehte, die gesprochen hatte. Dann nickte er der Angestellten zu. »Also bitte auf Bügeln.«

Nachdem Karen ein Kleid in der Reinigung abgegeben hatte, sah sie Malcolm am Ausgang warten. »Ich wollte mich nur für Ihren freundlichen Rat bedanken.«

»Warum ist's mit Ihrer Herumreiserei vorbei?« fragte sie.

»Das kann ich hier schlecht erzählen. Aber vielleicht beim Mittagessen?«

Karen überlegte nur einen Augenblick, bevor sie lächelnd sagte: »Klar. Warum nicht?«

So begann ihre Romanze. Sie verliebten sich rasch ineinander, und Malcolm machte Karen schon nach zwei Wochen einen Heiratsantrag.

Etwa zu dieser Zeit las Ainslie im *Miami Herald*, die hiesige Polizei nehme neue Bewerber auf. Die Erinnerung an Russells Vater, Detective Kermit Sheldon, der ein Freund der Familie Ainslie gewesen war, bewog Malcolm dazu, sich für den Polizeidienst zu bewerben. Er wurde angenommen, absolvierte einen zehnwöchigen Lehrgang an der Police Department Academy und bestand ihn mit Auszeichnung.

Karen hatte nicht nur keine Einwände dagegen, statt in Toronto in Florida zu leben, sondern war von dieser Idee sogar begeistert. Und da sie inzwischen seine Vergangenheit kannte, urteilte sie ganz richtig über Malcolms neuen Beruf. »In gewisser Weise tust du nichts anderes als früher – du sorgst dafür, daß die Menschheit auf dem Pfad der Tugend bleibt.«

Er hatte gelacht. »Das wird viel mühsamer, aber verdammt viel praktischer.«

Letzten Endes war es dann beides.

Einige Monate später erfuhr Malcolm, daß Russell Sheldon der katholischen Amtskirche ebenfalls den Rücken gekehrt hatte. Russells Hauptmotiv war einfach, daß er heiraten und Kinder haben wollte. In einem Brief an Malcolm schrieb er:

> *Hast Du gewußt, daß es in den Vereinigten Staaten rund siebzigtausend von uns gibt: Geistliche, die aus eigenem Antrieb die Kirche verlassen haben, die meisten davon um die Dreißig? Das ist übrigens eine katholische Zahlenangabe.*

Russell Sheldon hatte jedoch weder seinen Glauben verloren noch die Religion aufgegeben, sondern schloß sich einer freien katholischen Gemeinde in Chicago an, die ihn auch als aus dem Kirchendienst entlassenen Geistlichen akzeptierte. Malcolm hörte noch immer gelegentlich von ihm. Er amtierte weiter als unabhängiger Geistlicher und war glücklich mit einer ehemaligen katholischen Nonne verheiratet; nach letzten Berichten hatten die beiden zwei Kinder.

Die Maschine der Delta Airlines setzte weich in Atlanta auf und rollte zum Flugsteig. Nun hatte er nur noch den zweistündigen Flug nach Toronto vor sich.

Malcolm wandte sich von seinen Erinnerungen an die Vergangenheit ab und dachte mit Freude an die bevorstehenden angenehmen Urlaubstage.

5

Als Malcolm die Paß- und Zollkontrolle auf dem Flughafen Toronto passierte, sah er sich mit einem Schild mit dem Namen AINSLIE konfrontiert, das ein livrierter Chauffeur hochhielt.

»Mr. Ainslie aus Miami?« fragte der junge Mann freundlich, als Malcolm vor ihm stehenblieb.

»Ja, aber ich habe nicht damit gerechnet, daß…«

»Ich bin in General Grundys Auftrag hier. Der Wagen steht gleich draußen. Darf ich Ihren Koffer nehmen, Sir?«

George und Violet Grundy, Karens Eltern, wohnten in Scarborough Township am Ostrand von Groß-Toronto. Die Fahrt dorthin dauerte eineinviertel Stunden – etwas länger als sonst, weil letzte Nacht viel Schnee gefallen war, der den Verkehr auf dem Highway 401 noch immer behinderte. Der Himmel war bleigrau, die Temperatur lag um null Grad. Wie viele Einwohner Floridas, die im Winter nach Norden kamen, war Malcolm viel zu leicht angezogen. Falls Karen ihm nicht ein paar warme Sachen eingepackt hatte, würde er sich Winterkleidung kaufen oder leihen müssen.

Der Empfang im bescheidenen Vorstadthaus der Grundys war dagegen äußerst warm und herzlich. Sobald die Limousine vor dem Haus hielt, flog die Haustür auf, und die Familie strömte ins Freie, um ihn zu begrüßen – Karen voraus, Jason dicht hinter ihr. Karen küßte ihn, umarmte ihn und flüsterte ihm dabei zu: »Wie schön, daß du da bist«, was unerwartet und beruhigend war. Jason zupfte an seinem Ärmel und rief: »Daddy! Daddy!« Malcolm zog ihn mit einem Arm an sich und gratulierte ihm herzlich zum Geburtstag.

Aber die drei blieben nicht lange allein. Karens jüngere Schwester Sofia, groß, schlank und sexy, drängte sich zwischen sie, um Malcolm mit einem herzlichen Kuß zu begrüßen. Ihr Mann Gary Moxie, ein Börsenmakler aus Winnipeg, schüttelte Malcolm die Hand und versicherte ihm: »Die ganze Familie ist stolz auf dich und deine Arbeit. Du mußt uns viel davon erzählen, solange du hier bist.« Die beiden Töchter der Moxies, die zwölfjährige Myra und die zehnjährige Susan, beteiligten sich ebenfalls an dieser lautstark freundschaftlichen Begrüßung.

Violet Grundy, eine elegante, mütterliche Erscheinung, umarmte ihren Schwiegersohn als nächste. »Wir sind alle glücklich, daß du kommen konntest«, versicherte sie ihm lächelnd. »Das bißchen Verspätung spielt keine Rolle; wichtig ist nur, daß du da bist.«

Als die anderen sich abwandten, um ins Haus zurückzugehen, legte George Grundy, weißhaarig, aufrecht und mit fünfundsiebzig kein Gramm übergewichtig, Malcolm einen Arm um die Schultern. »Gary hat recht, wir sind stolz auf dich. Manchmal vergessen die Leute, wie wichtig es ist, als erstes seine Pflicht zu tun; daran denken heutzutage so wenige.« George senkte seine Stimme. »Ich habe allen – besonders Karen – einen kleinen Vortrag über dieses Thema gehalten.«

Ainslie lächelte, denn diese vertrauliche Mitteilung erklärte vieles. Karen bewunderte ihren Vater, und seine Worte hatten offenbar nachhaltig gewirkt. »Nett von dir«, sagte er dankbar. »Und alles Gute zum Geburtstag!«

Brigadegeneral George Grundy hatte im Zweiten Weltkrieg als Berufssoldat mit der kanadischen Armee in Europa gekämpft, war Tapferkeitsoffizier geworden, hatte schwere Kämpfe überlebt und war mit dem Military Cross ausgezeichnet worden. Später hatte er am Koreakrieg teilgenommen. Seit er mit fünfundfünfzig in den Ruhestand getreten war, hielt er in Colleges Vorträge über internationale Beziehungen.

»Komm, wir gehen rein, bevor du hier draußen zum Eiszapfen wirst«, sagte George Grundy. »Für uns beide ist ein volles Programm geplant.«

Georges und Jasons doppelter Geburtstag wurde den ganzen Tag lang gefeiert. Zum Abendessen erschienen weitere elf Gäste, so daß das bescheidene Heim der Grundys mit zwanzig Personen überfüllt war. Zu den Neuankömmlingen gehörte Karens älterer Bruder Lindsay aus Montreal, der sich nicht eher hatte freimachen können. Mit ihm kamen seine Frau Isabel, sein erwachsener Sohn Owen und Owens Frau Yvonne. Die übrigen sieben Gäste waren alte Freunde des Ehepaars Grundy.

Bei dieser Geburtstagsfeier stand Malcolm ganz unerwartet im Mittelpunkt des allgemeinen Interesses. »Als ob man einen richtigen Fernsehdetektiv ausfragen könnte«, sagte die zwölfjährige Myra, nachdem sie ihn mit Fragen bombardiert hatte.

Jason setzte sich plötzlich hellwach auf. »Mein Dad arbeitet viel besser als diese Kerle im Fernsehen.«

Andere fragten nach der Hinrichtung, der Malcolm an diesem Morgen beigewohnt hatte, nach den Morden, die der Täter verübt hatte, und wie sie aufgeklärt worden waren. Malcolm beantwortete alle Fragen so aufrichtig wie möglich, ließ aber sein letztes Gespräch mit Elroy Doil unerwähnt.

»Ein Grund für unser Interesse«, sagte George Grundy erklärend, »ist die erschreckende Zunahme von Gewalttaten bei uns in Kanada. Früher hat man aus dem Haus gehen und sich sicher fühlen können, aber das ist längst vorbei. Jetzt sind wir fast so schießwütig wie ihr in den Staaten.« Die anderen murmelten zustimmende Worte.

Als sich eine Diskussion über Mordfälle entwickelte, erläuterte Malcolm, daß die meisten Mörder gefaßt wurden, weil sie Fehler machten oder sich nicht bewußt waren, welche Fahndungsmöglichkeiten die Polizei hatte.

»Eigentlich«, sagte Sofia Moxie, »müßten sie durch die Flut an Informationen – in Zeitungen, in der Literatur und im Fernsehen – über Verbrechen und ihre Bestrafung wissen, wie schlecht ihre Chancen stehen.«

»*Du* würdest's wissen«, stimmte Malcolm zu. »Aber die Mörder, mit denen wir es zu tun haben, sind oft jung und nicht besonders gut informiert.«

»Vielleicht sind sie's nicht, weil sie nicht viel lesen«, meinte Owen Grundy. Er war schlank und drahtig, ein Architekt mit einer Vorliebe für Ölmalerei.

Malcolm nickte. »Viele von ihnen lesen nie. Manche *können* wahrscheinlich nicht mal lesen.«

»Aber sie sehen bestimmt fern«, warf Myra ein. »Und Fernsehverbrecher werden geschnappt.«

»Richtig«, bestätigte Malcolm. »Aber im Fernsehen werden Verbrecher als große Helden hingestellt. Sie *fallen auf*, und das möchten Jugendliche – vor allem aus unterprivilegierten Familien – auch gern. Die Konsequenzen zeigen sich dann später, meist zu spät.«

Zu Malcolms Überraschung befürworteten die meisten Anwesenden die Todesstrafe für Mord, selbst bei Verbrechen aus Leidenschaft. Der in den Vereinigten Staaten zu beobachtende Meinungsumschwung schien nun auch Kanada zu erfassen, wo die Todesstrafe 1976 abgeschafft worden war. Isabel Grundy, eine Physiklehrerin mit burschikos nüchterner Art, sprach sich besonders vehement dafür aus. »Ich bin für die Wiedereinführung der Todesstrafe. Manche Leute behaupten, sie wirke nicht abschreckend, aber der gesunde Menschenverstand sagt einem das Gegenteil. Außerdem sind die Hingerichteten meist der Abschaum der Menschheit. Ich weiß, daß es nicht politisch korrekt ist, das zu sagen, aber es ist trotzdem wahr!«

Aus Interesse fragte Malcolm: »Für welche Hinrichtungsart würdest du plädieren?«

»Galgen, elektrischer Stuhl, Giftspritze – mir ist's egal, wenn wir diese Leute nur loswerden.«

Danach herrschte für kurze Zeit verlegenes Schweigen, weil Isabel sich in Rage geredet hatte. Trotzdem fiel Malcolm auf, daß niemand ihr widersprach.

Am nächsten Morgen machten Karen, Malcolm und Jason in Scarborough einen Spaziergang am Seeufer. Von hohen Klippen aus konnten sie den Ontariosee überblicken, obwohl der Nachbarstaat New York, der etwa hundertfünfzig Kilometer entfernt war, außer Sichtweite blieb. Nachts hatte es wieder geschneit, und das Trio lieferte sich eine Schneeballschlacht. Nach vielen Versuchen fand einer von Jasons Schneebällen endlich sein Ziel: Malcolms Kopf. »Wenn wir in Miami doch auch Schnee hätten!« rief der Kleine jubelnd.

Sie klopften den Pulverschnee von ihrer Kleidung und gingen weiter. Solche Augenblicke sind viel zu selten, erkannte Malcolm, während er Karen und Jason seine Arme um die Schultern legte.

Als ihr Sohn dann vorauslief, sagte Karen plötzlich: »Was ich dir zu erzählen habe, kann ich ebensogut jetzt sagen. Ich bin schwanger.«

Malcolm blieb stehen und starrte sie an. »Ich dachte…«

»Ich natürlich auch. Das beweist nur, daß Ärzte sich irren können. Ich habe mich erst gestern zum zweitenmal untersuchen lassen; ich wollte's dir nicht früher erzählen, um keine falschen Hoffnungen zu wecken. Aber stell dir vor, Malcolm, wir bekommen ein Baby!«

Die beiden hatten sich seit vier Jahren ein weiteres Kind gewünscht, aber Karens Gynäkologe hatte ihr erklärt, sie könne keines mehr bekommen.

Karen fuhr fort: »Ich wollte's dir auf dem Flug hierher erzählen…«

Malcolm schlug sich mit der flachen Hand an die Stirn. »Jetzt verstehe ich, wie dir vorgestern zumute gewesen sein muß! Tut mir leid, Darling.«

»Du brauchst dich nicht zu entschuldigen. Du hast deine Pflicht getan. Schön, jetzt wissen's wir also beide. Bist du glücklich?«

Statt zu antworten, schloß Malcolm Karen in die Arme und küßte sie.

»Hey!« rief Jason lachend. »Vorsicht!« Als sie sich dann umdrehten, traf sie ein perfekt gezielter Schneeball.

»Das sollten wir öfter machen«, sagte Gary Moxie, als das Familientreffen früh am vierten Tag mit herzlicher Verabschiedung zu Ende ging. Sie waren alle vor Tagesanbruch aufgestanden, hatten rasch gefrühstückt und fuhren dann mit mehreren Autos zum Flughafen Toronto, um die Frühmaschinen zu erreichen.

George Grundy brachte Karen, Malcolm und Jason zum Flughafen. Unterwegs plapperte Jason aufgeregt. »Opa«, sagte er zu seinem Großvater, »ich bin echt froh, daß wir am gleichen Tag Geburtstag haben.«

»Ich auch, mein Junge«, antwortete der General. »Wenn ich

mal nicht mehr da bin, feierst du hoffentlich für uns beide. Traust du dir das zu?«

»O ja!«

»Das tut er«, sagte Karen. »Aber das hat noch lange Zeit, Dad. Wie wär's, wenn wir den nächsten gemeinsamen Geburtstag in Miami feiern würden? Wir laden die ganze Familie ein.«

»Abgemacht!« Ihr Vater wandte sich an Malcolm, der auf dem Rücksitz saß. »Wenn's dir auch recht ist?«

Malcolm schrak hoch. »Sorry! Worum geht's denn?«

Karen seufzte. »Hallo! Bist du wieder da?«

George Grundy lachte. »Laß nur, Karen, diese Anzeichen kenne ich. Du hast über die morgigen Probleme nachgedacht, stimmt's?«

»Ja, das habe ich«, gab Malcolm zu. Er hatte sich gerade überlegt: Wie lassen sich die noch offenen Fragen, die mein letztes Gespräch mit Elroy Doil aufgeworfen hat, am besten beantworten? Und wie schnell läßt sich das machen?

6

Wie sich dann zeigte, hatte Malcolm Ainslie in der ersten Woche nach seiner Rückkehr kaum Gelegenheit, über Doil nachzudenken. Auf seinem Schreibtisch türmten sich Aktenberge und Unterlagen, die sich während seiner viertägigen Abwesenheit angesammelt hatten und erledigt werden mußten.

Am wichtigsten war der Stapel mit den Überstundenabrechnungen seiner Leute. Ainslie zog ihn näher heran. »Schön, daß Sie wieder da sind, Sergeant«, begrüßte ihn Detective José Garcia, dessen Schreibtisch neben seinem stand. »Freut mich, daß Sie das Wichtigste zuerst erledigen«, fügte er hinzu, als er die Überstundenabrechnungen sah.

»Ich weiß, wie ihr Jungs arbeitet«, sagte Ainslie. »Immer darauf aus, ein paar Dollar mehr zu verdienen.«

Garcia spielte den Gekränkten. »Hey, wir müssen dafür sorgen, daß unsere Kinder nicht verhungern.«

Tatsächlich brauchten die Kriminalbeamten ihre Überstunden, um finanziell über die Runden zu kommen. Obwohl die Beförderung zum Detective begehrt war, weil nur die Besten und Intelligentesten genommen wurden, war damit bei der Miami Police paradoxerweise keine Gehaltserhöhung verbunden. Ein Kriminalbeamter mit regulärer Vierzigstundenwoche verdiente im Durchschnitt achthundertachtzig Dollar und mußte davon noch Steuern zahlen; zwanzig Überstunden brachten ihm zusätzlich sechshundertsechzig Dollar pro Woche ein. Aber der Preis dafür war hoch: Für irgendein Privatleben blieb praktisch keine Zeit mehr.

Jede Überstunde wurde jedoch pedantisch genau aufgeführt und vom Sergeant des jeweiligen Ermittlerteams abgezeichnet – eine zeitraubende Arbeit, die Ainslie jetzt ungeduldig erledigte.

Dann kamen die halbjährlichen Beurteilungen aller Kriminalbeamten seines Teams, die er mit der Hand schrieb, damit eine Sekretärin sie abtippen konnte. Und zuletzt weitere Berge von Papier: Berichte über laufende Ermittlungen, auch in neuen Fällen, die er wenigstens lesen und abzeichnen mußte, falls nicht auch etwas zu veranlassen war.

»Manchmal«, beschwerte er sich bei Sergeant Pablo Greene, »komme ich mir wie ein kleiner Bürogehilfe in einem Roman von Charles Dickens vor.«

»Das liegt daran, daß wir uns alle für Scrooge totarbeiten«, antwortete Greene.

Deshalb fand Ainslie erst am späten Nachmittag des ersten Tages nach seiner Rückkehr Zeit, sich mit dem Fall Doil zu befassen. Er ging mit der Tonbandkassette zu Newbold.

»Was hat Sie so lange aufgehalten?« fragte der Lieutenant. »Nein, erzählen Sie's mir lieber nicht.«

Während Ainslie das Tonbandgerät einschaltete, wies Newbold seine Sekretärin an, nur dringende Anrufe durchzustellen, und schloß die Bürotür. »Ich bin gespannt, was Sie mitgebracht haben.«

Ainslie spielte die gesamte Aufnahme ab – von der Sekunde an, in der er sein Gerät in dem kahlen kleinen Büro nahe der Hinrichtungskammer eingeschaltet hatte. Nach kurzer Pause war zu hören, wie die Tür geöffnet wurde, als Lieutenant Hambrick zurückkam und zwei Gefängniswärter den kahlgeschorenen Elroy Doil in Hand- und Fußfesseln hereinführten, mit Pater Ray Uxbridge am Ende dieser kleinen Prozession. Ainslie murmelte Erklärungen zu den einzelnen Geräuschen.

Newbold hörte sich den nun folgenden Wortwechsel gespannt an: die ölige Stimme des Gefängnisgeistlichen… Doils heisere Aufforderung an Ainslie: »*Vergeben Sie mir, Pater, denn ich habe gesündigt…*« Dann Uxbridges erregter Einspruch: »*Das ist Gotteslästerung!…*« Zuletzt Doils wütende Aufforderung: »*Schafft dieses Arschloch hier raus!*«

Newbold schüttelte fassungslos den Kopf. »Einfach unglaublich!«

»Augenblick, es kommt noch mehr.«

Die Lautstärke nahm ab, sobald Ainslie dann vorgab, Doil die »Beichte« abzunehmen.

»*Ich hab' ein paar Leute umgebracht, Pater…*«

»*Wen zuerst?*«

»*Zwei Japse in Tampa.*«

Newbold, der wie gebannt zuhörte, fing an, sich Notizen zu machen.

Wenig später folgte Doils Geständnis seiner übrigen Doppelmorde… *an den Ehepaaren Esperanza, Frost, Larsen, Hennenfeld, Urbina, Tempone…*

»Die Gesamtzahl stimmt nicht«, stellte Newbold fest. »Das haben Sie mir erzählt, aber ich habe gehofft…«

»Daß ich mich verrechnet habe?« Ainslie lächelte schwach.

Als nächstes kam Doils verzweifelter Appell in bezug auf die Ermordung des Ehepaars Ernst: »*Ich bin's nicht gewesen! Ich schwör's Ihnen, Pater! Dafür will ich Vergebung… Ich hab' die anderen umgebracht, aber ich will mir nichts anhängen lassen, was ich nie getan habe!*«

Sein Ausbruch ging weiter, bis Newbold plötzlich ausrief: »Halt!« Ainslie drückte die Pausentaste. Zwischen den Glaswänden, die das Büro des Lieutenants umschlossen, herrschte wieder Stille.

»Jesus! Das klingt so gottverdammt wahr.« Newbold sprang auf und ging kurz vor seinem Schreibtisch auf und ab, bevor er sich erkundigte: »Wie lange hat Doil noch zu leben gehabt, als er das alles gesagt hat?«

»Ungefähr zehn Minuten. Nicht wesentlich mehr.«

»Ich weiß nicht, ich weiß einfach nicht... Ich habe ihm anfangs kein Wort glauben wollen... Aber wer mit dem Tod vor Augen...« Der Lieutenant starrte Ainslie an. »Glauben *Sie*, was er erzählt hat?«

Ainslie antwortete zurückhaltend. »Ich habe wegen des einen Falls schon immer Zweifel gehabt, deshalb...« Den Rest ließ er ungesagt.

»Deshalb fällt's Ihnen leichter, Doil zu glauben«, ergänzte Newbold seine Antwort.

Malcolm Ainslie schwieg. Mehr gab es dazu eigentlich nicht zu sagen.

»Okay, hören wir uns den Rest an«, entschied Newbold.

Ainslie ließ das Tonband weiterlaufen.

Er hörte, wie er Doil fragte: *Alle diese Morde – die vierzehn, die Sie zugeben –, bereuen Sie die?*

»Zum Teufel mit denen!... Sie sollen mir die anderen vergeben, an denen ich nicht schuld bin!«

»Er ist geistesgestört«, sagte Newbold. »Beziehungsweise gewesen.«

»Das habe ich auch gedacht; ich denke es noch jetzt. Aber auch Geistesgestörte lügen nicht ständig.«

»Er ist ein pathologischer Lügner gewesen«, gab Newbold zu bedenken.

Sie schwiegen wieder, als Ainslie Doil erklärte: »*... ein Geistlicher könnte Ihnen keine Absolution erteilen, bevor Sie alles bereuen – und ich bin kein Priester.*«

Danach war plötzlich Lieutenant Hambricks Stimme zu hören, die Ainslie aufforderte: »*Sie wissen noch immer genug, um etwas für ihn zu tun... Also tun Sie's!*«

Newbold ließ Ainslie nicht aus den Augen, als seine Tonbandstimme Foucaulds *Gebet der Hingabe* rezitierte, das Doil Satz für Satz wiederholte. Der Lieutenant fuhr sich sichtlich bewegt mit einer Hand übers Gesicht und sagte danach leise: »Sie sind ein guter Kerl, Malcolm.«

Ainslie stellte das Gerät ab und spulte das Band zurück.

Dann saß Newbold stumm an seinem Schreibtisch und wog offensichtlich seine bisherige Meinung gegen das eben Gehörte ab. Nach einiger Zeit sagte er: »Sie haben die Sonderkommission geleitet, Malcolm, daher ist das eigentlich noch immer Ihr Fall. Was schlagen Sie vor?«

»Wir überprüfen alles, was Doil behauptet hat – die Geldklammer mit dem Monogramm, den Mord an dem Ehepaar Ikei und das Messer, das er in einem Grab zurückgelassen haben will. Ich setze Ruby Bowe darauf an – sie versteht sich auf solche Nachforschungen. Danach wissen wir, wieviel Doil gelogen hat – wenn er überhaupt gelogen hat.«

»Und was passiert«, fragte Newbold, »wenn Doil ausnahmsweise nicht gelogen hat?«

»Dann haben wir keine andere Wahl. Wir sehen uns den Fall Ernst noch mal an.«

Der Lieutenant machte ein mürrisches Gesicht. In der Polizeiarbeit gab es kaum etwas Frustrierenderes als die Wiederaufnahme eines bereits abgeschlossenen Mordfalls, den jedermann für gelöst hielt – vor allem eines von den Medien so aufgebauschten sensationellen Falls.

»Einverstanden«, sagte Newbold zuletzt. »Ruby soll loslegen. Wir müssen's wissen.«

7

»Meinetwegen überprüfen Sie diese Angaben in beliebiger Reihenfolge, Detective«, sagte Ainslie zu Ruby Bowe. »Aber irgendwann müssen Sie auch nach Tampa.«

Es war kurz nach sieben Uhr am Morgen nach Ainslies Besprechung mit Lieutenant Newbold, und Bowe saß auf einem Stuhl neben Ainslies Schreibtisch. Am Vorabend hatte er ihr ein Tonbandgerät mit Kopfhörer mitgegeben und sie aufgefordert, sich die Aufnahme aus dem Florida-State-Gefängnis zu Hause anzuhören. Morgens hatte sie ihm das Gerät mit deprimiertem Kopfschütteln zurückgegeben. »Schlimm, wirklich schlimm. Ich habe die halbe Nacht wach gelegen. Aber ich hab's *gespürt.* Ich habe die Augen zugemacht und bin *dabeigewesen.*«

»Sie haben also gehört, was Doil gesagt hat und was überprüft werden muß?«

»Ich habe mir alles notiert.« Bowe zeigte Ainslie ihr Notizbuch, in dem sämtliche Punkte standen.

»Schön, Sie können anfangen«, erklärte er ihr. »Ich weiß, daß ich mich auf Sie verlassen kann.«

Ruby Bowe ging, und Ainslie wandte sich dem Papierkram auf seinem Schreibtisch zu, ohne zu ahnen, wie wenig Zeit er haben würde, um ihn aufzuarbeiten.

Der Anruf unter der Notrufnummer 911 wurde in der Nachrichtenzentrale der Miami Police um 7.32 Uhr registriert.

Eine Polizeibeamtin meldete sich: »Notruf neun-eins-eins, was kann ich für Sie tun?« Gleichzeitig erschienen auf einem Anzeigefeld über ihrem Computer die Nummer des Anschlusses, von dem aus angerufen wurde, und der Name T. DANAVAL.

Eine atemlose Frauenstimme: »Schicken Sie die Polizei zur 2801 Brickell Avenue gleich östlich der Viscaya Street. Mein Mann ist angeschossen worden.«

Während die Anruferin sprach, tippte die Beamtin ihre Angaben ein und schickte sie mit einer F-Taste zu einer Dispatcherin in einer anderen Abteilung der Zentrale hinüber.

Die Dispatcherin reagierte prompt, weil sie wußte, daß die angegebene Adresse in Zone 74 lag. Auf ihrem Bildschirm hatte sie bereits eine Liste der verfügbaren Streifenwagen mit ihren Nummern und Standorten. Sie wählte einen aus und rief ihn über Funk: »Eins-sieben-vier.«

Als Streifenwagen 174 sich meldete, sendete die Dispatcherin erst einen lauten Piepston, der eine dringende Nachricht ankündigte. Dann sagte sie ins Mikrofon: »Drei-dreißig in der 2801 Brickell Avenue, östlich der Viscaya Street.« Die »3« bedeutete einen Notfall mit Blinklicht und Sirene, die »30« bezeichnete einen gemeldeten Schußwaffengebrauch.

»QSL. Ich bin ganz in der Nähe im Alice Wainwright Park.«

Während die Dispatcherin sprach, winkte sie Harry Clemente, den Sergeant vom Dienst, zu sich heran. Sie zeigte auf die Adresse auf ihrem Bildschirm. »Klingt irgendwie bekannt. Sind das wirklich die Leute, die ich meine?«

Clemente beugte sich nach vorn, dann sagte er: »Falls Sie die Davanals meinen, haben Sie gottverdammt recht!«

»Das ist ein Drei-dreißiger.«

»Scheiße!« Der Wachleiter las die übrigen Informationen. »Okay, ich bleibe in der Nähe.«

Die Beamtin, die den Notruf entgegengenommen hatte, sprach weiter mit der Anruferin. »Ein Streifenwagen ist zu Ihnen unterwegs. Lassen Sie mich bitte Ihren Familiennamen verifizieren. Ist die korrekte Schreibung *D-a-v-a-n-a-l?*«

»Ja, ja«, sagte die Anruferin ungeduldig. »Das ist der Name meines Vaters. Ich heiße Maddox-Davanal.«

Aus der berühmten Familie Davanal? hätte die Polizeibeamtin am liebsten gefragt. Statt dessen verlangte Sie: »Ma'am, bleiben Sie bitte am Apparat, bis der Streifenwagen da ist.«

»Das kann ich nicht. Ich bin sehr beschäftigt.« Ein Klicken zeigte, daß die Anruferin aufgelegt hatte.

Um 7.39 Uhr wurde die Dispatcherin von Streifenwagen 174

über Funk gerufen. »Hier ist jemand erschossen worden. Bitte ein Ermittlerteam der Mordkommission auf Tac One.«

»QRX« – das Kürzel für »Bitte warten«.

Malcolm Ainslie saß an seinem Schreibtisch und hatte sein Handfunkgerät eingeschaltet, als Streifenwagen 174 die Mordkommission verlangte. Er sah von seinen Akten auf und nickte Jorge zu, er solle sich melden.

»Okay, Sarge.« Rodriguez schaltete sein eigenes Funkgerät ein und meldete der Dispatcherin: »Dreizehn-elf ruft Wagen eins-sieben-vier auf Tac One.« Dann schaltete er auf den für die Mordkommission reservierten Kanal Tac One um. »Eins-sieben-vier, hier dreizehn-elf. QSK?«

»Dreizehn-elf, wir haben einen Toten in der 2801 Brickell Avenue. Ein möglicher Einunddreißiger.«

Ainslie hob ruckartig den Kopf, als er diese Adresse und den Zahlencode für »Mord« hörte. Er ließ allen Papierkram liegen, schob seinen Stuhl zurück und stand auf. Dann nickte er Jorge zu, der ins Funkgerät sagte: »Eins-sieben-vier, wir sind zu Ihnen unterwegs. Sichern Sie den Tatort. Fordern Sie bei Bedarf weitere Unterstützung an.« Er schob sein Funkgerät in die Gürtelhalterung und fragte: »Ist das die Adresse dieser stinkreichen Familie?«

»Genau! Dort wohnen die Davanals. Ich kenne ihre Adresse; die kennt jeder.« In Miami war es praktisch unmöglich, nicht über diesen Namen zu stolpern. Davanal's war eine über ganz Florida verbreitete Warenhauskette. Außerdem gehörte der Familie ein Fernsehsender, den Felicia Maddox-Davanal selbst leitete. Darüber hinaus war die ursprünglich aus Mitteleuropa stammende Familie, die jedoch seit dem Ersten Weltkrieg in Florida ansässig war, politisch und finanziell sehr angesehen und mächtig. Die Medien bezeichneten die Davanals manchmal als »das Königshaus Miamis«, und ein weniger wohlwollender Kommentator hatte einmal hinzugefügt: »Und sie benehmen sich auch so.«

Ein Telefon klingelte. Rodriguez meldete sich, dann gab er

den Hörer an Ainslie weiter. »Sergeant Clemente aus der Zentrale.«

»Wir sind dran, Harry«, sagte Ainslie. »Der Streifenwagen hat uns angefordert. Wir fahren gleich hin.«

»Der Erschossene ist Byron Maddox-Davanal, der Schwiegersohn. Seine Frau hat neun-eins-eins angerufen. Du kennst die Geschichte mit dem Namen?«

»Welche?«

»Er hat schlicht Maddox geheißen, als er Felicia geheiratet hat. Ihre Familie hat auf der Namensänderung bestanden. Hat den Gedanken nicht ertragen können, daß der Name Davanal eines Tages verschwinden würde.«

»Danke. Jedes bißchen Information kann nützen.«

Ainslie legte den Hörer auf und erklärte Rodriguez: »Diesmal beobachten uns viele einflußreiche Leute, Jorge, deshalb dürfen wir keinen Fehler machen. Sie gehen voraus, holen einen Wagen und warten unten auf mich. Ich informiere den Lieutenant.«

Newbold, der gerade zum Dienst gekommen war, sah auf, als Ainslie hereinkam. »Was gibt's, Malcolm?«

»Byron Maddox-Davanal scheint in der Villa der Familie ermordet worden zu sein. Ich bin dorthin unterwegs.«

Lieutenant Newbold starrte ihn an. »O Gott! Ist das nicht Felicia Davanals Ehemann?«

»Das ist er. Oder gewesen.«

»Und sie ist die Enkelin des alten Davanal, nicht wahr?«

»Richtig. Sie hat neun-eins-eins angerufen. Ich wollte Sie nur rechtzeitig informieren.« Newbold griff nach dem Telefonhörer.

»Sieht wie das Schloß eines Feudalherren aus«, stellte Jorge fest, als sie in ihrem neutralen Dienstwagen auf den imposanten Familiensitz der Davanals zufuhren.

Das Haus mit seinen Türmen, Erkern und Spitzgiebeln stand auf einem fast eineinhalb Hektar großen Grundstück. Das von einer hohen Mauer aus Steinquadern mit festungsähnlichen Eckbastionen umgebene Ensemble wirkte fast mittelalterlich.

»Mich wundert nur, daß Burggraben und Zugbrücke fehlen«, sagte Ainslie.

Hinter der Villa lag die Biscayne Bay, die weiter draußen in den Atlantik überging.

Die Zufahrt zu dem von der Straße aus nur teilweise sichtbaren weitläufigen Gebäudekomplex wurde durch ein geschmackvolles schmiedeeisernes Tor mit dem Familienwappen auf beiden Flügeln gesichert. Im Augenblick war das Tor geschlossen, aber dahinter war eine lange Einfahrt zu erkennen, die sich in Kurven zum Haus wand.

»Verdammt, nicht schon jetzt!« rief Ainslie aus, weil er den Übertragungswagen einer Fernsehstation vor ihnen herfahren sah. Leute aus der Medienbranche, die laufend den Polizeifunk abhörten, mußten die Adresse der Davanals erkannt haben. Aber dann sah er, daß es ein Übertragungswagen der Station WBEQ war, die der Familie Davanal gehörte. Vielleicht hat jemand aus dem Haus den Reportern einen Tip gegeben, damit sie als erste da waren, sagte er sich.

In Tornähe standen drei Streifenwagen mit eingeschalteten Blinkleuchten. Wagen 174 mußte Verstärkung angefordert haben, oder weitere Fahrzeuge waren von sich aus hergekommen – vermutlich letzteres. Cops konnten verdammt neugierig sein, das wußte Ainslie. Am Tor gab es anscheinend eine Auseinandersetzung zwischen zwei uniformierten Polizisten und dem Fernsehteam mit der attraktiven schwarzen Reporterin Ursula Felix, einer alten Bekannten Ainslies. Die Einfahrt war bereits mit gelbem Plastikband abgesperrt, aber ein uniformierter Beamter, der Ainslie und Rodriguez erkannte, machte Platz, damit sie durchfahren konnten.

Jorge wollte wieder Gas geben, aber die Reporterin blockierte die Durchfahrt. Ainslie ließ sein Fenster herunter. »Hey, Malcolm«, sagte sie bittend, »bringen Sie diese Kerle zur Vernunft! Mrs. Davanal möchte uns drinnen haben; sie hat deswegen selbst angerufen. WBEQ ist die Station der Davanals, und wir brauchen unbedingt einen Bericht für die Morgennachrichten.«

Während sie das sagte, beugte Ursula Felix sich zu Ainslie hinunter. Ihr voller Busen, der durch eine hautenge Seidenbluse noch betont wurde, war so nah, daß Ainslie ihn hätte berühren können. Ihr rabenschwarzes Haar war zu vielen kleinen Zöpfen geflochten, und ihr schweres Parfüm drang in das Wageninnere.

Es *hat* also einen Tip aus dem Haus gegeben, sagte Ainslie sich – und nicht nur von irgend jemandem. Felicia Maddox-Davanal hatte selbst angerufen, obwohl sie offenbar erst wenige Minuten zuvor Witwe geworden war.

»Hören Sie, Ursula«, sagte er, »das hier ist ein Tatort, und Sie kennen unsere Vorschriften. Wir haben einen PIO angefordert, der Ihnen dann mitteilt, was wir zur Veröffentlichung freigeben können.«

Ein Kameramann hinter der Reporterin warf ein: »Wenn's um ihr Eigentum geht, läßt Mrs. Davanal sich keine Vorschriften machen, und auf beiden Seiten des Tors gehört alles der Familie.« Seine Handbewegung umfaßte die Villa und den Übertragungswagen.

»Und die Lady verlangt, daß ihre Leute spuren«, fügte Ursula hinzu. »Kommen wir nicht durch, schmeißt sie uns vielleicht raus.«

»Okay, ich denke daran.« Ainslie nickte Jorge zu, er solle weiterfahren.

»Sie leiten die Ermittlungen«, teilte er Jorge mit, »aber ich arbeite eng mit Ihnen zusammen.«

»Ja, Sergeant.«

Kies knirschte unter ihren Reifen, als sie der von hohen Palmen gesäumten Einfahrt folgten und neben dem vor der Villa geparkten weißen Bentley hielten. Ein Flügel des imposanten Portals stand offen. Als die beiden Kriminalbeamten ausstiegen, wurde die Haustür ganz geöffnet, und ein großgewachsener Mann Anfang Fünfzig erschien. Seine würdevolle Haltung und die untadelige Kleidung verrieten den Butler. Nach einem kurzen Blick auf ihre Polizeiplaketten sprach er sie mit britischem Akzent an.

»Guten Morgen, Officers. Bitte folgen Sie mir.« In der geräumigen, mit kostbaren Antiquitäten ausgestatteten Eingangshalle drehte er sich nach ihnen um. »Mrs. Maddox-Davanal telefoniert gerade. Sie läßt Sie bitten, hier auf sie zu warten.«

»Nein«, widersprach Ainslie energisch. »Wir haben die Meldung bekommen, hier sei jemand erschossen worden. Wir gehen sofort zum Tatort.« Rechts führte ein mit Teppichboden ausgelegter Korridor in einen Seitenflügel des Hauses; fast am Ende stand ein uniformierter Polizeibeamter, der jetzt rief: »Der Tote liegt hier!«

Als Ainslie hingehen wollte, wandte der Butler ein: »Mrs. Maddox-Davanal hat ausdrücklich darum gebeten, daß Sie...«

Ainslie blieb stehen. »Wie heißen Sie?«

»Ich bin Mr. Holdsworth.«

»Vorname?« fragte Jorge, der sich bereits Notizen machte.

»Humphrey. Aber Sie müssen bitte einsehen, daß dieses Haus...«

»Nein, Holdsworth«, unterbrach Ainslie ihn, »*Sie* müssen etwas einsehen. Dieses Haus ist jetzt ein Tatort, an dem die Polizei das Sagen hat. Viele unserer Leute werden kommen und gehen. Behindern Sie sie nicht, aber bleiben Sie hier, damit wir Sie später vernehmen können. Und verändern Sie vor allem nichts. Ist das klar?«

»Gewiß«, sagte Holdsworth widerstrebend.

»Und bestellen Sie Mrs. Maddox-Davanal, daß wir sie bald sprechen möchten.«

Ainslie ging mit Jorge den Korridor entlang. Der wartende Uniformierte mit dem Namensschild NAVARRO sagte: »Hier drinnen, Sergeant.« Er führte die beiden in einen Raum, der eine Kombination aus Fitnessraum und Arbeitszimmer zu sein schien. Ainslie und Jorge blieben mit ihren Notizbüchern in der Hand in Türnähe stehen, um die Szene vor ihnen in Augenschein zu nehmen.

Der große Raum lag in der Morgensonne, die durch geöffnete Terrassentüren hereinfiel. Die Türen führten auf eine verschnörkelte Veranda mit prachtvollem Blick auf die Bucht und den fernen Ozean hinaus. Im vorderen Teil des Raums, in dem die Kriminalbeamten standen, befanden sich ein halbes Dutzend Fitnessgeräte – teils chromblitzend, teils mattschwarz –, wie Wachposten der Spartaner aufgereiht. Eine komplizierte Gewichthebemaschine dominierte; außerdem gab es einen Rudersimulator, ein programmierbares Laufband, eine Sprossenwand und zwei Geräte, deren Zweck nicht ohne weiteres ersichtlich war. Mindestens dreißigtausend Dollar wert, schätzte Ainslie.

Der Rest des Raums war ein elegantes, luxuriöses Arbeitszimmer mit Sesseln, mehreren Tischen und Schränken, wandhohen Bücherregalen aus Eiche, in denen Lederbände standen, und einem klassisch schlichten Schreibtisch, dessen Ledersessel etwas zurückgeschoben war.

Zwischen Sessel und Schreibtisch lag ein toter weißer Mann auf dem Fußboden. Er lag auf der rechten Seite, die obere linke Schädelhälfte fehlte, und Kopf und Schultern waren mit einer Mischung aus Blut, Knochensplittern und Gehirnmasse bedeckt. Eine Blutlache, die zu gerinnen begann, hatte sich über den Fußboden ausgebreitet. Der Tote trug ein weißes Hemd und eine beige Hose, die jetzt beide mit Blut getränkt waren.

Obwohl keine Waffe zu sehen war, wies alles auf Tod durch Erschießen hin.

»Ist irgend etwas angefaßt oder verändert worden, seit Sie hier sind?« fragte Rodriguez den jungen Polizeibeamten.

Navarro schüttelte den Kopf. »Nein. Ich weiß, worauf ich achten muß.« Dann fiel ihm etwas ein. »Als ich gekommen bin, ist die Frau des Toten hier im Zimmer gewesen. Sie könnte etwas verändert haben. Das müssen Sie sie selbst fragen.«

»Machen wir«, versicherte Jorge ihm. »Noch eine Frage fürs Protokoll. Hier ist keine Schußwaffe zu sehen. Haben Sie hier oder anderswo eine gesehen?«

»Ich hab' mich gleich nach einer umgesehen, aber noch keine entdeckt.«

Ainslie fragte ihn: »Wie hat Mrs. Maddox-Davanal gewirkt, als Sie sie in diesem Raum angetroffen haben?«

Navarro zögerte, dann deutete er auf den Toten. »Wenn man überlegt, wie's hier aussieht und daß das ihr Mann ist, hat sie eher ruhig gewirkt – ziemlich gelassen, könnte man sagen. Das hat mich gewundert. Und sie…«

»Ja?« fragte Ainslie.

»Sie hat mir gesagt, daß sie ein Fernsehteam von WBEQ erwartet. Das ist…«

»Ja, die Station der Davanals. Was hat sie noch gesagt?«

»Sie wollte – sie hat's mir praktisch befohlen –, daß ich dafür sorge, daß die Fernsehleute eingelassen werden. Ich habe ihr erklärt, daß sie auf die Ermittler der Mordkommission warten muß. Das hat ihr nicht gefallen.«

Der junge Polizeibeamte zögerte erneut.

»Fällt Ihnen sonst noch was dazu ein?« fragte Jorge ihn. »Dann raus mit der Sprache!«

»Nun, das ist bloß ein Eindruck, aber ich glaube, die Lady ist es gewöhnt, alles und jeden unter Kontrolle zu haben, und kann andere Verhältnisse nicht leiden.«

»Und alles das ist passiert«, fragte Ainslie, »während ihr Mann…« er zeigte auf den Toten, »… so dagelegen hat?«

»Genau.« Navarro zuckte mit den Schultern. »Den Rest müßt ihr rauskriegen, schätze ich.«

»Wir tun unser Bestes«, sagte Jorge, der sich weiter Notizen machte. »Aber es ist immer nützlich, einen Cop mit guter Beobachtungsgabe zu erwischen.«

Als nächstes erledigte Jorge mit seinem Kombigerät einige Routineanrufe, um die Spurensicherung, einen Gerichtsmediziner und einen Staatsanwalt anzufordern. Bald würde in diesem Raum und anderen Teilen des Hauses ziemliches Gedränge herrschen.

»Ich sehe mich inzwischen mal um«, sagte Ainslie. Er trat vorsichtig auf die offenen Terrassentüren zu. Ihm war schon aufgefallen, daß ein Flügel etwas schief in seinen Angeln zu hängen schien; als er ihn jetzt genauer betrachtete, entdeckte er um Schloß und Klinke herum frische Aufbruchsspuren. Draußen auf der Veranda sah er mehrere braune Schuhabdrücke, als habe jemand schlammige Erde an den Schuhen gehabt. Diese Abdrücke führten zu einer niedrigen Mauer, vor der ein Blumenbeet mit weiteren Fußspuren lag, als sei jemand auf dem Weg zum Haus über die Mauer gestiegen. Die Abdrücke schienen von irgendwelchen Sportschuhen zu stammen.

Innerhalb weniger Minuten hatte der bisher nur leicht bewölkte Himmel sich verdunkelt, und jetzt schien es gleich Regen zu geben. Ainslie hastete in den Raum zurück und wies Officer Navarro an, die Rückseite des Hauses abzusperren und von einem weiteren Polizeibeamten bewachen zu lassen.

»Wenn die Spurensicherung eintrifft«, sagte Ainslie zu Jorge, »soll sie diese Fußspuren fotografieren, bevor der Regen sie wegwäscht, und Gipsabdrücke von denen im Blumenbeet nehmen. Hier scheint jemand eingebrochen zu haben«, fuhr er fort. »Das müßte gewesen sein, bevor der Ermordete hier hereingekommen ist.«

Jorge runzelte die Stirn. »Trotzdem hätte Maddox-Davanal den Eindringling sehen müssen – schließlich ist er durch einen aufgesetzten Schuß getötet worden. Hat er die Trainingsgeräte benutzt, muß er ziemlich fit gewesen sein und hätte sich vermutlich gewehrt. Aber von Kampfspuren ist hier nichts zu sehen.«

»Er könnte überrascht worden sein. Wer den Schuß abgegeben hat, kann sich erst versteckt und dann an ihn herangeschlichen haben.«

»Wo versteckt?«

Sie sahen sich beide in dem großen Raum um. Jorge deutete als erster auf die grünen Samtportieren rechts und links neben den Terrassentüren. Der rechte Vorhang wurde durch eine verknotete Kordel zusammengehalten, aber links fehlte dieser Knoten, und der Stoff hing glatt herab. Ainslie zog ihn vorsichtig beiseite und entdeckte auf dem Teppich darunter weitere Schmutzspuren.

»Ich setze die Spurensicherer auch darauf an«, sagte Jorge. »Wir brauchen jetzt vor allem ein paar Zeitangaben. Wann der Tod eingetreten ist, wann die Leiche aufgefunden worden ist, wann…«

Der Butler Holdsworth betrat den Raum und sprach Ainslie an. »Mrs. Maddox-Davanal ist jetzt bereit, Sie zu empfangen. Darf ich bitten?«

Ainslie zögerte. Als Kriminalbeamter zitierte man bei Mordermittlungen die zu Befragenden herbei – nicht etwa umgekehrt. Andererseits war es verständlich, daß eine Ehefrau den Raum mied, in dem ihr Mann noch tot am Boden lag. Ainslie war berechtigt, jeden Zeugen, auch Mitglieder der Familie Davanal und ihre Hausangestellten, zur Vernehmung ins Polizeipräsidium bringen zu lassen, aber was wäre damit zum gegenwärtigen Zeitpunkt gewonnen gewesen?

»Also gut, gehen Sie voraus«, forderte er Holdsworth auf. Zu Jorge sagte er noch: »Ich werde versuchen, ein paar Zeitangaben zu bekommen.«

Der Salon, in den Malcolm Ainslie geleitet wurde, war wie anscheinend alle Räume dieses Hauses groß, elegant und mit viel Geschmack teuer eingerichtet. Felicia Maddox-Davanal saß in einem luxuriös mit Seidenbrokat bezogenen Louis-quinze-Sessel. Sie war eine klassische Schönheit von etwa vierzig Jahren mit aristokratischen Zügen, schmaler Nase, hohen Wangenknochen, glatter Stirn und faltenlosem Hals, wobei letzterer auf eine frühere Schönheitsoperation schließen ließ. Ihr fülliges, glänzendes hellbraunes Haar war blond gesträhnt und fiel locker bis auf ihre Schultern. Sie trug einen cremefarbenen Rock, der ihre schönen Beine zur Geltung brachte, eine gleichfarbene Seidenbluse und einen breiten Gürtel mit Goldapplikationen. Alles an ihr war perfekt – Gesicht, Frisur, Fingernägel, Kleidung –, und das wußte sie auch, wie Ainslie deutlich spürte.

Sie bot ihm mit einer Handbewegung wortlos einen vor ihr stehenden Louis-quinze-Stuhl an – ein nicht sehr stabil wirkendes und entschieden unbequemes Sitzmöbel, wie er amüsiert feststellte. Falls sie ihn damit in seine Schranken weisen wollte, stand ihr eine Überraschung bevor.

Wie bei jedem Gespräch mit Hinterbliebenen begann Ainslie: »Ich möchte Ihnen mein Beileid zum Tod Ihres...«

»Danke, das ist nicht nötig.« Davanals Stimme klang ruhig und beherrscht. »Mit den persönlichen Dingen werde ich allein fertig. Beschränken wir uns also aufs Dienstliche. Sie sind Sergeant, glaube ich.«

»Detective-Sergeant Ainslie.« Er hätte beinahe »Ma'am« hinzugefügt, beherrschte sich aber noch rechtzeitig. Auch er beherrschte dieses Dominanzspiel.

»Nun, als erstes möchte ich wissen, warum ein Team meiner eigenen Fernsehstation daran gehindert worden ist, dieses Haus zu betreten, das ebenfalls uns Davanals gehört.«

»Mrs. Maddox-Davanal«, sagte Ainslie ruhig, aber bestimmt, »ich will Ihre Frage aus Höflichkeit beantworten, obwohl Sie die Antwort bestimmt längst kennen. Aber danach übernehme *ich* die Führung dieses Gesprächs.« Während er sprach, war er sich bewußt, daß ihre kühlen grauen Augen ihn unverwandt aussahen. Ainslie erwiderte ihren Blick gelassen.

»Nun zu der Sache mit dem Fernsehteam«, fuhr er fort. »In diesem Haus hat sich ein bisher ungeklärter Todesfall ereignet, und unabhängig davon, wem es gehört, sind die Anordnungen der Polizei zu befolgen. Und die Medien – *sämtliche* Reporter – von Mordermittlungen fernzuhalten, ist das übliche und rechtmäßige Verfahren. Nachdem dieser Punkt geklärt ist, möchte ich jetzt bitte alles hören, was Sie über den Tod Ihres Mannes wissen.«

»Augenblick!« Ein eleganter Zeigefinger schien ihn durchbohren zu wollen. »Wer ist Ihr Vorgesetzter?«

»Detective-Lieutenant Leo Newbold.«

»Bloß ein *Lieutenant*? Angesichts Ihrer Einstellung, Sergeant, und bevor Sie weiterfragen, werde ich den Polizeipräsidenten anrufen.«

Aus heiterem Himmel war eine unerwartete Konfrontation entstanden. Aber das kam gelegentlich vor, denn plötzlicher Streß, vor allem durch gewaltsamen Tod, wirkte sich bei manchen Leuten so aus. Dann erinnerte er sich an Officer Navarros Kommentar: *Die Lady ist es gewöhnt, alles und jeden unter Kontrolle zu haben, und kann andere Verhältnisse nicht leiden.*

»Madam«, sagte Ainslie, »ich begleite Sie sofort zu einem Telefon, damit Sie Chief Katledge anrufen können, was Ihr gutes Recht ist.« Er legte einen stählernen Unterton in seine Stimme. »Aber wenn Sie mit ihm sprechen, können Sie ihm mitteilen, daß ich Sie sofort nach diesem Telefongespräch in meine Dienststelle *abführe* – und das heißt *mit Handschellen gefesselt* –, weil Sie sich weigern, sich an den Ermittlungen zur Aufklärung des gewaltsamen Todes Ihres Ehemanns zu beteiligen.«

Sie starrten sich an. Davanal atmete schwer, ihr Mund war ein schmaler Strich, ihre Augen funkelten haßerfüllt. Schließlich sah sie weg, hob dann erneut den Kopf und sagte leiser: »Stellen Sie Ihre Fragen.«

Ainslie, dem sein dialektischer Sieg keinen rechten Spaß machte, fragte mit normaler Stimme: »Wann und wie haben Sie vom Tod Ihres Mannes erfahren?«

»Heute morgen kurz vor halb acht. Ich bin ins Schlafzimmer meines Mannes gegangen, das im gleichen Stockwerk wie meines liegt, weil ich ihn etwas fragen wollte. Als ich ihn nicht angetroffen habe, bin ich in sein Arbeitszimmer im Erdgeschoß gegangen – er steht oft früh auf und geht dort hinunter. Ich habe seine Leiche so aufgefunden, wie Sie sie gesehen haben, und sofort die Polizei gerufen.«

»Was wollten Sie Ihren Mann fragen?«

»Wie bitte?« Seine überraschende Frage schien Davanal so zu verwirren, daß Ainslie sie wiederholte.

»Ich... ich wollte...« Sie schien nach Worten zu suchen. »Das weiß ich wirklich nicht mehr.«

»Gibt's eine Verbindungstür zwischen den beiden Schlafzimmern?«

»Äh... nein.« Eine verlegene Pause. »Das sind eigenartige Fragen.«

Nicht so eigenartig, dachte Ainslie. Erstens gab es keine plausible Erklärung dafür, warum Davanal zu ihrem Ehemann gegangen war. Zweitens sagte das Fehlen einer Verbindungstür einiges über das Verhältnis der beiden aus. »Ihr Mann scheint an einer Schußverletzung gestorben zu sein. Haben Sie einen Schuß oder ein Geräusch gehört, das ein Schuß hätte sein können?«

»Nein, ich habe nichts gehört.«

»Ihr Mann könnte also schon längere Zeit tot gewesen sein, als Sie ihn aufgefunden haben?«

»Das nehme ich an.«

»Hatte Ihr Mann größere Probleme oder Feinde? Fällt Ihnen irgend jemand ein, der ihn vielleicht hätte töten wollen?«

»Nein.« Mrs. Maddox-Davanal, die ihre Beherrschung zurückgewonnen hatte, fuhr fort: »Was ich Ihnen jetzt erzähle, würden Sie früher oder später ohnehin erfahren. In mancher Beziehung haben mein Mann und ich uns nicht sonderlich nahegestanden; er hat seine Interessen gehabt, ich habe meine, sie sind nicht deckungsgleich gewesen.«

»Hat dieses Arrangement schon lange bestanden?«

»Seit ungefähr sechs Jahren; wir haben vor neun Jahren geheiratet.«

»Hat's zwischen Ihnen oft Streit gegeben?«

»Nein.« Sie verbesserte sich. »Nun, wir haben uns machmal wegen irgendwelcher Bagatellen gestritten – aber eigentlich nie über wichtige Dinge.«

»Hat einer von Ihnen eine Scheidung erwogen?«

»Nein. Unser Arrangement hat beide zufriedengestellt. Für mich hat die Ehe bestimmte Vorteile gehabt; in gewisser Beziehung hat sie mir eine Art Freiheit gegeben. Und was Byron betrifft, hat er genau gewußt, daß er's ziemlich gut getroffen hatte.«

»Würden Sie mir das bitte erklären?«

»Bevor wir geheiratet haben, ist Byron ein sehr attraktiver und beliebter Mann gewesen, aber er hatte weder viel Geld noch gute Berufsaussichten. Nach unserer Hochzeit ist in beiden Punkten Abhilfe geschaffen worden.«

»Könnten Sie das erläutern?«

»Er hat wichtige Managerposten erhalten – erst bei unserer Warenhauskette Davanal's, dann bei unserer Fernsehstation WBEQ.«

»Hat er zuletzt noch einen dieser Posten innegehabt?« erkundigte Ainslie sich.

»Nein.« Davanal zögerte, bevor sie weitersprach. »Ehrlich gesagt, hat Byron unsere Erwartungen nicht erfüllt – er ist faul und unfähig gewesen. Wir haben ihn schließlich völlig aus der Geschäftsführung herausnehmen müssen.«

»Und danach?«

»Die Familie hat Byron einfach ein Taschengeld zugestanden. Darum habe ich vorhin gesagt, er habe gewußt, daß er's ziemlich gut getroffen hatte.«

»Würden Sie mir sagen, wie hoch dieses Taschengeld gewesen ist?«

»Ist das erheblich?«

»Wahrscheinlich nicht. Ich denke allerdings, daß die Zahl im Lauf unserer Ermittlungen ohnehin auf den Tisch kommt.«

Daraufhin herrschte sekundenlang Schweigen, bevor Davanal sagte: »Byron hat zweihundertfünfzigtausend Dollar pro Jahr bekommen. Außerdem hat er hier umsonst gelebt, und seine Fitnessgeräte, in die er so vernarrt gewesen ist, sind auch bezahlt worden.«

Eine Viertelmillion Dollar, dachte Ainslie, und das fürs Nichtstun. Da die Familie Davanal nun nichts mehr zahlen mußte, würde sie von Byron Maddox-Davanals Tod profitieren.

»Wenn Sie denken, was ich annehme«, sagte Mrs. Maddox-Davanal, »vergessen Sie's!« Als er keine Antwort gab, fuhr sie fort: »Hören Sie, ich will weder Zeit noch Worte vergeuden – für unsere Familie sind solche Beträge Peanuts.« Sie machte eine

Pause. »Der entscheidende Punkt ist, daß ich Byron gern um mich gehabt habe, obwohl ich ihn nicht mehr liebte – schon lange nicht mehr. Man könnte sogar sagen, daß er mir fehlen wird.«

Die letzte Feststellung klang nachdenklich, fast vertraulich. Irgendwie hatte sich ihre anfängliche Feindseligkeit im Lauf des Gesprächs verflüchtigt; man könnte fast glauben, dachte Ainslie, sie habe sich nach dem verlorenen Showdown ergeben und sei eine freundliche Verbündete geworden. Trotzdem nahm er nicht alles für bare Münze, was Felicia Maddox-Davanal ihm erzählt hatte – vor allem nicht das, was sich auf die Entdeckung ihres toten Ehemanns bezog. Zugleich sagte sein Instinkt ihm, daß sie ihren Mann nicht ermordet hatte, aber vielleicht wußte oder ahnte, wer der Täter gewesen war. Jedenfalls verbarg sie irgend etwas.

»Eines verstehe ich nicht ganz«, sagte Ainslie. »Sie haben Ihren Mann angeblich noch immer gemocht, obwohl Sie und er getrennte Wege gegangen sind. Aber gleich nachdem Sie ihn tot aufgefunden hatten, ist Ihre Hauptsorge die gewesen, Ihr Fernsehteam ins Haus zu holen. Das erscheint mir...«

»Schon gut! Schon gut!« unterbrach Davanal ihn. »Ich weiß, was Sie andeuten wollen – daß ich eiskalt bin. Nun, das bin ich vielleicht auch, aber vor allem bin ich praktisch veranlagt.« Sie sprach nicht weiter.

»Bitte weiter«, sagte Ainslie.

»Nun, ich habe sofort gesehen, daß Byron tot war, und keine Ahnung gehabt, wer ihn erschossen hatte. An diesen Tatsachen konnte ich nichts ändern. Aber ich *konnte* dafür sorgen, daß WBEQ – meine Fernsehstation, die ich persönlich leite – diese Meldung vor der gesamten Konkurrenz bringt, und genau das habe ich getan. Ich habe eines meiner Teams angefordert; als es nicht hereindurfte, habe ich mich ans Telefon gesetzt und unserer Nachrichtenredaktion alles erzählt, was ich wußte. Inzwischen ist diese Meldung in ganz Florida, vermutlich schon viel weiter verbreitet, aber wir sind die ersten gewesen, und das *zählt* auf einem so heißumkämpften Markt.«

»Bei Ihrer Erfahrung«, sagte Ainslie, »haben Sie doch gewußt, daß das Fernsehteam nicht durchgelassen werden würde, nicht wahr?«

Davanal verzog das Gesicht. »Oh, klar. Aber ich habe... Ich wollte einfach testen, was möglich ist. Das habe ich mein Leben lang getan. Es ist mir zur zweiten Natur geworden.«

»Unter normalen Umständen ist dagegen nichts einzuwenden. Aber bei Mordermittlungen ist das keine gute Idee.«

Felicia betrachtete ihn nachdenklich. »Sie sind ein ungewöhnlicher Polizeibeamter«, sagte sie dann. »Sie haben etwas an sich – ich weiß nur nicht, was –, das ganz anders ist... und mich neugierig macht.« Bei diesen Worten lächelte sie zum erstenmal – ein geheimnisvolles kleines Lächeln, in dem eine Andeutung von Sinnlichkeit lag.

»Wenn Sie nichts dagegen haben«, antwortete er nüchtern, »möchte ich Ihnen noch ein paar Fragen stellen.«

Sie seufzte. »Also gut, wenn Sie müssen.«

»Wer ist heute morgen um halb acht, als Sie die Leiche Ihres Mannes aufgefunden haben, und letzte Nacht außer Ihnen im Haus gewesen?«

»Lassen Sie mich nachdenken.« Als sie diese und die nachfolgenden Fragen beantwortete, stellten sich weitere Tatsachen heraus.

Felicias Eltern, Theodore und Eugenia Davanal, die ebenfalls in diesem Haus lebten, waren im Augenblick in Italien. Theodore war das Oberhaupt des Familienclans, aber er hatte längst einen großen Teil seiner Verantwortung an Felicia abgegeben. Sein Kammerdiener und die Zofe seiner Frau, die ebenfalls im Haus wohnten, waren nach Italien mitgereist.

Der Patriarch der Familie war Wilhelm Davanal. Der Siebenundneunzigjährige hatte hier im Haus eine Dachgeschoßwohnung, in der ein Diener und seine Frau, die von Beruf Krankenschwester war, ihn umsorgten. »Großvater und das Ehepaar Vazquez sind ständig im Haus«, erläuterte Felicia, »aber wir bekommen die drei fast nie zu sehen.«

Nach Felicias Darstellung war Wilhelm Davanal senil, obwohl er lichte Augenblicke hatte, die jedoch zunehmend seltener wurden.

Humphrey Holdsworth, der Butler, wohnte mit seiner Frau, die Köchin war, ebenfalls im Haus. Die beiden Gärtner und der Chauffeur lebten mit ihren Familien außerhalb des Hauses in Apartments über der Garage.

Alle diese Leute, darüber war Ainslie sich im klaren, mußten befragt werden, ob sie letzte Nacht irgend etwas Verdächtiges gesehen oder gehört hatten.

»Sprechen wir noch einmal über die Entdeckung der Leiche Ihres Mannes«, sagte er zu Felicia. »Als die Polizei – Officer Navarro – gekommen ist, sind Sie in seinem Arbeitszimmer gewesen, nicht wahr?«

»Ja.« Sie zögerte. »Nun, nachdem ich Byron so aufgefunden hatte, bin ich hinausgelaufen und habe am Telefon in der Eingangshalle die Notrufnummer gewählt. Dann... ich weiß selbst keine rechte Erklärung dafür... hat mich irgend etwas dorthin zurückgezogen. Ich muß wohl eine Art Schock erlitten haben. Alles ist so plötzlich gekommen... und so schrecklich gewesen.«

»Das ist verständlich«, sagte Ainslie mitfühlend. »Beantworten Sie mir bitte folgende Frage: Haben Sie irgend etwas angefaßt, verändert oder bewegt, während Sie zweimal mit der Leiche Ihres Mannes allein gewesen sind?«

»Nein, nicht das geringste.« Felicia schüttelte den Kopf. »Mein Instinkt muß mir gesagt haben, daß ich das nicht darf. Außerdem habe ich mich einfach nicht dazu überwinden können, dicht an Byron oder den Schreibtisch heranzutreten...« Ihre Stimme wurde leiser und verstummte.

»Danke«, sagte Ainslie. »Im Augenblick habe ich keine weiteren Fragen.«

Felicia Maddox-Davanal stand auf, als ihre Befragung beendet war; sie hatte ihre Selbstbeherrschung offenbar wiedergewonnen.

»Ich bedaure, daß wir einen so schlechten Start gehabt

haben«, sagte sie. »Aber vielleicht können wir im Lauf der Zeit lernen, einander mehr zu mögen.« Sie streckte unerwartet eine Hand aus, berührte leicht Ainslies Rechte und ließ ihre Finger sekundenlang auf ihr ruhen. Dann wandte sie sich ab und war im nächsten Augenblick verschwunden.

Malcolm Ainslie, der allein im Salon zurückgeblieben war, benutzte sein Kombigerät, um zwei Telefongespräche zu führen. Danach ging er in Byron Maddox-Davanals Arbeitszimmer zurück, in dem jetzt reger Betrieb herrschte. Die Spurensicherung war eingetroffen und bei der Arbeit, während die Gerichtsmedizinerin Sandra Sanchez den Toten untersuchte. Staatsanwalt Curzon Knowles, mit dem Ainslie im Fall Elroy Doil zusammengearbeitet hatte, beobachtete alles, stellte Fragen und machte sich Notizen.

Ainslie sah, daß es draußen zu regnen begonnen hatte, aber Rodriguez versicherte ihm: »Wir haben die Spuren rechtzeitig fotografiert und auch gute Gipsabdrücke gemacht.« Jetzt wurden die Schuhspuren hinter dem Samtvorhang fotografiert; danach würde der Schmutz abgekratzt und zu Vergleichszwecken sichergestellt werden. Gleichzeitig ging die Suche nach Fingerabdrücken weiter.

Ainslie nahm Jorge beiseite, schilderte ihm sein Gespräch mit Felicia Maddox-Davanal und diktierte ihm die Namen aller Haushaltsangehörigen, die befragt werden mußten. »Ich habe Pop Garcia herbestellt«, erklärte er Jorge. »Er arbeitet mit Ihnen zusammen, führt Befragungen durch und ist Ihnen ganz allgemein behilflich. Ich muß jetzt weg.«

»Schon?« fragte Jorge erstaunt.

»Ich möchte mit jemandem sprechen«, sagte Ainslie. »Mit jemandem, der viel über alte Familien weiß – auch über diese. Vielleicht ergibt sich dabei ein Hinweis.«

8

Ihr Name war legendär. Zu ihrer Zeit hatte sie als beste Kriminalreporterin Amerikas gegolten, deren Ruf weit über ihre Leserschaft in Florida hinausreichte, für die sie aus Miami berichtete. Was Menschen und Ereignisse betraf, war sie ein wandelndes Lexikon – nicht nur in bezug auf Verbrecher, sondern auch auf Politiker, Geschäftsleute und sonstige Angehörige der Oberschicht Miamis, weil Verbrechen und diese Bereiche miteinander zu tun hatten. Jetzt lebte sie halb im Ruhestand, was bedeutete, daß sie gelegentlich ein Buch schrieb, das bereitwillig verlegt und gekauft wurde, obwohl sie in letzter Zeit weniger schrieb und lieber dasaß und ihren Erinnerungen nachhing oder mit ihren Hunden spielte – sie hatte drei Pekinesen, die Able, Baker und Charlie hießen. Aber ihr Verstand und ihr Gedächtnis waren scharf wie eh und je.

Sie hieß Beth Embry, und obwohl sie ihr Geburtsdatum sogar im *Who's Who in America* geheimhielt, mußte sie weit über Siebzig sein. Sie lebte in den Oakmont Tower Apartments in Miami Beach, mit Meerblick, und Malcolm Ainslie gehörte zu ihren zahlreichen Freunden.

Bei seinem zweiten Telefongespräch aus der Villa der Familie Davanal hatte er Beth gefragt, ob er sie besuchen dürfe. Jetzt empfing sie ihn an der Wohnungstür. »Ich weiß, warum du kommst; ich habe in den Morgennachrichten gesehen, wie du bei den Davanals aufgekreuzt bist. Du hast wieder mal eine Reporterin niedergemacht.«

»*Dich* habe ich nie niedergemacht«, protestierte er.

»Weil du Angst vor mir hattest.«

»Stimmt genau«, gab er zu. »Sogar noch heute.« Sie lachten, und er küßte sie auf die Wange, während Able, Baker und Charlie kläffend um sie herumtollten.

Obwohl Beth Embry nach herkömmlichen Maßstäben nie schön gewesen war, strahlte sie eine Vitalität aus, die sich in ihrem Mienenspiel und in jeder Bewegung zeigte. Sie war groß und schlank, trotz ihres Alters noch immer sportlich, und trug nie etwas anderes als Jeans und bunte Baumwollhemden – heute ein weiß-gelb kariertes.

Die beiden hatten sich vor zehn Jahren kennengelernt, als Beth als Reporterin an Tatorten aufkreuzte, an denen Ainslie ermittelte, und nach ihm zu fragen begann. Nach anfänglichem Mißtrauen entdeckte er, daß ihre Ideen und ihr Hintergrundwissen oft ebenso wertvoll waren wie die Informationen, die sie von ihm erhielt. Als sich zwischen ihnen ein Vertrauensverhältnis entwickelte, sorgte Ainslie dafür, daß Beth einige sensationelle Erstmeldungen landen konnte, weil er wußte, daß sie ihren Informanten geheimhalten würde. Gelegentlich kam er auf der Suche nach Informationen zu Beth, um ihren Rat einzuholen – so auch diesmal.

»Augenblick«, sagte sie jetzt. Sie sammelte die drei kläffenden Pekinesen ein, trug sie in ihr Schlafzimmer und machte die Tür hinter ihm zu.

»Ich habe gelesen, daß du bei Elroy Doils Hinrichtung gewesen bist«, sagte Beth, als sie zurückkam. »Wolltest du dich davon überzeugen, daß er seine gerechte Strafe bekommt?«

Ainslie schüttelte den Kopf. »Ich bin nicht freiwillig dabeigewesen. Doil wollte mit mir reden.«

Sie zog die Augenbrauen hoch. »Ein Geständnis im Angesicht des Todes? Rieche ich eine Story?«

»Vielleicht später. Jetzt noch nicht.«

»Ich schreibe noch immer gelegentlich. Versprichst du mir diese Story?«

Ainslie überlegte, dann sagte er: »Okay, falls ich damit befaßt bin, erfährst du irgendwelche Neuigkeiten als erste. Aber streng vertraulich.«

»Natürlich. Habe ich jemals nicht Wort gehalten?«

»Nein.« Aber bei Beth Embry ging es nie ohne ein gewisses Feilschen um Gegenleistungen ab.

Die Erwähnung Doils erinnerte Ainslie daran, daß Ruby Bowe

inzwischen ihre Nachforschungen begonnen haben mußte. Er konnte nur hoffen, daß es ihnen gelingen würde, diesen neuen Mordfall rasch aufzuklären. Zunächst fragte er Beth: »Reden wir jetzt inoffiziell über die Davanals?«

»Ohne Quellenangabe, okay?« schlug sie statt dessen vor. »Ich schreibe wie gesagt nicht mehr viel – die jungen Kriminalreporter sind ziemlich gut –, aber manchmal juckt's mich doch wieder, und besonders die Davanals sind ein Thema, das mich reizen könnte.«

»Weißt du viel über sie? Okay, ohne Quellenangabe.«

»Die Davanals sind ein Teil unserer Geschichte. Und Byron Maddox-Davanal, wie er sich hat nennen müssen, ist eine traurige Gestalt gewesen. Mich wundert's nicht, daß er ermordet worden ist; mich hätte's nicht gewundert, wenn er Selbstmord begangen hätte. Habt ihr schon einen Verdächtigen?«

»Noch nicht. Bisher sieht's nach einem fremden Täter aus. Warum ist Byron eine traurige Gestalt gewesen?«

»Weil er die schmerzliche Wahrheit ›Der Mensch lebt nicht vom Brot allein‹, selbst wenn dick Butter drauf ist, am eigenen Leib erfahren hat.« Beth lachte. »Kommt dir das irgendwie bekannt vor?«

»Klar. Allerdings gibt's dafür mehrere Quellen – vom fünften Buch Mose bis hin zu Matthäus und Lukas.«

»Hey, ich bin beeindruckt! Anscheinend hat das Priesterseminar dich fürs Leben geprägt. Glaubst du, daß du irgendwann als Geistlicher wiedergeboren wirst?« Beth, die regelmäßig zur Kirche ging, ließ keine Gelegenheit aus, Ainslie wegen seiner Vergangenheit zu necken.

»Dir halte ich auch die andere Wange hin«, sagte Ainslie lächelnd. »Das steht ebenfalls bei Matthäus und Lukas. Aber jetzt will ich alles über Byron hören.«

»Okay. Anfangs ist er die große Hoffnung der Familie gewesen und sollte eine neue Generation Davanals zeugen; darum hat er seinen Namen ändern müssen, als er Felicia geheiratet hat. Sie ist ein Einzelkind, und wenn sie kinderlos bleibt, was in ihrem

Alter wahrscheinlich ist, stirbt die Dynastie Davanal mit ihr aus. Nun, Byron hat sein Sperma großzügig in ganz Miami verteilt und wohl auch Felicia etwas davon abgegeben, aber es scheint nicht angeschlagen zu haben.«

»Wie ich gehört habe, hat er auch in den Familienunternehmen erfolglos mitgewirkt.«

»Byron ist eine Niete gewesen. Aber ich nehme an, daß Felicia dir davon erzählt hat – und von seiner Apanage, die er fürs Nichtstun bezogen hat.«

»Ja.«

»Das erzählt sie jedem. Durch ihre Verachtung ist sein Leben noch leerer und sinnloser geworden.«

»Traust du Felicia zu, ihren Mann ermordet zu haben?«

»Traust *du* ihr das zu?«

»Im Augenblick nicht.«

Beth schüttelte nachdrücklich den Kopf. »Sie hätte ihn nie umgebracht. Erstens ist Felicia zu klug, um etwas so Dummes zu tun. Zweitens ist Byron für sie nützlich gewesen.«

Ainslie erinnerte sich an Felicias Aussage: *Unser Arrangement hat beide zufriedengestellt... unsere Ehe hat mir eine Art Freiheit gegeben.*

Welche »Freiheit« sie gemeint hatte, war nicht schwer zu erraten.

Beth musterte ihn prüfend. »Na, hast du's begriffen? Solange sie mit Byron verheiratet gewesen ist, hat sie niemals befürchten müssen, einer ihrer vielen Männer könnte den Kopf verlieren und sie unbedingt heiraten wollen.«

»Einer ihrer vielen Männer?«

Beth warf ihren Kopf in den Nacken und lachte schallend. »Unzählige! Felicia *verschlingt* Männer. Aber sie wird ihrer rasch überdrüssig, stößt sie wieder ab. Hat einer sie allzusehr bedrängt, war ihre Antwort: ›Danke, ich bin schon verheiratet.‹«

Sie betrachtete Ainslie nochmals forschend. »Hat Felicia dir Avancen gemacht?... *Sie hat's getan!* Mein Gott, Malcolm, du wirst ja rot!«

Er schüttelte den Kopf. »Es hat nur einen Augenblick gedauert, und ich hab's mir wahrscheinlich bloß eingebildet.«

»Das glaube ich nicht, mein Freund, und wenn du ihr gefallen hast, versucht sie's bestimmt wieder. Aber laß dich warnen – Felicias Honig mag süß sein, aber sie ist eine Bienenkönigin, die stechen kann.«

»Du hast von der Dynastie Davanal gesprochen. Wie alt ist sie?«

Beth überlegte. »Ihre Geschichte in Amerika beginnt kurz vor der Jahrhundertwende – 1898, wenn ich mich recht erinnere. Ich habe mal ein Buch über die Familie gelesen. Simon Davanal und seine Frau Maria sind aus dem damals noch deutschen Oberschlesien eingewandert. Er hat ein bißchen Geld gehabt, nicht viel, und damit ein Geschäft für Haushaltswaren aufgemacht. Bis zu seinem Tod war daraus Davanal's Department Store geworden: der Grundstock des Familienvermögens. Simon und Maria haben einen Sohn gehabt – Wilhelm Davanal.«

»Der nur noch dahinvegetiert, nicht wahr?«

»Das klingt wieder nach Felicia. Wilhelm ist seit vielen Jahren Witwer, aber trotz seiner siebenundneunzig Jahre noch immer hellwach. Wie man hört, entgeht ihm nicht viel von dem, was in dem großen alten Haus passiert. Du solltest unbedingt mit ihm reden.«

Senil, hatte Felicia behauptet. »Ja, das tue ich.«

»Jedenfalls«, fuhr Beth fort, »ist die Familie mit jeder Generation reicher geworden. Das gilt auch für Theodore und Eugenia Davanal, die beide Tyrannen sind.«

»Die Davanals scheinen überhaupt alle Tyrannen zu sein.«

»Nicht unbedingt. Schuld daran ist nur der Stolz, von dem sie alle beherrscht werden.«

»Stolz worauf?«

»Alles. Ihr öffentliches Erscheinungsbild ist ihnen schon immer sehr wichtig gewesen. Ihr Auftreten muß untadelig sein, damit sie als hochwertige, sogar perfekte Menschen dastehen. Und etwa vorhandene schmutzige kleine Geheimnisse werden so tief vergraben, daß sogar du als Detective-Sergeant Mühe hättest, sie zu finden.«

»Was du mir erzählt hast«, sagte Ainslie, »beweist aber, daß Felicia sich nicht immer untadelig benimmt.«

»Das kommt daher, daß sie eine moderne Frau ist. Trotzdem hat sie ihren Stolz und muß außerdem spuren, weil das Familienvermögen noch in Theodores und Eugenias Händen ist. Wegen der Sache mit Byron hat sie Krach mit ihren Eltern gehabt. Kein Außenstehender sollte erfahren, daß ihre Ehe gescheitert war; deshalb hat Byron seine Apanage bekommen – als eine Art Schweigegeld. Und ihren Eltern ist's egal, was für ein Leben Felicia führt, solange sie es gut verbirgt.«

»Ist es wirklich gut verborgen?«

»Nach Theodores und Eugenias Meinung nicht gut genug. Wie ich gehört habe, hat's einen Familienkrach und ein Ultimatum gegeben: Sollte Felicia durch eine ihrer Eskapaden den Familiennamen diskreditieren, will man ihr die Fernsehstation wegnehmen, die sie so liebt.«

Im weiteren Verlauf ihres Gesprächs erzählte auch Ainslie nähere Einzelheiten über den Mordfall Maddox-Davanal. Als sie dann beide aufstanden, sagte er: »Vielen Dank, Beth. Ich nehme wie immer vieles mit, über das sich nachzudenken lohnt.«

Able, Baker und Charlie, die wieder aus ihrem Gefängnis befreit wurden, tollten aufgeregt kläffend um ihn herum, als er ging.

Als Malcolm Ainslie in die Villa der Davanals zurückkam, wurden eben die sterblichen Überreste Byron Maddox-Davanals in einem Leichensack abtransportiert – zur Autopsie in der Dade County Morgue. Dr. Sandra Sanchez, die schon weggefahren war, hatte die Vermutung geäußert, sein Tod sei zwischen fünf und sechs Uhr morgens eingetreten – etwa zwei Stunden vor dem Anruf, mit dem Felicia Maddox-Davanal den Leichenfund gemeldet hatte.

Im Arbeitszimmer war die bisherige Aktivität etwas abgeklungen, aber Julio Verona, der Chef der Spurensicherung, war noch auf der Suche nach Beweismaterial. Zu Ainslie sagte er: »Ich möchte Ihnen etwas zeigen, sobald Sie einen Augenblick Zeit haben.«

»Okay, Julio.« Als erstes ging Ainslie jedoch zu Jorge Rodriguez und José »Pop« Garcia und fragte seine Kriminalbeamten: »Was gibt's Neues?«

Jorge nickte grinsend zu Garcia hinüber. »Er hält den Butler für den Täter.«

»*Sehr* witzig!« sagte Pop Garcia mürrisch. Ainslie erklärte: »Ich traue diesem Holdsworth nicht, das ist alles. Ich habe ihn vernommen, und mein Instinkt sagt mir, daß er lügt.«

»In welcher Beziehung?«

»In jeder Beziehung – daß er keinen Schuß oder irgendwelche Geräusche gehört hat, obwohl er hier unten im Erdgeschoß wohnt, und nicht am Tatort gewesen ist, bevor die Ehefrau des Toten ihn verständigt hat, *nachdem* sie neun-eins-eins angerufen hatte. Er weiß mehr, als er zugibt; darauf würde ich meinen Kopf verwetten.«

»Haben Sie ihn überprüft?« fragte Ainslie.

»Natürlich. Er ist nach wie vor britischer Staatsbürger; er lebt seit fünfzehn Jahren mit einer Green Card in Amerika und ist nie irgendwie aufgefallen. Ich habe die Einwanderungsbehörde in Miami angerufen; sie hat eine Akte über Holdsworth.«

»Irgendwas Brauchbares?«

»Nun, das ist nicht wirklich wichtig, aber Holdsworth ist in England vorbestraft und hat das clevererweise angegeben, als er seine Green Card beantragt hat. Das wäre rausgekommen, wenn er's nicht zugegeben hätte, aber die Sache ist eine Bagatelle gewesen.«

»Nämlich?«

»Als Achtzehnjähriger – vor dreiunddreißig Jahren – hat er vom Rücksitz eines Autos ein Fernglas geklaut. Ein Polizeibeamter hat ihn dabei erwischt und verhaftet; Holdsworth hat sich schuldig bekannt und ist als Ersttäter mit einer Bewährungsstrafe davongekommen. Der Mann von der Einwanderungsbehörde hat mir erklärt, daß solche lange zurückliegenden Verfehlungen kein Hindernis für die Ausstellung einer Green Card sind, wenn sie ehrlich angegeben werden. Ich hab' damit meine Zeit vergeudet, nehme ich an.«

Ainslie schüttelte den Kopf. »Die ist nie vergeudet. Heben Sie sich Ihre Notizen auf, Pop. Was ist bei den übrigen Befragungen rausgekommen?«

»Nicht viel«, antwortete Jorge. »Zwei Personen – die Frau des Chauffeurs und einer der Gärtner – glauben jetzt, einen Schuß gehört zu haben, haben ihn aber für eine Fehlzündung gehalten. Einen Zeitpunkt können sie nicht angeben; sie wissen nur, daß es draußen noch dunkel gewesen ist.«

»Hat schon jemand mit dem Alten gesprochen – mit Wilhelm Davanal?«

»Nein.«

»Gut, das übernehme ich selbst«, entschied Ainslie.

Er ging gemeinsam mit Garcia und Rodriguez zu Julio Verona hinüber.

»Sehen Sie sich diese Uhr hier an«, sagte Verona. Er zog Latexhandschuhe an, öffnete einen Plastikbeutel und zog eine kleine goldene Uhr heraus, die er auf Byron Maddox-Davanals Schreibtisch stellte. »Sie hat genau hier gestanden«, erläuterte er. »Das sieht man auf diesem Foto.« Er zeigte Ainslie eine Polaroidaufnahme.

»Auf der Rückseite der Uhr«, fuhr Verona fort, »ist Blut zu erkennen – für eine so kleine Fläche ziemlich viel Blut. *Aber...*«, er machte eine Pause, um seiner Feststellung Nachdruck zu verleihen, »...wenn wir annehmen, daß dieses Blut von dem Toten stammt, kann es unmöglich auf die *Rückseite* einer weit von ihm entfernt auf dem Schreibtisch stehenden Uhr gelangt sein.«

»Welche Theorie haben Sie also?« fragte Ainslie.

»Bei der Tat oder gleich danach ist die Uhr vom Schreibtisch ins Blut auf dem Fußboden gefallen. Später hat jemand – vielleicht der Mörder – sie aufgehoben und an ihren Platz zurückgestellt. Dort hat sie sich befunden, bis meine Leute dieses Foto gemacht haben.«

»Fingerabdrücke?«

»Klar – sogar recht gute. Alle stammen offenbar von einer Person, zwei davon sind blutig.«

»Finden Sie also eine Übereinstimmung«, meinte José Garcia aufgeregt, »haben wir unseren Killer!«

Verona zuckte mit den Schultern. »Das müßt ihr entscheiden, Leute – aber wer diese Abdrücke hinterlassen hat, sollte in die Mangel genommen werden, finde ich. Wir sind dabei, sie mit den gespeicherten Abdrücken zu vergleichen, und das Ergebnis müßte bis morgen früh vorliegen. Ob das Blut an der Uhr von dem Ermordeten stammt, wissen wir dann übermorgen.« Er machte eine Pause. »Ich wollte Ihnen übrigens noch etwas zeigen... Dort drüben.«

Der Chef der Spurensicherung ging zu einem Wandschrank aus polierter Eiche. »Der ist abgesperrt gewesen, aber wir haben in einer Schublade des Schreibtischs einen Schlüsselbund gefunden.« Er öffnete die Tür und zeigte Ainslie das mit rotem Filz ausgekleidete Schrankinnere, das Schußwaffen enthielt. Eine Schrotflinte der Marke Browning, eine halbautomatische Bockbüchse der Marke Winchester und ein Schnellfeuergewehr Kaliber 22 der Marke Grossmann standen durch Metallklammern gehalten senkrecht darin. Daneben ruhte auf mehreren Metallhalterungen eine Glock, eine 9-mm-Pistole. Leere Halterungen über ihr ließen erkennen, daß dort eine Handfeuerwaffe fehlte.

Unten im Schrankinnern waren mehrere Schubfächer eingebaut. Verona zog zwei davon auf. »Maddox-Davanal ist offenbar ein begeisterter Schütze gewesen, und hier liegt reichlich Munition für die Schrotflinte, die beiden Gewehre und die Glock, in der übrigens ein volles Magazin steckt. Außerdem steht hier eine Schachtel mit Hohlspitzenpatronen Kaliber 357 Magnum.«

»Munition, für die's keine Handfeuerwaffe gibt«, stellte Ainslie fest.

»Richtig. Die Waffe, die hier fehlt, könnte eine Pistole Kaliber 357 Magnum sein.«

Ainslie überlegte. »Wahrscheinlich sind diese Waffen auf Maddox-Davanals Namen angemeldet. Hat das schon jemand überprüft?«

»Noch nicht«, sagte Verona.

»Okay, dann wollen wir mal.« Ainslie rief mit dem Kombigerät die Mordkommission an. Sergeant Pablo Greene meldete sich.

»Tust du mir einen Gefallen, Pablo, und setzt dich an einen Computer?« fragte Ainslie. »Es geht um eine Anfrage beim Dade County Firearms Register.« Einige Minuten später fuhr er fort: »Name: Maddox-Davanal, Vorname: Byron... Ja, wir sind noch dort... Mich interessiert, ob irgendwelche Waffen auf ihn eingetragen sind.«

Während Ainslie warten mußte, fragte er Verona: »Sind hier am Tatort Geschosse gefunden worden?«

Der Chef der Spurensicherung nickte. »Yeah, eines – an der Fußbodenleiste hinter dem Schreibtisch. Anscheinend hat es den Schädel durchschlagen und ist von der Wand abgeprallt und dort liegengeblieben. Es ist ziemlich verformt, aber es könnte ein Kaliber 357 Magnum sein.«

Ainslie sprach wieder in sein Gerät. »Okay, Pablo, ich höre.« Er machte sich dabei Notizen. »Die haben wir!... Yeah, das paßt... Das haben wir auch... Und die ebenfalls... Ah! Bitte noch mal... Ja, ich schreibe mit... Und das war alles, stimmt's... Danke, Pablo.«

Er schaltete das Gerät aus und erklärte den anderen: »Alle diese Waffen sind auf Maddox-Davanal eingetragen. Außerdem hat er einen Revolver Smith & Wesson Kaliber 357 Magnum angemeldet, der hier fehlt.«

Die vier Männer standen schweigend da und dachten über die möglichen Konsequenzen nach.

»Habt ihr auch das Gefühl, Jungs«, fragte Garcia, »daß alles auf einen Insider hinweist, falls der verschwundene Revolver die Tatwaffe gewesen ist?«

»Schon möglich«, gab Jorge zu. »Aber wer die Fußabdrücke dort draußen hinterlassen und dann die Terrassentür aufgebrochen hat, könnte sich die Waffe besorgt haben, bevor er sich versteckt hat.«

»Aber woher hat er gewußt, daß hier die Waffen zu finden sind und wo der Schlüssel zum Waffenschrank liegt?« fragte Garcia.

»Maddox-Davanal kann Freunde gehabt haben, die darüber Bescheid wissen«, sagte Ainslie. »Sportschützen reden viel und geben gern mit ihren Waffen an. Noch etwas: Julio sagt, daß in der Glock ein volles Magazin steckt – also ist der Smith & Wesson vermutlich ebenfalls geladen gewesen.«

»Und schußbereit«, fügte Garcia hinzu.

»Ich denke auch an einen Insider, José«, sagte Ainslie, »aber wir wollen uns nicht vorzeitig festlegen.«

»Übrigens noch etwas«, fügte Verona hinzu. »Wir haben in diesem Raum ziemlich viele Fingerabdrücke sichergestellt und bräuchten zu Vergleichszwecken die Abdrücke aller Hausbewohner, die normalerweise hier zu tun haben.«

»Das übernehme ich«, sagte Jorge Rodriguez.

»Denken Sie vor allem an Holdsworth«, wies Ainslie ihn an. »Und natürlich an Mrs. Davanal.«

An diesem Abend und am folgenden Morgen war »Der blutige Mord bei den superreichen Davanals«, wie eine Schlagzeile lautete, der Aufmacher in Presse, Rundfunk und Fernsehen – teilweise auch überregional. Die meisten Berichte zitierten aus dem Interview, das Felicia Maddox-Davanal der familieneigenen Fernsehstation WBEQ gegeben und in dem sie von »der brutalen Ermordung meines Ehemanns« gesprochen hatte. Auf die Frage, ob die Ermittler schon eine bestimmte Spur verfolgten, hatte sie geantwortet: »Ich weiß nicht, ob sie überhaupt dazu in der Lage sind. Sie wirken völlig konfus.« Sie kündigte an, die Familie werde eine Belohnung für die Ergreifung des Täters aussetzen, sobald – wie sie es ausdrückte –»mein Vater aus Italien zurück ist, wo er, unter schwerem Schock stehend, sein Hotel nicht verlassen kann«.

Der Mailänder Associated-Press-Korrespondent, der erfolglos versucht hatte, Theodore Davanal einen Tag nach dem Tod seines Schwiegersohns zu interviewen, berichtete jedoch, das Ehepaar Davanal habe sich mit Freunden in dem Luxusrestaurant L'Albereta di Gualtiero Marchesi zum Lunch getroffen und sei offenbar glänzend gelaunt gewesen.

Unterdessen gingen die Ermittlungen der Mordkommission in der Villa an der Brickell Avenue weiter. Am zweiten Tag kamen Malcolm Ainslie, Jorge Rodriguez und José Garcia um zehn Uhr in Maddox-Davanals Arbeitszimmer zusammen.

Jorge berichtete, das in Frage kommende Hauspersonal habe sich freiwillig die Fingerabdrücke abnehmen lassen. »Aber bei Mrs. Davanal bin ich abgeblitzt; sie hat einfach gesagt, sie denke nicht daran, sich im eigenen Haus ihre Fingerabdrücke abnehmen zu lassen.« Auch der Butler Holdsworth hatte seine Fingerabdrücke verweigert.

»Das ist ihr gutes Recht«, murmelte Ainslie. »Aber die Abdrücke des Butlers hätten mich schon interessiert.«

»Ich kann versuchen, sie ohne sein Wissen zu beschaffen«, erbot Jorge sich. Kriminalbeamte griffen oft zu diesem Trick, obwohl er offiziell mißbilligt wurde.

»Das wäre in diesem Haus zu riskant.« Ainslie fragte Garcia: »Haben Sie nicht gesagt, Holdsworth sei in England verurteilt worden?«

»Ja, aber er ist auf Bewährung freigekommen.«

»Dann sind seine Fingerabdrücke noch registriert.«

»Nach dreiunddreißig Jahren?« fragte Garcia zweifelnd.

»Die Briten sind gründlich; sie haben seine Abdrücke bestimmt noch. Rufen Sie Ihren Mann bei der Einwanderungsbehörde an, damit er sich diese alten Fingerabdrücke schnellstens per Computer übermitteln läßt.«

»Wird sofort erledigt.« Garcia nickte eifrig, ging in eine Ecke des Arbeitszimmers und sprach in sein Kombigerät.

»Na, hoffentlich wird er fündig«, sagte Julio Verona, der eben hereingekommen war. »Die Fingerabdrücke an der Uhr sind eine Sackgasse gewesen. Keine Entsprechung bei uns oder beim FBI.« Er machte eine Pause. »Übrigens noch etwas: Dr. Sanchez möchte einen von Ihnen im Leichenschauhaus sprechen.«

Jorge sah zu Ainslie hinüber, der entschied: »Wir fahren gemeinsam hin.«

»Dieser Todesfall Maddox-Davanal hat irgendwas Merkwürdiges an sich, das nicht zusammenpaßt.« Sandra Sanchez saß in ihrem Büro im ersten Stock der Dade County Morgue in der Northwest Tenth Avenue an ihrem mit Papieren überhäuften Schreibtisch. Vor der Gerichtsmedizinerin lag ein Zettel mit handschriftlichen Notizen.

»Was paßt nicht zusammen, Doktor?« fragte Jorge.

Sanchez zögerte, dann antwortete sie: »Die Spuren und die Mordtheorie, die ich bisher von euch gehört habe. Eigentlich geht mich das nichts an. Ich soll Ihnen nur die Todesursache mitteilen...«

»Aber Sie tun meist mehr, und dafür sind wir Ihnen alle dankbar«, versicherte Ainslie ihr.

»Nun, es geht um die Schußbahn, Malcolm – schwer zu verfolgen, weil ein großer Teil des Schädels fehlt. Aber unsere Röntgenaufnahmen zeigen, daß die Kugel offenbar in die rechte Wange, dann durchs rechte Auge nach oben ins Gehirn gedrungen ist und bei ihrem Austritt das Schädeldach zertrümmert hat.«

»Klingt ziemlich tödlich«, meinte Jorge. »Was soll daran falsch sein?«

»Falsch ist daran, daß jemand, der ihn so hätte erschießen wollen, ihm den Revolver praktisch unter die Nase hätte halten müssen, um aus nächster Nähe abzudrücken.«

»Kann das Ganze nicht so schnell und unerwartet abgelaufen sein«, fragte Jorge, »daß er gar nicht mitgekriegt hat, was passiert ist?«

»Ja, das wäre denkbar, aber nicht gerade wahrscheinlich. Und es würde zwei Fragen aufwerfen. Erstens: Wozu sollte der Schütze unnötig viel riskieren, indem er nahe an einen sportlichen Kerl wie Davanal herangeht? Zweitens: Auch bei einem überraschenden Angriff hätte das Opfer instinktiv reagiert, sich sogar gewehrt, aber davon ist nichts festzustellen.«

»Als wir uns den Toten zum erstenmal angesehen haben, haben Sie darauf hingewiesen, daß es anscheinend keinen Kampf gegeben hat«, erinnerte Ainslie Jorge. Dr. Sanchez fragte er: »Woran denken Sie noch? Ich weiß, daß Sie eine Idee haben.«

»Ja, eine einfache Frage. Haben Sie daran gedacht, daß es sich um Selbstmord handeln könnte?«

Ainslie antwortete nicht gleich. »Nein, das haben wir nicht.«

»Aus sehr guten Gründen«, warf Jorge ein. »Die Terrassentür ist aufgebrochen worden, und wir haben Fußabdrücke, aber keinen Revolver gefunden, der bei einem Selbstmord noch dagelegen hätte…«

»Detective«, unterbrach Sanchez ihn, »mein Gehör ist noch ziemlich gut, und wie ich eingangs erwähnt habe, bin ich eine Stunde lang am Tatort gewesen und habe zugehört.«

Jorge wirkte verlegen. »Entschuldigung, Doktor; ich werde über Ihre Fragen nachdenken. Aber noch etwas anderes – an der Schußhand von Selbstmördern sind immer Pulverschmauchspuren festzustellen. Auch in diesem Fall?«

»Nein«, antwortete Sandra Sanchez, »obwohl ich mir beide Hände vor der Autopsie genau angesehen habe. Aber wer etwas von Schußwaffen versteht, kann Schmauchspuren abwaschen. Das wirft eine weitere Frage auf, über die Sie nachdenken sollten, Malcolm: Ist es denkbar, daß alle sonstigen Spuren gefälscht worden sind?«

»Ja, das *ist* denkbar«, gab Ainslie zu, »und nach allem, was ich von Ihnen erfahren habe, werden wir sie uns noch einmal ansehen.«

»Gut.« Dr. Sanchez nickte zustimmend. »Ich stufe den Tod inzwischen als ›ungeklärt‹ ein.«

9

Zu den Anrufen, die für Malcolm Ainslie während seiner Abwesenheit vom Schreibtisch eingegangen waren, gehörte einer von Beth Embry. Sie hatte keinen Namen angegeben, aber er erkannte ihre Telefonnummer und rief sofort zurück.

»Ich habe einige meiner alten Quellen angezapft«, erklärte sie ihm ohne Vorrede, »und zwei Tatsachen über Byron Maddox-Davanal erfahren, die dich interessieren dürften.«

»Beth, du bist ein Schatz! Was hast du für mich?«

»Der Kerl hat in großen finanziellen Schwierigkeiten gesteckt – sogar in sehr großen. Außerdem hat er einer jungen Frau ein Kind gemacht, und ihr Anwalt ist wegen Unterhaltszahlungen hinter Byron hergewesen – ersatzweise hinter der Familie Davanal.«

Ainslie holte tief Luft. »Das klingt allerdings verdammt nach Schwierigkeiten«, antwortete er. »Und ich denke gerade an etwas, das du bei meinem Besuch gesagt hast – daß es dich nicht wundern würde, wenn Byron Selbsmord verübt hätte.«

»Sieht's danach aus?« fragte Beth überrascht.

»Das ist eine Möglichkeit, allerdings vorerst noch nicht mehr. Erzähl mir von seinen finanziellen Schwierigkeiten.«

»Spielschulden. Byron hat hohe Schulden bei der hiesigen Unterwelt gehabt. Über zwei Millionen Dollar. Die Mafia hat ihm gedroht, sich an Theodore Davanal zu wenden.«

»Der ihr keinen Cent gezahlt hätte.«

»Oder vielleicht doch. Wer einen steilen Aufstieg wie die Davanals hinter sich hat, hat auch einiges zu verbergen, von dem die Mafia bestimmt weiß. Aber mit Byrons luxuriösem Drohnendasein wär's vorbei gewesen, wenn Theodore sie hätte auszahlen müssen.«

Ainslie bedankte sich erneut bei Beth und versprach ihr, sie auf dem laufenden zu halten.

Jorge war an seinen Schreibtisch neben Ainslies zurückgekehrt. »Was ist mit dieser Selbstmordtheorie? Nehmen Sie die ernst?«

»Ich nehme Sandra Sanchez ernst. Und die Theorie ist eben plausibler geworden.« Ainslie berichtete von seinem Gespräch mit Beth Embry.

Jorge stieß einen leisen Pfiff aus. »Stimmt das alles, hat die Davanal gelogen. Ich hab' sie im Fernsehen gesehen – sie hat von dem ›brutalen Mord an meinem Ehemann‹ gesprochen. Was will sie also verbergen?«

Eine mögliche Antwort kannte Ainslie bereits. Sie hing mit etwas zusammen, das Beth Embry bei seinem Besuch erwähnt hatte, und bestand aus einem einzigen Wort: *Stolz*. Und über die Familie Davanal hatte Beth gesagt: *Ihr Auftreten muß untadelig sein, damit sie als hochwertige, sogar perfekte Menschen dastehen.*

»Vernehmen wir Mrs. Davanal noch mal?« fragte Jorge.

»Ja, aber nicht gleich. Wir forschen erst mal weiter.«

An diesem Mittwoch übergab das Dade County Coroner's Department die Leiche Byron Maddox-Davanals seiner Ehefrau Felicia, die bekanntgeben ließ, der Trauergottesdienst für ihren verstorbenen Ehemann mit anschließender Beerdigung werde am Freitag stattfinden.

Am Donnerstag war der Haushalt der Davanals überwiegend mit den Vorbereitungen für die Beisetzung beschäftigt, und die Beamten der Mordkommission machten sich rücksichtsvollerweise rar. Malcolm Ainslie fuhr jedoch mit dem Lift in den zweiten Stock der Villa hinauf, um das Ehepaar Vazquez kennenzulernen, das den Patriarchen Wilhelm Davanal versorgte. Er traf die beiden in ihrer Dachgeschoßwohnung an. Sie waren freundlich und hilfsbereit und hatten ihren Schutzbefohlenen offensichtlich gern. Natürlich hatten sie von der Ermordung Byrons gehört und waren schockiert. Auch »Mr. Wilhelm« wußte davon, würde aber nicht zur Beerdigung kommen, weil das zu anstrengend für ihn gewesen wäre. Ainslie konnte ihn bei diesem Besuch leider nicht kennenlernen, weil Mr. Wilhelm schlief.

Karina Vazquez, von Beruf Krankenschwester und eine zuverlässige, mütterliche Frau Mitte Fünfzig, erklärte ihm: »Der alte Gentleman hat nicht mehr viel Kraft und schläft vor allem tagsüber viel. Aber wenn er wach ist, hat er – im Gegensatz zu dem, was seine Angehörigen wahrscheinlich behaupten – seine fünf Sinne so gut beieinander wie Sie oder ich.«

Ihr Mann Francesco fügte hinzu: »Manchmal kommt Mr. Wilhelm mir wie eine hochwertige alte Uhr vor. Sie bleibt irgendwann stehen, aber bis dahin funktioniert ihr Werk tadellos.«

»Hoffentlich kann man das später auch von mir behaupten«, sagte Ainslie. Er fuhr fort: »Glauben Sie, daß der alte Gentleman mir irgend etwas über den Todesfall sagen kann?«

»Das würde mich nicht wundern«, antwortete Mrs. Vazquez. »Was Angelegenheiten der Familie betrifft, ist er immer auf dem laufenden, aber er behält sein Wissen für sich, und Francesco und ich fragen ihn nicht aus. Ich weiß, daß Mr. Wilhelm nachts oft wach liegt, deshalb könnte er etwas gehört haben. Aber wir haben nicht mit ihm darüber gesprochen, also müßten Sie ihn selbst fragen.«

Ainslie bedankte sich und vereinbarte mit dem Ehepaar, daß er ein andermal zurückkommen würde.

Obwohl Felicia nicht viel Zeit für die Vorbereitungen hatte, tat sie ihr Bestes, um ihrem verstorbenen Mann eine großartige Beerdigung auszurichten. Der Trauergottesdienst fand in der geräumigen St. Paul's Episcopal Church in Coral Gables statt. Angekündigt wurde er durch eilige Pressemitteilungen und in den Abendnachrichten der Fernsehstation WBEQ. Die Häuser der Warenhauskette Davanal's im Großraum Miami blieben für drei Stunden geschlossen, damit die Angestellten am Gottesdienst teilnehmen konnten; intern wurde bekanntgemacht, die Namen aller Mitarbeiter, die diese Zeit anders nutzten, würden notiert. Die Kirche war überfüllt, aber Theodore und Eugenia Davanal, die ihre Italienreise nicht abgebrochen hatten, glänzten durch Abwesenheit.

Auch Malcolm Ainslie, Jorge Rodriguez und José Garcia kamen zur Beerdigung – nicht als Trauergäste, sondern als Beobachter, um die Trauergemeinde unter die Lupe zu nehmen. Obwohl die Theorie, Byron Maddox-Davanal könnte Selbstmord verübt haben, neue Nahrung bekommen hatte, war bisher nicht auszuschließen, daß er ermordet worden war, und wie die Erfahrung zeigte, kam es vor, daß Mörder den morbiden Drang verspürten, bei der Beerdigung ihres Opfers dabeizusein.

Außer den Kriminalbeamten waren auch drei Personen von der Spurensicherung anwesend, die mit getarnten Kameras Fotos von Anwesenden und ihren Autokennzeichen machten.

Als die Kriminalbeamten am späten Nachmittag wieder an ihren Schreibtischen saßen, tauchte ein uniformierter Beamter der Einwanderungsbehörde auf, der zu Garcia wollte.

Sie schüttelten sich die Hand. »Ich wollte Ihnen das hier gleich vorbeibringen«, sagte der Mann von der Einwanderungsbehörde. Er übergab dem Kriminalbeamten einen Umschlag. »Das sind die gewünschten Fingerabdrücke. Sie sind vorhin als E-Mail aus London gekommen.«

»Wunderbar, vielen Dank!« sagte Garcia überschwenglich wie immer. Nachdem sie sich kurz unterhalten hatten, begleitete er den Besucher hinaus.

Detective Garcia wartete darauf, daß Ainslie ein Telefongespräch beendete, gab dann auf und ging zur Spurensicherung hinüber, um mit Julio Verona zu sprechen.

Zehn Minuten später kam Garcia sichtlich aufgeregt zurück. »Hey, Sergeant!« rief er schon von der Tür aus. »Ich hab' was für Sie – eine heiße Spur.«

Ainslie drehte sich auf seinem Drehstuhl um.

»Es geht um Holdsworth, diesen Hundesohn von einem Butler. Ich hab' gleich gewußt, daß er lügt! Die blutigen Fingerabdrücke auf der kleinen Schreibtischuhr sind *seine* – hundertprozentig. Und das Laborergebnis liegt inzwischen auch vor. Das auf der Rückseite der Uhr gefundene Blut ist mit dem des Ermordeten identisch.«

»Gut gemacht, Pop…« Ainslie wurde unterbrochen, als jemand von einem anderen Schreibtisch aus rief: »Anruf auf Leitung sieben für Sergeant Ainslie!«

Er machte Garcia ein Zeichen, einen Augenblick zu warten, nahm den Telefonhörer ab und meldete sich. »Hier ist Karina Vazquez, Sergeant«, sagte eine Frauenstimme. »Mr. Wilhelm ist wach und gern bereit, Sie zu empfangen. Er weiß etwas, glaube ich. Aber kommen Sie bitte schnell! Er kann jeden Augenblick wieder einschlafen.«

Ainslie seufzte, als er den Hörer auflegte. »Eine interessante Neuigkeit, José; damit müssen wir uns näher befassen. Aber ich muß mich erst um etwas anderes kümmern.«

Im zweiten Stock der Villa der Davanals führte Mrs. Vazquez Ainslie in ein geräumiges Schlafzimmer mit heller Eichenholztäfelung und großen Fenstern mit herrlicher Aussicht auf die Biscayne Bay. In einem großen Himmelbett mit Blick aufs Wasser ruhte eine von Kissen gestützte schmächtige, ausgezehrte Gestalt – Wilhelm Davanal.

»Das ist Mr. Ainslie«, meldete Mrs. Vazquez den Besucher an. »Er ist der Polizeibeamte, den Sie empfangen wollten, Mr. Wilhelm.« Dabei rückte sie einen Sessel neben sein Bett.

Der Greis nickte, deutete auf den Sessel und sagte leise: »Bitte nehmen Sie Platz.«

»Danke, Sir.« Als Ainslie sich setzte, fragte Vazquez hinter ihm: »Stört es Sie, wenn ich bleibe?«

»Nein, das ist mir nur recht.« Falls sich etwas Wichtiges ergab, konnte eine Zeugin nützlich sein.

Ainslie betrachtete den Siebenundneunzigjährigen.

Trotz seines hohen Alters und seiner Gebrechlichkeit war Wilhelm Davanal eine Patriziergestalt mit markanten, schmalen

Gesichtszügen. Sein schlohweißes Haar war schütter, aber ordentlich gescheitelt. Nur die losen Hautfalten an Wangen und Hals, seine wäßrigen Augen und die zitternden Hände verrieten, wie abgenutzt sein Körper nach fast einem Jahrhundert war.

»Schade um Byron.« Der Alte sprach so leise, daß Ainslie sich anstrengen mußte, um ihn zu verstehen. »Hat nicht viel Rückgrat und überhaupt kein Geschäftstalent besessen, aber ich habe ihn immer gern gemocht. Hat mich oft besucht; die anderen tun das selten, sind zu beschäftigt. Byron hat mir manchmal vorgelesen. Wissen Sie schon, wer ihn ermordet hat?«

Ainslie entschied sich dafür, offen zu antworten. »Möglicherweise niemand, Sir. Wir halten einen Selbstmord für denkbar.«

Der Gesichtsausdruck des Alten veränderte sich nicht. Er schien zu überlegen, dann sagte er: »Wundert mich nicht. Hat mir mal erzählt, sein Leben sei leer.«

Während Ainslie sich rasch Notizen machte, flüsterte Vazquez ihm zu: »Vergeuden Sie keine Zeit, Sergeant. Beeilen Sie sich, falls Sie Fragen stellen wollen.«

Ainslie nickte. »Mr. Davanal, haben Sie in der Nacht zum letzten Dienstag oder früh am Dienstagmorgen ein Geräusch gehört, das ein Schuß hätte sein können?«

Diesmal klang die Greisenstimme kräftiger. »Habe den Schuß gehört. Laut. Habe genau gewußt, was das war. Habe mir auch die Zeit gemerkt.«

»Wann ist das gewesen, Sir?«

»Kurz nach halb sechs. Habe hier einen Radiowecker.« Der Alte deutete mit zitternder Hand auf seinen Nachttisch.

»Haben Sie nach dem Schuß noch irgend etwas gehört, Mr. Davanal?«

»Ja. Meine Fenster waren offen. Nach ein paar Minuten sind unten weitere Geräusche zu hören gewesen. Auch auf der Veranda. Stimmen.«

»Haben Sie erkannt, wer gesprochen hat?«

»Holdsworth. Er ist unser...«

Die Stimme des Alten wurde noch leiser. Ainslie warf hastig

ein: »Ja, ich weiß, daß er der Butler ist. Haben Sie noch jemanden erkannt?«

»Ich glaube… ich glaube, das ist…« Als seine Stimme versagte, flüsterte er: »Wasser, bitte.« Vazquez brachte ihm ein Glas und stützte ihn, als er einige kleine Schlucke nahm. Dann fielen ihm die Augen zu, während sein Kopf nach hinten sank. Seine Pflegerin bettete ihn in die Kissen, bevor sie sich an Ainslie wandte.

»Das war's für heute, Sergeant. Mr. Wilhelm schläft jetzt wahrscheinlich sieben bis acht Stunden lang. Ich habe Sie gewarnt!« Sie beugte sich über den Alten, um dafür zu sorgen, daß er bequem ruhte, und richtete sich dann wieder auf. »Ich begleite Sie hinaus.«

Aber Ainslie blieb vor der Schlafzimmertür stehen. »Danke, Mrs. Vazquez, ich finde selbst hinaus. Jetzt möchte ich Sie bitten, mir einen wichtigeren Gefallen zu tun.«

Sie warf ihm einen neugierigen Blick zu. »Welchen denn?«

»Unter Umständen muß ich Sie später um eine eidesstattliche Erklärung bitten, welche Fragen und Antworten Sie eben gehört haben. Deshalb wäre ich Ihnen dankbar, wenn Sie sich hinsetzen und alles aufschreiben würden, was Mr. Davanal und ich Ihrer Erinnerung nach gesagt haben.«

»Wird gemacht«, versprach Karina Vazquez ihm. »Sagen Sie mir nur, wann Sie mich brauchen.«

Als Ainslie ins Präsidium zurückfuhr, fragte er sich, ob der Name, den Wilhelm Davanal beinahe genannt hatte, Felicia gewesen war.

»Ich möchte einen Haftbefehl gegen Humphrey Holdsworth wegen Mordes an Byron Maddox-Davanal«, erklärte Ainslie Lieutenant Newbold.

Malcolm Ainslie, Jorge Rodriguez und José Garcia saßen im Büro ihres Chefs. Ainslie, der die Punkte aus seinen Notizen vorlas, hatte eben die Verdachtsmomente gegen Holdsworth aufgezählt.

»Seine Fingerabdrücke sind als einzige auf der Uhr gefunden worden, an der Blut des Ermordeten klebt. Folglich muß Holdsworth sie aufgehoben und auf den Schreibtisch zurückgestellt haben.

Holdsworth hat bei seiner Befragung durch Detective Garcia gelogen, als er behauptete, er habe von Byron Maddox-Davanals Tod erst erfahren, als Felicia Maddox-Davanal ihn davon unterrichtet habe, *nachdem* sie neun-eins-eins angerufen hatte, was sie um 7.32 Uhr getan hat.

Im Gegensatz zu seiner Aussage hat Wilhelm Davanal ausgesagt, er habe am Mordtag gegen halb sechs Uhr morgens einen lauten Schuß und wenig später die Stimme des Butlers gehört. Er kennt Holdsworth gut und ist sich sicher, ihn gehört zu haben. Mr. Davanal hat bei offenem Fenster geschlafen, und die Stimme ist von der Veranda gekommen, die unmittelbar vor dem Tatort liegt.«

»Haltet ihr alle Holdsworth für den Mörder?« fragte Newbold seine Kriminalbeamten.

»Im Vertrauen gesagt, Sir, nein«, gab Ainslie zu. »Aber wir haben genug in der Hand, um ihn zu verhaften, ihm Angst einzujagen und ihn zum Reden zu bringen. Er weiß genau, was am Tatort passiert ist; darüber sind wir uns einig.« Er sah zu den beiden anderen hinüber.

»Der Sergeant hat recht, Sir«, bestätigte Garcia. »Nur so wird der Kerl reden. Lady Macbeth dort drüben öffnet ihren Kirschenmund bestimmt nicht freiwillig.«

Rodriguez nickte zustimmend.

»Was haben Sie vor, Malcolm, wenn ich Ihren Plan genehmige?« fragte Newbold.

»Ich lasse den Haftbefehl noch heute abend ausstellen und finde einen Richter, der ihn unterschreibt. Morgen in aller Frühe nehmen wir einen Streifenwagen mit, wenn wir Holdsworth abholen. Die Fahrt in Handschellen in einem vergitterten Wagen macht ihn bestimmt nachdenklich; außerdem ist's besser, ihn möglichst schnell aus der Villa rauszuholen.«

»Scheint im Augenblick unsere beste Chance zu sein«, bestätigte Newbold. »Okay, einverstanden.«

Am frühen Abend betrat Ainslie das Gebäude der Staatsanwaltschaft in der Northwest Twelfth Avenue. Er hatte mit Curzon Knowles telefoniert, der ihm zugesagt hatte, auf ihn zu warten.

Im Büro des Staatsanwalts zählte Ainslie die Punkte auf, die Holdsworth belasteten. Knowles kannte diesen Fall natürlich.

»Scheint für einen Haftbefehl zu reichen«, bestätigte er. »Für eine Verurteilung bräuchten wir mehr, aber ich nehme an, daß Sie auf ein Geständnis setzen.« Er musterte Ainslie prüfend. »Oder vielleicht eher auf einen Hinweis auf andere Personen?«

Staatsanwalt Knowles, der vor dem Jurastudium Kriminalbeamter in New York City gewesen war, kannte die manchmal verschlungenen Wege zur Lösung schwieriger Fälle aus eigener Erfahrung. Ainslie wußte jedoch, daß es unmoralisch gewesen wäre, über den möglichen Mißbrauch eines Haftbefehls zu sprechen, deshalb antwortete er zurückhaltend: »Andere Möglichkeiten gibt's immer, Counselor, aber im Augenblick ist Holdsworth unser Hauptverdächtiger.«

Der Staatsanwalt lächelte. »Ich habe Byron Maddox-Davanal flüchtig gekannt, wissen Sie. Als ich den Tatort gesehen habe, habe ich zunächst sofort auf Selbstmord getippt. Aber ein Davanal begeht keinen Selbstmord, nicht wahr?«

Ainslie, der sich scharf beobachtet fühlte, schwieg wohlweislich.

Der Staatsanwalt stand auf. »Meine Sekretärin ist bereits weg. Mal sehen, wie gut ich mit dem Computer zurechtkomme.«

Sie gingen ins Vorzimmer hinaus, wo Knowles zwar nur mit zwei Fingern, aber sonst sehr geschickt eine eidesstattliche Versicherung schrieb. Sobald sie ausgedruckt war, legte Ainslie den vorgeschriebenen Eid ab und unterschrieb die Versicherung. Danach erhielt er den Haftbefehl ausgestellt.

»So«, sagte Knowles anschließend, »jetzt müssen wir noch nachsehen, welche Richter verfügbar sind.« Er ging an seinen

Schreibtisch zurück und holte die Liste mit den Namen, Telefonnummern und Adressen der jeweils drei Richter heraus, die an den einzelnen Wochentagen Notdienst hatten. »Welcher ist Ihnen am liebsten?« Er gab Ainslie die Liste.

»Ich versuch's mit Detmann.« Ainslie hatte schon mehrmals in Verhandlungen, die Ishmael Detmann leitete, als Zeuge ausgesagt, und es war immer nützlich, wenn der Richter den Kriminalbeamten kannte, der einen Haftbefehl beantragte.

»Okay, ich rufe ihn für Sie an.«

Eine Minute später berichtete Knowles: »Die Frau des Richters sagt, daß sie beim Abendessen sitzen, aber bis Sie dort sind, hat ihr Mann Zeit für Sie.«

Richter Detmann, der in einem Bungalow in Miami Shores wohnte, kam selbst an die Haustür. Er war ein stattlicher, würdevoller, grauhaariger Mann, der Ainslie in sein Arbeitszimmer führte, wo Mrs. Detmann ihnen Kaffee servierte. Als sie Platz genommen hatten, las der Richter die von Ainslie mitgebrachten Unterlagen. »Sie haben ziemlich schnell einen möglichen Täter gefunden. Ist die Beweislage gut?«

»Wir halten sie für gut, Euer Ehren, und der Staatsanwalt findet das auch.« Ainslie drückte sich wieder vorsichtig aus, weil er wußte, daß alles, was morgen passierte, sehr bald in die Öffentlichkeit dringen würde.

Richter Detmann las weiter. »Knowles... ja, den habe ich schon oft als Anklagevertreter erlebt. Nun, was er befürwortet, kann ich auch unterschreiben.« Er schraubte seinen Füllfederhalter auf und setzte seine Unterschrift unter den Haftbefehl.

Zu Hause stellte Ainslie seinen Wecker auf fünf Uhr.

Um 5.50 Uhr, noch vor Tagesanbruch, fuhr Ainslie mit Jorge Rodriguez in einem neutralen Dienstwagen vor der Villa der Davanals vor. Hinter ihnen hielt ein mit zwei uniformierten Beamten, einer davon ein Sergeant, besetzter Streifenwagen der Miami Police.

Nachdem die vier Polizeibeamten ausgestiegen waren, übernahm Rodriguez wie vereinbart die Führung. Er marschierte zu dem massiven Portal, fand den Klingelknopf und drückte ihn mehrere Sekunden lang. Nach kurzer Pause klingelte er nochmals. Dieser Vorgang wiederholte sich in immer kürzeren Abständen, bis eine Männerstimme rief: »Schon gut, schon gut, wer immer Sie sind! Ich komme!«

Drinnen wurden Riegel zurückgezogen. Dann öffnete sich einer der Türflügel, so weit es die eingehängte Sperrkette zuließ. Im Türspalt war das Gesicht des Butlers Holdsworth zu erkennen.

»Polizei!« erklärte Rodriguez ihm laut. »Hängen Sie bitte die Kette aus.«

Die Tür wurde geschlossen, damit Holdsworth die Sperrkette aushängen konnte. Als sie wieder aufging, war zu erkennen, daß der Butler sich in großer Eile angezogen hatte: Sein Hemd war nicht ganz zugeknöpft, und er schlüpfte erst jetzt in seine Jacke. Als er die Vierergruppe vor dem Hausportal sah, protestierte er: »Um Himmels willen! Was ist denn so dringend?«

Jorge trat einen Schritt näher an ihn heran und sagte mit lauter, deutlicher Stimme: »Humphrey Holdsworth, ich habe einen Haftbefehl gegen Sie wegen Mordes an Byron Maddox-Davanal. Ich mache Sie darauf aufmerksam, daß Sie das Recht haben, die Aussage zu verweigern... Sie brauchen sich mir gegenüber nicht zu äußern oder Fragen zu beantworten...«

Holdsworth stand der Mund offen; aus seiner Miene sprach ungläubiges Entsetzen. »Einen Augenblick! Bitte!« flehte er atemlos. »Das muß ein Irrtum sein! Sie können mich nicht meinen...«

Jorge sprach unbeirrbar weiter: »Sie haben das Recht auf einen Anwalt... Können Sie sich keinen Anwalt leisten, wird Ihnen einer gestellt...«

»Nein! Nein! Nein!« rief Holdsworth erregt. Er wollte nach dem Schriftstück greifen, das Jorge in der Hand hielt, aber Ainslie war schneller. Er trat auf den Butler zu, packte ihn am Arm und wies ihn an: »Mund halten und zuhören! Hier liegt kein Irrtum vor.«

Als Rodriguez mit seiner Belehrung fertig war, forderte er Holdsworth auf: »Hände auf den Rücken!«

Bevor Holdsworth wußte, wie ihm geschah, war er mit Handschellen gefesselt. Ainslie nickte den uniformierten Beamten zu. »Sie können ihn wegbringen.«

»Oh, *bitte* hören Sie doch zu!« sagte der Butler flehend. »Das ist nicht fair, das ist ungerecht. Außerdem muß ich Mrs. Davanal verständigen! Sie weiß bestimmt, was...«

Aber die Uniformierten schoben ihn bereits zu ihrem Streifenwagen. Sie öffneten die hintere Tür und stießen Holdsworth hinein, wobei sie seinen Kopf nach unten drückten, damit er ihn sich nicht am Türrahmen anschlug. Dann fuhr der Streifenwagen mit dem heftig protestierenden Verhafteten auf dem Rücksitz davon.

Die Streifenwagenbesatzung lieferte Holdsworth bei der Mordkommission ab, wo er in einem Vernehmungsraum mit Handschellen an einen Metallstuhl gefesselt wurde. Ainslie und Rodriguez, die wenig später eintrafen, ließen ihn eine halbe Stunde lang schmoren. Dann kamen sie gemeinsam herein und setzten sich Holdsworth an dem großen Metalltisch gegenüber.

Der Butler funkelte sie an, aber als er sprach, klang seine Stimme beherrschter als zuvor in der Villa. »Ich will sofort einen Anwalt und verlange, daß Sie mir...«

»Halt!« Ainslie hob eine Hand. »Sie wollen einen Anwalt, und Sie bekommen einen. Aber bevor Ihr Anwalt hier eingetroffen ist, können wir Sie weder vernehmen noch Ihre Fragen beantworten. Zuerst sind jedoch noch einige Formalitäten zu erledigen.«

Ainslie nickte Rodriguez zu, der seine Mappe mit einem Notizblock und mehreren Vordrucken aufschlug.

»Ihr vollständiger Name?« fragte er den Butler.

»Sie wissen genau, wie ich heiße!« fauchte Holdsworth.

Ainslie beugte sich nach vorn und sagte ruhig: »Wenn Sie mit uns zusammenarbeiten, geht alles viel schneller.«

Eine Pause. Dann: »Humphrey Howard Holdsworth.«

»Geburtsdatum?«

Sobald die Angaben zur Person des Verhafteten vollständig waren, schob Rodriguez ihm den Vordruck hin. »Unterschreiben Sie bitte rechts unten. Hier steht, daß Sie über Ihre Rechte belehrt worden sind und sich dafür entschieden haben, Fragen erst in Anwesenheit Ihres Rechtsanwalts zu beantworten.«

»Wie *kann* ich unterschreiben?« Holdsworth zeigte mit seiner Linken auf seine noch immer an den Stuhl gefesselte rechte Hand.

Rodriguez nahm ihm die Handschellen ab.

Während Holdsworth sich sein Handgelenk rieb und den ausgefüllten Vordruck mißtrauisch studierte, stand Ainslie auf. »Bin gleich wieder da«, erklärte er Jorge. Er ging zur Tür, streckte den Kopf hinaus und tat so, als rufe er jemandem zu: »Hey, laß die alten Fingerabdrücke aus England vorläufig liegen! Wir warten auf seinen Anwalt, deshalb brauchen wir sie erst später.«

Holdsworth hob ruckartig den Kopf. »Was für Fingerabdrücke aus England sind das?«

»Sorry.« Ainslie schüttelte den Kopf, als er an den Tisch zurückkam. »Wir dürfen nicht miteinander reden, bevor Ihr Anwalt hier ist.«

»Augenblick!« sagte Holdsworth scharf. »Wie lange dauert das?«

Rodriguez zuckte mit den Schultern. »Hängt ganz von Ihrem Anwalt ab.«

Holdsworth war sichtlich erregt. »Ich will *sofort* wissen, was mit diesen Fingerabdrücken ist!«

»Soll das heißen, daß Sie reden wollen, *ohne* auf einen Anwalt zu warten?« erkundigte Rodriguez sich.

»Ja, ja!«

»Dann dürfen Sie den Vordruck nicht unterschreiben. Hier ist ein anderer, der besagt, daß Sie über Ihre Rechte belehrt worden sind und sich dafür entschieden haben...«

»Her damit!« Holdsworth griff nach dem bereitgelegten Kugelschreiber und kritzelte seine Unterschrift hin. Danach wandte er sich an Ainslie. »Was ist mit den Fingerabdrücken?«

»Das sind Ihre, die man vor sechsunddreißig Jahren abgenommen hat«, erklärte Ainslie ihm ruhig. »Wir haben Sie uns aus England beschafft, und sie sind mit Fingerabdrücken identisch, die wir auf einer Schreibtischuhr am Tatort entdeckt haben. An dieser Uhr haben wir auch Blut des Ermordeten gefunden.«

Nun herrschte sekundenlang Schweigen, bis Holdsworth bedrückt sagte: »Ja, ich erinnere mich, daß ich die verdammte Uhr aufgehoben und auf den Schreibtisch zurückgestellt habe. Das war unüberlegt.«

»Warum haben Sie Byron Maddox-Davanal ermordet, Mr. Holdsworth?« fragte Ainslie.

Das Gesicht des Butlers spiegelte einen inneren Kampf wider. »Ich habe ihn nicht ermordet!« stieß er hervor. »Das ist *kein* Mord gewesen! Es war Selbstmord – der Dummkopf hat sich selbst erschossen!«

Damit war der Damm gebrochen. Holdsworth verbarg sein Gesicht in den Händen, wiegte den Kopf hin und her und sprach stockend weiter. »Ich habe Mrs. Davanal gesagt, daß das nicht funktionieren würde – weil die Polizei clever ist und alles herausbekommt. Aber sie hat nicht auf mich gehört, sie hat's besser gewußt, sie hat wieder mal alles gewußt! Aber sie hat sich getäuscht. Und jetzt *das*!« Als Holdsworth die Hände vom Gesicht nahm, hatte er Tränen in den Augen.

»Diese alte Sache in England«, murmelte er. »Der Grund für die Fingerabdrücke. Ich habe sie abgegeben, als...«

»Das wissen wir«, unterbrach Rodriguez ihn. »Eine Bagatelle, die längst verjährt ist.«

»Ich bin seit fünfzehn Jahren hier.« Holdsworth schluchzte jetzt. »Ich habe nie Schwierigkeiten mit der Polizei gehabt, aber plötzlich stehe ich unter Mordverdacht...«

»Stimmt alles, was Sie bisher ausgesagt haben, wird dieser

Mordverdacht fallengelassen«, sagte Ainslie. »Aber Sie haben sich trotzdem strafbar gemacht, und wir verlangen von Ihnen rückhaltlose Offenheit – Antworten auf alle unsere Fragen, keine Ausflüchte mehr.«

»Fragen Sie, was Sie wollen.« Holdsworth setzte sich auf und hob den Kopf. »Ich erzähle Ihnen alles.«

Der tatsächliche Ablauf war verblüffend einfach.

Vor vier Tagen waren Holdsworth und Felicia Maddox-Davanal kurz nach halb sechs Uhr morgens durch einen Knall geweckt worden. Sie trafen sich mit hastig übergeworfenem Bademantel und Morgenrock im Erdgeschoß und betraten Byrons Arbeitszimmer, in dem sie ihn erschossen auffanden. In seiner rechten Hand hielt der Tote einen Revolver.

»Mir ist nur übel gewesen; ich habe nicht gewußt, was ich tun sollte«, erklärte Holdsworth den Kriminalbeamten. »Aber Mrs. Davanal war die Ruhe selbst. Sie ist schon immer stark gewesen. Sie hat angefangen, mir Anweisungen zu geben, weil wir beide geglaubt haben, als einzige Hausbewohner wach zu sein.«

Nach Aussage des Butlers hatte Mrs. Davanal ihm erklärt: »Niemand darf erfahren, daß mein Mann Selbstmord begangen hat.« Sie hatte hinzugefügt, für die Familie wäre das eine schreckliche Schande, und Mr. Theodore würde ihr nie verzeihen, wenn diese Tatsache öffentlich bekannt würde – deshalb müßten sie einen Mord vortäuschen.

»Ich habe versucht, ihr das auszureden«, berichtete Holdsworth. »Ich habe sie gewarnt, daß die Polizei clever ist und alles herausbekommt, aber sie hat nicht hören wollen. Sie hat gesagt, sie sei oft mit Fernsehreportern an Tatorten gewesen und wisse genau, was zu tun sei, damit alles nach einem Mord aussehe. Außerdem hat sie an meine Loyalität appelliert und mir erklärt, ich sei den Davanals einiges schuldig. Das stimmt natürlich, aber mir wär's lieber, ich hätte…«

»Bleiben wir bei den Tatsachen«, unterbrach Ainslie ihn. »Was ist mit der Waffe passiert?«

»Mrs. Davanal hat sie Mr. Byron aus der Hand genommen. Der Revolver ist eine der Waffen aus seinem Schrank gewesen.«

Ainslie erinnerte sich an Felicias Antwort auf seine Frage, ob sie im Arbeitszimmer ihres Mannes irgend etwas angefaßt, verändert oder bewegt habe: *Ich habe mich einfach nicht dazu überwinden können, dicht an Byron oder den Schreibtisch heranzutreten.*

»Wo ist der Revolver jetzt?«

Holdsworth zögerte. »Das weiß ich nicht.«

Rodriguez sah von seinen Notizen auf. »Doch, das wissen Sie! Oder Sie haben eine ziemlich gute Vorstellung davon.«

»Mrs. Davanal hat mich gefragt, wie sie die Waffe spurlos beseitigen könne. Ich habe ihr geraten, sie in einen Gully zu werfen. Der nächste ist praktisch vor unserem Haus.«

»Und hat sie das getan?«

»Das weiß ich nicht. Ich hab's lieber nicht wissen wollen. Ehrenwort!«

Rodriguez fragte weiter: »Und die falschen Spuren außerhalb des Hauses – die Fußabdrücke, die aufgebrochene Terrassentür? Wer ist das gewesen?«

»Das bin leider ich gewesen«, gab Holdsworth zu. »Ich habe die Tür mit einem großen Schraubenzieher aufgebrochen und die Spuren mit meinen Sportschuhen hinterlassen.«

»Ist das Mrs. Davanals Idee gewesen?«

Holdsworth nickte verlegen. »Nein, meine.«

»Wo sind der Schraubenzieher und die Schuhe jetzt?«

»Bevor die Polizei gekommen ist, bin ich an diesem Morgen die Straße entlang zu einer Baustelle gegangen und habe beides in einen Container geworfen. Er ist am Tag darauf abtransportiert worden; das habe ich gesehen.«

»Ist das alles?« fragte Ainslie.

»Ich glaube ja... Oh, da fällt mir noch etwas ein. Mrs. Davanal hat ein Handtuch, Seife und warmes Wasser geholt und Mr. Byrons Hand abgewaschen – die rechte Hand, in der er die Waffe gehalten hat. Damit keine Pulverspuren zurückbleiben, hat sie mir erklärt. Auch das hat sie von den Fernsehleuten gelernt.«

»Haben *Sie* aus dieser Geschichte etwas gelernt?« fragte Rodriguez.

Holdsworth lächelte zum erstenmal. »Daß die Polizei tatsächlich clever ist.«

Ainslie unterdrückte ein Lächeln. »Nehmen Sie diese Sache nicht auf die leichte Schulter; Sie müssen sich trotzdem für einiges verantworten. Sie haben unsere Ermittlungen durch Lügen behindert, Sie haben mitgeholfen, Beweismaterial zu beseitigen, und falsche Spuren gelegt. Deshalb behalten wir Sie vorläufig hier.«

Kurze Zeit später wurde Holdsworth von einem uniformierten Beamten in Untersuchungshaft abgeführt.

Als sie wieder allein waren, fragte Jorge Ainslie: »Okay, wie geht's weiter?«

»Wir statten Felicia Davanal einen kleinen Besuch ab.«

10

Felicia Davanal war nicht zu Hause. Es war 7.50 Uhr. Niemand wußte, wohin sie verschwunden war.

Karina Vazquez, die mit den beiden Kriminalbeamten in der Eingangshalle stand, erklärte ihnen: »Ich weiß nur, daß Mrs. Davanal das Haus sichtlich erregt und in größter Eile verlassen hat. Dann habe ich ihr Auto mit quietschenden Reifen wegfahren gehört.« In Abwesenheit des Butlers schien Wilhelm Davanals Pflegerin die Verantwortung für das gesamte Haus übernommen zu haben. Sie fügte hinzu: »Vielleicht hängt das irgendwie mit Mr. Holdsworth zusammen.« Mrs. Vazquez sah von einem Kriminalbeamten zum anderen. »Sie haben ihn abgeführt, nicht wahr? Ihn verhaftet? Seine Frau ist außer sich. Sie telefoniert die ganze Zeit, um einen Anwalt zu bekommen.«

»In den letzten Tagen ist alles mögliche passiert«, sagte Ainslie zurückhaltend. »Wie Sie wahrscheinlich wissen, hat's hier Täuschungsversuche und Falschaussagen gegeben.«

»Das ist mir inzwischen auch klar«, gab Vazquez zu. Plötzlich fiel ihr etwas ein. »Vielleicht ist Mrs. Davanal weggefahren, um Sie aufzusuchen.«

»Das wäre möglich«, bestätigte Rodriguez. Er rief die Mordkommission über Funk, dann meldete er Ainslie: »Nein, sie ist nicht dagewesen.«

Hinter ihnen kamen hastige Schritte näher. Francesco Vazquez erschien und rief atemlos: »Mrs. Davanal ist im Fernsehstudio – bei WBEQ! Gerade ist angekündigt worden, daß sie um acht Uhr über den Tod ihres Ehemanns sprechen wird.«

»Das ist in zwei Minuten«, sagte Ainslie. »Wo können wir uns die Sendung ansehen?«

»Kommen Sie bitte mit«, forderte Mrs. Vazquez sie auf, und die Männer folgten ihr den Korridor entlang in einen luxuriös ausgestatteten Fernsehraum. Der riesige Bildschirm nahm fast eine ganze Wand ein. Francesco Vazquez schaltete die Anlage ein; auf dem Bildschirm erschien der Schluß eines Werbespots in faszinierender Surround-Tontechnik. Nach der Einblendung *WBEQ – The Morning News* sagte eine Nachrichtensprecherin von ihrem Schreibtisch aus: »Sie sehen einen Exklusivbericht von WBEQ mit wichtigen Enthüllungen über den vermuteten Mord an Byron Maddox-Davanal. Es spricht Mrs. Felicia Maddox-Davanal, die Geschäftsführerin dieses Senders.«

Dann ein rascher Schnitt zu einer Nahaufnahme von Felicias Gesicht. Sie war atemberaubend schön, aber Ainslie vermutete, daß eine Maskenbildnerin nachgeholfen hatte. Ihr Gesichtsausdruck war ernst.

Im Fernsehraum deutete Mrs. Vazquez auf zwei Sesselreihen. »Nehmen Sie doch bitte Platz.«

»Nein, danke«, sagte Ainslie. Als die Kriminalbeamten stehen blieben, folgte das Ehepaar Vazquez ihrem Beispiel.

Felicia sah in die Kamera und begann mit klarer, gleichmäßiger Stimme: »Ich bin in aller Bescheidenheit und voller Bedauern im Begriff, ein öffentliches Geständnis abzulegen und mich zu entschuldigen. Das Geständnis betrifft die Tatsache, daß mein Mann Byron Maddox-Davanal nicht ermordet worden ist, wie ich und auf mein Drängen hin auch andere behauptet haben. Byron ist durch seine eigene Hand umgekommen; er hat Selbstmord verübt. Er ist tot, und weder Schuld noch Tadel können ihn noch länger treffen.

Diese beiden Dinge – Schuld und Tadel – können und müssen jedoch mir zur Last gelegt werden. Bis zu diesem Augenblick der Wahrheit habe ich in bezug auf den Tod meines Ehemanns gelogen, Freunde und Angehörige getäuscht, der Polizei und den Medien gegenüber falsche Aussagen gemacht, Beweise unterschlagen und falsche Spuren gelegt. Ich weiß nicht, welche Strafe mich dafür erwartet. Aber ich bin bereit, sie auf mich zu nehmen.

Meine Freunde, Mitbürger von Miami, Polizei und Fernsehzuschauer – ich entschuldige mich bei Ihnen allen. Und nachdem ich nun dieses Geständnis abgelegt, diese Entschuldigung ausgesprochen habe, will ich Ihnen erzählen, warum ich – irregeleitet – so gehandelt habe, wie ich's getan habe.«

»Die Hexe hat uns wieder ausgetrickst«, flüsterte Ainslie Rodriguez zu.

»Sie hat gewußt, daß Holdsworth auspacken würde«, murmelte Rodriguez, »deshalb ist sie uns mit diesem Auftritt zuvorgekommen.«

Ainslie verzog das Gesicht. »Wie ich sie kenne, steht sie am Schluß als Märtyrerin da.«

»Wer Mrs. Davanal überlisten will, muß verdammt früh aufstehen«, sagte Karina Vazquez.

Felicia sprach mit klarer Stimme, aber etwas zurückhaltender weiter: »Wie andere Mitglieder unserer Familie habe ich Selbstmord von frühester Jugend an für abscheulich gehalten – für eine feige Tat, mit der man vor seiner Verantwortung flüchtet und es anderen überläßt, das hinterlassene Chaos in Ordnung zu bringen. Die einzige Ausnahme ist natürlich jemand, der die unerträglichen Schmerzen eines tödlichen Leidens beenden will. Aber das ist bei meinem Ehemann Byron Maddox-Davanal nicht der Fall gewesen.

Unsere Ehe – und ich will weiter bei der Wahrheit bleiben – hat nicht alle unsere Erwartungen erfüllt. Zu meinem großen Bedauern habe ich keine Kinder...«

Während Ainslie Felicia beobachtete und ihr zuhörte, fragte er sich, wie lange sie diesen Auftritt vorbereitet haben mochte. Obwohl ihre Worte spontan klangen, waren sie das bestimmt nicht. Vielleicht benutzte sie sogar einen TelePromTer; die Zeit hätte für die Eingabe eines Textes ausgereicht, und diese Fernsehstation gehörte schließlich der Familie Davanal.

»Was ich klarstellen muß«, sagte Felicia gerade, »ist die Tatsache, daß außer mir niemanden irgendeine Schuld trifft. Einer unserer Hausangestellten hat mich sogar gedrängt, auf mein Vorhaben zu verzichten. Ich habe seinen Rat unklugerweise ignoriert, aber ich möchte nicht, daß ihm jetzt irgendwelche Schuldvorwürfe gemacht werden...«

»Sie entlastet Holdsworth«, murmelte Rodriguez.

»Ich weiß nicht«, fuhr Felicia fort, »welche tatsächlichen oder vermeintlichen Probleme meinen Mann dazu veranlaßt haben, sein Leben zu beenden...«

»Das weiß sie verdammt gut«, fügte Rodriguez hinzu.

Ainslie wandte sich ab. »Hier vergeuden wir unsere Zeit«, sagte er. »Los, wir fahren zurück!«

Als sie hinausgingen, hörten sie hinter sich weiter Felicias Stimme.

Von seinem Schreibtisch aus telefonierte Ainslie mit Curzon Knowles.

»Ja, ich habe die Lady gesehen«, antwortete der Staatsanwalt auf seine Frage. »Gäbe es eine Emmy-Kategorie für ›Heuchelei im Alltag‹, wäre sie die sichere Gewinnerin.«

»Werden das auch andere finden?«

»Nein. Außer zynischen Staatsanwälten und Kriminalbeamten werden alle sie für edel und gut halten – eine unserer Royals am Werk.«

»Was ist mit irgendwelchen Strafverfahren?«

»Das soll natürlich ein Witz sein.«

»Tatsächlich?«

»Malcolm, Sie können dieser Frau lediglich vorwerfen, daß sie einem Polizeibeamten falsche Auskünfte gegeben und Ihre Ermittlungen behindert hat – beides nur Vergehen. Aber angesichts der Tatsache, daß sie eine Davanal ist und sich die besten Rechtsanwälte leisten kann, wäre hier kein Staatsanwalt bereit, Anklage gegen sie zu erheben. Und falls Sie noch Zweifel haben: Ich bin oben gewesen und habe mit Adele Montesino darüber gesprochen. Sie ist meiner Meinung.«

»Wir lassen Holdsworth also laufen?«

»Natürlich. Niemand soll behaupten dürfen, die amerikanische Justiz behandle Reiche und weniger Reiche unterschiedlich. Ich setze den Haftbefehl außer Kraft.«

»Sie scheinen unser System skeptisch zu beurteilen, Counselor.«

»Das ist ein Leiden, das ich mir im Lauf der Jahre zugezogen habe, Malcolm. Sollten Sie von einem Mittel dagegen hören, lassen Sie's mich wissen.«

Damit schien der Fall Maddox-Davanal erledigt zu sein. Aber es gab noch zwei Postskripte. Eines davon war eine Nachricht für Ainslie, er solle Beth Embry anrufen.

Unter der Voraussetzung, nicht als Quelle genannt zu werden, hatte er Beth wie versprochen über alle Ereignisse auf dem laufenden gehalten. Allerdings war bisher noch keine Zeile unter ihrem Namen erschienen. Als er sie jetzt anrief, erkundigte er sich nach dem Grund dafür.

»Weil ich keine hartgesottene Reporterin mehr bin, sondern mein weiches Herz entdeckt habe«, erklärte Beth ihm. »Wollte ich über Byrons Selbstmord schreiben, müßte ich seine Spielschulden erwähnen, was nicht weiter schaden würde, aber auch die junge Frau benennen, der er ein Kind gemacht hat, und sie ist ein nettes Mädchen, dem ich nicht schaden will. Übrigens möchte ich, daß du sie selbst kennenlernst.«

»Du weißt, daß Felicia mit ihrer Behauptung gelogen hat, sie wisse nicht, warum Byron sich umgebracht hat.«

»Für Felicia gilt nur der Teil der Wahrheit, der ihr gerade paßt«, stimmte Beth zu. »Aber jetzt zu der jungen Frau. Sie hat eine Anwältin, die du bestimmt kennst – Lisa Kane.«

»Ja, die kenne ich.« Ainslie mochte Kane. Sie war jung und intelligent und arbeitete oft als Pflichtverteidigerin. Aber der Unterschied bei ihr war, daß sie sich trotz des niedrigen Honorars, das Pflichtverteidiger erhielten, mit unermüdlichem Eifer für ihre Mandanten einsetzte.

»Hättest du morgen Zeit für ein Treffen?«

Ainslie vereinbarte eine Uhrzeit.

Lisa Kane war achtundzwanzig, sah fünf Jahre jünger aus und hätte an manchen Tagen noch als Schülerin durchgehen können. Sie trug ihr rotes Haar sehr kurz, war auch ohne Make-up sehr hübsch und trug Jeans und ein T-Shirt aus Baumwolle, als sie sich mit Ainslie traf.

Ihr Treffpunkt war ein kleiner, heruntergekommener zweistöckiger Wohnblock in Liberty City, einem der berüchtigsten Viertel Miamis. Ainslie war mit einem neutralen Dienstwagen da; Lisa fuhr wie immer ihren uralten Käfer.

»Ich weiß nicht recht, warum ich hier bin«, behauptete er. Tatsächlich war er aus Neugier gekommen.

»Meine Mandantin und ich brauchen einen guten Rat, Sergeant«, erklärte Lisa ihm. »Beth hat gesagt, Sie könnten uns einen geben.« Sie stiegen die Treppe zum zweiten Stock hinauf, achteten darauf, nicht in Abfälle und Hundekot zu treten, und erreichten einen Balkon mit abbröckelndem Beton und rostigem Geländer. Lisa blieb vor einer der mittleren Türen stehen und klopfte an. Eine junge Frau Anfang Zwanzig öffnete ihnen. Sie lächelte, als sie Lisa sah, und sagte: »Bitte kommen Sie rein.«

Drinnen machte Lisa die beiden miteinander bekannt: »Das ist Serafine... Sergeant Ainslie.«

»Danke, daß Sie gekommen sind.« Die junge Frau streckte ihre rechte Hand aus, die Ainslie ergriff, während er sich in der Wohnung umsah.

Im Gegensatz zu dem heruntergekommenen Gebäude war dieses kleine Apartment makellos sauber. Die Einrichtung war seltsam zusammengewürfelt. Mehrere Möbelstücke – ein Bücherschrank, zwei Beistelltische und ein Fernsehsessel – sahen teuer aus; der Rest war billiger, aber sehr gepflegt. Ein Blick nach nebenan zeigte Ainslie ein ähnlich ordentliches Schlafzimmer.

Danach betrachtete er Serafine: eine attraktive, selbstbewußte junge Schwarze, die ein geblümtes T-Shirt und blaue Leggins trug. Ihre braunen Augen erwiderten Ainslies Blick ernst. Die junge Frau war im dritten oder vierten Monat schwanger.

»Tut mir leid, daß es draußen so aussieht«, sagte sie mit dunkler, weicher Stimme. »Byron wollte, daß ich...« Sie verstummte abrupt und schüttelte den Kopf.

Lisa Kane übernahm die Gesprächsführung. »Byron wollte für Serafine eine bessere Wohnung suchen, aber leider sind andere Dinge dazwischengekommen.« Sie machte eine Handbewegung. »Kommt, wir setzen uns.«

Als sie Platz genommen hatten, wandte Serafine sich nochmals an Ainslie. »Ich erwarte Byrons Kinder. Aber das wissen Sie vermutlich.«

»*Kinder?*«

»Mein Arzt hat's mir gestern gesagt. Ich bekomme Zwillinge.« Sie lächelte.

»Erst die Vorgeschichte«, sagte Lisa. »Byron Maddox-Davanal hat Serafine kennengelernt, weil sie ihn mit Drogen versorgt hat. Sie und ich kennen uns, seit ich sie als Dealerin auf Bewährung freibekommen habe. Sie ist nicht mehr im Geschäft, die Bewährungsfrist ist abgelaufen, und Byron hat vor seinem Tod monatelang keine Drogen mehr genommen; seine Drogenabhängigkeit ist ohnehin nie sehr stark gewesen.«

»Ich schäme mich trotzdem«, warf Serafine ein. Sie sah zu Ainslie hinüber, dann wich sie seinem Blick aus. »Aber meine Lage ist damals verzweifelt gewesen…«

»Serafine hat einen vierjährigen Sohn, für den sein Vater nie Alimente gezahlt hat«, fuhr Lisa fort. »Als alleinerziehende Mutter hat sie keinen Job finden können, und hier gibt es nicht viele Möglichkeiten, sich seinen Lebensunterhalt zu verdienen.«

»Ja, ich weiß«, sagte Ainslie verständnisvoll. »Aber wie ist das mit Maddox-Davanal gekommen?«

»Nun, man könnte sagen, Serafine und er hätten aufeinander reagiert; irgendwie haben sie ihre jeweiligen Bedürfnisse befriedigt. Jedenfalls ist Byron immer öfter hergekommen, um seinem anderen Leben zu entfliehen, und Serafine hat ihn entwöhnt; sie selbst hat nie Drogen genommen. Auch wenn sie sich vielleicht nicht geliebt haben, hat ihre Beziehung beide zufriedengestellt. Byron hatte etwas Geld, um Serafine zu unterstützen. Er hat ein paar Möbel gekauft und Serafine Geld für Essen und Miete gegeben, so daß sie als Dealerin aufhören konnte.«

Klar hat Byron Geld gehabt, dachte Ainslie. *Ihr könnt euch gar nicht vorstellen, wieviel.*

»Und natürlich ist sie mit ihm ins Bett gegangen«, fügte Lisa hinzu.

Serafine warf ein: »Ich wollte nie schwanger werden, aber irgendwas ist schiefgelaufen. Als ich Byron davon erzählt habe, hat ihm das überhaupt nichts ausgemacht; er hat mir versprochen, sich weiter um uns zu kümmern. Aber irgendwas anderes hat ihn bedrückt, ihm wirklich Sorgen gemacht, und er hat einmal davon gesprochen, er säße in einer Falle. Kurz danach hat er aufgehört, zu mir zu kommen.«

»Das ist vor ziemlich genau einem Monat gewesen, und das Geld ist auch ausgeblieben«, berichtete Lisa. »Daraufhin ist Serafine hilfesuchend zu mir gekommen. Ich wollte Byron Maddox-Davanal anrufen, aber er ist nie erreichbar gewesen und hat nie zurückgerufen. Also habe ich mit meinem Anliegen bei der Anwaltsfirma Haversham vorgesprochen…«

Ainslie kannte diese Anwälte, die seit vielen Jahren die Interessen der Davanals vertraten. »Haben Sie was erreicht?« fragte er.

»Ja«, antwortete Lisa Kane, »und deshalb brauchen wir Ihren Rat.«

Die Anwaltsfirma Haversham, das berichtete Lisa, war clever genug, um auch eine unbekannte junge Kollegin ernst zu nehmen und respektvoll zu behandeln. Sie sprach mit Mr. Jaffrus, einem der Partner, der sich ihre Geschichte anhörte und ihr zusicherte, er werde Nachforschungen wegen der Ansprüche ihrer Mandantin anstellen. Einige Tage später rief er Lisa an und vereinbarte ein weiteres Treffen, das in der Woche vor Byron Maddox-Davanals Selbstmord stattfand.

»Sie haben gleich Nägel mit Köpfen gemacht«, erzählte Lisa jetzt Ainslie. »Nachdem offenbar festgestellt worden war, daß Byron der Vater sein mußte, hat Haversham Serafine Unterhaltszahlungen angeboten – allerdings unter der Bedingung: Der Name Davanal durfte niemals mit ihrem Kind in Verbindung gebracht werden, und es würde Mittel geben, um das zu garantieren.«

»Welche Mittel? Wie garantiert?« fragte Ainslie.

Lisa erläuterte ihm den Vorschlag: Serafine würde eine eidesstattliche Versicherung abgeben müssen, ihre Schwangerschaft sei die Folge einer künstlichen Befruchtung in einer Samenbank mit dem Sperma eines anonymen Spenders. Dann würde eine echte Samenbank dazu veranlaßt werden, diesen Vorgang durch entsprechende Unterlagen zu bestätigen.«

»Sicher gegen eine großzügige Spende«, vermutete Ainslie. »Und wieviel soll Serafine bekommen?«

»Zwanzigtausend pro Jahr. Aber da hat sie noch nichts von den Zwillingen gewußt.«

»Das reicht nicht mal für ein Kind.«

»Das finde ich auch. Deshalb wollte ich Sie um Ihren Rat bitten. Beth hat gesagt, daß Sie die Familie kennen und wissen würden, wieviel wir verlangen sollen.«

Ainslie wandte sich an Serafine, die aufmerksam zugehört hatte, und fragte sie: »Was halten Sie von dieser Sache mit der Samenbank?«

Sie zuckte mit den Schultern. »Meine Kinder sollen in einer schöneren Umgebung aufwachsen und die bestmögliche Erziehung bekommen. Dafür unterschreibe ich jeden Fetzen Papier, auch wenn darauf nur Lügen stehen. Und der Name Davanal ist mir gleichgültig. Meiner ist genausogut – vielleicht sogar besser.«

»Was *ist* Ihr Nachname?«

»Evers. Kennen Sie den?«

»Ja, natürlich.« Ainslie erinnerte sich an Medgar Evers, einen schwarzen Bürgerrechtler aus den sechziger Jahren, der von einem weißen Rassisten erschossen worden war, der jetzt sein Verbrechen mit lebenslänglicher Haft büßte.

»Sind Sie mit ihm verwandt?«

»Entfernt, glaube ich. Ist eines meiner Kinder ein Junge, möchte ich ihn Medgar nennen.«

»Und ein Mädchen könnte Myrlie heißen.« Ainslie hatte die NAACP-Vorsitzende Myrlie Evers-Williams, die Witwe des ermordeten Bürgerrechtlers, einmal flüchtig kennengelernt.

»Daran hatte ich gar nicht gedacht.« Serafine lächelte erneut. »Eine gute Idee!«

Ainslie erinnerte sich an sein Gespräch mit Felicia Davanal, bei dem sich herausgestellt hatte, daß Byron ein Luxusleben führte und zusätzlich pro Jahr eine Viertelmillion Dollar erhielt – praktisch fürs Nichtstun. Er hatte ihre hingeworfene Bemerkung noch im Ohr: *Für unsere Familie sind solche Beträge Peanuts.*

Er wandte sich an Lisa Kane. »Gut, ich rate Ihnen folgendes: Verlangen Sie zweihunderttausend Dollar im Jahr, bis die Zwillinge zwanzig sind. Eine Hälfte davon soll Serafine zur Bestreitung ihres Lebensunterhalts ausbezahlt werden; die andere Hälfte kommt auf ein Treuhandkonto für Studium oder Berufsausbildung der Kinder und ihres jetzigen Sohns...«

»Dana.«

»Der angesammelte Betrag müßte auch für Dana reichen. Sie bestehen auf dieser Summe, und wenn Haversham – in Wirklichkeit die Familie Davanal – nicht einwilligen oder Sie herunterhandeln will, erklären Sie den Plan mit der Samenbank für gescheitert und drohen mit einer Feststellungsklage gegen die Davanals.«

»Ja, so könnte's gehen«, sagte Lisa. Aber dann meinte sie zweifelnd: »Diese Forderung liegt natürlich weit über dem ursprünglichen Angebot.«

»Versuchen Sie's«, riet Ainslie ihr. »Übrigens können Sie Mrs. Davanal mitteilen lassen, daß dieser Vergleichsvorschlag von mir stammt. Das könnte nützen.«

Lisa starrte ihn forschend an; dann nickte sie jedoch nur und sagte: »Danke, Malcolm.«

Achtundvierzig Stunden später war Ainslie zu Hause, als Lisa Kane anrief. Ihre Stimme klang atemlos. »Ich kann's kaum fassen! Ich bin bei Serafine, und wir haben eben von Haversham gehört. Die Anwälte akzeptieren alles – ohne Änderungswünsche, ohne Diskussion, einfach so, wie ich... nein, wie Sie es vorgeschlagen haben.«

»Das liegt bestimmt an Ihrer Verhandlungstaktik und...«

Lisa hörte gar nicht zu. »Serafine läßt Ihnen ausrichten, daß Sie wunderbar sind. Das finde ich auch!«

»Wissen Sie zufällig, ob Mrs. Davanal...«

»Mike Jaffrus von Haversham hat wegen Ihres Vorschlags mit ihr telefoniert, und sie hat ihn angewiesen, Ihnen etwas auszurichten. Sie will Sie sehen, Malcolm. Sie möchten sie anrufen, um einen Termin zu vereinbaren.« Lisas Tonfall veränderte sich. »Geht zwischen euch beiden irgend etwas vor?« fragte sie unverhohlen neugierig.

Ainslie lachte. »Außer einem kleinen Katz-und-Maus-Spiel – nichts.«

»Eines habe ich aus dieser Geschichte gelernt«, sagte Felicia Davanal. »Es ist ungeschickt, allzu offen mit einem gerissenen Kriminalbeamten zu reden – vor allem mit einem, der ein ehemaliger Priester ist. Das kann echt teuer werden.«

Sie saß mit Malcolm Ainslie in dem Salon, in dem sie ihr erstes Gespräch geführt hatten. Aber diesmal gab es für ihn einen bequemen Sessel wie den, in dem Felicia ihm mit geringem Abstand gegenübersaß. Sie wirkte unverändert attraktiv, aber weniger angespannt, weil Byrons Tod kein Geheimnis mehr war, das unbeantwortete Fragen zwischen ihnen aufwarf.

»Sie scheinen einige Nachforschungen angestellt zu haben«, sagte Ainslie.

»Bei meinem Sender gibt's Leute, die sich auf Recherchen verstehen.«

»Nun, hoffentlich haben sie auch recherchiert, daß Sie genügend Peanuts für den angestrebten Vergleich haben.«

»*Touché!*« Sie warf den Kopf zurück und lachte. »Malcolm – wenn ich Sie so nennen darf –, Sie gefallen mir immer mehr.« Sie machte eine kurze Pause. »Der Bericht über Sie ist sehr lobend ausgefallen. Ich frage mich allerdings…«

»Was denn, Mrs. Davanal?«

»Felicia – bitte!«

Er nickte zustimmend. Sein Instinkt sagte ihm, worauf dieses Gespräch hinauslaufen würde, aber er wußte nicht recht, wie er sich verhalten sollte.

»Ich frage mich, warum Sie weiter Polizeibeamter sind, obwohl Sie Ihrer Qualifikation nach viel mehr sein könnten.«

»Mir gefällt's, ein Cop zu sein.« Nach kurzem Zögern fügte er hinzu: »Felicia.«

»Das ist absurd! Sie sind ein gebildeter Mann, Sie haben sogar promoviert. Sie haben ein Buch über die Religionen der Welt geschrieben, das noch heute als Standardwerk…«

»Ich bin nur Mitverfasser, und das liegt schon lange zurück.«

Felicia machte eine wegwerfende Handbewegung. »Das alles weist Sie als *Intellektuellen* aus. Deshalb möchte ich Ihnen einen

Vorschlag machen: Wollen Sie nicht in die Unternehmensgruppe Davanal eintreten?«

Ainslie war verblüfft. »In welcher Funktion?«

»Oh, das weiß ich nicht genau; ich habe noch mit niemandem darüber gesprochen. Aber wir haben immer Bedarf an guten Leuten, und wenn Sie sich dafür entscheiden würden, zu uns zu kommen, ließe sich schnell etwas finden, das Ihren Fähigkeiten entspräche.« Felicia lächelte dabei, beugte sich nach vorn und legte ihre Fingerspitzen auf Ainslies Hände. Ihre leichte Berührung enthielt ein subtiles Versprechen. »Ich bin sicher, daß wir uns dann auch näher kennenlernen würden.« Sie befeuchtete ihre Lippen mit der Zungenspitze. »Falls Sie daran interessiert wären.«

Ja, das würde mich interessieren; das wäre nur menschlich, dachte Ainslie. Angesichts dieser Verlockung spürte er eine geistige und körperliche Erregung. Aber dann dachte er wieder praktisch. Er erinnerte sich an Beth Embrys Warnung: *Felicia verschlingt Männer... Wenn du ihr gefallen hast, versucht sie's bestimmt wieder... eine Bienenkönigin, die stechen kann.*

Trotzdem wäre es aufregend gewesen, von Felicia verschlungen zu werden, in ihrem Honig zu ertrinken – vielleicht sogar alle möglichen Konsequenzen wert. Die einzige Affäre seines Lebens bereute Ainslie bis heute nicht, obwohl er unter Cynthias Rachsucht schwer gelitten hatte. Wo Leidenschaft im Spiel war, mußten herkömmliche Moralbegriffe oft zurücktreten; das wußte er aus den vielen Beichten, die er Gemeindemitgliedern abgenommen hatte. Aber in seinem Fall, überlegte er sich, genügte eine Romanze mit Cynthia. In einer Zeit, in der Karen ihr zweites Kind erwartete, durfte er nicht anfangen, nach Felicias Pfeife zu tanzen.

Er ließ seine Hand einen Augenblick auf der ihren ruhen. »Besten Dank, und ich werde meinen Entschluß vielleicht bereuen. Aber ich möchte alles so lassen, wie's jetzt ist.«

Felicia hatte Stil. Sie stand auf, lächelte weiter und gab ihm zum Abschied die Hand. »Wer weiß?« sagte sie. »Vielleicht kreuzen unsere Wege sich noch einmal.«

Auf der Rückfahrt ins Polizeipräsidium überlegte Ainslie sich, daß der Fall Davanal – abgesehen von den Postskripten – nur sieben Tage gedauert hatte. Er war ihm viel länger vorgekommen. Jetzt wartete er gespannt darauf, was Detective Bowe zu berichten hatte.

11

Ruby Bowe begann ihre Nachforschungen beim Metro-Dade Police Department, das sein imposantes Dienstgebäude in der Northwest 25th Street hatte. Sie fragte, ob der Ermittler, der vor siebzehn Jahren den Doppelmord an dem Ehepaar Esperanza bearbeitet hatte, noch im Dienst sei.

»Damals bin ich noch nicht hiergewesen«, sagte der Chef der Mordkommission. Der Lieutenant drehte sich nach einem Regal mit Registerbänden um. »Mal sehen, ob wir fündig werden.« Er blätterte in einem der Bände. »Ja, hier steht er. Esperanza, Clarence und Florentina, Fall weiter ungelöst, Ermittlungen offiziell nicht eingestellt. Wollen Ihre Leute ihn für uns lösen, Detective?«

»Sieht so aus, als könnten wir's, Sir. Aber ich würde lieber erst mit dem Ermittler sprechen.«

Der Lieutenant las weiter. »Das ist Archie Lewis gewesen... seit sechs Jahren pensioniert, lebt irgendwo in Georgia. Den Fall bearbeitet jetzt unsere Gruppe für Altfälle. So eine haben Sie auch, nicht wahr?«

»Ja, Sir.«

Die Gruppe für Altfälle bearbeitete ungelöste Schwerverbrechen, vor allem Morde, die mit Hilfe modernster Untersuchungstechniken wiederaufgerollt wurden. Polizeibehörden mit solchen Ermittlergruppen waren bei der Aufklärung alter Verbrechen, die die Täter längst vergessen hofften, oft überraschend erfolgreich.

»Wir lassen die Altfälle immer wieder von anderen Beamten

der Gruppe bearbeiten«, sagte der Lieutenant. »Im Augenblick gehören die Esperanzas Vic Crowley.«

Detective Crowley, der gleich herüberkam, war ein freundlicher Mann mit Stirnglatze. »Ich habe mir die alte Akte angesehen«, erklärte er Ruby, »ohne einen Ansatzpunkt für weitere Ermittlungen zu finden. Tot wie die Esperanzas.«

»Das ist sie vielleicht noch immer.« Bowe berichtete, obwohl Elroy Doil diesen Mord vor seiner Hinrichtung gestanden habe, sei der Wahrheitsgehalt seines Geständnisses zweifelhaft. »Ich würde mir gern Ihre Ermittlungsakte daraufhin ansehen, ob sie einen Beweis für seine Aussage enthält.«

»Und dann? Wollen Sie den Kerl ausgraben und noch mal vor Gericht stellen? Okay, Sie haben bestimmt Ihre Gründe dafür. Kommen Sie, wir graben wenigstens die Akte aus.«

Crowley nahm Bowe in die Registratur mit, wo er nach längerer Suche die verblaßte, überquellende Akte Esperanza fand. Er blätterte an seinem Schreibtisch sitzend darin herum und sagte einige Minuten später: »Das hier können Sie brauchen, glaube ich.« Er überreichte seiner Kollegin den mehrseitigen Ermittlungsbericht.

Auf Seite drei fand Bowe, was sie suchte: die Aufstellung der am Tatort des Doppelmords sichergestellten Beweisstücke, darunter eine »Geldscheinklammer, goldfarben, Monogramm ›HB‹.« Auf einer folgenden Seite hatte ein Ermittler vermerkt, diese Geldscheinklammer müsse der Täter verloren haben, weil das Monogramm zu keinem der Ermordeten passe und ihr Neffe ausgesagt habe, er habe sie nie bei ihnen gesehen.

»Das muß sie sein«, erklärte sie Crowley. »Doil hat Sergeant Ainslie gegenüber ausgesagt, er habe sie bei einem anderen Raubüberfall erbeutet und anscheinend an diesem Tatort verloren.«

»Wollen Sie sich das Ding ansehen? Es liegt sicher noch in der Asservatenkammer.«

»Das sollte ich wohl. Tue ich's nicht, fragt bestimmt jemand, warum ich's nicht getan habe.«

»Ist das nicht immer so?«

Nachdem Crowley die Liste für seine Kollegin kopiert hatte, führte er Bowe ins benachbarte große Gebäude des Asservatenlagers hinüber, dessen überfüllte Stahlkammern und Tresore das Strandgut unzähliger Verbrechen enthielten.

Überraschend schnell standen zwei verstaubte Kartons mit Beweismaterial aus dem siebzehn Jahre zurückliegenden Mordfall vor ihnen. Als das Siegel des ersten erbrochen und der Deckel geöffnet wurde, lag die glänzende Geldscheinklammer mit dem eingravierten Monogram »HB« in einem Plastikbeutel obenauf.

»Ist nicht angelaufen, muß also echtes Gold sein«, stellte Crowley fest. »Wer mag dieser ›HB‹ gewesen sein?«

»Genau das«, sagte Ruby Bowe, »muß ich als nächstes rauskriegen.«

Das Archiv für Ermittlungsakten lag in einem anderen Stockwerk des Dienstgebäudes. Hier wurden zwanzig Jahre weit zurückreichende Ermittlungsakten aus den siebenundzwanzig Gemeinden im Dade County aufbewahrt. Während neuere Akten auf Magnetband gespeichert waren, existierten alte nur auf Mikrofilm. Auch das Archiv der Metro-Dade Police war in sauberen, hellen, modern eingerichteten Räumen untergebracht.

Ruby Bowe hatte sich die Stelle aus Elroy Doils Tonbandgeständnis notiert, an der er in bezug auf eine Geldklammer gesagt hatte: »Die hab' ich bei 'nem Raubüberfall erbeutet – ein paar Monate, bevor ich die Schlitzaugen umgelegt hab'.«

Sie entschied sich dafür, alle Raubüberfälle zu überprüfen, die in den drei Monaten vor der Ermordung des Ehepaars Esperanza am 12. Juli 1981 angezeigt worden waren.

»Wissen Sie überhaupt, was Sie sich da vornehmen?« fragte die Archivarin, mit der Ruby über ihr Vorhaben sprach. »Wenn Sie Pech haben, sitzen Sie wochenlang hier.« Sie hielt eine Mikrofilmkassette hoch. »Diese hier stammt aus dem Jahr 1981 und enthält die Anzeigen eines einzigen Tages – etwa fünfhundert verfilmte Seiten mit Raubüberfällen, Einbrüchen, Autodiebstählen, Vergewaltigungen, Körperverletzungen, Schußwaffengebrauch... einfach alles! Bei drei Monaten sind das ungefähr fünfzigtausend Seiten.«

»Lassen die Raubüberfälle sich nicht aussondern?«

»Bei Computerakten schon. Aber bei diesem alten Zeug auf Mikrofilm – ausgeschlossen!«

Ruby Bowe seufzte. »Trotzdem muß ich einen ganz bestimmten Raubüberfall finden.«

»Viel Glück!« wünschte die Frau ihr. »Im Dade County passieren im Jahresdurchschnitt siebzehntausend Raubüberfälle.«

Im Lauf der Zeit ermüdeten Rubys Augen. Sie saß im Archiv an einem modernen Canon Microprinter, der nicht nur als Lesegerät diente, sondern die jeweilige Seite auch ausdrucken konnte. Bei den verfilmten Unterlagen handelte es sich um Standardvordrucke, was ihr die Arbeit erleichterte, weil oben die »Art des Vorfalls« angegeben war. Nur wenn dort »bewaffneter Raubüberfall« stand, nahm sie sich die Zeit, die Meldung zu überfliegen. Weiter unten war »geraubtes Eigentum« verzeichnet, und wenn dort keine Geldscheinklammer aufgeführt war – wie bisher in allen Fällen –, las Ruby weiter.

Als sie am ersten Tag nicht fündig wurde, hörte sie spätnachmittags auf und vereinbarte, daß sie am nächsten Tag zurückkommen und ihre Suche fortsetzen würde.

Auch der zweite Tag blieb ergebnislos, obwohl Ruby jetzt so in Übung war, daß sie alle Meldungen, die keine Raubüberfälle betrafen, achtlos vorbeiflitzen ließ. Am Abend dieses Tages hatte sie fünf Mikrofilmkassetten durchgesehen und beiseite gelegt.

Als sie am nächsten Morgen den nächsten Mikrofilm einlegte, fragte sie sich zweifelnd: *Hat dieser Raubüberfall wirklich stattgefunden, wie Elroy Doil behauptet hat? Und ist er überhaupt angezeigt worden?* Diese Fragen beschäftigten sie in den zwei folgenden Stunden noch oft, denn sie erkannte jetzt, wieviel Arbeit noch vor ihr lag.

Plötzlich fesselte ein als 27422-F registrierter bewaffneter

Raubüberfall vom 18. April 1980 Rubys Aufmerksamkeit. An diesem Tag um 0.15 Uhr hatte sich vor dem Carousel Nite Club am Gratigny Drive in Miami Lakes ein Raubüberfall ereignet. Der mit einem Messer bewaffnete Täter hatte einen Mann namens Harold Baird um Geld und Schmuck erleichtert. Als Beute waren aufgezählt vierhundert Dollar in bar, zwei Ringe zu jeweils hundert Dollar und eine goldene Geldscheinklammer mit dem Monogramm »HB« im Wert von zweihundert Dollar. Der Täter wurde als »ungewöhnlich großer und kräftiger Weißer, Identität unbekannt«, beschrieben.

Mit einem Seufzer der Erleichterung tippte Ruby die Drucktaste des Geräts an und nahm den Bericht 27422-F in Empfang. Dann lehnte sie sich zurück und gönnte sich eine Pause, weil sie wußte, daß sie den Beweis dafür erbracht hatte, daß Doil bei seinem Tonbandgeständnis zumindest teilweise bei der Wahrheit geblieben war.

Nun weiter nach Tampa.

Von ihrem Schreibtisch bei der Mordkommission aus rief Ruby Bowe das Tampa Police Department an und wurde mit der Mordkommission der Kriminalpolizei verbunden, wo Detective Shirley Jasmund ihren Anruf entgegennahm.

»Wir haben Informationen über einen alten Fall, der sich bei Ihnen ereignet haben müßte«, erklärte Ruby ihr. »Es handelt sich um ein Ehepaar Ikei, das 1980 ermordet worden sein soll.«

»Sorry, damals bin ich noch zur Schule gegangen – in die dritte Klasse«, sagte Detective Jasmund kichernd. Dann wurde sie wieder ernst. »Irgendwo habe ich den Namen schon mal gehört, glaube ich. Wie wird er geschrieben?«

Jasmund notierte sich den Namen. »Das kann eine Zeitlang dauern«, meinte sie. »Am besten geben Sie mir Ihre Telefonnummer, damit ich Sie zurückrufen kann.«

Drei Stunden später klingelte Rubys Telefon, und sie hörte Jasmunds Stimme: »Wir haben die Akte gefunden, sieht interessant aus. Ein japanisches Ehepaar – beide über Siebzig – ist in seinem hiesigen Ferienhaus erstochen worden. Die Leichen hat man zur Bestattung nach Japan überführt. Einen Tatverdächtigen hat's nie gegeben, steht hier.«

»Irgendwelche Einzelheiten über den Tatort?« fragte Ruby.

»Jede Menge!« Ruby hörte ihre Kollegin umblättern. »Hier steht, daß der Täter ungewöhnlich brutal vorgegangen ist... Die Ermordeten sind mißhandelt worden; sie haben sich gefesselt und geknebelt gegenübergesessen... Ein größerer Geldbetrag ist gestohlen worden, und... Augenblick, hier steht etwas Merkwürdiges...«

»Was?«

»Moment, ich lese noch... Neben den Toten ist ein Briefumschlag gefunden worden. Er ist mit Siegelwachs verschlossen gewesen, mit einem Kreis aus sieben Punkten, und hat ein bedrucktes Blatt enthalten – eine Seite aus der Bibel.«

»Steht da auch, aus welchem Teil der Bibel?«

»Nein... Doch! Aus der Offenbarung.«

»Das ist der Fall, den ich meine!« sagte Ruby aufgeregt. »Hören Sie, wir haben so viele Informationen auszutauschen, daß ich am besten zu Ihnen rauffliege. Wäre Ihnen morgen vormittag recht?«

»Augenblick, ich frage meinen Sergeant.«

Im Hintergrund waren gedämpfte Stimmen zu hören, dann meldete Jasmund sich wieder: »Morgen paßt's gut. Hier sind alle neugierig – auch unser Captain, der mitgehört hat. Ich soll Ihnen ausrichten, daß die Familie Ikei noch immer jedes Jahr aus Japan anruft, um zu fragen: ›Gibt's was Neues?‹ Daher war mir der Name bekannt.«

»Sagen Sie dem Captain, daß er beim nächsten Anruf aus Japan vielleicht den Mörder benennen kann.«

»Wird gemacht. Rufen Sie mich an, sobald Sie die Ankunftszeit wissen, dann lassen wir Sie von einem Streifenwagen am Flughafen abholen.«

Der Flug mit einer Morgenmaschine der Gulfstream Airlines von Miami nach Tampa dauerte fünfundsechzig Minuten, so daß Ruby Bowe um 8.30 Uhr im City of Tampa Police Department eintraf. Detective Shirley Jasmund holte sie am Empfang ab und ging mit ihr ins Detective Bureau, und die beiden Frauen – schwarz und weiß – fanden sich sofort sympathisch. »Inzwischen wissen alle von Ihnen«, sagte Jasmund. »Sogar der Chef hat von diesem alten Fall mit den Japanern gehört. Wenn wir fertig sind, will er einen Abschlußbericht.«

Jasmund, eine lebhafte Mittzwanzigerin, hatte braune Augen, schwarzes Haar, hohe Wangenknochen und eine schlanke Figur, um die Ruby, die in letzter Zeit ein paar Pfund zugelegt hatte, sie beneidete. *Du mußt dringend eine Diät machen, Schätzchen,* sagte sie sich zum x-ten Mal.

»Wir haben eine Besprechung angesetzt«, erklärte Jasmund ihr. »Mit Sergeant Clemson, Detective Yanis und mir.«

»Die Angehörigen rufen uns Jahr für Jahr an«, sagte Detective Sandy Yanis von der Mordkommission zu Ruby, »weil Japaner ihre Vorfahren ehren. Deshalb haben sie die Toten zur Beisetzung in die Heimat überführen lassen und finden keine Ruhe, bis der oder die Täter gefaßt und bestraft sind.«

»Vielleicht finden sie bald Ruhe«, antwortete Ruby. »Mit achtundneunzigprozentiger Wahrscheinlichkeit ist der Mörder Elroy Doil gewesen, der vor drei Wochen in Raiford wegen eines anderen Verbrechens hingerichtet worden ist.«

»Tatsächlich? Ja, das habe ich gelesen.«

Detective Yanis, offensichtlich ein Veteran, war groß und hager und Ende Fünfzig. Eine lange Narbe auf der linken Backe, die von einem Messerstich zu stammen schien, gab seinem faltigen Gesicht einen verwegenen Ausdruck. Sein schütteres graues Haar war unordentlich zurückgekämmt. Fast auf der Nasenspitze saß eine Lesebrille; meist ging sein durchdringender Blick jedoch über die halbmondförmigen Gläser hinweg.

»Was Doil betrifft, sprechen Sie von achtundneunzigprozentiger Sicherheit«, sagte er zu Ruby. »Was ist mit den restlichen zwei Prozent?«

»Auf einem Friedhof hier in Tampa soll ein Messer vergraben sein. Finden wir's, werden aus diesen achtundneunzig Prozent hundert.«

»Wir wollen hier kein Quiz veranstalten«, wandte Sergeant Clemson ein, der ungefähr zwanzig Jahre jünger als Sandy Yanis war. »Mich interessieren Tatsachen.«

»Also gut.« Ruby berichtete wieder einmal, wie Elroy Doil vor seiner Hinrichtung vierzehn Morde gestanden hatte – darunter auch den an dem Ehepaar Ikei in Tampa, von dem niemand in Miami wußte –, während er den ihm zugeschriebenen Mord an dem Ehepaar Ernst strikt geleugnet hatte.

»Er ist ein pathologischer Lügner gewesen, deshalb hat ihm anfangs niemand geglaubt«, fuhr Ruby fort. »Aber jetzt sind Zweifel entstanden, und ich habe den Auftrag, alle seine Aussagen zu überprüfen.«

»Haben Sie schon eine widerlegen können?« fragte Jasmund.

»Bisher nicht.«

»Stimmt jetzt noch, was er über Tampa gesagt hat«, stellte Yanis fest, »haben Sie einen weiteren ungelösten Mord am Hals.«

Ruby Bowe nickte. »Einen Nachahmungstäter.«

»Was ist mit dem Messer auf einem Friedhof?« wollte Clemson wissen.

Ruby las aus ihrem Notizbuch vor, was Doil ausgesagt hatte: »›Gleich neben dem Haus der Ikeis liegt ein Friedhof. Ich hab' das Messer loswerden wollen, hab's in einem Grab verbuddelt. Wissen Sie, was auf dem Grabstein gestanden hat? Derselbe Familienname wie meiner! Ich hab' ihn gesehen und gewußt, daß ich mich daran erinnern würde, wenn ich das Scheißmesser mal zurückhaben wollte. Aber ich hab's mir nie mehr geholt.‹

Frage: ›Sie haben das Messer in einem Grab versteckt? Tief vergraben?‹

Antwort: ›Nein, nicht tief.‹«

Clemson schlug die alte Ermittlungsakte auf. »Hier steht die Adresse des Ehepaars Ikei: 2710 North Mantanzas Street. Liegt dort in der Nähe ein Friedhof?«

»Klar«, sagte Yanis. »Die Mantanzas Street stößt auf die St. John Street, und gleich dahinter liegt ein kleiner, alter Friedhof, der Marti Cemetery heißt. Er gehört der Stadt.«

»Falls Sie's noch nicht gemerkt haben sollten – Sandy ist unser wandelndes Lexikon«, sagte Clemson zu Ruby Bowe. »Er ist schon immer hier, vergißt nichts und kennt die hintersten Winkel der Stadt. Deshalb macht er so ziemlich, was er will, und wir finden uns mit seinen Eigenarten ab.«

»Die meisten Leute sind nur fünf bis sechs Jahre bei der Mordkommission«, erklärte Yanis ihr ernsthaft, »bevor sie befördert oder auf eigenen Wunsch versetzt werden. Der Streß ist zu groß. Aber ich bin geradezu süchtig danach. Ich bleibe hier, bis sie mich irgendwann raustragen, und ich erinnere mich an alte Fälle wie den der Ikeis und freue mich, wenn sie eines Tages abgeschlossen werden können. Fangen wir also an, auf dem Friedhof zu graben! Ich tue das nicht zum erstenmal.«

Sergeant Clemson schaltete den Lautsprecher seines Telefons ein, damit die anderen sein Gespräch mit einem Staatsanwalt mithören konnten. Als er dem Staatsanwalt beschrieben hatte, worum es ging, wurde sein Tonfall kompromißlos streng.

»Ja, Sergeant, ich weiß natürlich, daß wir nicht von einer Exhumierung reden. Tatsache ist jedoch, daß Sie in *keinem* Menschengrab ohne richterliche Anordnung graben dürfen – selbst wenn Sie das Messer noch so dicht unter der Oberfläche vermuten.«

»Spricht irgendwas dagegen, daß wir erst nachsehen, ob es dieses Grab überhaupt gibt?«

»Vermutlich nicht, solange es sich um offizielle Ermittlungen handelt. Aber seien Sie diskret! Bei Gräbern sind die meisten Leute sehr empfindlich; jede Störung wird als Verletzung der Intimsphäre oder als noch Schlimmeres empfunden.«

Danach wies Clemson Yanis an: »Sandy, du stellst fest, ob es auf diesem Friedhof ein Grab gibt, auf dem der Name Doil steht. Findest du eins, kannst du mit deiner eidesstattlichen Versicherung zu einem Richter gehen und eine Exhumierungserlaubnis beantragen.« Clemson wandte sich an Ruby. »Das wird ein paar Tage dauern, vielleicht sogar länger, aber wir versuchen, die Sache möglichst zu beschleunigen.«

Ruby Bowe fuhr mit Yanis zum städtischen Liegenschaftsamt, wo sie einen Termin bei Ralph Medina hatten, in dessen Zuständigkeitsbereich der alte Friedhof Marti Cemetery lag. Medina, ein freundlicher kleiner Beamter Anfang Fünfzig, erklärte ihnen: »Marti erfordert nicht viel Verwaltungsarbeit, höchstens vier bis fünf Prozent meiner Arbeitszeit. Gut ist vor allem, daß wir sehr ruhige Mieter haben, die sich nie beschweren.« Er lächelte über seinen eigenen Scherz. »Wenn ich kann, helfe ich Ihnen natürlich gern.«

Ruby erläuterte den Grund ihres Besuchs – Elroy Doils Geständnis unmittelbar vor der Hinrichtung – und worum es ihnen ging. Dann erkundigte sie sich, wie viele Personen dieses Namens auf dem Friedhof bestattet seien.

»Wie schreibt man den Namen?«

»D-o-i-l.«

Medina holte einen dicken Band aus einem Regal, fuhr mit dem Zeigefinger mehrere Listen hinunter und schüttelte dann den Kopf. »Den Namen gibt's hier nicht. Dort ist niemals jemand dieses Namens bestattet worden.«

»Was ist mit ähnlichen Namen?« fragte Yanis.

»Der Name D-o-y-l-e kommt mehrmals vor.«

»Wie oft?«

Medina sah wieder in seine Listen. »Dreimal.«

Yanis wandte sich an Ruby. »Was halten Sie davon?«

»Ich weiß nicht recht. Doil hat gesagt: ›Derselbe Familienname wie meiner!‹ Und der Gedanke, auf Verdacht in drei Gräbern herumzubuddeln…« Sie schüttelte den Kopf.

»Yeah, ich weiß, was Sie meinen. Mr. Medina, wann sind hier drei Doyles beerdigt worden?«

Der städtische Beamte brauchte einige Minuten, um die Daten herauszusuchen. »Der erste 1903, ein weiterer 1971, der letzte 1986.«

»Den dritten können wir abhaken; das ist sechs Jahre nach der Ermordung der Ikeis gewesen. Was die beiden anderen betrifft – haben Sie noch Verbindung zu den Angehörigen?«

Medina wühlte sich nochmals durch Register, Akten und vergilbte Schriftstücke, bevor er feststellte: »Nein, Kontakte gibt es keine mehr. Bei diesem ersten Bestattungsfall ist das nicht verwunderlich; schließlich liegt er Jahrzehnte zurück. Nach der zweiten Beerdigung hat's noch einen Briefwechsel gegeben, aber danach hat die Familie sich nie mehr gemeldet.«

»Sie könnten also keine Angehörigen der Verstorbenen mehr ermitteln, selbst wenn Sie wollten?« fragte Yanis weiter.

»Nein, wahrscheinlich nicht.«

»Und Sie würden keine Einwände erheben, wenn wir mit einer richterlichen Anordnung kämen, die uns gestattet, diese Gräber ungefähr einen Viertelmeter tief aufzugraben?«

»Gegen eine richterliche Anordnung gäbe es natürlich keine Einwände.«

Bis die letzten Hürden überwunden waren, vergingen zwei volle Tage. Der Staatsanwalt setzte eine eidesstattliche Versicherung und eine richterliche Anordnung auf, die der Polizei gestatten würde, die beiden Gräber oberflächlich zu öffnen. Detective Yanis und Ruby Bowe gingen damit zu einem Richter, der Sandy Yanis kannte und die Anordnung nach kurzer Diskussion unterschrieb.

Das Grabungsteam, das sich am nächsten Morgen um sieben Uhr auf dem Friedhof versammelte, bestand aus vier Kriminalbeamten – Yanis, Jasmund, Bowe und Detective Andy Vosko, den das Raubdezernat abgestellt hatte – und drei Personen von der Spurensicherung in Uniform. Außerdem war Ralph Martin vom städtischen Liegenschaftsamt gekommen – »Bloß um mein Revier im Auge zu behalten«, wie er sagte –, und ein Polizeifotograf machte Aufnahmen von den beiden Gräbern mit dem Namen Doyle.

Neben dem ersten Grab waren die benötigten Gerätschaften aufgestapelt: Bretter, mehrere Schaufeln, Spaten und Pflanzschaufeln, Schnurrollen und zwei aufstellbare Drahtsiebe. Die Ausrüstung des Spurensicherungsteams war in Kisten und Ledertaschen verstaut. Ebenfalls aufgereiht massenweise Mineralwasserflaschen. »Die sind bis heute abend leer«, kündigte Yanis an. »Heute wird's nämlich verdammt heiß.« Obwohl es offiziell noch Winter war, kletterte die Sonne am wolkenlosen Himmel schon höher, und auch die Luftfeuchtigkeit stieg bereits an.

Alle trugen weisungsgemäß alte Sachen – meistens Overalls und Gummistiefel – und hatten Arbeitshandschuhe mitgebracht. Shirley Jasmund hatte Ruby ihre weitesten alten Jeans geliehen, die jedoch an der Taille und im Schritt zwickten.

Zuerst sollte das ältere Grab geöffnet werden, in dem ein gewisser Eustace Maldon Doyle lag, der im Jahr 1903 gestorben war, wie auf dem verwitterten Grabstein zu lesen stand. »Hey, das ist das Jahr, in dem die Brüder Wright zum erstenmal geflogen sind«, sagte jemand.

»Dies ist der älteste Teil des Friedhofs«, bestätigte Yanis. »Hier sind wir dem Haus, in dem die Ikeis ermordet worden sind, am nächsten.«

Unter Anleitung des Spurensicherungs-Sergeant wurden als erstes sechs Bretter zu einem zweieinhalb mal eineinhalb Meter großen Rahmen zusammengenagelt. Dieser aufs Grab gelegte Holzrahmen markierte die Grenzen des Grabungsbereichs. Er wurde so mit Schnüren überspannt, daß fünfzehn Quadrate mit je fünfzig Zentimeter Seitenlänge entstanden. Auf diese Weise konnte ein Quadrat nach dem anderen untersucht werden, und jeder Fund ließ sich genau lokalisieren.

Aber *werden* wir überhaupt etwas finden? fragte Ruby Bowe

sich. Trotz aller Aktivität um sie herum hatten ihre Zweifel sich seit ihrer Ankunft auf dem Friedhof eher verstärkt. Der Name auf diesem Grabstein war nicht genau der, von dem Elroy Doil gesprochen hatte. Außerdem war Doil ein notorischer Lügner gewesen – hatte er seinen Friedhofsbesuch vielleicht nur erfunden? Dann riß die Stimme des Sergeant der Spurensicherung sie aus ihren trübseligen Gedanken.

»Jetzt seid ihr dran, Sandy«, erklärte er Yanis. »Wir sind hier die Gurus. Ihr seid die Kettensträflinge.«

»Zu Diensten, Boß.« Yanis griff selbst nach einem Spaten und forderte die Kriminalbeamten auf: »Okay, jeder nimmt sich irgendein Quadrat vor.« Ruby und ihre drei Kollegen aus Tampa folgten seinem Beispiel und verteilten sich gleichmäßig über den Grabungsbereich.

»Wir graben zuerst nur fünfzehn Zentimeter tief«, ordnete Yanis an. »Finden wir nichts, gehen wir fünfzehn Zentimeter tiefer.«

Der Boden war hart und ließ sich schlecht lockern. Neben jedem Quadrat stand ein Eimer, der sich nur langsam mit Erde füllte. Volle Eimer wurden zu den aufgestellten Drahtgestellen getragen, wo die Uniformierten die Erde durchsiebten.

Diese mühsame Arbeit, bei der alle rasch ins Schwitzen gerieten, ging nur langsam voran. Nach einer Stunde waren erst acht Quadrate fünfzehn Zentimeter tief ausgehoben; nach kurzer Trinkpause ging die Arbeit an den restlichen sieben weiter. Nach über zwei Stunden hatten sie drei Gegenstände gefunden: ein altes Hundehalsband, eine Fünfcentmünze aus dem Jahr 1921 und eine leere Flasche. Halsband und Flasche wurden weggeworfen. Den Nickel, verkündete Yanis zur allgemeinen Erheiterung, würde der Stadtkämmerer erhalten. Dann fingen sie an, weitere fünfzehn Zentimeter tief zu graben.

Nach gut vier Stunden erfolgloser Arbeit entschied Yanis: »So, das war's, Leute. Wir machen eine Pause, dann nehmen wir uns das andere Grab vor.«

Die Ankündigung wurde mit müden Seufzern quittiert,

denn alle stellten sich weitere vier bis fünf Stunden harter Arbeit vor.

Die zweite Grabung begann um 11.40 Uhr bei Mittagstemperaturen über fünfundzwanzig Grad. Nach eineinhalbstündiger Arbeit sagte Shirley Jasmund plötzlich ruhig: »Ich glaube, ich hab' was.«

Alle hörten zu arbeiten auf und sahen zu ihr hinüber.

Detective Jasmund drückte ihren Spaten vorsichtig in das von ihr aufgegrabene Quadrat. »Nicht sehr groß«, berichtete sie, »aber massiv. Vielleicht ein Stein.«

Ruby seufzte enttäuscht. Selbst wenn das kein Stein, sondern etwas anderes war, war es jedenfalls kein Messer.

»Dürfen wir weitermachen?« fragte der Sergeant der Spurensicherung.

Jasmund zuckte mit den Schultern, als sie ihm ihren Spaten überließ. »Wir machen die Arbeit, ihr erntet den Ruhm.«

»So ist das Leben, junge Frau!« Der Sergeant gab den Spaten einem seiner Leute, kniete dann nieder und grub den Gegenstand mit den Händen aus.

Der Fund war kein Stein. Obwohl noch Erde an ihm haftete, war er als Brosche aus Gold und Emaille zu erkennen – offensichtlich wertvoll.

Der Sergeant ließ die Brosche in einen Plastikbeutel fallen. »Die sehen wir uns im Labor näher an.«

»Okay, Leute«, sagte Yanis energisch. »Jetzt geht's weiter!«

Danach verging über eine Stunde, in der Rubys Stimmungsbarometer stetig nach unten sank. Sie hatte sich schon damit abgefunden, dieser Teil ihrer Nachforschungen werde ergebnislos verlaufen, als Andy Vosko vom Raubdezernat sich meldete.

»Ich hab' hier was«, sagte er und fügte hinzu: »Aber diesmal ist's größer.«

Wieder hörten alle zu arbeiten auf und sahen zu, wie der Sergeant der Spurensicherung den Gegenstand freilegte. Als er das Erdreich mit seiner kleinen Schaufel abtrug, wurden die Umrisse eines Messers sichtbar. Der Sergeant hielt es mit einer

Zange hoch, damit eine Frau von der Spurensicherung die daran haftenden Erdreste mit einem Pinsel entfernen konnte.

»Ein Bowiemesser!« sagte Ruby atemlos, als sie den stabilen Holzgriff und die lange, leicht geschwungene, spitz auslaufende Klinge sah. »Doils charakteristische Tatwaffe!« Ihre Stimmung besserte sich schlagartig, und sie war Sandy Yanis für seine Hartnäckigkeit trotz ihrer eigenen kleinmütigen Zweifel dankbar.

Das Messer kam in einen weiteren Plastikbeutel. »Das sehen wir uns auch im Labor an«, sagte der Sergeant. »Klasse, Sandy!«

»Blutspuren oder Fingerabdrücke sind nach so vielen Jahren vermutlich nicht mehr festzustellen?« fragte Ruby.

»Bestimmt nicht«, antwortete der Sergeant. »Aber...« Er sah zu Yanis hinüber.

»Gestern«, sagte Yanis, »habe ich mir die Kleidungsstücke der Ikeis – Schlafanzug und Nachthemd – angesehen, in denen das Ehepaar ermordet worden ist; sie liegen noch bei uns in der Asservatenkammer. Daher weiß ich, daß sie *durch* die Kleidung erstochen worden sind, was bedeutet, daß an diesem Messer noch Gewebeteilchen haften können. Stimmen diese Partikel mit den anderen Geweben überein...« Er hob die Hände und ließ den Satz unvollendet.

»Ich habe eben etwas von Ihnen gelernt, das ich nicht gewußt habe«, sagte Ruby bewundernd.

»Wir lernen alle von ihm«, warf Jasmund ein. »Ständig.«

»Wir haben also gefunden, was Sie gesucht haben«, stellte Andy Vosko fest. »Hören wir auf, oder buddeln wir weiter?«

»Wir suchen weiter«, entschied Yanis. Das taten sie noch eine Stunde lang, ohne jedoch weitere Funde zu machen.

Ruby Bowe flog spät am Abend nach Miami zurück. Shirley Jasmund brachte sie zum Flughafen; Sandy Yanis fuhr mit. Als sie sich vor dem Abfluggebäude verabschiedeten, streckte Ruby impulsiv die Arme aus und umarmte beide.

12

»Also, wie lautet das Urteil?« fragte Malcolm Ainslie.

»Das Urteil lautet«, antwortete Ruby Bowe, »daß Elroy Doil die Wahrheit gesagt hat, als er Ihnen die Ermordung der Ehepaare Esperanza und Ikei gestanden hat. Gewiß, einige Details haben nicht ganz gestimmt, und einen Gegenstand hat er überhaupt nicht erwähnt, aber an den grundlegenden Tatsachen ändert das nichts.« Sie machte eine Pause. »Soll ich alles von Anfang an erzählen?«

»Ja, bitte.« Die beiden saßen am Morgen nach Rubys Rückkehr aus Tampa an Ainslies Schreibtisch.

Ruby berichtete, was ihre Nachforschungen bei der Metro-Dade Police und danach in Tampa ergeben hatten. »Heute früh bin ich zu Hause angerufen worden«, fügte sie hinzu. »Das Labor in Tampa hat an dem Messer Gewebeteilchen von der Kleidung der Ikeis gefunden – also ist's hundertprozentig die Tatwaffe gewesen. Und die Brosche aus dem Grab...« Sie warf einen Blick in ihre Notizen. »Die ist als japanische Cloisonné-Brosche identifiziert worden – sehr alt, sehr kostbar. Sandy Yanis vermutet, daß sie Elroy Doil einfach so gut gefiel, daß er sie mitgenommen hat.«

»Aber dann hat er Angst gehabt, sie könnte bei ihm gefunden werden«, schloß Ainslie, »und hat sie lieber auch vergraben.«

»Richtig. Also hat Doil doch nicht ganz die Wahrheit gesagt.«

»Aber was er mir erzählt hat, ist wahr gewesen – das haben Ihre Nachforschungen bestätigt.«

»Oh, hier habe ich noch etwas.« Ruby gab Ainslie Fotokopien des Briefumschlags, der nach Shirley Jasmunds Auskunft neben den Ikeis gelegen hatte – des Umschlags mit den sieben Siegeln, der eine Seite aus der Offenbarung des Johannes enthalten hatte. Ainslie studierte sie aufmerksam.

»Das ist Kapitel fünf«, sagte er nach einem Blick auf die herausgerissene Seite. »Drei Verse sind markiert.« Er las sie laut vor:

»›Und ich sah in der rechten Hand des, der auf dem Thron saß, ein Buch, beschrieben inwendig und auswendig, versiegelt mit sieben Siegeln.

Und ich sah einen starken Engel, der rief aus mit großer Stimme: Wer ist würdig, das Buch aufzutun und seine Siegel zu brechen?

Und einer von den Ältesten spricht zu mir: Weine nicht! Siehe, es hat überwunden der Löwe, der da ist vom Geschlecht Juda, die Wurzel Davids, aufzutun das Buch und seine sieben Siegel...‹«

Ainslie sah auf. »Typisch Doil«, stellte er fest. Und er dachte an sein Gespräch mit Pater Kevin O'Brien von der Gesu Church, der ihm geschildert hatte, wie Doil als Zwölfjähriger vom Alten Testament mit seinen Geschichten über heilige Kriege, den Zorn Gottes, Verfolgungen, Rache und Morde fasziniert gewesen war.

»Das paßt zu allem, was er viel später getan hat«, fügte Ainslie hinzu.

»Warum hat er diesen Bibeltext neben den Leichen zurückgelassen?« fragte Ruby.

»Das hat nur er selbst gewußt. Ich vermute, daß Doil sich als der Löwe von Juda gesehen hat, was ihn dann zu seinen Serienmorden veranlaßte.« Ainslie schüttelte bedauernd den Kopf, legte eine Hand auf die Fotokopien und sagte: »Hätten wir das hier früher gehabt und von dem Mord an dem Ehepaar Ikei gewußt, hätten wir Doil viel eher geschnappt.«

Dann entstand eine Pause, bis Ruby das Wort ergriff. »Sie haben gerade von ›Serienmorden‹ gesprochen. Was bedeutet das für den Mordfall Ernst?«

»Der gehört nicht dazu.« Ainslie hatte noch Doils verzweifelten Aufschrei im Ohr: *Ich hab' die anderen umgelegt, aber ich will mir nichts anhängen lassen, was ich nicht getan habe!*

»Ob Doil die Wahrheit gesagt hat, ist bisher zweifelhaft gewesen«, sagte Ainslie. »Aber da er anscheinend nicht gelogen hat, müssen die Ermittlungen in der Mordsache Ernst wiederaufgenommen werden, glaube ich.«

»Im Fall Ernst wird ab sofort weiterermittelt«, entschied Leo Newbold. »Und wie's aussieht, haben Sie von Anfang an recht gehabt, Malcolm.«

Ainslie schüttelte den Kopf. »Das spielt keine Rolle. Die Frage ist nur: Wo fangen wir am besten an?« Die beiden saßen in Newbolds Büro, dessen Tür geschlossen war.

»Wir fangen damit an, daß wir alles streng vertraulich behandeln – und das möglichst lange.« Newbold zögerte, bevor er hinzufügte: »Das gilt sogar für die Mordkommission, und Sie sagen Ruby, daß sie mit niemandem darüber reden darf.«

»Das habe ich schon getan.« Ainslie musterte seinen Vorgesetzten neugierig. »Was denken Sie?«

Der Lieutenant schüttelte unsicher den Kopf. »Das weiß ich selbst nicht recht. Aber wenn der Mörder der Ernsts ein Nachahmungstäter gewesen ist – danach sieht's jetzt aus –, hat er bewußt einen der Serienmorde imitiert. Und dieser Täter hat verdammt viel über Doils Morde gewußt – weit mehr, als Presse und Fernsehen jemals berichtet haben.«

Ainslie wählte seine Worte sorgfältig. »Wollen Sie damit andeuten, daß jemand Insiderinformationen gehabt oder bewußt Informationen nach draußen weitergegeben hat?«

»Verdammt, ich weiß selbst nicht, was ich andeuten will! Ich weiß nur, daß ich schrecklich nervös bin und mich frage, ob jemand im Präsidium, vielleicht sogar in der Mordkommission mehr über den Fall Ernst weiß, als Sie und ich wissen.« Newbold stand auf, trat ans Fenster, kam an den Schreibtisch zurück. »Sagen Sie bloß nicht, daß Sie das nicht auch denken, denn ich seh's Ihnen an!«

»Ja, das habe ich mir auch schon überlegt.« Ainslie machte eine Pause. »Ich glaube, ich sollte damit anfangen, alle Ermittlungsakten durchzugehen und festzustellen, welche Tatsachen wir bekanntgegeben und welche wir geheimgehalten haben. Dann können wir beurteilen, wie alles mit den Umständen im Fall Ernst zusammenpaßt.«

Newbold nickte. »Eine gute Idee, aber machen Sie das lieber

nicht im Dienst. Sieht jemand die ganzen Akten herumliegen, könnte er erraten, was wir vorhaben. Nehmen Sie die Unterlagen mit nach Hause, und bleiben Sie ein paar Tage dran. Ich vertrete Sie hier inzwischen.«

Ainslie war verblüfft. Er hatte vorsichtig sein wollen – aber nicht so sehr, daß er seinen Kollegen mißtraute. Trotzdem hatte Newbold vermutlich recht. Außerdem kamen viele Leute – auch Außenstehende – zur Mordkommission, und alle Besucher interessierten sich dafür, was hier vorging.

An diesem Abend fuhr Ainslie mit fünf überquellenden Aktenordnern, die er unauffällig ins Auto geschafft hatte – je einen für die Morde an den Ehepaaren Ernst, Larsen, Hennenfeld, Urbina und Ernst –, nach Hause und war darauf vorbereitet, sie pedantisch genau durchzuarbeiten.

»Ich weiß nicht, warum du zu Hause arbeitest«, sagte Karen am nächsten Tag, »aber es ist schön, dich mit deinem Papierkram hier sitzen zu sehen. Kann ich dir irgendwie helfen?«

Malcolm sah dankbar auf. »Könntest du einige meiner Notizen abtippen und ausdrucken?«

Als Jason aus der Schule heimkam, freute er sich genauso über die Anwesenheit seines Vaters. Er setzte sich zu ihm an den Eßtisch und schob einige Ermittlungsakten beiseite, um Platz für seine Hausaufgaben zu haben. Während die beiden nebeneinander arbeiteten, stellte Jason immer wieder Fragen: »Dad, hast du gewußt, daß jede Zahl durch neun teilbar ist, wenn ihre Quersumme durch neun teilbar ist? Findest du das nicht merkwürdig?« ...»Dad, hast du gewußt, daß der Mond nur dreihundertfünfundachtzigtausend Kilometer entfernt ist? Glaubst du, daß ich mal hinfliegen kann, wenn ich groß bin?«... Und zuletzt: »Dad, warum sind wir nicht immer so zusammen?«

Ainslie brauchte zwei volle Tage, um die nach Hause mitgenommenen Ermittlungsakten genau durchzuarbeiten, sich Notizen zu machen und schließlich eine Liste aller auffälligen Details zu erstellen, aber als er damit fertig war, konnte er einige wichtige Schlußfolgerungen ziehen.

Er begann mit einer Überprüfung der Tatumstände, die vor den Medien geheimgehalten worden waren – immer in der Hoffnung, ein Verdächtiger könnte sich selbst belasten, indem er solche Einzelheiten erwähnte. Zu diesen Details gehörte die Serie bizarrer Gegenstände – von den vier toten Katzen angefangen –, die bei den Opfern zurückgelassen worden waren. Die laute Radiomusik an allen Tatorten war ebenso geheimgehalten worden wie das Detail, daß die Ermordeten sich gefesselt und geknebelt gegenübergesessen hatten. Während bekannt war, daß in allen Fällen Geld verschwunden ist, wußte niemand, daß mehrmals wertvoller Schmuck liegengelassen wurde.

Manche Reporter hatten jedoch private Informationsquellen bei der Polizei, und was sie inoffiziell erfuhren, wurde unweigerlich gedruckt oder gesendet. Das warf zwei Fragen auf: Hatten die Medien es erstens geschafft, *alles* über die vier Doppelmorde vor der Ermordung des Ehepaars Ernst zu berichten? Das hielt Ainslie für sehr unwahrscheinlich. Und konnte es zweitens, wie Leo Newbold angedeutet hatte, im Police Department ein bewußtes oder unabsichtliches Leck geben? Davon war Ainslie schon eher überzeugt.

Als nächstes stellte Ainslie sich die Frage: Gibt es Unterschiede zwischen dem Mord an Gustav und Eleanor Ernst und den übrigen Morden Doils? Ja, es gab mehrere.

Einer betraf die Radios, die an allen Tatorten angestellt zurückgelassen worden waren. Im Mordfall Frost im Royal Colonial Hotel war das Radio auf HOT 105 eingestellt gewesen und hatte harte Rockmusik gespielt – das Standardrepertoire dieses Senders. Der nächste Fall war der Mord an Hal und Mabel Larsen in Clearwater, und weil in den Akten nichts von einem Radio stand, telefonierte Ainslie mit Detective Nelson Abreu, der die Ermittlungen geleitet hatte. »Nein«, antwortete sein Kollege, »soviel ich weiß, ist kein Radio angestellt gewesen. Aber ich frage nach und rufe Sie zurück.« Das tat er nach etwa einer Stunde.

»Ich habe eben mit dem Streifenpolizisten gesprochen, der als erster am Tatort gewesen ist«, berichtete Abreu. »Dort *hat* ein Radio gespielt, laute Rockmusik, sagt er jetzt, und der Idiot hat es ausgestellt und kein Wort darüber verloren. Er ist noch ziemlich jung, und ich habe ihn anständig zusammengestaucht. Ist diese Sache mit dem Radio wichtig?«

»Schwer zu sagen«, antwortete Ainslie, »aber ich bin Ihnen dankbar, daß Sie ihr nachgegangen sind.«

Abreu interessierte der Grund für diese Nachforschungen. »Die Angehörigen haben sich erkundigt, ob Doils Täterschaft im Fall Larsen eindeutig feststeht. Können Sie das bestätigen?«

»Vorerst nicht, aber ich sage meinem Lieutenant, daß Sie auf dem laufenden gehalten werden möchten, falls sich etwas Neues ergibt.«

Abreu lachte halblaut. »Ah, ich verstehe! Sie wissen etwas, das Sie nicht erzählen dürfen.«

»Sie sind vom Fach«, sagte Ainslie. »Sie kennen sich mit solchen Dingen aus.«

Er wußte, daß Doils Raiforder Geständnis bisher zurückgehalten worden war, und konnte nur hoffen, es werde zunächst weiter vertraulich behandelt. Aber um des Seelenfriedens der Hinterbliebenen willen würden irgendwann alle Einzelheiten veröffentlicht werden müssen.

Nach den Larsens war das Ehepaar Irving und Rachel Hennenfeld in Fort Lauderdale ermordet worden. Bei seinem dienstlichen Besuch in Miami hatte Sheriff-Detective Benito Montes berichtet, auch am dortigen Tatort habe ein Radio gespielt – »so gottverdammt laute Rockmusik, daß man sein eigenes Wort nicht verstehen konnte«.

Dann kamen Lazaro und Luisa Urbina, die in Miami ermordet worden waren. Ein Nachbar hatte das laut plärrende Radio abgestellt, um 911 anrufen zu können, aber die Einstellung auf HOT 105 nicht verändert.

Als Gustav und Eleanor Ernst von Theo Palacio, ihrem Butler, tot aufgefunden worden waren, hatte ebenfalls ein Radio laut gespielt. Auch Palacio hatte es abgestellt, aber das Gerät war auf WTMI, 93,1 MHz, eingestellt – »Mrs. Ernsts liebster Sender«, weil er Musicals und klassische Musik brachte. WTMI sendete *niemals* harte Rockmusik.

War die Art der an den Tatorten gespielten Musik irgendwie bedeutsam? Ainslie neigte zu dieser Auffassung – vor allem in Verbindung mit einem weiteren Unterschied im Mordfall Ernst: dem neben den Ermordeten zurückgelassenen toten Kaninchen, das er von Anfang an nicht für ein Symbol aus der Offenbarung gehalten hatte.

Konnte der Täter, der die Ernsts ermordet hatte, von den vier toten Katzen im Mordfall Frost gewußt und irrtümlicherweise geglaubt haben, jedes tote Tier sei recht? Auch diese Frage ließ sich wahrscheinlich mit ja beantworten.

Bedeutsam war auch, daß Ainslie im Kollegenkreis erst einen Tag *nach* der Ermordung des Ehepaars Ernst auf die Offenbarung des Johannes hingewiesen hatte; *zuvor* hatte es nur unbewiesene Vermutungen über die an den Tatorten zurückgelassenen Symbole gegeben.

Ein weiterer Zeitfaktor warf ebenfalls Fragen auf.

Nach jedem der Morde an den Ehepaaren Frost, Larsen, Hennenfeld und Urbina war die Zeitspanne bis zum nächsten Mord nie kürzer als zwei Monate gewesen und hatte durchschnittlich zwei Monate und zehn Tage betragen. Aber zwischen der Ermordung der Urbinas und dem Mord an dem Ehepaar Ernst hatten nur drei Tage gelegen.

Als ob die Ermordung der beiden Ernsts für einen Zeitpunkt geplant gewesen wäre, dachte Ainslie, der dem gewohnten Abstand entsprochen *hätte,* wenn der Mord an dem Ehepaar Urbina nicht dazwischengekommen wäre. Und war es vielleicht zu spät gewesen, die Vorbereitungen im Fall Ernst abzublasen, obwohl die Ermordung der Urbinas rasch gemeldet worden war?

Ainslie hatte flüchtig einen Verdacht, den er jedoch wieder verwarf.

Obgleich bei Elroy Doils letztem Mord – dem an Kingsley und Nellie Tempone – einige der charakteristischen Hinweise auf Doils Täterschaft fehlten, was daran liegen mochte, daß er überrascht worden war und zu fliehen versucht hatte, entsprach der Zeitpunkt ziemlich genau seinem bisherigen Verhaltensmuster, zu dem Ainslie eine Theorie hatte.

Nach Ainslies Überzeugung war Doil, auch wenn er vor Gericht als zurechnungsfähig gegolten hatte, geistesgestört gewesen. Traf diese Annahme zu, konnte er unter dem Zwang gestanden haben, in regelmäßigen Zeitabständen Menschen umzubringen, und im Fall des Ehepaars Tempone war tragischerweise wieder einmal die Zeit zum Morden gekommen.

Aber diese Theorie würde sich nicht mehr beweisen lassen, das wußte Ainslie.

Unmittelbar nach seinen zweitägigen Nachforschungen stattete Ainslie der Asservatenkammer der Miami Police einen Besuch ab.

Die Asservatenkammer, eine wichtige Dienststelle, in der meistens Hochbetrieb herrschte, war im Keller des Polizeipräsidiums untergebracht. Captain Wade Iacone, ein schwergewichtiger, grauhaariger Veteran mit neunundzwanzig Dienstjahren, der es leitete, empfing Ainslie in seinem Büro.

»Genau der Mann, den ich brauche! Wie geht's, Malcolm?«

»Gut, Sir. Danke.«

Iacone winkte ab. »Keine Formalitäten, Malcolm. Ich wollte Ihnen gerade eine Erinnerung wegen des Materials im Fall Doil schicken. Nachdem der Kerl jetzt tot ist und die Ermittlungen abgeschlossen sind, möchten wir einen Haufen Zeug loswerden. Wir brauchen den Lagerraum dringend.«

Ainslie verzog das Gesicht. »Diese Erinnerung können Sie vergessen, Wade. Einer der Fälle wird neu aufgerollt.«

»Wieso das?« fragte der Captain.

»Einer der Serienmorde ist vielleicht nicht restlos aufgeklärt, deshalb muß das sichergestellte Material dableiben. Aber Sie haben von einem ›Haufen Zeug‹ gesprochen. Ist wirklich soviel da?«

»Anfangs ist's nicht viel gewesen – bis zur Ermordung von Commissioner Ernst und seiner Frau«, antwortete Iacone. »Danach ist ein Berg Material gekommen. Lauter versiegelte Kartons. Ihre Leute haben viel sichergestellt, weil der Fall so wichtig gewesen ist.«

»Darf ich die Kartons mal sehen?«

»Klar.«

Der Dienststellenleiter führte ihn durch Büros und Lagerräume, in denen zwanzig Mitarbeiter – fünf Polizeibeamte und fünfzehn Zivilbedienstete – erstaunliche Ordnung in das sie umgebende Chaos brachten. Jeder Gegenstand ließ sich unabhängig von seiner Lagerdauer, die zwanzig und mehr Jahre betragen konnte, in Minutenschnelle lokalisieren, indem man einem Computer die Fallnummer, einen Namen oder das Einlieferungsdatum eingab.

Iacone demonstrierte dieses Verfahren, indem er unbeirrbar auf über ein Dutzend großer Kartons zusteuerte, die mit Klebeband mit dem Aufdruck *TATORTMATERIAL* verschlossen waren. »Die sind gleich nach der Ermordung der Ernsts reingekommen«, berichtete er. »Ich glaube, Ihre Leute haben eine Menge Zeug – vor allem schriftliche Unterlagen – aus dem Haus mitgenommen, um es hier sichten zu können, aber das ist anscheinend nie gemacht worden.«

Ainslie konnte sich vorstellen, was passiert war. Unmittelbar nach der Ermordung der Ernsts hatte seine Sonderkommission mit der sehr personalintensiven Überwachung Verdächtiger begonnen. In dieser Zeit war das sichergestellte Material vorerst in der Asservatenkammer geblieben. Und als Doil nach dem Mord an dem Ehepaar Tempone verhaftet und verurteilt worden war, hatte auch der Fall Ernst als abgeschlossen gegolten. Deshalb war der Inhalt dieser vielen Kisten offenbar nie unter die Lupe genommen worden.

»Ich kann Ihnen das Zeug leider nicht abnehmen«, erklärte

Ainslie dem Captain, »aber wir holen jeweils ein paar dieser Kisten ab, sichten den Inhalt und bringen sie wieder zurück.«

Iacone zuckte mit den Schultern. »Das ist Ihr Recht, Malcolm.«

»Danke«, sagte Ainslie. »Vielleicht werden wir fündig.«

13

»Ich möchte«, sagte Ainslie zu Ruby, »daß Sie den Inhalt aller dieser in der Asservatenkammer stehenden Kartons sichten.«

»Suchen wir irgendwas Bestimmtes?«

»Ja – etwas, das uns auf die Spur des Mörders der Ernsts führt.«

»Aber Sie können nichts Genaueres sagen?«

Ainslie schüttelte den Kopf. Eine schlimme Vorahnung, die er sich nicht erklären konnte, warnte ihn vor dem unerforschten Terrain, das vor ihm lag. Wer *hatte* Gustav und Eleanor Ernst ermordet – und warum? Die Antwort darauf würde nicht ganz unproblematisch sein, dessen war er sich sicher. Dann fiel ihm das *Land der Finsternis und des Dunkels* aus dem Buch Hiob ein. Ein Instinkt sagte ihm, daß er es betreten hatte, und er wünschte sich plötzlich, diese Ermittlungen abgeben zu können.

Ruby beobachtete ihn. »Irgendwas nicht in Ordnung?«

»Ich weiß nicht.« Er rang sich ein Lächeln ab. »Sehen wir erst mal nach, was diese Kartons enthalten.«

Die beiden standen in einem weit von den Büros der Mordkommission entfernten winzigen Raum. Ainslie hatte ihn sich vorübergehend zuteilen lassen, weil ihre neuen Ermittlungen auf Wunsch Leo Newbolds möglichst geheimgehalten werden sollten. Das Büro enthielt nur einen Tisch, zwei Stühle und ein Telefon, aber es würde ausreichen.

»Wir gehen in die Asservatenkammer hinunter«, erklärte er Ruby, »und ich veranlasse, daß Sie einen Karton nach dem anderen mitnehmen können. Die Arbeit dürfte nicht länger als ein paar Tage dauern.«

Wie sich zeigen sollte, lag er damit völlig falsch.

Nach zwei Wochen suchte Ainslie Ruby ziemlich ungeduldig zum drittenmal in ihrer vorläufigen Unterkunft auf. Wie bei seinen beiden früheren Besuchen traf er sie zwischen Stapeln von Papier sitzend – viele davon auf dem Fußboden verstreut – an.

Beim vorhergehenden Besuch hatte Ruby berichtet: »Die Ernsts haben es anscheinend nicht über sich gebracht, irgendein Stück Papier wegzuwerfen. Sie haben *alles* aufgehoben – alte Briefe, Rechnungen, Notizen, Zeitungsausschnitte, Einladungen und so weiter –, und diese Kartons sind voll davon.«

Ainslie hatte ihr erklärt: »Ich habe mit Hank Brewmaster gesprochen, der anfangs die Ermittlungen geleitet hat. Überall im Haus haben unglaubliche Papiermengen gelegen – in unzähligen Schachteln in fast allen Räumen. Einerseits hat niemand Zeit gehabt, das Zeug zu sichten, und andererseits hätte es als Beweismaterial wichtig sein können. Deshalb ist alles abtransportiert worden, und später ist niemand mehr dazugekommen, sich damit zu befassen.«

Diesmal hatte Ruby ein zerfleddertes altes Schreibheft vor sich liegen und machte sich auf einem Block Notizen.

Ainslie zeigte auf eine geöffnete Schachtel und fragte dabei: »Immer derselbe unwichtige Kram?«

»Nein«, sagte Ruby. »Ich bin auf etwas Interessantes gestoßen, glaube ich.«

»Tatsächlich?«

»Viele dieser Aufzeichnungen stammen von Mrs. Ernst – in krakeliger Handschrift und schwer zu lesen. Völlig belanglos, habe ich geglaubt, bis ich vorgestern ihr Tagebuch entdeckt habe. Sie hat es in Schulhefte geschrieben – in viele Hefte, die Jahre zurückreichen.«

»Wie viele?«

»Zwanzig, dreißig, vielleicht mehr.« Ruby deutete auf die Schachtel. »Die ist randvoll gewesen. Ich vermute, daß es noch mehr gibt.«

»Was steht in den Tagebüchern?«

»Nun, das ist ein Problem. Mrs. Ernst hat nicht nur miserabel geschrieben, sondern auch eine Art Code, eine persönliche Kurzschrift benutzt. Um das Geschriebene geheimzuhalten, nehme ich an – besonders vor ihrem Mann, vor dem sie die Tagebücher offenbar immer versteckt hielt. Aber wer genug Geduld hat, kann lernen, sie zu lesen.«

Ruby deutete auf die vor ihr liegenden zerfledderten Seiten. »Zum Beispiel nennt sie keine Namen, sondern ersetzt sie durch Zahlen. Nach einiger Zeit habe ich gemerkt, daß ›5‹ sie selbst und ›7‹ ihren Mann bezeichnet. Ein ganz einfacher Code – das ›E‹ wie Eleanor ist der fünfte Buchstabe des Alphabets, das ›G‹ wie Gustav der siebte. Zahlen mit Bindestrichen bedeuten Doppelnamen, so daß ›4-18-23‹ einen ›Dr. W‹ bezeichnet, wer immer er gewesen ist oder sein mag. Und sie komprimiert die Wörter, kürzt sie ab und läßt vor allem die Vokale aus. Ich finde mich allmählich zurecht, aber die Lektüre ist zeitraubend.«

Ainslie wußte, daß er eine Entscheidung treffen mußte. War es zu vertreten, Ruby diese mühsame Suche, die endlos dauern konnte und wahrscheinlich ergebnislos bleiben würde, fortsetzen zu lassen? »Können Sie mir schon *irgendwas* sagen?« fragte er sie. »Irgend etwas Wichtiges?«

Ruby überlegte kurz. »Ja, es gibt etwas, das ich zurückgehalten habe, weil ich erst mehr darüber wissen wollte.« Ihre Stimme klang plötzlich schärfer. »Was halten Sie von folgender Entdeckung? Die Tagebücher zeigen bereits, daß unser verstorbener großmächtiger City Commissioner Gustav Ernst seine Frau auf übelste Weise mißhandelt hat. Er hat sie seit ihrer Hochzeit immer wieder verprügelt, so daß sie mindestens einmal ins Krankenhaus mußte. Aber Eleanor hat immer geschwiegen – vor Angst und Scham und weil sie gedacht hat, niemand würde ihr glauben, wie dieser Schweinehund von einem Ehemann ihr eingeredet hat. Das steht alles hier drin!«

Sie holte tief Luft. »Oh, verdammt! Wie ich diesen Scheiß hasse!« Sie griff impulsiv nach einem der Hefte und warf es quer durch den Raum.

Nach einer kurzen Pause hob Ainslie das Heft auf und legte es auf den Schreibtisch zurück. »Sie hat vermutlich recht gehabt; vielleicht hätte ihr niemand geglaubt – nicht in der damaligen Zeit, als niemand von mißhandelten Frauen gesprochen hat, weil die Leute einfach nichts davon wissen wollten. Glauben *Sie* das alles?«

»Jedes Wort.« Ruby hatte sich wieder beruhigt. »So eine Menge Einzelheiten kann sie nicht erfunden haben, und alles klingt sehr überzeugend. Vielleicht sollten Sie auch mal einen Blick hineinwerfen.«

»Das tue ich später«, sagte Ainslie, der sich auf ihr Urteil verließ.

Ruby betrachtete nachdenklich das vor ihr liegende Heft. »Ich denke, Mrs. Ernst hat gewußt, vielleicht sogar gehofft, daß ihre Aufzeichnungen eines Tages gelesen werden würden.«

»Haben Sie irgendwelche Hinweise auf...« Ainslie sprach nicht weiter, weil er merkte, daß die Frage überflüssig war. Hätte es solche Hinweise gegeben, hätte Ruby sie erwähnt.

»Sie denken an Cynthia, nicht wahr?«

Er nickte wortlos.

»Ich denke auch an sie, aber bisher kommt sie nicht vor. Diese Tagebücher hier stammen aus den ersten Ehejahren. Cynthia ist noch nicht geboren; später wird ihre Mutter sie als ›3‹ erwähnen.«

Ihre Blicke trafen sich.

»Sie machen weiter, Ruby«, entschied Ainslie. »Sie lassen sich soviel Zeit, wie Sie brauchen, und rufen mich an, wenn Sie mir etwas mitzuteilen haben.« Er bemühte sich, seinen Verdacht zu unterdrücken, aber das wollte ihm nicht gelingen.

Danach dauerte es fast zwei Wochen, bis Ruby Bowe ihn erneut anrief. »Können Sie zu mir runterkommen? Ich möchte Ihnen einiges zeigen.«

»Was ich entdeckt habe«, sagte Ruby, »ändert vieles, obwohl die Folgen noch nicht ganz abzusehen sind.«

Die beiden befanden sich wieder in dem winzigen fensterlosen Raum voller Papiere. Ruby saß an ihrem kleinen Schreibtisch.

»Bitte weiter«, drängte Ainslie, der sich bewußt war, lange genug gewartet zu haben.

»Cynthia *ist* auf der Bildfläche erschienen. Innerhalb einer Woche nach ihrer Geburt hat Mrs. Ernst ihren Mann bei sexuellen Spielen mit dem Baby ertappt. Hier, so hat sie's geschildert.« Ruby schob ihm ein aufgeschlagenes Heft hin und deutete auf eine Seite. Ainslie kniff die Augen zusammen, während er sich bemühte, Mrs. Ernsts private Kurzschrift zu enträtseln.

»Am besten lesen Sie's mir vor«, sagte er dann. »Ich sehe, daß man die meisten Wörter nur ergänzen muß, aber das können Sie schneller.«

Ruby las laut vor:

> »›*Heute habe ich gesehen, wie Gustav meine Cynthia berührt hat, kann nur sexuell gewesen sein. Er hat ihre Windel entfernt und sie angestarrt. Ohne zu wissen, daß ich ihn beobachte, hat er sich über sie gebeugt und etwas Unaussprechliches getan. Ich bin so empört und in Sorge um Cynthia gewesen! Wird ihr Vater, dieser Perverse, dem eigenen Kind nachstellen? Ich habe ihm erklärt, daß mir egal ist, was er mir antut, aber daß er Cynthia nie mehr anrühren darf, weil ich sonst zu den Kinderschutzleuten gehe, die ihn hinter Gitter bringen können. Er hat sich offenbar nicht geschämt, aber versprochen, es nicht mehr zu tun. Ich weiß nicht, ob ich ihm glauben kann, er ist so verdorben! Kann ich Cynthia vor ihm schützen? Auch das ist zweifelhaft.*‹«

Ohne Ainslies Reaktion abzuwarten, fuhr Ruby fort: »Ähnliche Eintragungen wiederholen sich in den folgenden Monaten, und trotz Mrs. Ernsts Drohung ist klar, daß sie nie etwas unternommen hat. Nach eineinhalb Jahren findet sich diese Eintragung.« Sie schob ihm ein weiteres Heft hin und zeigte auf die Stelle, die sie meinte.

Ainslie forderte sie mit einer Handbewegung auf, den verschlüsselten Text vorzulesen. Sie zog das Schreibheft wieder zu sich heran.

»›*Ich habe Gustav immer wieder gewarnt, aber er macht trotzdem weiter und tut Cynthia manchmal weh, so daß sie aufschreit. Als ich ihm Vorhaltungen gemacht habe, hat er abgewehrt: 'Das hat nichts zu bedeuten. Nur ein bißchen Zärtlichkeit von ihrem Da.' Ich habe ihm erklärt: 'Nein, das ist widernatürlich. Sie haßt es, und sie haßt dich. Sie hat Angst vor dir.' Kommt er jetzt in ihre Nähe, weint sie, krümmt sich schutzsuchend zusammen und weicht vor ihm zurück. Ich drohe ihm immer wieder damit, jemanden anzurufen – das Jugendamt, die Polizei oder sogar unseren Dr. W. –, aber Gustav lacht darüber, weil er nur allzugut weiß, daß ich das nicht über mich brächte, und damit hat er recht. Die Schande wäre zu schrecklich. Wie könnte ich den Leuten danach noch unter die Augen treten? Ich kann mit keinem Menschen darüber reden – nicht einmal um Cynthias willen. Cynthia und ich werden diese schwere Bürde allein tragen müssen.*‹

»Schockiert Sie das?« fragte Ruby.

»Nach neun Jahren bei der Mordkommission schockiert mich nichts mehr, aber mir macht Sorgen, wie die Geschichte weitergehen wird. Sie *geht* weiter, nicht wahr?«

»Natürlich.« Ruby blätterte in ihren Notizen. »Als nächstes ist er zu Mißhandlungen übergegangen. Als Cynthia drei war, hat Gustav angefangen, sie zu schlagen – ›wegen irgendwelcher Kleinigkeiten, manchmal völlig grundlos‹, berichtet das Tagebuch. Er hat ihr Weinen nicht leiden können und einmal ›zur Strafe‹ ihre Füße in kochendheißes Wasser gesteckt. Mrs. Ernst hat Cynthia ins Krankenhaus gebracht und die Verbrühungen als Unfall ausgegeben. Sie hat festgehalten, daß niemand ihr geglaubt habe – aber passiert ist trotzdem nichts.

Als die Kleine dann acht gewesen ist, hat Gustav sie zum ersten von vielen Malen vergewaltigt. Danach ist Cynthia vor jedem zurückgeschreckt, der sie berühren wollte – auch vor ihrer Mutter –, als habe sie Angst vor jeglicher Berührung.« Rubys Stimme versagte. Sie trank einen Schluck Wasser aus einem Glas und deutete auf einen Stapel Schulhefte. »Das steht alles dort drin.«

»Möchten Sie eine Pause machen?« fragte Ainslie.

»Ich denke schon.« Ruby ging zur Tür und murmelte dabei: »Ich bin gleich zurück.«

Ainslies Gedanken befanden sich in wildem Aufruhr. Er hatte die erregende Affäre mit Cynthia nicht aus seinem Gedächtnis gestrichen, würde es auch nie tun. Trotz ihrer Verbitterung über seinen Entschluß, sich von ihr zu trennen, und ihrer späteren absichtlichen Sabotage seiner Karriere hatte er Cynthia noch immer gern und würde ihr seinerseits nie schaden wollen. Und seit er diese neuen Tatsachen erfahren hatte, galt sein ganzes Mitleid dem armen kleinen Mädchen. Wie *konnten* vermeintlich zivilisierte Eltern das eigene Kind mißhandeln und mißbrauchen – der Vater aus perverser Lust, die Mutter so rückgratlos, daß sie nicht das geringste unternahm, um ihrer Tochter zu helfen?

Dann wurde leise die Tür geöffnet, und Ruby kam hereingeschlüpft. Ainslie musterte sie prüfend und fragte: »Schaffen Sie's weiterzumachen?«

»Ja, ich möchte die Sache hinter mich bringen. Vielleicht ziehe ich heute abend los und besaufe mich, um alles vergessen zu können.«

Aber er wußte, daß sie das nicht tun würde. Da ihr Vater tragischerweise von einem fünfzehnjährigen Junkie erschossen worden war, gab es für Ruby keine Drogen – auch keinen Alkohol. Daran würde diese Geschichte nichts ändern.

»Das Unvermeidliche ist passiert, als Cynthia zwölf war«, fuhr Ruby fort. »Sie ist von ihrem Vater schwanger geworden. Am besten lese ich Ihnen vor, was Mrs. Ernst darüber geschrieben hat.«

Diesmal zeigte sie ihm nicht das verschlüsselte Tagebuch, sondern las direkt aus ihrer Transkription vor.

»›In dieser schrecklichen, schändlichen Situation sind die nötigen Vorbereitungen getroffen worden. Gustavs Anwalt L. M. hat dafür gesorgt, daß Cynthia in Pensocola unter einem anderen Namen in einer diskreten Privatklinik liegt, zu der er Verbindung hat. Nach Auskunft der Ärzte muß Cynthia das Kind bekommen, weil bei so fortgeschrittener Schwangerschaft kein Abbruch mehr zulässig ist. Sie bleibt in der Klinik, bis es soweit ist. L. M. sorgt auch für eine sofortige Adoption des Babys; ich habe ihm gesagt, daß uns egal ist, wer es nimmt, solange unsere Identität geheimgehalten wird. Cynthia bekommt ihr Kind nicht zu sehen und hört nie wieder von ihm – und wir auch nicht. Gott sei Dank!

Vielleicht hat diese Sache sogar noch etwas Gutes. Bevor L. M. bereit gewesen ist, den Fall zu übernehmen, hat er Gustav gründlich die Meinung gesagt. Er hat gesagt, Gustav widere ihn an, und Ausdrücke benutzt, die ich nicht wiederholen will. Und er hat ihm ein Ultimatum gestellt: Hört Gustav nicht endgültig auf, Cynthia zu mißbrauchen, zeigt L. M. ihn an und sorgt dafür, daß er für Jahre hinter Gitter muß. L. M. hat ihm gedroht, das meine er ernst, und wenn das die einzige Möglichkeit sei, 'dann zum Teufel mit dem Anwaltsgeheimnis'! Gustav hat richtig Angst gehabt.‹

Einige Zeit später wird erwähnt, daß Cynthia ihr Kind bekommen hat«, sagte Ruby. »Keine weiteren Informationen, nicht mal das Geschlecht des Babys. Dann ist Cynthia heimgekehrt, und wenig später findet sich in Mrs. Ernsts Tagebuch folgende Eintragung:

›Trotz unserer Vorsichtsmaßnahmen muß sich irgend etwas herumgesprochen haben. Eine Frau vom Jugendamt hat mich aufgesucht. Ihre Fragen haben gezeigt, daß sie nicht alles wußte, aber darüber informiert war, daß Cynthia mit zwölf Jahren ein Kind bekommen hatte. Das mußte ich zugeben, weil es nicht zu leugnen war; ansonsten habe ich gelogen. Ich habe behauptet, der Vater des Kindes sei uns unbekannt, aber Gustav und ich seien seit längerer Zeit besorgt gewesen, weil Cynthia sich mit allen möglichen Jungen herumgetrieben habe. In Zukunft würden wir sie strenger beaufsichtigen.

Ich weiß nicht, ob sie mir das alles abgenommen hat, aber sie konnte meine Aussage natürlich nicht widerlegen. Daß diese Leute in alles ihre Nase stecken müssen!

Als die Frau gegangen war, habe ich entdeckt, daß Cynthia uns belauscht hatte. Wir haben kein Wort miteinander gesprochen, aber Cynthia hat mich wild angefunkelt. Sie haßt mich, fürchte ich.‹«

Ainslie schwieg, denn seine Gedanken waren zu komplex, um ausgedrückt zu werden. Vor allem empfand er überwältigenden Abscheu, weil weder Gustav noch Eleanor Ernst auch nur einen Gedanken auf das Wohlergehen des Neugeborenen verschwendet hatten – *ihr* Enkel oder *ihre* Enkelin; *sein* Sohn oder *seine* Tochter, was ihnen anscheinend beiden egal gewesen war.

»Danach habe ich viel übersprungen«, fuhr Ruby fort, »und ihre Tagebücher aus Cynthias Jugendjahren nur noch überflogen. Ich habe nicht alle lesen können; vielleicht tut das nie jemand. Aber sie zeigen, daß Gustav Ernst Cynthia nicht mehr nachgestellt und sie statt dessen gefördert hat – in der Hoffnung, sie werde ›vergeben und vergessen‹, wie seine Frau schreibt. Er hat ihr viel Geld gegeben – davon hatte er reichlich. Und als Cynthia zur Miami Police gegangen ist, hat er seinen Einfluß als City Commissioner genutzt, um sie in die Mordkommission zu bringen und dann rasch befördern zu lassen.«

»Cynthia hat sehr gut gearbeitet«, stellte Ainslie fest. »Sie hätte es auch ohne Protektion weit gebracht.«

Ruby zuckte mit den Schultern. »Mrs. Ernst hat vermutet, das habe genutzt, aber andererseits nicht geglaubt, Cynthia werde Gustav oder ihr jemals für irgend etwas dankbar sein.« Sie blätterte in ihren Aufzeichnungen. »Hier ist etwas, das Mrs. Ernst vor vier Jahren geschrieben hat:

›Gustav lebt in einer Welt voller närrischer Illusionen. Er bildet sich ein, zwischen uns beiden und Cynthia sei alles in bester Ordnung, weil wir die Vergangenheit hinter uns gelassen haben, und Cynthia empfinde nun sogar Zuneigung für uns. Was für Unsinn! Cynthia liebt uns nicht. Warum sollte sie auch? Wir haben ihr nie Grund dazu gegeben. Nachträglich wünsche ich mir oft, ich hätte manches anders gemacht. Aber nun ist's zu spät. Für alles zu spät.‹

Zuletzt möchte ich Ihnen einen Tagebucheintrag vorlesen, der vielleicht der wichtigste ist«, fuhr Ruby fort. »Vier Monate vor ihrer Ermordung hat Mrs. Ernst folgende Befürchtungen zu Papier gebracht:

›Ich habe Cynthia manchmal dabei ertappt, daß sie uns anstarrt. Aus ihrem Blick scheint finsterer Haß auf uns beide zu sprechen. Für Cynthias Wesensart ist charakteristisch, daß sie nie etwas verzeiht. Niemals! Sie verzeiht niemandem auch nur die geringste Kränkung. Sie rächt sich irgendwann dafür, zahlt es dem Betreffenden heim. Bestimmt ist sie durch unsere Schuld so geworden. Manchmal glaube ich, daß sie etwas mit uns vorhat, um sich an uns zu rächen, und habe Angst. Cynthia ist sehr clever, viel cleverer als wir beide.‹«

Ruby legte ihre Notizen weg. »Ich habe erledigt, was Sie mir aufgetragen haben. Jetzt ist nur noch eine Sache übrig.« Ihr Gesichtsausdruck wurde weicher, als sie Ainslies bekümmerte Miene sah. »Für Sie muß das alles sehr schwer gewesen sein, Sergeant.«

»Wie meinen Sie das?« fragte er unsicher.

»Malcolm, wir wissen alle, warum Sie nicht zum Lieutenant befördert worden sind. Sie könnten wahrscheinlich schon Captain sein.«

Er seufzte resigniert. »Dann wissen Sie also, daß Cynthia und ich...« Er sprach nicht weiter.

»Natürlich. Wir haben's alle schon damals gewußt. Wir sind schließlich Kriminalbeamte, oder?«

Unter anderen Umständen hätte Ainslie vielleicht gelacht. Aber jetzt hing etwas Unausgesprochenes drohend in der Luft.

»Was gibt's noch?« fragte er. »Sie haben von einer Sache gesprochen. Welche meinen Sie?«

»In der Asservatenkammer steht noch ein verschlossener Karton aus dem Haus des Ehepaars Ernst, auf dem aber Cynthias Name steht. Sie scheint ihn bei ihren Eltern aufbewahrt zu haben, und er ist mit dem übrigen Zeug sichergestellt worden.«

»Haben Sie nachgesehen, wer ihn eingeliefert hat?«

»Sergeant Brewmaster.«

»Dann gehört er zum Beweismaterial, und wir sind berechtigt, ihn zu öffnen.«

»Ich hole ihn«, sagte Ruby.

Der große Karton, den Ruby hereinbrachte, glich den anderen und war ebenfalls mit Klebeband mit dem Aufdruck TATORTMATERIAL verschlossen. Aber unter diesem breiten Klebeband wurde ein blauer Klebstreifen sichtbar, der das wiederholte Monogramm »C. E.« trug und an mehreren Stellen mit Siegelwachs fixiert war.

»Diesen Streifen vorsichtig abziehen und aufheben«, wies Ainslie Ruby an.

Einige Minuten später hatte Ruby den Karton geöffnet und klappte die Deckelteile zurück. Sie sahen hinein und stellten fest, daß der Karton mehrere Klarsichtbeutel mit je einem Gegenstand enthielt. Obenauf lag ein Plastikbeutel mit einer Schußwaffe, die ein Revolver Smith & Wesson Kaliber 38 zu sein schien. Die beiden Beutel darunter enthielten je einen Sportschuh, die beide Flecken aufwiesen. In einem vierten Plastikbeutel steckte ein T-Shirt mit ähnlichen Flecken. Die tiefste Lage bildeten weitere Klarsichtbeutel, darunter einer mit einer Tonbandkassette. Jeder Beutel trug einen beschrifteten Aufkleber, und Ainslie erkannte sofort Cynthias Handschrift.

Er konnte kaum glauben, was er vor sich sah.

»Wie kommt dieses Zeug hierher?« fragte Ruby erstaunt.

»Nur aus Versehen. Es ist im Haus der Ernsts versteckt gewesen und irrtümlich mit dem ganzen anderen Material sichergestellt worden.« Ainslie fügte hinzu: »Vorsicht, nichts anfassen, aber vielleicht können Sie lesen, was auf dem Beutel mit dem Revolver steht.«

Ruby beugte sich darüber. »Hier ist vermerkt: ›Die Waffe, mit der P. J. seine Exfrau Naomi und ihren Freund Kilburn Holmes erschossen hat.‹ Und darunter steht ein Datum – der 21. August vor sechs Jahren.«

»O Gott!« flüsterte Ainslie.

»Das verstehe ich nicht.« Sie richtete sich auf und starrte ihn an. »Was sind das für Sachen?«

»Beweisstücke aus einem ungelösten Mordfall«, antwortete er grimmig. »Aus einem bisher ungelösten Mordfall.«

Obwohl die damaligen Ermittlungen nicht von Ainslies Team durchgeführt worden waren, erinnerte er sich wegen Cynthias langjähriger Verbindung mit dem Schriftsteller Patrick Jensen gut an diesen Mordfall. Er rief sich ins Gedächtnis zurück, daß Jensen unter dringendem Tatverdacht gestanden hatte, nachdem seine Exfrau und ihr junger Freund mit einer Waffe des Kalibers 38 erschossen worden waren. Jensen hatte zwei Wochen vor der Tat einen Revolver Smith & Wesson Kaliber 38 gekauft; er behauptete jedoch, ihn verloren zu haben, und die Tatwaffe wurde nie gefunden. Wegen Mangels an Beweisen wurde keine Anklage gegen ihn erhoben.

Eine Frage drängte sich auf: War der Revolver in dem eben geöffneten Karton die verschwundene Waffe? Und: Warum hatte Cynthia diese Beweisstücke, falls es wirklich welche waren, gekennzeichnet und dann sechs Jahre lang bei sich versteckt? Für eine erfahrene Kriminalbeamtin wie Cynthia war die Kennzeichnung von Beweismaterial eine Routinesache. Nicht jedoch die Unterschlagung von Beweisstücken.

Rubys Stimme riß Ainslie aus seinen Gedanken. »Hängt dieser ›ungelöste Mordfall‹ irgendwie mit dem Fall Ernst zusammen?«

Das war die nächste Frage, die auch Ainslie sich schon gestellt hatte. Es gab endlos viele Fragen. Hatte Patrick Jensen etwas mit der Ermordung des Ehepaars Ernst zu tun? Und hatte Cynthia ihm geholfen, dieses Verbrechen ebenso wie den Doppelmord vor sechs Jahren zu vertuschen?

Ein Gefühl tiefer Niedergeschlagenheit erfaßte Ainslie, während er über diese Möglichkeiten nachdachte. »Im Augenblick läßt sich nichts Bestimmtes sagen«, erklärte er Ruby. »Als erstes brauchen wir die Spurensicherung, damit sie den Inhalt dieses Kartons unter die Lupe nimmt.«

Er griff nach dem Hörer des einzigen Telefons in diesem winzigen Raum.

Vierter Teil
Die Vergangenheit

1

Cynthia Ernst wußte genau, in welchem Augenblick sie beschlossen hatte, ihre Eltern eines Tages umzubringen. Sie war damals zwölf Jahre alt und hatte vor zwei Wochen das Kind ihres Vaters zur Welt gebracht.

Eine unauffällig gekleidete Mittvierzigerin war unangemeldet in der Villa der Familie Ernst in der exklusiven, von einem Sicherheitsdienst bewachten Wohnsiedlung Bay Point an der Biscayne Bay erschienen. Sie hatte sich als Sozialarbeiterin des Jugendamts ausgewiesen.

Als Cynthia eine fremde Stimme hörte, schlich sie lautlos zur Tür des Salons im Erdgeschoß, in den ihre Mutter die Besucherin gebeten hatte. Die Tür war geschlossen, aber Cynthia öffnete sie ebenso lautlos einen Spaltbreit, um in den Salon sehen und das Gespräch belauschen zu können.

»Mrs. Ernst, ich bin dienstlich hier«, sagte die Frau gerade, »um mit Ihnen über das Baby Ihrer Tochter zu sprechen.« Sie sah sich um und schien von ihrer Umgebung beeindruckt zu sein. »Ich muß jedoch sagen, daß in solchen Fällen im allgemeinen Armut und Vernachlässigung vorherrschen. Das ist hier ganz offensichtlich nicht der Fall.«

»Hier hat es keine Vernachlässigung gegeben, das kann ich Ihnen versichern – ganz im Gegenteil.« Eleanor Ernst sprach ruhig und überlegt. »Mein Mann und ich haben unserer Tochter von Geburt an jeden Wunsch von den Augen abgelesen und lieben sie innig. Was passiert ist, hat uns begreiflicherweise sehr mitgenommen, weil wir uns vorwerfen müssen, als Eltern versagt zu haben.«

»Es wäre vielleicht nützlich, etwas über die Vorgeschichte zu erfahren. Wie ist Ihre Tochter…« Die Besucherin sah in ihrem Notizbuch nach. »Ihre Tochter Cynthia… unter welchen Umständen ist sie schwanger geworden? Und wer ist der Vater des Kindes? Was wissen Sie über ihn – vor allem in bezug auf sein Alter?«

Cynthia trat noch etwas dichter an die Tür heran, damit ihr ja kein Wort entging.

»Tatsächlich wissen wir überhaupt nichts über den Kindsvater, und Cynthia hat sich strikt geweigert, seine Identität preiszugeben.« Eleanors Stimme war kaum mehr als ein Flüstern. Bevor sie fortfuhr, tupfte sie sich die Augen mit einem Spitzentaschentuch ab. »Leider hat unsere Tochter trotz ihres jugendlichen Alters schon viele Freunde gehabt. Ich sage das nicht gern, aber ich fürchte, daß sie schrecklich zur Promiskuität neigt. Das macht meinem Mann und mir schon seit längerem Sorgen.«

»Hören Sie, Mrs. Ernst…«, die Stimme der Sozialarbeiterin klang jetzt schärfer, »…wäre es da nicht logisch gewesen, sich um professionelle Hilfe zu bemühen? Ihr Mann und Sie sind informierte Menschen; Sie hätten wissen müssen, daß es solche Einrichtungen gibt.«

»Aus heutiger Sicht hätten wir das vielleicht tun sollen. Aber wir haben es eben nicht getan.« Eleanor fügte pointiert hinzu: »Für Außenstehende ist es immer leicht, nachträglich Fehler zu erkennen.«

»Haben Sie vor, sich jetzt beraten zu lassen? Wollen Sie auch Ihre Tochter daran beteiligen?«

»Mein Mann und ich sind noch dabei, verschiedene Möglichkeiten zu überlegen. Bisher haben uns die nötigen Vorbereitungen in Atem gehalten. Das Baby ist gleich nach der Geburt zur Adoption freigegeben worden – das hatten wir alles vorbereitet.« Eleanor machte eine Pause. »Muß ich diese Fragen wirklich alle beantworten? Mein Mann und ich hatten auf Respektierung unserer Privatsphäre gehofft.«

Die Besucherin hatte sich während ihres Gesprächs Notizen gemacht. »Das Wohl eines Kindes ist wichtiger als die Privätsphäre der Eltern, Mrs. Ernst. Aber falls Sie Zweifel daran haben, ob unsere Behörde zu Nachforschungen berechtigt ist, brauchen Sie nur Ihren Anwalt zu fragen.«

»Das ist bestimmt nicht nötig«, wehrte Eleanor beschwichtigend ab. »Ich kann Ihnen sagen, daß mein Mann und ich – und natürlich auch Cynthia – aus dieser unglücklichen Geschichte viel gelernt haben. In gewisser Beziehung hat sie uns drei enger zusammengeführt. Wir haben lange miteinander geredet, und Cynthia hat uns feierlich versprochen, sich von jetzt an zu bessern.«

»Vielleicht sollte ich selbst mit Ihrer Tochter sprechen.«

»Mir wäre es lieber, wenn Sie das nicht täten. Ich bitte Sie sogar darum, es nicht zu tun. Das könnte alle bisher erzielten Fortschritte wieder zunichte machen.«

»Wissen Sie das bestimmt?«

»Ganz sicher.«

Heute, als Erwachsene, fragte Cynthia sich manchmal, warum sie in diesem Augenblick nicht in den Salon gestürmt und mit der Wahrheit herausgeplatzt war. Aber sie mußte wohl instinktiv erkannt haben, daß sie damit zwar ihre Eltern wegen der bestimmt peinlichen Fragen in Verlegenheit gebracht, aber letztlich doch keinen Glauben gefunden hätte. Sie hatte von schlimmen Fällen von Kindesmißbrauch gelesen, in denen man den Erwachsenen, die alles abgestritten hatten, geglaubt und die Kinder als Lügner bezeichnet hatte. Die beschuldigten Erwachsenen konnten sich geldgierige Anwälte nehmen, die es verstanden, Aussagen von Kindern geschickt zu widerlegen, während Kinder – auch wenn sie begriffen, worum es ging – nicht über solche Möglichkeiten verfügten.

Jedenfalls stürmte Cynthia – vielleicht aus instinktiver Einsicht – nicht in den Salon, und die Stimmen der beiden Frauen wurden leiser, als sie wegschlich, weil sie genug gehört hatte.

Zehn Minuten später kamen ihre Mutter und die Sozialarbeiterin aus dem Salon. Eleanor brachte die Besucherin zur Haustür und schloß sie hinter ihr. Als sie sich umdrehte, verließ Cynthia ihr Versteck und vertrat ihrer Mutter den Weg.

Eleanor wurde blaß. »Mein Gott, Cynthia! Wie lange bist du schon hier?«

Cynthia funkelte sie schweigend und mit anklagend durchdringendem Blick an. Mit kurzen braunen Ponyfransen und Sommersprossen sah sie noch ganz wie eine Zwölfjährige aus, aber aus dem Blick ihrer smaragdgrünen Augen sprach die Willenskraft einer Frau.

Eleanor Ernsts Blick war unstet, ihre Hände verkrampften sich nervös. Sie trug elegante Kleidung mit hochhackigen Schuhen und kam frisch vom Friseur. »Cynthia«, sagte sie jetzt. »Ich bestehe darauf, daß du mir sagst, wie lange du schon hier bist. Hast du gehorcht?«

Noch immer kein Wort.

»Hör auf, mich anzustarren!« Als Eleanor einige Schritte auf sie zutrat, wich Cynthia vor ihr zurück.

Sekunden später bedeckte ihre Mutter ihr Gesicht mit den Händen und begann leise zu weinen. »Du hast's gehört, nicht wahr? Oh, Schätzchen, ich konnte nicht anders; das siehst du bestimmt ein. Du weißt, daß ich dir niemals weh tun würde... Bitte laß mich dich in den Arm nehmen.«

Cynthia beobachtete sie völlig ungerührt; dann wandte sie sich langsam ab und ging davon.

Alle lügenhaften, heuchlerischen Worte ihrer Mutter, die sie belauscht hatte, blieben für immer in ihr Gedächtnis eingebrannt. Ihren Vater haßte sie bereits, weil er sie körperlich mißbraucht hatte, solange sie zurückdenken konnte. Aber in gewisser Beziehung verabscheute sie ihre Mutter noch mehr. Selbst als Zwölfjährige wußte Cynthia, daß ihre Mutter sich um Hilfe von außen hätte bemühen können und sollen, und daß Eleanor das nicht getan hatte, konnte sie ihr nie verzeihen.

Aber Cynthia, die schon mit zwölf Jahren clever und gerissen war, verbarg ihre Wut um ihrer Zukunft willen. Um ihre großen

Pläne verwirklichen zu können, brauchte sie ihre Eltern – vor allem ihren Reichtum und ihre Beziehungen. Deshalb spielte sie in der Öffentlichkeit die wohlerzogene, manchmal sogar liebevolle Tochter. Zu Hause sprach sie nur selten mit ihnen.

Ihr Vater, das wußte sie, akzeptierte die Täuschung, weil er für das Bild, das sie Außenstehenden vermittelte, dankbar war. Ihre Mutter benahm sich, als sei innerhalb der Familie alles in bester Ordnung.

Wurde ihr jemals ein Wunsch verweigert, verschränkte Cynthia die Arme und starrte ihre Eltern mit kaltem Blick durchdringend an, als wollte sie sagen: *Ich weiß, was ihr mir angetan habt, und ihr wißt es auch. Wäre es nicht besser, wenn sonst niemand davon erführe? Ihr habt die Wahl!*

Diese unausgesprochene Drohung, ein Appell an ihr Scham- und Schuldgefühl und ihre Feigheit, wirkte hundertprozentig. Nach einer nervösen, verlegenen Pause knickte Gustav Ernst unweigerlich unter dem herausfordernden Blick seiner Tochter ein und murmelte: »Ich weiß einfach nicht, was ich mit ihr anfangen soll.«

Eleanor zuckte wie üblich hilflos mit den Schultern.

Ihre ganze Durchsetzungskraft bewies Cynthia, als es einige Jahre später darum ging, welche Schule sie in Zukunft besuchen würde.

Sie hatte die Unter- und Mittelstufe in Miami besucht, und ihre Zeugnisse wiesen sie als überdurchschnittlich begabte Schülerin aus. Gustav und Eleanor hatten vor, Cynthia auf die angesehene Privatschule Ransom-Everglades in Coral Gables zu schicken. Aber ihre damals vierzehnjährige Tochter hatte andere Ideen. Als sie bereits in Ransom-Everglades angemeldet war, erklärte sie ihren Eltern plötzlich, sie habe sich für das Internat Pine Crest in Fort Lauderdale – ungefähr vierzig Kilometer nördlich von Miami – entschieden. Sie hatte sich dort auf eigene Faust angemeldet.

Gustav war total dagegen. »Du hast absichtlich gegen unsere Wünsche gehandelt«, sagte er an diesem Tag beim Abendessen.

»Hätten wir uns für Pine Crest entschieden, hättest du auf Ransom-Everglades bestanden.«

Eleanor beobachtete die beiden hilflos und wußte, daß Cynthia sich zuletzt doch durchsetzen würde.

Mit ihrer bewährten Methode schaffte sie das auch. Cynthia blieb am Tisch sitzen, rührte aber das Essen nicht an, sondern starrte ihren Vater mit einem Blick an, aus dem absolute Überlegenheit sprach, bis er endlich seine Gabel weglegte und unwillig brummte. »Mach doch meinetwegen, was du willst.«

Cynthia nickte, stand vom Tisch auf und ging in ihr Zimmer.

Vier Jahre später wiederholte sich das alles, als Cynthia sich für ein College entscheiden mußte. Unterdessen war sie achtzehn und besaß die Klugheit und Schönheit einer erwachsenen Frau. Sie wußte recht gut, daß ihre Mutter sich sehnlichst wünschte, Cynthia würde am Smith College in Northampton, Massachusetts – Eleanors prestigeträchtiger Alma mater – studieren, und ließ sie vier Jahre lang in dem Glauben, sie werde dieses College wählen.

Cynthia war eine sehr aussichtsreiche Kandidatin: Sie war in Pine Crest die Klassenbeste und wurde in die National Honor Society aufgenommen. Außerdem spendete Eleanor dem Smith College regelmäßig größere Beträge, was zwar angeblich nicht zählte, aber vielleicht doch nutzte.

Die Zusage wurde an die Adresse der Ernsts geschickt, und Eleanor öffnete den Brief. Sie rief Cynthia sofort im Internat an, um ihr die aufregende Nachricht mitzuteilen.

»Ja, ich habe erwartet, daß sie mich nehmen würden«, sagte Cynthia kühl.

»Schätzchen, ich kann dir nicht sagen, wie begeistert ich bin! Das muß gefeiert werden! Wie wär's mit einem Dinner am Samstagabend? Hättest du Zeit?«

»Klar, klingt gut.«

Cynthia machte die Symmetrie der Ereignisse bereits Spaß, und am Samstagabend saßen die drei an dem langen Eichentisch im Speisezimmer: ihre Eltern an den Kopfenden, Cynthia an der

Seite. Der Tisch war mit englischem Damast und Eleanors bestem Herend-Porzellan gedeckt. In mehrarmigen Silberleuchtern brannten Kerzen. Cynthia trug sogar ein Abendkleid. Ihre Eltern, das war nicht zu übersehen, strahlten vor Glück.

Nachdem ihr Vater den Wein eingeschenkt hatte, hob er sein Glas und sagte: »Auf die kommende Generation von Smith-Absolventinnen!«

»Hört, hört!« rief Eleanor begeistert. »Oh, Cynthia, ich bin so stolz auf dich! Du wirst sehen, als Smith-Absolventin steht dir die ganze Welt offen.«

Cynthia spielte mit ihrem Weinglas. »Das könnte stimmen, Mutter, wenn ich am Smith studieren würde.« Sie beobachtete amüsiert, wie das glückstrahlende Lächeln ihrer Mutter verblaßte. Dieses kleine Ritual hatten sie schon so oft zelebriert, daß jede Nuance voraussehbar war.

»Was zum Teufel soll das heißen?« fragte der Vater.

»Ich habe mich bei der Florida State University in Tallahassee beworben«, antwortete Cynthia fröhlich. »Letzte Woche ist die Zusage gekommen, und ich habe mich gleich angemeldet.« Sie hob ihr Weinglas. »Auf Tallahassee!«

Eleanor brachte vor Entsetzen kein Wort heraus.

Auf der Stirn ihres Mannes standen plötzlich Schweißperlen. »Du studierst am Smith College, nicht an einer staatlichen Universität. Das verbiete ich dir!«

Am anderen Tischende stand Eleanor auf. »Weißt du eigentlich, was für eine *Ehre* es ist, von Smith angenommen zu werden? Die dortigen Studiengebühren betragen über zwanzigtausend Dollar im Jahr. Beweist dir das nicht, wie exklusiv...«

»In Tallahassee sind *drei*tausend fällig«, unterbrach Cynthia sie. »Stellt euch vor, wieviel Geld ihr da sparen werdet!« Sie betrachtete ihre Eltern gelassen.

»Glaubst du etwa, daß uns das *Geld*... Oh!« Eleanor verbarg ihr Gesicht in den Händen.

Gustav schlug mit der Faust auf den Tisch. »Damit kommst du nicht durch, junge Dame!«

Unterdessen war Cynthia ebenfalls aufgestanden und starrte ihre Eltern abwechselnd an. Ihre unausgesprochenen Worte waren ohrenbetäubend laut.

Gustav bemühte sich, ihrem Blick standzuhalten, aber dann sah er wie schon so häufig weg und seufzte. Zuletzt gestand er mit einem Schulterzucken seine Niederlage ein und verließ den Raum. Sekunden später folgte Eleanor ihm hinaus.

Cynthia aß in aller Ruhe weiter.

Drei Jahre später schloß Cynthia, die ein Vierjahrespensum in drei Jahren bewältigt hatte, ihr Studium an der Florida State University mit höchster Auszeichnung und als Mitglied der Vereinigung Phi Beta Kappa ab.

Cynthia hatte als Schülerin und Studentin viele Freunde und stellte zu ihrer Überraschung fest, daß Sex ihr trotz traumatischer Kindheitserinnerungen Spaß machte. Aus ihrer Sicht hatte Sex jedoch vor allem mit Macht zu tun. Sie würde nie wieder eine willfährige Partnerin sein und war bestrebt, in jeder sexuellen Beziehung die dominierende Rolle zu spielen. Eine weitere Überraschung war die Tatsache, daß viele Männer ihre Dominanz genossen, sie sogar erregend fanden. Aber trotz ihrer vielen Affären gestattete Cynthia sich niemals den Luxus, sich zu verlieben. Sie war einfach nicht bereit, auf einen so großen Teil ihrer Unabhängigkeit zu verzichten.

Viel später galten diese Spielregeln für ihre Affäre mit Malcolm Ainslie nur zum Teil. Wie die meisten seiner Vorgänger genoß er ihre »sexuellen Freiübungen«, wie er sie einmal nannte, und revanchierte sich auf ähnliche Weise. Aber Cynthia schaffte es nie, ihn wie die anderen völlig zu dominieren; er besaß eine innere Kraft, die sie nie ganz überwinden konnte. Während ihrer Affäre hatte sie aus reinem Mutwillen versucht, Malcolms Ehe zu zerstören, dabei aber keineswegs die Absicht gehabt, ihn selbst zu heiraten – oder irgendeinen anderen Mann. In ihren Augen bedeutete eine Ehe, sich einem Mann praktisch auszuliefern, und sie hatte sich geschworen, das nie zu tun.

In direktem Gegensatz zu Malcolm stand der Romanautor Patrick Jensen, den Cynthia vom ersten Augenblick an beherrscht hatte. Anfangs war ihre Beziehung rein sexueller Natur gewesen, aber später wurde sie komplexer. Cynthias Affären mit beiden Männern begannen etwa gleichzeitig, aber sie hielt Malcolm und Patrick sorgsam auseinander, so daß sie gewissermaßen auf getrennten Bahnen liefen.

Patrick Jensen steckte gerade in einer schwierigen Lage – vor allem wegen des Scheiterns seiner Ehe –, als seine Affäre mit Cynthia begann. Seine Frau Naomi hatte sich scheiden lassen und nach erbitterten Auseinandersetzungen eine großzügige Abfindung erstritten. Nach Auskunft von Freunden waren die sieben Ehejahre der Jensens von Patricks Wutanfällen geprägt gewesen, die dazu geführt hatten, daß Naomi ihn dreimal wegen Körperverletzung angezeigt hatte. Alle drei Anzeigen waren zurückgezogen worden, nachdem Patrick Besserung gelobt hatte. Aber die trat nie ein. Auch nach der Scheidung zeigte Patrick öffentlich, wie eifersüchtig er auf Naomi war, wenn sie sich mit anderen Männern zeigte, und wurde einmal sogar gewalttätig gegen ihren Begleiter.

Für Patrick war Cynthia Ernst in jeder Beziehung ein Geschenk des Himmels. Er gestand sich ein, daß sie viel stärker war als er, unterwarf sich ihr bereitwillig und verließ sich mehr und mehr auf ihre Führung. Cynthia glaubte ihrerseits, in Patrick jemanden gefunden zu haben, den sie beherrschen und zur Verwirklichung ihrer langfristigen persönlichen Pläne einsetzen konnte.

Ihre Überzeugung bestätigte sich, als Patrick eines Nachts sehr spät bei Cynthia aufkreuzte.

Sie hörte vom Bett aus, wie jemand ungeduldig an ihre Wohnungstür hämmerte. Ein Blick durch den Spion zeigte ihr Patrick, der sich nervös im Flur umsah und sich mit allen zehn Fingern durchs Haar fuhr.

Als sie ihm öffnete, stürzte er herein und sagte hastig: »Gott, Cynthia, ich hab' was Schlimmes angestellt! Ich muß aus Miami weg. Leihst du mir dein Auto?« Er trat ans nächste Fenster und sah ängstlich nach beiden Seiten die Straße entlang. »Ich muß weg... sofort weg von hier! Cynthia, du mußt mir helfen.« Er starrte sie bittend an, während er sich wieder die Haare raufte.

»Mein Gott, du bist in Schweiß gebadet.« Cynthia fuhr energisch fort: »Komm, beruhig dich erst mal. Setz dich hin, ich hole dir einen Scotch.«

Sie brachte ihm den Drink, nahm neben ihm auf der Couch Platz und massierte seinen Nacken. Er begann zu reden, verstummte dann und stieß plötzlich hervor: »O Gott, Cynthia, ich hab' Naomi umgebracht! Hab' sie erschossen.« Seine Stimme versagte.

Cynthia rückte von ihm ab. Ihre Pflicht als Polizeibeamtin – vor allem als Kriminalbeamtin der Mordkommission – war klar. Sie hätte Patrick verhaften, ihn über seine Rechte belehren und in Handschellen abführen müssen. Aber sie überlegte rasch, wog die Chancen und Risiken ab und tat nichts dergleichen. Statt dessen trat sie an einen Schrank, holte ein Tonbandgerät heraus, legte eine neue Kassette ein und drückte die Aufnahmetaste. Patrick hatte seine Hände vors Gesicht geschlagen und schluchzte laut. Cynthia stellte das Tonbandgerät in seiner Nähe auf die Fensterbank, wo es hinter Topfpflanzen versteckt war.

Dann sagte sie: »Patrick, wenn ich dir helfen soll, mußt du mir *genau* erzählen, was passiert ist.«

Er sah auf, nickte und begann mit brüchiger Stimme: »Ich hab's nicht vorgehabt, hab's nicht geplant... aber ich habe den Gedanken, daß Naomi einen anderen hat, nie ertragen können... Als ich die beiden miteinander gesehen hab', sie und diesen Scheißkerl, bin ich ausgerastet, blind vor Wut gewesen... Ich hatte einen Revolver in der Tasche. Ich hab' ihn gezogen und immer wieder abgedrückt... Plötzlich ist's vorbei gewesen... Dann habe ich gesehen, was ich getan hatte. O Gott, ich habe beide erschossen!«

Cynthia war entsetzt. »Du hast *zwei Menschen* erschossen? Wer ist der Mann gewesen?«

»Kilburn Holmes.« Er fügte niedergeschlagen hinzu: »Er ist

Naomis Freund gewesen, hat dauernd mit ihr zusammengesteckt. Das haben mir andere Leute erzählt.«

»*Du gottverdammter Idiot!*« Cynthia empfand zum erstenmal nackte Angst. Patrick würde logischerweise verdächtigt werden, diese beiden ermordet zu haben, und was sie tat – falls sie weitermachte –, konnte sie ihre Karriere und die eigene Freiheit kosten.

»Hat dich jemand gesehen?« fragte sie. »Gibt's Tatzeugen?«

Patrick schüttelte den Kopf. »Nein, mich hat niemand gesehen. Das weiß ich bestimmt. Es ist schon lange dunkel gewesen. Nicht mal die Schüsse haben jemanden angelockt.«

»Hast du irgendwas – *die kleinste Kleinigkeit* – am Tatort zurückgelassen?«

»Garantiert nicht.«

»Hast du Geräusche gehört, als du abgehauen bist, oder Stimmen?«

»Nein.«

»Wo ist die Waffe?«

»Hier.« Er zog einen Revolver Smith & Wesson Kaliber 38 aus der Tasche.

»Leg ihn hier auf den Tisch«, befahl sie ihm.

Cynthia machte eine Pause, um die möglichen persönlichen Risiken gegen den Einfluß abzuwägen, den sie durch diese Geschichte über Patrick gewinnen konnte. Sie wußte genau, was ihre Pflicht gewesen wäre, aber sie sah ihn auch als nützliches Werkzeug.

Sie faßte einen Entschluß, ging in ihre kleine Küche hinaus und kam mit einer Küchenzange, Klarsichtbeuteln und einer Rolle Klebstreifen zurück. Als erstes steckte sie den Revolver mit Patricks Fingerabdrücken in einen Beutel und klebte ihn zu. Dann deutete sie auf sein T-Shirt. »Zieh das aus; es hat Blutflecken. Und deine Sportschuhe auch.«

Das T-Shirt und die Sportschuhe kamen in drei weitere Klarsichtbeutel, die ebenfalls zugeklebt wurden. »Jetzt gibst du mir deinen Hausschlüssel und ziehst dich ganz aus.«

Als Patrick zögerte, fauchte Cynthia ihn an: »Los, mach *genau*, was ich sage! Wo hast du die beiden erschossen?«

»In der Einfahrt vor Naomis Haus.« Er seufzte.

Mit dem Rücken zu Patrick, dem sie dadurch die Sicht versperrte, schaltete Cynthia das Tonbandgerät aus. Er war ohnehin zu benommen, um etwas mitbekommen zu haben.

Patrick hatte sich unterdessen ganz ausgezogen. Er stand mit hängenden Schultern da und starrte nervös zu Boden. Cynthia ging erneut in die Küche hinaus und kam mit einem braunen Müllbeutel zurück, in den sie die restlichen Kleidungsstücke stopfte.

»Ich fahre jetzt zu dir«, sagte sie. »Unterwegs werfe ich diese Sachen weg und hole dir neue Klamotten. Du duscht inzwischen *sehr* heiß und schrubbst deinen ganzen Körper – vor allem die Hand, in der du die Waffe gehalten hast – mit der Nagelbürste ab. Wo hast du den Revolver her?«

»Ich habe ihn vor zwei Monaten gekauft.« Er fügte niedergeschlagen hinzu: »Mein Name ist registriert.«

»Wird die Waffe nicht gefunden und gibt es sonst nichts, was dich belasten könnte, passiert dir nichts. Okay, du hast den Revolver eine Woche nach dem Kauf verloren. Merk dir das und bleib dabei.«

»Wird gemacht«, murmelte Patrick bestätigend.

Als Cynthia ging, nachdem sie sich rasch angezogen hatte, verschwand er in ihrem Bad.

Cynthia fuhr auf Umwegen zu Patricks Haus und entsorgte unterwegs seine Kleidung in verschiedenen Mülltonnen und einem Müllcontainer. In seinem Haus suchte sie rasch ein paar frische Kleidungsstücke für ihn zusammen.

Als sie gegen halb sechs Uhr zurückkam und leise die Wohnungstür aufschloß, sah sie Patrick auf der Couch sitzen. Er beugte sich tief über die Glasplatte des Couchtisches und hatte einen zu einem Röhrchen zusammengerollten Dollarschein in der Nase stecken.

»Wie kannst du's wagen, hier zu koksen?« kreischte sie.

Als er hochschreckte, waren auf dem Glas vier Linien Kokain zu sehen, die er noch nicht geschnupft hatte.

Patrick fuhr sich mit dem Handrücken über die Nase. »Mein Gott, Cynthia, kein Grund zur Aufregung«, schniefte er. »Ich hab' bloß gedacht, das würd' mir helfen, diese Sache durchzustehen.«

»Wirf dieses Zeug ins Klo – und deinen restlichen Vorrat auch. *Sofort*!« Patrick wollte etwas einwenden, ging dann jedoch ins Bad und murmelte dabei: »Ich bin schließlich nicht süchtig.«

Cynthia gestand sich im stillen ein, daß Patrick tatsächlich nicht süchtig war. Wie andere, die sie kannte, schnupfte er nur gelegentlich Kokain. Sie selbst hielt sich von Drogen und allen sonstigen Rauschmitteln fern, die ihre Selbstkontrolle hätten beeinträchtigen können.

Patrick kam aus dem Bad zurück und jammerte über die zweihundert Dollar, die er hatte hinunterspülen müssen. Cynthia achtete nicht weiter auf ihn, sondern machte sich daran, die Klarsichtbeutel mit dem Revolver, dem T-Shirt und den Sportschuhen zu beschriften, wobei sie darauf achtete, daß Patrick genau mitbekam, was sie tat. Als sie damit fertig war, legte sie alles in einen großen Pappkarton, in den später auch die Tonbandkassette kommen würde.

»Wozu machst du das alles?« fragte Patrick, der ruhelos im Zimmer auf und ab ging.

»Damit alles seine Ordnung hat.« Cynthia wußte recht gut, daß ihre Antwort unbefriedigend war, aber das spielte keine Rolle. Patrick war jetzt high: hyperaktiv und sprunghaft. Er verfolgte das Thema wie erwartet nicht weiter, sondern fing an, ihr einen Vortrag darüber zu halten, wie er seine Notizen als Schriftsteller ähnlich methodisch ordnete.

Später, nachdem Cynthia den Karton mit Belastungsmaterial sicher versteckt hatte, würde sie Patricks Frage präziser beantworten – auf eine Art, die ihm weniger gefallen würde.

Als Cynthia abends allein war, spielte sie erstmals das Tonband ab. Die Aufnahmequalität war gut. Sie hatte einen zweiten Recorder und eine neue Kassette mitgebracht, um weitermachen zu können.

Als erstes bearbeitete sie das Originalband mit Patricks Schilderung des Doppelmords. Mit Hilfe einer Stoppuhr und ihrer Notizen löschte sie alles, was sie selbst gesagt hatte, indem sie die Aufnahmetaste drückte, ohne ein Mikrofon angeschlossen zu haben. Wie auf Präsident Nixons Watergate-Tonband entstanden so große Lücken, aber das war nebensächlich, denn Patricks Geständnis war unmißverständlich belastend, wie er merken würde, wenn sie es ihm vorspielte. Zu diesem Zweck kopierte sie die redigierte Aufnahme, bevor sie das Original in den Karton mit dem übrigen Beweismaterial legte.

Cynthia verschloß den Karton sorgfältig mit blauem Klebeband, das ihr Monogramm trug, und fuhr damit in die Villa ihrer Eltern in Bay Point. Dort hatte sie im ersten Stock noch immer ihr Zimmer, in dem sie gelegentlich übernachtete und einige persönliche Dinge aufbewahrte. Sie schloß das Zimmer auf und stellte den Karton in ihren Kleiderschrank, wo er hinter anderen Schachteln nicht zu sehen war. Irgendwann würde sie zurückkommen und die Aufkleber mit ihrer Handschrift durch Computeretiketten ersetzen; bei dieser Gelegenheit würde sie Latexhandschuhe tragen und die Klarsichtbeutel mit ihren Fingerabdrücken durch neue ohne Abdrücke ersetzen. Aber irgendwie fand sie nie die Zeit dazu, weil andere Dinge wichtiger waren.

Cynthia hatte von Anfang an nie vor, den Inhalt des Kartons irgend jemandem zu zeigen. Sie wollte nur, daß Patrick sah, wie sie das Beweismaterial sammelte und katalogisierte, um ihn damit für immer in der Hand zu haben. Irgendwann würde sie vermutlich das ganze Material in eine Stahlkassette packen und weit vor der Küste im Atlantik versenken.

Nachdem Naomi Jensen und Kilburn Holmes erschossen aufgefunden worden waren, sah die Mordkommission der Miami

Police in Patrick Jensen den Hauptverdächtigen und vernahm ihn eingehend. Zu Cynthias Erleichterung reichte die Beweislage nicht für eine Verhaftung und Anklage aus. Gewiß, Jensen hatte Gelegenheit zur Tat gehabt und besaß kein Alibi; andererseits fehlte jegliches Belastungsmaterial. Außerdem hatte Cynthia ihm eingeschärft, bei Vernehmungen möglichst wenig zu sagen und keine freiwilligen Angaben zu machen. »Denk daran, daß du deine Unschuld nicht beweisen mußt«, hatte sie unterstrichen. »Die Cops müssen dir deine Schuld nachweisen.«

Am Tatort fanden die Spurensicherer zwei kleinere Beweisstücke, mit denen jedoch wenig anzufangen war. Ein in der Nähe der Leichen gefundenes Taschentuch paßte zu anderen, die Jensen besaß. Aber daß es Jensen gehörte, ließ sich nicht beweisen.

Das zweite Beweisstück war ein Papierfetzen, den Kilburn Holmes in der Hand gehalten hatte. Er paßte zu einem weiteren Stück Papier in Jensens Garage, aber auch das bewies nichts. Die tödlichen Schüsse waren aus einer Waffe des Kalibers 38 abgefeuert worden, und Jensen hatte nachweislich zwei Monate zuvor einen Revolver Smith & Wesson Kaliber 38 gekauft. Aber er behauptete, diese Waffe schon eine Woche später verloren zu haben; eine Durchsuchung seines Hauses förderte sie nicht zutage, und ohne Tatwaffe steckten die Ermittlungen in einer Sackgasse.

Cynthia war auch erleichtert, daß Ainslies Team nicht mit den Ermittlungen befaßt war. Zuständig für sie war Sergeant Pablo Greene, der Detective Charlie Thurston mit der Leitung der Ermittlungen betraut hatte. Da bekannt war, daß Cynthia Umgang mit Jensen hatte, fragte Thurston sie beinahe schüchtern: »Weißt du irgendwas über diesen Kerl, das uns weiterhelfen könnte?«

»Nein, leider nicht«, antwortete sie freundlich.

»Traust du Jensen zu, die beiden erschossen zu haben?«

»Ich sag's nicht gern, Charlie«, erwiderte Cynthia. »Aber ich trau' ihm die Tat zu.«

Charlie Thurston nickte. »Ich auch.«

Und damit war das Thema erledigt. Offensichtlich kam weder Sergeant Greene, Detective Thurston noch sonst jemand in der Mordkommission auf die Idee, Detective Cynthia Ernst, die früher mit dem jetzt unter Mordverdacht stehenden Jensen befreundet gewesen war, könnte auch nur im entferntesten in diesen Fall verwickelt sein.

Das lag natürlich daran, daß Cynthia ihren Kollegen, Vorgesetzten und sonstigen Gesprächspartnern gegenüber freundlich und kooperativ auftrat. Nur Verbrecher, mit denen sie beruflich zu tun hatte, erlebten sie von ihrer kalten, skrupellosen Seite.

Patrick Jensen lernte diese Seite kennen, als sie wieder zusammentrafen, nachdem Cynthia ihn vorsichtshalber über Monate hinweg strikt gemieden hatte.

2

Für ihr nächstes Treffen mit Jensen wählte Cynthia die Cayman Islands aus – ein für absolute Diskretion bekanntes Urlaubsziel, wo man völlig ungestört sein kann, wenn man Wert darauf legt. Genau das wollte sie.

Sie reisten einzeln an und wohnten in getrennten Hotels. Cynthias Reservierung im Hyatt Regency auf Grand Cayman lautete auf den Namen Hilda Shaw. Um keine Kreditkarte benutzen zu müssen, die ihre Identifizierung ermöglich hätte, ließ sie von der Western Union eine Anzahlung überweisen und beglich den Restbetrag bei ihrer Ankunft in bar. An der Rezeption wurde das anstandslos akzeptiert.

Jensen, dem sie ihre Anweisungen telefonisch erteilt hatte, wohnte ganz in der Nähe in dem bescheideneren Sleep Inn. Aber er verbrachte den größten Teil seiner drei Tage und Nächte auf Grand Cayman in Cynthias Zimmer mit Blick auf den zum Hotel gehörenden Park.

Als sie sich dort nach dreimonatiger Trennung wiedersahen, fielen sie förmlich übereinander her, rissen sich gegenseitig die

Kleider vom Leib und liebten sich so heftig und gewalttätig, daß Cynthia auf ihrem Höhepunkt mit beiden Fäusten gegen Jensens Schultern trommelte.

»Himmel, das tut weh!« protestierte er.

Als sie dann erschöpft in dem zerwühlten Bett lagen, sagte Patrick: »Seit wir uns damals nachts zum letztenmal getroffen haben, ist soviel passiert, daß ich nicht dazu gekommen bin, dir für alles zu danken, was du für mich getan hast. Deshalb danke ich dir jetzt.«

»Bedanken brauchst du dich nicht«, wehrte Cynthia betont lässig ab. »Ich hab' nur einen Kaufpreis bezahlt.«

Patrick lachte. »Was soll das heißen?«

»Das heißt, daß du jetzt mir gehörst.«

Danach entstand eine Pause. »Du redest von der Wunderkiste, stimmt's?« fragte Patrick langsam. »Die hast du irgendwo versteckt.«

Sie nickte. »Natürlich.«

»Und du glaubst, falls ich dir irgendwann nicht gehorche oder dich gegen mich aufbringe, könntest du sie aufmachen und sagen: ›Hey, Jungs, seht euch das viele Beweismaterial an! Damit könnt ihr den Hundesohn Jensen auf den elektrischen Stuhl bringen.‹«

»Du schreibst gute Dialoge.« Cynthia gestattete sich ein kleines, humorloses Lächeln. »Ich hätte's nicht besser ausdrücken können.«

Auch auf Patricks Gesicht erschien ein schwaches Lächeln. »Aber du hast ein paar Kleinigkeiten übersehen. Das passiert sogar dir. Zum Beispiel deine Schrift auf den Etiketten. Und deine Fingerabdrücke...«

»Alles längst beseitigt«, log sie, während sie sich wieder vornahm, sich demnächst darum zu kümmern. »Ich habe die Beutel beschriftet, damit du siehst, was ich tue. Aber jetzt trägt alles nur noch *deine* Fingerabdrücke. Und es gibt eine Tonbandkassette.«

Cynthia schilderte ihm, wie sie alles, was Jensen in jener Nacht in ihrer Wohnung gesagt hatte – sein Geständnis, er habe Naomi und ihren Freund Kilburn Holmes erschossen –, aufgenommen hatte. »Ich habe eine Kopie davon mitgebracht. Möchtest du sie hören?«

Patrick machte eine wegwerfende Handbewegung. »Schon gut; ich glaube dir. Aber ich könnte dir trotzdem schaden, indem ich aussage, wie du mir geholfen hast, das Belastungsmaterial verschwinden zu lassen. Würde ich schuldig gesprochen, wärst du auch erledigt – zumindest wegen Beihilfe.«

Cynthia schüttelte den Kopf. »Kein Mensch würde dir glauben. Ich würde alles leugnen, und mir *würde* man glauben. Und noch etwas.« Ihr Tonfall wurde schärfer. »Das Beweismaterial würde irgendwo gefunden, wo *du* es hättest verstecken können. Leider würdest du nicht wissen, wo das ist, bis die Polizei es nach einem anonymen Tip gefunden hätte.«

Sie starrten einander lauernd an. Im nächsten Augenblick ließ Jensen sich paradoxerweise zurücksinken und begann zu lachen. Er hob gutgelaunt die Hände, als ergebe er sich. »Cynthia, Liebste, du bist wirklich ein gerissenes Genie. Nun, du hast gesagt, ich gehöre dir. Ich gebe zu, daß das stimmt.«

»Das scheint dir nichts auszumachen.«

»Vielleicht ist's ein bißchen pervers, aber seltsamerweise gefällt mir das sogar.« Er fügte nachdenklich hinzu: »Das wäre eine großartige Romanvorlage.«

»Für einen Roman, den du nie schreiben wirst.«

»Aber was *tue* ich dann – wenn ich eine Art Schoßhund bin, den du an der Leine hältst?«

Dies war der entscheidende Moment. Cynthias Blick durchbohrte ihn. »Du hilfst mir, meine Eltern zu ermorden.«

»Hör mir zu«, verlangte Cynthia. »Hör mir gut zu!«

Als Patrick versucht hatte, etwas zu sagen – sie zur Vernunft zu bringen, wie er es sah, nachdem sie ihr ungeheuerliches Vorhaben angekündigt hatte –, war sie ihm über den Mund gefahren. Jetzt saß er stumm da und wartete.

Cynthia ließ sich Zeit, griff auf frühe Kindheitserinnerungen zurück, ergänzte sie durch Informationen, die sie ihrer Mutter entlockt hatte, und schilderte ihm bildhaft und überzeugend ihre gesamte Leidensgeschichte, ohne ihm – oder sich selbst – etwas zu ersparen.

Während sie erzählte, bewegte Patrick Jensen sich kaum. Aber sein Gesichtsausdruck spiegelte wechselnde Emotionen wider – erst Unglauben, dann Abscheu, Zorn, Entsetzen und Besorgnis. Einmal standen ihm Tränen in den Augen. Ein andermal machte er eine Bewegung, als wolle er Cynthias Hand ergreifen, aber sie entzog sie ihm.

Zuletzt schüttelte er bekümmert den Kopf. »Unglaublich.« Seine Stimme war kaum mehr als ein Flüstern. »Ich kann kaum glauben, daß...«

»Verdammt! Glaubst du mir etwa nicht?« unterbrach Cynthia ihn in scharfem, aggressivem Ton.

»So habe ich's nicht gemeint... Laß mir einen Augenblick Zeit, mich zu besinnen.« Nach kurzer Pause fuhr er fort: »Ich glaube dir. Jedes einzelne Wort. Aber es ist...«

»Was?« fragte sie ungeduldig.

»Es ist schwer, die richtigen Worte dafür zu finden. *Ich* habe in meinem Leben schon schlimme Dinge getan, aber solche widerwärtigen...«

»Unsinn, Patrick! Du hast zwei Menschen ermordet.«

»Ja, ich weiß.« Er verzog das Gesicht. »Okay, ich bin ein Scheißkerl. Ja, ich habe gemordet – aus Eifersucht, aus Leidenschaft oder dergleichen. Aber ich will darauf hinaus, daß deine Eltern, unter denen du jahrelang gelitten hast, reichlich Zeit gehabt haben, darüber *nachzudenken,* was sie ihrer Tochter damit angetan... Also, aus meiner Sicht sind deine Eltern der letzte Abschaum der Menschheit.«

»Gut«, sagte Cynthia zufrieden. »Dann begreifst du vielleicht, warum ich sie beseitigen will.«

Nach kaum merklichem Zögern nickte Jensen. »Ja, das verstehe ich.«

»Also hilfst du mir.«

Cynthia Ernst und Patrick Jensen sprachen zwei Stunden lang miteinander – manchmal hitzig, gelegentlich ruhig, dann wieder beschwörend, aber niemals leichthin. Ihre Überlegungen, Argumente, Zweifel, Einwände, Widersprüche, Drohungen und Beschwörungen wurden wie Dominosteine aufgebaut, über den Haufen geworfen und erneut aufgestellt.

Einmal versuchte Patrick es mit Einwänden: »Und nehmen wir mal an, ich würde *nicht* auf deinen verrückten Vorschlag eingehen, sondern dich auffordern, dich zum Teufel zu scheren. Würdest du dann wirklich diese Büchse der Pandora öffnen, die mich auf den elektrischen Stuhl bringen könnte? Damit hättest du nichts erreicht.«

»Ja, ich würde es tun«, antwortete Cynthia. »Ich würde dir nichts androhen, wenn meine Drohung nicht ernstgemeint wäre. Außerdem hast du's verdient, bestraft zu werden – wenn nicht meinetwegen, dann wegen Naomi.«

»Aber was tätest *du* dann, edle Ritterin?« Jensens Stimme klang verächtlich. »Wie würdest du deinen Plan ohne mich ausführen?«

»Ich würde mir einen anderen suchen.«

Und das würde sie tun, das wußte er.

Viel später wandte Jensen ein: »Ich habe dir erzählt, daß ich ein Verbrechen aus Leidenschaft begangen habe, ich bekenne mich dazu und wünschte, ich könnte es ungeschehen machen. Aber ich könnte *niemals* – ich brächte es einfach nicht über mich, das *weißt* du genau – eiskalt einen sorgfältig geplanten Mord verüben.« Er hob abwehrend die Hände. »Ob's dir gefällt oder nicht, so bin ich eben.«

»Das weiß ich alles«, sagte Cynthia. »Das habe ich schon immer gewußt.«

Jensen war verblüfft. »Aber warum, zum Teufel, hast du mich dann...«

»Ich will, daß du jemanden für die Tat anheuerst«, antwortete sie gelassen. »Und ihn dafür bezahlst.«

Jensen holte tief Luft, hielt sie sekundenlang an und atmete dann langsam aus. In Körper und Geist empfand er ungeheure Erleichterung. Im nächsten Augenblick fragte er sich: *Weshalb*?

Die Antwort darauf wußte er bereits. Cynthia hatte ihn geschickt und mit zynischer Psychologie in eine Situation hineinmanövriert, in der dieser Vorschlag ihm als das kleinere Übel erscheinen mußte: Lebenslängliche Haft oder vielleicht sogar die Todesstrafe für den Mord an Naomi und ihrem Freund – oder das Risiko, jemanden für einen weiteren Doppelmord zu finden, zu dem er selbst nicht imstande gewesen wäre. Vielleicht brauchte er nicht mal dabeizusein, wenn es passierte. Natürlich bestand die Gefahr, entdeckt, angeklagt und bestraft zu werden. Aber das war auch in der Nacht, in der er Naomi erschossen hatte, der Fall gewesen.

Cynthia lächelte schwach, während sie Patrick beobachtete. »Na, hast du's rausgekriegt?«

»Du bist eine Hexe *und* ein Biest!«

»Aber du tust's«, stellte sie fest. »Dir bleibt nichts anderes übrig.«

Als geborener Geschichtenerzähler betrachtete Jensen das Ganze seltsamerweise schon als Spiel. Das war vermutlich abartig, bestimmt verabscheuungswürdig. Trotzdem war es ein Spiel, das er spielen und gewinnen konnte.

»Ich weiß, daß du dich in letzter Zeit mit sehr zweifelhaften Gestalten herumgetrieben hast«, stellte Cynthia fest. »Du brauchst nur den richtigen Mann zu finden.«

Tatsächlich war Jensen allmählich immer tiefer in die kriminelle Unterwelt eingetaucht, seit er vor über zwei Jahren beschlossen hatte, einen Roman über den illegalen Drogenhandel zu schreiben. Seine Recherchen hatte er bei Kleindealern begonnen – was einfach war, weil er manchmal Kokain für den Eigenbedarf kaufte –, die ihn größeren Haien weiterempfohlen hatten.

Einige dieser Großdealer, die bereit waren, sich aus Neugier mit ihm zu treffen, blieben lange mißtrauisch, bis sie die Überzeugung gewannen, ein leibhaftiger Schriftsteller – »ein cleverer Bursche, dessen Name auf Büchern steht« –, sei vertrauenswürdig. Auch die angeborene Eitelkeit von Berufsverbrechern und ihr Bedürfnis, um jeden Preis aufzufallen, öffneten Jensen manche Türen. Bei Drinks und vertraulichen Gesprächen in Bars und Nachtklubs wurde er häufig gefragt: »Komme ich in deinem nächsten Buch vor?« Seine Standardantwort lautete: »Vielleicht.« So lernte Jensen allmählich mehr Verbrecher kennen, als er für bloße Recherchen brauchte, und betätigte sich später gelegentlich selbst als Dealer und Drogenkurier, was überraschend leicht und erfreulich lukrativ war.

Den Gewinn konnte er gut gebrauchen, denn sein Kriminalroman verkaufte sich schlecht, und als auch das folgende Buch ein Flop wurde, schienen Patricks große Bestsellertage gezählt zu sein. Zur selben Zeit verspekulierte er sich, weil er schlechte Berater gehabt hatte, und seine Ersparnisse schmolzen in beunruhigendem Tempo dahin.

Alle diese Faktoren ließen Cynthias bizarres Vorhaben zumindest möglich, nicht ganz undenkbar, vielleicht sogar interessant erscheinen.

»Du weißt, daß jemand für diesen Job eine Menge Geld verlangen wird«, erklärte er Cynthia. »Und soviel Geld habe ich nicht.«

»Ja, ich weiß«, sagte sie. »Aber ich habe reichlich.« Und das stimmte auch.

Im Rahmen seiner Bemühungen, mit seiner jahrelang von ihm mißbrauchten Tochter Frieden zu schließen, erhielt sie von Gustav Ernst einen großzügigen monatlichen Zuschuß, der ihr Gehalt fast verdoppelte und ihr ein Luxusleben ermöglichte. Cynthia akzeptierte dieses Geld als etwas, das ihr zustand.

Außerdem sorgte Ernst dafür, daß immer wieder größere Beträge auf ein für Cynthia eingerichtetes Bankkonto auf den Cayman Islands eingezahlt wurden. Aber Cynthia, der es nicht eingefallen wäre, sich dafür zu bedanken, hatte dieses Geld bisher nicht angerührt, obwohl sie wußte, daß sich auf ihrem Konto schon über fünf Millionen Dollar befanden.

Gustav Ernst war nun schon seit vielen Jahren als Investor erfolgreich; seine Spezialität waren Mehrheitsbeteiligungen an kleinen, innovativen Firmen, die Wagniskapital brauchten. Sein Instinkt war geradezu unheimlich. Fast alle Firmen, für die er sich entschied, erzielten wenig später deutliche Gewinne, die den Kurs ihrer Aktien in die Höhe trieben, worauf Ernst Kasse machte. Sein auf diese Weise angehäuftes Vermögen wurde auf über sechzig Millionen Dollar geschätzt.

Gustavs jüngerer Bruder Zachary hatte seine amerikanische Staatsbürgerschaft aufgegeben, wie es viele reiche Amerikaner taten, um nicht länger prohibitiv hohe Steuern zahlen zu müssen. Zachary lebte jetzt abwechselnd auf den Caymans und den Bahamas – beides angenehme, sonnige Steueroasen. Cynthias Bankkonto auf den Cayman Islands wurde von Zachary eingerichtet, der immer wieder größere Beträge darauf einzahlte, die jeweils als steuerfreies »Geschenk« deklariert wurden. Nach jeder Einzahlung erhielt Cynthia ein Schreiben ihres Onkels, der ihr dieses neuerliche Geschenk ankündigte.

Cynthia wußte recht gut, daß dieses Geld in Wirklichkeit von ihrem Vater stammte, der eng mit seinem Bruder zusammenarbeitete, was Steuerumgehung betraf – oder war das Steuerhinterziehung? Das kümmerte Cynthia nicht weiter, obwohl sie sich darüber im klaren war, daß Steuerumgehung legal und Steuerhinterziehung illegal war.

Um sich persönlich als Steuerzahlerin legal zu verhalten, hob Cynthia die unbeantworteten Briefe ihres Onkels auf und legte sie ihrem Steuerberater vor.

»Die Briefe sind in Ordnung«, erklärte er ihr. »Bewahren Sie sie für den Fall auf, daß Sie nachweisen müssen, daß die Einzahlungen steuerfreie Geschenke gewesen sind. Ihr Bankkonto auf den Cayman Islands und die dort eingegangenen Geldgeschenke sind völlig legal. Aber Sie müssen das Konto auf jeder Steuererklärung angeben und die Zinsen als Einkommen versteuern. Dann kann Ihnen nichts passieren.«

Als die Steuerbehörde später eine Steuererklärung Cynthias

nachprüfte und ohne Einwände akzeptierte, war dies die Bestätigung für den Ratschlag ihres Steuerberaters, so daß sie nie befürchten mußte, sich illegal zu verhalten. Trotzdem hielt sie ihr Millionenvermögen auf den Caymans vor jedermann außer ihrem Steuerberater und dem U. S. Internal Revenue Service geheim. Sie hatte auch nicht vor, Patrick Jensen davon zu erzählen.

Er hatte einige Minuten lang schweigend nachgedacht.

»Reichlich Geld kann nicht schaden«, sagte er jetzt. »Deinen Plan so umzusetzen, daß die Morde nie aufgeklärt werden und alle Beteiligten dichthalten... das kostet einen Haufen Geld – vielleicht zweihunderttausend oder eine Viertelmillion Dollar.«

»Das kann ich zahlen«, stellte Cynthia fest.

»Wie?«

»Bar.«

»Okay. Welchen Zeitplan hast du?«

»Es gibt keinen – noch nicht. Laß dir bei der Suche nach dem richtigen Mann ruhig Zeit. Hauptsache, du findest einen, der clever, hart, brutal, verschwiegen und absolut zuverlässig ist.«

»Das wird nicht leicht sein.«

»Darum gebe ich dir reichlich Zeit.« Ich werde die Wartezeit in dem Bewußtsein genießen, sagte Cynthia sich, daß meine lange geplante Rache vielleicht schon bald in die Tat umgesetzt werden wird.

»Wenn du schon dabei bist«, sagte Patrick, »kannst du auch für mich einen Haufen Geld einplanen.«

»Den bekommst du vor allem dafür, daß du meinen Namen aus dieser Sache raushältst. Der Mann, den du anheuerst, darf ihn unter keinen Umständen erfahren. *Niemand* darf *jemals* auch nur andeutungsweise erfahren, daß ich die eigentliche Auftraggeberin bin. Und je weniger Einzelheiten ich weiß, desto besser – aber ich *muß* das Datum mindestens zwei Wochen im voraus wissen.«

»Damit du dir ein Alibi verschaffen kannst?«

Cynthia nickte. »Damit ich dreitausend Meilen weit entfernt sein kann.«

3

»Laß dir bei der Suche nach dem richtigen Mann ruhig Zeit«, hatte Cynthia zu Patrick Jensen gesagt. Aber es dauerte fast vier Jahre – weit länger, als Cynthia beabsichtigt hatte –, bevor unwiderrufliche Maßnahmen ergriffen wurden.

Die Zeit bis dorthin verging jedoch rasch – vor allem für Cynthia, die im Miami Police Department ungewöhnlich schnell Karriere machte. Aber weder Cynthias Erfolg noch der Lauf der Jahre milderte den Haß, den sie für ihre Eltern empfand. Und ihr Bedürfnis nach Rache blieb unverändert stark. Sie erinnerte Jensen regelmäßig an seine Verpflichtung, die er anerkannte, während er ihr zugleich versicherte, er sei noch auf der Suche nach dem richtigen Mann, der einfallsreich, skrupellos, brutal und zuverlässig sein müsse. Bisher sei er noch nicht aufgetaucht.

Jensen erschien das ganze Vorhaben oft unheimlich und unwirklich. Als Schriftsteller hatte er häufig über Verbrecher geschrieben, aber die Beschäftigung war immer abstrakt geblieben – Wörter und Zeilen auf einem Bildschirm. Er hatte immer geglaubt, die düstere Welt des Verbrechens gehöre zu anderen Leuten, denen er ganz unähnlich sei. Aber jetzt war er einer von ihnen geworden. In blinder Wut hatte er ein Schwerverbrechen verübt, das mit einem Schlag sein bis dahin gesetzestreues Leben beendete. Gerieten auch andere ähnlich überstürzt und unabsichtlich in die Unterwelt? Er vermutete, daß es viele waren.

Während die Monate verstrichen, fragte er sich manchmal: *Was ist nur aus dir geworden, Patrick Jensen?* Und er antwortete objektiv: *Egal, du bist schon zu weit gegangen, es gibt kein Zurück mehr... Anständigkeit ist ein Luxus, den du dir nicht mehr leisten kannst... Ein Gewissen hast du früher haben können, aber jetzt nicht mehr... Kommt jemals heraus, was du getan hast, wird nichts – nicht die geringste Kleinigkeit – vergeben oder vergessen... Also geht's ums nackte Überleben... Über-*

leben um jeden Preis... selbst um den Preis anderer Menschenleben...

Zugleich litt Jensen weiter unter dem Gefühl, etwas ganz Irreales zu erleben.

Im Gegensatz zu ihm hatte Cynthia bestimmt keine solchen Vorstellungen. Ihre hartnäckige Unbeirrbarkeit ließ sie niemals ein Ziel aufgeben. Da er wußte, wie dieser Charakterzug sich auswirken konnte, war ihm klar, daß er seinem Auftrag, einen Mörder für Cynthia Ernsts Eltern zu finden, nicht entgehen konnte. Versagte er dabei, würde sie ihre Drohung wahrmachen und ihn vernichten.

Im Grunde genommen, das erkannte Jensen, war er nicht mehr derselbe Mensch wie früher. Er war zu einem egoistischen, skrupellosen Fremden geworden.

Während die Verwirklichung ihres Hauptziels sich verzögerte, hatte Cynthia ein Nebenziel erreicht, als sie durch Ausnützung ihres höheren Dienstgrads und eine bösartig akribische Auswertung alter Unterlagen verhindert hatte, daß Malcolm Ainslie zum Lieutenant befördert wurde. Was sie dazu trieb, war selbst Cynthia nur allzu bewußt. Nach einer Kindheit, die einer äußersten Zurückweisung gleichgekommen war, stand ihr Entschluß fest, sich niemals mehr in eine solche Situation bringen zu lassen. Aber Malcolm hatte sie zurückgewiesen, und das würde sie ihm nie verzeihen.

Nachdem ihre endgültige Abrechnung mit Gustav und Eleanor Ernst sich lange hinausgezögert hatte, fand Cynthia schließlich, sie habe lange genug gewartet. Das teilte sie Patrick während eines Wochenendes in Nassau auf den Bahamas mit, wo sie wieder in verschiedenen Hotels wohnten – Cynthia in dem luxuriösen Paradise Island Ocean Club.

Nach einem langen, befriedigenden Vormittag im Bett setzte Cynthia sich plötzlich auf. »Hör zu, du hast überreichlich Zeit gehabt. Ich will bald Action sehen, sonst unternehme *ich* etwas.« Sie beugte sich zu Patrick hinüber und küßte ihn auf die Stirn.

»Und glaub mir, Sweetheart, woran ich denke, würde dir nicht gefallen.«

»Ja, ich weiß.« Jensen, der schon länger ein Ultimatum dieser Art erwartet hatte, fragte: »Wie lange habe ich Zeit?«

»Drei Monate.«

»Sagen wir sechs.«

»Vier – ab morgen.«

Er seufzte, denn er wußte, daß das ihr Ernst war. Und er war sich aus Gründen, die bei ihm lagen, darüber im klaren, daß die Zeit gekommen war.

Jensen hatte ein weiteres Buch geschrieben, das wie die beiden vorhergehenden im Vergleich zu seinen früheren Bestsellern ein Reinfall war. Deshalb wurden die Vorschüsse, die Patrick für die drei Romane erhalten und längst ausgegeben hatte, nicht verdient, und er hatte keine Tantiemen zu erwarten. Der nächste Schritt war vorauszusehen gewesen. Sein amerikanischer Verlag, der ihm früher hohe Vorschüsse für noch nicht geschriebene Bücher gezahlt hatte, verweigerte sie jetzt und wollte nur noch Verträge über komplett vorgelegte und für gut befundene Manuskripte abschließen.

Deshalb war Jensens Lage verzweifelt. Er hatte seinen luxuriösen Lebensstil in den letzten Jahren nicht geändert und damit nicht nur seine letzten Reserven aufgebraucht, sondern sich auch in hohe Schulden gestürzt. Somit war die Aussicht auf eine Viertelmillion Dollar, um einen Mörder anzuheuern – eine Summe, von der Jensen die Hälfte einstecken wollte, während er sich einen ähnlichen Betrag für seine Vermittlerdienste ausrechnete –, jetzt dringend und verlockend.

Durch eine ganze Reihe von Zufällen kam er dem gesuchten Mann näher. Diese Zufälle, die an sich nichts mit Patrick zu tun hatten, betrafen die Polizei, eine Gruppe invalider Veteranen aus dem Vietnam- und Golfkrieg und Drogen. Die Veteranen, die nach schweren Verwundungen im Rollstuhl saßen, hatten in der Nachkriegszeit Drogen genommen; jetzt waren sie wieder clean und führten einen Feldzug gegen Drogenhändler. In ihrem unruhigen, gemischtrassigen Viertel führten sie einen Privatkrieg gegen alle, die mit Drogen handelten und das Leben so vieler, besonders junger Menschen zerstörten. Die Mitglieder der Gruppe wußten, daß viele in ihrer Wohngegend versuchten, gegen Drogen und Dealer zu kämpfen – meist erfolglos. Aber die Veteranen in ihren Rollstühlen *waren* erfolgreich, bildeten eine Art Bürgerwehr und versorgten die Polizei heimlich mit Informationen.

Paradoxerweise war ihr Anführer kein Veteran oder bekehrter Drogensüchtiger, sondern ein ehemaliger Sportler und Student. Der dreiundzwanzigjährige Stewart Rice, den alle seine Freunde Stewie nannten, war vor vier Jahren als Free-climber verunglückt und saß seitdem querschnittsgelähmt im Rollstuhl. Auch er hatte den starken Wunsch, junge Menschen vor Drogen zu bewahren, und sein Bündnis mit den Veteranen basierte auf gemeinsamen Überzeugungen und der Solidarität, die Rollstuhlfahrer instinktiv füreinander empfinden.

Seine Beweggründe erläuterte Rice neuen Mitgliedern dieser mit drei Vietnamveteranen gegründeten Gruppe, die inzwischen aus einem Dutzend Rollstuhlfahrern bestand, so: »Junge Menschen, Jugendliche mit heilem Körper und aktivem Leben, werden von gewissenlosen Dealern vernichtet, die hinter Gitter gehören. Und wir tragen dazu bei, daß sie dort hinkommen.«

Die Taktik der Gruppe bestand daraus, Informationen über Dealer, ihre Lieferanten und ihre Vertriebswege zu sammeln, um sie anonym an die Drogenfahnder der Miami Police weiterzugeben.

Im Gespräch mit einem guten Freund erläuterte Rice diese Taktik: »Als Rollstuhlfahrer können wir uns überall, wo mit Drogen gehandelt wird, frei bewegen, ohne daß jemand auf uns achtet. Nehmen die Leute uns überhaupt wahr, glauben sie vermutlich, daß wir wie all die Kerle in der Bird Road betteln. Bloß weil unsere Beine gelähmt sind, halten sie uns auch für hirngeschädigt – vor allem die Dealer und Junkies, die ihre paar Gehirnzellen längst durch Drogen abgetötet haben.«

Die Drogenfahnder waren zunächst skeptisch, als die ersten Anrufe kamen, für die Rice immer sein Mobiltelefon benutzte, um nicht aufgespürt werden zu können. Sobald wieder ein Tip eingegangen war, fragte der jeweilige Beamte nach dem Namen des Informanten, aber Rice sagte jedesmal nur »Stewie«, bevor er die Verbindung rasch unterbrach. Aber sobald sich zeigte, daß seine Hinweise brauchbar und zuverlässig waren, wurde er nach jeder Ankündigung: »Hier ist Stewie!« freundlich begrüßt: »Hallo, Kumpel! Was haben Sie diesmal für uns?« Niemand versuchte, hinter seine Identität zu kommen. Wozu sollte man es sich mit ihm verderben?

Hinweise von Stewies Gruppe ermöglichten den Drogenfahndern gezielte Aktionen gegen den organisierten Drogenhandel. Verhaftungen und Verurteilungen häuften sich. Teile von Coconut Grove wurden fast clean. Aber dann riß der Faden ab.

Die Drahtzieher des Drogenhandels erkannten, daß irgendwo Spitzel am Werk sein mußten, und begannen Fragen zu stellen. Zunächst gab es keine Antworten. Dann hörte ein verhafteter Dealer, wie ein Drogenfahnder zu einem Kollegen sagte: »Stewies Tip ist wieder mal klasse gewesen.«

Binnen Stunden lief eine Frage wie ein Lauffeuer durch Coconut Grove: »Wer zum Teufel ist dieser Stewie?«

Die Antwort kam schnell. Und durch Klatsch aus der Nachbarschaft wurde die Taktik der Rollstuhlfahrer entlarvt.

Stewart Rice mußte beseitigt werden; und zwar auf eine Art und Weise, die seinen Mitstreitern als Warnung dienen sollte.

Für den folgenden Tag wurde ein Berufskiller angeheuert, und bei dieser Gelegenheit lernte Patrick Jensen durch Zufall den Mann kennen, den er suchte.

Jensen war Stammgast im Brass Doubloon geworden, einer lauten, verräucherten Bar, die das Stammlokal vieler Dealer war. Als er an diesem Abend hereinkam, rief ihm jemand von einem der Tische aus zu: »Hey, Pat! Schreibst du gerade was Neues, Mann? Komm rüber und erzähl uns davon!«

Die Stimme gehörte einem hageren, pockennarbigen Berufsverbrecher namens Arlie, der ein ellenlanges Vorstrafenregister aufwies. Er saß mit Freunden zusammen, die Jensen bei den Recherchen für seinen Kriminalroman ebenfalls kennengelernt hatte. Mitten in dieser Gruppe befand sich ein riesiger, brutal wirkender Unbekannter mit breiten Schultern, muskulösen Armen, Bürstenfrisur und dem Teint eines Mulatten. Der Fremde, der die anderen zwergenhaft erscheinen ließ, machte ein finsteres Gesicht. Er knurrte eine Frage, die einer der Männer am Tisch eilfertig beantwortete.

»Pat ist okay, Virgilio. Er schreibt Bücher, weißt du. Du erzählst ihm Scheiß, und er macht 'ne Story draus. Bloß 'ne Story – nichts Wahres, das uns schaden könnte.«

»Yeah, Pat hält die Klappe«, bestätigte ein anderer. »Er weiß, was gut für ihn ist. Stimmt's, Pat?«

Jensen nickte. »Klar weiß ich das.«

Die anderen rückten etwas auseinander, damit ein weiterer Stuhl am Tisch Platz hatte. Jensen lächelte dem riesigen Unbekannten freundlich zu. »Du brauchst mir nichts zu erzählen, Virgilio, und ich hab' deinen Namen schon wieder vergessen. Aber ich möchte dich trotzdem was fragen.« Alle starrten ihn an. »Darf ich dich zu einem Drink einladen?«

Der Riese musterte Jensen unverändert finster. Dann sagte er mit starkem Akzent: »*Ich* spendiere Drinks.«

»Um so besser.« Jensen wich seinem Blick nicht aus. »Einen doppelten Black Label.«

Der Barmixer hinter ihnen rief: »Kommt sofort!«

Virgilio stand auf. So wirkte er noch riesiger. »Ich geh' erst pissen«, knurrte er und wandte sich ab.

Als er verschwunden war, sagte Dutch, der vorhin als zweiter gesprochen hatte, zu Patrick: »Er taxiert dich. Hoffentlich mag er dich.«

»Was kümmert's mich, ob er mich mag oder nicht?«

»Mit Virgilio ist nicht zu spaßen, Mann. Er ist Kolumbianer, hat aber oft in Miami zu tun. Bei ihm in Kolumbien haben neulich vier Kerle ihren Boß verpfiffen – haben mit den Cops geredet. Virgilio sollte ihnen zeigen, daß man das nicht tut. Weißt du, was er gemacht hat?«

Jensen schüttelte den Kopf.

»Er hat die vier Kerle aufgespürt und mit ausgestreckten Armen zwischen Bäume gebunden. Dann hat er sich mit 'ner Kettensäge an die Arbeit gemacht – hat einem nach dem anderen den rechten Arm abgeschnitten.«

Jensen trank hastig einen Schluck Scotch.

»Könnte dir nützen, Virgilio zu kennen«, flüsterte Arlie ihm zu. »Heute nacht ist Action angesagt. Interessiert?«

»Ja.« Noch während er das sagte, hatte Jensen einen neuen Einfall.

»Wenn er zurückkommt«, fuhr Dutch fort, »wartest du 'ne halbe Minute, dann gehst du aufs Klo und läßt dir Zeit. Wir fragen Virgilio, ob's ihm recht ist, wenn du mitkommst.«

Jensen hielt sich an diese Anweisungen. Als er zurückkam, nickte Dutch ihm zu.

»Du fährst einfach weiter dem Jeep nach«, wies Dutch Jensen an. »Hält er und macht das Licht aus, tust du's auch.«

Es war fast zwei Uhr morgens. Die beiden Männer saßen in Jensens Volvo und waren auf dem Florida's Turnpike sechzig Kilometer weit hinter einem Chrysler Cherokee mit Arlie als Fahrer und Virgilio auf dem Beifahrersitz nach Süden gefahren. Gleich hinter Florida City, wo die Everglades begannen, bogen sie auf die Cart Sound Road ab – eine einsame Nebenstraße nach Key Largo. Bei Halbmond konnte Jensen das Wattengebiet und die auf beiden Ufern im Schlick liegenden baufälligen Hausboote sehen. Sie hatten die Straße für sich allein, weil Autofahrer diese Strecke nachts mieden und lieber auf dem befahreneren und sichereren Highway US 1 blieben.

»Verdammt, ich könnt's in keinem dieser Scheißkähne aushalten«, sagte Dutch. »Und du?« Die Autoscheinwerfer hatten ihnen einen verrotteten alten Schlepper mit einem handgemalten Schild *Blue Crabbs For Sale* gezeigt. Patrick Jensen, der sich inzwischen fragte, warum er überhaupt mitgefahren war, gab keine Antwort.

In diesem Augenblick bog der Jeep vor ihnen von der Straße auf eine mit Kies bestreute Fläche ab, und Arlie schaltete seine Scheinwerfer aus. Jensen bog ebenfalls ab, schaltete die Scheinwerfer aus und stieg aus seinem Volvo. Die beiden anderen standen schweigend neben dem Jeep.

Der große Kolumbianer trat ans Wasser und starrte mit zusammengekniffenen Augen ins Dunkel hinaus.

Plötzlich tauchten hinter ihnen Scheinwerfer auf. Ein Lieferwagen mit der seitlichen Werbeaufschrift *Plumber's Pal* bog von der Straße ab und hielt neben Arlies und Virgilios Jeep. Patrick fiel auf, daß die beiden Männer, die sofort ausstiegen, Handschuhe trugen. Die Neuankömmlinge gingen zur Hecktür des Lieferwagens, wo die anderen sich zu ihnen gesellten. Jensen hielt sich im Hintergrund.

Auf der Ladefläche wurde ein Gegenstand sichtbar. Als er zur Tür gezogen wurde, erkannte Patrick einen Rollstuhl, der hinten transportiert worden war. In diesem Rollstuhl saß eine mit Stricken gefesselte Gestalt, die gegen ihre Fesseln anzukämpfen schien. Virgilio trat vor; auch er hatte sich inzwischen Handschuhe übergestreift. Der Kolumbianer hob den Rollstuhl heraus, als sei er federleicht, und stellte ihn auf den Kies.

Nun erkannte Jensen, daß der vor ihm Sitzende ein gefesselter und geknebelter junger Mann war, der verzweifelt mit den Augen rollte, während er sich bemühte, den Knebel herauszustoßen. Irgendwie gelang es ihm tatsächlich, einen Teil davon auszuspucken. Er wandte sich hilfesuchend an Jensen, der sich etwas im Hintergrund hielt, und stieß flehend hervor: »Ich bin entführt worden! Ich heiße Stewie Rice. Diese Leute wollen mich ermorden! Bitte helfen…«

Aber er konnte den Satz nicht zu Ende bringen, weil Virgilios mächtige Pranke in sein Gesicht krachte. Aus seiner Nase schoß ein Blutstrom; sein lauter Aufschrei wurde sofort erstickt, als

Dutch ihm den Knebel wieder zwischen die Zähne zwängte. Trotzdem starrte der Gefesselte weiter hilfesuchend und verzweifelt zu Jensen hinüber. Patrick mußte sich abwenden.

»Wir gehen schnell«, befahl Virgilio den anderen. Er schob den Rollstuhl zum Wasser und hob ihn wieder mühelos hoch, als er einmal steckenblieb. Die beiden Männer, die mit dem Lieferwagen gekommen waren, folgten ihm; einer trug eine Kette, der andere schleppte einen Betonklotz mit eingegossener Öse. Dutch, der ihnen folgte, machte Jensen ein Zeichen, er solle ebenfalls mitkommen. Patrick setzte sich widerstrebend in Bewegung. Arlie blieb bei den Fahrzeugen zurück.

Sie wateten durch knöcheltiefes Wasser, das jedoch weiter draußen in der vor Jahren ausgebaggerten Fahrrinne zweieinhalb bis drei Meter tief war. Die Männer aus dem Lieferwagen gingen um ein Mangrovendickicht voraus, bis sie eine kleine Bucht mit seichtem Wasser und üppigem Seegrasbewuchs erreichten. Sie schienen die Stelle zu kennen, denn sie blieben stehen, sobald das Wasser tiefer wurde. »Hier sind wir richtig«, sagte einer von ihnen.

Virgilio, der den Rollstuhl mit seinem in panischer Angst gegen die Fesseln ankämpfenden Insassen mühelos allein schob, stieß ihn ins Wasser, bis nur noch Kopf und Schultern des Gefesselten herausragten. Die beiden anderen Männer zogen die mitgebrachte Kette durch die Räder des Rollstuhls und befestigten sie mit einem Vorhängeschloß an dem Betonklotz, den sie in tieferes Wasser klatschen ließen.

»Der schwimmt nicht mehr«, stellte Dutch fest. »Die Flut kommt bereits rein – in einer Stunde steht sie über seinem Kopf.« Er lachte. »Da hat er Zeit, über alles nachzudenken.«

Der junge Mann im Rollstuhl, der offenbar alles mitbekommen hatte, stöhnte lauter und versuchte noch heftiger, sich von seinen Fesseln zu befreien. Aber damit erreichte er nur, daß der Rollstuhl tiefer ins Wasser sank.

Im Dunkeln zitterte Jensen unkontrollierbar. Seit er den gefesselten jungen Mann gesehen hatte, war ihm klar, daß er an einem Mord beteiligt sein würde – zumindest duldend, womit der Tatbestand der Beihilfe erfüllt war. Aber er wußte auch, daß er nicht lebend davonkommen würde, wenn er jetzt zu fliehen versuchte. Virgilio würde keine Sekunde zögern, ihn als unerwünschten Augenzeugen zu beseitigen.

In seinem Innnersten fragte eine leise Stimme aus der Vergangenheit: *Was bin ich? Wann habe ich aufgehört, Mitgefühl zu empfinden?...* Und dann erinnerte Jensen sich an eine frühere Einsicht: *Der Mensch, der ich früher gewesen bin, existiert nicht mehr.*

»Wir gehen«, kündigte Virgilio an.

Als sie ans Ufer zurückwateten und den Rollstuhl mit seinem Insassen im Wasser zurückließen, versuchte Jensen, nicht daran zu denken, wie Stewie Rice sterben würde. Aber er tat es unweigerlich doch. Er stellte sich vor, wie Rice hilflos zusehen mußte, wie die hereinkommende salzige Flut höher, immer höher stieg...

Jensen schaffte es nur mit gewaltiger Willensanstrengung, an etwas anderes zu denken.

An Land ließ Virgilio die anderen Männer stehen und trat dicht an Patrick Jensen heran. »Du behältst diese Sache für dich. Sonst komme ich und leg' dich um.«

»Ich muß dichthalten, stimmt's? Schließlich hab' ich mitgemacht.« Jensen wich keinen Schritt zurück und versuchte, so ruhig wie möglich zu sprechen. Er wollte sich auf keinen Fall von Virgilio einschüchtern lassen.

»Yeah«, gab der große Mann zu. »Du bist mit dabei.«

»Ich muß mal privat mit dir reden«, sagte Jensen halblaut. »Unter vier Augen.«

Virgilio wirkte überrascht. Nach kurzer Pause zog er fragend die Augenbrauen hoch.

»Genau«, bestätigte Jensen, weil er wußte, daß seine unausgesprochene Botschaft angekommen war.

»Ich muß nach Kolumbien«, sagte Virgilio. »Aber ich komme zurück, ich finde dich.«

Jensen wußte, daß er das tun würde. Und er wußte, daß er seinen Killer gefunden hatte.

Einige Harley-Davidson-Fahrer, die am nächsten Morgen vorbeikamen, entdeckten den tief im Wasser stehenden Rollstuhl als erste. Sie fuhren zu Alabama Jack's, einer in der Nähe liegenden beliebten Biker-Bar, und riefen von dort aus die 911 an, um die Metro-Dade Police zu alarmieren. Zwei uniformierte Polizisten und zwei Sanitäter wateten ins Wasser; der ältere der beiden Sanitäter erklärte den Mann für tot. Stewart Rice wurde anhand seiner bei ihm gefundenen Kreditkarten mühelos identifiziert. Unterdessen waren Reporter aus Florida City, die den Polizeifunk abgehört hatten, in Massen herbeigeströmt.

Viele Zeitungen und das Fernsehen verbreiteten dramatische Bilder von der Bergung des Rollstuhls mit der nach vorn gesackten, noch immer gefesselten Gestalt des Ertrunkenen. Unabsichtlich förderten sie damit das Ziel dieses Verbrechens, das anderen – vor allem den Veteranen im Rollstuhl – als Warnung dienen sollte. Da ihre Gruppe und ihre Methoden offenbar bekannt waren, stellten die Rollstuhlfahrer die Überwachung von Dealern ein, so daß die Drogenfahnder aus dieser Quelle keine Tips mehr erhielten.

»Schade um Stewie«, sagte ein Drogenfahnder nach einigen Tagen zu einem Kollegen. »Jemand muß nicht dichtgehalten haben. Aber so geht's immer.

Einige Tage später rief Patrick Cynthia zu Hause an, um ein Treffen mit ihr zu vereinbaren. Vor ihrem Abflug von den Bahamas hatte sie ihn gewarnt, bis ihr Ziel erreicht sei – und auch längere Zeit danach –, dürften sie nicht mehr miteinander gesehen werden. Deshalb sollte Jensen nicht mehr zu ihr kommen, sondern sie notfalls privat anrufen, damit sie ein unbedingt erforderliches Treffen an einem Ort vereinbaren konnten, wo sie vermutlich niemand kannte. Bei diesem Anruf bestellte Cynthia ihn für den folgenden Sonntag nach Boca Raton, das gut erreichbar, aber weit genug von Miami entfernt war. Als Treffpunkt nannte sie ihm Pete's Restaurant in der Glades Road, in dem sie bestimmt nicht damit rechnen mußten, erkannt zu werden.

Jensen kam etwas früher und wartete in seinem Volvo, bis Cynthia erschien und in seiner Nähe parkte. Sie betraten gemeinsam das hübsche Restaurant und entschieden sich für einen Tisch auf der Veranda mit Blick auf den Springbrunnen und einen See, an dem sie ungestört waren. Cynthia bestellte einen griechischen Salat, Patrick den »Fang des Tages«, ohne zu wissen, welchen Fisch er bekommen würde; die Bezeichnung erschien ihm irgendwie passend.

Sobald der Ober gegangen war, kam er ohne weitere Vorrede zur Sache.

»Ich habe den Mann gefunden, den wir brauchen.« Jensen beschrieb ihr Virgilio und erwähnte, was seine Freunde im Brass Doubloon ihm über den riesigen Kolumbianer erzählt hatten.

»Woher weißt du, daß er…«, begann Cynthia, aber Patrick unterbrach sie mit einer ungeduldigen Handbewegung.

»Das ist noch nicht alles. Ich habe miterlebt, wie er arbeitet.« Er senkte seine Stimme und begann ihr zu schildern, was sich vor einigen Tagen am Card Sound ereignet hatte. Als er beschrieb, wie der Lieferwagen den Mann im Rollstuhl gebracht hatte, fauchte Cynthia ihn über den Tisch hinweg mit funkelnden Augen an: »Halt die Klappe, verdammt noch mal!« Er schwieg verblüfft, und sie fügte hinzu: »Erzähl's mir nicht. Ich will nichts davon wissen.«

Er zuckte mit den Schultern. »Nun, jetzt weißt du's. Der springende Punkt ist, daß Virgilio den Rollstuhlmord verübt hat. Von dem mußt du gehört haben.«

»Natürlich habe ich davon gehört!« Cynthia war zornrot und atmete schwer. »Paß auf, du Idiot! Das hättest du mir nicht erzählen müssen, und ich verlange, *daß du vergißt, daß du's getan hast.* Du streichst diese letzten Minuten aus deinem Gedächtnis, verstanden?«

»Okay, wenn du darauf bestehst, aber ich wollte auf etwas anderes hinaus…« Jensen machte eine Pause, als ihr Essen serviert wurde. Als der Ober wieder gegangen war, beugte er sich nach vorn und senkte seine Stimme noch mehr. »Der springende Punkt ist, daß es Virgilio *Spaß* macht, Leute zu ermorden; ich habe ihn in dieser Nacht beobachtet. Er ist clever und kennt keine Angst.«

Cynthia, die noch immer sichtlich aufgebracht war, fragte erst nach längerer Pause: »Weißt du bestimmt, daß er sich bei dir melden wird?«

»Yeah, das weiß ich bestimmt. Er will offenbar in Kolumbien abwarten, bis die Aufregung über den Rollstuhlmord sich gelegt hat, aber er kommt zurück; dann rede ich mit ihm darüber, ob er deine Eltern beseitigen will. Ich weiß, daß er's tun wird. Aber bis dahin müssen die Voraussetzungen stimmen. Vor allem brauchen wir Bargeld.«

»Das liegt bereit.«

»Zweihunderttausend?«

»Das ist der Betrag, von dem du gesprochen hast.«

»Und noch einmal die gleiche Summe für mich.«

Cynthia zögerte, dann stimmte sie zu: »Also gut, aber erst danach.«

»Einverstanden.«

Sie schien sich wieder beruhigt zu haben. »Ich habe eine Idee, was die Morde betrifft«, sagte sie etwas ruhiger.

»Laß hören.«

»In letzter Zeit hat's zwei Doppelmorde gegeben, einen in Coconut Grove, den anderen in Fort Lauderdale; sie sind anscheinend von demselben Täter verübt worden und weisen bestimmte Eigentümlichkeiten auf. Die Mordkommission befürchtet, daß es weitere geben wird.«

»Was für Eigentümlichkeiten?«

»In Coconut Grove – ich meine den Doppelmord im Hotel Royal Colonial – sind am Tatort tote Tiere zurückgelassen worden.«

»Ich habe von den Morden im Royal Colonial gelesen – aber nichts von toten Tieren.«

»Davon haben Presse und Fernsehen nichts erfahren.«

»Und in Fort Lauderdale?«

»Darüber weiß ich nicht genau Bescheid, aber die Umstände müssen ähnlich gewesen sein.« Cynthia machte eine Pause. »Ich habe mir überlegt, ob es zweckmäßig wäre, bei der Ermordung meiner Eltern ähnlich vorzugehen…«

»Ja, ich verstehe«, sagte Jensen. »Das würde den Verdacht in eine bestimmte Richtung lenken, als ob derselbe Täter erneut zugeschlagen hätte. Kannst du nähere Einzelheiten rauskriegen?«

Sie nickte.

»Gut. Dann treffen wir uns in zwei Wochen wieder.«

Wenig später verließen sie das Restaurant, nachdem Cynthia die Rechnung bar bezahlt hatte.

Jensens Volvo war hinter Cynthias BMW-Roadster, als sie beide auf die I-95 abbogen, um in Richtung Süden nach Miami weiterzufahren. Cynthia fuhr schneller, und Jensen wartete, bis ihr Wagen außer Sicht war, bevor er die nächste Ausfahrt nahm und auf dem Parkplatz eines Einkaufszentrums hielt.

Er blieb im Auto sitzen, griff unter seine Jacke, knöpfte sein Hemd auf und zog darunter ein Diktiergerät hervor. Nachdem er die Kassette zurückgespult hatte, stöpselte er einen Ohrhörer ein und ließ die Aufnahme ablaufen. Obwohl sie vertraulich halblaut gesprochen hatten, war die Tonqualität ausgezeichnet. Jedes Wort war klar verständlich – auch Cynthias Reaktion auf seine Mitteilung, wer der Rollstuhlmörder gewesen war, und die anschließende Vereinbarung, ihre Eltern von Virgilio ermorden zu lassen.

Patrick Jensen lächelte. *Cynthia,* sagte er sich, *du bist nicht die einzige, die belastende Gespräche aufnehmen kann.* Die heutige Aufnahme würde er hoffentlich nie verwenden müssen, aber eines stand fest: Sollte irgend etwas schiefgehen, sollte er geschnappt und angeklagt werden, war er entschlossen, Cynthia Ernst mit ins Verderben zu reißen.

4

»Erinnerst du dich an die beiden Doppelmorde, von denen ich letztes Mal gesprochen habe?« fragte Cynthia. »Den in Coconut Grove und...«

»Natürlich«, unterbrach Patrick sie gereizt. »Du wolltest dich näher über sie informieren.«

»Nun, das habe ich getan.«

Dieses Treffen fand in der dritten Juniwoche statt – zwei Wochen nach ihrem gemeinsamen Mittagessen in Boca Raton. Sie hatten erneut zusammenkommen müssen, aber Cynthias Dienstplan ließ kein Treffen auf den Caymans oder Bahamas zu. Statt dessen hatte sie sich für Homestead entschieden, eine Kleinstadt, die etwas mehr als fünfzig Kilometer südlich von Miami das Einfallstor zu den Everglades bildete. Sie fuhren getrennt hin und trafen sich dort im Restaurant Potlikkers.

Die Autofahrt hatte Jensen ermüdet; sein Schlaf war letzte Nacht wieder so schlecht gewesen wie schon in den Nächten davor. Und er hatte Alpträume gehabt. Auch wenn er sich nur vage an Einzelheiten erinnern konnte, war er in Schweiß gebadet hochgeschreckt; in dem nebulösen Niemandsland zwischen Schlafen und Wachen erinnerte er sich wieder an einen Rollstuhl unter Wasser und glaubte jedesmal, Virgilios finstere Miene vor sich zu sehen.

Das Restaurant Potlikkers war rustikal eingerichtet. Cynthia und Patrick saßen etwas abseits von den übrigen Gästen auf einer Eckbank an einem Tisch mit gehobelter Kiefernholzplatte. Cynthia hatte einen Aktenkoffer dabei, der nun auf der Bank neben ihr stand. Sie musterte Patrick prüfend. »Irgendwas nicht in Ordnung?«

»Um Himmels willen! Ist denn irgendwas *in Ordnung*?« Jensen hätte beinahe gelacht und überlegte, ob er sagen sollte: *Nein, alles in bester Ordnung. Wir sitzen nur hier, um zwei Morde zu planen, für die wir beide ein Motiv haben, falls dir das entgan-*

gen sein sollte, und die einige der besten Kriminalbeamten Miamis aufzuklären versuchen werden... Womöglich gelingt ihnen das sogar. Wer weiß, vielleicht werden wir gemeinsam auf dem elektrischen Stuhl landen... Aber ansonsten ist alles in bester Ordnung.

»Nicht so laut!« ermahnte Cynthia ihn. »Und reiß dich gefälligst zusammen! Es gibt keinen Grund, beunruhigt zu sein, denn alles wird klappen – und das kann ich besser beurteilen als du. Hast du von deinem Mann gehört, über den wir gesprochen haben? Aber keinen Namen nennen!«

Jensen nickte. »Vor drei Tagen.«

Der Anruf war fünfzehn Tage nach dem Rollstuhlmord gekommen. Nichts deutete darauf hin, woher der Anruf kam; Patrick hatte nicht danach gefragt, vermutete aber, daß er aus Kolumbien kam.

»Sie wissen, wer ich bin, aber nicht sagen.« Das war eindeutig Virgilios Stimme.

»Ja, das weiß ich.«

»Ich komme bald. Sie wollen noch?«

»Ja.« Virgilio drückte sich offenbar so knapp wie möglich aus. Jensen folgte seinem Beispiel.

»In ein bis zwei Wochen. Okay?«

»Okay.«

Das war alles gewesen. Nachdem Patrick ihr Gespräch wiedergegeben hatte, fragte Cynthia ihn: »Bist du sicher, daß du dich auf deinen Instinkt verlassen kannst? Er weiß, was wir wollen?«

»Bestimmt. Einen Mann wie ihn engagiert man nicht für belanglose Aufträge, das weiß er selbst am besten. Erzähl mir jetzt von diesen anderen Doppelmorden. Du hast von Eigentümlichkeiten gesprochen, nicht wahr?«

»Ja.« Eine Pause. »In Coconut Grove sind neben den Ermordeten vier tote Katzen zurückgelassen worden.«

»Vier Katzen?« fragte Jensen ungläubig.

»Frag mich nicht nach dem Grund – der ist mir so rätselhaft

wie allen anderen auch. Die Mordkommission grübelt noch immer darüber nach.«

»Du hast gesagt, in Fort Lauderdale habe es einen ähnlichen Fall gegeben. Wie steht's damit?«

»Dieser Fall ist komplizierter. Die Füße des Mannes sind verbrannt worden, aber niemand weiß, weshalb. Trotzdem sieht man auch darin eine symbolische Handlung eines möglicherweise geistesgestörten Killers.«

»Was schlägst du also vor?«

»Ich bin dafür, den ersten Mord zu kopieren. Sag deinem Mann, er soll am Tatort einen Tierkadaver zurücklassen.«

»Nicht vier Katzen, hoffe ich.«

Cynthia schüttelte den Kopf. »So genau wollen wir den Täter nicht nachahmen, und ein Tier ist genug – vielleicht ein Kaninchen. Das reicht als Symbol. Außerdem gibt's weitere Eigentümlichkeiten.«

»Zum Beispiel?«

Sie beschrieb ihm, wie die Ehepaare Frost und Hennenfeld sich gefesselt und geknebelt gegenübergesessen hatten. »Und der Mörder hat ein Bowiemesser benutzt. Du kennst diese Art Messer?«

Jensen nickte. »Ich habe mal eines in einem Buch beschrieben. Leicht zu beschaffen. Weiter!«

»An beiden Tatorten hat ein Radio sehr laut harte Rockmusik gespielt.«

»Kein Problem.« Jensen konzentrierte sich, um sich diese Einzelheiten zu merken, die er sich weder jetzt noch später aufschreiben durfte.

»Alles vorhandene Geld muß gestohlen werden«, fuhr Cynthia fort. »Mein Vater hat immer viel Geld in der Tasche und läßt es auf seinem Nachttisch liegen. Aber der Schmuck meiner Mutter darf *nicht* angerührt werden. So ist's an diesen anderen Tatorten auch gewesen. Ich möchte, daß du das deinem Mann unmißverständlich klarmachst.«

»Das dürfte nicht schwierig sein. Schmuck läßt sich identifizieren und kann auf die Spur des Täters führen; das hat dieser andere Kerl bestimmt auch gewußt.«

»Jetzt zu ihrem Haus«, fuhr Cynthia fort. »Das hier wirst du brauchen.«

Sie schob ihm eine Werbebroschüre über Immobilien in Bay Point hin. Als Jensen sie aufschlug, fand er in der Mitte einen Straßenplan mit genau eingezeichneten Häusern. Eines davon war angekreuzt.«

»Das ist...?«

»Ja«, sagte Cynthia rasch. »Außerdem solltest du wissen, daß es dort drei Hausangestellte gibt: das Ehepaar Palacio – er ist Butler, sie führt den Haushalt –, das im Haus wohnt, und ein Dienstmädchen, das früh kommt und gegen sechzehn Uhr geht.«

»Nachts sind also vier Personen im Haus?«

»Außer donnerstags. Jeden Donnerstag fahren die Palacios nach West Palm Beach, um dort Mrs. Palacios Schwester zu besuchen. Sie fahren am Spätnachmittag weg und kommen nie vor Mitternacht zurück, manchmal erst später.«

Patrick hatte das Gefühl, sein Gedächtnis sei überlastet. »Das muß ich mir notieren, bevor ich's vergesse.« Er suchte in seinen Jackentaschen nach einem Kugelschreiber.

Cynthia griff ungeduldig nach der Broschüre. »Gib her, ich schreib's dir auf.« Auf dem Umschlag notierte sie:

DM – kommt früh, geht um 16 h
EP – Donnerstagabend bis Mitternacht

Jensen steckte die Broschüre ein. »Sonst noch etwas, das ich über diese anderen Morde wissen sollte?«

»Ja, sie sind brutal gewesen.« Cynthia verzog das Gesicht, während sie ihm die Verletzungen der Ehepaare Frost und Hennenfeld beschrieb – nach Angaben in den von ihr eingesehenen Ermittlungsakten der Mordkommission der Miami Police.

Als Patrick Jensen alle Vor- und Nachteile gegeneinander abwog, gefiel ihm Cynthias Idee, diese beiden früheren Doppelmorde nachzuahmen, immer besser; auf perverse Weise, fand er, war sie sogar brillant. Dann korrigierte er sich. In dem Leben, das er jetzt zwangsweise führte, war Cynthias Idee keineswegs pervers, sondern brillant... und damit Punktum!

»Du denkst anscheinend viel nach«, sagte Cynthia über den Tisch hinweg.

Er schüttelte den Kopf und behauptete: »Ich präge mir nur die einzelnen Punkte ein.«

»Dann kannst du die Liste um einen erweitern – keine Fingerabdrücke.«

»Bestimmt kein Problem.« Jensen erinnerte sich daran, wie Virgilio sich Handschuhe übergestreift hatte, bevor er mithalf, den Rollstuhl aus dem Lieferwagen zu heben.

»Noch etwas«, sagte Cynthia. »Das ist der endgültig letzte Punkt.«

Patrick wartete.

»Zwischen den Morden in Coconut Grove und Fort Lauderdale haben vier Monate und zwölf Tage gelegen. Ich hab's nachgerechnet.«

»Und?«

»Serienmörder schlagen oft in ziemlich regelmäßigen Zeitabständen zu, was bedeutet, daß der Täter, von dem wir sprechen, in den letzten Septembertagen oder in der ersten Oktoberwoche erneut zuschlagen könnte. Auch das habe ich nachgerechnet.«

Jensen zog die Augenbrauen hoch. »Was hat das mit uns zu tun?«

»Wir kommen dem Kerl zuvor, indem wir unser Datum auf Mitte August festlegen. Sollte er dann Ende September oder Anfang Oktober erneut zuschlagen, hat das Intervall sich verschoben, aber darauf achtet niemand mehr, weil die Abstände zu unregelmäßig sind.«

Cynthia machte eine Pause. »Was hast du? Was soll das lange Gesicht?«

Patrick, dessen Miene immer zweifelnder geworden war, holte tief Luft. »Willst du wissen, was ich glaube?«

»Das ist mir eigentlich egal, aber erzähl's mir trotzdem.«

»Cynthia, ich glaube, du willst zu clever sein.«

»Wie meinst du das?«

»Je länger wir reden, desto mehr fürchte ich, etwas könnte schiefgehen, schrecklich schiefgehen.«

»Was schlägst du also vor?« fragte Cynthia eisig.

Jensen zögerte, dann antwortete er mit gemischten Gefühlen, weil er sich der Bedeutung seiner Worte durchaus bewußt war: »Daß wir aufgeben, diese ganze Sache abblasen. Hier und jetzt.«

Cynthia trank einen Schluck Diet Coke, bevor sie halblaut fragte: »Vergißt du dabei nicht etwas?«

»Du meinst vermutlich das Geld.« Als sie nickte, fuhr er sich mit seiner Zungenspitze über die Lippen.

»Ich hab's mitgebracht, um es dir zu geben.« Cynthia berührte den neben ihr liegenden Aktenkoffer. »Macht nichts, ich nehm's wieder mit.« Sie griff nach dem Aktenkoffer, stand auf um zu gehen, blieb dann aber stehen und sah auf Patrick hinunter.

»Ich bezahle an der Kasse für dich mit. Schließlich wirst du jeden Cent, den du noch besitzt, für einen Strafverteidiger brauchen, und ich schlage vor, daß du dir gleich morgen einen suchst. Solltest du dir keinen leisten können, bekommst du auf Staatskosten einen Pflichtverteidiger. Die sind allerdings nicht sehr gut, fürchte ich.«

»Bleib hier!« Jensen hielt sie am Arm fest und sagte müde: »Um Himmels willen, setz dich doch wieder.«

Cynthia nahm erneut Platz, schwieg aber hartnäckig.

Seine Stimme klang resigniert. »Okay, wenn du darauf wartest, daß ich's ausspreche: Ich ergebe mich… zum zweitenmal. Ich *weiß*, daß du alle Trümpfe in der Hand hältst, und ich *weiß*, daß du sie bedenkenlos ausspielen würdest. Machen wir also dort weiter, wo wir aufgehört haben.«

»Willst du das wirklich?« fragte Cynthia.

Er nickte schicksalsergeben. »Klar.«

»Dann merk dir, daß die Sache möglichst genau Mitte August steigen muß.« Sie sprach wieder so geschäftsmäßig, als hätten die letzten paar Minuten sich nie ereignet. »Wir dürfen uns längere Zeit nicht mehr treffen. Du kannst mich notfalls zu Hause anrufen, aber mach's kurz und sei vorsichtig mit dem, was du sagst. Und wenn du mir das Datum durchgibst, zählst du fünf Tage dazu, die ich dann wieder abziehe. Ist das klar?«

»Alles klar.«

»Sonst noch Fragen?«

»Nur eine«, antwortete Jensen. »Von dem ganzen Verschwörergerede hab' ich echt 'nen Steifen gekriegt. Wie wär's damit?«

Sie lächelte. »Ich kann's kaum noch erwarten. Komm, wir verschwinden und suchen uns ein Motel.«

Als sie gemeinsam das Restaurant verließen, sagte Cynthia plötzlich: »Hier, paß gut auf ihn auf.« Sie drückte ihm den Aktenkoffer in die Hand.

Obwohl Jensen sich Cynthia gegenüber zum Mitmachen verpflichtet und ihr Geld angenommen hatte, wurde er weiter von Zweifeln geplagt. Und ihr Vorschlag, er solle sich einen Rechtsanwalt suchen, brachte ihn auf eine Idee.

Im Downtown Athletic Club in Miami spielte Patrick immer dienstags Raquetball mit einem Mitglied namens Stephen Cruz. Die beiden Männer hatten sich dort kennengelernt und gingen nach vielen Monaten auf dem Spielfeld freundschaftlich locker miteinander um. Von anderen Clubmitgliedern und aus Medienberichten wußte Jensen, daß Cruz ein erfolgreicher Strafverteidiger war. Als sie eines Nachmittags nach einem harten, befriedigenden Spiel duschten, fragte Jensen impulsiv: »Stephen, könnte ich mich an dich wenden, falls ich mal mit dem Gesetz in Konflikt käme und Hilfe bräuchte?«

Cruz starrte ihn verblüfft an. »Hey, du hast doch hoffentlich nichts...«

Patrick schüttelte den Kopf. »Nein, nein, das ist nur so eine Idee gewesen.«

»Brauchst du mich, bin ich natürlich für dich da.«

Damit ließen sie es bewenden.

5

Exakt zweihunderttausend Dollar in bar. Patrick Jensen hatte das Geld in seinem Schlafzimmer gezählt – nicht Banknote für Banknote, was zu lange gedauert hätte, sondern indem er die Scheinbündel nur durchgeblättert und die auf den Banderolen angegebenen Summen zusammengezählt hatte. Zu seiner Erleichterung waren die Zwanziger und Fünfziger, aus denen etwa die Hälfte der Summe bestand, gebraucht und abgegriffen, während es sich bei den restlichen Hundertern um die 1996 eingeführten fälschungssicheren Scheine handelte.

Er vermutete, daß Cynthia genau angegeben hatte, was für Scheine sie wollte – das war für ihre Gründlichkeit typisch –, und das Geld vermutlich auf mehreren Flügen von den Cayman Islands mitgebracht hatte. Jede Einfuhr von über zehntausend Dollar war ohne entsprechende Zollerklärung illegal, aber Cynthia hatte ihm einmal erzählt, als hiesige und besonders als hohe Polizeibeamtin werde man in Miami vom Zoll selten belästigt, wenn man diskret seine Dienstplakette vorweise.

Cynthia ahnte natürlich nicht, daß Patrick von ihrem Millionenvermögen auf den Caymans wußte. Vor vier Jahren hatte er im Hyatt Regency auf Grand Cayman die Gelegenheit genutzt, Cynthias Aktenkoffer zu durchsuchen, als sie sich im Bad die Haare wusch. Unter anderen Papieren war er auf einen Kontoauszug einer hiesigen Bank gestoßen, bei der Cynthia ein Guthaben von über fünf Millionen Dollar hatte.

Ohne zu wissen, ob diese Informationen verwertbar waren, ob er sie *jemals* würde verwerten können, hatte er sich rasch einige Angaben notiert; am liebsten hätte er Fotokopien angefertigt, aber dafür reichte die Zeit nicht aus. Wenige Minuten später standen die wichtigsten Einzelheiten in seinem Notizbuch: der Name ihrer hiesigen Bank, Cynthias Kontonummer und der letzte Saldo; der Name ihres Steuerberaters und seine Anschrift in Fort Lauderdale; Datum und Geschäftszeichen eines Schreibens der Steuerbehörde wegen steuerfreier Geldgeschenke ihres Onkels Zachary Ernst. Später trennte Jensen die Seite aus seinem Notizbuch, schrieb das Datum darauf, zeichnete die Eintragungen ab und verwahrte das Blatt sorgfältig.

Jensen hatte einen weiteren instinktiven Verdacht in bezug auf Cynthias Millionenvermögen auf diesem Bankkonto: Sie hielt es nicht für richtiges Geld und hätte es vermutlich nie für sich verwendet; deshalb würde ihr ziemlich egal sein, wieviel sie abhob und wer das Geld bekam. Er war sich beispielsweise sicher, daß Cynthia den Verdacht hegte, er habe die für Virgilio benötigte Summe absichtlich viel zu hoch angesetzt, um einen Teil dieses Geldes für sich abzweigen zu können – zusätzlich zu dem hohen Betrag, den er nach der Tat erhalten sollte.

Jensen *wollte* sie natürlich betrügen und hatte nicht die Absicht, Virgilio für den Mord an dem Ehepaar Ernst mehr als achtzigtausend, notfalls hunderttausend Dollar zu bieten. Patrick lächelte, während er darüber nachdachte, als er das Geld wieder in den Aktenkoffer packte. Und diese gehobene Stimmung hielt an und erwies sich als wirkungsvolles Mittel gegen die Ängste und Zweifel, die ihn in dem Restaurant in Homestead geplagt hatten.

Fünf Tage später wurde kurz nach neunzehn Uhr in Jensens Apartment im zweiten Stock eines Hauses in der Brickell Avenue geklingelt. Der Klingelknopf befand sich unten auf der Namenstafel neben dem Eingang. Jensen betätigte die Ruftaste der Sprechanlage und sagte: »Ja, bitte?« Als sich niemand meldete, wiederholte er seine Frage. Als erneut keine Antwort kam, wandte er sich schulterzuckend ab.

Ein paar Minuten später wiederholte sich dieser Vorgang. Jensen war irritiert, ohne sich viel Gedanken darüber zu machen; manchmal spielten die Nachbarskinder mit den Klingelknöpfen. Beim drittenmal fiel ihm jedoch ein, daß das eine Nachricht sein könnte, so daß er mit leichtem Unbehagen seine Wohnung verließ und ins Erdgeschoß hinunterging. Aber außer einem Hausnachbarn, der von der Straße hereinkam, war die Eingangshalle menschenleer.

Jensen hatte seinen Volvo draußen auf der Straße geparkt. Einem Impuls folgend verließ er das Gebäude, ging darauf zu und sah zu seiner Verblüffung eine Gestalt, die den Beifahrersitz ausfüllte; Sekunden später erkannte er sie als Virgilio. Er wußte genau, daß er den Wagen abgeschlossen hatte; als er jetzt mit seinem Schlüssel die Fahrertür aufsperrte, wollte er fragen: »Wie zum Teufel bist du hier reingekommen?« Aber diese Frage konnte er sich sparen. Virgilio hatte seine vielfältigen Talente schon unter Beweis gestellt.

Die gewaltige Pranke des Kolumbianers deutete nach vorn. »Fahr«, sagte er.

Jensen, der am Steuer saß, ließ den Motor an und fragte: »Wohin?«

»Wo's ruhig ist.«

Nach zehn Minuten ziellosen Herumfahrens lenkte Jensen das Auto auf den Parkplatz eines geschlossenen Eisenwarengeschäfts, stellte den Motor ab, schaltete die Scheinwerfer aus und wartete.

»Du jetzt sprechen«, befahl Virgilio ihm. »Du hast Job für mich?«

»Ja.« Patrick sah keinen Grund, nicht sofort zur Sache zu kommen. »Ich habe Freunde, die zwei Leute beseitigen lassen möchten.«

»Wer deine Freunde?«

»Das erfährst du nicht. Das ist für alle sicherer.«

»Okay.« Virgilio nickte zustimmend: »Die sterben sollen... wichtige Leute?«

»Ja. Einer ist ein City Commissioner.«

»Dann kostet viel Geld.«

»Ich zahle dir achtzigtausend Dollar«, sagte Jensen.

»Reicht nicht.« Der Kolumbianer schüttelte nachdrücklich den Kopf. »Viel mehr. Hundertfünfzig.«

»Soviel habe ich nicht. Ich könnte vielleicht hunderttausend kriegen, aber nicht mehr.«

»Dann kein Deal.« Virgilio legte seine Hand auf die Tür, schien aussteigen zu wollen, ließ die Hand sinken. »Hundertzwanzig. Hälfte jetzt, Hälfte nach dem Job.«

Schluß mit dieser Feilscherei, dachte Jensen, der nur bedauerte, nicht mit einem niedrigeren Betrag wie fünfzigtausend angefangen zu haben. Trotzdem würden ihm auch so achtzigtausend Dollar bleiben – plus die zweihunderttausend, die Cynthia ihm nach der Tat versprochen hatte. Und Patrick wußte, daß sie Wort halten würde.

»Die sechzigtausend sind in zwei Tagen abholbereit«, sagte er. »Du kannst mich wieder wie heute abend verständigen.«

Der große Mann grunzte etwas Zustimmendes, dann zeigte er aufs Lenkrad. »Wo diese Leute wohnen? Zeig's mir.«

Warum eigentlich nicht? dachte Jensen. Er ließ den Motor wieder an, fuhr zum Biscayne Boulevard, folgte ihm bis nach Bay Point und hielt dort kurz vor dem Tor an der Einfahrt zu der exklusiven Wohnsiedlung.

»Das Haus liegt innerhalb des eingezäunten Geländes«, erklärte er Virgilio. »Der Zaun ist bestimmt elektronisch gesichert und wird vom Sicherheitsdienst überwacht.«

»Ich finde Weg hinein. Hast du Karte mit Haus?«

Patrick öffnete das Handschuhfach seines Wagens und holte eine Fotokopie der Werbebroschüre heraus, die Cynthia ihm vor fünf Tagen gegeben hatte. Das Original bewahrte er an einem sicheren Ort auf. Er zeigte Virgilio den Lageplan, auf dem eines der Häuser durch ein Kreuz markiert war, und wies auf Cynthias handschriftliche Anmerkung hin:

DM – komt früh, geht um 16 h
EP – Donnerstagabend bis Mitternacht

»Das ist wichtig«, sagte Jensen und setzte Virgilio auseinander, wann das Dienstmädchen arbeitete und wann der Butler und seine Frau einmal pro Woche außer Haus waren.

»Gut!« Virgilio steckte die Fotokopie ein. Er hatte aufmerksam zugehört, zweimal nachgefragt, weil ihm Einzelheiten nicht klar waren, und dann genickt, wenn er alles verstanden hatte. Unabhängig davon, was er sonst noch sein mochte, war er jedenfalls intelligent.

Als nächstes sprach Jensen über die erforderliche Übereinstimmung mit zwei in letzter Zeit verübten Doppelmorden und erläuterte den Grund dafür. »Das ist auch für dich vorteilhaft«, unterstrich er, und Virgilio nickte zustimmend. Dann beschrieb er die Punkte, auf die es ankam: Am Tatort mußte ein totes Tier, vielleicht ein Kaninchen, zurückbleiben; ein Radio mußte plärrend laut harte Rockmusik spielen – die hiesige Station HOT 105... »Kenn' ich«, warf Virgilio ein... Keine Fingerabdrücke... Virgilio nickte energisch... Alles Geld aus den Taschen der Opfer und in ihrer näheren Umgebung mußte verschwinden, aber Schmuck durfte nicht angerührt werden... Eine zustimmende Handbewegung... Ein Messer als Tatwerkzeug. »Ein *Bowie*messer, verstehst du? Kannst du eines besorgen?«... Virgilio: »Ja.«... Jensen wiederholte Cynthias Beschreibung der beiden anderen Tatorte – die Opfer, die sich gefesselt und geknebelt gegenübersaßen, und die häßliche Brutalität...

»Du mußt dir verdammt viel merken. Hast du alles?«

Der Kolumbianer tippte sich mit dem Zeigefinger an seine Stirn. »Okay, alles da drin.«

Als nächstes sprachen sie über ein mögliches Datum, wobei Jensen sich daran erinnerte, daß Cynthia möglichst einen Termin Mitte August wollte.

»Ich gehe weg, dann komme wieder«, sagte der Kolumbianer, und Patrick erriet, daß er die sechzigtausend Dollar Anzahlung in seine Heimat bringen wollte.

Schließlich einigten sie sich auf den 17. August.

Kurz bevor sie Jensens Apartmentgebäude erreichten, wiederholte Virgilio sinngemäß seine Warnung aus der Nacht des Rollstuhlmords: »Hey, du legst mich rein, ich bring' dich um, verstanden?«

»Virgilio, ich würde dich *niemals* reinlegen«, versicherte Jensen ihm aufrichtig. Gleichzeitig beschloß er, nach der Ermordung des Ehepaars Ernst einen weiten Bogen um Virgilio zu machen. Er war imstande, jeden zu ermorden – auch Patrick Jensen –, um seine Fährte zu verwischen.

An diesem Abend rief er Cynthia an, nannte aber keinen Namen und sagte nur: »Das Datum ist der 22. August.«

Sie zog in Gedanken fünf Tage ab und antwortete: »Ja, ich verstehe.« Dann legte sie auf.

6

Cynthia Ernst hielt sich seit acht Tagen in Los Angeles auf, als sie die Schreckensnachricht von der Ermordung ihrer Eltern erhielt. In dieser Zeit hatte sie das Gefühl, zwei Leben zu führen: eines bei angehaltener Uhr in gespannter Erwartung der erlösenden Nachrichten, das andere normal, routinemäßig, sogar prosaisch.

Offiziell war sie nach L. A. gekommen, um vor ausgewählten Beamten des L. A. Police Departments eine Reihe von Vorträgen über die in Miami gemachten Erfahrungen mit Kommunalarbeit zu halten – eine Vortragsreihe, von der schon viele Police Departments profitiert hatten. Außerdem wollte sie ein paar Urlaubstage bei ihrer alten Freundin Paige Burdelon aus der Pine Crest School verbringen, die jetzt als Vizepräsidentin bei Universal Pictures in Brentwood lebte.

Nachdem Cynthia am 27. Juni von Patrick Jensen gehört hatte, daß der langersehnte Tag der 17. August sein würde, traf sie ihre Vorbereitungen, um am 10. August nach Kalifornien zu fliegen. Der *Miami Herald* meldete ihre Vortragsreise in Joan

Fleischmans vielgelesener Kolumne »Talk Of Our Town« – auf ein freundliches Telefongespräch hin, das Cynthia am Tag vor ihrer Abreise geführt hatte. Auf Veranlassung von Commander Winslow McGowan, der Cynthias Kollege und Ansprechpartner im LAPD war, brachte die *Los Angeles Times* eine ähnliche Notiz. So waren ihr Abflug von der Ostküste und ihre Ankunft an der Westküste bestens dokumentiert.

Paige Burdelon war begeistert, als sie von Cynthias Reiseplänen hörte. »Du mußt unbedingt bei mir wohnen!« jubelte sie am Telefon. »Seit Biffy und ich uns getrennt haben, irre ich in dieser Riesenwohnung wie eine Fremde im eigenen Heim umher. Komm schon, Cynthia, wir werden uns herrlich amüsieren, ich versprech's dir!«

Cynthia nahm die Einladung dankend an und fuhr vom Flughafen aus direkt zu Paige.

Cynthias Vortragsreihe beim LAPD, sechs einstündige Vorträge im Zeitraum von zwei Wochen, begann einen Tag nach ihrer Ankunft. Ihr in einem Konferenzsaal des Polizeipräsidiums versammeltes Publikum bestand aus achtzig ausgesuchten Beamtinnen und Beamten aller achtzehn LAPD-Abteilungen – ein Querschnitt durch alle Dienstgrade und Hautfarben, ungefähr zwei Drittel in Uniform, der Rest in Zivil. Das LAPD versuchte gerade, eine flächendeckend arbeitende Polizei, über die viele Jahre ein Despot geherrscht hatte, in bürgernahe kleinere Police Departments umzuwandeln. Miami, das diesen Prozeß schon früher erfolgreich abgeschlossen hatte, wurde landesweit als nachahmenswerter Prototyp angesehen.

Trotz anfänglicher Skepsis erhielt Cynthia zuletzt lauten Beifall und mußte anschließend so viele Fragen beantworten, daß ihr erster Vortrag über eine halbe Stunde länger als geplant dauerte.

Commander McGowan, ein großer, auffällig hagerer Mann in Cynthias Alter, gesellte sich zu ihr und sagte: »Glückwunsch, das war ein voller Erfolg.« Er wartete, bis sie allein waren, bevor er zögernd hinzufügte: »Hören Sie, Cynthia, eigentlich geht mich das nichts an, aber seit Sie hier sind, wirken Sie ein bißchen zerstreut. Ist alles okay, oder habe ich bei den Vorbereitungen irgendwas falsch gemacht?«

Cynthia erschrak, denn sie hatte bis zu diesem Augenblick geglaubt, ihre innerliche Anspannung erfolgreich unterdrückt zu haben. Aber Winslow McGowan war offenbar ein scharfer Beobachter.

»Nein, nein, alles ist bestens«, versicherte sie ihm hastig. »Es gibt keinerlei Probleme.« Aber sie nahm sich vor, in Zukunft noch vorsichtiger zu sein.

Cynthias Sorgen wegen des Ereignisses, das in wenigen Tagen fast fünftausend Kilometer weit entfernt stattfinden sollte, wurden durch den von Paige organisierten Wirbel aus Aktivitäten gemildert. An ihrem ersten gemeinsamen Morgen fuhr Cynthia mit Paige in ihrem schwarzen Saab-Kabrio zu einem der Universal-Ateliers, in dem ein Kriminalfilm gedreht wurde. Sie waren auf der Interstate 405 nach Norden unterwegs und ließen sich den Fahrtwind durchs Haar wehen.

»Genau wie in *Thelma and Louise*«, meinte Paige lachend. Sie war groß und schlank, hatte schulterlanges blondes Haar und blaue Augen. »Ein waschechtes L.A. Girl!« sagte sie von sich selbst.

»Wie heißt der Film, zu dessen Dreharbeiten wir fahren?« erkundigte Cynthia sich.

»*Dark Justice*. Eine großartige Story! Ein kleines Mädchen wird in einer Seitenstraße in der Nähe des Polizeireviers ermordet. Der Kriminalbeamte, der die Ermittlungen leitet, ist ein anständiger Cop – intelligent, Familienvater –, aber je mehr Beweise gefunden werden, desto mehr wird er belastet.«

»Der Cop hat die Kleine ermordet?«

»So steht's im Drehbuch. Er leidet an akuter Schizophrenie, deshalb weiß er nichts von der Tat.«

Cynthia lachte. »Soll das ein Witz sein?«

»Nein, echt, die Story ist faszinierend. Wir haben einen Psychiater als Berater engagiert, damit die verrückten Stellen stimmen.«

»Und wie geht's weiter?«

»Weiß ich ehrlich gesagt nicht. Seit wir Max Cormick für die Hauptrolle an Land gezogen haben, sind die Drehbuchautoren dabei, das Ende umzuschreiben. Sein Agent behauptet, als Kindermörder wäre seine Karriere ruiniert. Deshalb muß jetzt vermutlich sein Partner als Mörder herhalten.«

»Sein Partner? Das ist reichlich durchsichtig.«

»Findest du?« Paiges Stimme klang besorgt.

»Klar doch. Wie wär's mit der Frau des Kriminalbeamten?«

»Mit seiner Frau? Natürlich! Augenblick mal.« Paige griff nach ihrem Autotelefon und tippte eine Nummer ein. »Michael? Hör zu, ich bin gerade mit einer alten Freundin zusammen, die Kriminalbeamtin in Miami ist. Sie findet, Suzanne sollte die Mörderin sein.«

Eine Pause. »Okay, ich frage mal nach... Cynthia, warum sollte seine Frau die Mörderin sein?«

Cynthia zuckte mit den Schultern. »Vielleicht hat sie einen Geliebten und will ihren Mann loswerden. Aber statt ihn selbst umzulegen, will sie dafür sorgen, daß er lebenslänglich bekommt oder in der Gaskammer stirbt.«

»Michael, hast du das gehört? ... Okay, laß dir die Sache durch den Kopf gehen.«

Paige legte auf und wandte sich lächelnd an Cynthia. »So, jetzt kann ich dich auf Geschäftskosten in die besten Restaurants der Stadt einladen.«

»Wofür?«

»Du bist eine Drehbuchberaterin.«

Paige fuhr auf den rückwärtigen Parkplatz der Universal Studios und hielt vor einem der großen weißen Ateliergebäude. In dem riesigen Innenraum herrschte reger Betrieb. Cynthia sah sich erstaunt um. Sie hatte den Eindruck, eine echte Dienststelle der

Kriminalpolizei sei mitten in das Gebäude versetzt und dann mit Scheinwerfern, Gerüsten, Kameras und einem Filmteam in Kompaniestärke umgeben worden.

Sie stieß Paige an und fragte flüsternd: »Lerne ich auch Max Cormick kennen?«

»Komm.« Paige ging in den abgesperrten Bereich voraus, in dem der gefeierte Filmstar auf seine nächste Szene wartete. Er war ein großer, selbstbewußter Vierziger mit leicht angegrautem Haar und haselnußbraunen Augen.

»Guten Morgen, Max«, sagte Paige. »Ich möchte dich mit Major Cynthia Ernst bekannt machen. Sie kommt vom Miami Police Department.«

Er wirkte leicht verwirrt. »Spielt jetzt auch eine Kriminalbeamtin aus Miami mit?«

»Nein, nein.« Cynthia lächelte. »Ich bin keine Schauspielerin.«

»Oh, sorry. Aber... nun, Sie sehen eher wie eine Schauspielerin als eine Polizeibeamtin aus.«

»Nach allem, was man hört, würde ich damit mehr Geld verdienen.«

Der Schauspieler nickte leicht verlegen. »Ja. Ungerecht, nicht wahr?«

»Na ja, vielleicht auch nicht. Ich habe mich in der Schule als Schauspielerin versucht, bin aber nicht damit zurechtgekommen. Der Versuch, meine Rolle zu verstehen, hat mich so beschäftigt, daß sie mir nie lebensecht vorgekommen ist.«

Max Cormick nahm ihren Arm und führte sie ans Frühstücksbufett. »Major, ein Schauspieler *denkt* nie an seine Rolle – *niemals*. Tut er's doch, merkt man's ihm an. Ein Schauspieler denkt nur an sich... an die neue Persönlichkeit, die er in einer anderen Welt, die jetzt ganz seine ist, angenommen hat. Leben, Familie, Job – alles neu!«

Cynthia nickte anscheinend höflich interessiert. In Wirklichkeit hatte sie sich jedes Wort gemerkt.

Sechs Tage später, am Morgen des 18. August, erklang um 6.50 Uhr der Türgong in Paige Burdelons Eigentumswohnung. Sekunden später erklang er nochmals.

Cynthia, die schon wach war, aber noch im Bett lag, hörte den ersten Gong und nach dem zweiten Paiges gedämpfte Stimme, die protestierte: »Wer zum Teufel… um diese Zeit…«, während die andere Schlafzimmertür geöffnet wurde. Bevor sie die Wohnungstür erreichen konnte, ertönte der Gong zum drittenmal.

»Schon gut, schon gut! Ich komme!« rief Paige gereizt.

Cynthia fühlte, wie ihr Puls sich beschleunigte, aber sie blieb ruhig liegen und ließ die bevorstehenden Ereignisse gelassen auf sich zukommen.

An ihrer Wohnungstür warf Paige einen Blick durch den Spion und erkannte eine Polizeiuniform. Sie hakte die Sperrkette aus, sperrte zwei Schlösser auf und öffnete dann die Tür.

»Ich bin Commander McGowan, Ma'am.« Eine ruhige und kultivierte Stimme. »Ich arbeite mit Major Ernst zusammen, die meines Wissens bei Ihnen wohnt.«

»Ja, das stimmt. Ist irgendwas nicht in Ordnung?«

»Tut mir leid, daß ich so früh störe, aber ich muß sie unbedingt sprechen.«

»Kommen Sie rein, Sir.«

Paige drehte sich um. »Cynthia, bist du schon wach?« rief sie. »Du hast Besuch!«

Cynthia ließ sich Zeit, bevor sie im Morgenrock aus ihrem Zimmer kam. »Hallo, Winslow«, begrüßte sie McGowan lächelnd. »Was führt Sie so früh hierher?«

Anstatt ihre Frage zu beantworten, wandte McGowan sich an Paige. »Können Cynthia und ich irgendwo ungestört miteinander reden?«

»Klar.« Sie deutete hinter sich. »Gehen Sie ins Arbeitszimmer. Rufen Sie mich, wenn Sie fertig sind. Ich koche inzwischen Kaffee.«

Als McGowan und sie Platz nahmen, sagte Cynthia: »Sie

machen ein so ernstes Gesicht, Winslow. Ist irgendwas nicht in Ordnung?« Während sie das scheinbar unbekümmert fragte, erinnerte sie sich wieder an Max Cormicks Worte in den Universal Studios: *Als Schauspieler denkt man* nie *an seine Rolle* – niemals. *Tut er das, merkt man's ihm an...*

»Ja«, antwortete McGowan. »Ich habe Ihnen eine schlechte Nachricht, eine *sehr* schlechte Nachricht zu überbringen. Cynthia, Sie müssen sich aufs Schlimmste gefaßt machen.«

»Ich *bin* darauf gefaßt. Reden Sie doch!« Ihre Stimme klang besorgt. Dann fragte sie, als sei ihr plötzlich etwas eingefallen: »Irgendwas mit meinen Eltern?«

McGowan nickte langsam. »Ja, es handelt sich um Ihre Eltern... Ich muß Ihnen leider mitteilen, daß sie...«

»O nein! Sind sie...« Cynthia verstummte, als widerstrebe es ihr, den Satz zu Ende zu bringen.

»Ja, meine Liebe. Ich wollte, ich könnte es Ihnen irgendwie anders sagen, aber... Sie sind beide tot, fürchte ich.«

Cynthia schlug mit einem Aufschrei die Hände vors Gesicht. Dann rief sie laut: »Paige! *Paige!*«

Als Paige hereingestürmt kam, kreischte Cynthia: »Paige, Mom und Dad... sie sind beide tot...« Während ihre Freundin sie tröstend umarmte, sah Cynthia zu McGowan hinüber. »Sind sie... ist's ein Unfall gewesen?«

Er schüttelte den Kopf. »Nein, kein Unfall.« Dann schlug er vor: »Cynthia, wir wollen nichts überstürzen. Sie können unmöglich alles auf einmal verkraften. Dieser Schock reicht fürs erste.«

Paige, die Cynthia fest umarmt hielt, nickte zustimmend. »Sweetie, ich bitte dich! Bloß nicht alles auf einmal. Laß dir Zeit.«

So verging eine weitere Viertelstunde, bis Cynthia – *als ihr neues Ich in einer neuen Rolle* – die wenigen Einzelheiten, die bisher über den Mord an ihren Eltern bekannt waren, erfuhr.

Danach ließ sie alles um sich herum einfach geschehen. Winslow McGowan und Paige Burdelon nahmen an, Cynthia habe einen Schock erlitten – eine Vermutung, die sie durch benommene Gefügigkeit nährte. McGowan, der jetzt von zwei weiteren uniformierten Polizeibeamten unterstützt wurde, die eifrig telefonierten, erklärte ihr ruhig: »Wir kümmern uns um Ihre Heimreise. Ich habe Ihre letzten Vorträge abgesagt und Ihnen einen Platz in einer Maschine reserviert, die am frühen Nachmittag nonstop nach Miami fliegt. Ein Dienstwagen bringt Sie zum Flughafen.«

»Und ich komme mit, Cynthia«, warf Paige ein. »Du kannst unmöglich allein fliegen. Ich gehe jetzt und packe deine Sachen. Einverstanden?«

Cynthia nickte zustimmend und murmelte: »Ja, danke.« Eine Begleiterin für unterwegs konnte nützlich sein, aber in Miami würde sie Paige nicht lange um sich haben wollen, überlegte sie sich.

Sie blieb auf der Couch liegen, zu der sie geführt worden war, schloß die Augen und kapselte sich von den Aktivitäten um sie herum ab.

Endlich sind deine Eltern tot, dachte sie; nach jahrelangem Warten ist endlich erreicht, worauf du so zielbewußt hingearbeitet hast. Warum empfindest du dann nicht die erhoffte Euphorie, sondern statt dessen eine seltsame Leere? Vielleicht liegt's daran, sagte sie sich, daß außer Patrick Jensen und dir niemand jemals die Wahrheit erfahren wird – dein Motiv und deinen raffinierten Plan für den Doppelmord.

Trotzdem bedauerte sie ihren Entschluß keine Sekunde lang. Dieses Ende war notwendig gewesen; nur so hatte sich ihr Bedürfnis nach Wiedergutmachung für angetanes Unrecht befriedigen lassen. Dies war die gerechte Vergeltung für die abscheuliche, widerwärtige Art, wie Gustav und Eleanor Ernst sie als Kind behandelt und in vieler Beziehung zu dem Menschen gemacht hatten, der sie jetzt war. Zu einem Menschen, den Cynthia, wie sie sich ehrlich eingestand, oft nicht leiden konnte.

Ah! Das war eine entscheidende Frage: Wäre sie ohne diesen glühenden Haß und Zorn, den der perverse Mißbrauch durch ihren Vater und die heuchlerische Untätigkeit ihrer Mutter in ihr hervorgerufen hatten, anders geworden, hätte sie anders werden *können*? Natürlich!... Ja!... Sie *wäre* ein anderer Mensch geworden... vielleicht weniger stark... vielleicht freundlicher, gütiger. Wer konnte das sagen? Andererseits war diese Frage irrelevant... sie kam ein halbes Leben zu spät! Die Gußform, aus der Cynthia stammte, war längst zerbrochen. Sie war, was sie jetzt war, und wollte – *konnte* – sich nicht mehr ändern.

Sie lag noch immer mit geschlossenen Augen da, als Paiges sanfte Stimme sie aus ihren Überlegungen riß. »Cynthia, alles ist arrangiert. In ein paar Stunden fahren wir zum Flughafen. Vielleicht solltest du noch mal ins Bett gehen und zu schlafen versuchen.«

Cynthia ging erleichtert auf diesen Vorschlag ein. Später verlief der Rückflug an die Ostküste dank Paige ohne irgendwelche Schwierigkeiten.

Vor der Landung in Miami rieb Cynthia sich heimlich ein paar Salzkörner in die Augen. Dieser Trick, den sie damals im Internat bei ihrem ersten und letzten Versuch als Schauspielerin gelernt hatte, rief Tränen und gerötete Augen hervor. In den folgenden Tagen vergoß Cynthia keine echten Tränen, aber weitere Salzkörner und noch gerötete Augen erzeugten den gewünschten Eindruck.

Abgesehen von dieser gespielten Trauer ließ Cynthia seit dem Augenblick ihrer Rückkehr keinen Zweifel daran, daß sie ihre Stärke und Fassung zurückgewonnen hatte, und machte sich daran, alles zu erfahren, was über den Mord an ihren Eltern bekannt war. Ihr eigener Dienstgrad, durch den sie direkten Zugang zu allen Beamten des Police Departments hatte, erleichterte ihr dieses Vorhaben.

Am zweiten Tag nach ihrer Rückkehr besuchte Cynthia die

jetzt von gelbem Polizeiabsperrband umgebene Villa ihrer Eltern in Bay Point. Im Salon im Erdgeschoß sprach sie mit Sergeant Hank Brewmaster, der die Ermittlungen im Mordfall Ernst leitete.

»Major, ich möchte Ihnen sagen, wie sehr wir alle…«, begann er, als er sie sah, aber Cynthia brachte ihn mit einer Handbewegung zum Schweigen.

»Hank, ich weiß Ihr Mitgefühl zu schätzen und danke Ihnen dafür. Aber wenn ich zuviel davon bekomme – vor allem von einem alten Freund wie Ihnen –, könnte ich die Fassung verlieren. Das müssen Sie bitte verstehen.«

»Ja, das tue ich, Ma'am«, versicherte Brewmaster ihr. »Und ich verspreche Ihnen, daß wir alles tun, um diesen Hundesohn zu fassen, der…«

»Ich möchte alles hören, was Sie wissen«, unterbrach Cynthia ihn. »Soweit ich informiert bin, sehen Sie die Ermordung meiner Eltern als mögliche Tat eines Serienmörders.«

Brewmaster nickte. »Danach sieht's aus, ein klar erkennbares Schema, allerdings mit gewissen Abweichungen.« *Dieser Idiot Patrick!* dachte sie. »Ich weiß nicht, ob Sie von unserer Besprechung vor zwei Tagen wissen – unmittelbar *vor* dem Mord an Ihren Eltern –, bei der Malcolm Ainslie eine Verbindung zwischen den früheren vier Doppelmorden und der Offenbarung des Johannes aus der Bibel hergestellt hat?«

Sie schüttelte leicht besorgt den Kopf.

»Als wir bei der Mordkommission diese vier Fälle durchgesprochen haben«, fuhr Brewmaster fort, »hat sich gezeigt, daß an allen Tatorten bestimmte Symbole zurückgelassen worden waren. Aber erst Malcolm mit seiner Vorbildung als Priester hat erkannt, was sie bedeuten.«

Cynthia zog die Augenbrauen hoch. »Sie sprechen immer von vier Doppelmorden. Ich dachte, es hätte vorher nur zwei gegeben, die in diese Serie zu passen scheinen.«

»Nein, es hat einen dritten gegeben – das Ehepaar Urbina in Pine Terrace –, der ins Schema zu passen scheint und nur drei

Tage vor der Ermordung Ihrer Eltern verübt worden ist. Und schon vorher ist ein Mord bekanntgeworden, von dem wir nichts geahnt haben.« Brewmaster schilderte ihr kurz den Fall Larsen in Clearwater. »Zeitlich liegt dieser Doppelmord etwa in der Mitte zwischen den Fällen Frost und Hennefeld.«

In Cynthias Kopf klingelten sämtliche Alarmglocken. Während ihrer Abwesenheit schien sich viel Unvorhergesehenes ereignet zu haben. Solche Überraschungen konnten gefährlich werden. Sie mußte möglichst schnell auf den aktuellen Informationsstand kommen.

»Sie haben gesagt, im Fall meiner Eltern habe es gewisse Abweichungen gegeben. Wie meinen Sie das?«

»Nun, als erstes hat der Täter hier ein totes Kaninchen zurückgelassen. Malcolm findet, daß es nicht ins Schema paßt, aber ich weiß nicht, ob er damit recht hat.«

Cynthia wartete.

Brewmaster fuhr fort: »An den übrigen Tatorten hat alles irgendwie zur Offenbarung gepaßt, und unserer Theorie nach dürfte der Täter ein religiöser Spinner sein. Malcolm behauptet, das Kaninchen sei nicht spezifisch – nicht wie die bisherigen Symbole. Aber ich weiß wie gesagt nicht, ob er damit recht hat.«

Das mit dem Kaninchen ist *deine* Idee gewesen, sagte Cynthia sich betroffen. Anfangs hatte niemand in der Mordkommission die geringste Ahnung gehabt, was die ersten Symbole bedeuten könnten, und das war der Stand der Dinge gewesen, als sie nach Los Angeles abgeflogen war.

»Auffällig abweichend ist der Zeitpunkt«, berichtete der Sergeant weiter. »Zwischen allen übrigen Serienmorden haben jeweils ungefähr zwei Monate gelegen – nie weniger als zwei. Aber zwischen den Urbinas und den Ernsts... sorry, Ihren Eltern... sind's nur drei Tage gewesen.« Brewmaster zuckte mit den Schultern. »Aber das muß natürlich nichts zu bedeuten haben. Serienmörder gehen nicht logisch vor.«

Nein, dachte Cynthia, aber auch Serienmörder müssen ihre Taten vorbereiten, und eine Frist von nur drei Tagen zwischen zwei Doppelmorden ist nicht überzeugend... Verdammt! Schlimmer hätt's nicht kommen können! Dieser zusätzliche Fall in Clearwater hatte alle ihre sorgfältigen Berechnungen über den Haufen geworfen. Sie erinnerte sich daran, was Patrick in Homestead gesagt hatte: *Cynthia, ich glaube, du willst zu clever sein.*

»Dieser vierte Doppelmord«, sagte sie zu Brewmaster. »Wie haben die Leute gleich wieder geheißen?«

»Urbina.«

»Hat der Fall Aufsehen erregt?«

»Ziemlich. Dicke Schlagzeilen, viel im Fernsehen.« Jetzt war Brewmaster neugierig. »Wie kommen Sie darauf?«

»Oh, ich habe in L. A. gar nichts mitbekommen. Ich bin wohl zu beschäftigt gewesen.« Cynthia wußte, daß das eine schwache Antwort war, und erkannte, daß sie sich im Umgang mit den cleveren Beamten der Mordkommission vorsehen mußte. Brewmasters Antwort zeigte jedoch, daß Patrick von dem Mord an dem Ehepaar Urbina gehört haben mußte. Daraufhin hätte er den in Auftrag gegebenen Doppelmord verschieben müssen, aber vermutlich hatte er keine Möglichkeit gehabt, den Kolumbianer noch zu erreichen, und die Würfel waren gefallen...

Brewmasters Stimme unterbrach ihre Überlegungen. »Andere Einzelheiten stimmen jedoch genau mit den Serienmorden überein, Ma'am.« Sein Tonfall war respektvoll, als wolle er sich halb für seine Frage von vorhin entschuldigen. »Das Bargeld Ihres Vaters ist geraubt worden, aber den Schmuck Ihrer Mutter hat der Täter nicht angerührt; das habe ich sorgfätig überprüft. Und andere Dinge haben auch übereingestimmt, obwohl ich nicht gern darüber rede...«

»Bitte weiter«, verlangte Cynthia. »Ich kann mir denken, was jetzt kommt.«

»Nun, die Verletzungen sind denen in den anderen Mordfällen ähnlich gewesen, und... Wollen Sie das wirklich hören?«

»Irgendwann muß ich's doch erfahren. Warum nicht gleich?«

»Die Wunden sind ziemlich schlimm gewesen; nach Auskunft

von Dr. Sanchez hat der Täter wieder ein Bowiemesser benutzt. Und die Opfer…« Brewmaster zögerte erneut. »Sie haben sich gefesselt und geknebelt gegenübergesessen.«

Cynthia wandte sich ab und führte ein Taschentuch an ihre Augen. An dem Stoff hafteten noch einige Salzkörner von der letzten Anwendung, die sie jetzt gebrauchte, bevor sie sich leise hüstelnd wieder umdrehte.

»Eine weitere Übereinstimmung mit früheren Fällen«, fuhr Brewmaster fort, »ist das eingeschaltet zurückgelassene Radio – laut aufgedreht.«

Cynthia nickte. »Das weiß ich noch. Hat es in den beiden ersten Fällen nicht Rockmusik gespielt?«

»Ja.« Brewmaster sah in sein Notizbuch. »Diesmal ist WTMI eingestellt gewesen – Klassik und Musicals. Nach Aussage des Butlers der Lieblingssender Ihrer Mutter.«

»Ganz recht.« Innerlich kochte Cynthia vor Wut. Obwohl sie Patrick genaue Anweisungen gegeben hatte, war sein kolumbianischer Killer so dämlich gewesen, nur das Radio einzuschalten, ohne den Sender HOT 105 einzustellen. Vielleicht hatte Patrick ihre Anweisungen nicht richtig weitergegeben; jedenfalls ließ sich das nicht mehr ändern. Vorläufig schien Brewmaster den Unterschied für nebensächlich zu halten, aber anderen in der Mordkommission konnte er nach genaueren Ermittlungen wichtig erscheinen; Cynthia wußte, wie das System funktionierte.

Verdammt! Sie spürte plötzlich einen unerwarteten Angstschauder.

7

In der dritten Nacht nach ihrer Rückkehr nach Miami schlief Cynthia schlecht: Sie war noch immer nervös wegen unvorhergesehener, aber bedeutsamer Ereignisse während ihrer kurzen Abwesenheit, von denen sie erst nachträglich erfahren hatte. Was kann noch alles schiefgehen? fragte sie sich jetzt.

Sorgen machte ihr auch die Tatsache, daß sie mit Malcolm Ainslie reden mußte – vor allem auch, weil er die Sonderkommission zur Aufklärung der gegenwärtigen Mordserie leitete, zu der auch der Mord an ihren Eltern gezählt wurde. Während Hank Brewmaster die eigentlichen Ermittlungen im Fall Ernst leitete, lag die Gesamtverantwortung bei Ainslie.

Letztlich, das erkannte Cynthia in einem Augenblick rückhaltloser Ehrlichkeit, lief alles darauf hinaus, daß Ainslie der Ermittler war, den sie am meisten fürchtete. Trotz ihrer Verbitterung darüber, daß er ihre Affäre beendet hatte, und ihrer Entschlossenheit, ihre damalige Drohung – *Das wirst du für den Rest deines jämmerlichen Lebens bereuen, Malcolm!* – wahrzumachen, hatte sich an ihrer Überzeugung, Ainslie sei der beste Kriminalbeamte, den sie kenne, nie etwas geändert.

Weshalb er das war, hatte sie nie ganz ergründen können. Irgendwie besaß Malcolm jedoch die Fähigkeit, die vordergründigen Aspekte seiner Ermittlungen auszuklammern und sich in Opfer und Täter hineinzuversetzen. Wie Cynthia mehrmals miterlebt hatte, führte das oft dazu, daß er in bezug auf Mordfälle zu den richtigen Schlüssen gelangte – entweder allein oder früher als alle anderen.

Cynthia vermutete, daß Ainslies Ausbildung zum Priester etwas damit zu tun hatte, und wie aus Hank Brewmasters Schilderung hervorging, hatte sein hoher Bildungsgrad es ihm ermöglicht, den Zusammenhang zwischen den an den Tatorten der Serienmorde zurückgelassenen bizarren Gegenstände zu erkennen.

Cynthia verdrängte ihre Erinnerungen wieder. Bisher wäre sie nie auf die Idee gekommen, Malcolms Intellekt könnte sich auf sie persönlich auswirken. Jetzt fürchtete sie ihn.

Sie beschloß, das Treffen nicht hinauszuschieben, sondern es sofort hinter sich zu bringen – zu von ihr diktierten Bedingungen. Nach ihrer schlaflos verbrachten Nacht erschien Cynthia am nächsten Morgen schon in aller Frühe bei der Mordkommission, wo sie Lieutenant Newbolds Büro für sich beanspruchte und ihn anwies, Sergeant Ainslie zu ihr zu schicken, sobald er zum Dienst erschien. Malcolm, der zuvor im Haus ihrer Eltern gewesen war, traf wenig später ein.

Nachdem Cynthia ihm unmißverständlich klargemacht hatte, wie groß der Rangunterschied zwischen ihnen war – ein Major stand drei Dienstgrade über einem Sergeant – und daß zwischen ihnen keinerlei persönliche Beziehung mehr existierte, stellte sie ihm präzise Fragen über die Ermordung ihrer Eltern.

Während sie sich die Antworten anhörte, war sie sich darüber im klaren, daß Malcolm sie unauffällig musterte, und begrüßte diese Tatsache. Sein mitfühlender Gesichtsausdruck zeigte ihr, daß er ihre rotgeränderten Augen bemerkt hatte. Ausgezeichnet! Ihre Trauer über den Tod ihrer Eltern war offensichtlich, und Malcolm zweifelte sie nicht an; damit war ihr erstes Ziel erreicht.

Ihr zweites Ziel war, kraft ihrer Autorität auf schnellste Aufklärung des Mordes an ihren Eltern zu drängen, daß Malcolm gar nicht auf die Idee kommen würde, sie irgendwie zu verdächtigen. Im weiteren Verlauf ihres Gesprächs merkte Cynthia, daß ihr das gelungen war.

Gegen Ende spürte sie bei Malcolm ein gewisses Mißtrauen, als sie ihn nach den Symbolen befragte, die er mit der Offenbarung des Johannes in Verbindung gebracht hatte. Außerdem vermutete sie, daß er nicht vorhatte, sie über die Arbeit seiner Sonderkommission so lückenlos auf dem laufenden zu halten, wie sie es gefordert hatte. Aber sie hielt es für klüger, nicht allzu nachdrücklich auf diesem Punkt zu bestehen, sondern dieses Gespräch, das eine unangenehme Konfrontation hätte werden können, mit deutlichen Vorteilen für sich zu beenden.

Als die Tür sich hinter Malcolm Ainslie schloß, überlegte Cynthia sich, ob sie seine Fähigkeiten vielleicht nicht doch überschätzt hatte.

Bevor Gustav und Eleanor Ernst mit allem Pomp feierlich beigesetzt wurden, fand am Tag zuvor die Totenwache statt, die acht Stunden dauerte und an der insgesamt etwa neunhundert

Personen teilnahmen. Diese zweitägigen Trauerfeierlichkeiten waren etwas, das Cynthia irgendwie durchstehen mußte, obwohl sie sich sehnlichst wünschte, schon alles hinter sich zu haben. Von ihr wurde erwartet, die trauernde Tochter zu spielen, aber zugleich soviel Fassung und Würde zu bewahren, wie ihrem hohen Polizeidienstgrad entsprach. Bemerkungen, die sie aufschnappte, und Beileidsbekundungen von Trauergästen zeigten ihr, daß sie ihre Rolle recht gut gespielt hatte.

Eines der während der Totenwache geführten Gespräche würde hoffentlich bleibende Nachwirkungen haben. Cynthia führte es mit zwei Männern, die sie sehr gut kannte: mit Miamis Oberbürgermeister Lance Karlsson und City Commissioner Orestes Quintero, einem der beiden ehemaligen Kollegen ihres Vaters. Der Oberbürgermeister, ein sonst jovialer ehemaliger Industrieller, sprach traurig über Cynthias Vater und fügte hinzu: »Gustav wird uns sehr fehlen.« Quintero, der etwas jüngere Erbe eines mit Spirituosen erworbenen Familienvermögens, pflichtete ihm bei: »Es wird schwierig werden, ihn zu ersetzen. Er hat so gut verstanden, wie die Stadtverwaltung funktioniert.«

»Ja, ich weiß«, antwortete Cynthia. »Ich wollte, ich könnte irgendwie weitermachen, wo er aufgehört hat.«

Sie sah, wie die beiden Männer einen Blick wechselten, bevor der Oberbürgermeister kaum merklich nickte.

»Entschuldigen Sie mich bitte, ich muß mich anderen Gästen widmen«, sagte Cynthia. Als sie davonging, wußte sie, daß ihre Idee auf fruchtbaren Boden gefallen war.

Einen Tag nach der feierlichen Bestattung saß Cynthia in ihrer Dienststelle am Schreibtisch, als sie einen Anruf bekam, den ihr Gesprächspartner als vertraulich bezeichnete. Nachdem sie kurz zugehört hatte, antwortete sie: »Danke, ich nehme gern an.«

Vierundzwanzig Stunden später gab die Miami City Commission unter Vorsitz von Oberbürgermeister Lance Karlsson bekannt, sie habe satzungsgemäß entschieden, Cynthia Ernst zur Nachfolgerin ihres Vaters zu ernennen, dessen Amtszeit als gewählter City Commissioner in zwei Jahren abgelaufen wäre.

Wieder einen Tag später kündigte Cynthia ihr Ausscheiden aus dem Polizeidienst an.

Als weitere Tage und Wochen vergingen, in denen Cynthia ihre neuen Amtspflichten übernahm, fühlte sie sich zunehmend sicherer. Zweieinhalb Monate später wurde Elroy Doil, einer der von der Sonderkommission überwachten Verdächtigen, auf frischer Tat ertappt und wegen Mordes angeklagt. »Animal« Doils Verhaftung am Tatort des Mordes an Kingsley und Nellie Tempone sowie zahlreiche Indizienbeweise ließen Polizei, Medien und Öffentlichkeit glauben, er sei für alle früheren Serienmorde verantwortlich.

Lediglich ein Faktor überschattete die erfolgreichen Ermittlungen der Sonderkommission: die Entscheidung von Staatsanwältin Adele Montesino, Doil lediglich wegen des eindeutig nachweisbaren Doppelmords an dem Ehepaar Tempone anzuklagen. In den übrigen Fällen war die Beweislage ihrer Meinung nach zwar eindeutig, aber weit weniger zwingend.

Diese Entscheidung löste Proteste der Angehörigen anderer Opfer des Serienmörders aus, denen Commissioner Cynthia Ernst sich anschloß, weil sie wollte, daß Doil auch wegen der Ermordung ihrer Eltern verurteilt wurde. Letztlich machte das aber keinen Unterschied. Doil leugnete *alle* Morde – auch den an dem Ehepaar Tempone, bei dem er gefaßt worden war. Die Geschworenen sprachen ihn schuldig, und er wurde zum Tod auf dem elektrischen Stuhl verurteilt – ein Ende, das durch Doils Weigerung, seine Berufungsrechte zu nutzen, noch beschleunigt wurde.

In den sieben Monaten zwischen »Animal« Doils Verurteilung und der Festsetzung des Hinrichtungstermins passierte etwas, das Cynthia Ernsts Nerven äußerst strapazierte.

Obwohl ihr neues Leben als City Comissioner ziemlich hektisch war, dachte sie jeden Tag mindestens einmal – wie aus heiterem Himmel – an etwas, das sie sich seit langem vorgenommen, aber bisher nicht durchgeführt hatte. Unbegreiflicherweise hatte sie den Karton mit Belastungsmaterial, das sie in der Nacht, in der Patrick ihr gestanden hatte, seine Exfrau Naomi und Kilburn Holmes erschossen zu haben, zusammengestellt hatte, völlig vergessen. Aber jetzt war sie sich darüber im klaren, daß sie den Karton mit seinem belastenden Inhalt längst hätte beseitigen müssen.

Cynthia wußte genau, wo der Karton stand. Nachdem sie ihn in ihrer Wohnung sorgfältig zugeklebt und versiegelt hatte, nahm sie ihn mit ins Haus ihrer Eltern in Bay Point und verstaute ihn in ihrem Zimmer.

Obwohl das Haus seit dem Tod ihrer Eltern leer stand, hatte Cynthia dort nichts verändert. Sie wollte erst den Erbschein in der Hand haben, bevor sie sich entweder dafür entschied, die Villa in Bay Point zu verkaufen oder sie vielleicht selbst zu bewohnen. Die jeweiligen Testamente von Gustav und Eleanor Ernst wiesen sie als Haupterbin aus. Cynthia hatte in ihrem Elternhaus schon mehrmals Gesellschaften gegeben und beschäftigte daher den Butler Theo Palacio und seine Frau Maria als Hauspersonal weiter.

Cynthia beschloß, den Mittwoch der kommenden Woche für ihre längst überfällige Aktion zu nutzen. Sie wies ihre Sekretärin Ofelia an, sämtliche für diesen Tag eingetragenen Termine zu verlegen und keine neuen zu vereinbaren. Dann begann sie mit den Vorbereitungen für die Versenkung des Belastungsmaterials.

Sie kannte einen Bootseigner, der früher gelegentlich Aufträge ihres Vaters übernommen hatte: ein schweigsamer, bärbeißiger ehemaliger Marineinfanterist, der sich oft am Rand der Legalität bewegte, aber absolut zuverlässig war. Cynthia rief ihn an, erfuhr von ihm, daß er an dem bewußten Mittwoch verfügbar war, und teilte ihm mit: »Ich möchte Ihr Boot für den ganzen Tag mieten und bringe einen Freund mit, aber außer Ihnen darf keine weitere Besatzung an Bord sein.« Der Bootseigner beschwerte sich zwar darüber, daß er die ganze Arbeit allein tun müsse, aber zuletzt war er natürlich doch einverstanden.

Die Behauptung, sie werde einen Freund mitbringen, war eine Lüge. Cynthia würde allein aufkreuzen und nur so lange an Bord bleiben, wie es dauerte, tiefes Wasser zu erreichen, den Karton in einem Blechkasten über Bord zu werfen und an Land zurückzukehren. Aber sie würde eine ganze Tagesmiete bezahlen, damit der Bootseigner den Mund hielt. Und sie kannte einen abgelegenen kleinen Laden, in dem sie am Vortag einen geeigneten Kasten kaufen und bar bezahlen konnte.

Nachdem diese Vorbereitungen getroffen waren, fuhr Cynthia nach Bay Point und ging in ihr Zimmer hinauf. Sie glaubte zu wissen, wo der Karton stehen mußte, konnte ihn aber zu ihrer Überraschung nicht finden. Offenbar hatte ihre Erinnerung getrogen. Sie räumte weitere Gegenstände beiseite, bis schließlich der ganze Schrank leer war, aber der Karton blieb verschwunden. Ihre bis dahin mühsam unterdrückte Besorgnis eskalierte plötzlich.

Keine Panik! Dein Karton ist irgendwo im Haus... er muß irgendwo stehen... daß du nach so lange Zeit nicht mehr genau weißt, wo du ihn hingestellt hast, ist völlig natürlich... laß dir also Zeit, denk in Ruhe darüber nach, wo er noch stehen könnte... Aber auch die Durchsuchung weiterer Räume und Schränke – auch im früheren Elternschlafzimmer – brachte sie nicht weiter.

Schließlich benutzte sie das Haustelefon, um Theo Palacio in den ersten Stock zu zitieren. Er kam sofort herauf.

Als Cynthia ihm den verschwundenen Karton beschrieb, antwortete Palacio sofort: »An den erinnere ich mich gut, Miss Ernst. Die Polizei hat ihn wie viele weitere Gegenstände beschlagnahmt und mitgenommen. Das war ein Tag nach...« Der Butler schüttelte traurig den Kopf. »Das ist am zweiten Tag der Ermittlungen gewesen, glaube ich.«

»Und das haben Sie mir nicht gesagt?« fragte sie scharf.

Palacio machte eine hilflose Handbewegung. »Hier ist so viel passiert. Und da die Polizei den Karton mitgenommen hat, habe ich vorausgesetzt, Sie wüßten davon.«

Die Tatsachen kamen Stück für Stück ans Tageslicht.

Theo Palacio berichtete: »Die Polizei hat einen Durchsuchungsbefehl gehabt. Einer der Kriminalbeamten hat ihn vorgewiesen und mir erklärt, sie wollten sich alles ansehen.«

Cynthia nickte. Das war das bei Mordfällen übliche Verfahren, das sie trotz sorgfältiger Planung jedoch nicht vorausgesehen hatte.

»Nun«, fuhr der Butler fort, »dabei haben sie zahlreiche Kartons mit Papieren gefunden – viele anscheinend von Ihrer Mutter –, und soviel ich weiß, konnten die Beamten sie nicht hier sichten, sondern haben sie mitgenommen, um das anderswo zu tun. Sie haben alle Kartons, auch den Ihren, zugeklebt und im Erdgeschoß aufgestapelt. Ihr Karton ist bereits zugeklebt gewesen; ich glaube, das war der Grund, warum sie ihn mitgenommen haben.«

»Haben Sie ihnen nicht gesagt, daß er mir gehört?«

»Ehrlich gesagt, Miss Ernst, daran habe ich nicht gedacht. Hier ist soviel passiert, daß Maria und ich völlig verwirrt gewesen sind. Sollte ich unabsichtlich einen Fehler gemacht haben, bitte ich um...«

Cynthia winkte ab. »Schon gut, Theo!« Ihr Verstand arbeitete fieberhaft.

Seit dem Mord an ihren Eltern waren vierzehn Monate vergangen; folglich war der bewußte Karton seit damals beschlagnahmt. Eines stand jedenfalls fest: Er war bisher nicht geöffnet worden, sonst hätte sie davon gehört. Cynthia glaubte außerdem zu wissen, wo ihr Karton sich befand.

Als Cynthia wieder in ihrem Büro in der City Commission saß, nachdem sie das Boot abbestellt hatte, zwang sie sich dazu, nüchtern objektiv nachzudenken. Es gab Augenblicke, in denen man übermenschlich ruhig sein mußte – und dies war einer. In Bay Point wäre sie vor Entsetzen über die unglaubliche Dummheit, die sie gemacht hatte, fast in Verzweiflung geraten. Aber jetzt hatte sie sich wieder unter Kontrolle.

Das Wichtigste zuerst.

Ihre Entdeckung warf zwei wichtige Fragen auf, von denen die erste schon beantwortet war: Der Karton war *nicht* geöffnet worden. Und die zweite: Würde er voraussichtlich ungeöffnet bleiben? Sie konnte natürlich untätig darauf *hoffen,* daß das nicht passierte. Aber Untätigkeit war nicht ihre Art.

Sie blätterte in einem Telefonverzeichnis und wählte die Nummer der Asservatenkammer der Miami Police. Eine Telefonistin meldete sich.

»Hier ist Commissioner Ernst. Captain Iacone, bitte.«

»Ja, Ma'am.«

Sekunden später sagte eine Männerstimme: »Hier Wade Iacone, Commissioner Ernst. Was kann ich für Sie tun?«

»Ich möchte Sie besuchen, Wade.« Die beiden kannten sich aus Cynthias Dienstzeit in der Mordkommission. »Wann hätten Sie mal Zeit?«

»Für Sie immer.«

Sie vereinbarten, daß Cynthia in einer Stunde bei ihm sein würde.

In der Asservatenkammer im Polizeipräsidium herrschte wie üblich reger Betrieb, während Iacones Mitarbeiter Unmengen von winzigen bis riesigen, von kostbaren bis wertlosen Gegenständen katalogisierten, lagerten und bewachten. Der einzige gemeinsame Nenner war die Tatsache, daß alle mit Verbrechen zu tun hatten und später als Beweismaterial dienen konnten. Die großen Lagerräume schienen bereits übervoll zu sein, aber irgendwie wurde für den nie abreißenden Strom täglich neu hereinkommender Gegenstände doch noch Raum geschaffen.

Captain Iacone empfing Cynthia am Eingang und nahm sie in

sein winziges Büro mit. Nicht einmal für den Abteilungsleiter gab es in der Asservatenkammer genug Platz.

Sobald sie sich gegenübersaßen, begann Cynthia: »Nach der Ermordung meiner Eltern…« Dann machte sie eine Pause, als der Veteran Iacone traurig den Kopf schüttelte.

»Ich hab's damals kaum glauben können. Es hat mir schrecklich leid getan.«

»Ich bin noch immer nicht ganz darüber hinweg«, bestätigte Cynthia seufzend. »Aber nachdem der Fall nun abgeschlossen ist und Doil bald hingerichtet wird… Nun, ich habe einige Dinge zu erledigen, und dazu gehört, daß ich mir die Papiere meiner Eltern zurückhole, die vor über einem Jahr in unserem Haus beschlagnahmt worden sind. Ich nehme an, daß sie hier bei Ihnen lagern.«

»Wir haben *irgendwas*. Ich weiß nicht mehr genau, worum es sich handelt, aber ich sehe gleich nach.« Iacone drehte sich nach seinem Computerterminal um und tippte den Namen und einen Suchbefehl ein.

Der Captain nickte. »Ja, wir haben einiges von Ihren Eltern – sogar ziemlich viel. Jetzt erinnere ich mich wieder.«

»Ich weiß, wieviel Sie hier täglich zu bewältigen haben. Mich wundert, daß Sie sich überhaupt daran erinnern.«

»Nun, das ist ein wichtiger Fall gewesen; wir haben alle großen Anteil daran genommen. Die Papiere sind alle in Kartons verpackt, und die Kriminalbeamten wollten sie bei Gelegenheit aus dem Lager holen, um sie durchzusehen.« Iacone sah erneut auf seinen Bildschirm. »Aber anscheinend haben sie's nie getan.«

»Warum eigentlich nicht?« fragte Cynthia aus Neugier.

»Meines Wissens hat damals niemand Zeit dafür gehabt. Einige Verdächtige sind Tag und Nacht überwacht worden; jeder in der Mordkommission hat schon Überstunden gemacht, so daß niemand die Unterlagen sichten konnte. Und dann ist der Serienmörder gefaßt worden.«

»Richtig.«

»Damit war der Fall aufgeklärt, und niemand hat sich noch für diese Kartons interessiert.«

Cynthia lächelte strahlend. »Heißt das, daß ich sie wiederhaben kann? Schließlich enthalten sie persönliche Papiere meiner Eltern.«

»Aus meiner Sicht jederzeit. Wir sind froh um jedes bißchen Lagerraum.« Nach einem weiteren Blick auf den Bildschirm stand der Captain auf. »Kommen Sie, wir sehen sie uns an.«

»Verläuft sich hier jemand«, sagte Iacone grinsend, »schicken wir Suchmannschaften los.«

Sie gingen durch einen der Lagerräume, in dem Kartons, Kisten und andere Behälter in Hochregalen bis zur Decke gestapelt waren. Die schmalen Gänge zwischen den Regalen bildeten ein regelrechtes Labyrinth, aber die eingelagerten Gegenstände waren alle deutlich numeriert. »Was wir suchen«, sagte der Captain stolz, »finden wir in wenigen Minuten.« Er blieb stehen und deutete nach oben. »Das sind die Kartons mit den Papieren Ihrer Eltern.«

Cynthia sah zwei Stapel mit ungefähr einem Dutzend stabiler Pappkartons, alle mit Klebeband und dem Aufdruck BEWEISMATERIAL verschlossen. Ziemlich weit oben im zweiten Stapel stand ein Karton, auf dem unter dem Polizeiklebeband ein blauer Klebstreifen zu erkennen war. *Gefunden!* dachte Cynthia erleichtert.

Jetzt muß ich den Karton nur noch rausholen.

»Kann ich das alles mitnehmen?« Sie deutete auf die beiden Stapel. »Ich unterschreibe die nötigen Formulare.«

»Sorry!« Iacone schüttelte den Kopf. »So einfach ist die Sache leider nicht – andererseits auch nicht schwierig. Damit ich Ihnen alles aushändigen kann, brauche ich eine Freigabeerklärung des Beamten, der das Material beschlagnahmt hat.«

»Wer ist das gewesen?«

»In unserem Computer ist Sergeant Brewmaster gespeichert. Aber auch Malcolm Ainslie könnte unterschreiben; er hat die

Sonderkommission geleitet. Oder natürlich Lieutenant Newbold. Sie haben die Wahl zwischen diesen drei Beamten, die Sie alle kennen.«

Cynthia überlegte sorgfältig; sie hatte gehofft, ihre eigene Autorität als Commissioner würde genügen. Bevor sie einen der drei Genannten fragte, würde sie die möglichen Folgen abwägen müssen.

Beim Hinausgehen erkundigte sie sich beiläufig: »Das meiste Zeug liegt wohl ziemlich lange hier?«

»Viel zu verdammt lange«, beschwerte Iacone sich. »Das ist mein größtes Problem.«

»Wie alt ist das älteste hier lagernde Beweismaterial?«

»Das weiß ich ehrlich nicht. Aber viele Sachen befinden sich seit zwanzig Jahren hier, manche auch schon länger.«

Noch während der Captain das sagte, traf Cynthia ihre Entscheidung in bezug auf die Freigabeerklärung. Sie würde keine einholen. Von Brewmaster wäre sie am leichtesten zu bekommen gewesen, aber auch er konnte Fragen stellen. Newbold hätte bestimmt die beiden anderen gefragt. Und was Ainslie betraf... er war der kreative Denker; er konnte jeden Vorwand durchschauen.

Unternahm sie andererseits gar nichts, konnten diese Kartons hier noch zwanzig oder mehr Jahre stehen, ohne geöffnet zu werden. Deshalb würde sie es riskieren, vorläufig alles, auch den wichtigen Karton mit Belastungsmaterial, hier zu belassen.

Was die fernere Zukunft betraf – allerdings nicht einmal sehr fern, wenn sie genauer darüber nachdachte –, mußte Cynthia sich um wichtigere Dinge kümmern.

Sie hatte vor, Oberbürgermeisterin von Miami zu werden.

Lance Karlsson, der jetzige Amtsinhaber, hatte bereits angekündigt, sich in zwei Jahren nicht wieder zur Wahl stellen zu wollen. Daraufhin hatte Cynthia beschlossen, seine Nachfolgerin zu werden. Auch wenn vielleicht ein weiterer Commissioner für dieses Amt kandidierte, traute sie sich zu, gegen jeden zu gewinnen. Die Zeit war reif für eine Oberbürgermeisterin;

heutzutage waren sogar Männer mit der Amtsführung anderer Männer in wichtigen Positionen unzufrieden.

Als Oberbürgermeisterin würde Cynthia denkbar größten Einfluß im Police Department haben. In dieser Funktion könnte ihre Stimme entscheiden, wer nächster Polizeipräsident wurde und wer in die Führungsspitze der hiesigen Polizei aufrückte. Vor einer Oberbürgermeisterin kuschten alle, und mit solcher Autorität würde sie die Kartons – auch diesen einen, auf den es ihr wirklich ankam – mühelos aus der Asservatenkammer herausbekommen.

Laß das Zeug also vorläufig stehen.

»Danke für alles, Wade«, sagte sie, als Iacone sie hinausbegleitete.

In den folgenden dreieinhalb Monaten bis Elroy Doils Hinrichtungstermin fühlte Cynthia ihre innere Unruhe wachsen. Während die Tage und Wochen unendlich langsam verstrichen, erkannte sie, daß erst Doils Tod auf dem elektrischen Stuhl garantierte, daß die Ermittlungen wegen der ihm zugeschriebenen zwölf Serienmorde abgeschlossen wurden. Obwohl Doil nur wegen der Ermordung des Ehepaars Tempone angeklagt und verurteilt worden war, schien keiner der bei Polizei und Staatsanwaltschaft Zuständigen daran zu zweifeln, daß auch die übrigen fünf Doppelmorde – einschließlich des Mordes an Gustav und Eleanor Ernst – auf sein Konto gingen.

Wer wußte also, daß Doil diese beiden Morde *nicht* verübt hatte?

Diese Frage stellte Cynthia sich eines Nachts, als sie in ihrem Apartment allein war. Die Antwort: sie selbst, Patrick Jensen und der Kolumbianer. Das waren bereits alle – nur drei Menschen.

Aber… strenggenommen waren es vier, wenn man Doil mitzählte, überlegte sie sich. Trotzdem spielte das eigentlich keine Rolle, weil ihm niemand geglaubt hätte, wenn er diese Tat geleugnet hätte. Vor Gericht hatte er alles abgestritten: nicht nur an sich unbedeutende Kleinigkeiten, sondern selbst seine Anwesenheit im Haus der Tempones, vor dem er verhaftet worden war.

Und noch etwas anderes: Was Doils Hinrichtung betraf, ließ sie nicht etwa einen Unschuldigen in den Tod gehen, indem sie schwieg und nichts unternahm. Doil hatte diese anderen Morde verübt und verdiente es, dafür auf den elektrischen Stuhl zu kommen. Da er ohnehin für dieses Ende bestimmt war, konnte er Cynthia und Patrick ebensogut den kleinen Gefallen tun, ihre Last mitzutragen. Nur schade, daß sie sich nicht dafür bedanken konnten!

»*Nichts ist so fein gesponnen…*« Daran mußte Cynthia oft denken, während sie ungeduldig darauf wartete, daß die Hinrichtung endlich stattfand, damit sie eine neue Seite in ihrem Leben aufschlagen konnte.

Seit einiger Zeit ging Cynthia jetzt wieder gelegentlich mit Patrick Jensen aus oder ins Bett, und in diesen letzten Wochen war sie sogar noch häufiger mit ihm zusammen. Ihr Instinkt sagte ihr, daß das nicht unbedingt klug war, aber sie hatte manchmal das Bedürfnis nach Gesellschaft, und Patrick war der einzige, bei dem sie völlig entspannen konnte. Sie waren einander sehr ähnlich, das wußte sie, und aufeinander angewiesen, um überleben zu können.

Aus diesen Erwägungen heraus beschloß Cynthia, die vom Gefängnisdirektor eine Genehmigung zur Teilnahme an Doils Hinrichtung erhalten hatte, Patrick ins Florida-State-Gefängnis mitzubringen. Für ihre Anwesenheit gab es zwei Gründe: Sie war das einzige Kind eines Ehepaars, das anscheinend zu Doils Opfern gehörte, und ihr Amt als Miami City Commissioner sicherte ihr automatisch eine Vorzugsbehandlung. Als sie mit Patrick über ihre Idee sprach, war er sofort einverstanden. »Wir haben berechtigtes Interesse daran, diesen Kerl abkratzen zu sehen. Außerdem kann ich die Szene in einem Buch verwenden.«

Also hatte sie den Gefängnisdirektor erneut angerufen, und obwohl es schwierig war, zu einer Hinrichtung zugelassen zu werden – die Wartezeit betrug drei Jahre –, wurde Jensen dank ihres Einflusses mit auf die Liste gesetzt.

Es gab Augenblicke, in denen Patricks zunehmende Depressionen ihr Sorgen machten. In den Jahren, in denen sie ihn nun schon kannte, war er stets ein Denker gewesen, was wohl zu seinem Schriftstellerberuf gehörte, aber jetzt wirkte er grüblerischer als je zuvor. Neulich hatte er bei einem Gespräch trübsinnig Robert Frost zitiert:

Zwei Straßen teilten sich in einem Wald, und ich…
Ich nahm die weniger befahrene.
Und das hat allen Unterschied gemacht.

»Frost hatte recht, was diesen Unterschied betrifft«, stellte Patrick fest. »Nur ist's in seinem Fall die richtige Straße gewesen. Ich dagegen habe die falsche genommen – und auf dieser Straße kann niemand umkehren.«

»Du wirst doch nicht etwa religiös?« fragte Cynthia ihn.

Zur Abwechslung lachte Patrick. »Bestimmt nicht! Das kann höchstens die letzte Zuflucht sein, nachdem sie einen gefaßt haben.«

»Red nicht davon, gefaßt zu werden!« fauchte sie ihn an. »Das wirst du nicht, sobald…« Obwohl Cynthia nicht weitersprach, wußten beide, daß sie Doils Hinrichtung meinte, die in wenigen Tagen stattfinden würde.

Eigentlich paradox, dachte Cynthia, sich erleichtert zu fühlen, wenn man ein Gefängnis betritt. Aber sie empfand Erleichterung, weil sie wußte, daß es bis zu dem lang ersehnten Augenblick – sie sah auf ihre Armbanduhr, es war 6.12 Uhr – nur noch eine Stunde dauerte. Zuvor hatten die zwanzig Hinrichtungszeugen, überwiegend gutgekleidete Unbekannte, sich in der nahe gelegenen Kleinstadt Starke getroffen und waren mit einem Bus zum State Prison hinausgefahren. Unterwegs war kaum gesprochen worden; jetzt schob ihre Gruppe sich durch schwere Stahlgitter und an einem festungsartigen Kontrollraum vorbei. Patrick war neben ihr, als Cynthia auf zwei Männer aufmerksam wurde, die stehengeblieben waren, um die Gruppe vorbeizulassen.

Der eine gehörte zum Gefängnispersonal, der andere war... *Malcolm!*

Bei seinem Anblick überlief sie ein eisiger Schauder.

Cynthia dachte angestrengt nach. *Was tut er hier?* Darauf konnte es nur eine Antwort geben: Er war hergekommen, um ein letztes Mal mit Doil zu sprechen. *Warum?*

Sie sah rasch zu Patrick hinüber; er hatte Ainslie ebenfalls gesehen und war offenbar zur selben Schlußfolgerung gelangt. Aber sie konnten jetzt nicht miteinander sprechen; ihre Führer drängten die Gruppe weiter.

Cynthia war davon überzeugt, daß auch Malcolm sie gesehen hatte, aber ihre Blicke waren sich nicht begegnet. Während sie mit den anderen weiterhastete, befanden ihre Gedanken sich in wildem Aufruhr. *Worüber kann Malcolm mit Doil in dessen letzter Stunde sprechen wollen? Hat er etwa noch immer Zweifel, was Doils Täterschaft im Mordfall Ernst betrifft? Ist er deswegen hier, um Doil in letzter Minute die Wahrheit zu entlocken? Oder bin ich nur hysterisch, weil Ainslie aus ganz anderen Gründen hier ist? Unter Umständen hat sein Besuch gar nichts mit Doil zu tun. Aber das kann ich nicht glauben.*

Die Gruppe betrat den durch eine Panzerglasscheibe von der Hinrichtungskammer abgetrennten Zeugenraum. Ein Gefängniswärter, der die Namen auf einer Liste abhakte, wies ihnen Metallklappstühle zu. Cynthia und Patrick saßen in der Mitte der ersten Reihe. Als alle ihre Plätze eingenommen hatten, blieb der Stuhl rechts neben Cynthia leer.

Ein weiterer Schock: Als die Aktivitäten im Hinrichtungsraum begannen, begleitete derselbe Gefängniswärter Malcolm Ainslie zu dem freien Sitz neben ihr. Cynthia spürte, daß er sie ansprechen wollte, weil er zu ihr hinübersah, und starrte weiter geradeaus. Patrick erwiderte jedoch Ainslies Blick und lächelte ihm sogar kurz zu. Cynthia glaubte nicht, daß sein Lächeln erwidert wurde.

Als die Hinrichtung begann, konnte sie sich nur teilweise darauf konzentrieren, weil ihr Verstand größtenteils noch immer benommen und durch hektische Gedanken blockiert war. Aber als Doils Körper dann unter Stromstößen von zweitausend Volt zuckte, fühlte Cynthia leichte Übelkeit in sich aufsteigen. Patrick schien die Hinrichtung geradezu faszinierend zu finden. Und dann war plötzlich alles unerwartet schnell vorbei. Der Hingerichtete wurde in einem Leichensack abtransportiert, und die Zeugen standen auf, um den Raum zu verlassen. In diesem Augenblick wandte Malcolm sich an Cynthia und sagte halblaut: »Commissioner, ich fühle mich verpflichtet, Ihnen mitzuteilen, daß ich kurz vor seiner Hinrichtung mit Doil über Ihre Eltern gesprochen habe. Er hat behauptet...«

Der Schock über diese jähe Bestätigung ihrer schlimmsten Befürchtungen war mehr, als sie verkraften konnte. Fast ohne zu wissen, was sie sagte, unterbrach Cynthia ihn: »Bitte, davon möchte ich nichts hören.« Dann fiel ihr ein, daß Doil angeblich auch ihre Eltern ermordet hatte. »Ich bin hergekommen, um ihn leiden zu sehen. Ich hoffe, daß er einen schweren Tod gehabt hat.«

»Den hat er gehabt.« Ainslies Stimme klang weiter ruhig.

Sie versuchte, ihre Autorität auszuspielen. »Dann bin ich zufrieden, Sergeant.«

»Ich verstehe, Commissioner.« Sein Tonfall verriet nicht, was er dachte.

Sie verließen den Zeugenraum. Draußen im Korridor machte Patrick einen unbeholfenen Versuch, sich Ainslie vorzustellen, den dieser kühl abwehrte; er zeigte, daß er wußte, wer Patrick war, und deutete an, er lege keinen Wert auf eine nähere Bekanntschaft.

Ihr kurzes Gespräch endete, als Ainslies Gefängnisbeamter erschien, um ihn hinauszubegleiten.

Im Bus, der die Zeugen nach Starke zurückbrachte, saß Cynthia neben Patrick, ohne ein Wort zu sagen. Sie wünschte sich jetzt, sie hätte Malcolm nicht unterbrochen, als er begonnen hatte: *Ich habe mit Doil über Ihre Eltern gesprochen. Er hat behauptet...*

Was hatte Elroy Doil behauptet? Vermutlich hatte er seine Unschuld beteuert. Aber hatte Ainslie ihm geglaubt? Würde er weiter nachforschen?

Plötzlich ein beunruhigender neuer Gedanke: Hatte sie etwa den größten Fehler ihres Lebens gemacht, als sie vor Jahren ihren höheren Dienstgrad eingesetzt hatte, um zu verhindern, daß Malcolm Ainslie vom Sergeant zum Lieutenant befördert wurde? Wahrhaftig eine Ironie des Schicksals! Hätte sie seine Beförderung nicht hintertrieben, wäre er schon lange nicht mehr bei der Mordkommission gewesen.

Jeder zum Lieutenant Beförderte wurde automatisch in eine andere Abteilung versetzt. Dann hätte Ainslie anderswo gearbeitet und nichts mit diesen Serienmorden zu tun gehabt. Die übrigen Beamten der Mordkommission, denen sein Spezialwissen fehlte, hätten wahrscheinlich keine Verbindung zwischen den Morden und der Offenbarung des Johannes erkannt, so daß auch vieles andere nicht geschehen wäre. Vor allem hätte Ainslie die Ermittlungen im Mordfall Ernst nicht weitergeführt, wie er's jetzt vielleicht tun würde.

Cynthia lief ein kalter Schauder über den Rücken. Konnte es sein, daß Malcolm Ainslie – für dessen Verbleiben in der Mordkommission sie wegen der lange zurückliegenden Fehleinschätzung gesorgt hatte – ihr eines Tages als Todesengel gegenübertreten würde?

Ob das wahrscheinlich oder auch nur möglich war, wußte sie nicht. Aber weil es überhaupt denkbar war und wegen allem, was er ihr angetan oder unterlassen hatte... und wegen allem, was er war und verkörperte... und aus so vielen anderen Gründen, die logisch oder unlogisch sein mochten, *haßte, haßte, haßte* sie ihn jetzt.

Fünfter Teil

1

Seit Malcolm Ainslie sich entschlossen hatte, ein Spurensicherungsteam in das nur vorübergehend benutzte kleine Büro im Präsidium zu beordern, waren ungeheuerliche Entdeckungen gemacht worden.

Die Gegenstände in dem von Ruby Bowe geöffneten Pappkarton schienen zu beweisen, daß Patrick Jensen vor sechseinhalb Jahren seine Exfrau Naomi und ihren Freund Kilburn Holmes erschossen hatte. Jensen war damals sofort verdächtigt worden, aber die Kriminalbeamten hatten ihm diese Tat nicht nachweisen können.

Der Kartoninhalt bewies aber auch, daß Cynthia Ernst, damals noch Beamtin der Mordkommission, die Beweise für Jensens Verbrechen absichtlich unterschlagen hatte. Obwohl diese Funde Ainslie entsetzten und deprimierten, unterdrückte er seine persönlichen Empfindungen und wartete ungeduldig auf das Eintreffen der Spurensicherung.

Julio Verona, der Chef der Spurensicherung, der selbst einen Blick auf das werfen wollte, was Ainslie entdeckt hatte, sah sich den Kartoninhalt an und erklärte dann: »Hier können wir nichts untersuchen. Das ganze Zeug muß ins Labor.«

Lieutenant Newbold, den Ainslie ebenfalls verständigt und über seinen Fund informiert hatte, nickte zustimmend. »Okay, aber untersuchen Sie alles so schnell wie möglich – und warnen Sie Ihre Leute, daß diese Sache ultrageheim ist; es darf keine undichte Stelle geben.«

»Es gibt keine. Dafür garantiere ich.«

Zwei Tage später, an einem Donnerstag, kam Verona um neun

Uhr morgens mit dem Karton und seinem Untersuchungsbericht in das kleine Büro zurück. Dort erwarteten ihn Ainslie, Newbold, Ruby Bowe und Curzon Knowles, der Leiter der für Mordsachen zuständigen Staatsanwaltschaft. In dem winzigen Raum war so wenig Platz, daß alle fünf nur stehen konnten.

»Ich will mit den Plastikbeuteln beginnen«, erklärte Verona den anderen. »Vier von ihnen tragen Cynthia Ernsts Fingerabdrücke.« Wie sie alle wußten, wurden die Fingerabdrücke von Polizeibeamten gespeichert und auch dann nicht gelöscht, wenn jemand aus dem Dienst ausschied.

Der Chef der Spurensicherung fuhr fort: »Nun zur Beschriftung der Aufkleber. Wir haben handschriftliche Aktennotizen aus der Zeit, als Commissioner Ernst noch Major gewesen ist, und unser Graphologe hat eine hundertprozentige Übereinstimmung festgestellt.« Er schüttelte den Kopf. »Dieser Leichtsinn... sie muß verrückt gewesen sein.«

»Sie hat nie geglaubt, daß jemand diese Sachen finden würde«, stellte Knowles fest.

»Bitte weiter«, forderte Newbold Verona auf. »Was ist mit dem Revolver?«

Der Chef der Spurensicherung berichtete über die weiteren Untersuchungsergebnisse:

Der Revolver, ein Smith & Wesson Kaliber 38, trug Patrick Jensens Fingerabdrücke. Als vor einigen Jahren bei ihm eingebrochen worden war, hatte er sich zu Vergleichszwecken die Fingerabdrücke abnehmen lassen. Jensen hatte seine Fingerabdruckkarte damals routinemäßig zurückerhalten, ohne aber wie die meisten Nichtverdächtigen zu erfahren, daß seine Abdrücke gespeichert blieben.

Die ins Ballistiklabor geschickte Waffe wurde geladen und in einen Wassertank abgeschossen. Gleich danach wurde das Geschoß unter dem Mikroskop mit einem der beiden aufgefundenen tödlichen Geschosse verglichen. Die typischen Rillen und Riefen aus dem Waffenlauf waren identisch – auch beim Vergleich mit dem zweiten tödlichen Geschoß. »Das Untersuchungsergebnis ist eindeutig«, sagte Verona und zeigte in den Karton. »Dies ist der Revolver, mit dem die beiden Menschen erschossen worden sind.«

Die Blutspuren an einem T-Shirt und den Sportschuhen, die ebenfalls in dem Karton gelegen hatten, stammten nachweislich von Naomi Jensen und Kilburn Holmes.

«Und das hier ist der endgültige Beweis«, kündigte Verona an, indem er eine Tonbandkassette hochhielt. »Dies ist eine Kopie; das Original liegt wieder in seinem Plastikbeutel im Karton. Auf dem Tonband schildert Jensen den Tathergang – allerdings mit Lücken, als sei eine zweite Stimme nachträglich gelöscht worden.«

Er stellte einen kleinen Recorder auf den Tisch, legte die Kassette ein und drückte die Taste PLAY. Nach einigen Sekunden Stille waren Geräusche zu hören, als würden Gegenstände bewegt; dann sprach ein Mann mit stockender, immer wieder von Emotionen erstickter Stimme, die trotzdem deutlich zu verstehen war.

»Ich hab's nicht vorgehabt, hab's nicht geplant... aber ich habe den Gedanken, daß Naomi einen anderen hat, nie ertragen können... Als ich die beiden miteinander gesehen habe, sie und diesen Scheißkerl, bin ich ausgerastet, blind vor Wut gewesen... Ich hatte einen Revolver in der Tasche. Ich habe ihn gezogen und immer wieder abgedrückt... Plötzlich ist's vorbei gewesen... Dann habe ich gesehen, was ich getan hatte... O Gott, ich habe beide erschossen!«

Danach folgte eine Pause. »Hier hat jemand einen Teil der Aufnahme gelöscht«, sagte Verona. Dann sprach die Männerstimme weiter.

»...Kilburn Holmes... Er ist Naomis Freund gewesen, hat dauernd mit ihr zusammengesteckt. Das haben mir andere Leute erzählt.«

Verona drückte die Taste STOP. »Den Rest können Sie sich später selbst anhören. Er besteht überwiegend aus kurzen Antworten auf gelöschte Fragen. Ich weiß natürlich nicht, ob das

Jensens Stimme ist; ich habe ihn nie reden hören. Aber den Stimmenvergleich können wir nachholen.«

»Richtig«, stimmte Ainslie zu, »aber ich sage Ihnen schon jetzt, daß das Jensen gewesen ist.« Er dachte an ihre Begegnung bei Elroy Doils Hinrichtung.

Als Verona gegangen war, herrschte Schweigen, bis Lieutenant Newbold das Wort ergriff. »Hat noch jemand irgendwelche Zweifel?« Die anderen schüttelten nacheinander mit ernster Miene den Kopf.

»*Warum?*« fragte Newbold hörbar entsetzt. »*Warum* zum Teufel hat Cynthia das getan?«

Ainslie, der sichtlich mitgenommen wirkte, zuckte hilflos mit den Schultern.

»Ich könnte einige Vermutungen anstellen«, sagte Knowles. »Aber wenn wir mit Jensen reden, wissen wir mehr. Wir müssen ihn sofort vernehmen.«

»Wie sollen wir vorgehen, Counselor?« fragte Ainslie.

Der Staatsanwalt überlegte kurz. »Verhaften Sie ihn.« Er deutete auf den Karton vor ihnen. »Was wir an Beweismaterial brauchen, liegt alles hier drin. Ich stelle einen Haftbefehl aus; einer von Ihnen kann ihn unauffällig einem Richter zur Unterschrift vorlegen.«

»Das ist Charlie Thurstons Fall gewesen«, stellte Newbold fest. »Er sollte die Verhaftung vornehmen.«

»Meinetwegen«, stimmte Knowles zu. »Aber sonst darf niemand davon erfahren, und Sie warnen Thurston, daß er mit keinem Menschen darüber redet. Die Sache muß vorerst streng geheim bleiben.«

»Und was machen wir mit Cynthia?« fragte Newbold.

»Noch nichts; deshalb brauchen wir strikte Geheimhaltung. Ich muß erst mit Montesino reden. Bevor wir einen City Commissioner verhaften, will sie bestimmt eine Entscheidung der Anklagekammer herbeiführen. Deshalb darf Ernst nicht mal gerüchtweise etwas erfahren.«

»Wir tun unser Bestes«, versprach Newbold ihm. »Aber diese Sache ist brandheiß. Wenn wir uns nicht beeilen, schwirren bald alle möglichen Gerüchte herum.«

Am frühen Nachmittag wurde Detective Charlie Thurston in die Dienststelle zurückgerufen und erhielt den Haftbefehl gegen Patrick Jensen. Ruby Bowe würde ihn als Verstärkung begleiten. Newbold erklärte dem Veteranen Thurston: »Von dieser Sache darf sonst niemand erfahren. Niemand!«

»Mir nur recht«, bestätigte Thorston, dann fügte er hinzu: »Ich hab' mir schon lange gewünscht, diesen Scheißkerl Jensen verhaften zu dürfen.«

Vom Präsidium aus war es nicht weit zu Jensens Apartmentgebäude. Ruby, die den neutralen Dienstwagen fuhr, erkundigte sich unterwegs: »Hast du Probleme mit Jensen, Charlie? Du hast vorhin echt grimmig gewirkt.«

Thurston verzog das Gesicht. »Wahrscheinlich sind schlimme Erinnerungen hochgekommen. Ich habe bei unseren Ermittlungen viel mit Jensen zu tun gehabt, da wir ihn von Anfang an für den Mörder gehalten haben. Aber er war arrogant und aufgeblasen, als wüßte er genau, daß wir ihn nie drankriegen. Als ich ihm eines Tages noch ein paar Fragen stellen wollte, hat er mich lachend aufgefordert, ich solle mich zum Teufel scheren.«

»Glaubst du, daß er gewalttätig wird?«

»Leider nein.« Thurston lachte leise vor sich hin. »Schade, ich hätte ihm gern ein paar verpaßt. Hey, wir sind schon da!«

Als Ruby vor einem fünfstöckigen Gebäude in der Brickell Avenue hielt, studierte Thurston es mit zusammengekniffenen Augen. »Dem Kerl scheint's nicht mehr ganz so glänzend zu gehen; bei meinem letzten Besuch hat er noch 'ne Luxusvilla gehabt.« Er sah auf den Haftbefehl. »Hier steht Apartment drei-null-acht. Also los!«

Wenige Sekunden später zeigte ein Blick auf die Klingelknöpfe neben dem verglasten Hauseingang, daß Jensen tatsächlich in Apartment 308 wohnte. Allerdings hatten die Kriminalbeamten nicht die Absicht, ihn von hier unten zu warnen. »Bestimmt kommt bald jemand«, meinte Thurston.

Sie brauchten tatsächlich nicht lange zu warten, bis eine zierliche ältere Frau in Baskenmütze, Tweedkostüm und hohen Stiefeln mit einem Cockerspaniel an der Leine die Eingangshalle durchquerte. Als sie die Glastür entriegelte, hielt Thurston ihr die Tür auf und wies seine Dienstplakette vor. »Wir sind Polizeibeamte, Ma'am, im Einsatz.«

Die Frau studierte auch Rubys Plakette. »Du lieber Gott, wo ich gerade gehen wollte! Wird's denn aufregend, Officers?«

»Leider nicht«, antwortete Thurston. »Wir stellen nur ein Strafmandat zu.«

Die Frau schüttelte lächelnd den Kopf. »Ich habe mir Ihre Plaketten angesehen. Kriminalbeamte tun so was nicht.« Sie zog an der Leine. »Komm, Felix, wir sind hier offenbar unerwünscht.«

Thurston klopfte zweimal an die Tür von Apartment 308. Drinnen waren Schritte zu hören, dann fragte eine Männerstimme: »Wer ist da?«

»Polizei. Machen Sie bitte auf!«

Ein kleiner Lichtpunkt in Augenhöhe zeigte, daß der Spion benutzt wurde, bevor die Sicherungskette klirrte. Als die Tür geöffnet wurde, stieß Thurston sie sofort weit auf und trat über die Schwelle. Patrick Jensen, der ein Sporthemd und eine beige Sommerhose trug, wich einige Schritte zurück. Ruby, die hinter Thurston eintrat, schloß die Wohnungstür.

Mit dem Haftbefehl in der Hand sprach Thurston energisch weiter: »Patrick Jensen, ich habe einen Haftbefehl gegen Sie wegen Mordes an Naomi Jensen und Kilburn Holmes… Ich mache Sie darauf aufmerksam, daß Sie das Recht haben, die Aussage zu verweigern. Sie brauchen weder zu reden noch Fragen zu beantworten… Sie haben das Recht, einen Anwalt zu verlangen…« Während er den Verhafteten über seine Rechte belehrte, fiel Thurston auf, daß Jensen seltsam gleichmütig blieb. Fast als hätte er diesen Augenblick erwartet.

Nach dieser Belehrung fragte Jensen ruhig: »Darf ich von hier aus telefonieren?«

»Ja, aber ich muß Sie erst nach Waffen durchsuchen.« Als Jensen die Hände hob, tastete Thurston ihn ab und erklärte ihm dann: »Okay, Sir, Sie können jetzt telefonieren. Aber nur einmal.«

Jensen trat ans Telefon und tippte eine offenbar vertraute Nummer ein. Dann sagte er: »Stephen Cruz, bitte.« Wenige Sekunden später fuhr er fort: »Stephen, hier ist Patrick. Erinnerst du dich, daß ich davon gesprochen habe, ich könnte eines Tages deine Hilfe brauchen? Dieser Tag ist da. Ich bin verhaftet worden.« Wieder eine Pause, dann: »Mord.«

Danach hörte Jensen zu, während Cruz ihm offenbar Verhaltensanweisungen gab, und antwortete: »Ich habe nichts gesagt und werde nichts sagen.« Er wandte sich an die Kriminalbeamten. »Mein Anwalt möchte wissen, wohin Sie mich bringen.«

»Ins Präsidium«, antwortete Thurston. »Mordkommission.«

Jensen gab diese Information weiter und sagte: »Yeah, bis bald.« Er legte auf.

»Wir müssen Ihnen Handschellen anlegen, Sir«, sagte Ruby. »Möchten Sie erst eine Jacke anziehen?«

»Ja, das möchte ich.« Jensen wirkte überrascht. Er holte ein Sakko aus dem Kleiderschrank im Schlafzimmer und schlüpfte hinein, bevor Ruby ihm rasch die Hände auf dem Rücken fesselte.

»Sie benehmen sich beide sehr anständig«, stellte Jensen fest. »Danke.«

»Das kostet uns nichts«, bestätigte Thurston. »Wir können notfalls auch brutal sein. Aber so ist's uns lieber.«

Jensen starrte ihn forschend an. »Kennen wir uns nicht?«

»Ja, Sir. Wir kennen uns von früher.«

»Jetzt fällt's mir wieder ein. Ich bin damals ziemlich unverschämt gewesen.«

Der Kriminalbeamte zuckte mit den Schultern. »Das ist alles schon lange her.«

»Nicht zu lange für eine Entschuldigung – wenn Sie sie annehmen wollen.«

»Klar.« Thurstons Tonfall wurde geschäftsmäßig nüchtern. »Aber ich glaube, daß Sie jetzt andere, viel größere Sorgen haben. Kommen Sie, wir müssen gehen.«

Ruby Bowe sprach in ihr Mobiltelefon.

»Sie haben Jensen und sind hierher unterwegs«, sagte Ainslie zu Leo Newbold und Curzon Knowles. Der Staatsanwalt hatte sich inzwischen mit seiner Vorgesetzten Adele Montesino beraten und war eben zurückgekommen.

»Jensen hat bereits mit seinem Anwalt telefoniert«, fügte Ainslie hinzu. »Stephen Cruz. Auch er ist hierher unterwegs.«

Der Staatsanwalt nickte. »Eine gute Wahl. Cruz ist hartnäckig, aber auch jemand, mit dem man vernünftig reden kann.«

»Ja, ich kenne ihn«, bestätigte Newbold. »Aber er kann so gut sein, wie er will – gegen dieses neue Beweismaterial ist er machtlos.«

»Ich habe einen Idee, was den Kartoninhalt betrifft«, fuhr Knowles fort. »Was halten Sie davon, wenn wir das ganze Zeug in einem Vernehmungsraum auf dem Tisch ausbreiten, bevor Jensen eingeliefert wird? Sobald er dieses Material sieht, weiß er, daß er erledigt ist, und packt vielleicht aus.«

»Klasse Idee.« Newbold nickte Ainslie zu. »Nehmen Sie die Sache in die Hand, Malcolm?«

Im Polizeipräsidium mußte Jensen das Einlieferungsverfahren über sich ergehen lassen: Er beantwortete Fragen zur Person, bekam die Fingerabdrücke abgenommen, wurde fotografiert und mußte seinen Tascheninhalt gegen Quittung aushändigen. Er war ins Räderwerk einer unpersönlichen Maschinerie geraten, das wußte er. Würde er sich jemals wieder daraus befreien können? Er war etwas besorgt, aber vorerst noch weit davon entfernt, in Verzweiflung zu geraten.

Seit die Kriminalbeamten sein Apartment betreten hatten, befanden seine Gedanken sich in einem merkwürdigen Schwebezustand. Was heute geschehen war, hatte er seit langem befürchtet; der Gedanke daran hatte ihn monatelang als Alptraum verfolgt. Aber seit es nun Realität geworden war, hatte die unmittelbare Angst sich verflüchtigt – vielleicht wegen der unausweichlichen Konsequenzen. In blinder Eifersucht und Leidenschaft hatte er ein Kapitalverbrechen verübt, für das er jetzt nach Recht und Gesetz würde büßen müssen. Wie jeder andere Mensch würde er versuchen, der gerechten Strafe zu entgehen oder sie wenigstens zu minimieren, aber wie gut seine Aussichten in dieser Beziehung waren, würde sich erst zeigen müssen.

Vorerst wußte er natürlich noch nicht, welche Veränderung seine plötzliche Verhaftung ausgelöst hatte, aber er kannte das System gut genug, um zu wissen, daß sie wichtig und zwingend gewesen sein mußte. Wäre sie das nicht gewesen, hätten die Kriminalbeamten ihn erst zur Vernehmung geholt, um dann vielleicht einen Haftbefehl zu beantragen.

Nachdem die Formalitäten erledigt waren, wurde der Verhaftete – weiter in Handschellen – mit dem Aufzug zur Mordkommission hinaufgebracht und in einen Vernehmungsraum geführt.

Sobald Jensen den Raum betrat, sah er auf einem Tisch den geöffneten Pappkarton mit Cynthia Ernsts persönlichem blauen Klebeband stehen. Und neben dem Karton lag sein Inhalt ausgebreitet – das gesamte Beweismaterial in einer ordentlichen, deutlich sichtbaren, klar belastenden Reihenfolge.

Patrick blieb unwillkürlich stocksteif stehen, als jähes Begreifen, Verzweiflung und wilder Haß auf Cynthia sich seiner bemächtigten.

Im nächsten Augenblick fühlte er sich vorwärts geschoben. Der uniformierte Polizeibeamte, der ihn heraufgebracht hatte, drückte ihn auf einen Stuhl, fesselte ihn daran und ließ ihn allein.

Eine halbe Stunde war vergangen. Jetzt waren Malcolm Ainslie, Ruby Bowe, Curzon Knowles und Stephen Cruz bei Patrick Jensen im Vernehmungsraum. Die Kriminalbeamten hatten den Verhafteten absichtlich eine Zeitlang schmoren lassen.

»Alles das erkennen Sie bestimmt wieder«, sagte Ainslie zu Jensen, indem er auf die Gegenstände auf dem Tisch deutete. Alle anderen saßen; nur Ainslie umrundete den Tisch, während er sprach. »Vor allem den Revolver, mit dem Ihre geschiedene Frau Naomi und ihr Freund Holmes erschossen worden sind. Aus dieser Waffe, an der Ihre Fingerabdrücke gefunden worden sind, kamen die tödlichen Schüsse – das haben Sachverständige festgestellt, die vor Gericht aussagen werden. Und es gibt eine Tonbandaufnahme – unverkennbar mit Ihrer Stimme –, in der Sie selbst genau beschreiben, wie Sie die beiden erschossen haben. Soll ich sie Ihnen vorspielen?«

»Gib lieber keine Antwort«, riet Stephen Cruz seinem Mandanten. »Der Sergeant soll selbst entscheiden, ob er dir die Aufnahme vorspielen will. Und du brauchst dich auch zu keinem der übrigen angesprochenen Punkte zu äußern.«

Cruz, ein schmächtiger Enddreißiger mit scharfer, energischer Stimme, war nur wenige Minuten nach Jensens Einlieferung im Präsidium erschienen. Während er warten mußte, hatte er sich freundlich mit Knowles und Newbold unterhalten, denen er dann in den Vernehmungsraum folgte.

Jensen, der sichtlich deprimiert wirkte, starrte Cruz an. »Ich müßte dringend unter vier Augen mit dir reden. Läßt sich das machen?«

»Klar.« Der Anwalt nickte. »Du kannst jederzeit eine Aussprache verlangen. Aber dazu mußt du erst...«

»Nein, das ist nicht nötig«, unterbrach Knowles ihn. »Wir drei gehen hinaus und lassen Sie mit ihm allein. Einverstanden, Sergeant?«

»Natürlich«, sagte Ainslie. Er sammelte das Beweismaterial ein und folgte Knowles und Ruby Bowe hinaus.

Patrick Jensen, der keine Handschellen mehr trug, rutschte

unbehaglich auf dem Stuhl hin und her. »Woher wissen wir, daß wir nicht abgehört werden?« fragte er.

»Aus zwei Gründen«, erklärte Cruz ihm gelassen. »Erstens gilt auch hier das Anwaltsgeheimnis. Zweitens müßten sie mit einem Disziplinarverfahren rechnen, wenn sie dabei erwischt würden.« Er machte eine Pause, um seinen Racquetballpartner und neuen Mandanten prüfend zu mustern. »Du wolltest mit mir reden, also bitte.«

Jensen holte tief Luft und atmete langsam aus, als hoffe er, damit Ordnung in seine wirren Gedanken bringen zu können. Er hatte die ständigen Lügen satt und wollte wenigstens hier und jetzt die Wahrheit sagen. Obwohl er nicht wußte, wie die Polizei zu diesem verdammten Karton gekommen war, stand für ihn fest, daß das Cynthias Schuld war. Sie hatte ihn damals in dem Glauben gelassen, sie werde dieses Belastungsmaterial vernichten. Aber trotz allem, was er riskiert hatte, um sie zu schützen und ihr zu helfen, hatte sie ihn schmählich hintergangen, indem sie das ganze Zeug irgendwo aufbewahrt hatte. Dafür würde er sich jetzt rächen, indem er auch sein Versprechen brach.

Jensen sah zu Cruz auf. »Du hast gehört, was der Sergeant gesagt hat«, begann er. »Nun, Steve, an der Waffe *sind* meine Fingerabdrücke. Die abgefeuerten Geschosse sind sicher identisch, und auf dem Tonband, das wir nicht gehört haben, *ist* meine Stimme zu hören. Okay, was sagst du dazu?«

»Ich habe den starken Verdacht«, antwortete Cruz, »daß du tief in der Scheiße steckst.«

»Tatsächlich«, sagte Jensen, »stecke ich tiefer drin, als du denkst.«

2

»Ich werde dir alles erzählen«, sagte Jensen, der mit seinem Anwalt Stephen Cruz in einem Vernehmungsraum der Mordkommission saß.

Während seine Geschichte aus ihm heraussprudelte, bemühte Cruz sich, Entsetzen, Ungläubigkeit und zuletzt Resignation zu verbergen, was ihm jedoch nur unvollständig gelang. Nach langer, nachdenklicher Pause fragte er schließlich: »Patrick, das hast du nicht bloß erfunden, das ist nicht etwa nur ein Exposé für einen neuen Roman? Du willst mir diese Story nicht bloß erzählen, um zu hören, was ich davon halte?«

»Früher hätte ich so etwas vielleicht getan«, antwortete Jensen niedergeschlagen. »Leider ist jedes Wort wahr.«

Jensen empfand gewisse Erleichterung darüber, daß nun wenigstens in diesem beschränkten Rahmen alles an den Tag gekommen war. Schon die Tatsache, daß er darüber *reden* konnte, schien die Last, die er so lange allein getragen hatte, spürbar leichter zu machen. Aber sein gesunder Menschenverstand warnte ihn, dieses Gefühl sei vermutlich nur eine Illusion. Was Cruz als nächstes sagte, bestätigte seinen Verdacht.

»Ich glaube, du brauchst weniger einen Anwalt als einen Geistlichen oder sonst jemanden, der mit dir betet.«

»Vielleicht später einmal, wenn ich keinen anderen Ausweg mehr sehe«, wehrte Jensen ab. »Vorerst habe ich einen Anwalt, von dem ich Tatsachen hören möchte: Wo stehe ich? Was sollte ich anstreben? Wie stehen meine Chancen?«

»Also gut.« Cruz stand auf, ging in dem kleinen Raum auf und ab und behielt Jensen im Auge, während er sprach. »Nach eigener Aussage bist du in fünf Morde verwickelt, die du zum Teil selbst verübt hast. Angefangen hat's mit deiner Exfrau und ihrem Geliebten; danach kommt Rice, dieser Mann im Rollstuhl. Und dann kommen Gustav und Eleanor Ernst, die wichtige Leute gewesen sind, was sehr wohl einen Unterschied macht;

im Fall Ernst liegt eindeutig Mord vor. Wegen der Ermordung des Ehepaars Ernst – vielleicht auch wegen der beiden ersten Opfer – könntest du zum Tod verurteilt werden. Was hältst du von diesen Tatsachen?«

Jensen wollte etwas sagen, aber Cruz brachte ihn mit einer Handbewegung zum Schweigen. »Hättest du *nur* deine Exfrau und ihren Geliebten erschossen, hätte ich auf ein Verbrechen aus Leidenschaft plädieren können. Du hättest dich wegen Totschlags schuldig bekannt, worauf bei Schußwaffengebrauch eine Höchststrafe von dreißig Jahren steht. Da du nicht vorbestraft bist, hätte ich erreicht, daß du mit fünfzehn, vielleicht sogar nur zehn Jahren davonkommst. Aber mit weiteren Morden in den Kulissen…« Der Anwalt schüttelte den Kopf. »Damit ändert sich alles.«

Cruz sah aus dem Fenster. »Mit einer Tatsache solltest du dich schon jetzt abfinden, Patrick. Selbst wenn du der Todesstrafe entgehst, wirst du unweigerlich zu einer Haftstrafe verurteilt – bestimmt zu einer sehr hohen. Ich halte es für unwahrscheinlich, daß wir jemals wieder Racquetball miteinander spielen können.«

Jensen verzog das Gesicht. »Nachdem du jetzt weißt, was für ein Schuft ich bin, würdest du wahrscheinlich nicht mehr mit mir spielen wollen.«

Cruz machte eine wegwerfende Handbewegung. »Solche Bewertungen überlasse ich Richtern und Geschworenen. Solange ich dein Anwalt bin – wir müssen übrigens bald über Geld reden, und ich warne dich: Ich bin nicht billig –, hast du wie alle meine Mandanten Anspruch darauf, daß ich mein Bestes für dich gebe, und ich versichere dir, ich bin *gut*!«

»Das akzeptiere ich alles«, sagte Jensen. »Aber ich habe noch eine Frage.«

Cruz nahm wieder Platz. »Bitte!«

»Wie sieht Cynthias rechtliche Position aus?« fragte Jensen. »Ich meine, nachdem sie erst verschwiegen hat, was sie über den Mord an Naomi und Holmes wußte, und dann alles Beweismaterial – Revolver, Kleidungsstücke, Tonband und so weiter – verschwinden ließ?«

»Sie wird sicher wegen Behinderung der Justiz angeklagt, was ein Verbrechen und im Zusammenhang mit einem Mord besonders schwerwiegend ist, und dürfte außerdem der Strafvereitelung beschuldigt werden, wofür ihr eine Gesamtstrafe von fünf bis zehn Jahren Haft droht. Nimmt sie sich einen erstklassigen Anwalt, kommt sie vielleicht mit zwei Jahren Haft oder sogar, was aber unwahrscheinlich ist, mit einer Bewährungsstrafe davon. Jedenfalls ist ihre Kariere im öffentlichen Dienst damit zu Ende.«

»Das heißt also, daß Cynthia wesentlich besser wegkäme als ich.«

»Natürlich. Du hast gestanden, die beiden ermordet zu haben. Sie hat vorher nichts von deiner Absicht gewußt, und was sie getan hat, ist alles nach der Tat passiert.«

»Aber was ist mit dem Mord an Cynthias Eltern? Davon hat sie vorher gewußt. Sie hat ihn selbst geplant!«

»Ja, das behauptest *du*. Und ich neige dazu, dir zu glauben. Aber Cynthia Ernst wird alles leugnen, und wie willst du das Gegenteil beweisen? Ist sie zum Beispiel jemals mit diesem Virgilio zusammengetroffen, den du als den wahren Mörder bezeichnest?«

»Nein.«

»Hat sie jemals etwas schriftlich festgelegt?«

»Nein.« Jensen machte eine Pause. »Doch, eigentlich schon. Nicht viel, aber...« Er beschrieb die Werbebroschüre mit dem Straßenplan von Bay Point, auf dem Cynthia das Haus ihrer Eltern angekreuzt und dann in seiner Gegenwart vermerkt hatte, wann das Dienstmädchen dort arbeitete und daß der Butler Palacio und seine Frau jeden Donnerstagabend außer Haus waren.

»Wieviel hat sie geschrieben?«

»Vielleicht ein Dutzend Wörter – wenn man die Abkürzungen mitzählt. Aber eindeutig in ihrer Handschrift.«

»Du hast recht, das ist nicht viel. Sonst noch was?« Während sie miteinander sprachen, machte Cruz sich Notizen.

»Na ja, wir sind zusammen auf den Cayman Islands gewesen, drei Tage auf Grand Cayman. Dort hat Cynthia mir erstmals erzählt, sie wolle ihre Eltern ermorden.«

»Bestimmt nicht vor Zeugen?«

»Okay, das könnte ich also nicht beweisen. Aber…« Cruz hörte zu, während Jensen ihm schilderte, wie sie einzeln angereist waren und in getrennten Hotels gewohnt hatten. »Ich bin mit Cayman Airways geflogen und habe mein Ticket aufbewahrt. Sie ist unter dem Namen Hilda Shaw mit American Airlines geflogen; ich habe ihr Ticket gesehen.«

»Weißt du zufällig die Flugnummer?«

»Sie hat die Morgenmaschine genommen; da gibt's nur eine. Der Name Shaw muß auf der Passagierliste stehen.«

»Was immer noch nichts beweist.«

»Es beweist einen Zusammenhang, weil Cynthia später diese vierhunderttausend Dollar von ihrem Konto bei einer Bank auf Grand Cayman abgehoben haben muß.«

Cruz hob abwehrend die Hände. »Kannst du dir vorstellen, wie aussichtslos es wäre, eine dortige Bank zu einer Aussage über ein Kundenkonto zu bewegen?«

»Natürlich. Aber was wäre, wenn Cynthias Bankkonto bei der hiesigen Steuerbehörde aktenkundig wäre?«

»Wie kommst du darauf?«

»Weil's so ist!« Jensen schilderte, wie er einen Blick in Cynthias Aktenkoffer geworfen, die Kontounterlagen entdeckt und sich die wichtigsten Punkte notiert hatte. »Ich habe den Namen ihrer Bank, die Kontonummer, das damalige Guthaben und den Namen des Mannes, der ihr das Geld geschenkt hat. Dieser ›Onkel Zachary‹ ist Gustav Ernsts Bruder, der auf den Cayman Islands lebt.«

»Jetzt kann ich mir vorstellen, wie du Bücher geschrieben hast«, sagte der Anwalt. »Wer hat die Steuerbehörde ins Spiel gebracht?«

»Cynthia selbst. Um nicht gegen amerikanische Gesetze zu verstoßen, hat sie sich an ihren Steuerberater gewandt – ich habe seinen Namen und seine Adresse in Fort Lauderdale –, der ihr mitgeteilt hat, alles sei okay, wenn sie die Zinsen als Einkommen angebe und versteuere. Das hat sie auch getan. Dazu gibt es ein Schreiben der Steuerbehörde.«

»Dessen Einzelheiten du bestimmt auch kennst.«

»Ja.«

»Erinnere mich daran«, sagte Cruz, »niemals meinen Aktenkoffer aus der Hand zu legen, wenn du in der Nähe bist.« Er lächelte schwach. »Obwohl diese Sache nicht viel Lustiges an sich hat, ist es fast amüsant, wie Cynthia Ernst im Bestreben, alles legal abzuwickeln, Fakten geschaffen hat, die sie belasten könnten. Andererseits beweist ihr vieles Geld überhaupt nichts, es sei denn…«

»Es sei denn?«

»Es sei denn, dein selbstgefälliges Grinsen – das mir übrigens nicht gefällt – würde bedeuten, daß du noch mehr hast. Also heraus damit!«

»Okay«, sagte Jensen. »Ich habe eine Tonbandaufnahme, ein *anderes* Tonband. Es liegt in einem Banksafe und enthält den Beweis für alles, was ich dir erzählt habe. Und alle Papiere, die ich erwähnt habe – der Prospekt mit Cynthias Handschrift, meine Aufzeichnungen über die Unterlagen aus ihrem Aktenkoffer und mein Flugticket –, liegen auch darin.«

»Schluß mit den Andeutungen!« Cruz beugte sich zu Jensen hinüber und flüsterte drohend: »Dies ist kein gottverdammtes Spiel, Patrick. Du könntest auf dem besten Weg zum elektrischen Stuhl sein, deshalb muß ich *sofort* wissen, ob du tatsächlich eine wichtige Aufnahme hast, verstanden?«

Jensen nickte eingeschüchtert; dann beschrieb er die Aufnahme, die er vor eindreiviertel Jahren bei dem Mittagessen in Boca Raton gemacht hatte. Damals hatte Cynthia sich damit einverstanden erklärt, Virgilio als Killer anzuheuern, und zugestimmt, Virgilio und Jensen je zweihunderttausend Dollar zu zahlen; sie hatte ihren eigenen Plan erläutert, den Mord an ihren Eltern als die Tat eines Serienmörders hinzustellen, und von Jensen erfahren, daß Virgilio den Rollstuhlmord verübt hatte – eine Tatsache, die sie ebenfalls für sich behalten hatte.

»Du lieber Himmel!« Der Anwalt schüttelte staunend den Kopf. »Zählt man das alles zusammen, könnte es alles ändern... Okay, natürlich nicht alles. Aber ziemlich viel.«

»Mein Mandant ist bereit, mit Ihnen zusammenzuarbeiten, wenn ihm dafür bestimmte Gegenleistungen garantiert werden«, teilte Stephen Cruz dem Staatsanwalt mit, als sie wieder zu fünft im Vernehmungsraum der Mordkommission saßen.

»In welcher Beziehung will er mit uns zusammenarbeiten?« fragte Curzon Knowles. »Unser Beweismaterial reicht für eine Verurteilung Mr. Jensens wegen Mordes an Naomi Jensen und Kilburn Holmes aus. Meiner Überzeugung nach können wir wahrscheinlich sogar die Todesstrafe erwirken.«

Jensen wurde blaß. Er streckte eine Hand aus und berührte den Arm seines Anwalts. »Los, erzähl's ihm.«

Cruz drehte sich nach ihm um und funkelte ihn an.

»Was sollen Sie mir erzählen?« fragte Knowles mit schwachem Lächeln.

Cruz fand seine Selbstbeherrschung wieder. »Nun, aus meiner Sicht haben Sie sehr viel weniger Beweise, mit denen Sie Commissioner Cynthia Ernst konfrontieren können.«

»Ich weiß nicht, warum Sie sich darüber den Kopf zerbrechen, Steve, aber ich kann Ihnen versichern, daß sie ausreichen. Sie hat als Polizeibeamtin einem Verbrechen Vorschub geleistet, es geduldet und verheimlicht. Wir werden vermutlich zwanzig Jahre Haft beantragen.«

»Und womöglich einen Richter finden, der sie zu fünf oder auch nur zwei Jahren verurteilt. Sie könnte sogar auf Bewährung freikommen.«

»Eine Bewährungsstrafe ist ausgeschlossen, aber ich verstehe noch immer nicht...«

»Das wird Ihnen gleich klarwerden«, versicherte Cruz ihm. »Hören Sie sich bitte folgendes an: Kommt die Anklagebehörde ihm entgegen, kann mein Mandant dafür sorgen, daß Sie einen weit größeren Fisch an die Angel bekommen – Cynthia Ernst als Organisatorin des Mordes an ihren Eltern, Gustav und Eleanor Ernst.« Im Vernehmungsraum herrschte atemlose Stille. Alle Augen waren auf Cruz gerichtet. »Welches Strafmaß Sie dafür beantragen wollen, müßten Montesino und Sie entscheiden, Curzon – aber in *diesem* Fall könnten sie natürlich bis an die Höchstgrenze gehen.«

Anwälte und Staatsanwälte lernen frühzeitig, sich eisern zu beherrschen, und auch Knowles verzog keine Miene. Aber er zögerte merklich, bevor er fragte: »Und durch welche Hexerei wäre Ihr Mandant dazu imstande?«

»Er bewahrt in einem sicheren Geheimversteck zwei Schriftstücke, die Ms. Ernst belasten, und – noch wichtiger – eine unbearbeitete Tonbandkassette auf. Dieser Originalmitschnitt eines Gesprächs mit Cynthia Ernst enthält sämtliche Beweise, die Sie für eine Verurteilung brauchen.«

Mit Hilfe seiner Notizen faßte Cruz zusammen, welche Aussagen Cynthias das Band enthielt, ohne dabei Patrick Jensen oder den Rollstuhlmord zu erwähnen. Abschließend stellte er fest: »Außerdem wird auf dem Band als eine Art Dreingabe der Name eines Mannes genannt, der einen ganz anderen, bisher nicht aufgeklärten Mord verübt hat.«

»Ist Ihr Mandant in diese beiden weiteren Straftaten verwickelt?«

Der Anwalt lächelte. »Diese Frage möchte ich im Interesse meines Mandanten vorerst nicht beantworten.«

»Haben Sie diese angeblich existierende Aufnahme schon gehört, Counselor? Oder die versteckten Schriftstücke im Original gesehen?«

»Nein, bisher nicht.« Cruz hatte mit dieser Frage gerechnet. »Aber ich vertraue darauf, daß mein Mandant den Inhalt zutreffend wiedergegeben hat. Außerdem müßte über alles, worauf Sie und ich uns vielleicht einigen, neu verhandelt werden, falls das übergebene Beweismaterial doch weniger brauchbar wäre.«

»Dann wäre unsere Übereinkunft null und nichtig«, stellte Knowles fest.

Cruz zuckte mit den Schultern. »Vermutlich.«

»Aber nehmen wir mal an, dieses Material wäre brauchbar – was würden Sie dafür erwarten?«

»Für meinen Mandanten? Nun, unter Berücksichtigung aller Umstände sollte die Anklage auf Totschlag lauten.«

Knowles warf seinen Kopf in den Nacken und lachte schallend. »Respekt, Steve! Das macht Ihnen so leicht keiner nach! Aber mir ist's ein Rätsel, wie Sie's schaffen, unter solchen Umständen eine milde Bestrafung vorzuschlagen, ohne dabei rot zu werden.«

Cruz zuckte mit den Schultern. »Ich halte meinen Vorschlag für vernünftig. Aber wie sieht Ihr Gegenangebot aus?«

»Ich habe keines, denn was wir tun konnten, haben wir getan«, erklärte Knowles ihm. »Alle weiteren Entscheidungen muß Adele Montesino treffen, die uns zu sich bestellen wird – vermutlich noch heute.« Der Staatsanwalt wandte sich an Ainslie. »Malcolm, wir machen Schluß. Ich muß dringend telefonieren.«

Knowles fuhr zu Generalstaatsanwältin Montesino, während Stephen Cruz in seine Kanzlei in der Innenstadt zurückkehrte und dort abrufbereit blieb.

Weil abzusehen war, daß das Police Department in diese Sache hineingezogen werden würde, hatte Lieutenant Newbold inzwischen Major Manolo Yanes, der als Leiter des Referats Verbrechen gegen Personen sein Vorgesetzter war, in groben Zügen über den Verdacht gegen Cynthia Ernst informiert. Yanes hatte seinerzeit mit Major Mark Figueras gesprochen, und der Leiter der Abteilung Verbrechensbekämpfung setzte sofort eine Besprechung in seinem Dienstzimmer an.

Als Newbold mit Ainslie und Ruby Bowe eintraf, wurden sie bereits von Yanes und Figueras erwartet. Vom Kopfende seines rechteckigen Konferenztischs aus forderte Figueras nachdrücklich: »Wir müssen alles durchsprechen, was bisher bekannt ist – *alles*!«

Obwohl ihre Vorgesetzten regelmäßig über die Tätigkeit der Mordkommission informiert wurden, erfuhren sie aus Geheimhaltungsgründen selten Details laufender Ermittlungen. Auf Newbolds Aufforderung hin schilderte Ainslie jetzt jedoch seine frühen Zweifel in bezug auf den Mordfall Ernst, die sich bestätigt hatten, als Elroy Doil zwar vierzehn Morde gestanden, aber strikt geleugnet hatte, auch das Ehepaar Ernst ermordet zu haben. »Obwohl Doil uns natürlich als pathologischer Lügner bekannt war, habe ich mit Erlaubnis des Lieutenants weitere Nachforschungen angestellt.« Ainslie erläuterte, wie er die Ermittlungsakten durchforstet, Unstimmigkeiten gefunden und Bowe ins Metro-Dade Police Department und nach Tampa geschickt hatte.

Er nickte Ruby zu, die nun weiterberichtete, während Yanes und Figueras ihr aufmerksam zuhörten. Dann faßte Ainslie zusammen: »Die entscheidende Frage war: Hat Doil wirklich in allen Punkten *außer* dem Fall Ernst die Wahrheit gesagt? Seit sich das bestätigt hat, glaube ich, daß Doil nicht der Mörder der Ernsts ist.«

»Das ist natürlich kein Beweis«, sagte Figueras nachdenklich, »aber eine begründete Annahme, Sergeant, die ich teilen würde.«

Als nächstes ließ Ainslie Ruby Bowe schildern, wie sie die am Tatort beschlagnahmten Papiere gesichtet, dabei erschreckende Aufschlüsse über Cynthias Kindheit erhalten und zuletzt einen ganzen Karton voller Beweise für den von Patrick Jensen verübten Doppelmord entdeckt hatte – Beweismaterial, das Cynthia Ernst absichtlich unterschlagen hatte.

Abschließend schilderte Ainslie, wie Jensen heute verhaftet worden war, worauf er Cynthia Ernst belastet und angeboten hatte, dem Staatsanwalt Schriftstücke und ein Tonband zu übergeben.

Obwohl Yanes und Figueras als Veteranen abgebrüht waren,

wirkten beide wie vor den Kopf geschlagen. »Haben wir *irgendeinen* Beweis dafür«, fragte Yanes, »daß Cynthia Ernst in den Mord an ihren Eltern verwickelt ist?«

»Vorerst nicht, Sir«, gab Ainslie zu. »Daher sind Jensens Tonband und die Schriftstücke – falls sie so belastend sind, wie sein Anwalt behauptet – ungeheuer wichtig. Morgen müßte der Staatsanwalt das ganze Material haben.«

»Okay, das muß ich erst mal nach oben weitermelden«, entschied Figueras. Er sah zu Newbold hinüber. »Sollte wirklich ein City Commissioner verhaftet werden, müssen wir *sehr* behutsam vorgehen. Diese Sache ist verdammt heiß.« Er nahm seine Brille ab, rieb sich die Augen und murmelte: »Mein Vater wollte immer, daß ich Arzt werde.«

»Wir wollen keine Zeit mit Spielchen vergeuden«, sagte Floridas Generalstaatsanwältin Adele Montesino streng zu Stephen Cruz. »Curzon hat mir von Ihrer verrückten Idee erzählt, Ihr Mandant könnte sich wegen Totschlags schuldig bekennen. Okay, Sie haben sich einen kleinen Scherz erlaubt, aber jetzt befassen wir uns mit der Realität. Mein Angebot lautet folgendermaßen: Ist das Beweismaterial, das Ihr Mandant uns anbietet, so gut, wie er behauptet, und ist er bereit, es vor Gericht durch seine Aussage zu bestätigen, verzichten wir darauf, für ihn die Todesstrafe zu beantragen.«

»Halt, nicht so schnell!« protestierte Cruz mit erhobener Stimme.

An diesem Spätnachmittag saßen sie in Montesinos imponierendem Büro mit mahagonigetäfelten Wänden und Bücherschränken voller gewichtiger juristischer Fachwerke. Das große Fenster führte auf einen Innenhof mit einem Springbrunnen hinaus; dahinter waren Bürohochhäuser und in der Ferne das Meer zu sehen. Als Eßtisch hätte Montesinos riesiger Schreibtisch zwölf Personen Platz geboten. In einem nach allen Richtungen dreh- und kippbaren Ledersessel hinter dem Schreibtisch saß die Generalstaatsanwältin – eine kleine, untersetzte

Gestalt, die ihrem beruflichen Spitznamen »Bullterrier« wieder einmal alle Ehre machte.

Stephen Cruz, der Curzon Knowles rechts neben sich hatte, saß Montesino gegenüber.

»Halt, nicht so schnell!« wiederholte Cruz. »Das ist kein Entgegenkommen, denn mein Mandant hat ein Verbrechen aus Leidenschaft verübt... Sie erinnern sich an Leidenschaft, Adele – Liebe und Haß.« Dabei lächelte er plötzlich.

»Danke, daß Sie mich daran erinnert haben, Steve.« Montesino, die nur wenige mit ihrem Vornamen anzusprechen wagten, war dafür bekannt, Sinn für Humor und Wortgefechte zu haben. »Aber ich möchte auch *Sie* an etwas erinnern: an die Möglichkeit, daß Ihr Mandant in ein weiteres Schwerverbrechen verwickelt ist – in den Fall Ernst, bei dem eindeutig Mord vorliegt. Unter diesen Umständen ist mein Angebot, nicht die Todesstrafe zu beantragen, sogar großzügig.«

»Um das beurteilen zu können«, wandte Cruz ein, »müßte man die Alternative kennen.«

»Die kennen Sie genau. Lebenslänglich.«

»Aber doch wenigstens mit einer Anmerkung – mit einer bei der Urteilsverkündung ausgesprochenen Empfehlung, dem Gouverneur nach zehn Jahren eine Begnadigung nahezulegen?«

»Ausgeschlossen!« wehrte Montesino ab. »Das gibt's nicht mehr, seit wir den Bewährungsausschuß abgeschafft haben.«

Wie alle drei wußten, hatte Cruz damit eine sehr entfernte Möglichkeit angesprochen. Seit 1995 bedeutete lebenslänglich in Florida genau das, was das Wort besagte – lebenslängliche Haft. Gewiß, jeder Häftling konnte nach zehn Jahren ein Gnadengesuch einreichen, aber für die meisten – insbesondere für Mörder – bestand kaum Hoffnung, daß der Gouverneur sie begnadigen würde.

Falls Cruz enttäuscht war, ließ er sich nichts anmerken. »Übersehen Sie dabei nicht etwas? Angesichts dieser schlimmen Alternativen könnte mein Mandant beschließen, die Beweise *nicht* vorzulegen und seine Chance im Schwurgerichtsverfahren zu suchen.«

Montesino nickte Knowles zu. »Über diese Möglichkeit haben wir schon gesprochen«, sagte der Staatsanwalt. »Unserer Überzeugung nach führt Ihr Mandant einen persönlichen Rachefeldzug gegen Ms. Ernst und würde das Belastungsmaterial auf jeden Fall vorlegen.«

»Wir sind bereit, über eine Absprache wegen des Strafmaßes nachzudenken«, fügte Adele Montesino hinzu, »sobald alle Beweise auf dem Tisch liegen und wir wissen, was Ihr Mandant wirklich verbrochen hat. Aber über mein Angebot hinausgehende *Garantien* wird's nicht geben. Also Schluß mit den Spitzfindigkeiten, Schluß mit dieser Diskussion. Auf Wiedersehen, Counselor.«

Knowles begleitete Cruz hinaus. »Wollen Sie unser Angebot annehmen, müssen Sie sich schnell melden – und mit ›schnell‹ meine ich noch heute.«

»*Mein Gott*, für den *Rest meines Lebens* hinter Gitter! Das ist unmöglich, unvorstellbar!« jammerte Jensen.

»Es mag unvorstellbar sein«, sagte Stephen Cruz, »aber in deinem Fall ist's *nicht* unmöglich. Das ist der beste Deal, den ich für dich rausholen konnte, und wenn du nicht lieber auf den elektrischen Stuhl willst, mit dem du nach der Sachlage rechnen mußt, rate ich dir, dieses Angebot anzunehmen.« Wie Cruz aus Erfahrung wußte, kam im Gespräch mit Mandanten, denen man unangenehme Wahrheiten mitzuteilen hatte, irgendwann der Zeitpunkt für klare, deutliche Worte.

Die beiden saßen im Dade-County-Gefängnis in einem Vernehmungsraum. Jensen war in Handschellen aus seiner Zelle hergebracht worden, in die er aus dem nur einen Wohnblock entfernten Polizeipräsidium verlegt worden war. Draußen war es bereits dunkel. Für diesen späten Besuch hatte Cruz eine Sondergenehmigung gebraucht, aber ein Anruf der Staatsanwaltschaft hatte ihm den Weg geebnet.

»Es gibt noch eine weitere Möglichkeit, auf die ich dich als dein Anwalt hinweisen muß. Du könntest das Tonband und die übrigen Beweise *nicht* vorlegen und dich nur wegen der Ermordung Naomis und ihres Geliebten vor Gericht verantworten. Dann müßtest du allerdings ständig damit rechnen, daß später Beweise auftauchen, die Cynthia und dich wegen der Ermordung des Ehepaars Ernst belasten.«

»Die tauchen bestimmt auf«, sagte Jensen bedrückt. »Nachdem ich davon gesprochen habe, werden die Cops – in erster Linie Ainslie – nicht lockerlassen, bis sie alles beweisen können. Ainslie hat unmittelbar vor der Hinrichtung mit Doil gesprochen; er wollte Cynthia anschließend etwas mitteilen, das Doil über ihre Eltern gesagt hat, aber sie ist ihm ins Wort gefallen. Ich weiß, daß Cynthia starr vor Angst gewesen ist, weil sie sich gefragt hat, wieviel Ainslie rausgekriegt haben mag.«

»Du weißt, daß Ainslie ein ehemaliger Priester ist?«

»Yeah. Vielleicht befähigt ihn das zu ungewöhnlichen Einsichten.« Jensens Entschluß schien festzustehen; er schüttelte den Kopf. »Ich werde das Tonband und die übrigen Beweise nicht zurückhalten. Ich will, daß alles rauskommt. Teils, weil ich die ständigen Lügen satt habe, teils weil ich unabhängig davon, was mir passiert, dafür sorgen will, daß auch Cynthia nicht straffrei ausgeht.«

»Dann sind wir wieder bei dem Deal, den die Staatsanwaltschaft angeboten hat«, stellte Cruz fest. »Ich habe versprochen, deine Antwort noch heute abend zu überbringen.«

Ihr Gespräch dauerte eine weitere halbe Stunde, bis Jensen schließlich unter Tränen eingestand: »Ich will nicht auf dem Stuhl sterben, und wenn das die einzige Möglichkeit ist, ihm zu entgehen, muß ich wohl zustimmen.« Er seufzte schwer. »Vor ein paar Jahren, als ich noch obenauf gewesen bin, als ich alles hatte, was man sich nur wünschen konnte, hätte ich mir nie träumen lassen, daß ich jemals in diese Lage geraten könnte.«

»Leider«, bestätigte Cruz, »bist du nicht der einzige, von dem ich diese Klage gehört habe.«

Als Cruz von einem Gefängniswärter begleitet den Vernehmungsraum verließ, rief er Jensen noch zu: »Morgen früh sorge ich als erstes dafür, daß du das Tonband und die Papiere abholen kannst!«

Am nächsten Morgen betrat Malcolm Ainslie als einer der ersten Kunden die First Union Bank in Coral Gables und ging direkt ins Büro des Filialleiters. Eine Sekretärin schien ihn aufhalten zu wollen, aber Ainslie wies seine Polizeiplakette vor und marschierte weiter.

Der Filialleiter, ein sportlicher Mittvierziger, lächelte beim Anblick von Ainslies Plakette. »Na ja, ich gebe zu, daß ich heute morgen auf dem Weg zur Bank vielleicht ein bißchen zu schnell gefahren bin.«

»Darüber sehen wir hinweg«, sagte Ainslie, »wenn Sie uns bei einem kleinen Problem behilflich sind.«

Er erklärte dem Filialleiter, ein gegenwärtig inhaftierter Kunde der Bank warte draußen in einem neutralen Dienstwagen. Er solle zu seinem Schließfach begleitet werden, um es zu öffnen, damit die Polizei seinen Inhalt sicherstellen könne. »Das tut Ihr Kunde völlig freiwillig – Sie können ihn selbst fragen, wenn Sie wollen –, deshalb brauchen wir keinen Durchsuchungsbefehl, aber wir möchten diese Sache rasch und diskret abwickeln.«

»Ich natürlich auch«, bestätigte der Filialleiter. »Haben Sie...«

»Ja, Sir.« Ainslie gab ihm den Zettel, auf den Jensen seinen Namen und die Schließfachnummer geschrieben hatte.

Der Filialleiter zog die Augenbrauen hoch, als er den Namen las. »Das erinnert an eine Szene aus einem von Mr. Jensens Büchern.«

»Schon möglich«, stimmte Ainslie zu. »Nur ist sie leider nicht erfunden.«

An diesem Freitagmorgen war Ainslie als erstes in die Asservatenkammer gegangen, in dem Jensens persönlicher Besitz, den er unmittelbar nach seiner Einlieferung hatte abgeben müssen, aufbewahrt wurde. Zu den dort lagernden Gegenständen gehörte ein Schlüsselring, von dem Ainslie den Schlüssel abnahm, der offenbar zu einem Bankschließfach paßte.

Der eigentliche Vorgang im Schließfachraum der Bank dauerte nicht lange. Patrick Jensen, dessen Hände frei waren, obwohl sein linkes Handgelenk an Ruby Bowes rechtes gefesselt war, leistete die erforderliche Unterschrift und sperrte das Schließfach mit seinem Schlüssel auf.

Sobald die Kassette herausgezogen war, trat eine Technikerin aus der Abteilung Spurensicherung vor. Sie öffnete den Deckel mit Gummihandschuhen an den Händen und nahm vier Gegenstände heraus: eine alte zusammengefaltete Immobilienbroschüre, eine beschriebene Notizbuchseite, ein benutztes Flugticket und eine Minikassette Olympus XB60 aus einem Diktiergerät. Die Technikerin legte alles in einen Kunststoffbehälter, den sie rundherum zuklebte.

Die Technikerin würde die Sachen ins Labor mitnehmen, damit sie auf Fingerabdrücke untersucht werden konnten, bevor von allem zwei Kopien angefertigt wurden – vor allem von der Tonbandaufnahme, die als wichtigstes Beweisstück galt. Danach würde Ainslie die vier Originale sowie einen Satz Kopien bei der Staatsanwaltschaft abliefern. Der zweite Satz war für die Mordkommission bestimmt.

»Okay, das war's«, sagte Ainslie. »Wir können gehen.«

Aber der Filialleiter, der bisher im Hintergrund geblieben war, hatte noch eine Frage: »Mr. Jensen, Ihr Schließfach ist jetzt leer, wie ich sehe. Brauchen Sie's in Zukunft noch?«

»Bestimmt nicht«, erklärte Jensen ihm.

»Darf ich Sie dann um den Schlüssel bitten?«

»Sorry, Sir.« Ainslie schüttelte den Kopf. »Den müssen wir als Beweisstück behalten.«

»Aber wer zahlt dann die Schließfachgebühr?« fragte der Filialleiter, als die Besucher den Raum verließen.

Der Rest dieses Freitags verging mit der Auswertung der sichergestellten Beweisstücke. Ainslie überbrachte Staatsanwalt Knowles die vier Originale und einen Satz Kopien. Dann fuhr er zur Mordkommission zurück, um sich gemeinsam mit Newbold und Bowe in Leo Newbolds Dienstzimmer, wo sie ungestört waren, ihre Kopie des Tonbands anzuhören.

Die Tonqualität war ausgezeichnet. Jedes Wort, das Patrick Jensen und Cynthia Ernst gesprochen hatten, war deutlich zu verstehen. Schon nach dem ersten Drittel flüsterte Bowe aufgeregt: »Das Band enthält tatsächlich, was Jensen versprochen hat. Da ist *alles* drauf!«

»Man merkt, daß er das Gespräch geschickt dirigiert hat«, stellte Newbold fest. »Unauffällig, aber doch so, daß er alles Wichtige aufnehmen konnte.«

»Cynthia ist gewissermaßen selbst in die Falle getappt«, konstatierte Bowe befriedigt.

Malcolm Ainslie, der verwirrt und durcheinander war, äußerte sich nicht dazu.

Am Spätnachmittag kam ein Anruf von der Staatsanwaltschaft für Ainslie. Als er dort eintraf, wurde er in Adele Montesinos Büro geführt. Curzon Knowles war bei ihr.

»Wir haben uns dieses Tonband angehört«, sagte Montesino. »Sie vermutlich auch.«

»Ja, Ma'am.«

»Ich wollte Ihnen das persönlich sagen, Sergeant Ainslie«, fuhr Montesino fort. »Die Anklagekammer tritt am kommenden Dienstagmorgen zusammen. Wir beantragen drei Anklagebeschlüsse gegen Cynthia Ernst, wobei der wichtigste die Anklage wegen Mordes ist – und wir brauchen Sie als Zeugen.«

»Wir haben also das Wochenende und den Montag für unsere Vorbereitungen, Malcolm«, fügte Knowles hinzu. »Und wir werden diese drei Tage brauchen, um Beweise zu sichten, Zeugen und Sachverständige zu laden, Ihre Aussage über Jensens Enthüllungen zu protokollieren und tausend weitere Dinge zu erledigen. Am besten kommen Sie gleich morgen früh um acht Uhr in mein Büro.«

»Wird gemacht«, murmelte Ainslie automatisch.

»Bevor Sie gehen«, fuhr Montesino fort, »möchte ich noch etwas sagen, Sergeant. Ich habe erfahren, daß Sie lange Zeit als einziger nicht geglaubt haben, das Ehepaar Ernst sei einem Serienmörder zum Opfer gefallen, und sich geschickt und geduldig daran gemacht haben, das Gegenteil zu beweisen, was Ihnen jetzt gelungen ist. Ich danke Ihnen dafür, gratuliere Ihnen zu diesem Erfolg und werde meine Gedanken zu diesem Thema an geeigneter Stelle vorbringen.« Sie lächelte. »Schlafen Sie sich gut aus. Sie haben vier anstrengende Tage vor sich.«

Als Ainslie zwei Stunden später nach Hause fuhr, hätte er eigentlich ein Gefühl des Triumphes empfinden müssen. Statt dessen empfand er tiefe Traurigkeit.

3

»Wir haben wie der Teufel geschuftet, um alles zusammenzubekommen«, sagte Curzon Knowles zu Ainslie. »Alle haben mitgespielt, und wir glauben, daß wir überzeugend argumentieren können, aber diese verdammte Hitze ist wirklich lästig!« An diesem Dienstagmorgen um neun Uhr saßen Knowles und Ainslie im Dade-County-Gerichtsgebäude in Miami im vierten Stock in einem für Staatsanwälte reservierten kleinen Büro. Nebenan befand sich der Verhandlungsraum der Anklagekammer, in dem die heutige Verhandlung stattfinden würde.

Beide Männer hatten ihre Jacken abgelegt, weil die Klimaanlage ausgefallen war und jetzt angeblich von Wartungstechnikern instandgesetzt wurde – bisher ohne spürbaren Erfolg.

»Montesino will Sie als ersten Zeugen aufrufen«, fuhr der Staatsanwalt fort. »Bitte versuchen Sie, uns bis dahin nicht wegzuschmelzen.«

Stimmen auf dem Flur signalisierten, daß die achtzehn Mitglieder der Anklagekammer den Saal betraten. Die Kammer bestand aus neun Männern und neun Frauen, ungefähr zu gleichen Teilen Hispanics, Schwarze und Weiße.

Die Hauptaufgabe einer Anklagekammer ist leicht zu definieren: Sie muß entscheiden, ob das vorgelegte Belastungsmaterial die Eröffnung eines Strafverfahrens gegen einen Verdächtigen rechtfertigt. Manche Anklagekammern haben zusätzlich die Aufgabe, Korruption und Mißwirtschaft in öffentlichen Einrichtungen zu untersuchen, aber der unmittelbare strafrechtliche Auftrag ist wichtiger und historisch fundiert.

Im Vergleich zu normalen Strafprozessen laufen Verfahren vor der Anklagekammer überraschend formlos ab. Hier im Dade County stand ein Bezirksrichter zur Verfügung, der aber nur selten an den Verhandlungen teilnahm. Er belehrte die Geschworenen über ihre Rechte und Pflichten, vereidigte sie – im allgemeinen für ein halbes Jahr – und ernannte einen Vorsitzenden, seinen Stellvertreter und den Protokollführer. Der Richter beriet die Geschworenen auf ihren Wunsch in Rechtsfragen und nahm nach jeder Verhandlung ihre Entscheidung entgegen.

Im Verhandlungsraum saßen die Geschworenen an vier langen Tischen; der Vorsitzende, sein Stellvertreter und der Protokollführer hatten ihren Platz an einem Quertisch. Am zweiten Quertisch ihnen gegenüber saß ein Staatsanwalt, der das Beweismaterial erläuterte und Zeugen befragte. Diese Rolle würde heute die Generalstaatsanwältin selbst übernehmen.

Wurden Zeugen vernommen, schrieb eine Gerichtsstenografin ihre Aussagen mit.

Jeder Geschworene konnte die Verhandlung durch Fragen unterbrechen, was oft genug vorkam. Alle Beteiligten verpflichteten sich durch einen Eid zur Geheimhaltung dessen, was hier besprochen wurde; die unbefugte Weitergabe von Informationen wäre als Straftat geahndet worden.

Adele Montesino stand jetzt vor den sechs Tischen und begann mit einer flapsigen Bemerkung: »Ich möchte mich für die schreckliche Hitze entschuldigen. Die Klimaanlage soll angeblich bald wieder funktionieren; wer bis dahin irgendein Kleidungsstück ablegen will, kann das in vernünftigem Rahmen tun. Am einfachsten ist das natürlich für Männer – wenn auch weniger interessant.«

Unter halblautem Gelächter zogen mehrere Männer ihre Jacken aus.

»Ich stehe heute vor Ihnen, um drei Anklagebeschlüsse gegen ein und dieselbe Frau zu erwirken«, fuhr Montesino fort. »Der erste betrifft eine Anklage wegen zweifachen Mordes, und die Beschuldigte heißt Cynthia Mildred Ernst.«

Bis dahin hatten die Geschworenen entspannt gewirkt; jetzt war es mit ihrer Gelassenheit vorbei. Die meisten setzten sich abrupt auf, und einige ächzten sogar hörbar. Der Vorsitzende beugte sich stirnrunzelnd nach vorn, um zu fragen: »Ist das eine zufällige Namensgleichheit?«

»Nein, Mr. Foreman«, antwortete die Generalstaatsanwältin. Sie wandte sich wieder an alle Geschworenen. »Ja, meine Damen und Herren, ich spreche von Miami City Commissioner Cynthia Ernst. Und die beiden Mordopfer sind ihre verstorbenen Eltern – Gustav und Eleanor Ernst.«

Alle starrten sie verblüfft an. »Das kann ich nicht *glauben*!« sagte eine ältere Schwarze.

»Ich hab's zuerst auch nicht glauben wollen«, gab Montesino zu, »aber jetzt bin ich davon überzeugt. Und ich weiß, daß Sie es ebenfalls glauben werden, sobald Sie die Zeugenaussagen und eine wichtige Tonbandaufnahme gehört haben. Zumindest werden Ihre Zweifel dann soweit ausgeräumt sein, daß Sie ein Strafverfahren anordnen.«

Sie blätterte in den vor ihr auf dem Tisch liegenden Papieren. »Der zweite Anklagebeschluß, den ich ebenfalls gegen Cynthia Ernst erwirken möchte, betrifft aktive Beihilfe zur Vertuschung einer schweren Straftat, als sie noch Polizeibeamtin war. Bei diesem Verbrechen handelt es sich um die Ermordung zweier *an-*

derer Menschen, und ich werde Ihnen auch dafür Beweise vorlegen. Der dritte Anklagebeschluß bezieht sich auf Behinderung der Justiz durch Verschweigen von Wissen über ein Verbrechen – in diesem Fall den Namen eines Mörders.«

Die Geschworenen starrten sich verwundert an, als wollten sie fragen: *Kann das wahr sein?* Halblautes Stimmengewirr erfüllte den Raum

Adele Montesino wartete geduldig, bis wieder Ruhe einkehrte, und rief dann ihren ersten Zeugen auf: Malcolm Ainslie, der vom Gerichtsdiener hereinbegleitet und an den Tisch der Anklagebehörde geführt wurde. Als er aufgerufen wurde, hatte Ainslie wieder seine Jacke angezogen.

Die Generalstaatsanwältin begann: »Mr. Foreman, meine Damen und Herren Geschworenen, dies ist Sergeant Malcolm Ainslie vom Miami Police Department, ein Kriminalbeamter der Mordkommission. Stimmt das, Sir?«

»Ja, Ma'am.«

»Eine persönliche Frage, Sergeant Ainslie: Warum schwitzen Sie, obwohl *Sie* hier nicht angeklagt sind?«

Die Geschworenen lachten schallend.

»Möchten Sie, daß der Gerichstdiener Ihre Jacke nimmt?«

»Ja, bitte.« Ainslie konstatierte nüchtern, daß Montesino clever war, wenn sie die Geschworenen bei Laune hielt; später waren sie dann um so eher bereit, ihr zu geben, was sie wollte. Er wünschte sich, er wäre ebenfalls gutgelaunt.

»Sergeant Ainslie«, fuhr Montesino fort, »erzählen Sie uns bitte, wann und wie Sie erstmals mit Ermittlungen wegen des Mordes an Gustav und Eleanor Ernst befaßt gewesen sind.«

Ainslie, der müde und gestreßt war, atmete tief durch, um Kraft für diese persönliche Zerreißprobe zu sammeln.

Seit Malcolm Ainslie letzte Woche zweifelsfrei erfahren hatte, daß Cynthia Ernst erst Jensens Doppelmord vertuscht und anschließend die Ermordung ihrer eigenen Eltern organisiert hatte, war er seinen dienstlichen Pflichten weiterhin nachgekommen – manchmal jedoch fast roboterhaft. Bestimmte Dinge, das stand fest, mußte er selbst erledigen; dazu gehörte auch die heutige Zeugenaussage. Aber er wünschte sich zum erstenmal seit Jahren verzweifelt, er könnte die ganze Sache einem Stellvertreter überlassen und einfach weggehen.

In den letzten Tagen voller Arbeit und Enthüllungen hatte er kaum mehr klar denken können. Als am Freitagabend das Ergebnis ihrer Ermittlungen feststand, hatte ihn große Traurigkeit erfaßt. Seine Gedanken kreisten ständig um Cynthia... Cynthia, deren Leidenschaft er einst geteilt hatte; deren Kompetenz er so oft bewundert, an deren Integrität er stets geglaubt hatte. Und in letzter Zeit hatte es eine Cynthia gegeben, für die er aufrichtiges Mitleid empfand, seit er wußte, daß sie als Kind mißbraucht worden war und ihr Baby hatte weggeben müssen, ohne es überhaupt richtig gesehen zu haben.

Gewiß, es hatte warnende Anzeichen gegeben. Malcolm erinnerte sich an die düsteren Vorahnungen, mit denen er Ruby Bowe vor einem Monat den Auftrag erteilt hatte, den Inhalt der nach der Tat in der Villa der Ernsts beschlagnahmten Kartons zu sichten. Damals hatten sie bereits gewußt, daß Doil *nicht* der Mörder des Ehepaars Ernst gewesen war, und bei dieser Gelegenheit hatte er flüchtig daran gedacht, Cynthia könnte in die Morde verwickelt sein. Er hatte seinen Verdacht für sich behalten, weil er ihn selbst für unwahrscheinlich hielt, und später nicht weiterverfolgt. Aber nun hatte ihn die Wirklichkeit eingeholt.

Was mußte er jetzt tun? Selbstverständlich hatte er keine Wahl. Obwohl er Cynthia bemitleidete, weil sie so viel durchgemacht hatte, und sogar ihren Haß auf ihre Eltern verstand, konnte er deren Ermordung *niemals* billigen. Wie in diesem Augenblick würde er tun, was er tun mußte – aber kummervoll und unter Schmerzen.

Trotz aller Konflikte und emotionaler Wirren hatte er jedoch einen festen Entschluß gefaßt.

Vor eineinhalb Jahren hatte Karen ihn nach Doils letztem

Doppelmord gefragt: »Oh, Liebling, wieviel mehr kannst du ertragen?« Und er hatte geantwortet: »Von der Art wie heute abend nicht mehr viel.«

Diese Antwort war eine Ausflucht gewesen, das hatten sie beide gespürt. Aber noch heute würde er Karen eine andere, differenziertere Antwort geben. Sie würde lauten: *Liebste, ich habe genug. Dies ist mein letzter Mordfall.*

Im Augenblick konzentrierte er sich jedoch darauf, Adele Montesinos Frage zu beantworten: *Erzählen Sie uns bitte, wann und wie Sie erstmals…*

»Als Leiter einer Sonderkommission, die zur Aufklärung einer Mordserie gebildet worden war.«

»Und hat es so ausgesehen, als sei auch das Ehepaar Ernst diesem Serienmörder zum Opfer gefallen?«

»Anfangs ja.«

»Und später?«

»Später sind begründete Zweifel aufgetaucht.«

»Können Sie uns diese Zweifel näher erläutern?«

»Wir Ermittler sind allmählich zu der Auffassung gelangt, der wahre Täter habe versucht, den Mord an dem Ehepaar Ernst als weitere Tat eines Serienmörders hinzustellen, gegen den wir damals ermittelt haben. Letztlich hat das jedoch nicht geklappt.«

»Sie haben eben ›wir Ermittler‹ gesagt, Sergeant. Stimmt es, daß Sie ursprünglich als *einziger* Kriminalbeamter bezweifelt haben, auch die Ernsts seien Opfer dieses Serienmörders geworden?«

»Ja, Ma'am.«

»Ich wollte Ihnen nicht zuviel Bescheidenheit durchgehen lassen«, sagte Montesino lächelnd, und einige der Geschworenen lächelten ebenfalls.

»Stimmt es auch, Sergeant Ainslie, daß ein Gespräch, das Sie mit Elroy Doil, einem überführten Serienmörder, vor seiner Hinrichtung geführt haben, bei Ihnen den Verdacht geweckt hat, die Ermordung der Ernsts gehöre nicht zu dieser Mordserie, und

Sie bei weiteren Ermittlungen die Gewißheit gewonnen haben, Cynthia Ernst habe den Doppelmord geplant und dafür einen Killer angeheuert?«

Ainslie war entsetzt. »Damit überspringen Sie schrecklich viele…«

»Sergeant!« unterbrach Montesino ihn. »Bitte beantworten Sie meine Frage einfach mit ja oder nein. Ich denke, Sie haben sie verstanden, aber wenn Sie wollen, kann die Stenografin sie Ihnen nochmals vorlesen.«

Er schüttelte den Kopf. »Ich habe sie gehört.«

»Und die Antwort?«

»Ja«, sagte Ainslie unbehaglich.

Er wußte, daß das eine klassische Suggestivfrage gewesen war: Sie ließ Tatsachen aus und war der Beschuldigten gegenüber unfair. Vor Gericht wäre der Verteidiger aufgesprungen und hätte Einspruch erhoben, dem jeder Richter stattgegeben hätte. Aber bei Verhandlungen der Anklagekammer gab es keine Einsprüche, weil keine Verteidiger zugelassen waren – auch keine Beschuldigten. Soviel bekannt war, wußte die Beschuldigte – Cynthia Ernst – nicht einmal, daß diese Verhandlung stattfand.

Eine weitere Tatsache: Staatsanwälte legten der Anklagekammer beliebig viel oder wenig Beweismaterial vor; im allgemeinen gaben sie nur das absolute Minimum preis. Und wenn sie einen Anklagebeschluß für sich behielten, arbeiteten sie mit Tricks, wie Montesino es jetzt tat, um das Verfahren zu beschleunigen.

Ainslie, der schon mehrmals vor Anklagekammern ausgesagt hatte, mißfiel diese Einrichtung von Mal zu Mal mehr, und er wußte, daß viele Polizeibeamte sein Unbehagen teilten, weil auch sie fanden, das System der Anklagekammern sei einseitig und nicht mit unparteiischer Rechtsprechung vereinbar.

Obwohl Adele Montesino das Verfahren zu straffen versuchte, gingen die Zeugenbefragungen zwei Stunden lang weiter. Malcolm Ainslie war nach knapp einer Stunde entlassen und hinausgeschickt worden; er mußte sich allerdings zur Verfügung halten, weil er später nochmals aussagen sollte. Was andere Zeugen darlegten, durfte er nicht hören; außer den Geschworenen waren nur die Justizangestellten der Anklagekammer während der gesamten Verhandlung zugelassen.

Das Tatmotiv für den Doppelmord – Cynthia Ernsts lebenslanger Haß auf ihre Eltern – erläuterte Detective Ruby Bowe, die in einem chicen Leinenkostüm auftrat, alle Fragen sorgfältig abwog und sich gewandt ausdrückte.

Bowe schilderte, wie sie Eleanor Ernsts geheime Tagebücher entdeckt hatte, aber Adele Montesinos Fragen hörten vor Cynthias Schwangerschaft auf. Statt dessen übersprang Bowe auf Drängen Montesinos, die Eleanors Tagebücher offenbar im Klartext kannte, viele Jahre und las einen wichtigen Eintrag vor: *Ich habe Cynthia manchmal dabei ertappt, daß sie uns anstarrt. Aus ihrem Blick scheint finsterer Haß auf uns beide zu sprechen… Manchmal glaube ich, daß sie etwas mit uns vorhat, um sich an uns zu rächen, und habe Angst. Cynthia ist sehr clever, viel cleverer als wir beide.*

Bowe erwartete, auch über Cynthias Schwangerschaft und die Geburt ihres Kindes befragt zu werden, aber Montesino sagte: »Danke, Detective, das war alles.«

Als Ruby Bowe später mit Ainslie über die Auslassung diskutierte, stellte er nüchtern fest: »Die Tatsache, daß Cynthia von ihrem Vater schwanger gewesen ist, hätte allzu viele Sympathien für sie wecken können. Als Staatsanwältin darf man das nicht zulassen.«

Um die Glaubwürdigkeit der Tonbandaufnahme zu untermauern, befragte die Generalstaatsanwältin als nächsten Zeugen Julio Verona, den Chef der Spurensicherung im Miami Police Department. Nachdem er sich als Fachmann ausgewiesen hatte, fuhr Montesino fort: »Soviel ich weiß, haben Ihre Tests bewiesen, daß auf dem Tonband, das Sie uns vorspielen werden, tatsächlich die Stimmen Cynthia Ernsts und Patrick Jensens zu hören sind. Ist das richtig?«

»Ja, das stimmt.«

»Bitte beschreiben Sie uns die Tests und Ihre Schlußfolgerungen daraus.«

»In unserem Archiv hatten wir bereits Aufnahmen von Commissioner Ernst aus ihrer Zeit als Kriminalbeamtin sowie von Mr. Jensen, der einmal wegen einer anderen Sache vernommen worden war. Diese Aufnahmen haben wir mit der vorhin von Ihnen erwähnten verglichen.« Verona erläuterte, mit welchen technischen Mitteln der Stimmenvergleich vorgenommen worden war, und stellte abschließend fest: »Die beiden Stimmen waren jeweils identisch.«

»Und jetzt spielen wir Ihnen das Tonband vor, das zum Beweismaterial in diesem Fall gehört«, erklärte Montesino den Geschworenen. »Hören Sie bitte aufmerksam zu, aber falls Sie irgendeine Stelle noch mal hören wollen, können wir das Band beliebig oft abspielen.«

Verona blieb da, um den mitgebrachten Recorder zu bedienen. Sobald Patrick Jensen und Cynthia Ernst zu hören waren – erst bei ihrer Bestellung, dann etwas leiser, als sie über den Kolumbianer Virgilio sprachen –, konzentrierten alle Geschworenen sich sichtlich darauf, jedes Wort mitzubekommen. Als Cynthia protestierte, nachdem Jensen ihr erzählt hatte, daß Virgilio der Rollstuhlmörder war – *Halt die Klappe! Erzähl's mir nicht. Ich will nichts davon wissen.* –, rief ein hispanischer Geschworener laut: »*Pues ya lo sabe!*« Und seine Nachbarin, eine junge Blondine, fügte hinzu: »Aber das Biest hat's für sich behalten!«

»Psst!« sagten mehrere Stimmen nachdrücklich, und eine Geschworene fragte: »Können wir das bitte noch mal hören?«

»Gewiß.« Die Generalstaatsanwältin nickte Verona zu, der auf die Taste STOP drückte, das Band etwas zurückspulte und es wieder anlaufen ließ.

Als die Tonbandstimmen dann über zwei Zahlungen von zweihunderttausend Dollar sprachen – eine für den Kolumbianer, eine für Jensen – und Cynthia Ernst vorschlug, den Mord an ihren Eltern durch »Eigentümlichkeiten« als Tat des Serienmörders zu tarnen, wurden mehrmals empörte, aufgebrachte und entschlossene Ausrufe laut, und als die Aufnahme zu Ende war, stellte ein Mann nachdrücklich fest: »Eindeutig schuldig, und mehr brauche ich gar nicht zu hören!«

»Ich verstehe, was Sie meinen, Sir, und achte Ihre Gefühle«, sagte Adele Montesino. »Aber hier geht es um zwei weitere Anklagebeschlüsse, deshalb möchte ich Sie bitten, noch etwas Geduld zu haben. Ich weiß übrigens nicht, ob das schon jemand aufgefallen ist, aber die Klimaanlage scheint wieder zu funktionieren.«

Ihre Feststellung löste sporadischen Beifall und etliche Seufzer aus, diesmal vor Erleichterung.

Danach wurden verhältnismäßig rasch einige Lücken geschlossen. Ein vorgeladener IRS-Inspektor legte Cynthia Ernsts Steuerakten vor, die bewiesen, daß sie die Zinsen ihres Bankguthabens auf den Cayman Islands ordnungsgemäß angegeben und versteuert hatte. Ihr Bankguthaben war durch Einzahlungen, die als Geschenke steuerfrei waren, auf über fünf Millionen Dollar angewachsen. »Ich weise darauf hin«, sagte der Inspektor zuletzt, während er seine Lesebrille abnahm, »daß Ms. Ernsts Steuern völlig in Ordnung sind.«

»Aber die Existenz dieses Bankkontos«, erklärte Montesino den Geschworenen, »untermauert die Tonbandaussage, Ms. Ernst habe die Absicht gehabt, für die Ermordung ihrer Eltern vierhunderttausend Dollar zu bezahlen.« Montesino wies nicht auf die Ironie des Schicksals hin, daß nur durch Cynthias Steuerehrlichkeit Beweismaterial entstanden war, das sonst für amerikanische Gerichte unerreichbar auf den Cayman Islands gelegen hätte.

Malcolm Ainslie wurde wieder hereingerufen. Er berichtete über die Öffnung von Jensens Bankschließfach mit dem Tonband, das die Anklagekammer gehört hatte, sowie weiteren Gegenständen. Einer davon war ein auf den Namen Jensen ausgestelltes Flugticket der Cayman Airways für einen Flug Miami–Grand Cayman und zurück.

»Was hat dieser Flug zu bedeuten?« fragte Montesino.

»Mr. Jensen hat mir vorgestern im Beisein seines Anwalts erklärt«, sagte Ainslie, »er habe mit Cynthia Ernst drei Tage auf den Cayman Islands verbracht und in dieser Zeit die Ermordung des Ehepaars Ernst geplant. Und er hat ausgesagt, sie seien getrennt hingeflogen – Miss Ernst unter dem Namen Hilda Shaw mit American Airlines von Miami aus.«

»Haben Sie diese zweite Aussage verifiziert?«

»Ja, Ma'am. Ich bin bei American Airlines in Miami gewesen, und die Fluggesellschaft hat mit Hilfe ihrer im Computer gespeicherten Passagierlisten festgestellt, daß an diesem Tag eine Hilda Shaw mit American Airlines nach Grand Cayman geflogen ist.«

Diese Feststellungen beruhten auf Hörensagen, das wußte Ainslie, und wären vor einem normalen Gericht nicht zugelassen worden, aber in diesem manchmal etwas merkwürdigen Verfahren waren sie erlaubt.

Mit Bezug auf den zweiten angestrebten Anklagebeschluß wegen Nichtanzeige der von Jensen verübten beiden Morde wies Ainslie auf den Karton mit belastendem Material, das Cynthia Ernst gesammelt und versteckt hatte. Auf Montesinos Aufforderung hin zeigte und erläuterte er anschließend die einzelnen Gegenstände.

Danach wurde Julio Verona erneut als Zeuge aufgerufen. Er sagte aus, die Fingerabdrücke auf den Plastikbeuteln in dem Karton stammten von Cynthia Ernst; auch die Handschrift auf mehreren Etiketten sei untersucht worden und stamme ebenfalls von ihr.

»Was den dritten Anklagebeschluß betrifft«, erklärte Montesino den Geschworenen, »werde ich keinen Zeugen aufrufen, um bestätigen zu lassen, daß Cynthia Ernst den Namen des Täters, der den sogenannten Rollstuhlmord verübt hat, erfahren und entgegen ihrer gesetzlichen Verpflichtung nicht angezeigt hat. Darauf kann ich verzichten, weil Sie alle, meine Damen und Herren, selbst Zeugen sind, seit Sie vorhin diese Tonbandaufnahme gehört haben.«

Auch diese Feststellung löste Kopfnicken und zustimmendes Gemurmel aus.

Bei ihrem Schlußwort faßte Montesino sich kurz.

»Diese Verhandlung ist lang und schmerzlich gewesen, und ich möchte sie nicht unnötig hinauszuziehen, sondern Sie lediglich noch an eine Tatsache erinnern. Es ist *nicht* Ihre Aufgabe, darüber zu entscheiden, ob Cynthia Ernst schuldig oder nicht schuldig ist. Diese Entscheidung muß ein Schwurgericht treffen – *wenn* Sie der Auffassung sind, daß die vorgelegten Beweise ausreichen, um eine Anklageerhebung zu rechtfertigen. Ich persönlich glaube, daß die Beweise *weit mehr* als nur ausreichend sind und daß Sie der Gerechtigkeit dienen, wenn Sie die beantragten Anklagebeschlüsse fassen. Ich danke Ihnen.«

Danach zogen die Generalstaatsanwältin und alle Justizangestellten sich zurück, damit die Geschworenen sich ungestört beraten konnten.

Es dauerte nicht lange. Nach kaum einer Viertelstunde wurden der Bezirksrichter und die Generalstaatsanwältin hereingerufen, worauf der Richter die Entscheidung der Geschworenen erhielt und laut verlas. In allen drei Fällen verfügte der Anklagebeschluß die Verhaftung Cynthia Ernsts.

4

»Ihr müßt euch beeilen, Jungs«, sagte Curzon Knowles warnend, als er Ainslie eine Aktenhülle mit zwei unterzeichneten Ausfertigungen der drei Anklagebeschlüsse übergab. »Sobald die Geschworenen hier herauskommen, ist ihr Geheimhaltungsschwur nichts mehr wert. Irgend jemand redet doch, und dann breitet sich diese Nachricht über Commissioner Ernst wie ein Buschfeuer aus – natürlich auch bis zu ihr.«

Sie standen auf dem Gang vor dem Verhandlungsraum der Anklagekammer. Während Knowles ihn zum Aufzug begleitete, fragte Ainslie: »Können Sie die Geschworenen noch eine Zeitlang hierbehalten? Ist noch eine weitere Verhandlung angesetzt?«

»Eine. Das haben wir bewußt so geplant, aber mehr als eine Stunde bringt Ihnen das nicht. Danach wird die Sache riskanter.«

Knowles fuhr fort: »Das Präsidium ist bereits über die Anklagebeschlüsse informiert; Montesino hat den Chef angerufen. Übrigens noch etwas: Ich soll Ihnen ausrichten, daß Sie gleich nach Ihrer Rückkehr zu Assistant Chief Serrano kommen sollen.« Er musterte Ainslie neugierig. »Ziemlich ungewöhnlich, daß die Führungsspitze in Ermittlungen wegen eines Mordfalls eingreift.«

»Nicht bei einem City Commissioner. Der Oberbürgermeister und die Commissioners genießen besondere Vorrechte und müssen sehr vorsichtig angefaßt werden.«

Als Staatsbeamter, der für viele Groß- und Kleinstädte in ganz Florida zuständig war, verstand Knowles weniger von Lokalpolitik als selbst ein Detective-Sergeant.

Auf dem Papier, das wußte Ainslie, war das Police Department von der Stadtpolitik unabhängig, aber die Wirklichkeit sah anders aus. Die City Commission kontrollierte den Polizeihaushalt über den Stadtdirektor, der den Polizeipräsidenten ernannte und ihn auch absetzen konnte, was schon einmal vorgekommen war. Die Commissioners besaßen Insiderkenntnisse über hohe Polizeibeamte, die befördert werden sollten. Und alle hatten Freunde im Präsidium, durch die sie unauffällig Druck ausüben konnten – was sie manchmal taten.

Gelegentlich, auch das wußte Ainslie, gab es Meinungsverschiedenheiten zwischen City Commission und Police Department, weil die Commission eifersüchtig über ihre Privilegien wachte und empfindlich reagierte, wenn diese beschnitten wurden. Schon deshalb hatte Lieutenant Newbold seine Vorgesetzten, die Majors Yanes und Figueras, vor fünf Tagen über die sensationellen neuen Erkenntnisse informiert. Die beiden hatten diese Informationen weitergegeben, und da die Führungsspitze

Grund zur Besorgnis hatte, überwachte sie alle weiteren Schritte.

»Viel Glück!« sagte Knowles noch, als die Aufzugtür sich schloß.

Viel Glück wobei? fragte Ainslie sich. Im Augenblick hätte er es als Glück empfunden, wäre seine Rolle in diesem Drama mit der Überbringung der Anklagebeschlüsse beendet gewesen. Aber er hatte den Verdacht, daß es dabei nicht bleiben würde.

Seine tiefen Depressionen vom vergangenen Freitag hatten über das Wochenende und auch gestern angehalten, als das Netz um Cynthia sich stetig enger zuzog.

In seinem Privatleben hatte es einige Veränderungen gegeben. Am späten Freitagabend hatte er Karen seinen Entschluß mitgeteilt, nach diesem Fall aus der Mordkommission auszuscheiden und vielleicht auch den Polizeidienst zu quittieren, obwohl das noch zweifelhaft war. Darauf hatte Karen ihn umarmt und ihm fast unter Tränen versichert: »Darling, ich bin so erleichtert! Ich habe erlebt, wie du unter diesen Scheußlichkeiten leidest. Du solltest bei der Polizei ganz aufhören. Mach dir um die Zukunft keine Sorgen; wir kommen schon irgendwie zurecht! *Du* bist wichtiger als alles andere – für mich, für Jason, für…« Sie legte eine Hand auf ihren im vierten Schwangerschaftsmonat gerundeten Bauch. »…für diesen Irgendjemand.«

Jetzt kam es darauf an, diesen Auftrag – unter allen Umständen sein letzter Einsatz – so rasch wie möglich durchzuführen.

Die Aufzugstür öffnete sich im Erdgeschoß des Gerichtsgebäudes.

Als Polizeibeamter hatte Ainslie seinen neutralen Dienstwagen gleich vor dem Gebäude geparkt, und die Fahrt ins Präsidium – drei Blocks nach Norden und zwei nach Westen – dauerte nicht lange.

Im Vorzimmer von Assistant Chief Serrano, der alle polizeilichen Ermittlungen beaufsichtigte, begrüßte ihn eine Sekretärin:

»Guten Tag, Sergeant Ainslie. Sie werden erwartet.« Sie stand auf und öffnete ihm die Tür zum Chefbüro.

Drinnen sprachen Otero Serrano, Mark Figueras, Manolo Yanes und Leo Newbold miteinander. Als Ainslie eintrat, verstummten sie und sahen ihm entgegen.

»Sind das die Anklagebeschlüsse, Sergeant?« Chief Serrano, ein großer, sportlicher Mann, saß an seinem Schreibtisch. Als ehemaliger Kriminalbeamter hatte er eine Bilderbuchkarriere gemacht.

»Ja, Sir.«

Ainslie überreichte ihm die mitgebrachte Aktenhülle. Serrano zog die zweifach ausgefertigten Schriftstücke heraus und verteilte sie, damit die anderen sie ebenfalls einsehen konnten.

Während die vier Männer lasen, führte die Sekretärin Ruby Bowe herein. Sie blieb bei Ainslie stehen und flüsterte: »Wir müssen miteinander reden. Ich habe ihr Kind gefunden.«

»Cynthias?« Er starrte sie verblüfft an. »Müssen wir…«

Sie antwortete flüsternd: »Nein, noch nicht.«

Von den anderen, die weiterlasen, war gelegentlich ein unterdrücktes Stöhnen zu hören, dann ächzte Figueras vernehmlich: »O Gott! Schlimmer hätte's nicht kommen können.«

»Manchmal passieren eben Dinge, die keiner für möglich hält«, stimmte Serrano resigniert zu.

Die Tür ging erneut auf, und Polizeipräsident Farrell Ketledge kam herein. Alle schwiegen und setzten sich unwillkürlich auf. »Weitermachen«, sagte der Chief halblaut. Er trat an ein Fenster, drehte sich um und erklärte Serrano: »Das ist Ihre Show, Otero.«

Die vier lasen weiter.

»Cynthia hat uns echt aufs Kreuz gelegt«, sagte Figueras. »Hat sich befördern lassen, *nachdem* sie den Mord an Jensens Exfrau und ihrem Freund vertuscht hatte.«

»Die gottverdammten Medien werden uns in der Luft zerreißen«, sagte Yanes voraus.

Obwohl der erste Anklagebeschluß wegen Mordes schwerwiegender war, schmerzten der zweite und dritte Beschluß –

Cynthias Vertuschung zweier Morde, als sie noch Kriminalbeamtin gewesen war, und das Verschweigen eines dritten Mordes – offenbar am meisten.

»Kommt der Fall vor Gericht, kann der Prozeß sich jahrelang hinziehen«, stellte Newbold fest. »Und wir stehen dann ständig unter Beschuß.«

Die anderen nickten resigniert.

»Das wär's vorläufig«, entschied Serrano. »Ich wollte Sie auf dem laufenden halten, weil wir alle betroffen sind. Aber wir dürfen keine Zeit verlieren.«

»Wäre vielleicht nicht schlecht, wenn Ernst davon erführe, bevor wir sie holen.« Das war Manolo Yanes' Stimme. »Dann könnte sie sich anständigerweise eine Kugel in den Kopf jagen. Das würde allen eine Menge Scherereien ersparen.«

Ainslie hatte erwartet, daß Yanes' Bemerkung einen scharfen Tadel auslösen würde. Zu seiner Überraschung blieb er jedoch aus; statt dessen herrschte nur Schweigen. *Bedeutet das etwa eine subtile Aufforderung?* Als er diesen Gedanken als unwürdig verwarf, sprach Serrano ihn an.

»Das mag unangenehm für Sie sein, Sergeant Ainslie, aber wir haben beschlossen, Sie die Verhaftung vornehmen zu lassen.« Nach kurzer Pause fragte er rücksichtsvoll: »Bereitet Ihnen das irgendwelche Probleme?«

Er wußte es also. Ainslie konnte sich denken, daß sie alles von Cynthia und ihm wußten. Ihm fiel ein, was Ruby gesagt hatte: *Wir sind schließlich Kriminalbeamte, nicht wahr?*

»Es wird mir keinen Spaß machen, Sir. Wer hätte wohl Spaß daran? Aber ich tue, was erforderlich ist.« Irgendwie fühlte er sich Cynthia gegenüber verpflichtet, diese Sache durchzustehen.

Serrano nickte anerkennend. »Da es um einen City Commissioner geht, wird die Öffentlichkeit ab sofort jeden Schritt mit Argusaugen verfolgen. Sie genießen einen ausgezeichneten Ruf, und ich bin zuversichtlich, daß keine Pannen, keine Fehler passieren.«

Der Assistant Chief warf einen Blick auf den Zettel, den seine Sekretärin ihm eben hingelegt hatte. »Wir lassen Ernst seit heute morgen beschatten. Vor einer halben Stunde ist sie in ihr Büro im Rathaus gefahren. Dort befindet sie sich jetzt.« Er sah zu Ainslie auf. »Sie müssen eine Kriminalbeamtin mitnehmen. Detective Bowe wird Sie begleiten.«

Ainslie nickte. Heutzutage wurde keine Frau mehr von einem einzelnen Beamten verhaftet; das leistete Klagen wegen angeblicher sexueller Belästigung zu leicht Vorschub.

Serrano fuhr fort: »Ich habe angeordnet, daß Sie von einer Streifenwagenbesatzung unterstützt werden. Sie steht bereits unten und wartet auf Ihre Befehle. Und das hier brauchen Sie auch.« Er übergab den im Vorgriff auf die Anklagebeschlüsse ausgestellten Haftbefehl. »Und jetzt los!«

Im überfüllten Lift sah Ruby zu Ainslie auf, aber er murmelte: »Später. Erzählen Sie's mir unterwegs.« Als sie aus der Kabine traten, wies er Ruby an: »Sie besorgen uns einen Wagen. Ich rede inzwischen mit unseren Begleitern.«

Die beiden uniformierten Beamten – Sergeant Ben Braynen, den Ainslie gut kannte, und sein Partner – warteten vor dem Personaleingang neben ihrem blau-weißen Streifenwagen. »Wir sind eure Verstärkung«, sagte Braynen zur Begrüßung. »Der Befehl ist von ganz oben gekommen. Du scheinst verdammt wichtig zu sein.«

»Höchstens vorübergehend«, erklärte Ainslie ihm. »Und ich bekomme trotzdem nur den üblichen Gehaltsscheck.«

»Okay, welchen Auftrag haben wir?«

»Wir fahren zur City Hall in Coconut Grove, wo die Commissioners ihre Büros haben. Ich nehme dort mit Bowe eine Verhaftung vor, und ihr kommt zur Verstärkung mit.« Er wies den Haftbefehl vor und zeigte seinem Kollegen, auf welchen Namen er ausgestellt war.

»Ohne Scheiß?« fragte Braynen ungläubig. »Stimmt das wirklich?«

Ruby Bowe stellte sich mit einem neutralen Dienstwagen vor den Streifenwagen.

»Ja, leider«, bestätigte Ainslie. »Bleibt also dran. Wir brauchen euch wahrscheinlich nicht, aber es beruhigt, euch in der Nähe zu wissen.«

Ainslie wartete, bis sie auf die Straße hinausgefahren waren, bevor er Ruby fragte: »Also, was gibt's?«

»Wichtig ist, daß Cynthia uns möglicherweise schon erwartet«, sagte Ruby. »Wegen einer Tatsache, die ich gestern am späten Abend rausbekommen habe.«

»Viel Zeit haben wir nicht mehr. Los, reden Sie schnell!«

Und Ruby berichtete...

Seit sie aus Eleanor Ernsts Tagebuch wußte, daß Cynthia das Kind ihres Vaters zur Welt gebracht hatte, war sie bestrebt gewesen, das weitere Schicksal des Babys aufzuklären: eines ungeliebten Kindes, dessen Geschlecht Eleanor Ernst nicht einmal erwähnt hatte und das sofort zur Adoption freigegeben worden war.

»Es ist ein Mädchen gewesen«, berichtete Ruby. »Das habe ich im Adoptionszentrum gleich anfangs erfahren.« Weitergehende Auskünfte sowie die Einsichtnahme in die damalige Akte hatte das Zentrum jedoch aus Datenschutzgründen verweigert. Ruby hatte nicht darauf bestanden, erklärte sie Ainslie, weil diese Informationen nicht ermittlungsrelevant waren. Die Existenz des Kindes war schon bekannt, und die Aufklärung seines Schicksals hätte keinen Einfluß auf die Ermittlungen im Mordfall Ernst gehabt.

»Aber die Sache hat angefangen, mich persönlich zu interessieren«, sagte Ruby. »Ich bin noch mehrmals im Zentrum gewesen, weil ich dort eine ältere Sozialarbeiterin kennengelernt hatte, der ich zugetraut habe, sich über die Vorschriften hinwegzusetzen und mir Informationen zu liefern. Sie hat lange gezögert – und mich vorgestern angerufen, weil sie nächste Woche pensioniert wird. Ich bin gestern abend zu ihr gefahren, und sie hat mir die fotokopierte Adoptionsakte mitgegeben.«

Aus dieser Akte ging hervor, berichtete Ruby weiter, daß die Adoption von Cynthias Tochter keine zwei Jahre gedauert hatte. Die Adoptiveltern waren in einem Verfahren wegen Kindesmißhandlung verurteilt worden und hatten die Kleine wieder hergeben müssen. Danach war das Mädchen bis zu seinem vierzehnten Geburtstag, mit dem die Akte schloß, in ständig wechselnden Pflegefamilien untergebracht gewesen.

»Eine traurige Mischung aus Gleichgültigkeit und seelischer Grausamkeit«, stellte Ruby fest. »Ich wollte mich bei der letztgenannten Familie nach ihr erkundigen, aber das war überflüssig, als ich den Namen gesehen habe, den die Kleine bekommen hat – und noch heute trägt.«

»Nämlich?«

»Maggie Thorne.«

Der Name kam Ainslie bekannt vor; er konnte ihn nur nicht einordnen.

»Den Fall hat damals Jorge Rodriguez bearbeitet«, fuhr Ruby fort. »Die Sache mit dem deutschen Touristen Niehaus, der bei einem Raubüberfall erschossen worden ist. Ich glaube, Sie haben…«

»Richtig, ich habe gemeinsam mit Jorge ermittelt.«

Ainslie erinnerte sich wieder an die Einzelheiten – an einen kaltblütigen Mord, der international Aufsehen erregt hatte, und das schuldige Paar: Kermit Kaprum, ein junger Schwarzer, und Maggie Thorne, eine junge Weiße… die ballistischen Untersuchungen hatten gezeigt, daß beide geschossen hatten, wobei die tödlichen Schüsse aus Thornes Waffe stammten… bei ihrer Vernehmung hatte sie die Tat gestanden.

Schon damals, das wußte Ainslie noch gut, war ihm das Gesicht der jungen Frau bekannt vorgekommen. Jetzt war ihm auch klar, warum. Er hatte nicht die Beschuldigte, sondern Cynthia – ihre Mutter – gekannt. Noch nachträglich war Maggie Thornes Ähnlichkeit mit ihr geradezu unheimlich.

»Das ist noch nicht alles«, sagte Ruby, als sie auf den Bayshore Drive abbog. »Die Mitarbeiterin aus dem Adoptionszentrum, von der ich die Akte habe, hat versucht, sich abzusichern. Werden vertrauliche Unterlagen aus irgendeinem Grund weitergegeben, muß die wahre Mutter des Kindes informiert werden – und das hat die Sozialarbeiterin getan. Sie hat Cynthia einen Formbrief über Maggie Thorne geschrieben – diesen Namen hat Cynthia vermutlich erstmals gehört –, um ihr mitzuteilen, die Polizei habe Auskünfte über ihre Tochter eingeholt. Dieser Brief ist am Freitag an die alte Adresse in Bay Point abgeschickt worden. Cynthia dürfte ihn inzwischen haben.«

»Der Fall Niehaus…« Ainslie war so verwirrt, daß seine Stimme schwankte. »Wie ist der ausgegangen?« Es gab so viele Fälle. Er glaubte sich zu erinnern, was aus dem jungen Paar geworden war, wollte aber trotzdem sichergehen.

»Kaprum und Thorne sind beide zum Tod verurteilt worden. Sie sitzen in der Death Row, legen durch sämtliche Instanzen Berufung ein.«

Ainslie konnte nur noch an Cynthia denken, die einen Formbrief erhalten hatte… Cynthia war hellwach; sie verfolgte wichtige Fälle und würde den Namen Maggie Thorne sofort mit der Sache Niehaus in Verbindung bringen und ihre Schlußfolgerungen aus der Tatsache ziehen, daß die Polizei sich für ihre Tochter interessierte… Ein Formbrief, der ihr praktisch mitteilte, ihr einziges Kind, das sie nie kennengelernt hatte, werde bald hingerichtet werden. Mitleid und tiefstes Mitgefühl überwältigten ihn und verdrängten in diesem Augenblick alle anderen Erwägungen. Malcolm ließ den Kopf sinken und bedeckte sein Gesicht mit den Händen. Ein krampfartiger Schauer durchlief seinen Körper. Er weinte.

»Entschuldigung«, sagte Ainslie zu Ruby. »Aber manchmal verliert man das Gefühl für Proportionen.« Er dachte an die Demonstranten vor dem Raiford-Gefängnis, die anscheinend die Opfer des Mörders vergessen hatten.

»Ich habe letzte Nacht auch geweint. Manchmal ist dieser Job…« Ruby schüttelte den Kopf.

»Wenn wir reingehen«, erklärte er ihr, »möchte ich zuerst allein mit Cynthia sprechen.«

»Das dürfen Sie nicht. Das wäre gegen...«

»Ich weiß, ich weiß! Das ist gegen die Vorschriften, aber Cynthia würde nie versuchen, mir sexuelle Belästigung vorzuwerfen; dazu ist sie zu stolz. Sie haben selbst gesagt, daß das Schreiben der Adoptionszentrale am Freitag an ihre alte Adresse in Bay Point gegangen ist; vielleicht hat sie's noch gar nicht bekommen. In diesem Fall könnte ich ihr die Nachricht schonender beibringen, und selbst wenn sie schon informiert wäre...«

»Malcolm, ich muß Sie an etwas erinnern«, wandte Ruby behutsam ein. »Sie sind kein Priester mehr.«

»Aber ich bin ein Mensch. Und *ich* verstoße gegen die Vorschriften, obwohl ich dazu Ihr Einverständnis brauche.«

»Ich habe auch meine Pflicht«, protestierte sie. Beide waren sich darüber im klaren, daß Ruby mit ihrer Karriere dafür bezahlen würde, wenn etwas schiefging.

»Hören Sie, ich stelle mich auf jeden Fall vor Sie, indem ich behaupte, ich hätte es Ihnen befohlen. *Bitte!*«

Sie hatten das Hafengebiet Dinner Key mit dem Rathaus erreicht. Ruby parkte direkt vor dem Haupteingang. Der Streifenwagen hielt gleich dahinter.

Ruby zögerte noch immer. »Ich weiß nicht recht, Malcolm.« Dann fragte sie: »Sagen Sie das auch Sergeant Braynen?«

»Nein. Sein Partner und er bleiben ohnehin hier draußen. Sie kommen mit hinein, warten aber in der Eingangshalle, während ich in Cynthias Büro gehe. Geben Sie mir eine Viertelstunde Zeit.«

Ruby schüttelte den Kopf. »Zehn Minuten. Höchstens.«

»Einverstanden.«

Die beiden betraten die einzigartige und anachronistische Miami City Hall durch den Haupteingang.

In einer Zeit, in der öffentliche Gebäude kaum prächtig genug sein konnten und kathedralische Bauten die vermeintliche Bedeutung von Politikern unterstrichen, drückt das Rathaus von Miami – einer der wichtigsten Großstädte Amerikas – eher das Gegenteil aus. Das auf einer Landzunge errichtete, auf zwei Seiten an die Biscayne Bay grenzende Gebäude ist ein verhältnismäßig kleiner, einstöckiger Bau, auf dessen weißer Fassade nur sein Name und einige wenige Jugendstilmotive in leuchtendem Blau prangen.

Viele Besucher staunen über die Schlichtheit dieses Gebäudes, obwohl darin der gewählte Oberbürgermeister, sein Stellvertreter, drei Commissioners und der Stadtdirektor ihre Büros haben. Andere, vor allem ältere Besucher, fühlen sich an einen Flugbootstützpunkt erinnert, was nicht überraschend ist, weil es der Fluggesellschaft Pan American Airways von 1934 bis 1951 als Stützpunkt für die Flying Clippers gedient hat, die Miami mit zweiunddreißig Ländern verbunden haben. Als Flugboote dann wie die Saurier ausstarben, mußte Pan Am den Stützpunkt schließen, der 1954 zur Miami City Hall wurde.

Hier war Geschichte gemacht worden; vielleicht wird hier heute wieder Geschichte gemacht, dachte Malcolm.

In der Eingangshalle blieben Ainslie und Bowe am Schreibtisch eines Sicherheitsbeamten stehen. Der Uniformierte winkte sie durch, als sie ihre Polizeiplaketten vorwiesen. Bevor Ainslie, der wußte, wo Cynthias Büro im Erdgeschoß lag, sich nach links wandte, zeigte er zu einer Sitzgruppe hinüber, um Ruby zu bedeuten, sie solle dort warten. Sie trennte sich widerstrebend von ihm, wobei sie sehr betont auf ihre Armbanduhr sah.

Bevor sie in das Gebäude gegangen waren, hatte Ainslie Braynen und seinen Partner angewiesen, im Streifenwagen zu bleiben, ihre Funkgeräte eingeschaltet zu lassen und sich sofort zu melden, falls er sie rief.

Ainslie ging weiter den Korridor entlang, bis er eine Tür erreichte, an der ein Schild verkündete:

OFFICE OF THE COMMISSIONER
CYNTHIA ERNST

An dem Schreibtisch in dem fensterlosen Vorzimmer saß ein junger Assistent. Im Büro nebenan arbeitete eine Sekretärin an einem Computer. Die massive dunkelgrüne Tür zwischen den beiden Räumen war geschlossen.

Ainslie wies nochmals seine Polizeiplakette vor. »Ich muß dienstlich zu Commissioner Ernst. Aber melden Sie mich bitte nicht an.«

»Nicht nötig.« Der junge Mann zeigte auf die dunkelgrüne Tür. »Sie können gleich reingehen.« Ainslie öffnete die Tür, trat ein und schloß sie hinter sich.

Cynthia sah ihm entgegen. Sie saß mit ausdrucksloser Miene hinter einem reichverzierten Schreibtisch. Ihr Büro war geräumig und angenehm funktionell, aber nicht luxuriös. Aus dem Fenster gegenüber der Tür hatte man einen schönen Blick auf den Hafen mit den vor Anker liegenden Ausflugsschiffen. Hinter der schlichten Tür in der rechten Seitenwand lag vermutlich eine kleine Toilette.

Für einige Augenblicke herrschte Schweigen zwischen ihnen, bis Ainslie begann: »Ich möchte nur sagen, daß ich…«

»Danke, nicht nötig!« Cynthias Lippen bewegten sich kaum. Ihr Blick war eisig.

Sie wußte alles. Weitere Erklärungen waren auf beiden Seiten überflüssig, das merkte er. Cynthia hatte ausgezeichnete Verbindungen; als City Commissioner konnte sie Gefälligkeiten erweisen, die andere Leute zu Dank verpflichteten. Offenbar hatte jemand, der in ihrer Schuld stand – vielleicht sogar aus der Anklagekammer oder dem Polizeipräsidium –, rasch nach dem Telefonhörer gegriffen, um sie zu warnen.

»Du wirst's wahrscheinlich nicht glauben, Cynthia«, sagte Ainslie, »aber ich wollte, es gäbe etwas, *irgend etwas*, das ich tun könnte.«

»Schön, denken wir mal darüber nach.« Ihre Stimme war so eisig wie ihr völlig abwesender Gesichtsausdruck. »Ich weiß, daß du Hinrichtungen magst, deshalb könntest du an der meiner Tochter teilnehmen – damit alles vorschriftsmäßig klappt. Vielleicht auch an meiner. Das würde dir sicher Spaß machen, nicht wahr?«

»Ich bitte dich, hör auf damit.«

»Was wäre dir lieber – Reue und Tränen, ein schwacher Abglanz von Frömmigkeit aus deinem früheren Gewerbe?«

Malcolm Ainslie seufzte. Obwohl er nicht recht wußte, worauf er gehofft hatte, war er sich darüber im klaren, daß er jegliche Hoffnung aufgeben mußte. Und er war sich auch darüber im klaren, daß er Ruby hätte mitnehmen sollen. Daß er sie dazu überredet hatte, ihn mit Cynthia allein zu lassen, war ein Fehler gewesen.

»Was ich zu tun habe, ist auf jeden Fall schwierig«, sagte er und überreichte ihr den Haftbefehl. »Tut mir leid, aber du bist verhaftet. Ich muß dich darauf hinweisen, daß ...«

Cynthia lächelte spöttisch. »Ich nehme die Belehrung über meine Rechte als erhalten an.«

»Ich brauche deine Pistole. Wo ist sie?« Ainslies rechte Hand lag jetzt an seiner eigenen Glock, die er aber nicht zog. Er wußte, daß Cynthia ebenfalls eine 9-mm-Pistole dieses Typs besaß; wie alle in den Ruhestand tretenden Polizeibeamten hatte sie ihre Dienstwaffe als Geschenk der Stadt behalten dürfen.

»Hier im Schreibtisch.« Sie war aufgestanden und deutete auf eine Schublade.

Ohne sie aus den Augen zu lassen, zog Ainslie die Schublade mit der linken Hand auf und tastete nach der Pistole ab. Sie lag unter einem weichen Tuch. Er nahm sie heraus und steckte sie ein.

»Dreh dich bitte um.« Er hielt Handschellen bereit.

»Nein, noch nicht.« Ihre Stimme klang fast wieder normal. »Ich muß erst auf die Toilette. Bestimmte Dinge kann man mit auf den Rücken gefesselten Händen schlecht erledigen.«

»Nein. Bleib, wo du bist.«

Cynthia wandte sich ungerührt ab und ging zu der inneren Tür, die er beim Hereinkommen gesehen hatte. Über die Schulter hinweg forderte sie ihn spöttisch auf: »Los, tu's doch, wenn's dir nicht paßt – erschieß mich!«

Zwei flüchtige Gedanken gingen ihm durch den Kopf, aber er verdrängte beide.

Als die Tür aufging, sah er dahinter ein WC. Ebenso offensichtlich war, daß dieser kleine Raum keinen zweiten Ausgang besaß. Die Tür fiel rasch ins Schloß. Ainslie nahm die rechte Hand von seiner Dienstwaffe und ging mit großen Schritten auf die Tür zu, um sie zu öffnen – notfalls mit Gewalt. Er ahnte plötzlich, daß er zu langsam reagiert hatte.

Aber bevor er die Tür erreichte, wurde sie schon nach wenigen Sekunden von innen aufgerissen. Cynthia, deren Gesicht zu einer haßerfüllten Maske erstarrt war, stand mit funkelnden Augen auf der Schwelle. *»Halt! Keine Bewegung!«* fauchte sie ihn an. In der rechten Hand hielt sie eine winzige Schußwaffe.

In dem Bewußtsein, übertölpelt worden zu sein, weil diese Waffe vermutlich auf der Toilette versteckt gewesen war, begann er: »Cynthia, hör zu... wir können...«

»*Halt die Klappe!*« In ihrem Gesicht arbeitete es. »Du hast gewußt, daß ich diese Waffe habe. *Du hast's doch gewußt?*«

Ainslie nickte langsam. Er hatte es nicht sicher gewußt, aber vor kaum einer Minute war ihm diese Möglichkeit in den Sinn gekommen; das war einer seiner Gedanken gewesen, die er verworfen hatte. Die Waffe, die Cynthia in der Hand hielt, war die winzige verchromte, fünfschüssige Pistole Smith & Wesson – ihre »Wegwerfwaffe«, die sie damals bei dem Bankraub mit Geiselnahme, den Ainslie und sie zufällig miterlebt hatten, so wirkungsvoll zum Einsatz gebracht hatte.

»Und du hast geglaubt, ich würde sie vielleicht gegen mich verwenden! Um mir und allen anderen eine Menge Schwierigkeiten zu ersparen. *Los, gib's zu!*«

Dies war der Augenblick der Wahrheit. »Ja, du hast recht«, gab Ainslie zu. Das war sein zweiter Gedanke gewesen.

»Nun, ich *werde* sie gebrauchen. Aber dich nehme ich mit, du Schweinehund!« Er sah, wie sie langsam ihre Pistole hob, um wie eine Scharfschützin zielen zu können.

Verschiedene Möglichkeiten fuhren ihm wie Blitze durch den

Kopf. Er hätte beispielsweise nach seiner Waffe greifen können; aber Cynthia hätte bei der ersten Bewegung abgedrückt – und er hatte den Bankräuber mit dem Loch mitten in der Stirn gesehen. Was Ruby betraf, waren bisher noch keine fünf Minuten vergangen. Mit vernünftigen Argumenten war Cynthia nicht mehr beizukommen. Konnte er noch etwas tun? Nein, *gar nichts.* Er konnte nur akzeptieren, daß sein Ende gekommen war...

Cynthia war schußbereit. Er schloß die Augen, dann hörte er den Schuß... Seltsamerweise spürte er nichts... Er machte die Augen wieder auf.

Cynthia war zusammengebrochen; ihre Augen waren geschlossen, und sie hielt weiter die kleine Pistole umklammert. Aus einer Einschußwunde an ihrer linken Brustseite quoll Blut.

An der Tür zum Vorzimmer richtete Ruby Bowe sich aus der halbgebückten Haltung auf, in der sie mit ihrer 9-mm-Pistole gezielt hatte.

5

Die sensationelle Meldung von Cynthia Ernsts gewaltsamem Tod brandete wie eine Flutwelle durch Miami.

Und die Nachrichtenmedien überschlugen sich.

Das taten auch die beiden verbliebenen City Commissioners, die in hellem Zorn gegen die vermeintlich fahrlässige Erschießung ihrer Kollegin protestierten.

Noch bevor die Leiche abtransportiert werden konnte, nachdem ein Notarzt Cynthia Ernsts Tod festgestellt hatte, waren zwei Fernsehteams da, filmten im Rathaus und stellten Fragen, die niemand vernünftig beantworten konnte. Abgehörte Funkgespräche der Polizei hatten sie ebenso alarmiert wie andere Reporter und Fotografen, die rasch zu ihnen stießen.

Mit hastig angeforderter Verstärkung bemühten Sergeant Braynen und sein Partner sich, Ruhe und Ordnung zu bewahren.

Für Malcolm Ainslie und Ruby Bowe glichen die Ereignisse nach der Konfrontation einer Filmmontage mit verwirrend rasch wechselnden Szenen. Nach hastigen Telefongesprächen mit Assistant Chief Serrano wurden sie angewiesen, vorerst im Rathaus zu bleiben und mit niemandem zu sprechen, bis ein Ermittlerteam der Abteilung Innere Angelegenheiten eintraf – das übliche Verfahren in Fällen von dienstlichem Schußwaffengebrauch mit Verletzungen oder Todesfolge. Das aus einer Sergeantin und einem Kriminalbeamten bestehende Team traf wenig später ein und befragte Ainslie und Bowe eingehend, aber keineswegs feindselig.

Das Police Department, das selbst noch Informationen sammelte, lehnte es zunächst ab, sich zur Erschießung von City Commissioner Ernst zu äußern, versprach aber lückenlose Aufklärung bei einer Pressekonferenz um achtzehn Uhr, an der auch der Polizeipräsident teilnehmen würde.

Unterdessen teilte der Chief of Police dem Oberbürgermeister und den City Commissioners mit, er werde sie eine Stunde vor dieser Pressekonferenz anrufen und persönlich über die neuesten Erkenntnisse informieren. Eine Besprechung in seinem Büro wäre zweckmäßiger gewesen, aber das »Sonnenscheingesetz« Floridas bestimmte, daß die Commissioners nirgends zusammenkommen durften, ohne daß Medien und Öffentlichkeit informiert und zugelassen wurden.

Nach ihrer Befragung mußten Ainslie und Bowe in Assistant Chief Serranos Büro hinter verschlossener Tür Serrano und den Majors Yanes und Figueras ausführlich Bericht erstatten. Die beiden beantworteten alle Fragen wahrheitsgemäß; andererseits wurden keine allzu bohrenden Fragen gestellt – beispielsweise nicht danach, weshalb Malcolm und Ruby sich im Rathaus für kurze Zeit getrennt hatten. Ainslies Instinkt sagte ihm, daß die Reihen sich schlossen, weil das Police Department alles unternahm, um seine eigenen Leute zu schützen. Und er fragte sich, ob ihre Vorgesetzten daran dachten, was Major Yanes bei der letzten Besprechung über Cynthia gesagt hatte: *Sie könnte sich anständigerweise eine Kugel in den Kopf jagen. Das würde allen eine Menge Scherereien ersparen.* Empfanden sie kollektive Schuldgefühle, weil niemand gegen diese Äußerung protestiert hatte? Und spürten sie vielleicht, daß bohrende Fragen Dinge ans Tageslicht fördern könnten, die sie nicht hören wollten?

Diese Fragen, das wußte Ainslie, würden niemals beantwortet werden.

Zuletzt wurde die amtliche Version der Ereignisse von Serrano handschriftlich zu Papier gebracht, um abgetippt und als erste Pressemitteilung verbreitet zu werden:

> *Aufgrund dreier Anklagebeschlüsse einer Anklagekammer sollten zwei Kriminalbeamte – Sergeant Malcolm Ainslie und Detective Ruby Bowe – City Commissioner Cynthia Ernst verhaften. Als die Verhaftete scheinbar entwaffnet war, da sie die nachweislich in ihrem Besitz befindliche Pistole abgegeben hatte, und bevor ihr Handschellen angelegt werden konnten, zog sie überraschend eine versteckt getragene kleine Pistole. Aber bevor die Verhaftete auf Sergeant Ainslie schießen konnte, wurde sie von Detective Bowe mit ihrer Polizeidienstwaffe erschossen.*

Diese Tatsachen bestätigten wenig später die beiden uniformierten Beamten, Sergeant Braynen und sein Partner, die sofort nach dem Schuß von Ainslie über Funk verständigt worden und nach kaum einer halben Minute am Ort des Geschehens gewesen waren.

Malcolm und Ruby redeten erst später in einem ruhigen Augenblick darüber, was wirklich passiert war.

»Nachdem ich ein paar Minuten gewartet hatte, bin ich nervös geworden«, berichtete Ruby. »Aber das war wohl gut so, nicht wahr?«

Ainslie legte beide Hände auf Rubys Schultern und sah ihr in die Augen. »Sie haben mir das Leben gerettet«, erklärte er ihr. »Falls ich jemals etwas für Sie tun kann, brauchen Sie's nur zu verlangen.«

»Sollte mir etwas einfallen«, sagte sie mit schwachem Lächeln, »melde ich mich bei Ihnen. Aber ich hab's auch aus eigenem Interesse getan. Ohne Sie wäre die Arbeit in der Mordkommission ganz anders. Sie haben uns allen viel beigebracht, waren uns immer ein leuchtendes Beispiel gewesen. Es macht Sie hoffentlich nicht verlegen, wenn ich das sage?«

Ainslie zuckte befangen die Schultern. »Ein bißchen, nehme ich an.« Dann fügte er mit Bedacht hinzu: »Die Zusammenarbeit mit Ihnen, Ruby, habe ich immer als ein Privileg empfunden.« Dies war nicht der rechte Augenblick, fand er, ihr von seinem Entschluß zu erzählen, die Mordkommission und vielleicht auch das Police Department zu verlassen. Davon brauchten vorläufig nur Karen und er zu wissen.

Die Vorbereitungen für die Pressekonferenz wurden in fliegender Eile getroffen, während zugleich die Telefondrähte zwischen Polizeipräsidium und Staatsanwaltschaft heiß liefen. Man einigte sich darauf, alle Cynthia Ernst betreffenden Tatsachen bekanntzugeben: die drei Anklagebeschlüsse; Eleanor Ernsts Tagebücher; Cynthias sexueller Mißbrauch durch ihren Vater; ihre Schwangerschaft; Cynthias Mordkomplott gegen ihre Eltern; sogar die Tatsache, daß wichtiges Beweismaterial, das zur Aufklärung eines weiteren von Cynthia verheimlichten Doppelmords hätte führen können, eineinhalb Jahre unbeachtet in der Asservatenkammer der Polizei gelegen hatte. Und der letzte Punkt würde Cynthias Verheimlichung des Namens des Rollstuhlmörders sein.

Nach Beratungen mit dem Polizeipräsidenten und ihrem Pressesprecher Evelio Jimenez stellte Assistant Chief Serrano ganz richtig fest: »Das Ganze ist eine Riesensauerei, aus der niemand nach Rosen duftend rauskommen wird. Aber es könnte Probleme geben, wenn wir etwas zurückhalten, das irgendein cleverer Reporter dann doch erschnüffelt.«

Lediglich bestimmte Tatsachen, die für das Verfahren gegen Patrick Jensen und Virgilio wichtig sein konnten, würden vorerst nicht bekanntgegeben werden. Aber die Nachricht von Jensens Verhaftung und den ihm vorgeworfenen Straftaten war inzwischen durchgesickert.

Was Virgilio betraf, war sehr zweifelhaft, daß er jemals gefaßt und vor Gericht gestellt werden würde. Die Metro-Dade Police fahndete wegen seiner Beteiligung an dem Rollstuhlmord nach ihm, während das Miami Police Department ihn als mutmaßlichen Mörder des Ehepaars Ernst suchte. Aber Virgilio hatte sich in seine Heimat Kolumbien abgesetzt, die ihn wegen ihrer gespannten Beziehungen zu den Vereinigten Staaten garantiert nicht ausliefern würde.

Die Pressekonferenz fand in der Eingangshalle des Präsidiums statt, an deren Haupteingang mehrere Polizeibeamte die Presseausweise kontrollierten. In der Nähe der Aufzüge im Erdgeschoß waren ein Podium und mehrere Mikrofone aufgebaut worden. Von dort aus würde Pressesprecher Evelio Jimenez – ein ehemaliger Journalist mit nüchtern-freimütiger Art – die Veranstaltung leiten.

Wenige Minuten vor der Pressekonferenz betraten Mitglieder der City Commission, die alle schon mit dem Polizeipräsidenten gesprochen hatten, die überfüllte Eingangshalle. Ihre Mienen verrieten Trauer und Entsetzen. Die Reporter umringten sie, aber sie beantworteten keine Fragen. Als jemand dem Oberbürgermeister ein Mikrofon unter die Nase hielt, knurrte er: »Weg damit! Hören Sie sich einfach an, was dort vorn berichtet wird.«

Fernsehkameras liefen, ein Wald von Mikrofonen ragte auf, und Bleistifte und Laptops waren einsatzbereit, als der Pressesprecher ankündigte: »Chief Farrell Ketledge.«

Der Polizeipräsident trat vor. Er sprach ernst, hielt sich aber nicht mit langen Vorreden auf.

»Dies ist zweifellos der traurigste Tag meiner bisherigen Polizeilaufbahn. Ich habe Cynthia Ernst für eine loyale Kollegin und gute Freundin gehalten und werde sie trotz ihrer jetzt ans Tageslicht gekommenen Verbrechen teilweise so in Erinnerung behalten. Denn wie Sie bald im Detail hören werden, *ist* Miss Ernst eine Verbrecherin gewesen, die unter anderem an der schrecklichen Ermordung ihrer Eltern schuld gewesen ist…«

Ein kollektives Luftholen war im Raum zu vernehmen. Mehrere Reporter sprangen auf, um zu ihren Übertragungswagen hinauszueilen, während andere ihre Mobiltelefone zum Einsatz brachten.

Der Polizeipräsident sprach weiter und erwähnte dabei den Doppelmord, den Cynthia in ihrer Dienstzeit als Kriminalbeamtin vertuscht hatte. »Heute vormittag ist der Beschluß einer Anklagekammer ergangen, sie wegen dreier Straftaten verhaften zu lassen. Bei der Verhaftung hat Miss Ernst plötzlich eine versteckte Waffe gezogen, mit der sie offenbar auf einen der Kriminalbeamten schießen wollte. Seine Kollegin hat dann einen sofort tödlichen einzelnen Schuß abgegeben.

Falls Sie das wünschen, können wir darauf später zurückkommen, aber jetzt möchte ich über die heutigen Ereignisse sprechen und mit den Anklagebeschlüssen gegen Cynthia Ernst beginnen. Daher bitte ich Mr. Curzon Knowles, den Leiter der für Mordsachen zuständigen Staatsanwaltschaft, diese Anklage und die Gründe dafür zu erläutern.«

Knowles, der diesmal einen formellen blauen Nadelstreifenanzug trug, trat aufs Podium, sprach autoritativ zehn Minuten lang und trug die meisten Tatsachen vor, die den Beschlüssen der Anklagekammer zugrunde lagen. Die Journalisten hörten gespannt zu, als er von Eleanor Ernsts Tagebüchern und dem Mißbrauch Cynthias durch ihren Vater sprach. »Soviel ich weiß«, fuhr Knowles fort, »werden die wichtigsten Seiten dieser Tagebücher kopiert und stehen Ihnen dann zur Verfügung.« Knowles mußte anschließend einige Fragen beantworten, die jedoch nicht aggressiv gestellt wurden.

Nach dem Staatsanwalt ergriff Assistant Chief Serrano das Wort. Er stellte Leo Newbold vor, der sich auf kurze Ausführungen beschränkte, danach war Malcolm Ainslie an der

Reihe, der den Doppelmord an Gustav und Eleanor Ernst und den Versuch schilderte, ihn als Tat eines Serienmörders hinzustellen. Wie sich rasch zeigte, kannte Ainslie den gesamten Tatkomplex sehr genau, und er antwortete eine halbe Stunde lang mit klarer, deutlicher Stimme auf Reporterfragen.

Er war jedoch schon etwas mitgenommen, als eine Fernsehreporterin sagte: »Wie wir gehört haben…«, sie machte eine Pause, um einen Blick in ihr Notizbuch zu werfen, »…wie Lieutenant Newbold gesagt hat, haben Sie als erster den Verdacht gehabt, der Mord an dem Ehepaar Ernst gehöre *nicht* zu diesen Serienmorden. Wie sind sie darauf gekommen?«

»Weil's in der Offenbarung keine Kaninchen gibt«, antwortete er spontan. Aber er bereute diese Worte, sobald er sie ausgesprochen hatte.

Nach einer verwirrten Pause fragte die Reporterin weiter: »Würden Sie uns das bitte erläutern?«

Ainslie sah hilfesuchend zu Assistant Chief Serrano hinüber, der mit den Schultern zuckte und den Journalisten erklärte: »Wir beschäftigen talentierte Leute, die manche Fälle mit unkonventionellen Methoden lösen.« Er nickte Ainslie zu. »Los, erklären Sie's ihnen.«

Ainslie begann widerstrebend: »Angefangen hat alles mit Symbolen, die ein Serienmörder an vier Tatorten zurückgelassen hatte und die später als religiöse Symbole aus der Offenbarung des Johannes im Neuen Testament erkannt worden sind. Am Tatort im Mordfall Ernst ist ein Kaninchen zurückgelassen worden. Es hat nicht zu den anderen Symbolen gepaßt.«

Während Ainslie die früheren Symbole beschrieb, fiel ihm ein, daß diese Informationen damals zurückgehalten und später nicht mehr veröffentlicht worden waren, weil dafür keine Notwendigkeit bestanden hatte. Elroy Doil war zuletzt nur wegen der Ermordung des Ehepaars Tempone verurteilt und hingerichtet worden – wegen eines Doppelmords ohne Symbole.

Danach zu urteilen, wie eifrig viele Reporter mit gesenkten

Köpfen mitschrieben oder -tippten, waren diese Informationen neu und offenbar faszinierend.

Als Ainslie fertig war, fragte eine Männerstimme: »Wer hat rausgekriegt, was diese Symbole bedeuten?«

»Das beantworte ich«, warf Serrano ein. »Sergeant Ainslie hat die Verbindung hergestellt, die uns zu mehreren Verdächtigen, darunter auch Elroy Doil, geführt hat.«

Ein altgedienter Pressemann fragte: »Stimmt es, Sergeant Ainslie, daß Sie früher Geistlicher gewesen sind? Kennen Sie sich deshalb so gut in der Bibel aus?«

Ainslie hatte gehofft, dieses Thema würde nicht angesprochen werden. Obwohl er nie versucht hatte, seine Vergangenheit geheimzuhalten, war sie außerhalb der Polizei nur wenigen bekannt. Jetzt antwortete er: »Ja, das stimmt, und meine Bibelfestigkeit dürfte genutzt haben.«

Dann eine Frauenstimme: »Warum haben Sie als Priester beschlossen, ein Cop zu werden?«

»Ich habe meinen Priesterberuf aus freiem Entschluß aufgegeben. Das hatte persönliche, hier nicht relevante Gründe, die ich nicht erläutern werde.« Ainslie lächelte. »Ich möchte nur feststellen, daß mein Verhalten einwandfrei gewesen ist – das dürfte meine Aufnahme in den Polizeidienst beweisen.« Trotz der ernsten Stimmung, die über allem lag, löste er damit gutmütiges Gelächter aus.

Wenig später wurde die Pressekonferenz offiziell beendet, weil viele Reporter es eilig hatten; einige Journalisten und Kamerateams blieben jedoch, um englische und spanische Einzelinterviews zu führen. Als besonders begehrter Interviewpartner harrte Ainslie noch vierzig Minuten aus. Und danach wurde er auf dem Weg zu seinem Auto noch von Reportern mit Fragen bedrängt.

An diesem Abend und an den folgenden Tagen war Malcolm Ainslie ein Fernsehstar, weil seine Aussagen verbreitet und dann im Zusammenhang mit neuen Entwicklungen mehrmals wiederholt wurden. Die Berichterstattung der großen Fernsehgesellschaften über den Fall Cynthia Ernst stellte Ainslie als den Polizeisprecher hin. In ihrer Sendung »Nightline« berichtete die ABC ausführlich über die rätselhaften Tatsymbole und ihre religiöse Bedeutung – wieder mit Ainslie als Star.

Auch die Presse berichtete über den Fall Ernst und interessierte sich in diesem Zusammenhang für Ainslies früheren Priesterberuf. Ein findiger Reporter grub seine Dissertation aus, schrieb über seine Arbeit als Wissenschaftler, erwähnte *das* theologische Standardwerk *Die Evolution des menschlichen Glaubens,* das Ainslie mitverfaßt hatte, und wurde damit in ganz Amerika zitiert. *Time* und *Newsweek* erwähnten Ainslie in ihren Reportagen an prominenter Stelle, und das sonntägliche Zeitungsmagazin *Parade* brachte eine Titelgeschichte mit der reißerischen Schlagzeile GELEHRTER EXPRIESTER ALS HOCHGELOBTER STARDETEKTIV.

Bei der Telefonzentrale des Miami Police Departments gingen zahlreiche Anfragen von Film- und Fernsehproduzenten ein, die Assistant Chief Serranos Aussage widerlegten, aus dieser Sache werde niemand nach Rosen duftend herauskommen. Auf Ainslie traf sie offensichtlich nicht zu.

»Ich wollte, damit wäre endlich Schluß«, vertraute Ainslie Leo Newbold an.

»Wie man hört, wäre das den Leuten in der Führungsspitze auch sehr recht«, bestätigte Newbold.

Aber trotz dieses Unbehagens waren alle Verantwortlichen offenbar erleichtert, daß es kein peinliches Gerichtsverfahren gegen Cynthia Ernst geben würde.

Einige Tage nach der Pressekonferenz teilte Ainslie Leo Newbold seinen Wunsch mit, aus der Mordkommission auszuscheiden. Newbold äußerte mitfühlendes Verständnis für seine Entscheidung. Viele Kriminalbeamte hatten die Mordkommission irgendwann verlassen, weil die dortige Arbeit emotionalen Streß bedeutete, der sogar dienstunfähig machen konnte. Bis feststand, welche neue Aufgabe Ainslie übernehmen würde, betraute Newbold ihn mit der Bearbeitung ungelöster Altfälle, die mit modernster Technologie neu aufgerollt wurden – ein produktives, aber nicht sehr streßerzeugendes Arbeitsgebiet.

Drei Wochen später blieb Newbold vor Ainslies Schreibtisch stehen und sagte: »Figueras möchte Sie jetzt sprechen.«

Mark Figueras stand auf, als Ainslie hereinkam. »Ah, unsere Berühmtheit!« sagte er grinsend. »Wie fühlt man sich so als Star?«

»Reichlich unwohl.« Ainslie verzog das Gesicht.

»Nun, das wird sich nicht so bald geben. Können Sie damit leben?«

»Ich nehm's an. Aber auch das Department, Sir?«

»Da könnte's Probleme geben.« Figueras machte eine wegwerfende Handbewegung. »Aber lassen wir die Formalitäten, Malcolm. Ich habe Anweisung, von Mann zu Mann mit Ihnen zu reden. Aber erst noch eine kleine Formalität: Sie sind ab sofort Lieutenant Ainslie.« Der Major streckte ihm seine Hand entgegen. »Glückwunsch! Vielleicht etwas spät, aber ein Schritt in die richtige Richtung.«

Ainslie fragte sich, was nun kommen würde. Er freute sich über die Beförderung und hätte am liebsten gleich Karen angerufen, um ihr davon zu erzählen. Aber er wartete ab, was Figueras noch sagen würde.

»Karrieremäßig sind Sie jetzt in guter Form, Malcolm, und haben die Wahl zwischen mehreren Möglichkeiten. Die erste wäre der Posten des Chefs der Mordkommission.« Als Ainslie ein überraschtes Gesicht machte, fuhr Figueras fort: »Leo Newbold wird zum Captain befördert und übernimmt eine neue Aufgabe. Sie würden normalerweise auch versetzt, aber Sie haben in der Mordkommission so hervorragende Arbeit geleistet, daß auf Ihren Wunsch eine Ausnahme gemacht werden könnte.«

»Nein, danke.« Ainslie schüttelte den Kopf. »Ich habe Leo schon gesagt, daß ich ausscheiden möchte.«

»Das ist mir inoffiziell zu Ohren gekommen, und ich habe volles Verständnis dafür. Wir wollen nur, daß Sie sämtliche Optionen kennen.«

Das »wir« war bedeutsam. Was Figueras sagte, kam also von ganz oben.

»Okay, wägen wir Ihre Zukunft im Department ab«, fuhr der Kommandeur der Abteilung Verbrechensbekämpfung nüchtern fort. »Sie sind mit neununddreißig Jahren Lieutenant geworden. In weiteren drei Jahren könnten Sie Captain sein und dann nach Ermessen des Chiefs zum Major befördert werden. Eine Garantie gibt's dafür natürlich nicht, und Sie wären im Vergleich zu anderen immer ein bißchen alt, weil Sie ziemlich spät zu uns gekommen sind. Nach fünfzehn Dienstjahren könnten Sie mit etwa vierundvierzig Jahren Major werden, und darüber gibt's bekanntlich wenige Jobs, und die Konkurrenz ist verdammt groß. Sie *könnten* höher hinaufkommen, aber ebensogut als Major pensioniert werden. Sie merken, ich rede ganz offen mit Ihnen, Malcolm.«

»Das ist mir nur recht.«

»Darüber hinaus gibt's eine weitere Tatsache zu beachten, die ich wirklich offen ansprechen will. In letzter Zeit haben Sie vermutlich mehr öffentliche Aufmerksamkeit erregt als jemals irgendeiner unserer Leute. Ein Grund dafür ist natürlich Ihre sehr erfolgreiche Arbeit bei der Mordkommission. Aber die Medien haben sich vor allem auf Ihre Vergangenheit als Priester und Wissenschaftler gestürzt, was mich zu einem weiteren Punkt bringt.«

Ainslie glaubte zu wissen, worauf Figueras hinauswollte.

»Der springende Punkt ist, Malcolm, daß die Medien wegen dieser ganzen Aufmerksamkeit Ihre zukünftige Arbeit im Police Department beobachten und vielleicht übertrieben herausstellen werden. Daran ist an sich nichts auszusetzen, aber das Department könnte sich dabei unbehaglich fühlen. Wie Sie wissen, stehen hier nur wenige Leute ständig im Blickpunkt der Öffentlichkeit, und das gilt sogar für den Chief – die Mehrheit der Einwohner Miamis dürfte nicht einmal seinen Namen kennen. Das ist schon immer so gewesen, und die meisten von uns möchten diesen Zustand beibehalten.«

»Lassen Sie mich etwas klarstellen«, sagte Ainslie. »Soll das heißen, daß es Ihnen trotz meiner Beförderung und so weiter am liebsten wäre, wenn ich den Polizeidienst quittieren würde?«

»Falls Sie diesen Eindruck gewonnen haben«, antwortete Figueras, »habe ich mich mißverständlich ausgedrückt, denn genau das wollen wir auf keinen Fall damit sagen. Aber die meisten von uns hier finden, Malcolm, daß die Aufstiegsmöglichkeiten, die das Department Ihnen noch zu bieten hat, einfach nicht Ihren Fähigkeiten entsprechen. Uns wäre es lieber, Sie ergriffen eine für *Sie* günstige Chance, Ihre besonderen Fähigkeiten und Kenntnisse besser zu nutzen.«

»Das Dumme ist nur«, meinte Ainslie, »daß ich in letzter Zeit nicht allzu viele Stellenangebote gelesen habe. Aber das sollte ich vielleicht tun.«

Major Figueras lächelte. »Die Mühe können Sie sich sparen, Malcolm. Tatsächlich – und damit kommen wir zum eigentlichen Thema dieses Gesprächs – gibt es eine Organisation außerhalb des Police Department, die sich an den Chief, den Oberbürgermeister und vielleicht auch an andere gewandt hat, um Sie für sich zu gewinnen – zu äußerst günstigen Bedingungen, wie man hört.«

Ainslie runzelte die Stirn. »Kenne ich diese geheimnisvolle Organisation?«

»Das glaube ich nicht. Diese Initiative geht vom Vorsitzenden des Kuratoriums der South Florida University aus.« Figueras warf einen Blick auf die vor ihm liegende Notiz. »Er heißt Dr. Hartley Allardyce. Würden Sie sich mit ihm treffen wollen?«

Das Leben ist voller Überraschungen, dachte Ainslie. Er antwortete: »Wie könnte ich dazu nein sagen?«

6

»Das mag Sie überraschen, Dr. Ainslie«, sagte Hartley Allardyce, »aber wir haben an unserer Universität viel von Ihnen gesprochen, seit Ihre Fähigkeiten und Ihr ursprünglicher Beruf weithin bekanntgeworden sind.«

»Ja, das überrascht mich«, bestätigte Ainslie. »In letzter Zeit überrascht mich fast alles.«

Seit dem Gespräch mit Major Figueras waren drei Tage vergangen. Jetzt saßen Ainslie und Allardyce beim Dinner im City Club in der Innenstadt Miamis. Ainslie fand es seltsam, mit »Doktor« angesprochen zu werden. Obwohl ihm dieser Titel zustand, hatte er ihn jahrelang nicht mehr gehört und zuvor als Geistlicher nie benutzt. Aber unter den gegenwärtigen Umständen...

Dr. Hartley Allardyce, der sich offenbar gern reden hörte, fuhr fort: »Die Öffentlichkeit liebt Lokalmatadore, hat sie schon immer geliebt, und Sie sind einer, seit Sie alle diese gräßlichen Verbrechen aufgeklärt haben. Das Besondere daran ist, daß Sie diese Fälle mit wissenschaftlichen Methoden intellektuell gelöst haben, wofür viele unserer Professoren – aber auch ich – Sie bewundern.«

Ainslie murmelte verlegen lächelnd einen Dank.

Sein Gesprächspartner winkte ab und fuhr fort: »Ihr Aufstieg zu einem in der Öffentlichkeit bekannten Mann hätte zu keinem günstigeren Zeitpunkt erfolgen können – für mich und andere, die ich vertrete. Und hoffentlich auch für Sie.«

Hartley Allardyce war eine so eindrucksvolle Erscheinung, wie sein Name suggerierte: gutaussehend, silberhaarig und braungebrannt, mit selbstbewußtem Auftreten und ansteckendem Lächeln. Er stammte aus einer reichen Familie und hatte sein ererbtes Vermögen als Gründer eines international tätigen Investmentfonds vermehrt. Außerdem interessierte er sich leidenschaftlich für höhere Bildung – daher seine Verbindung zur South Florida University.

»Seit ich vor sechs Jahren Kuratoriumsvorsitzender geworden bin«, erklärte er Ainslie, »habe ich mir gewünscht, die SFU könnte eine Vorlesungsreihe über vergleichende Religionswissenschaft anbieten. Wir haben natürlich eine Fakultät für Theologie und Philosophie, aber dort kommt die vergleichende Religionswissenschaft meiner Überzeugung nach entschieden zu kurz.«

Allardyce machte eine Pause, während ein Ober als Hauptgericht Filet Mignon mit Sauce Bérnaise servierte. »Ich hoffe übrigens, daß Ihnen der Wein schmeckt. Es ist ein Opus One, eine Kreation zweier mit Recht weltberühmter Winzer – Robert Mondavi im Napa Valley und der verstorbene Philippe de Rothschild in Bordeaux. Kosten Sie doch mal!«

»Superb«, urteilte Ainslie wahrheitsgemäß. Er hatte von diesem berühmten Wein gehört, hätte ihn sich aber als Detective-Sergeant nie leisten können.

»Lassen Sie mich zur Sache kommen«, sagte Allardyce, »damit Sie wissen, weshalb ich Sie um dieses Gespräch gebeten habe. Heutzutage entscheiden die meisten Universitätsstudenten sich für die gängigen Fächer: Betriebswirtschaftslehre, Medizin, Jura oder Ingenieurwissenschaften. Aber ich möchte unseren jungen Menschen zeigen, wie wertvoll das Studium der vergleichenden Religionswissenschaft sein kann.

Die einzelnen Religionen sagen so viel – viel mehr als die konventionelle Geschichtswissenschaft – über die Zeiten aus, in denen Menschen leben, und über ihre Geistesverfassung in allen Epochen und Gesellschaften. Sie erzählen uns von ihren Hoffnungen und Freuden; sie geben Einblick in ihre bewußten und unbewußten Ängste, wobei die Angst vor dem Tod fast immer ganz oben rangiert, und beantworten die Frage, ob es ein Leben nach dem Tod oder nur ein großes Nichts gibt – zweifellos die größte aller Ängste. Trinken Sie noch etwas Wein, Dr. Ainslie.«

»Nein, danke, im Augenblick nicht. Aber bevor Sie weitersprechen, möchte ich etwas sagen.«

»Ich will hier keineswegs Monologe halten. Bitte sehr!«

»Sie sollten wissen, Dr. Allardyce, daß die Weltreligionen

mich zwar schon immer fasziniert haben, aber daß ich an keine von ihnen *glaube*. Schon lange nicht mehr.«

»Das weiß ich bereits«, antwortete Allardyce, »und es spielt keine Rolle. Vielleicht macht Sie das sogar objektiver. Möchten Sie wirklich nicht noch etwas Wein?«

»Danke, wirklich nicht.«

»Ich habe Sie hergebeten, weil ich erst vor kurzem genug Geld aufgetrieben habe, um auf dem Campus ein neues Zentrum für Theologie und Philosophie errichten zu können. Ein Großteil stammt von einem persönlichen Freund, der mehrere Millionen Dollar spenden will. Aber seit er von Ihnen und Ihrer einzigartigen Qualifikation gelesen hat, knüpft er Bedingungen an seine Spende. Er will zusätzlich eine Professur für vergleichende Religionswissenschaft finanzieren, für die ein angesehener Gelehrter gewonnen werden soll. Der springende Punkt dabei ist, Dr. Ainslie, daß mein Freund *Sie* will.«

Ainslie machte große Augen. »Ist das Ihr Ernst?«

»Durchaus.«

»Darf ich fragen, wer Ihr Freund ist?«

Allardyce schüttelte den Kopf. »Sorry! Reiche Spender ziehen es oft vor, anonym zu bleiben; dafür gibt es heutzutage gute Gründe. Jedenfalls würde die Universität Ihnen fürs erste einen Dreijahresvertrag anbieten, der mit hunderttausend Dollar im Jahr dotiert wäre. Entschuldigen Sie, daß ich von Geld spreche, aber das ist natürlich nicht zu vermeiden.«

Danach entstand eine Pause, bevor Ainslie antwortete: »Oh, das entschuldige ich gern, Doktor. Und vielleicht trinke ich doch noch ein Glas Wein.«

»Vor Ihrer Berufung sind ein paar Formalitäten zu erledigen«, sagte Allardyce wenige Augenblicke später. »Aber diese Hürden überwinden Sie leicht.«

Karen war von der angebotenen Position begeistert. »Oh, Liebling – das mußt du schaffen! Das wäre ideal für dich! Du bist eine Autorität auf diesem Gebiet und ein ausgezeichneter Lehrer dazu. Ich hab's dir bisher nicht erzählt, aber nach dieser Sache im Rathaus habe ich Ruby Bowe angerufen, um ihr zu danken – auch in Jasons Namen. Dabei hat sie mir erzählt, daß die jüngeren Kollegen anerkennen, was sie von dir gelernt haben, und wie sie dich alle achten.«

»Um den Posten zu bekommen, muß ich noch eine ganze Reihe Vorstellungsgespräche absolvieren«, sagte er warnend.

»Das schaffst du ohne Schwierigkeiten.«

Sein wichtigstes Vorstellungsgespräch führte Ainslie mit dem Kanzler der South Florida University. Dr. Gavin Lawrence war ein ruhiger, zurückhaltend wirkender Mann, der trotz kleiner Statur unverkennbare Autorität ausstrahlte. Der Kanzler, der eine aufgeschlagene Akte vor sich liegen hatte, hob den Kopf und stellte fest: »Akademisch gesehen erfüllen Sie jedenfalls alle Voraussetzungen für diesen Posten.«

»Es gibt etwas, das Sie unbedingt vorher wissen sollten.« Ainslie wiederholte seine schon vor Allardyce gemachte Aussage über seine Glaubenseinstellung.

»Das steht alles hier drin.« Der Kanzler legte eine Hand auf die Akte. »Hartley hat in seinem Bericht geschrieben, Ihre Ehrlichkeit sei sympathisch. Das finde ich auch – und ich stimme ihm zu, daß das kein Hindernis wäre.« Lawrence lehnte sich zurück und legte die Fingerspitzen aneinander. »Tatsächlich habe ich gerüchteweise gehört, die Glaubensstärke mancher unserer Theologie- und Philosophieprofessoren habe mit zunehmendem Wissen abgenommen. So etwas kann vorkommen, finden Sie nicht auch?«

»Bei mir ist's so gewesen.«

»Nun, hier macht das keinen Unterschied, weil wir einfach nicht nach den religiösen Neigungen unserer Professoren *fragen*. Größten Wert legen wir jedoch auf fundiertes Wissen und engagierte Vorlesungen. Das ist hoffentlich klar.«

Ainslie nickte. »Völlig.«

Als nächstes sprach Lawrence ihn auf seinen auf drei Jahre befristeten Vertrag an. »Klappt alles gut, könnte danach ein Lehrstuhl zu besetzen sein – oder Sie erhalten einen Ruf an eine andere Universität. Es ist immer von Vorteil, wenn die Studenten einen mögen, und ich spüre, daß Sie beliebt sein werden. Im Grunde genommen hängt alles von unseren Studenten ab.

Noch ein letzter Punkt«, sagte der Kanzler. »Erzählen Sie mir ein bißchen darüber, wie Sie vergleichende Religionswissenschaft lehren würden.«

Ainslie war überrascht. »Darauf bin ich leider nicht vorbereitet…«

»Macht nichts, einfach aus dem Stegreif.«

Ainslie überlegte kurz. »Ich würde Tatsachen lehren – alle heute bekannten Tatsachen. In den vergangenen Jahrzehnten hat die Religionswissenschaft große Fortschritte gemacht, die untersucht sein wollen. Und ich würde mich davor hüten, Urteile auszusprechen. Zu denen können die Studenten jederzeit selbst gelangen. Vor allem würde ich keine Proselyten machen; das und vergleichende Religionswissenschaft passen nicht zusammen.«

Lawrence nickte nachdenklich. »Und im größeren Zusammenhang des Bildungsauftrags unserer Universität – wie sehen Sie da Ihr Fachgebiet?«

»Oh, bestimmt als fünftausend Jahre weit zurückreichenden wichtigen Aspekt der Menschheitsgeschichte. In diesem Zeitraum haben Religionen unzählige Veränderungen bewirkt: Neuerungen und Zerstörungen, Krieg und Frieden, Gerechtigkeit und Tyrannei. Die meisten Religionen haben reichlich Heilige und Schurken hervorgebracht. Und die Mächtigen dieser Erde – Kaiser, Politiker, Heerführer, Söldner – haben sie *benutzt*, um die Macht zu erringen oder zu festigen.«

»Religionen weisen natürlich viele positive und negative Aspekte auf. Welche sind bedeutsamer? Läßt sich das objektiv beurteilen?«

»Ich könnte es nicht; vermutlich kann das niemand. Aber ich weiß, daß Religionen, unabhängig von der Bewertung ihrer historischen Rolle, der Aspekt menschlichen Verhaltens sind, der unser Leben über Jahrtausende hinweg am nachhaltigsten beeinflußt hat.« Ainslie schmunzelte. »Allein das dürfte die Bedeutung der vergleichenden Religionswissenschaft für unsere Zeit, für heute studierende junge Menschen beweisen.«

Nach kurzem Schweigen sagte Lawrence: »Gut gemacht! Danke, Dr. Ainslie, ich werde unbedingt zu Ihrer Antrittsvorlesung kommen.«

Die Verabschiedung war herzlich. »Wie ich höre, hat Hartley vor, für Sie und Ihre Frau einen Empfang in unserem Haus zu geben – eine Gelegenheit, wichtige Leute kennenzulernen. Ich freue mich darauf, Sie beide dort zu sehen.«

Sobald Ainslie die Position an der South Florida University sicher war, kündigte er beim Police Department, und in seinen letzten Tagen bei der Mordkommission kamen viele Kollegen, darunter auch Vorgesetzte, um ihm alles Gute zu wünschen. Für seine gut zehn Dienstjahre würde er eine Pension erhalten – nicht hoch, aber, wie er zu Karen sagte, »ab und zu für eine Flasche Opus One ausreichend«.

Etwas, das Ainslie nicht behielt, war seine Dienstpistole, die er als Polizeibeamter nach Beendigung seines Dienstes hätte mitnehmen können. Statt dessen lieferte er seine Glock in der Waffenkammer ab. Er hatte für den Rest seines Lebens von Schußwaffen genug und wollte keine Pistole im Haus haben, vor allem nicht mit Kindern.

Karen jubelte, als die endgültige Zusage kam. Sie freute sich darauf, daß Malcolm in Zukunft mehr Zeit haben würde – für sie, für Jason und ihr zweites Kind, das in vier Monaten zur Welt kommen sollte. Vor kurzem hatte eine Ultraschalluntersuchung gezeigt, daß ihr Baby ein Mädchen war. Es sollte Ruby heißen.

NACHWORT

Schließlich kam der Abend, an dem der Empfang in Dr. Hartley Allardyces Villa stattfinden sollte. Über hundert Gäste wurden erwartet.

»Ein bißchen überwältigend, fürchte ich«, sagte Allardyce zu Malcolm und Karen, als er sie in seiner imposanten, weitläufigen Villa im Tudorstil in Coral Gables begrüßte. »Angefangen habe ich mit sechzig Einladungen. Dann hat die Nachricht die Runde gemacht, und so viele Leute wollten Sie kennenlernen, daß ich mehr einladen mußte.«

Während sie sich unterhielten, kamen schon die ersten Gäste in den eleganten großen Salon, dessen hohe Fenstertüren auf die Terrasse hinausführten. Draußen waren dienstfreie Angehörige der Campus Police dabei, den Gästen Parkplätze zuzuweisen. Drinnen boten livrierte Ober mit Tabletts den Gästen köstliche Hors d'œuvres und Champagner Dom Pérignon an.

»Hartleys Einladungen sind immer etwas Besonderes, finden Sie nicht auch?« hörte Ainslie eine hochgewachsene Blondine fragen, und er stimmte ihr zu. Karen und er waren damit beschäftigt, sich mit den Gästen zu unterhalten, die Dr. Allardyce ihnen vorstellte. Sie machten verwirrend schnell die Bekanntschaft des Präsidenten der South Florida University sowie mehrerer Kuratoriumsmitglieder, Vizepräsidenten, Dekane und Lehrstuhlinhaber. Einer davon war Dr. Glen Milbury, der Kriminalistik lehrte. »Als meine Studenten hörten, daß ich Sie treffen würde«, sagte er, »baten Sie mich, Sie zu fragen, ob Sie gelegentlich auch bei uns sprechen würden. Ich kann Ihnen einen überfüllten Hörsaal garantieren.« Ainslie versprach, sein Bestes zu tun.

Unter den Gästen befanden sich auch Politiker; zwei City Commissioners waren schon da, und der Oberbürgermeister wurde erwartet. Eine Kongreßabgeordnete war eigens aus Washington gekommen, und der Polizeipräsident, heute in Zivil, traf soeben ein, als Ainslie eine Hand auf seinem Arm spürte. Als er sich umdrehte, stand Hartley Allardyce wieder neben ihm.

»Ein besonderer Gast möchte Sie sprechen«, sagte er, während er Ainslie quer durch den Salon führte. »Es handelt sich um den Stifter unseres neuen Gebäudes – und natürlich Ihrer Professur für vergleichende Religionswissenschaft –, der nun doch aus seiner Anonymität hervortreten will.«

Sie schlängelten sich zwischen mehreren Gruppen hindurch und erreichten ein zweigeteiltes Erkerfenster, vor dem eine schöne, elegante Frau sie erwartete. »Mrs. Davanal, darf ich Ihnen Dr. Malcolm Ainslie vorstellen?«

»Tatsächlich kennen wir uns bereits, Hartley«, antwortete Felicia lächelnd. »Man könnte uns sogar als alte Freunde bezeichnen.«

Diese unerwartete Begegnung mit Felicia verwirrte Ainslie und machte ihn sprachlos. *Die selbe verführerisch schöne Felicia, die behauptet hatte, ihr Mann sei ermordet worden, bis Ainslie nachwies, daß er Selbstmord begangen hatte... Felicia, die ihm einen Platz im Imperium der Davanals angeboten hatte – mit dem kaum verhüllten Hinweis auf mögliche engere Beziehungen... und von der Beth Embry, die allen Gesellschaftsklatsch kannte, behauptet hatte: »Felicia verschlingt Männer. Wenn du ihr gefallen hast, versucht sie's bestimmt wieder.«*

»Ich habe nicht im entferntesten geahnt...«, begann er, während Allardyce sich unauffällig entfernte.

»Dafür habe ich gesorgt«, sagte Felicia. »Ich dachte, Sie würden sonst nicht zustimmen. Aber haben Sie das vergessen, Malcolm? Ich habe vorhergesagt, daß unsere Wege sich noch mal kreuzen würden.«

Sie streckte eine Hand aus, ließ ihre Finger federleicht über seine Rechte gleiten. Wie damals in ihrem Salon fühlte Malcolm seine Sinne erwachen. Ähnlich hatte es auch mit Cynthia begonnen, daran konnte er sich noch sehr gut erinnern.

Dann glaubte er, quer durch den großen Raum Karens Stimme und ihr Lachen zu hören. Er drehte sich um, und ihre Blicke begegneten sich. Spürte sie die plötzlich in ihm aufwallende Versuchung? Er bezweifelte es, war sich seiner Sache jedoch nicht ganz sicher.

»Wir sollten uns wirklich bald einmal treffen«, fuhr Felicia fort. »Mich interessieren Ihre Ideen in bezug auf Ihre geplanten Vorlesungen. Wollen Sie nächste Woche zum Lunch zu mir kommen, sagen wir am Dienstag um zwölf?«

Ainslie wog seine Antwort sorgfältig ab. Es war wie immer im Leben: Türen öffneten sich, Türen schlossen sich. Diese hier stand weit offen.

»Darf ich Sie deswegen noch mal anrufen?« fragte er.

Felicia lächelte erneut. »Bitte kommen Sie.«